Phébus *libretto*

LA RÉVOLUTION

I

L'AMOUR ET LE TEMPS

ROBERT MARGERIT

LA RÉVOLUTION

I

L'AMOUR ET LE TEMPS

Phébus *libretto*

Illustration de couverture :
J.-H. Fragonard
Le Baiser à la dérobée (détail)
Musée du palais Yusupov, Léningrad (Photo Josse)

www.phebus-editions.com

LA LIBERTÉ OU LA MORT

Lorsque nous nous promenions en devisant dans les allées de sa demeure limousine, à Thias, Robert Margerit m'assurait souvent qu'il eût voulu vivre non pas en ce temps qui était nôtre mais au XVIIIe siècle. C'était, je pense, chez mon ami, nostalgie de l'aventure libertine et raffinée d'un monde qui échappait aux pesanteurs de l'âge ancien sans encore s'engager dans le carcan des contraintes modernes. D'ailleurs, le goût du jeu tragique propre aux partenaires complices des Liaisons dangereuses, *ne le retrouve-t-on pas dans plusieurs œuvres de Margerit ? N'est-ce pas, par exemple, ce* penchant *qui mène, de l'amour à la mort, Dormond, le démon et la victime inoubliable de* Mont-Dragon ?

Pourtant, ce ne fut point le versant du XVIIIe siècle galant, narguant avec effronterie la statue du Commandeur, qui s'imposa à l'écrivain lorsqu'il plaça à Thias, précisément dans la maison et le parc où nous avions coutume de nous rencontrer, le début de son roman L'Amour et le Temps – *qui nous transporte à la fin de l'été de 1788. C'est l'autre pente de l'âme de ce siècle, la part tendre et rêveuse, assoiffée de sublime et annonçant l'aube à venir du Romantisme, que Robert Margerit avait choisi cette fois de faire sienne, ou plus exactement d'éclairer à travers le destin de trois jeunes Limousins qui pourraient être frères des héros de Rousseau ou de Goethe : Lise, dans la blondeur de ses dix-huit ans, aimée de deux hommes, Bernard et Claude. À ce dernier, malgré elle, son père va la marier. Elle les aimera l'un et l'autre, cependant que l'un et l'autre feront assaut d'altruisme, d'esprit de sacrifice pour répondre à la double et douce passion de leur idole.*

« Ainsi, leur bonheur n'aurait duré qu'un été. » Tel est l'incipit alexandrin qui ouvre le récit. Et certes celui-ci aurait pu être le poème émouvant et charmant de cette idylle à trois. Mais l'idylle, sans que se perde jamais l'Amour, le Temps va la jeter bientôt dans les traverses de l'Histoire : au cœur de la tourmente révolutionnaire. Et Robert Margerit, édifiant à partir de là sa tétralogie monumentale, va faire revivre, avec une maîtrise qui nous éblouit, ce temps *terrible, déchiré sur deux siècles, par lequel l'histoire de l'humanité fut à jamais bouleversée. Ce chef-d'œuvre en quatre tragédies* (L'Amour et le Temps, Les Autels de la Peur, Un vent d'acier, Les Hommes perdus) *est parfaitement digne de son sujet prométhéen : par son ampleur, son souffle, sa prodigieuse analyse des mécanismes historiques et humains, et, pour tout dire, par le génie visionnaire qui s'y déploie.*

Aucun autre roman que je sache n'a ainsi évoqué dans son immensité et dans sa redoutable complexité la Révolution française. L'érudition impressionnante de l'historien est ici mise au service des dons admirables du romancier : qualité de l'écriture infiniment sensible et précise, investigation à la fois intuitive et déductive des vérités secrètes – qu'elles se situent à la source des actes individuels ou qu'elles commandent le mouvement des foules. En outre, l'écrivain se révèle une fois de plus un grand peintre – proche tantôt de l'intimisme d'un Louis-Léopold Boilly, tantôt de l'art monumental d'un David, tantôt encore de la cruauté d'un Goya. Cela nous vaut maints portraits fascinants, des paysages d'une luminosité intense ou au contraire voilés de mystère, des vues de Paris chatoyant sous les milliers d'oriflammes des Fêtes révolutionnaires, parfois élégantes et paisibles, voire joyeuses – entre deux alertes – , parfois empreintes de majesté, de retenue – à l'approche de l'insurrection –, parfois proprement dantesques – sous l'emprise de la Terreur…

Les forces ténébreuses associées, en maints romans de Robert Margerit, au destin de certains personnages pour lesquels l'amour a partie liée avec la mort acquièrent ici une horreur quasi sacrée. C'est que ces puissances de ténèbres obéissent – en même temps qu'elles le dominent – au « personnage » avec quoi se confond pour finir le livre en son entier : la Révolution elle-même, ici évoquée comme un être de chair et de sang. Cette Révolution, l'auteur nous la donne non seulement à lire mais, en fait, à vivre : dans sa frénésie, ses énigmes, ses moments d'accalmie ou de torpeur, puis à nouveau de fièvre, de délire. Il parvient à rendre charnelle, aux yeux du lecteur subjugué, cette abstraction qui, si furieusement et si longuement, va s'emparer de la capitale et des provinces, violenter le destin de tout un peuple, le jetant tour à tour vers les cimes du dévouement, de l'héroïsme, du sacrifice, d'une foi sans dieu mais absolue, et vers les ravins de l'effroi et de la haine – entités mortelles sinistrement enlacées.

Pour approcher au plus près puis évoquer, aussi bien dans leur élan chaotique que selon leur logique souvent souterraine, les temps apocalyptiques marqués tout ensemble par l'agonie de l'Ancien Régime et par l'accouchement sanglant d'un monde nouveau (dont ceux-là même qui l'appellent alors de leurs vœux ne savent en fait comment il pourra – ni s'il pourra – prendre forme), Robert Margerit, en artiste accompli, a choisi un dessein qui allie avec bonheur la perfection d'une rare maîtrise et le jaillissement d'une inspiration profonde et sans faille. Ainsi a-t-il pris le parti de situer la source de son roman dans un lieu qui lui était, depuis sa jeunesse, familier par excellence : ce hameau de Thias qui avait abrité les ancêtres de son épouse depuis le siècle de Louis XVI, *cette demeure tout imprégnée de leur souvenir, et où des papiers de famille gardaient trace personnelle et tragique des événements révolutionnaires – tant à Paris qu'en Limousin.*

Nous participerons donc sous les ombrages de Thias, avec les bourgeois du village : les Montégut, les Dupré, les Mounier, les Delmay, les Naurissane, les Reilhac, puis dans les demeures et sur les places de Limoges, à la naissance incertaine des inquiétudes et des espoirs que la préparation des États-Généraux de 1789 va permettre d'exprimer. Et c'est avec les trois héros du roman – la belle et douce Lise entourée de ses deux bien-aimés : son mari Claude Mounier, élu du Tiers aux États-Généraux ; et l'homme auquel elle a dû renoncer et qu'elle chérit en secret, l'apprenti mercier Bernard Delmay, futur officier auprès de Jourdan au bataillon des Volontaires de la Haute-Vienne –, c'est avec ce jeune équipage que nous nous enfoncerons progressivement dans le dédale, de plus en plus tumultueux et ardent, de l'histoire révolutionnaire.

Les innombrables péripéties de cette histoire, nous les verrons se dérouler d'abord par les yeux de Claude : décrites et analysées par la pensée d'un homme ambitieux, mais malgré cela généreux et lucide, associé de tout son être à l'action commune. Et il nous sera donné ainsi de mesurer l'écart de plus en plus désolant, puis de plus en plus effrayant, qui se creuse – jusqu'à devenir gouffre – entre les bonnes intentions *initiales (cette quête inouïe de liberté, de justice et de fraternité que définit d'emblée la Déclaration des Droits de l'Homme) et l'en*fer *d'angoisse et de crime vers quoi les détournent l'incapacité des uns, la trahison des autres, les ruses machiavéliques et pourtant vaines, la névrose et le délire du fanatisme, l'escalade enfin, vertigineuse, de la peur, de la haine et de la violence, dans un défilé confondant de massacres et de supplices qui alimente indifféremment l'appétit de l'inlassable guillotine et celui de la Guerre majuscule – menée tant aux frontières qu'au cœur même du pays.*

Cette guerre – ces guerres plutôt –, c'est l'autre jeune Limousin, Bernard, qui nous en donnera les clés. De même qu'à suivre Claude Mounier nous sommes amenés à partager la vie publique et privée de ses amis – Desmoulins, Robespierre, Danton, Pétion, Saint-Just, et tant d'autres moins célèbres mais non moins attachants –, de même que son amitié avec Barnave lui donne, et nous donne, accès à l'intimité du malheureux Louis XVI et de l'irritante et pitoyable reine, de même le capitaine Bernard Delmay, qui à l'instar de milliers de jeunes gens a volé au secours de la patrie en danger, nous entraînera au cœur des grandes batailles qui vont être livrées sur les fronts du Nord et de l'Est et qui sauveront la nation menacée. Enfin, dans le sillage d'un autre personnage, le jeune neveu de Claude, Fernand Dubon, volontaire sur les vaisseaux de la République, le romancier nous fera découvrir – et bientôt partager – la vie des marins de l'An II – sujet qui entre tous lui faisait battre le cœur, et qu'il traite ici avec une fougue et une précision qui font merveille.

Le roman de la Révolution se déploie ainsi sous nos yeux fascinés dans l'immensité de son tumulte mais aussi dans le mouvement, sans cesse accéléré, de son implacable course à l'abîme. Et nous est pour le coup dévoilée une vérité vivante, *supérieure, à mon sens, à la vérité intellectuelle que tente de dégager l'Histoire des historiens. L'auteur respecte certes les exigences de celle-ci, par l'ampleur et la minutie de son savoir comme par la rigueur exemplaire de sa recherche, mais il fait preuve en outre, dans sa démarche créative, d'un don extraordinaire de sympathie qui semble le métamorphoser en témoin – et nous avec lui – de la terrible épopée dont il nous propose, avec quelle intensité, quel éclat, une lecture tout ensemble intime et visionnaire. Oui, décidément, plus je lis et relis cette œuvre unique en notre littérature, et dont on s'explique mal qu'elle ait été à ce point oubliée en vingt-cinq ans à peine, plus s'impose à mes yeux cette évidence, cette certitude : si de tous les ouvrages que notre siècle a consacrés à la Grande Révolution il me fallait n'en garder qu'un, ce serait celui-ci.*

GEORGES-EMMANUEL CLANCIER
janvier 1939

NOTE DE L'ÉDITEUR

La Révolution française, aussi étrange que cela paraisse, n'a qu'assez peu inspiré les romanciers français. Quand on aura cité Les Chouans *de Balzac ou* Quatre vingt-treize *de Hugo, on ne sera pas loin d'avoir fait le tour de ce que le* XIXe *siècle romanesque nous a laissé d'intéressant sur la question – et notre siècle présent, si fécond en études historiques, n'a guère incité les auteurs de fiction à traiter ce sujet pourtant exemplaire. On a pu longtemps s'étonner que cet épisode de notre histoire, fondateur à tant d'égards, n'ait pas favorisé l'éclosion d'un de ces livres emblématiques en quoi tout un peuple peut déchiffrer l'énigme de ses racines et de son destin. Rien chez nous qui se puisse comparer avec ce que Tolstoï dans* La Guerre et la Paix *a su tirer de cette autre « crise originelle » que fut, pour la conscience russe, l'invasion napoléonienne ; ou, toutes proportions gardées, avec ce qu'*Autant en emporte le vent *représente pour l'imaginaire américain – la guerre de Sécession jouant ici le rôle évident de « scène capitale.*

Telle est sans doute la raison qui engagea Robert Margerit à se lancer, vers la fin des années cinquante, dans une entreprise romanesque chez nous sans précédent : conter, dans le sillage de personnages imaginaires, l'histoire entière de la Révolution française, de façon à nous la faire vivre, ou revivre, dans sa vérité la plus immédiate : par les sens non moins que par l'entendement. Et montrer qu'au bout du compte l'aventure individuelle, si fort que puissent l'exalter les enjeux d'une époque, est proprement dévorée par l'Histoire pour peu que celle-ci se décline sur le mode de la crise ou de la convulsion. À ce projet démesuré (couronné en 1963 par le Grand Prix du roman de l'Académie française), *il devait vouer douze années de son existence : douze ans de recherches minutieuses (dans les archives de la ville de Limoges en particulier), de labeur patient consacré à la comparaison et à la critique des sources... d'enthousiasme aussi. Le succès qui accueillit la publication des trois premiers volumes (Gallimard, 1963) fut tel que l'auteur se décida à leur donner une « suite » (laquelle couvre, en gros, la période qui va du 9-Thermidor à Waterloo) : ce qui nous vaut un quatrième « livre » (*Les Hommes perdus*, 1968), le plus sombre, le plus nostalgique – et peut-être le plus admirable de la série.*

Ce fabuleux ensemble, l'une des sommes romanesques les plus vivantes et captivantes que nous sachions, était resté longtemps introuvable – jusqu'à ce que sa remise au jour à l'occasion du bicentenaire de 89 en fasse, contre toute attente, un succès de librairie. On a pu mesurer alors tout le plaisir, toute la surprise et l'émotion si particulière qu'éprouvent ceux qui tiennent pour la première fois cette somme entre leurs mains et qui, pris au piège de la lecture, n'arrivent pas à s'en déprendre. Quant à ceux qui n'ont pas encore eu la bonne fortune de rencontrer ce livre sur leur chemin, on les envie, tout simplement : ils ont encore à lire La Révolution, *et ne savent pas l'émotion, la surprise, le plaisir qui les attendent.*

J.P.S.

PREMIÈRE PARTIE

I

Ainsi, leur bonheur n'aurait duré qu'un été!...

Dans ce nid de feuillages, près de l'eau calme et sombre sous les ormes, l'amour était né pour eux avec les fleurs des joncs. L'odeur des foins flottait alors autour de l'étang ridé par la brise tiédissante. Maintenant, les frondaisons jaunissaient à peine mais déjà les colchiques étendaient leurs nappes mauves parmi les jachères, sur les pentes descendant du hameau. Par moments, l'air s'épaississait d'une douceur sirupeuse et sure : parfum des fruits tombés, en train de blettir sous les arbres dans des vrombissements d'abeilles. Le ciel blanchissait, une brume embuait les collines, au loin.

« Non, ce n'est pas possible! Je ne puis vous croire. »

Il la regardait intensément. Dans la fraîcheur et la grâce de ses dix-huit ans, elle était ravissante. Des boucles à l'anglaise, blondes, blanchies d'un œil de poudre, caressaient son cou dégagé par le fichu en mousseline sous lequel se renflait sa gorge. Sa robe de barège, rayée d'un bleu pareil à celui de ses yeux, s'ajustait étroitement à la taille, prenait de l'ampleur sur les hanches. Le tissu tombait en plis droits jusqu'aux chevilles, découvrant des pieds charmants.

« Bernard, je vous en prie! répondit-elle en joignant les mains. Comprenez-moi, j'ai tant de peine!

— Mais pourquoi cédez-vous? Non, je ne vous comprends pas. Il faut continuer à lutter, Lise, voyons!

— Comment résister quand on n'a plus d'espoir? Dimanche dernier, après votre départ, Thérèse a essayé encore une fois de le convaincre. Il ne l'a pas écoutée, il m'a ordonné d'obéir.

Que puis-je faire d'autre? Je suis prête à tenter n'importe quoi. Hélas! je sais trop à présent qu'il n'existe aucun recours! » acheva-t-elle en laissant avec accablement retomber ses mains.

Que répondre? Fuir avec elle? Son père demanderait contre eux une lettre de cachet. D'ailleurs, ce n'était pas une fille que l'on enlève. Non, il n'y avait jamais eu pour eux d'autre solution que d'obtenir le consentement de M. Dupré. Lise finirait par y réussir, pensait Bernard. Il mettait en elle toute sa confiance. Sans doute un petit commis mercier de vingt-trois ans n'était pas pour elle un brillant parti, cependant M. Dupré lui-même n'avait pas eu des débuts plus glorieux, et il l'estimait, lui et sa famille. Lise triompherait. Jusqu'à ce jour, en dépit des menaces croissantes, il en restait convaincu. Et voilà qu'elle venait, l'air affligée, quoique sans larmes, lui déclarer en somme : Je suis vraiment désolée, Bernard, cela me fend le cœur, mais tout est fini entre nous.

Il la considérait avec une stupeur où bougeait déjà la colère.

« Alors, vous allez obéir. C'est monstrueux! Monstrueux, il n'y a pas d'autre mot. Comment pouvez-vous accepter une chose pareille?

— Je vous en supplie! Je ne l'accepte pas, je suis obligée de la subir. »

Des mots! Ils ne changeaient rien à une réalité qui le rendait furieux. Ses poings se serraient. Dans son beau visage brun, ses yeux devinrent plus noirs.

« Vous avez fait la coquette avec moi. Pour vous, tout cela c'était un amusement. Ah! je suis bien naïf! Comme vous avez dû rire de mon béjaune!

— Bernard! se récria-t-elle avec un regard d'enfant injustement giflé, vous ne pensez pas cela, j'espère. Je suis si malheureuse!

— Allons donc! cessez cette comédie, elle ne m'abuse plus. J'y vois clair à présent. Vous serez la femme d'un avocat au Présidial, la belle-fille du directeur de la Manufacture royale de porcelaine : voilà une condition autrement flatteuse que celle de petite mercière. Avouez-le, allons! »

Pour le coup, Lise s'enflamma. Ses petites narines se gonflèrent. « Si vous avez de moi un tel sentiment, nous ne perdrons beaucoup ni l'un ni l'autre en nous perdant, » répliqua-t-elle.

Le sang lui était monté au visage, la rendant plus jolie que jamais avec ce rose aux pommettes, le bleu verdi de ses yeux, et, sur ses traits, une expression de dignité, de reproche s'effaçant sous le dédain.

« Si je vous chagrine, reprit-elle, c'est malgré moi. Tandis que vous, vous me blessez volontairement, par vengeance. Je ne vous aurais pas cru méchant.

— Par vengeance! Vous vous flattez. Pensez-vous que je vous regrette à ce point? Je sais une fille que j'ai eu bien tort de négliger pour vous. Elle m'aura vite fait oublier votre inconstance.

— Brisons là! déclara Lise sans réprimer cette fois sa colère. Nous n'avons plus rien à nous dire.

— Qui vous retient? »

Il lui tourna le dos et s'assit au bord de l'étang où se reflétait pour la dernière fois leur image. Arrachant une tige de jonc, il se mit à la déchiqueter. Lise restait là, frémissante. En venant ici pour lui dire qu'ils ne devaient plus se revoir, elle espérait encore elle ne savait quel sursis, quel inimaginable miracle. Peut-être l'imminence de la séparation inspirerait-elle à Bernard quelque trait qui les sauverait. Au lieu de quoi, il l'avait insultée. Néanmoins, à l'instant de briser l'ultime lien, elle tremblait, tout son être tremblait de douleur et de désespoir. Un sanglot la suffoqua. Elle allait fondre en larmes. Relevant à deux mains sa longue jupe, elle s'enfuit en secouant les pleurs qui ruisselaient à présent sur ses joues.

D'un élan, Bernard s'était relevé, prêt à courir après elle. Il se reprit. La gorge nouée, le cœur tumultueux, il regarda cette silhouette dont il avait souvent et si tendrement guetté l'apparition dans l'ouverture de la haie, s'en aller pour toujours. Elle avait franchi la chaussée. Déjà ce n'était plus sur le vert du pâturage qu'une tache claire voltigeante, un papillon que la lumière poudroyante mangeait, et qui disparut dans l'ombre du chemin creux.

Le visage enfoui entre les mains, le garçon s'allongea dans l'herbe. Au-dessus de lui, le vent léger enlevait aux ormes leurs premières feuilles sèches. Elles se posaient sur l'eau où elles se mettaient à voguer comme des barques. Des risées poussaient cette flottille vers la queue de l'étang. Là-bas, un pivert frappait méthodiquement un tronc, et l'écho répercutait ce tap-tap. Avec les croassements des corneilles qui tournaient aux abords du village, c'étaient les seuls bruits. Tout à coup, elles se laissèrent dériver les unes après les autres au fil d'un courant mystérieux. Le ciel se vida de leurs rondes et de leurs cris.

Bernard, non moins brusquement, s'était redressé. Raflant le panier et la canne à pêche dont il ne s'était pas servi, il se hâta de quitter ces lieux. Au moment de s'enfoncer à son tour dans le chemin, il se retourna malgré lui, l'œil et le cœur aimantés par une haie, un arpent de prairie. Là, quatre mois plus tôt, allant, sur la bienveillante invitation de M. de Reilhac, pêcher dans l'étang du château, il avait aperçu pour la première fois Lise Dupré. Avec Mlle de Reilhac, elle faisait moisson de jonquilles. Elle avait transformé en panier à fleurs le grand chapeau de paille qu'elle portait suspendu au bras par les rubans. Elle riait avec sa petite compagne. Soudain, elle était devenue grave en regardant le jeune homme qui les saluait et la contemplait. Le dimanche suivant, ils s'étaient retrouvés au même endroit, au même moment, mais seuls. Et ensuite, tous les dimanches...

Il se mordit les lèvres. D'un dernier regard, il embrassa, dans la lumière à la fois dorée et mate, tout le vallon bleui d'ombres sous les frondaisons, les châtaigniers moutonnant sur la remontée des pentes derrière l'étang. Enchâssé entre les ormes, les vergnes en boules et les joncs, le miroir d'eau reflétait au milieu le ciel pâle. C'était le bleu même des yeux de Lise. Vivement, Bernard s'enfuit. Il sauta dans le chemin : un raidillon couvert par les ramures des hêtres. Quelque fil d'humidité y serpentait toujours entre les cailloux blonds. La mousse, les fougères se disputaient ses talus de terre jaunâtre couronnés par des buissons de ronces qui retenaient la laine des moutons et où noircissaient à présent les mûres. Lise en était gourmande. Le dimanche précédent, ils en avaient fait ensemble la cueillette, ils riaient de se voir les lèvres barbouillées. Tout, ici encore, lui parlait d'elle. Un jour, elle avait buté sur cette racine et failli tomber. Il l'avait retenue dans ses bras, il l'avait sentie tout entière. Un peu haletante, troublée, elle levait vers lui son visage, ses dents luisaient dans l'ombre rose de sa bouche. Quelle tentation! Mais il avait pour Lise une adoration telle qu'elle la défendait de toute convoitise. L'idée de la toucher, de l'embrasser comme les autres filles, ne l'effleurait pas. Il continuait d'être ébloui par sa pureté, par sa grâce délicate, par tout ce qu'il lui trouvait de miraculeux. Oh! Dieu! comment l'arracher de son souvenir?... Il faudrait non seulement ne plus descendre au vallon mais même ne plus revenir à Thias.

Il arrivait aux murettes des premiers jardins. Le village, un hameau de quelques feux, se composait en majeure partie de potagers assez vastes, cultivés par des maraîchers dont les femmes allaient chaque matin en ville, qui dans des voitures à âne, qui sur des ânes bâtés, vendre de porte en porte des légumes, de la volaille, des œufs, du lait, du fromage blanc. Entre ces murs où la rue jaune, les capillaires, la « misère » rougissante en cette saison prospéraient dans les interstices des pierres brunes ou bises, se glissaient, en guise de ruelles, des chemins bordés d'orties et parsemés de bouses.

Bernard gagna la petite maison où il venait, avec sa sœur et son beau-frère Jean-Baptiste Montégut, passer le dimanche. Jean-Baptiste l'avait héritée d'un oncle, chanoine de la cathédrale, à Limoges. Une modeste maison de campagne, datant déjà d'au moins deux siècles, grise, basse sous ses tuiles aux tons de vin vieux et de rose fanée. Dans le clos — vrai jardin de curé, avec ses buis, sa treille, son banc circulaire autour d'un gros tilleul —, Léonarde empotait les plantes gélives qu'il faudrait bientôt mettre à l'abri pour l'hiver. Elle se redressa en voyant s'avancer son frère. Sur-le-champ, elle s'était aperçue de son trouble. Une grande intimité régnait entre eux. A peine adolescente, elle avait dû remplacer pour lui leur mère, morte dix années juste après l'avoir mis au monde. Depuis le mariage de sa sœur, il vivait chez elle où il travaillait comme employé de Jean-Baptiste. Léonarde était à présent une belle femme de vingt-six ans, brune, grande et svelte dans la vieille robe verte qu'elle mettait pour jardiner. Au soleil, son visage avait rougi. Ses cheveux étaient dépoudrés.

« Qu'as-tu? demanda-t-elle, essuyant du dos de la main la sueur qui perlait au-dessus de sa lèvre. Qu'arrive-t-il?

— Ce que tu craignais. J'ai eu bien tort de ne pas te croire.

— Elle va épouser Mounier? »

Bernard fit oui de la tête. Il se retenait avec peine de crier de désespoir et de colère. Léonarde était dans la confidence de leur intrigue. Elle aimait bien Lise, il lui eût plu de l'avoir pour belle-sœur, cependant elle ne s'était pas bercée d'illusions là-dessus. Dès le jour où elle avait vu Claude Mounier, invité par le père de la jeune fille et ouvertement encouragé par lui, prendre auprès de Lise une position très solide quoique discrète, elle avait pressenti ce qui venait maintenant de se produire, mais Bernard ne voulait pas entendre ses avertissements.

« Mon pauvre cœur! » dit-elle en lui tendant les bras.

Il s'y laissa aller, un bref instant, sans abandon. Il n'était plus d'âge à pleurer contre cette épaule, comme jadis dans ses grosses peines. Ils étaient assis sur le banc, à l'ombre du tilleul. Le jardin et la maison commandaient la vallée au fond de laquelle serpentait une mince rivière : l'Aurence. On ne l'apercevait pas d'ici. Les bosselures des pentes, les châtaigneraies qui montaient derrière l'étang et son bois d'ormes, la masquaient. Plus loin, au sud-ouest, les vallonnements entrecroisés comme des doigts s'ouvraient pour rejoindre les collines dominant la Vienne. Toutes les lignes du paysage, avec leurs crêtes de forêts soulignées par un ourlet bleuâtre s'abaissaient en convergeant vers le confluent invisible des deux rivières. Au penchant de cette cuvette verdoyante qui commençait à jaunir par places, la bourgade d'Aixe rassemblait ses toits couleur de framboise autour d'un clocher dont les ardoises scintillaient dans l'air embrumé. Par-derrière, les collines se relevaient, tendant jusqu'au ras du ciel leur rideau de pastel juste entaillé par une coupure blanche à l'endroit où la route de Bordeaux franchissait l'horizon. Bernard laissait errer ses regards sur ce paysage qui lui avait plu, et qu'il ne voyait pas. L'image de Lise fuyant loin de lui à travers le pré lui restait dans les yeux.

« Je vais partir, dit-il.

— Tu ne nous attends pas?

— Il vaut mieux que je rentre tout de suite. J'irai à pied.

— Bon, soupira Léonarde, je comprends, quoiqu'il ne me plaise guère de te savoir seul sur la route avec tes pensées, pendant une heure.

— Ne te tracasse pas, ma bonne. Plus je m'éloignerai, mieux ça ira. Le temps de me nettoyer un peu, et je pars. »

Ils entrèrent ensemble dans la maison. Elle ne comportait au rez-de-chaussée qu'une seule pièce, à la fois cuisine — avec sa grande cheminée de bois noirci par la fumée, sa rôtissoire, sa batterie de cuivres luisant dans la pénombre — et salle à manger. Assez vaste, grossièrement dallée de granit, elle était fraîche mais peu claire sous son plafond sombre et bas. Les fenêtres ébrasées dans de véritables murailles de torchis ne donnaient pas beaucoup de lumière. En face de la cheminée s'ouvraient les portes d'une entrée de cave, d'une resserre. Un escalier partant de l'angle conduisait à l'étage composé de deux chambres où les lits, dans leurs pentes de serge rouge, et quelques meubles très rustiques, en bois fruitier, se détachaient sur la nudité des murs blanchis à la chaux.

Tandis que Léonarde changeait de robe pour aller rejoindre son mari chez les Reilhac, Bernard, dans l'autre chambre, se rafraîchissait la figure. « Si j'avais pu ne jamais venir ici! » songeait-il amèrement. Pour pêcher la truite dans l'Aurence au lieu d'aller avec ses amis taquiner les poissons blancs de la Vienne, au port du Naveix, il s'était mis, ce printemps-ci, à suivre sa sœur et Jean-Baptiste. Sans ce changement dans ses habitudes, il n'eût jamais rencontré Lise. La jeune fille, son éducation terminée, en ville, au pensionnat de Mlles de Brettes, vivait toute l'année ici avec ses parents. M. Dupré s'était fait construire à Thias une jolie demeure, en se retirant du négoce. Lise allait parfois à Limoges, chez sa sœur Thérèse, mariée au conseiller Naurissane, maître de la Monnaie. Un garçon comme Bernard n'avait aucun accès à ce milieu.

Il resserra ses cheveux dans le nœud qui les retenait sur la nuque. Par la fenêtre ouverte devant lui, il apercevait à peu de distance en contrebas la maison Reilhac. Hormis son pigeonnier à tourelle surmontant le logis du jardinier, ce « château » n'était rien d'autre qu'une bâtisse en torchis, d'un seul étage, plate sur ses deux façades, modestement couverte en tuiles. Du côté du chemin montant, tortu et cahoteux, qui traversait le hameau, une cour où vaguait la volaille précédait l'habitation. L'autre façade donnait de plain-pied sur une terrasse à la française, peu étendue mais belle avec ses boulingrins bien verts, son bassin où l'eau cascadait en tombant d'une fontaine à vasque. Un sully ombrageait un coin de la demeure. Bernard pouvait voir la société réunie sous cet énorme chêne comme sur la scène d'un théâtre de verdure. Les attitudes, les couleurs — le vaste habit chamois, presque jaune, de M. Dupré, celui de Jean-Baptiste, tabac, les amples robes claires, le blanc des cheveux, les bras demi-nus — se détachaient sur le bleu vert des fonds agrestes. Autour d'une table, les hommes faisaient leur partie de piquet. Près d'eux, Mme de Reilhac causait avec Mme Dupré et Mme Naurissane — Thérèse —, venue visiter ses parents. Dans le calme campagnard, le bruit des voix portait loin. Il arrivait jusqu'à Bernard, avec parfois une note plus forte, quelques mots distincts, un rire.

Les Reilhac, « seigneurs de Thias », étaient des bourgeois de robe. Antoine de Reilhac avait succédé à son père dans la charge de lieutenant général du Roi pour la sénéchaussée, ce qui faisait de lui le premier magistrat du Présidial. Agé de trente-neuf ans, il était parfaitement simple et affable. Au printemps, il quittait avec sa famille leur hôtel de la rue Ferrerie pour passer la belle saison à la campagne.

Mounier se trouvait parmi les joueurs de cartes. Tout à coup Lise parut, sortant de la maison avec Mlle de Reilhac, petite personne de onze ans. La douleur remua comme une bête dans la poitrine de Bernard. Il s'écarta violemment, tourna le dos à la fenêtre. Les yeux fermés, appuyé des deux mains au lit, il fut, un instant, sur le point de ne pouvoir ravaler des sanglots qui lui montaient à la gorge. Vite, l'indignation chassa cette faiblesse. Quoi! Lise pouvait se rendre au château! Elle était capable de supporter la compagnie, de tenir sa place, le cœur léger, d'approcher Mounier, de bavarder avec lui, de rire!... Qui sait? peut-être y prenait-elle plaisir en songeant qu'un autre garçon, pendant ce temps, souffrait mille morts d'être dédaigné par elle!... Eh bien, il allait lui démontrer qu'elle se trompait fort si elle croyait lui avoir brisé le cœur.

Dans sa robe crème à petites fleurs, Léonarde sortait de sa chambre.

« Je te suis » déclara Bernard d'un ton ferme.

Elle se garda de faire aucune remarque. En bas, elle prit le bras de son frère, et le sentit crispé. Ils quittèrent le clos sans rien dire, traversèrent le village. L'odeur des fruits en tas, qui allaient servir à fabriquer le cidre, parfumait tout le hameau. Dans le désœuvrement de ce jour, les paysans étaient assis devant leurs chaumines, échangeant de lentes paroles dans leur patois. Des enfants crasseux jouaient autour d'un fumier.

Les chiens dormaient à l'ombre. Des vaches remuaient leurs chaînes dans les étables. Sur un côté de la placette caillouteuse et sale où stagnaient des flaques de purin, le soleil frappait en plein la maison Dupré, toute blanche derrière sa grille. Son crépi neuf encore, ses encadrements de moellons bien jointoyés, son orgueilleux toit d'ardoises, ses mansardes au-dessus d'un étage, contrastaient vivement avec la pauvreté des masures rustiques écrasées sous leur chaume ou des tuiles moussues. Par-devant, un jardin de fleurs, par-derrière, un verger profond l'isolaient de ce voisinage.

Quand Bernard et Léonarde inquiète arrivèrent au château, Lise était assise près de sa sœur Mme Naurissane, avec les dames. Bernard salua en évitant de voir la jeune fille. Les hommes, leur partie terminée, avaient repris une discussion non moins traditionnelle, chaque dimanche, que le piquet. Adossés dans des fauteuils de bois et d'osier peints en gris et vert, M. Dupré, très corpulent, la figure rouge, molle avec des bajoues, des sourcils gris buissonneux sous lesquels éclatait, entre les paupières pochées, le bleu de gentiane — mais brouillé par l'âge — des yeux de sa fille cadette, M. de Reilhac tout en finesse, Jean-Baptiste Montégut, son long visage honnête et bon appuyé sur deux doigts, le front dégarni par la quarantaine, écoutaient Claude Mounier faire le procès des ministres et de la Cour. Il y mettait une âpreté peu conforme à la rondeur habituelle de ses façons. C'était un garçon de vingt-sept ans, guère moins grand que Bernard et comme lui bien découplé, mais plus charnu, déjà guetté par l'embonpoint. Son habit bleu, ouvert sur une veste et une culotte jaune paille, sa cravate de mousseline très blanche accentuaient la clarté de sa peau où le sang transparaissait, ce qui donnait au jeune avocat un air particulièrement frais, bien lavé, en quelque sorte appétissant. Avant qu'il n'eût fait ici une apparition aussi inquiétante qu'inattendue pour Bernard, il lui était des plus sympathiques. Malgré leur petit écart d'âge joint à leur différence de condition, il existait entre eux une familiarité due à ce qu'ils se trouvaient être à Limoges les deux plus forts joueurs de paume. La salle de la rue Banc-Léger les avait vus souvent s'affronter ou s'associer dans des parties auxquelles applaudissait la jeunesse bourgeoise et même aristocratique. Le goût séculaire de ce jeu, passé un peu de mode depuis que le roi Louis XIV avait lancé celle du billard, restait assez vif chez les Limougeauds pour abolir, dans son domaine, la distance entre les classes. Pris de plus en plus par sa profession, Mounier avait maintenant abandonné l'éteuf et la raquette.

Il s'interrompit dans son discours, pour saluer Léonarde, adressa un signe amical à Bernard qui eut quelque peine à le lui rendre. M. de Reilhac relançait déjà l'avocat.

« Vous disiez, mon cher Mounier? »

Il reprit avec décision le fil de ses propos :

« La retraite de M. de Brienne, le rappel de M. Necker sont assurément deux victoires. Nous sommes cependant loin d'avoir partie gagnée. Je me demande même si Brienne, avec son imbécillité rétrograde... »

M. Dupré l'arrêta en levant une main épaisse que les rhumatismes commençaient à déformer aux articulations.

« Tout beau, Claude! Nous lui devons l'essentiel, ne l'oubliez pas. C'est bien Brienne qui a fait avancer la convocation des États. Sans lui, il nous aurait fallu attendre encore jusqu'en 92, sinon plus tard. »

Chacun écoutait, même les dames. Seules, Mlle de Reilhac appuyée sur les genoux de sa mère, et Lise étaient inattentives. Celle-ci, à demi détournée, semblait contempler la campagne. De la terrasse, on avait une vue moins vaste que celle dont jouissait la maison Montégut, quoique charmante. Le regard descendait au long des prés en pente vers le petit étang caché entre ses boules d'aulnes et les ormes, puis remontait par-dessus l'Aurence, également invisible d'ici, caresser les collines couvertes par les bois de Reignefort au milieu desquels la route venant de Bordeaux passait après avoir traversé Aixe.

Bernard s'abstenait toujours de se tourner vers Lise. De ce côté, il limitait soigneusement sa vision à Mme Naurissane. Thérèse, à vingt-neuf ans, montrait encore un air de jeunesse, des traits fort agréables qu'un peu de dédain gâtait parfois. Ses bras, nus jusqu'au coude, étaient pleins, ses mains déliées. Dans la coupure du corsage décolleté carrément s'accolaient les rondeurs d'une gorge attirante sur laquelle le soleil, à travers les feuillages, jetait des confetti plus blonds.

« Vraiment, monsieur, répondait le jeune avocat à l'objection de M. Dupré, pouvez-vous croire qu'un plat valet de la Cour, comme Brienne, aurait obtenu contre sa volonté à elle une telle concession? Allons donc! Elle s'est servie de lui, là encore. Je vais vous dire une chose : si elle a fixé au printemps prochain la réunion des États généraux, c'est qu'elle n'est pas moins pressée que nous de les voir siéger.

— Ah bah! s'exclama Jean-Baptiste. Je l'avoue, monsieur, le motif m'en échappe, car enfin la Cour a toujours fait paraître la plus grande répugnance à cette convocation.

— Cela est bien vrai, monsieur, et elle la manifestera encore, d'une manière ou d'une autre. Si elle réussissait à découvrir le moindre expédient nouveau pour se procurer de l'argent, les États seraient renvoyés aux calendes, soyez-en sûr. Mais elle a vu échouer un à un tous les moyens par lesquels ses ministres espéraient lui trouver des ressources. Donc, presto, prestissimo, tout en ayant l'air de se faire prier, on convoque les assises de la nation, et, par des concessions sans importance, voire en jouant avec adresse sur les intérêts opposés des trois ordres, on remplira de nouveau, au profit exclusif des privilégiés, les caisses de l'État. Telle est la manœuvre. »

Jusqu'au dernier hiver, Bernard s'était peu soucié des récriminations que l'on entendait partout contre les abus de l'État, la misérable condition des petites gens, la mauvaise circulation des denrées, leur prix sans cesse croissant. Tout le monde se plaignait. Son frère Marcellin et leur père ne cessaient depuis longtemps de protester contre l'augmentation perpétuelle de l'impôt, qui finirait par rendre tout négoce impossible. Même le calme Jean-Baptiste s'indignait lorsqu'il faisait sa balance. « Si encore, disait-il, ce que l'on nous prend servait à quelque chose! mais c'est de l'argent versé dans un tonneau sans fond. » Bernard considérait ces sempiternelles doléances comme des ratiocinations de vieux. Pour lui comme pour ses amis, la vie était parfaite, joyeuse une fois accompli le travail — qui lui plaisait. On s'amusait bien, à la pêche, à la paume, et la beauté diverse des filles promettait d'inépuisables plaisirs.

Pendant les rigueurs de cet hiver de 88, lorsque la nourriture s'était mise à se raréfier, que l'on avait vu Léonarde ou la mère de Jean-Baptiste — la mémé Montégut — revenant de « faire la queue » aux boulangeries, rapporter de maigres miches mêlées d'autant de son que de farine, il avait commencé à se rendre compte que tout n'était pas si parfait en ce monde. Ensuite, les conversations du dimanche à Thias, entre son beau-frère, le châtelain, M. Dupré, parfois des visiteurs — conversations auxquelles il assistait pour voir encore Lise après qu'ils s'étaient quittés en revenant du vallon — lui avaient montré le royaume sous un aspect dont il ne se doutait pas. Quoique distrait par la jeune fille, par leur manège de regards, leurs évasions au long des allées sous prétexte de jeux avec la petite châtelaine, il s'était instruit de bien des choses qui le chagrinaient. Dès l'enfance, il avait eu sous les yeux, dans sa famille, l'exemple de l'ordre, de l'économie; plus tard, ses débuts dans le métier de son père et de tous les siens lui avaient confirmé la nécessité de ces deux règles, enseigné l'exactitude envers tous, la fidélité à une parole. Voilà qu'il découvrait dans le gouvernement des affaires publiques partout l'anarchie, le gaspillage, l'arbitraire, la mauvaise foi, l'injustice. Un sentiment de révolte s'était levé en lui contre ce gouvernement, ses ministres, les gens de Versailles, tous les privilégiés qui, pour conserver leur opulence, leur domination sur le tiers état populaire et bourgeois, prétendaient maintenir un régime qui entraînait tout le monde à la catastrophe. Mounier avait raison : la racine du mal se trouvait dans cette Cour égoïste. Il paraissait inconcevable qu'un peuple travailleur supportât la tyrannie d'un essaim de frelons.

« Votre raisonnement, mon cher Mounier, a de la justesse, venait de dire M. de Reilhac. Il y faudrait cependant quelques nuances, ajouta-t-il. Les rôles ne sont pas si tranchés ni les positions si simples. Par exemple, M. de Calonne, contre qui l'on a tant crié il y a trois ans, était un courtisan; néanmoins, son système : abolition des privilèges, égale répartition de l'impôt, établissement d'assemblées provinciales, répondait à ce que nous souhaitons. S'il eût été appliqué alors, toute la fermentation qui agite aujourd'hui le royaume n'existerait pas.

— Mon cher monsieur, observa M. Dupré en poussant son fauteuil pour fuir le soleil dont les rayons plus bas se glissaient sous les ramures du chêne, mon cher monsieur, celle de ces assemblées qui s'est tenue ici, en Limousin, n'a pas donné grand résultat, il me semble.

— Oh! si, répondit Claude avec un sourire. Elle en a eu au moins un, auquel on ne s'attendait point : elle nous a fait concevoir ce que nous désirons. Aujourd'hui, les réformes proposées par Calonne ne nous suffiraient plus.

— Pour ma part, avança doucement Jean-Baptiste prêt à dire qu'il s'en contenterait fort, je... »

Mme Naurissane ne le laissa point achever. Entrant, résolue et sarcastique, dans la conversation :

« Que vous faut-il alors, monsieur? lança-t-elle à Mounier. Un ministère du tiers état? Je vous trouve plaisant de nous parler de Versailles comme si vous aviez une oreille à l'Œil-de-Bœuf et une autre au Conseil! Que savez-vous, en réalité, de tout cela? M. de Reilhac dit vrai : les choses ne sont pas si rudimentaires. Votre tiers ordre me semble contenir en son sein des gens non moins égoïstes que les courtisans — et bien plus hypocrites. Avec un air tout dévoué au bien public, ils cherchent à tirer parti des circonstances pour se pousser du col, beaucoup plus qu'à remédier aux maux de l'État, dont ils ont la bouche pleine. Je ne serais pas surprise qu'ils souhaitassent d'envenimer ces maux, pour en tirer parti, » articula-t-elle avec, à son tour, un sourire moitié dédaigneux, moitié menaçant.

Comme Mounier ne répondait que par une inclination de la tête, elle reprit, le menton haut :

« La Cour n'est pas pire que le reste du monde; si elle compte des Polignac insatiables, elle a aussi ses La Rochefoucaud dont nul n'ignore le libéralisme, l'honnêteté, les lumières. M. de La Fayette, est-ce selon vous par obscurantisme qu'il est allé combattre en Amérique?

— Assurément non, madame. Vous avez tout à fait raison : il y a partout des gens de cœur comme des gens sans scrupules. Et, ajouta-t-il doucement en la regardant bien en face, il n'est pas facile, même pour une femme éclairée, sensible, certainement bonne, de ne pas céder à un parti pris quand elle juge des caractères. »

Un bref instant, Thérèse parut déconcertée, puis un éclair audacieux brilla entre ses cils.

« Eh bien, monsieur, il ne vous reste qu'à nous dire de quelle femme vous parlez.

— Mais de la Reine, évidemment, madame, répondit-il avec l'expression de la plus complète candeur. De la Reine qui aime trop les courtisans et nous déteste parce qu'elle juge mal à la fois d'eux comme de nous. Si peu sûres, bien entendu, que soient mes informations, je crois savoir qu'elle tient le tiers état pour un *ramassis de coquins*. Je peux me hasarder à vous garantir le mot. Il n'est ni aimable ni juste, vous l'avouerez, madame, car enfin tous ici nous appartenons au tiers, et nous ne sommes pas — du moins pas tous — des coquins. »

Conclusion qui fit bien rire Mme de Reilhac et Mme Dupré. Léonarde, se bornant à sourire, échangea un regard avec son mari. Il n'avait pas saisi les dessous de ces répliques. Quant à M. Dupré, il était simplement agacé par le ton de sa fille.

Bernard, lui, avait perçu au moins l'ambiguïté de ce dialogue — ambiguïté méprisante, d'un côté, de l'autre adroite, railleuse sans acrimonie. En somme, Mounier montrait avec esprit à Mme Naurissane qu'il ne s'en laissait imposer ni par son autorité ni par sa richesse ni par ses charmes, tout en rendant à ceux-ci l'hommage de la galanterie dont il enveloppait sa riposte. Galanterie d'homme à une jolie femme, jointe à une gentillesse de futur beau-frère.

Cette nuance-là ne pouvait qu'être odieuse à Bernard. Elle irritait la plaie saignante en lui. Il s'exaspérait de se sentir néanmoins prendre absurdement parti pour son rival contre Thérèse, alors qu'il aurait dû pencher vers elle, d'abord parce qu'étant homme il subissait physiquement son attrait, et parce qu'elle l'avait servi en combattant un projet de mariage dont elle s'était montrée adversaire résolue. Bernard lui en savait gré, mais, sur l'autre plan de ses préoccupations, il éprouvait une certaine défiance envers Mme Naurissane. A tout prendre, elle se rangeait, avec son mari, parmi les privilégiés, sinon de la naissance, du moins de la fortune.

Son époux, que l'on voyait rarement au village, était l'un des hommes les plus riches de Limoges, en tout cas le plus fastueux. Il avait trouvé dans la bourse paternelle de quoi acheter à vingt-trois ans — si jeune qu'il avait fallu des lettres de dispense — la charge de conseiller du Roi, trésorier particulier, maître de la Monnaie. Charge fructueuse dans laquelle il avait su, au demeurant, par de très réels mérites, accroître d'une façon considérable l'héritage de ses parents. Si bien qu'en atteignant la quarantaine il s'était fait construire, en bordure du boulevard de la Pyramide, dans le quartier nouvellement ouvert sur l'emplacement des remparts démolis, un hôtel d'une exceptionnelle magnificence, à peine moins grand et intérieurement plus somptueux, disait-on, que le palais édifié peu avant, sur les bords de la Vienne, par l'évêque Mgr Duplessis d'Argentré. Pas un voyageur de marque, français ou étranger, ne traversait la province sans descendre chez les Naurissane. Ils recevaient l'intendant de la généralité : Mgr Meulan d'Ablois, avec toute l'aristocratie locale. Louis Naurissane, du reste, était à présent seigneur de Brignac. Il venait d'acquérir, pour l'énorme somme de deux cent quatre-vingt-dix mille livres, cette baronnie féodale qui ne comprenait pas moins de quinze domaines étendus sur cinq paroisses du Limousin et de la Marche. Il faisait actuellement moderniser le château. En outre, il était propriétaire depuis longtemps d'une grande maison de campagne sur les collines entre lesquelles la Vienne coulait, large et paresseuse, en amont de Limoges. Il possédait aussi des borderies, des bois, des moulins sur l'Aurence, dans la paroisse d'Isle, celle-là même où se trouvait Thias.

Une telle position en ce monde pouvait évidemment faire oublier à Mme Naurissane que son père y avait débuté par l'état misérable de petit goujat de ferme avant d'entrer dans le commerce comme courtaud de boutique. Certes, il ne devait son ascension décisive qu'à sa volonté, à son courage au travail, à sa probité, à son entente du négoce, mais enfin les origines d'un Mounier, d'un Bernard Delmay lui-même, étaient bien supérieures. Les Mounier avaient pendant des siècles donné des consuls à la ville, des officiers à la milice bourgeoise. Alors pourquoi Thérèse se montrait-elle si acharnée envers Claude? Jusque-là, elle avait partagé, dans sa vive affection pour sa sœur, le parti pris par celle-ci contre le jeune avocat. Puisque Lise, à présent, s'était rendue, qu'elle acceptait d'un cœur léger ce mariage, son aînée n'avait aucune raison de continuer la guerre. Aucune.

A moins que!... Une brutale émotion secoua Bernard. S'il se trompait! Si Lise ne cédait vraiment qu'à l'inévitable, si elle en était réellement très malheureuse, si Thérèse le savait! Alors elle aurait une raison, toutes les raisons!...

L'idée qu'il s'était menti à lui-même en accusant Lise le saisit. En vérité, ne s'était-il pas pris de fureur contre elle parce qu'il se savait impuissant à la tirer avec lui de l'affreuse impasse où ils se trouvaient? Il avait voulu se convaincre qu'elle le trahissait, quand elle l'aimait toujours, malgré elle.

Mais il s'était montré si lâche, si odieux, que Lise devait à bon droit le mépriser. La honte, le remords le retenaient de se tourner vers elle. Enfin, il chercha anxieusement son regard. Ils avaient l'habitude de se parler ici avec les yeux. Il mit toute une imploration dans l'appel qu'il lança vers la jeune fille par-dessus l'épaule de Mme Naurissane. Lise le perçut. Elle conversait à mi-voix avec Mlle de Reilhac qui était venue s'accouder à son fauteuil, ou plutôt elle relançait par moments, d'une réponse banale, le babil de l'enfant. Elle regarda Bernard, comme il le désirait. Elle ne pouvait pas ne point entendre ce qu'il voulait lui dire. Cependant ses yeux ne s'animèrent pas, elle les baissa bientôt.

Parbleu! Qu'espérait-il après l'avoir cruellement insultée? Que devait-elle attendre d'un garçon auquel il lui avait fallu dire : « Je ne vous aurais pas cru méchant. » Quelle confiance pouvait-elle mettre en lui? Si, à cette heure, un miracle eût pu, matériellement, les rendre l'un à l'autre, pourquoi l'eût-elle souhaité?...

La discussion continuait autour de la table à jeu. M. Dupré, tapotant sa tabatière, parlait en ce moment du Roi.

« On peut faire fond sur lui, assurait-il avec conviction. Nous connaissons tous son honnêteté. Quand il a dit : « M. Turgot et moi sommes seuls à aimer le peuple », c'était vrai.

— Sans doute, concéda Claude, mais sait-il seulement ce qu'est le peuple? Et puis sa femme le mène comme elle veut, et le dupe de honteuse façon. »

Thérèse réagit de nouveau.

« Permettez-nous de n'en rien croire, répliqua-t-elle vertement. Vous avez de mauvaises lectures, monsieur. Vos idées sur Marie-Antoinette sortent tout droit, on le voit trop, de ces libelles injurieux et obscènes qui se délectent à la peindre comme une nouvelle Messaline. Il n'y a pas de monstruosité dont ils ne la chargent. Si cela se pouvait, ils inventeraient des vices pour les lui prêter! Laissez-moi vous le dire, poursuivit-elle avec un regard nacré de mépris, il faudrait avoir en soi-même quelque chose de bien vil pour accorder la moindre complaisance à ces imputations.

— Madame, dit Claude en souriant, cette indignation vous honore. Je préférerais de tout cœur, je vous l'assure, vos renseignements aux miens. Ceux-ci sortent en effet de ces libelles infâmes. Je n'aurais pas cru que des dames pussent en avoir connaissance. Pourquoi pas, en somme! *Je consens qu'une femme ait des clartés de tout*, n'est-il pas vrai? Quant à la Reine, Rohan, ce bon cardinal, a estimé qu'avec un collier de diamants il pouvait obtenir ses faveurs, ne l'oublions pas.

— Sa faveur, monsieur! Employer ici le pluriel, c'est une calomnie. »

M. Dupré faisait avec mécontentement claquer le couvercle de sa tabatière, car le ton de Thérèse montait trop. Elle cherchait un esclandre, c'était visible. Cela devenait gênant pour tout le monde. Mme de Reilhac, qui, aidée mécaniquement par Lise, servait des boissons fraîches à la réglisse apportées par une servante, saisit avec adresse le dé de la conversation. Si, dans le ménage royal comme dans tant d'autres, déclara-t-elle, l'épouse pouvait parfois porter la culotte, la Reine cependant ne présiderait pas les États.

« Le Roi, enchaîna M. de Reilhac, a montré en toute occasion son goût du bonheur public, si les cabales des uns ou la sottise des autres l'ont toujours empêché de le réaliser. Il peut trouver auprès des représentants de son peuple l'appui que nul jusqu'à présent n'a pu ou voulu lui fournir. Voilà notre chance, messieurs, car nous, de notre côté, nous ne pouvons compter que sur lui.

— Croyez-vous, monsieur, dit Jean-Baptiste Montégut, qu'il prendra notre parti contre sa Cour, contre la Reine? — dont je ne mets point en doute la vertu, précisa-t-il à l'adresse de Mme Naurissane, mais dont nous n'avons assurément pas *la faveur*.

— Ma foi, j'ai pleine confiance dans la bonne volonté du Roi. Je suis convaincu qu'avec le soutien de tous les honnêtes gens des trois ordres il serait heureux d'établir des institutions conformes au progrès de l'esprit, modernes, en un mot.

— Modernes, modernes! fit M. Dupré, je veux bien. On propose dans *La Feuille hebdomadaire* beaucoup de choses dont bon nombre me paraissent des billevesées. De plus, tout cela reste singulièrement confus, pour ne pas dire incohérent. Je voudrais voir une vraie construction, une charpente au moins. »

Léonarde, toute discrète qu'elle était dans ce cercle où elle se sentait petite, ne put s'empêcher d'approuver. Cette fièvre de changement inquiétait un peu en elle la ménagère.

« Avant de toucher à ce qui existe, remarqua-t-elle, ne faudrait-il pas savoir bien ce que l'on va mettre à la place?

— On le sait à peu près, répondit le châtelain. Le système préconisé unanimement par les esprits les plus raisonnables, c'est une monarchie tempérée, gouvernant avec le concours de délégués des États provinciaux. De cette façon, le pays actif, celui qui travaille, qui produit les richesses, participerait à la rédaction des lois et en surveillerait l'exécution.

— Nous n'en sommes pas là, tant s'en faut, observa Claude. Rien ne se fera si, aux États, on ne délibère par tête. »

Mme Dupré, bonne bourgeoise de cinquante-trois ans dont les vertus étaient toutes domestiques, s'enquit de ce que signifiaient ces mots.

« On ne cesse, dit-elle, d'entendre ces deux expressions : « par tête », « par ordre ». Je n'y comprends rien. Par ordre de qui? Par tête de quoi? De bétail?

— Ma chère dame, répondit Claude en riant, la chose est simple : délibérer par ordre, c'est réunir en une seule voix les votes de chacun des trois ordres. Ainsi la noblesse aurait une voix dans les délibérations, le clergé une, le tiers état une. Cela revient à dire que nous, le tiers, nous trouverons toujours deux voix opposées à la nôtre contre toute réforme touchant aux privilèges importants. Si, au contraire, on délibère par tête, la voix de chaque député comptera. Dans ce cas, comme les votes du bas clergé et d'une fraction de la noblesse se joindront aux voix du tiers, nos députés seront les plus puissants. Les grands changements souhaités pourront s'accomplir. »

Sur quoi le jeune avocat, se levant, se dirigea vers Lise réinstallée un peu à l'écart, dans son fauteuil, tandis que Mlle de Reilhac, brandissant un filet, poursuivait des papillons. Claude avait été trop pris par la discussion, trop occupé à parer les bottes de Thérèse, pour saisir ce qu'il y avait d'anormal dans l'attitude de la jeune fille, dans le soin que Bernard et elle mettaient à s'éviter.

« Nos propos vous ennuient, lui dit-il. Voulez-vous que nous parlions de choses moins sévères en nous promenant un peu?

— Monsieur, je suis votre servante. »

Il lui offrit le bras. Mme Naurissane les observait avec une crispation de la lèvre et du sourcil. Elle jeta un coup d'œil vers Bernard. Les traits tirés, un creux d'ombre sous les paupières, il ne semblait soucieux que d'entendre le châtelain et M. Dupré qui stigmatisaient l'attitude du Parlement de Paris. En se prononçant contre le vote par tête, pour préserver leurs propres privilèges, les conseillers avaient trahi le tiers dont ils se prétendaient jusque-là les défenseurs.

II

« Bonjour, beau damoiseau! » dit la jolie fille en passant. Elle arrêta sur Bernard ses yeux verts, bordés de cils sombres. « Tiens! qu'as-tu donc? Tu es malade?

— Malade, moi! Tu rêves.

— Tu n'as pourtant pas fraîche mine. Pour un garçon si sage! » ajouta-t-elle avec un éclair de moquerie.

« Peut-être le serais-je moins si tu l'étais un peu plus, répliqua Bernard en rangeant par paquets des écheveaux de laine.

— Par exemple! Que se passe-t-il? Les amours villageoises ne vont plus? Monsieur serait disposé...

— A rien, trancha-t-il. Ne perds pas ton temps en propos oiseux. Tu vas faire attendre tes pratiques. »

Elle était coiffeuse. Chaque matin, elle commençait de bonne heure la tournée de ses clientes, allant de maison en maison donner ses soins aux chevelures de la moyenne bourgeoisie d'abord, puis de la grande et des dames aristocratiques qu'elle revenait assez souvent coiffer de nouveau pour le souper de cinq heures ou la soirée. Couverte de sa mante matinale, on ne voyait d'elle que le triangle du visage, très clair sous la capuche ombreuse, les yeux hauts et larges dont le blanc, auprès des prunelles vert foncé, entre les franges des cils noirs, avait un éclat de porcelaine, le nez légèrement retroussé avec des narines accusées, mobiles, très expressives. La bouche pulpeuse, rieuse, était encore du rose vif de l'enfance.

Bernard se remit à la besogne. « Eh bien va, dit-il, va! Bonne journée, Babet. » Mais elle, se rapprochant du garçon : « Veux-tu

que nous nous retrouvions, ce soir? » Il secoua la tête. — « N'essaie pas de me faire croire que tu n'as pas d'autre rendez-vous.
— Eh! répondit-elle en riant. Qui sait! Peut-être mes amours à moi aussi ne vont-elles pas. Ou peut-être suis-je capable de te préférer à d'autres. Dis oui, tu verras bien. »

Il la regarda de nouveau. Ce sourire sur ces lèvres et dans ces yeux était-il tendre ou persifleur? L'irritant, avec elle, c'est que l'on ne savait jamais au juste ce qu'elle pensait. « Adieu », dit-il sèchement. Il prit à brassée les écheveaux pour les emporter dans la boutique. « Tu as tort, mon miston! » lui lança Babet, riant toujours. « Tu ne sais pas ce que tu perds. »

Bernard, Léonarde et Jean-Baptiste habitaient non loin de la Vienne, de la cathédrale et du palais épiscopal, au milieu du faubourg Manigne où se trouvait la mercerie-bonneterie, à la lisière de la ville basse, appelée la « Cité ». Dans quelques années, Bernard s'associerait avec son beau-frère. En effet, Jean-Baptiste, veuf sans enfants, remarié à Léonarde, comptait déjà quarante-trois ans; la fille et le fils qu'il avait eus de cette seconde union étaient encore en très bas âge. Quand il se retirerait des affaires, le garçon serait trop jeune pour assumer seul la charge de la boutique et du magasin. D'abord aide de son beau-frère puis guide de son neveu, Bernard ferait la liaison entre les deux générations. Ce destin tout tracé lui plaisait. Descendant d'une longue lignée de commerçants, il n'avait jamais songé à une autre profession.

A côté de la mercerie, dans le faubourg grisâtre, serré entre ses façades de torchis croisillonné de bois, tout semblable à ce qu'il était au Moyen Age, avec son pavage grossier au milieu duquel coulait, les jours de pluie, le ruisseau charriant des détritus, un porche plafonné d'énormes poutres supportant trois étages de logements s'ouvrait entre deux maisons. La place étant rare autrefois dans la ville murée, on construisait en hauteur. Ce porche formait, en fait, l'entrée d'une impasse qui s'élargissait sensiblement après ce goulet. Comme elle n'était fermée dans le fond que par un bâtiment bas, occupé, sous son grenier aux tuiles noircies, par les chevaux et les véhicules d'un voiturier, elle ne manquait pas de lumière ni de quelque gaieté, bien qu'elle fût malpropre et fortement odorante du fumier entassé dans un angle. D'assez grandes plaques d'herbe un peu lépreuses s'étendaient là sur le sol inégal, en légère pente, où s'échelonnaient les seuils des maisons. Une vigne courait sur le crépi crevassé, un rosier fleurissait un autre mur, accompagné de plantes en pots sur les fenêtres. C'était la demeure de Sage, le voiturier. Il logeait là, juste à côté de ses écuries, avec sa pullulante famille. En face s'ouvrait la remise de la boutique Montégut.

Sage ne comptait pas moins de cinq fils et six filles, parmi lesquelles Babet. Elle avait le même âge que Lise Dupré. Avant de connaître Lise, Bernard avait mainte fois failli céder à l'attrait de cette séduisante voisine, bien qu'il n'ignorât pas combien elle faisait mentir son nom. La sagesse, en effet, était le seul charme dont elle manquât. Peu importait. Avec elle, il ne s'agissait pas d'amour, simplement de plaisir. On pouvait être certain d'en avoir. Mais Bernard redoutait il ne savait quoi d'elle, de sa nature. Aussi lui avait-il toujours préféré des filles moins troublantes, encore que la tentation fût quotidienne, car il n'était guère de jour où ils n'eussent l'occasion de se rencontrer, soit dans l'impasse, soit dans le voisinage, soit ailleurs, en ville. Du reste, depuis que Lise régnait sur lui, il ne prêtait plus attention à Babet. Il tendait plutôt à l'éviter. Ses yeux trop brillants, sa bouche sinueuse, la séduisante minceur de sa taille, les mouvements de ses hanches et de ses robes, sa chair blonde dont elle montrait le plus possible et dont les contours cachés se révélaient à travers le voile des vêtements, le gênaient, contrariant le grand souffle purificateur que Lise avait fait lever en lui.

A présent, ce souffle, il lui fallait l'éteindre ainsi que tous les souvenirs de Lise. Nulle fille ne parviendrait à les abolir, sinon celle-ci avec sa complexion inquiétante mais peut-être bienfaisante en l'occurrence, parce que capable d'envahir corps et âme si l'on s'abandonnait à elle, d'envoûter comme une sorcière — une gracieuse sorcière. Bernard était loin de penser tout cela; il le sentait obscurément. D'instinct, après une nuit affreuse, il était allé, ce lundi, se mettre sur le passage de Babet. Lise restait bien trop présente en lui pour qu'il pût si vite changer de penchant. Il avait cru redouter que Babet ne se moquât de lui. En réalité, c'était encore l'amour dans toute sa pureté qui se cabrait devant elle.

Il en fut ainsi pendant des semaines. Bernard tenait fermement sa résolution de ne pas retourner à Thias. Il ne pouvait néanmoins empêcher ses souvenirs et son imagination de lui rappeler ce qui s'y était passé ni de lui peindre ce qui s'y passait maintenant. En dépit de tout, chaque dimanche, quand Léonarde partait avec son mari pour le village, dans le vieux cabriolet servant aux tournées campagnardes de Jean-Baptiste, son cœur s'en allait avec eux. Lui, la poitrine vide, la tête pleine d'images qu'il ne parvenait pas à effacer, il restait sans goût pour descendre retrouver ses amis sur les bords de la Vienne où l'on pêchait, où l'on dansait. Il traînait dans la maison, entre la « mémé Montégut » et les deux enfants, berçant le plus jeune, apprenant à la fillette à marcher —, songeant douloureusement que Lise et lui auraient pu avoir, un jour, une adorable petite poupée comme celle-là. Ou bien il montait dans la ville haute dominée par la flèche et la boule de Saint-Michel-des-Lions, pour aller jouer à la paume, partie après partie, jusqu'à tomber de fatigue. Quoi qu'il fît, quand sa sœur et son beau-frère rentraient à l'heure du souper, il devait réprimer à grand effort l'envie de poser des questions. Il voulait oublier Lise, pourtant il aurait voulu entendre parler d'elle. Léonarde le sentait bien. Elle aurait aimé lui donner cette consolation, tout en craignant que ce ne fût un aiguillon au lieu d'un baume, mais elle n'avait rien à dire, sinon que Mounier était à présent établi là-bas sur le pied de prétendant agréé, et que Lise semblait accepter la situation avec raison et courage. Léonarde la plaignait, convaincue que la jeune fille avait fait un dur sacrifice, dont elle ne soupçonnait probablement pas toutes les suites. Du reste, trop fière pour accepter des marques de pitié ou même se prêter à la moindre effusion, elle gardait pour elle, jusque dans son amabilité, le secret de ses sentiments.

Cependant, Babet, qui savait tout — à courir les cabinets de toilette, elle connaissait par le détail la chronique limougeaude intime —, n'avait eu nulle peine à vérifier ce que lui laissait entendre le changement survenu tout à coup dans les façons de Bernard, dans ses habitudes de quatre mois. Quand il commençait à s'en aller passer tous ses dimanches avec son beau-frère et sa sœur, elle avait découvert, à la source la plus directe : Mme Naurissane en personne, car elle la coiffait, ce qui attirait le jeune homme à Thias. Elle connaissait maintenant, de la même manière — c'est si facile, pendant que l'on brosse longuement une chevelure pour la débarrasser des restes de poudre, de collectionner les réponses à des questions qui n'ont pas l'air d'en être! — le projet quasi officiel de mariage entre l'avocat Mounier et l'objet si cher à Bernard. Assurée ainsi de la conjoncture, elle mettait tout en œuvre pour prendre sa revanche sur le beau garçon qui l'avait toujours dédaignée.

Souvent, dans la salle du jeu de paume, tandis que, en corps de chemise, il envoyait avec force la balle rebondir contre le mur de batterie ou que, d'un coup de raquette habile, il la dirigeait, par-dessus le filet, vers le toit de service, il apercevait Babet à travers le treillage des ouverts, grillagés pour garantir les spectateurs. Coupée à la taille par le mur bas, on ne la voyait qu'en buste. L'obscurité régnant dans la galerie rendait cette silhouette plutôt confuse, mais Bernard l'identifiait aisément à l'éclat du décolleté large, laiteux dans la pénombre. Il eût été difficile aussi de ne pas reconnaître le rire avec lequel elle répondait aux fortes galanteries des hommes jeunes et vieux, vite attirés autour d'elle, ce rire un peu roucoulant, avec un fond acide comme un vin de pierraille. Peu de femmes venaient ici, aucune de bonne réputation. L'atmosphère assez brute où paraissait à cru la liberté des hommes entre eux, cette chaude odeur de la force mâle, ces gaillards suant de leurs efforts, l'évidence de l'effet qu'elle produisait sur eux : tout cela formait un concert bien choisi pour plaire à une fille comme Babet. Nulle autre n'aurait eu comme elle le sentiment que tout lui était permis — au point de s'avancer, dans l'ouvert, jusqu'à la porte, jusqu'à côté du marqueur, pour applaudir ostensiblement Bernard, provoquant du même coup une émulation générale. Ce manège, dont il sentait l'ironie, l'agaçait. Il n'en éprouvait pas moins le désir rageur de montrer à cette moqueuse créature de quels exploits il était capable, et de lui imposer, au moins là-dessus, le respect. Si, pour avoir voulu trop bien faire, il perdait une chasse, un avantage ou un jeu, il enrageait contre elle.

Elle l'irritait encore avec sa façon de le poursuivre et en même temps de le rebuter par ses perpétuelles railleries, quand il eût peut-être cédé à l'instinct qui lui avait confusément montré en elle le remède à son mal. Par moments, elle l'exaspérait.

« Ah! lui lançait-il en faisant claquer ses doigts, je suis bien sot de supporter ta compagnie! Va donc retrouver tes galants! Je ne veux plus te voir. »

Néanmoins, à mesure que s'avançait l'automne, ils se rencontraient de plus en plus fréquemment, le soir, dans l'impasse, après le souper. Les jours s'accourcissant très vite, c'était déjà — la demie de cinq heures à peine sonnée — le moment partagé entre la lumière et les ténèbres. Les toits des maisons plus ou moins hautes découpaient des créneaux encore blonds sur le ciel encore vert, à peine rosi par la brume montant de la Vienne. Dans l'impasse, l'ombre sortait des murs au pied desquels elle s'était resserrée. Elle semblait sourdre du torchis, entre les rectangles des fenêtres dont certaines s'éclairaient faiblement à travers leurs petits carreaux.

Sans se donner le mot, Bernard et Babet évitaient le centre de la cour où la clarté résistait encore. Contre la remise Montégut s'entassaient de vieux emballages dont Bernard ou Jean-Baptiste faisaient du bois pour allumer le feu. Bernard avait disposé côte à côte deux de ces caisses. Il s'asseyait là, dans la nuit tombante. Babet venait l'y rejoindre. Elle étouffait son rire. Ils parlaient bas. Les braillements des gamins dans les maisons s'étaient tus. Les bruits ménagers s'éteignaient un à un, en même temps que la plupart des chandelles. Parfois cependant un marmot, tourmenté par quelque colique ou par ses dents, se mettait à hurler. Ou bien un pas résonnait sur les pavés du faubourg, une silhouette confuse passait le porche. Puis le silence se réinstallait. Jusqu'au moment où le père Sage, une lanterne à la main, le déchirait effroyablement en fermant la porte de l'écurie. Les battants poussaient l'un après l'autre un cri de bête égorgée, avant de se clore en un coup sourd. Et, cette fois, c'était la paix.

Ce qu'il y avait d'humblement dramatique dans cette installation de la nuit retentissait en Bernard sensibilisé par l'épreuve de la douleur. Il eût aimé se taire, attirer contre son épaule la tête de Babet, faute d'y pouvoir appuyer celle de Lise, et s'enfoncer avec sa tristesse adoucie dans l'engourdissement de cette étreinte. Mais Babet n'était ni paisible ni apaisante. Loin de là! Rien que son parfum eût suffi à rendre tout calme impossible auprès d'elle. A force d'employer chez ses pratiques les poudres, les onguents, les eaux de senteur, elle restait imprégnée d'une odeur capiteuse où dominaient les deux plus tenaces relents : celui du musc, celui du lys d'Espagne. Mélange insidieux qui appelait à l'ivresse, à la violence.

Il dissipait fougueusement la mélancolie de cette heure non sans charme ni sans richesse pour une âme blessée. Ce charme, Babet ne pouvait le sentir : il y avait dans sa jeunesse sans souci trop de vitalité, et en elle trop de goût justement pour toutes les violences, les violences joyeuses. A mi-voix, elle ne cessait d'attaquer Bernard, se moquant de ce qu'elle appelait ses airs transis.

« Tu vas devenir une vraie fille, disait-elle. Ah! le beau joueur de paume! Tu ferais mieux d'endosser la soutane. Ou le froc, pardienne! Ça t'irait si bien de chanter matines. »

Ou encore, emportée comme par un élan pitoyable, elle se pressait contre lui.

« Oh! pauvre mion, que je te plains! Comment peux-tu être si assoté? » s'écriait-elle en lui mettant sous le nez ses seins offerts comme en une corbeille, dans son décolleté jamais couvert d'aucun fichu ou mouchoir de gorge. Si le garçon se laissait aller à vouloir porter la main sur ces rondeurs blanchoyantes dans l'ombre et odorantes, Babet se retirait avec une ondulation de couleuvre. Elle se renfermait dans sa mante.

« Voyons, Bernard, tu n'y penses pas! Te commettre avec une fille de mon espèce!

— Ton espèce! Quoi! ton espèce! Je ne t'ai jamais méprisée. A tes façons, croirait-on pas que je t'ai fait injure? Qu'as-tu donc contre moi, enfin?

— Rien. Absolument rien. Au contraire, je t'aime bien, tu vois, puisque je viens te tenir compagnie, que j'essaie de te distraire.

— Drôle de distraction, sur mon âme! Tu me harcèles et tu me repousses.

— Je ne te repousse pas, je me sauve. J'ai peur de toi, vois-tu, dit-elle avec une candeur qui couvrait la plus insidieuse ironie, car Babet savait bien que c'était lui qui avait eu peur d'elle. Tu es trop beau garçon, trop volage. Tu prendrais mon cœur si je m'abandonnais à toi. Que deviendrais-je? »

Il entra en colère, élevant la voix.

« Volage, moi? Volage? eh bien, ça, par exemple! C'est la plus grande injus...

— Chut! chut! on va t'entendre, murmura-t-elle en lui posant sur les lèvres ses doigts parfumés. Inconstant, disons, si tu préfères. Combien en as-tu eu, de filles?

— Et toi, combien as-tu eu de galants, jeunes ou vieux? combien de bourgeois? combien de beaux messieurs de la noblesse? Et même combien de ces dames? Car il paraît que tu es comme notre bonne Reine : tu ne te bornes pas aux hommes. »

Elle se leva, chuchotant d'un ton calme et triste :

« Tu vois quelle estime tu as pour moi. Tu crois tous les mensonges que l'on colporte sur mon compte. Voilà comment tu me remercies de mon amitié. Comprends-tu à présent pourquoi il ne peut y avoir d'amour entre nous? Adieu, Bernard! Je ne t'importunerai plus. »

Il savait pertinemment qu'elle lui jouait la comédie. Elle ne le cachait même pas; en s'éloignant de lui, elle étouffait à peine un petit gloussement. Mais cette répétition d'une autre rupture trop véritable, celle-là, hélas! lui faisait mal et le rendait lâche. Il saisit Babet par le bras, à travers sa mante, la ramena près de lui.

« Allons, dit-il, entrant dans le jeu puisqu'il le fallait. Je te demande pardon, mais tu n'ignores pas du tout que je ne te juge en aucune façon. Je te trouve très bien telle que tu es, je ne suis pas jaloux.

— Ah! oui, vraiment? Je devrais me sentir flattée d'entendre cela? Tu n'es pas jaloux de moi! Quel cœur m'offres-tu alors, qui tiendrait si peu à obtenir le mien sans partage? Non, tu ne me méprises pas. C'est pire : tu me prends pour rien. Va-t'en. Je ne veux plus t'entendre.

— Eh! par ma foi! s'exclama-t-il, lâchant avec dépit le bras dont il sentait l'agréable rondeur, porte-le au diable, ton damné cœur! Et le reste avec. »

Bouillant d'exaspération, il rompit, gagna en deux enjambées la remise où il tâtonna au milieu des ténèbres pour découvrir l'escalier roide comme une échelle qui menait à sa chambre. C'était une soupente dans le grenier du petit bâtiment établi en appentis. Il s'y trouvait bien chez soi, libre, s'il le voulait, de sortir et rentrer sans traverser la maison. Il alluma la chandelle en se jurant de ne plus adresser la parole à Babet. Complètement insensée, cette fille! Pour qui se prenait-elle? A quoi prétendait-elle?...

Il marchait de long en large, sur ses bas, car il s'était déchaussé pour ne pas faire trop de bruit. De colère, il tapait dans sa main avec son poing.

Et il oubliait Lise.

Peu à peu, par ses manèges, Babet en était arrivée à substituer en lui le souci d'elle-même au chagrin de l'amour déçu. Sans que Bernard s'en rendît compte, son esprit ne ranimait plus ces souvenirs que par un mécanisme d'habitude. Si les regrets subsistaient dans son âme, si, par instants, ils le lancinaient encore, la pensée de Babet, l'effet irritant qu'elle produisait sur ses nerfs, le besoin de dompter son effronterie, le désir enfin, l'occupaient d'une façon de plus en plus constante.

Il se croyait cependant bien certain de la laisser à ses extravagances, lorsque — ayant passé trois jours sans la voir — il la rencontra brusquement sur la place Tourny, devant la porte du même nom, dont l'arc ornemental se dressait au bas de la « ville haute ». Bernard, portant deux paquets, allait livrer à un tailleur une commande de fils, de boutons et de ganses. Quant à Babet, un tablier de satinette grise sur sa robe, elle tenait à la main l'espèce de grande bourse dans laquelle elle mettait ses instruments. Elle venait d'apprêter pour un souper de fiançailles l'épouse et la fille d'un gros commerçant qui habitaient là tout près, place Saint-Martial. Traversant l'arc en sens inverse, les deux jeunes gens se trouvèrent face à face. Ils ne pouvaient s'éviter. Au demeurant, Babet ne semblait pas en avoir l'intention.

« Te voilà! s'exclama-t-elle en riant. Eh bien, que dis-tu, mon bel ami? »

Elle était singulièrement agréable à regarder. Si vivante! Quelle intensité jusque dans ses couleurs : le ton chaud de son teint, le rose sanguin de ses lèvres avec, entre elles, le vif brillant des dents, le vert des yeux plus sombre, plus dense par contraste avec le pastel de la chevelure vaporeuse et grise. Celle de Lise dorait la poudre, le noir puissant de ces cheveux la bleuissait.

« Veux-tu toujours que j'aille au diable? ajouta Babet ironique en voyant de quelle manière Bernard l'examinait.

— Bah! façon de parler. Et puis quoi! tu as commencé toi-même. Tu m'as dit de te laisser, que tu ne voulais plus m'entendre.

— Façon de parler. Écoute, poursuivit-elle en lui touchant gentiment le bras, je n'ai pas le temps de bavarder, à cette heure. Sais-tu? c'est après-demain dimanche. Nous irons nous réconcilier au *Tonneau*, nous nous amuserons comme deux bons amis. »

Un doigt dressé, elle spécifia :

« Rien que de bons amis, tu entends! »

Ils convinrent de se retrouver là-bas vers une heure de relevée.

Le lendemain, en s'éveillant, Bernard s'aperçut que sa première pensée était maintenant pour Babet, non plus pour Lise. Il pouvait songer à celle-ci sans souffrir. Il gardait pour elle un profond sentiment d'amour, désincarné en quelque sorte, avec l'émerveillement, la nostalgie que laissent en nous les beaux rêves.

Bientôt même, il se rendit compte que cela devenait presque un bonheur, de penser ainsi à elle : un bonheur un peu triste mais doux à l'âme comme l'étaient aux yeux les couleurs du soir tombant qui rosissait les tuiles et mettait une poudre bleuâtre dans les perspectives des rues. C'était samedi. Bernard allait à la Poste aux chevaux chercher des marchandises. Tout en poussant machinalement son charreton vers la place Dauphine, il se rappelait quel sentiment d'incrédulité il y avait eu longtemps au fond de son amour pour une jeune fille si manifestement supérieure à lui-même. La même nuance se glissait dans ses souvenirs. Peut-être en viendrait-il, un jour, à douter que tout cela ait été réel. Il ne reste pas grand-chose de ce que nous avons vécu...

Une main l'interrompit en se posant sur son épaule.

« Alors, cadet, on rêve! » C'était son père. M. Delmay, négociant très estimé à Limoges, habitait, tout à l'opposé de la Cité, dans la ville haute : faubourg Montmailler, près de la place Dauphine. Il vivait avec son fils aîné, Marcellin, la jeune femme de celui-ci et leurs enfants. Marcellin était son associé dans un commerce de draperie en gros.

« Tiens! s'exclama Bernard. Bonsoir, mon père. Je suis bien aise de vous voir.

— Moi aussi, mon garçon. Comment se porte-t-on, faubourg Manigne? »

Ils échangèrent des nouvelles. M. Delmay, fort quinquagénaire aux yeux vifs, au verbe sonore, était en bottes. Il revenait de la foire de Saint-Léonard où il avait acheté des laines brutes.

« Je me demande bien pourquoi, ajouta-t-il. On achète par routine, sans savoir comment ni quand on écoulera la marchandise. En ville, encore, il y a de l'argent chez certains, mais on ne peut plus vendre aux gens des campagnes. »

Il fit sur ses doigts une énumération des prix. Ils montaient sans cesse. La futaine, le droguet avaient encore augmenté de trois sols; le bureau, de cinq; les grands draps, de six à huit. Quant aux toiles fines, aux soieries, elles avaient pris jusqu'à vingt sols. Colérique, il s'échauffait en parlant.

« On n'a jamais vu chose pareille, conclut-il. Cela ne peut plus durer. Tout cassera, un de ces jours.

— Ne croyez-vous pas que les États arrangeront les affaires? demanda Bernard.

— Bah! les États, les États! Une foutaise, entre nous, mon garçon. Ce sera un ramas de ces parleurs qui nous cassent les oreilles avec leurs systèmes. Ils mettront le désordre à son comble, voilà tout. Du temps de mon père et du père de mon père, en France chacun vivait à l'aise. Aujourd'hui on a des « idées nouvelles », de « la philosophie », comme dit *La Feuille hebdomadaire*. Des balivernes, oui, avec lesquelles on brouillonne tout, voilà mon avis. »

En quittant son père, Bernard se demandait si celui-ci ne voyait pas juste. Pourtant ce n'était pas les idées nouvelles qui avaient rendu l'impôt écrasant, comme le signalait M. de Reilhac, ni le pain rare, l'hiver dernier. Elles naissaient d'un état de fait bien antérieur à elles. Mounier, une fois, à Thias, avait dressé, avec sa clarté habituelle, un tableau où il peignait la France établie pendant des siècles dans un ordre de choses imposé empiriquement par les circonstances successives. Les castes, avec leur fonction précise, l'absolutisme royal avaient servi la nation, lui permettant de se constituer en une puissance cohérente et forte. Mais depuis ils étouffaient son développement. Si bien que le corset s'était mis à craquer de lui-même. Il convenait à présent d'en dépouiller les vestiges, de substituer la raison, la logique, à l'empirisme, d'adapter les institutions à l'évolution générale du monde.

Bernard remuait ces pensées en redescendant de la Poste avec son charreton qu'il peinait à retenir. Dans le soir brunissant où les chandelles commençaient de s'allumer derrière les vitrages des boutiques, son regard saisit parmi les rares passants une silhouette : celle de Babet, sans aucun doute. Cette allure vive, souple, ces mouvements de hanches n'appartenaient qu'à elle. Au demeurant, elle portait sa bourse de coiffeuse.

Il serra la manivelle pour arrêter le charreton, mais Babet, à distance, tournait dans la courte rue des Filles-Notre-Dame, étroite entre ses maisons dont les étages en encorbellement se rejoignaient presque, et déserte à cette heure. Seuls les talons de la jeune femme sonnaient sur le pavé. Elle marchait vite, sans avoir remarqué Bernard. Tant pis! Il allait la quitter des yeux pour se remettre en route, quand il vit une ombre masculine debout devant la fontaine en forme de pyramide dressée sur la placette triangulaire, en face du couvent. Un malandrin! Non, Babet se dirigeait droit vers lui. Il s'avança lui aussi en la saluant, la prit familièrement au bras. Ils disparurent dans les pans d'obscurité projetés par les façades. D'après son port, l'homme semblait avoir environ la cinquantaine. Ce devait être quelque bon bourgeois, gourmand de chair jeune et soucieux du qu'en-dira-t-on.

Bernard ne fut pas surpris, bien entendu. Depuis qu'il voyait Babet, c'est-à-dire depuis trois ans qu'il habitait faubourg Manigne, il connaissait son train. Ressentir à son propos la moindre jalousie eût été insensé. Bernard n'imaginait pas qu'il pût jamais en éprouver pour elle. Et pourtant, en reprenant son chemin, il se sentait de nouveau irrité. La perspective de passer en sa compagnie la relevée du lendemain ne lui souriait plus.

Il alla au *Tonneau du Naveix*, mais en retard. C'était — au-dessous de la cathédrale, de l'abbaye de la Règle et du quartier appelé l'Abbessaille qui descendait abruptement jusqu'au bord de la Vienne — une auberge du port au bois, lequel gardait du Moyen Age son nom bas latin : naveix, métamorphose de *navigium*. La bâtisse, fort vieille, en torchis croisillonné de poutrelles, faisait face à la grève cahoteuse, creusée d'ornières par les charrois. Sur sa légère pente on tirait les troncs descendus au fil du courant, arrêtés un peu en aval par les ramiers dont les chèvres, énormes poutres plantées en forme d'X dans le lit de la rivière, émergeaient aux trois quarts. Allongeant côte à côte leurs billes luisantes comme des dos d'animaux marins, des trains attendaient encore là le lancis — à la fois pique et crochet — des flotteurs. Les gamins, faisant par jeu leur apprentissage de naveteaux, couraient adroitement sur ces troncs qui tournaient sous les pieds. Le clapotis agitait au bord de la grève, sur la lèvre d'eau, une moustache rousse formée de fibres et de débris d'écorce. Le bois en piles, entier ou déjà débité par les scieurs de long, dressait de claires murailles au-dessus desquelles on apercevait, en aval des ramiers, le pont Saint-Étienne arquant ses reins moussus, capables encore de supporter deux fois la semaine le poids de la diligence de Lyon. En face, sur l'autre rive, au-delà des iris et des plantes d'eau calme, la campagne montait en pentes rondes, partagées entre les pâturages, les champs, les vignes. Quelques toits de fermes piquetaient de rose et de brun la verdure jaunissante. Un des derniers beaux jours d'octobre, avec de petits nuages très blancs, très légers, paresseux. L'odeur de la sciure, du bois mouillé, de la vase, imprégnait l'air.

« Ah! tu arrives quand même! dit Babet. Tu n'y auras pas attrapé d'échauffement. »

Elle était installée sous une des treilles en arceaux qui encadraient l'auberge, à droite et à gauche. La vigne avait perdu la plupart de ses feuilles. Le soleil, pâli mais tiède encore, quadrillait les tables grossières. Ici, les odeurs changeaient. Ça sentait la pierre à fusil, parfum du clairet local, et le coco — pour les dames. On en voyait bon nombre, dans leurs atours du dimanche. Quelques-unes, venues des fermes proches avec des garçons en veste courte et chapeau rond, portaient sur leurs cheveux sans poudre la coiffe paysanne : le barbichet de fine toile, grand papillon aux ailes brodées. Ces rustiques repasseraient l'eau bientôt pour aller, dans quelque village aux alentours, danser leurs lourdes bourrées aux sons criards de la vielle et de la chabrette. La clientèle du *Tonneau* se composait surtout, le dimanche, de citadins : servantes, filles de boutique, ouvrières de petit métier — gantières, brodeuses, passementières — de commis, d'apprentis, de garçons bouchers, de saute-ruisseau. Bernard les connaissait à peu près tous et toutes. Il avait succédé à certains, ou précédé certains dans les faveurs des plus jolies. Des exclamations saluaient sa réapparition à l'auberge :

« Le beau Delmay! Eh! d'où sors-tu, faraud? On pensait

ne te revoir jamais ici!... Tiens! mesdames, admirez qui s'avance : c'est le fantôme de Bernard! »

Une fille à belle voix chantait, sur l'air de « Où peut-on être mieux qu'au sein de sa famille » :

Où peut-on être mieux qu'au Tonneau du Naveix
Quand on y voit entrer notre Bernard Delmay?

Tandis qu'une blonde en robe à prétintailles, les yeux chargés de souvenirs, lui chuchotait au passage :

« C'est pour moi que tu reviens, mon cœur? »

Debout devant Babet, il la considéra de haut, attablée entre un certain Frègebois, clerc de procureur, et un balancier de la Monnaie. Celui-ci, Antoine Malinvaud, du même âge que Bernard, était un de ses bons amis. Ils jouaient tous deux à la paume, allaient ensemble à la pêche. Quant au clerc, un rousseau de vingt-cinq ans, au nez pointu, criblé de taches de son, Bernard ne l'aimait guère. En ce moment, il appréciait particulièrement peu sa façon de lorgner ce que la jeune femme exposait avec insouciance — ou complaisamment — dans le laisser-aller de sa pose. Les pieds appuyés à la traverse du banc, devant elle, elle montrait deux aguichants petits souliers à boufettes et, parmi les frou-frous blancs du jupon, des bas de jambes non moins affriolants dans leur glaçure de soie bleu ciel.

« Je te prie de m'excuser, Antoine, dit Bernard négligeant délibérément le rouquin. Avec ta permission, j'ai besoin de parler à Babet. »

Il la prit par la main, la tirant à lui :

« Viens, allons faire un tour sur l'eau. »

Pour deux sols, on pouvait louer à l'auberge un des bachelets à fond plat, aux deux bouts pointus et relevés, dont une flottille sillonnait, tous les beaux dimanches, la rivière abandonnée par les flotteurs.

« Quelle mouche t'a piqué? dit Babet tandis qu'ils remontaient le courant. Je voudrais bien savoir pourquoi tu me fais la mine. »

Bernard, ayant mis habit bas, maniait vigoureusement la rame, en donnant chaque fois un léger tour de poignet pour maintenir le bateau en ligne.

« Je croyais que nous venions ici pour nous réconcilier.

— Je t'ai vue, hier soir, dit-il avec brusquerie parce qu'il se jugeait stupide. Hier soir entre chien et loup, place Fontaine-des-Barres. Ça ne m'a pas convenu. »

Elle baissa les yeux et sourit mystérieusement, puis, relevant ses cils sombres, elle se composa un visage, car Bernard allait maintenant la regarder.

« Ça ne t'a pas convenu! Pourquoi? Tu n'es pas jaloux de moi, m'as-tu dit.

— Non. Assurément, non. Mais avec un vieux galantin de la sorte, c'est... Enfin ce n'est pas comme avec des garçons qui peuvent te plaire. Ce n'est pas naturel.

— Oh! non, répliqua-t-elle d'un ton ironique, il ne serait certainement pas naturel d'aimer les vieux! Aussi ne les aimé-je nullement, sois-en sûr. Mes vices ne vont point jusque-là. Seulement, crois-tu qu'il ne soit pas naturel pour une fille de vouloir être parée, d'aimer les robes, le linge fin, les rubans, les colifichets, et de se les procurer par les moyens dont elle dispose? Est-ce avec les gains de mon état — dont ma mère, d'ailleurs, me prend les trois quarts — que j'achèterais de quoi me rendre agréable aux garçons qui me plaisent! Avec quoi t'imagines-tu que j'aie payé ces souliers, ces bas de soie? Et cela, tiens! ajouta-t-elle en troussant d'un geste prompt robe et cotte pour exhiber ses jarretières de ruban rose bouillonné, fermant par des boucles à semis de grenats, du plus charmant effet. — Des jarretières de duchesse, mon miston. Et si tu voyais ma chemise! Tu n'en as pas comme celle-là dans ta boutique. Un souffle, tant elle est fine. Mais tu ne la verras jamais. »

Elle rabattit ses jupes avec un mouvement si vif qu'il envoya jusqu'à Bernard une bouffée de parfum.

« Je vais te dire une chose : je ne suis pas faite pour la crasse, moi, ni pour la misère. Rien ne me coûte qui me permet d'en sortir. J'aime ma tournure, ma peau. Je les veux soignées, je veux qu'on les aime. Si je pouvais, je prendrais des bains de lait comme cette reine ou je ne sais quoi des anciens temps, que j'ai vue en peinture chez... chez une pratique. Pourquoi les beaux atours ne seraient-ils pas pour une jolie fille plutôt que pour une madame de *** aux jambes de fauteuil? Si j'étais née boulevard de la Pyramide, je n'aurais pas à m'occuper des vieux. Eh bien, un jour j'y habiterai, je te le jure. Qu'as-tu à répondre?

— Pas grand-chose, soupira-t-il. Tu as raison, il n'y a rien de commun entre toi et moi.

— Tu es jaloux quand même.

— Non. Je ne savais pas. Maintenant, j'ai compris. Je ne pourrais pas, avec les pièces que l'on me donne, t'offrir des jarretières de duchesse, ni seulement une fanchon comme celle-ci. »

Faite de la batiste la plus légère et de tulle, elle était comme un nuage sur les cheveux : un chiffon de nuages piqué d'une petite fleur en satin.

« Ah! tu pourrais m'offrir bien mieux! » dit Babet en regardant, avec ce qui semblait être la plus tendre langueur, le visage mat aux contours nets, la bouche ferme, les yeux noirs de son compagnon. « Descendons sur l'île, veux-tu? »

Il y en avait trois. Elles se succédaient au milieu de la rivière, divisant le courant. Deux petites, herbues, précédées d'une autre un peu plus grande avec quelques peupliers dont le vent emportait légèrement les feuilles. Le jeune homme donna la main à Babet pour sortir du bateau. Elle la garda et, en riant, tira Bernard à sa suite. Ils escaladèrent la berge, s'assirent sur l'herbe clairsemée, non loin d'autres couples. L'île était un lieu élu des amoureux.

De nouveau, Bernard respirait l'odeur capiteuse. Il avait sous les yeux la gorge où le blond, ailleurs uniforme, de la peau se délayait, eût-on dit, dans un ton de lait, et cette ombre pâle qui séparait les globes découverts jusqu'à la limite des aréoles. Le buste, en s'inclinant parfois, laissait entrevoir leur rose parmi les fronces du liséré de dentelle bordant le décolleté. La mode de « faire belle gorge », passée depuis longtemps à Versailles et à Paris, commençait à décliner en Limousin aussi. Babet ne mettait nul empressement à suivre, sur ce point-là, le goût du jour.

Abandonnée contre Bernard, elle ne paraissait plus se souvenir de ce qu'elle lui avait dit l'autre soir, dans l'impasse, ou enjoint sur la place Tourny. Elle était toute langueur. Il devinait bien que, là encore, elle jouait un jeu : celui de la provocation sans conséquences. Ici, sous des dizaines de regards, les privautés ne pouvaient aller loin. Quelle extraordinaire comédienne! A la salle du spectacle, on n'en avait jamais vu la pareille. Elle mettait tant de vérité dans son regard, dans son sourire où la raillerie s'était effacée, une si tendre faiblesse dans ses façons de femme qui cède enfin à son cœur, que Bernard en arrivait à se demander si ce n'était pas maintenant qu'elle se montrait sincère. Parce que son propre entraînement demeurait sans risques.

Elle fut ainsi tout le jour : pendant qu'ils retournaient au *Tonneau*, en dansant des gavottes dans la salle de l'auberge, en soupant sous les treilles avec Antoine Malinvaud et la compagne en jupe bleue qu'il s'était trouvée. Comme le soir s'obscurcissait, verdissant la rivière, noircissant les X des ramiers découpés sur le couchant rouge, Babet se leva soudain.

« Adieu, dit-elle en s'enveloppant dans sa mante. Il me faut partir. »

Et, comme Bernard se disposait à la suivre :

« Non, demeure. Je ne veux point de compagnie. »

Elle leur fit à tous les trois un salut de la main puis se glissa prestement entre les tables.

« Eh oui! elle est comme ça, dit Malinvaud. Ce n'est pas la fille qu'on mène en guides. »

Bernard se rassit en haussant les épaules. L'ombre dominante de l'évêché, de la cathédrale et de l'Abbessaille s'allongeait sur le Naveix. L'air s'imprégnait d'humidité.

« Il commence à faire frisquet, dit la fille en bleu. Moi aussi, je rentre. Mais je veux bien de ta compagnie », ajouta-t-elle, rieuse, à l'adresse d'Antoine.

Resté seul à vider un fond de clairet, Bernard songeait qu'il n'avait décidément pas de chance avec les femmes, lorsque deux bras se glissèrent par-derrière autour de son cou. Les rondeurs d'une poitrine très féminine s'écrasèrent contre son dos tandis qu'une voix roucoulait à son oreille :

« Alors, mon cœur, c'était bien pour moi que tu venais! »

Il prit par le poignet l'aimable blonde en robe à prétintailles, l'attira sur ses genoux.

« Pourquoi pas, ma belle? »

Il gardait encore dans les yeux la vision de deux jambes bleu ciel, jarretées de rose au milieu de blancheurs écumeuses. Manon ne lui offrirait rien d'un tel raffinement, mais ils avaient eu ensemble quelques moments agréables. De toute façon, il fallait qu'il finît la soirée avec une fille.

« Tu as toujours ta petite chambre, près des Jacobins?
— Parguienne!
— Eh bien, allons! »

La tendre Manon n'était point fille à supplanter une Babet. Elle ne fit que la rendre plus nécessaire à Bernard. Dès le lendemain, il la chercha sans en avoir l'air, du reste sans l'apercevoir, car il ne pouvait passer son temps à la guetter. Il la revit seulement le mardi, à la nuit close. On allait se mettre à table. Jean-Baptiste montait, lui laissant le soin de fermer boutique, quand Babet entra pour acheter du fil. En lui rendant la monnaie d'un petit écu, Bernard ne put s'empêcher de lui dire :

« C'est l'argent que tu as gagné l'avant-dernière nuit? »

Elle haussa les épaules.

« Bon. Toi, tu l'as bien passée avec Manon Poinsaud!
— Ah bah! Comment le sais-tu?
— Elle s'en vante.
— Tu l'as voulu. »

Dès lors, le manège recommença. Avec une nuance : c'était à présent Bernard le chasseur. Babet mettait, à se laisser poursuivre, autant de secrète complicité et beaucoup plus de mauvaise grâce qu'il n'en avait montré, lui.

Rien de tout cela n'échappait à Léonarde, mais il n'y avait pas à intervenir, pour l'instant. Un moment arriverait, sans doute, où l'on pourrait présenter adroitement à Bernard certaine jeune fille capable de lui plaire, de devenir la femme qu'il lui fallait. Léonarde avait depuis longtemps son idée là-dessus. En attendant, elle veillait avec discrétion. Elle sut que les deux jeunes gens se retrouvaient de plus en plus souvent, le soir, dans la remise, et se douta de ce qui s'y passait.

En quoi elle se trompait un peu. Chassés de l'impasse par la froidure, ils avaient adopté la remise. Le lieu ne changeait rien à la situation : Babet restait aussi capricieuse dans ses rendez-vous — un jour elle y venait; un autre, non —, glissante comme une couleuvre dont ses yeux prenaient parfois les froides nuances, railleuse, violente, pour s'alanguir au moment où elle était presque partie. Il lui arrivait alors, sur le seuil, la porte furtivement entrebâillée, de se laisser enlacer, d'accepter un baiser, de le rendre en même temps qu'elle se coulait hors des bras de Bernard, fuyant dans l'obscurité où il ne pouvait sans vacarme la poursuivre. Il n'essayait point, du reste, pas plus que de lui forcer la main. Parfumé, enflammé mais patient, il rentrait en goûtant encore la saveur, la vivacité experte de ce baiser.

Dans les derniers jours de novembre, un soir qu'il n'attendait pas Babet il lisait dans sa chambre, quand il l'entendit lancer de petits cailloux contre la fenêtre, comme cela lui arrivait parfois. Le chandelier à la main, il descendit ouvrir.

« Je te dérange?

— Au contraire », dit-il.

Otant sa mante, elle s'assit sur des balles de lainages. Elle regardait Bernard en silence. Il lui trouvait un air singulier.

« Qu'as-tu donc? »

Elle ne répondit pas tout de suite. Incertaine, semblait-il, des mots qu'elle allait prononcer, elle paraissait le sonder gravement des yeux.

« Enfin, qu'as-tu donc?

— Quelque chose à te dire, peut-être.

— Va, je t'écoute.

— Je suis allée à Thias, ce matin. »

Il se raidit.

« Tu devines pourquoi? demanda-t-elle. Veux-tu que je t'en parle? Ou bien... »

Bernard se rapprocha d'elle, la bouche dure.

« Petit serpent! Qu'est-ce que tu cherches? Tu espères me faire mal? Tu te trompes. Je ne suis plus...

— Non, non, je t'assure, mon cœur, c'est toi qui te trompes. Je t'aime bien, Bernard. Je me suis mal conduite avec toi. Tu m'avais négligée pour une autre, je voulais prendre ma revanche, te pousser à bout puis te rire au nez. Ce n'était pas méchant. Je savais qu'ensuite je te ferais oublier en un instant mes taquineries. »

Elle lui prit la main, en desserra les doigts et la tint doucement entre les siennes.

« Pardonne-moi, mon cher ami, je ne me rendais pas compte. J'ai compris, ce matin, près d'elle. C'est tellement naturel qu'une fille comme moi n'ait plus compté à tes yeux quand tu as connu une fille comme celle-là. Dieu sait pourtant si j'étais peu tendre en allant là-bas! Mme Naurissane, guère de bon poil, elle non plus, m'a fait conduire dans sa voiture, au petit jour. Elle m'avait avisée hier d'aller apprêter sa sœur qui se mariait aujourd'hui à l'église d'Isle. En roulant, je méditais de la rendre affreuse, cette pécore. J'arrive et je trouve une personne que, un moment plus tard, j'aurais embrassée.

— Comment était-elle? demanda Bernard après un instant.

— Très jolie. Une grande robe.

— Non, pas ça. Avait-elle l'air contente?

— Nerveuse. Une mariée, tu comprends, c'est...

— Tais-toi! dit-il en la prenant contre lui avec violence. Tu m'as aidé à me détacher d'elle, tu m'as guéri de mon mal, Babet. Ne le réveille pas!

— Je t'ai guéri! Oh! mon cœur, je suis heureuse! »

Cette fois, elle ne se dérobait point, au contraire. Elle ne retirait pas sa bouche. Elle le serrait entre ses bras. Il baignait dans son parfum, dans sa tiédeur, dans l'oubli. Elle se renversa sur les balles moelleuses, l'entraînant avec elle. Ils ne parlaient plus. Dans la pénombre où vacillait la flamme de la chandelle il n'y eut plus que des soupirs, des froissements d'étoffes, quelques mots balbutiés : « Mon cœur, mon cher cœur, mon ami! » enfin une plainte basse et douce.

III

Le jeune ménage Mounier était installé au premier étage d'une des maisons neuves, blanches à encadrements de briques, qui commençaient à entourer l'ancienne place Montmailler, baptisée depuis sept ans place Dauphine pour commémorer la naissance du Dauphin : premier fils de Louis XVI et de Marie-Antoinette. La route de Paris, le faubourg Montmailler, aboutissement de la route de Poitiers, débouchaient là, non loin de la Poste aux chevaux. Une cour étroite, triangulaire, précédait ce bâtiment où Bernard se rendait plusieurs fois la semaine, soit pour recevoir des marchandises, soit pour en expédier aux détaillants des bourgades. Il était fatal que, sur cette place ou bien à ses abords, il rencontrât Lise, un jour ou l'autre.

Cela se produisit peu après la mi-décembre, par une journée

humide et froide. Bernard n'en avait pas moins dépouillé son habit pour le déposer sur le chargement du charreton. En veste, son tricorne reculé, il mettait toute sa force à faire franchir au véhicule les derniers pieds de l'abrupte rue des Combes, lorsqu'il vit Lise. Un manteau à rayures noires et roses, bordé de fourrure, lui pinçait la taille et s'écartait sur une jupe en satin blanc. Ses mains disparaissaient dans un grand manchon orné d'un nœud bleu comme les garnitures du chapeau. Elle coupait l'entrée de la rue, se dirigeant vers le boulevard de la Pyramide qui reliait la place Dauphine à la place Tourny. Elle allait chez sa sœur. Elle reconnut le jeune homme, tressaillit et détourna la tête.

Il s'attendait à l'apercevoir ainsi, par hasard, puisqu'elle habitait maintenant la ville. Il ne savait pas où elle logeait. De toute façon, dans une agglomération de quinze mille âmes on se croise nécessairement. Comment se comporteraient-ils alors, l'un et l'autre? il se l'était souvent demandé, sans avoir jamais imaginé rien de pareil à la façon dont elle venait d'agir. Ce visage aussitôt détourné, ce dédain!... C'était une dame. Dans son élégante toilette, elle allait sans doute faire des visites. Il lui apparaissait, lui, en veste, en bras de chemise, poussant par les rues son charreton : vrai courtaud de boutique dans toute la vulgarité de son état. Elle devait rougir des sentiments qu'elle avait eus pour lui, et se féliciter d'avoir écouté son père.

Eh bien, parfait ainsi! Ils ne se connaissaient plus, elle supprimait entre eux jusqu'à leurs souvenirs. Il ne se serait pas attendu à cela de sa part, certainement. Mais quoi! cette femme, à présent hautaine comme sa sœur Thérèse, ne ressemblait en rien à la jeune fille pour laquelle il gardait encore au fond du cœur tant d'admiration, de tendresse. Celle-là, il ne la reverrait jamais plus. Bah! ne lui avait-il pas dit adieu depuis longtemps! Quant à Mme Claude Mounier, elle le laissait parfaitement indifférent. D'un nouvel élan, il s'avança vers les Messageries, avec la hâte de retrouver ce soir Babet.

Or ce n'était point par mépris pour lui mais par honte d'elle-même, que Lise, en l'apercevant tout à coup, avait détourné la tête par un mouvement impulsif.

Elle aussi se doutait bien qu'un jour elle le reverrait. Elle craignait cette rencontre. Elle se sentait incapable d'affronter le regard de Bernard. Aurait-elle su, trois mois plus tôt, ce qu'elle avait appris depuis, rien ni personne n'aurait pu la convaincre d'en épouser un autre. Elle serait plutôt entrée au couvent comme sa seconde sœur, Marie-Élisabeth.

Sa nuit de noces avait justifié pour elle l'indignation et la colère de Bernard. Elle savait à présent ce que son corps voulait, le jour où, dans le chemin creux, Bernard l'avait retenue de choir. Ah! quelle faute de n'avoir pas suivi l'instinct qui la poussait vers lui! Quelle sottise de s'être soumise à la tyrannie de ses parents!

Elle les détestait. Sa mère comme son père, car celle-ci, tantôt par un ignoble chantage à la tendresse, tantôt par des appels au devoir, avait miné sa résistance. Ils lui étaient tous les deux devenus odieux. Il fallait la force de l'éducation qu'elle avait reçue chez les demoiselles de Brettes pour la contraindre à se rendre au village et pour ne point laisser éclater son ressentiment. Sa mère le sentait. Elle finit par prendre Lise à part, tandis que Claude et son beau-père discutaient des idées nouvelles, au coin du feu. Les Reilhac avaient depuis deux mois regagné la ville, les Montégut ne venaient plus. Il faisait gris, froid. Un froid déjà très vif.

« Voyons, dit Mme Dupré, qu'y a-t-il? Tu n'es pas heureuse? »

Lise ne répondit pas d'abord. Elle considérait durement sa mère. Puis sa colère éclata.

« Que vous importe! J'ai obéi à mon père, n'est-ce pas? Vous êtes-vous souciée de mon bonheur, à ce moment? C'est un peu tard d'y songer, aujourd'hui. »

Elle était blanche, ses yeux tournaient au vert. Mme Dupré ne reconnaissait pas ce visage repétri par l'emportement.

« Lise! murmura-t-elle effrayée. Tu as pour nous tant de rancune?

— Rancune! Le mot est faible, ma mère. Brisons là, s'il vous plaît. Je sais le respect que je vous dois. Vous m'avez fait faire un beau mariage, paraît-il. Soyez-en heureux, vous. Quant à moi, que vous chaut si j'aimerais mieux être morte! »

Tournant le dos, elle courut s'enfermer dans sa chambre de jeune fille où elle avait tant rêvé à Bernard, tant pleuré de le perdre. Une fois encore, elle étouffa dans l'oreiller ses sanglots.

En rentrant, dans la voiture elle dit à Claude qu'ils pourraient s'abstenir de retourner au village, du moins pendant quelque temps.

« Ce sera comme vous voudrez, mon amie. Mais vos parents ne vont-ils pas s'imaginer...

— Peu importe ce qu'ils peuvent croire », trancha-t-elle.

Il ne répliqua rien. Après un temps de silence :

« Décidément, vous ne leur pardonnez pas notre mariage.

— Claude, répondit-elle avec un petit sourire, vous êtes le modèle des époux. Restez-le, ne soyez pas indiscret. Si j'ai des griefs contre eux, ils ne s'appliquent pas à vous-même.

— Merci, mon cœur », dit-il en lui baisant la main.

De toute façon, dès le lendemain les rigueurs de la saison auraient mis fin à ces visites. Durant la nuit, la neige s'était mise à tomber. Elle ne cessa point pendant deux jours. Sitôt après, le froid devint beaucoup plus âpre qu'il ne l'est habituellement en Limousin au mois de décembre. Si l'hiver précédent avait été rude, celui-ci s'annonçait plus redoutable encore. Dans le salon aux boiseries grises réchampies d'un fil doré, aux tentures de perse bleue, aux meubles d'acajou — qui composait avec deux chambres tout l'appartement —, Lise, sa bergère approchée du feu, lisait ou cousait. Quand elle levait les yeux, elle distinguait vaguement, à travers les fenêtres où le givre dessinait des fougères blafardes, la place couverte d'une croûte de neige durcie sur laquelle on avait ménagé des chemins pour les diligences en répandant des cendres et du sable, la fontaine muette avec ses coquilles et ses dauphins emprisonnés dans des pendeloques de glace.

Par ce temps, les denrées, le combustible se raréfiaient et enchérissaient. Plus grave encore : le pain allait de nouveau manquer, cette fois radicalement, prétendait-on, car les paysans, après les maigres récoltes dues à la rigueur du dernier hiver, s'étaient prémunis contre la disette en retenant en grande partie leurs blés. Cette rumeur était jusqu'à un certain point exacte : à l'automne, le gouvernement avait dû envoyer dans les campagnes de petits détachements — des dragons de Schomberg, dans la sénéchaussée de Limoges — pour contraindre les laboureurs à livrer leurs réserves et pour en assurer le passage vers les villes. D'importantes quantités échappaient néanmoins aux recherches, et les nouvelles menaces de la saison n'incitaient point les cultivateurs à se dessaisir de leurs stocks, pas plus que les chemins gelés n'en facilitaient la circulation. Le menu peuple, qui voyait dans le pain son ultime ressource, s'affolait à la perspective de ne plus pouvoir s'en fournir, soit par manque total soit par excessive augmentation du prix.

Cet état de choses préoccupait Claude et les amis que Claude recevait ou chez lesquels il allait avec Lise. Les deux principaux étaient des robins comme lui : l'avocat Montaudon, célibataire, et Pierre Dumas : un procureur marié à une brunette noiraude, pétillante, du même âge que Lise. Il y avait aussi un imprimeur-libraire : Martial Barbou, son frère et leurs femmes, ainsi qu'un riche teinturier : Étienne Pinchaud dont un ancêtre, consul du « Château » — c'est-à-dire de la ville haute — pendant les troubles de la Ligue, avait donné son nom à la petite place du chevet de l'église Saint-Michel, où il était tombé en défendant les libertés communales. De loin en loin, on voyait un autre gros commerçant, plus âgé : M. Nicaut, drapier, rue Porte-Tourny, « Vénérable » de la loge maçonnique. Enfin, bien entendu, les parents de Claude, familiers de toute cette petite société, qui la réunissaient parfois chez eux, à la Manufacture royale de porcelaine, dans le faubourg de Paris.

La future réunion des États généraux animait beaucoup ces messieurs. Ils agitaient des projets de « constitution fondamentale », discutaient de « doléances » à inscrire dans certains cahiers qui seraient présentés au Roi. Tout cela ne disait pas grand-chose à Lise; elle s'intéressait aux personnes plus qu'aux idées. C'était de son âge. Elle avait été frappée tout de suite par la considération dont Claude disposait dans cette compagnie, comme chez les Reilhac, à Thias. Rien de surprenant à cela, certes. Son mari était un esprit remarquable, elle le savait. Même des hommes mûrs et réfléchis, un Étienne Pinchaud, un Nicaut — le « Vénérable » — l'écoutaient avec faveur. Quant à M. Mounier, il cachait à peine une candide admiration pour son fils. Montaudon et le procureur Pierre Dumas, tout en discutant parfois pied à pied avec Claude, n'en admettaient pas moins une prééminence, dont il ne tirait d'ailleurs, apparemment, nulle vanité.

C'était généralement après une discussion vive qu'il fallait s'attendre à voir en lui l'époux se manifester, une fois de retour à la maison òu une fois les hôtes partis, et user de ses droits — oh! toujours avec la plus grande courtoisie, en demandant s'il pouvait se permettre de venir.

Ils faisaient chambre à part. Hormis ces moments où Lise se prêtait à lui dans les ténèbres — et jusque dans ces étreintes acceptées par devoir —, il n'existait guère d'intimité entre eux. Ils se voyaient aux repas, rarement au déjeuner, car, avec ce froid, elle le prenait dans son lit pendant que la servante allumait les feux; mais à dix heures, pour dîner, puis à cinq, à la fin de la relevée, en soupant. Tout le reste du jour, il était soit au Présidial pour plaider ou suivre une cause, soit dans son cabinet, au-dessous de l'appartement, occupé avec des clients ou en train de travailler. Après le souper, s'ils ne recevaient point ni ne sortaient, il redescendait encore. Quelquefois, réveillée par le départ nocturne d'une diligence ou d'un fourgon des Messageries qui faisait retentir toute la place, Lise entendait son mari, rappelé à la notion de l'heure par ce vacarme, monter précautionneusement.

Cette délicatesse, ce pas léger dans la nuit la touchaient. Un moment, elle se prenait de curiosité amicale pour ce garçon qui menait sa vie à la fois si près et si loin d'elle, cet homme avec lequel elle avait les plus charnels contacts et qu'elle ne connaissait pas. Bref intérêt. En vérité, elle ne souhaitait pas de le connaître. Elle avait de l'admiration et du respect pour son esprit, de la gratitude pour la façon dont il la traitait, de l'estime pour son caractère. Ces sentiments n'allaient pas plus loin que de le lui faire supporter sans déplaisir. Quelque chose restait comme bloqué, comme gelé en elle. Le poids en pesait sur son âme. Ses capacités affectives étaient, pour toujours semblait-il, étouffées.

Pourtant le milieu dans lequel Claude l'avait transplantée exerçait sur elle une action réchauffante. Sa belle-mère, son beau-père, un peu plus jeunes et beaucoup plus démonstratifs que ses propres parents, lui témoignaient un attachement très spontané. Elle avait trouvé une charmante compagne dans la brune et vive Mme Dumas — Jeanne — et deux autres relations très agréables dans les épouses des frères Barbou. Enfin, elle se sentait en sympathie avec ces gens plus proches d'elle, de sa simplicité, que les familiers de l'hôtel Naurissane, non seulement frivoles, estimait-elle, mais naturellement égoïstes. Au contraire, les amis de Claude montraient tous une conscience, une dignité, une générosité frappantes — même le bon vivant Montaudon, assez porté d'autre part au badinage.

Leurs discussions, qu'elle jugeait d'abord oiseuses, prenaient peu à peu du réalisme pour elle. Ce n'était plus simples remuements d'idées abstraites. Elle commençait à comprendre qu'ils essayaient de définir pratiquement un monde où il y aurait plus de justice, plus d'aise pour tous. Sa bonté naturelle ne pouvait pas ne point l'intéresser à un tel désir.

Montaudon écrivait dans *La Feuille hebdomadaire de Limoges*. Il amenait parfois d'autres rédacteurs de cette gazette, en particulier les jeunes abbés Lambertie et Audouin. Ils n'étaient point les seuls ecclésiastiques à fréquenter la petite compagnie; on y voyait également, quand il se trouvait en ville, le curé de Compreignac : l'abbé Gay de Vernon, chanoine de la cathédrale, quelque peu apparenté aux Mounier. Ces prêtres se trouvaient très proches du tiers état dont ils sortaient. Ils en partageaient, avec la condition, les idées.

« Il est entièrement contraire à l'enseignement de Notre-Seigneur, disait le curé, qu'il y ait en ce monde des créatures privilégiées par le hasard de la naissance, et qu'elles se nourrissent de la substance des autres. Devant Dieu, tous les hommes sont semblables, ils doivent donc se traiter en frères. »

D'après l'abbé Lambertie, qui tenait en quelque sorte la plume de Mgr Duplessis d'Argentré dans *La Feuille hebdomadaire,* tel était également en son principe l'avis de l'évêque. Prélat éclairé, il préconisait le sacrifice à l'État d'une partie des revenus du clergé.

« Parbleu! ripostait ironiquement le curé Gay de Vernon, ce n'est pas ce qui privera Monseigneur. Il n'en mènera pas moins son train de prince tandis que nous continuerons à traîner une existence de misère avec notre portion congrue. Les dignitaires sont eux aussi des privilégiés. »

Le curé ne pardonnait pas à Mgr d'Argentré le luxe du palais épiscopal, ses magnifiques jardins en terrasses dominant la Vienne. Les fonds considérables, produits par la liquidation de l'abbaye de Grandmont, qui avaient été engloutis là, lui donnaient des aigreurs. Au demeurant, tous les habitués s'accordaient à dire que non pas les revenus mais les biens même du clergé, part énorme détournée du patrimoine national, devraient revenir à l'État, à charge pour celui-ci d'entretenir les prêtres. En récupérant ces immenses ressources, on trouverait plus qu'il ne fallait pour combler le déficit creusé dans les finances par les dilapidations de la Cour, l'avidité de l'aristocratie et des dignitaires.

Les cruautés de l'hiver donnaient à ces discussions un tour nouveau. Il ne s'agissait plus de principes ni de réformes à plus ou moins longue échéance. On ne pouvait attendre la réunion des États, fixée maintenant au mois d'avril prochain, pour remédier à une situation d'où risquaient de sortir les pires désordres. De nouveau, des « queues » se formaient devant les boulangeries. Les ménagères piétinaient dans la neige sous les morsures de la bise, non point patiemment comme l'an passé, mais inquiètes, chaque jour plus turbulentes. Une fébrilité agitait le menu peuple qui devenait sourdement menaçant. Pour le tranquilliser et assurer à tous un aliment si nécessaire, Claude était d'avis que l'on taxât le pain.

« Non, répondait Pierre Dumas. La taxation aboutira simplement à ceci : les boulangers garderont leur marchandise pour les riches, capables de le payer au-dessus du prix imposé. Voilà tout. Les petites gens en manqueront d'autant plus. »

Lise, à part soi, estima Pierre Dumas très sage, selon son habitude. Comme l'avis venait de Claude, Montaudon l'exhorta incontinent à écrire sur le sujet un article pour *La Feuille hebdomadaire.* Jusqu'à ce moment, Claude avait paru peu enclin à se ranger parmi les rédacteurs de la gazette. Soudain, il changea d'attitude. Il écrivit l'article, en le signant Mounier-Dupré pour se distinguer clairement de son frère et de leur père.

Le jour où cet article parut, Lise avait résolu d'aller chez sa sœur. Bien emmitouflée, les mains au chaud dans son manchon, elle partit sitôt après le dîner. Une petite promenade : la place à longer, le boulevard de la Pyramide à descendre jusqu'à la hauteur de la Terrasse, en contrebas de laquelle se trouvait la Pépinière royale. L'hôtel Naurissane s'élevait en face, derrière ses grilles aux flèches dorées. Ce n'était jamais sans une sorte de gêne que Lise, conduite par le suisse sorti de sa guérite pour lui faire honneur, traversait la cour sablée, montait les degrés du vaste perron. A l'intérieur, le marbre, le fer forgé, les boiseries sculptées, les plafonds peints, les valets en livrée bleu clair à galons d'argent lui produisaient chaque fois la même impression de décor théâtral, fait pour la représentation, non pour l'intimité. Il y avait une somptueuse bibliothèque, billard, salon de musique, en rotonde, qui se continuait par un jardin d'hiver. Partout, des bouches de chaleur entretenaient une température printanière. Ici, on ne manquait pas de combustible.

Lise venait avant l'heure des visites. Il était midi. Seule dans le salon de musique, Mme Naurissane jouait du clavecin. Elle s'interrompit sur-le-champ, et prenant à peine le temps d'embrasser sa sœur :

« Eh bien! s'exclama-t-elle. Il a donc jeté le masque, cet intrigant! »

Comme Lise, stupéfaite, lui demandait de quoi elle parlait :

« De ton mari, parbleu! répondit-elle en saisissant la gazette posée sur un pupitre. Tu as lu sa diatribe, j'imagine. N'as-tu pas compris que c'est une déclaration de guerre contre nous?

— Qui, nous? Je ne t'entends pas, ma bonne.

— C'est pourtant simple. Viens, je vais te mettre les points sur les i. »

Elle l'emmena dans le jardin d'hiver. Parmi les buissons de plantes vertes, des camélias étaient épanouis. Les violettes de serre commençaient à fleurir. Les précieuses roxburghies lançaient leurs larges feuilles côtelées et luisantes à l'assaut des vitrages. Les deux femmes s'installèrent sur un sofa où elles étalèrent leurs robes. Là, Thérèse, prenant les mains de sa sœur :

« Ma pauvre Lison, tu sais maintenant pour quel motif ce garçon t'a épousée.

— Pourquoi « maintenant »? Je l'ai su d'abord. Il lui fallait se marier, comme tout le monde. Je lui ai paru acceptable, et voilà.

— Pas du tout. Que tu es naïve! Il t'a épousée pour devenir le beau-frère de Louis, voyons! C'était cela, son idée, mais je soupçonnais autre chose de plus tortueux, sans pouvoir en faire état, car ce n'était malgré tout qu'un soupçon. Or cela se réalise exactement.

— Quoi donc? enfin! s'écria Lise.

— Patience! j'y viens. Vois-tu, Claude est très rusé. En te choisissant, il mettait deux cordes à son arc. Il pensait que son dessein de se pousser grâce à nous pouvait ne pas réussir. Dans ce cas, en prenant pour femme une modeste bourgeoise, la fille d'un ancien commerçant sorti de rien, il se ménageait un second moyen de parvenir : jouer la carte de la petite bourgeoisie, du menu tiers. Cette carte, il vient de l'abattre. Faute d'avoir pu accéder par nous — « les riches, égoïstes et jouisseurs », comme il l'écrit aujourd'hui — aux grands emplois qu'il ambitionne, il compte désormais s'y faire porter par les petites gens, à la faveur d'un bouleversement général. Un ministère du tiers état, il a toujours eu cela derrière la tête. Tu saisis maintenant la raison de cet article? Et de cette signature? Mounier-Dupré, c'est une enseigne.

— Je ne comprends pas très bien. Pourquoi dis-tu qu'il n'a pu réussir grâce à vous? Il n'a point essayé.

— Comment ça! Il a demandé à Louis un prêt pour acheter une charge au Parlement. Je croyais qu'il t'en aurait touché un mot.

— Pas le moindre, dit Lise. Il ne m'entretient pas de ses affaires. D'ailleurs, il n'y a pas grande intimité entre nous, tu le sais bien.

— Oui, et j'enrage. Quel gâchis! Je ne le pardonnerai jamais à notre père. Oh! je lui ai mandé toute l'histoire, avec les commentaires appropriés! J'espère qu'il doit commencer à se mordre les doigts de n'avoir pas voulu m'entendre.

— Laisse donc. Cela ne sert à rien. En tout cas, Louis a eu bien raison de repousser cette demande.

— Il ne l'a pas repoussée. Il a simplement dit à Claude qu'il n'était pas en mesure de lui avancer des fonds en ce moment ou de se porter garant pour lui. Rends-toi compte : il doit encore cent cinquante mille livres sur la construction et l'aménagement de cet hôtel. Il vient d'en verser comptant cent soixante mille au baron de Villoutreix pour l'acquisition de Brignac, avec un reliquat de cent quarante mille autres à payer en cinq fois. De plus, le rajeunissement du château va lui coûter quelques beaux deniers. Il y a des moments où tout cela me fait un peu peur, je te l'avoue. »

Ces chiffres donnaient à Lise le vertige. Que d'argent outrageusement prodigué alors que tant de familles avaient à peine de quoi se chauffer et se nourrir. Les amis de Claude protestaient à juste titre contre une inégalité des conditions vraiment révoltante. Lise aimait bien sa sœur et Louis, mais elle concevait mal qu'ils eussent besoin, lui surtout, d'un palais, d'un château, d'un suisse, d'une armée de domestiques, de quatre voitures, d'une dizaine de chevaux. Pour elle, le plus modeste logement, s'il lui avait été donné d'y vivre avec Bernard, aurait suffi à ses désirs. Elle soupira.

« Seulement, poursuivait Thérèse, il n'était pas question pour Claude d'attendre quelques années, ni même quelques mois. Il lui fallait prendre parti avant qu'il ne fût trop tard pour profiter des circonstances.

— Tout cela me paraît bien subtil, quand même, dit Lise. J'ai peine à croire Claude si machiavélique. Le hasard, les rencontres, m'ont l'air de diriger sa conduite autant sinon plus qu'une intention préméditée. »

Thérèse secouait la tête avec tant de vivacité qu'un peu de poudre tombait de ses cheveux sur le fichu de mousseline jaune voilant ses épaules et sa gorge.

« Enfin, Lise, ouvre donc les yeux! La machination n'est-elle pas claire! Ne t'a-t-il pas épousée en sachant que tu ne l'aimais pas? Depuis ton mariage, ne nous a-t-il pas caressés, Louis et moi, malgré mes rebuffades, jusqu'à l'échec de sa tentative d'emprunt? N'a-t-il pas dès lors mis fin à ces relations suivies avec nous? Avant cela, s'est-il rangé publiquement, comme il vient de le faire, parmi les réformateurs à tous crins? Vitupérait-il les « riches égoïstes » quand il se trouvait ici au milieu de nos commensaux habituels? Lorsqu'il conversait, dans cette pièce, avec Mgr l'intendant ou M. Mailhard de Lalande, le trésorier de France, méprisait-il les gens en place? Non, parce qu'il espérait en acquérir une, lui aussi, grâce à nous. »

Évidemment, rien de tout cela ne paraissait niable. Ainsi additionnées, ces remarques formaient un total impressionnant. Lise en subit songeusement le poids.

« Peut-être as-tu raison, après tout, reconnut-elle. Je ne suis sans doute pas très perspicace, je n'ai pas non plus ton expérience du monde. Claude me semblait sincère. »

Il ne lui importait guère qu'il le fût ou non, seulement elle avait pris l'habitude de l'estimer : sentiment qui lui facilitait la vie conjugale et ses devoirs en palliant dans une certaine mesure l'absence de l'amour. Elle ne sentait pas sans ennui cette estime commode s'évanouir. Si le mépris la remplaçait, vivre avec Claude deviendrait un enfer.

« Au fond, ma bonne, dit-elle, j'aurais autant aimé que tu gardes ces réflexions pour toi. Elles ne vont pas arranger mon existence.

— Sait-on! » répondit Thérèse.

Là-dessus, Lise s'en alla. Dans un instant, les premiers visiteurs se feraient annoncer. Elle ne tenait pas à les voir.

Remontant le boulevard, elle repassait en esprit sa discussion avec sa sœur. Jusqu'à ce jour, elle ne s'était jamais demandé pourquoi Claude avait voulu se marier avec elle. Il l'avait fait, cela seul importait. Elle savait bien que ce n'était point par passion, mais sans doute poussé par un certain besoin d'elle, présumait-elle vaguement. Depuis son mariage, disposant d'une bibliothèque très fournie où nul livre ne lui était plus défendu, elle avait lu assez de romans nouveaux — en particulier *Les Liaisons dangereuses*, les *Souffrances du jeune Werther* qui lui avaient tiré bien des larmes sur elle-même, l'*Histoire de miss Clarisse Harlowe* — pour savoir combien l'amour comporte de nuances. Il fallait que l'une de celles-ci — de l'amitié très tendre à la chaleur des sens — ait mu Claude, car ce ne pouvait être l'appât d'une dot tout à fait modeste. Il eût trouvé sans peine beaucoup plus riche héritière. Elle éprouvait maintenant une sorte d'amertume à découvrir que nulle forme d'attirance, sentimentale ou charnelle, n'était entrée dans les mobiles de Claude. « Un moyen de parvenir, voilà donc ce que je représente à ses yeux! Et, dans ma candeur, je lui vouais de la gratitude pour sa gentillesse! » Lui aussi, il l'avait vilainement abusée.

Il lui parut que ce n'était pas possible. Non, Claude n'eût su dissimuler, ni mentir ainsi par toute sa personne. L'homme qui, dans les entretiens avec ses amis, livrait fougueusement sa pensée la plus profonde, ne pouvait être un hypocrite. Enfin, s'il eût été capable de la duper, elle, simple fille sans pratique, eût-il donné le change sur sa nature à un Pierre Dumas, si réfléchi, à des hommes d'expérience comme M. Nicaut, M. Pinchaud, peu susceptibles assurément d'accorder leur considération à un fourbe.

En rendant distraitement son salut au beau Jacques Mailhard qui la croisait à l'entrée de la place Dauphine, elle prit une résolution : elle interrogerait son mari, elle lui parlerait avec franchise. Elle en aurait le cœur...

Il lui sauta dans la gorge. Bernard!... Elle le voyait, au milieu de la rue des Combes, de dos. Entraîné par son charreton glissant plutôt qu'il ne roulait sur les plaques de neige dure et la glace débordant du ruisseau, il dévalait la pente. Mon Dieu, n'allait-il pas se faire du mal?

Mais non. Fort, adroit, il évitait une vieille femme. Plus doucement, il disparut en tournant vers le sombre goulet de la rue Pont-Hérisson.

Le manchon sur les lèvres, elle rentra. Elle avait pensé voir si Claude était là, dans son cabinet, au rez-de-chaussée, et lui parler tout de suite si elle le trouvait seul. A présent elle n'y songeait plus. Elle suivit le couloir qui séparait le cabinet du poste de garde de la milice bourgeoise, monta, se défit de son manteau, de son chapeau, tisonna le feu, et, enfouie dans sa bergère au coin de l'âtre, s'abandonna jusqu'au soir à des rêves tristes.

A table cependant, le souvenir de sa résolution lui revint. Elle entendait distraitement son mari lui raconter les réactions suscitées au Présidial par l'attitude qu'il venait de prendre. L'article de *La Feuille hebdomadaire* était loin de plaire à tout le monde, d'aucuns ne le cachaient pas à l'auteur.

« Je vais me faire des ennemis, remarqua-t-il avec un sourire. Sans doute même, perdre des clients. »

Cette perspective ne semblait pas l'affecter, elle n'entamait en rien sa bonhomie. Se pouvait-il que celle-ci fût un masque?... Réveillée de ses songes, Lise attaqua.

« Écoutez, Claude. Je voudrais savoir, en toute sincérité, pourquoi vous avez écrit cette diatribe.

— Ma foi, dit-il, un peu surpris, vous le savez. N'avez-vous pas assisté à la discussion d'où elle est sortie!

— J'ai assisté aussi à bien d'autres, et j'ai entendu maintes fois René Montaudon, le petit abbé Lambertie ou Xavier Audouin vous offrir de collaborer à leur gazette. Vous aviez toujours repoussé leurs invitations. Pourquoi, tout à coup...

— Pardon, mon amie. Je n'ai jamais refusé : j'atermoyais.

— Justement! Pour quelle raison remettiez-vous? Pour quelle raison vous êtes-vous brusquement décidé? »

Il sourit de nouveau. Son visage plein de fraîcheur prit un air très jeune.

« Vous voulez un aveu, Lise? Le voici : je n'étais pas sûr de moi. Écrire un mémoire de procédure ou un article sont choses fort différentes. Plaider aussi. On parle, cela s'envole, *scripta manent:* les écrits restent, on revient dessus, on les examine. Je n'avais jamais publié. Ma foi, cela m'intimidait un peu. C'est grave, comprenez-vous? ajouta-t-il avec sérieux. Ce que je dis aux uns ou aux autres en petite compagnie ne va pas loin. Une opinion imprimée agit sur des quantités de gens. Écrire, c'est déjà toucher à la liberté des hommes. Voilà pourquoi j'ai balancé longtemps à publier mes opinions. Puis un moment vient où l'on ne peut plus refuser de prendre parti. La gravité de la situation, ses intolérables injustices m'ont décidé. »

Cette touchante réponse était bien conforme à ce que l'on devait attendre de lui, mais si son personnage était faux, elle pouvait aussi bien donner la mesure de son habileté dans l'hypocrisie.

« Je comprends, dit Lise, seulement je suis frappée par certaine coïncidence. Elle ferait interpréter tout autrement vos refus suivis de cette brusque acceptation. Vous ne m'avez point parlé du prêt que vous avez demandé à Louis. Jusqu'à ce moment, vous étiez fort assidu là-bas. N'attendiez-vous pas, avant d'attaquer les grands bourgeois, de savoir si vous ne réussiriez point à prendre place parmi eux? Je vous questionne en toute franchise, répondez-moi de même, je vous prie. »

Elle l'avait vu rougir. Un instant, il parut embarrassé. Dans le salon, autour de la table ronde tirée près de l'âtre à cause du froid, il y eut un silence. Dehors, aucun bruit. Ici, le pétillement des flambeaux posés parmi les couverts et la verrerie sur la nappe blanche qui réverbérait leur lumière, quelques remuements de vaisselle dans la cuisine, les craquements des bûches sur les chenêts devenaient distincts. La glace en deux parties dans le trumeau de la cheminée reflétait le haut des visages brusquement tendus. Claude releva les yeux.

« Ce n'est pas tout à fait ainsi, mais c'est en partie exact, dit-il, regardant sa femme bien en face. J'ai eu cette faiblesse, car c'était cela, par-dessus tout : une faiblesse, de songer à une charge au Parlement alors que je savais le Parlement déconsidéré par sa sourde résistance à la réunion des États, par sa prise de position contre le vote par tête, et qu'il disparaîtra sans doute, un jour prochain. »

Le cartel, sur sa console au mur, sonna six heures. Les yeux de Lise restaient d'un bleu froid sous la courbure blonde des cils. Claude reprit :

« Je ne vous ai point parlé de mes intentions ni de ma démarche auprès de Louis parce que... eh bien, parce qu'elles me déplaisaient à moi-même. Accordez-moi la grâce de m'en croire, Lise, je vous prie. Et si vous voulez une entière franchise, sachez que j'ai tenté cela pour vous.

— Pour moi! Vous me la baillez belle! »

Elle ne le croyait pas, il s'en rendait bien compte. Ses petites narines sensibles frémissaient, toute sa figure était distante, fermée. La figure qu'il lui voyait à Thias quand il avait commencé à lui faire la cour.

Elle saisit les mouchettes pour couper la mèche d'une des chandelles qui fumait.

« Racontez-moi cette fable. Elle m'amusera peut-être.

— A quoi bon? si vous prenez les choses ainsi.

— Je les prends comme elles apparaissent avec évidence. Dites toujours. Je suis curieuse si je ne suis plus crédule. »

Il ne souriait plus, à présent. Une longue ride barrait son front. Une autre, courte, oblique, creusait d'une ombre sa glabelle charnue.

« Vous méritez autre chose que d'être l'épouse d'un médiocre avocat de province : ce que je resterai toujours, Lise, si je ne prends pas un moyen de m'élever. On parle beaucoup de mon bel avenir. Quelle plaisanterie! Je n'en ai aucun, en réalité. Dans l'état présent des choses, je suis destiné à demeurer un robin obscur : ce que serait encore M. de Reilhac s'il n'avait hérité la charge de son père, ou Louis si ses parents ne lui avaient fourni de quoi en acquérir une. Les miens ne sont pas riches, vous le savez, et je ne gagnerai jamais, dans ma profession, assez d'argent pour acheter une charge. Voilà pourquoi j'ai eu recours à Naurissane. »

Une fable, oui, c'était bien une fable. Lui, si réellement éloquent lorsqu'il croyait à ses propres paroles, il débitait ces pauvres arguments avec embarras. »

« C'est bon, dit Lise froidement. N'en parlons plus. »

Elle agita la sonnette pour appeler Mariette, la servante. Celle-ci repartie, une fois le couvert enlevé, Claude voulut reprendre.

« Vous ne me croyez pas.

— Oh! dit-elle avec un geste d'indifférence, peu importe!... J'ai mal à la tête, si vous le permettez je vais me retirer.

— Non, restez ici, je vous en prie. Vous y aurez plus chaud. C'est moi qui m'en vais : je descends travailler. Bonsoir. »

Elle lui fit un signe du front, et se laissa baiser la main sans rien dire. Comment admettre que l'on fût sincère en proclamant certains principes et en agissant à l'inverse! Pendant qu'il cultivait les Naurissane, Claude continuait ici, avec ses amis, à dénoncer l'illogisme et l'injustice d'un état de choses où, dans le même temps, il intriguait pour se faire place. Imaginerait-on fourbe plus achevé? Il dupait tout le monde. Chacun prenait le change sur cette bonhomie à laquelle elle avait cru, elle aussi. C'était bien, décidément, un masque. Seule Thérèse!...

Elle retourna la voir, le lendemain, de bonne heure. Tout d'un coup, par un de ces changements brutaux, propres au climat limousin, la température s'était radoucie. Simple trêve du froid, sans doute. Il y avait un espoir de bleu et de pâle soleil dans le ciel dont la grisaille devenait transparente.

Thérèse triompha en écoutant sa sœur.

« Tu vois! Quand je te le disais! Je l'ai jugé dès l'abord.

— Dans ce cas, s'écria Lise, pourquoi ne m'as-tu pas mieux défendue de lui?

— Mieux défendue! Par exemple! N'ai-je pas tout mis en œuvre pour convaincre notre père?

— Oui, tu as vigoureusement combattu Claude, mais tu n'as pas le moins du monde soutenu Bernard Delmay. C'eût été pourtant le meilleur moyen de...

— Bernard, Bernard! Enfin, voyons, ce n'est rien, ce garçon.

— C'était tout, murmura Lise, les larmes aux yeux. Tout pour moi.

— Une amourette!

— Dont le souvenir et le regret ne me quitteront jamais.

— Mon petit cœur, c'est absurde! fit Thérèse en l'enlaçant. Tu aurais eu avec lui une position misérable. Je te l'ai toujours dit, on ne pouvait pas prendre cette histoire au sérieux. Ce n'était qu'un commis de boutique.

— Notre père a commencé encore plus bas.

— Oui, seulement Bernard ne s'élèvera jamais. Il n'a ni l'étoffe ni la moindre ambition, si Claude en a trop. Bernard restera toute sa vie un médiocre petit commerçant du faubourg. Quelle triste existence eût été la tienne! L'amour n'y aurait pas résisté longtemps.

— Et quelle merveilleuse existence est la mienne! »

Ce fut à Thérèse de soupirer. Elle serra plus fort sa sœur contre elle en lui caressant la joue.

« Mon pauvre petit cœur! »

Elles se turent. Un pâle rayon enfin apparu s'allongeait sur les dalles du jardin d'hiver. A travers les vitrages, on apercevait dans un pastel de brume faiblement dorée le parc avec ses arbres nus, sa statue de Diane, sur un piédestal, au milieu du bassin : une terre cuite que Louis, galamment, avait voulu à la ressemblance de sa femme.

« Alors, dit celle-ci, que vas-tu faire, ma Lison?

— Que veux-tu que je fasse! J'avais de l'estime et un certain bon vouloir pour Claude, je n'en ai plus, il n'en reste pas moins mon mari.

— Tu n'as jamais songé, dit Thérèse au bout d'un instant, qu'une femme malheureuse en ménage a bien des moyens... enfin que... qu'elle peut, disons : trouver des compensations? »

Lise rougit. Si, depuis la veille au soir, elle avait laissé venir à elle ce sentiment. Oh! rien de formulé, rien même de tout à fait conscient! Elle avait décidé que Claude ne la toucherait plus. Pour n'aller point au-delà, il aurait fallu n'avoir pas, frais encore à l'esprit, l'exemple de Werther, de Julie, de Clarisse Harlowe, toutes deux persécutées comme elle par leur père. Comme Julie, comme Charlotte, elle n'eût point entendu d'autre voix que celle du devoir. Mais Albert, mais Wolmar restaient, eux, tels qu'elle avait cru Claude, vertueux, loyaux et bons. Des hommes dont le caractère inspire naturellement à une épouse le désir d'être fidèle.

« A tout prendre, poursuivit rêveusement Thérèse, ce mariage, tu l'as subi sans y consentir. Jusqu'à quel point peut-il t'engager? »

Un demi-sourire se joua sur les lèvres de Lise. Voilà sans doute ce que Thérèse avait en tête, hier soir, quand elle disait d'un air mystérieusement prometteur : « Sait-on jamais! »

« Si Marie-Élisabeth t'entendait me parler de la sorte! »

C'était leur sœur, la religieuse du Calvaire.

« Laissons le cilice et les macérations aux dévotes. En ce temps où chacun réclame si fort son droit, une femme n'a-t-elle pas celui de vivre? Et tu ne vis pas; cela me fait mal, ma Lison. Ah! pourquoi n'as-tu pas usé plus coquettement de tes charmes avec le chevalier de La Barre ou Jacques Mailhard, comme je t'y poussais! Au lieu d'aller te coiffer d'un Bernard! C'est à l'un de ces deux garçons que je t'aurais mariée. Tu serais heureuse aujourd'hui.

— Ils n'avaient ni l'un ni l'autre l'intention de m'épouser.

— Avec un peu d'adresse, on fait faire aux hommes bien des choses dont ils n'ont pas la moindre intention. Sais-tu, ajouta Thérèse sur un autre ton, que le beau Jacques n'a jamais été plus épris de toi? C'est manifeste, et, mon Dieu, je ne vois pas... »

Un valet annonça le baron de Thouron : vieil homme disert, d'un formalisme un peu suranné, comme sa perruque. Lise s'était laissé surprendre, elle ne pouvait plus s'en aller sans avoir l'air de fuir. Bientôt entrèrent Mme Meulan d'Ablois, femme de l'intendant, puis d'autres familiers et justement, parmi eux, Jacques Mailhard. C'était le fils du trésorier de France, Mailhard de Lalande, dont la sévère demeure, bâtie cent cinquante ans plus tôt, se trouvait sur la place Dauphine, en face des Mounier, dans la partie à démolir, entre la Poste aux chevaux et l'auberge du *Grand Cygne*, fameuse pour sa cuisine.

En bottes noires collantes, montant à mi-cuisse, culotte de peau jaune, habit bleu clair, veste rouge — la dernière mode voulait ce bariolage —, le jeune homme arrivait tout animé par l'exercice qu'il venait de prendre, à cheval. Il baisa les doigts de Lise en lui tournant un compliment plein de galanterie sur le trop rare bonheur de la rencontrer.

« Hier, j'ai eu la chance de vous apercevoir sur la place; tout le reste du jour en a été illuminé », ajouta-t-il.

Beau garçon de vingt-trois ans, bien fait, sûr de lui, très caressant avec les dames, il ne manquait pas de séduction. En tout cas, il ne doutait point d'ajouter, un jour, la ravissante Mme Mounier à la liste — pas très longue encore — de ses conquêtes. La jeune fille qu'il avait connue ici l'attirait, mais un Mailhard n'épouse pas une petite bourgeoise, si jolie soit-elle, et il n'entendait pas jouer les Valmont avec une autre Sophie Volange. Mariée, pas heureuse — cela paraissait malgré elle —, elle était bonne à cueillir.

En vérité, Lise, malgré les incitations de sa sœur, n'avait jamais prêté à Mailhard la moindre attention, sinon de politesse. Il lui semblait prétentieux, plein de lui-même, médiocre au total. A présent il apparaissait dans une tout autre lumière, transformé par une possibilité troublante. Un peu à l'écart tous les deux, sur un vis-à-vis du jardin d'hiver, elle lisait dans ses regards un désir extrêmement dénué des voiles conventionnels dont s'enveloppaient ses paroles. Une chaleur se répandait en elle avec l'idée, bien formulée cette fois, que « cela » serait juste.

Lui aussi, il voyait clairement dans les yeux bleus de Lise quel était le genre de ses pensées. Aussi le surprit-elle considérablement en se levant à l'improviste pour le quitter. Il pensa qu'elle fuyait comme une perdrix blessée. Elle lui reviendrait, elle portait maintenant sa marque. Il lui dit qu'elle lui perçait le cœur en s'en allant si tôt.

« Vraiment! répondit-elle avec un sourire quelque peu moqueur. Mille regrets, monsieur. Il va neiger encore, ce me semble. Je veux rentrer chez moi avant. »

Par les fenêtres du salon de musique on pouvait voir le ciel s'obscurcir sur la ville. La boule de Saint-Michel disparaissait entre des nuages effrangés.

« Madame, ce sera seulement de la pluie, dit Mailhard, car l'air s'est beaucoup réchauffé.

— De la pluie! Raison de plus. Avec mon chapeau!... Monsieur, votre servante. »

Elle lui fit sa plus coquette révérence. Il s'inclina respectueusement.

Dehors, elle se rendit compte qu'en effet la température continuait à se radoucir. Elle s'en réjouit pour les pauvres gens dépourvus de bois. Les approvisionnements de toute sorte deviendraient moins difficiles. Elle songea que si le temps s'améliorait, elle devrait aller à Thias. Elle n'avait pas visité ses parents depuis plus d'un mois, il lui fallait quand même y retourner. Tout à coup, elle ne leur en voulait plus autant. En pensant à eux, le même sourire aiguisé qu'elle avait eu pour prendre congé de Jacques Mailhard lui revenait aux lèvres.

IV

Ce que Pierre Dumas avait prévu se produisit. Taxé par la municipalité, selon le vœu de Claude, le pain devint encore plus rare pour une grande partie des consommateurs. Quant aux autres, leurs domestiques s'en procuraient sans peine en se glissant par-derrière dans les boulangeries et en payant le prix fort. Naturellement, cela se sut. Des protestations s'élevèrent, à quoi les syndics des maîtres boulangers répondirent par un placard où ils déclaraient à peu près ceci : Le pain nous coûte plus cher que nous ne le vendons si nous respectons le prix officiel. Nous voulons bien accepter la perte sur une certaine quantité, mais il faut que nous nous rattrapions sur le reste. On ne peut tout de même pas exiger notre ruine.

Les choses en étaient là quand Lise et Claude, le dimanche suivant, allèrent dîner au hameau pour fêter l'anniversaire de la jeune femme. Ce jour-là, elle avait dix-neuf ans. Pour un 18 janvier, il faisait un temps aussi exceptionnellement doux que la fin décembre et le début de l'an avaient été rigoureux. Sous le ciel d'un bleu argentin, la campagne brunie par l'hiver, avec ses pièces de labours, les bois en masses sombres, vaporeuses comme des frottis de fusain, ses prés galeux, ses hérissements de haies, tournait du gris au lie de vin dans la blondeur du soleil pâle et acide. Il dorait pourtant le feuillage sec dont la bise n'avait pas réussi à dépouiller entièrement les chênes. Dans les fonds, de l'eau miroitait çà et là : petites inondations produites par la soudaineté du dégel.

Claude ne manifestait en rien qu'il ait senti le changement des dispositions de sa femme envers lui. Pour sa politique, il devait importer qu'au regard du public leur ménage parût uni. Il le paraissait, en effet — un peu cérémonieux, mais tranquille. Leur servante elle-même, Mariette, jeune, un tantinet candide, s'y trompait. Elle disait à Lise avec admiration : « Madame est bien heureuse d'avoir un si bel homme, et si attentionné! »

A Thias, la jeune femme eut la satisfaction de sentir son père plutôt gêné. Sans « se mordre les doigts » comme Thérèse l'escomptait un peu fougueusement, il nourrissait assurément des soucis qu'il cachait sous une cordialité excessive. Lise goûtait là une petite revanche. Quand sa mère, seule avec elle, s'enquit de ses sentiments, elle prit plaisir à lui répondre qu'ils n'avaient changé en rien.

« Tu es toujours aussi malheureuse, vraiment?

— Plus encore, car maintenant je méprise mon mari. C'est un menteur, un homme sans scrupules. Je continuerai à vivre auprès de lui puisque j'y suis contrainte. Soyez assurée que là s'arrête le sentiment de mes obligations. Si vous comptiez avoir des petits-enfants, vous pouvez en faire votre deuil. »

Après ce dernier éclat de son ressentiment, il lui vint un remords. Sa bonté l'entraîna.

« Allons, dit-elle en embrassant sa mère, ne vous tourmentez pas. Claude et moi, nous sommes assez sages pour nous arranger l'un de l'autre sans laisser paraître ce qui nous sépare. Si je suis mal mariée, Thérèse et vous resterez seules à le savoir. »

Pendant le dîner, elle s'amusa ironiquement à écouter son père — pauvre naïf — faire la leçon à Claude sur son article.

« Notre force, conclut M. Dupré en remuant ses épais sourcils, tient à notre nombre. Il ne faut à aucun prix nous partager, car nous avons besoin les uns des autres. Chargez à fond contre les courtisans, les privilégiés, mais il faut ménager tous les gens de notre état.

— Bah! répliqua Claude, tous ceux-là ne sont pas avec nous. Les pires profiteurs n'appartiennent pas tous à la noblesse. Les privilèges des nobles doivent évidemment disparaître parce qu'ils n'ont plus de raison d'être aujourd'hui. Du moins en ont-ils eu, à l'origine. Le paysan, le villageois versaient une rente au seigneur afin que celui-ci les défendît par l'épée. Il devait pour cela entretenir des hommes d'armes. Il était donc juste que ceux qui jouissaient de cette protection participassent à ses frais. De plus, se battant pour eux, le seigneur risquait sa vie. Il avait bien droit à une récompense : par exemple, l'exclusivité de la chasse, de la pêche, etc. Les privilèges de roturiers comme M. de Reilhac en personne, comme mon bon frère Louis, voulez-vous me dire ce qui les a fondés? »

M. Dupré ne pouvant répondre, il poursuivit :

« Rien, jamais. Rien sinon l'argent. Parce qu'Antoine Auber, dit de Reilhac, parce que Louis Naurissane ont pu acheter les terres d'un noble, les voilà substitués dans des droits seigneuriaux. Ni eux-mêmes ni leurs ancêtres ne les ont mérités, ces droits, par un service rendu aux roturiers, leurs semblables.

— Oh! les redevances perçues pour M. de Reilhac sur le hameau sont infimes! Pour ma part, qui est de loin la plus forte, je ne paie même pas un setier de seigle par an; exactement trois quartes, trois coupes et demie. C'est vous dire!

— Mais la seigneurie de Brignac doit rapporter à Louis, en dîmes, cens, rentes directes et secondes, environ dix mille livres annuelles. Je ne parle pas du fruit des domaines, uniquement des impositions levées sur les habitants des paroisses. Dix mille livres : ce que vous gagniez en sept ou huit ans de labeur, j'imagine, quand vous teniez votre commerce.

— A peu près, dit le vieil homme.

— De plus, ces terres continuent à jouir d'exemption d'impôts royaux. Louis perçoit sur ses tenanciers et ne verse rien au Trésor. Enfin, lui comme maître de la Monnaie, M. de Reilhac en tant que conseiller secrétaire du Roi, sont affranchis de la taille personnelle.

— M. de Reilhac lui-même réprouve ces usages, il souhaite l'égalité de tous les citoyens devant l'impôt. Vous l'avez entendu souvent s'exprimer là-dessus.

— En effet. C'est un honnête homme. Notez bien que pour lui cela n'aurait rien d'un sacrifice. Ce qu'il perdrait en renonçant à sa faible rente villageoise et à l'exemption de la taille, serait compensé, et au-delà, par la diminution considérable de l'impôt, si on répartissait celui-ci également sur les trois ordres. En l'occurrence, l'intérêt de Reilhac se confond avec le nôtre. Je doute que ce cher lieutenant général aille plus loin dans son désir de réformes. Quand j'ai parlé un jour, chez lui, d'abolir la vénalité des charges, j'ai bien vu que cette idée ne l'enchantait point. Vous comprenez, s'il vendait la sienne, il en tirerait peut-être cent mille livres.

— Diantre! Mettez-vous à sa place. On n'abandonne pas volontiers pareille somme.

— Oui, oui. Oh! il n'est pas très avancé!

— Mon gendre, je trouve que vous le devenez furieusement, vous », observa M. Dupré.

On pouvait en ce moment morigéner un peu ce garçon sans le blesser : les dames avaient quitté la salle, le repas fini, les laissant discuter entre eux.

« Bah! mon père, répondit Claude, pour obtenir un peu il faut demander beaucoup. Nous n'avons rien à perdre puisque nous possédons uniquement nos capacités et notre travail. Du reste, je n'attaque pas les grands bourgeois. Au contraire, je les mets en garde contre la colère que leur aveuglement risque de soulever dans le petit peuple. Enfin, nous n'obtiendrons rien, ni pour celui-ci ni pour nous, si nous laissons faire les privilégiés de notre ordre.

— Il faudrait avant tout, dit M. Dupré non sans intention, que chacun cessât de penser à ses désirs propres, à ses rancunes (il souligna le mot), à ses intérêts personnels ou encore à ceux de ses pareils. Ce n'est pas l'avantage de certains, ni d'une classe entière, quelle qu'elle soit, qu'il convient d'envisager; c'est le bien général. Souvenez-vous-en. »

Claude sourit. Son visage prit cet air si jeune qui rendait pour un instant à l'adolescence ces traits proches de la trentaine.

« Mon cher père, vous êtes, je le vois, au courant de ma tentative. Je m'y attendais, d'ailleurs. En parlant de rancune, vous songez qu'un sentiment de ce genre peut m'animer contre mon beau-frère Naurissane et les gens de son espèce. Vous vous trompez, je vous assure. J'ai expliqué à votre fille une des raisons qui me poussaient. Elle n'y a pas cru. Il y en a une autre. Je ne pouvais la lui dire. Vous n'ignorez pas combien Thérèse me déteste. Elle ne cesse de monter Lise contre moi. Cette influence qui s'exerce d'une façon quasiment quotidienne sur ma femme ne facilite pas notre vie conjugale, vous l'imaginez. En acquérant une situation à Paris, j'eusse éloigné Lise radicalement de sa sœur. Bien mieux : là-bas, auprès de la mienne et de mon beau-frère Dubon, elle se fût trouvée dans une atmosphère beaucoup plus favorable à notre bonheur. Voilà pourquoi j'ai failli faire une entorse à mes principes et une opération des plus aventurées, car le Parlement...

— Sacrebleu! mon garçon, s'écria M. Dupré en abattant sa lourde main sur la table, si vous jugez ainsi de Thérèse, et je ne vous donne pas tort, vous n'avez qu'à défendre à votre femme de la voir.

— Que non pas! répondit paisiblement Claude. D'abord, mon père, nous ne sommes plus au temps de l'époux maître et seigneur, laissez-moi vous le dire. Les femmes ont acquis des lumières, du raisonnement. Elles sont aujourd'hui des personnes. Lise, en particulier, l'est d'une façon singulièrement attachante, avec sa fraîcheur d'âme, son intelligence vive et fine, sa fierté, son sens de la justice, sa sensibilité, sa pudeur, sa bonté. Tout cela mérite des attentions et du respect. Tout cela ne se brutalise pas. En outre, j'aspire trop à la liberté pour vouloir contraindre autrui, et j'aime trop Lise pour songer à lui interdire quoi que ce soit. D'ailleurs, dans la situation délicate où nous sommes, on ne pourrait commettre pire maladresse que de la heurter par un acte tyrannique. De la patience, voilà ce qu'il faut, beaucoup de patience, laisser son jugement, son bon naturel l'éclairer peu à peu. Avec du temps, tout s'arrangera. J'ai absolument confiance en elle. »

Lise aurait reconnu dans ces paroles l'adresse du fourbe parfait, une sagesse affichée habilement comme le leurre le plus propre à éblouir un vieillard. Mais elle avait profité de la douceur du temps pour aller revoir le chemin qu'en compagnie de Bernard elle trouvait si beau. Depuis leur querelle, elle n'y était plus retournée. Sous les ramures nues et transparentes, avec ses ronciers brunis par le gel, ses ornières noyées d'eau, le raidillon lui offrait à présent l'image même de la solitude désolée. Lentement, elle regagna la maison, le cœur plein. Cependant cette confrontation mélancolique avait avivé la petite lumière d'espérance qui brûlait désormais au cœur de la jeune femme.

A quatre heures, elle repartit avec son mari pour souper chez eux, car Montaudon et le ménage Dumas devaient venir ensuite.

« Vous avez passé une bonne journée? demanda Claude tandis qu'ils roulaient, conduits par le père Sage. Vous aviez l'air plutôt contente. »

Comme elle acquiesçait d'un murmure à bouche close, vague mais sans hostilité, il ajouta :

« Vous avez fait la paix avec vos parents, il me semble.

— Il le fallait bien. On ne saurait en vouloir toujours à quelqu'un, lorsqu'il n'est pas animé de mauvaises intentions.

— Cela me donne de l'espoir », dit-il en souriant.

A demi tourné vers sa femme, il la contemplait dans la lumière faiblissante. Le soleil derrière eux disparaissait au bas du ciel mauve traversé de bandes rouges. Les champs, de chaque côté de la route, étaient encore clairs. Dans la voiture, sous la capote relevée, régnait une pénombre. Le soir fraîchissait. Ils avaient étalé une couverture sur leurs jambes. Le sol sonnait sec aux battements des fers.

« Je me flatte qu'un jour, Lise, vous découvrirez la bonne volonté de mes intentions, à moi aussi.

— Bien entendu », dit-elle avec indifférence.

Ils s'enfoncèrent dans le silence. Le père Sage modéra ses

chevaux, car on atteignait l'entrée de la grande descente. On apercevait de loin, sur la droite, Limoges rassemblé dans sa cuvette bleuâtre. Sommant la partie haute de la ville — le « Château » — Saint-Michel retenait sur ses quatre clochetons, sur sa flèche de pierre et sa boule vert-de-grisée, une lueur pourpre. Plus bas, déjà noyés d'ombre, au bord de la Vienne, la « Cité », le Naveix étaient ensevelis dans une coulée cotonneuse d'où émergeait seule la tour de la cathédrale. La voiture laissa sur la gauche le chemin descendant aux Courrières : propriété de Mgr Turgot durant les années qu'il avait passées à Limoges comme intendant de la généralité. Il y eut une remontée courte mais très rude. Dès lors, on roula d'un trot régulier entre les premiers clos de la banlieue avec leurs haies vives, leurs palissades ou leurs murettes en pierres sèches.

Alors qu'ils avaient déjà rejoint la route d'Aixe — dite aussi de Bordeaux — et qu'ils entraient dans le faubourg, comme ils passaient devant le magasin à poudre : silhouette solitaire, trapue, renforcée par des piliers d'épaulement massifs, Claude parla de nouveau.

« Votre sœur va sans doute s'irriter un peu plus contre moi. Je médite de réclamer une nouvelle mesure qui ne lui plaira point, et à d'autres non plus, assurément. Il s'agit du pain, encore. Je vais discuter là-dessus avec Pierre et René. Il me semble que les gens capables de dépenses effrénées pourraient, par une contribution infime pour eux, assurer le pain aux plus pauvres. Cela ne vous paraîtrait-il pas juste?

— Peut-être. Les excessives prodigalités de Louis me gênent, vous le savez depuis longtemps. Tout dépend de votre système.

— C'est ce que nous mettrons au point tous ensemble. J'ai seulement voulu vous prévenir. »

Ils arrivaient au couvent des Carmes. Le père Sage prit au-dessous de la promenade élevée en remblai par l'intendant d'Orsay sur les ruines des arènes romaines, puis ils longèrent le cimetière des Pénitents gris. Dévalant entre les prés et les jardins, car la campagne pénétrait ici jusqu'à l'ancienne ceinture de la ville, ils se trouvèrent bientôt devant chez eux. Quelques promeneurs traversaient nonchalamment la place. Les dauphins de la fontaine lançaient leurs jets dans les coquilles de bronze. Un cavalier, un volumineux portemanteau attaché au troussequin, quittait la Poste, trottait vers la route de Paris, tandis qu'un char à bancs ramenant de la campagne une nombreuse famille débouchait du faubourg Montmailler. Des garçons et des filles endimanchés buvaient encore aux tables sorties devant l'auberge du *Grand Cygne*. On se serait cru au printemps, sous le ciel devenu rose et vert qu'envahissait à l'est, au-dessus du boulevard, le bleu de la nuit.

Claude, ayant aidé sa femme à mettre pied à terre, réglait le voiturier, lorsqu'un homme passa près d'eux. Un étranger, un voyageur sans doute. Il était enveloppé dans son manteau. Un chapeau rond, à larges bords, lui baignait d'ombre le visage. L'aspect de Lise parut le frapper. Il marqua un temps en croisant le jeune couple. Claude, voyant cet homme qui les regardait fixement au passage, aperçut son singulier menton, long et lourd. Quelle curieuse figure! Quelle façon de dévisager les gens! Déjà, l'inconnu avait repris sa marche. Haussant les épaules, Claude ouvrit la porte de la maison et s'effaça pour laisser entrer Lise cependant que l'étranger se retournait, une seconde. Puis, d'une allure hâtive, il descendit la rue. Au bas, sans hésiter sur son chemin, il contourna les bâtiments massifs et sombres de la Monnaie, pour gagner la Terrasse. Là, presque en face de l'hôtel Naurissane, s'élevait, surplombant le boulevard et la pépinière, un groupe confus de bâtisses qui s'épaulaient les unes les autres. Elles formaient une masse entaillée non point par des rues mais plutôt par de brefs espaces tantôt très étroits, tantôt larges, toujours irréguliers. Les façades lépreuses donnaient d'un côté sur le ruisseau d'Enjoumart coulant à ciel ouvert derrière la Monnaie dont il emportait les détritus, d'autre part sur le petit cimetière Saint-Martial attenant à l'antique abbaye. L'homme au manteau s'engagea délibérément dans ce dédale à peu près obscur à cette heure, et, après plusieurs détours, parvint devant une porte cochère. Les vieux gonds poussèrent une plainte quand il entrouvrit le battant. Il pénétra dans une cour desservant les remises de la maison Nicaut, dont une partie neuve formait l'angle de la Terrasse et de la rue Porte-Tourny, au bas de la place Saint-Martial, commerçante par excellence. Là se trouvaient les boutiques nouvelles, parmi lesquelles celle de François Nicaut, marchand drapier, était des mieux fournies ainsi que des plus achalandées.

Le négociant, en bras de chemise, veste de broché, faisait ses comptes dans une sorte de petit bureau ouvrant sur la cour par une porte vitrée. Il avait débouclé sa culotte aux genoux pour se donner de l'aise. Son habit prune s'étalait sur le dossier de l'unique chaise, encombrée par des registres. Un flambeau à deux chandelles éclairait l'écritoire, laissant le fond de la pièce dans une demi-ombre où rougeoyait un pauvre feu de tourbe.

François Nicaut avait quarante-deux ans. Il était maigre, médiocrement grand, avec un visage sérieux.

Il fut un peu surpris d'entendre résonner au carreau le frappement du rit écossais. Le flambeau à la main, il alla voir.

« Quoi! c'est vous! dit-il en introduisant son visiteur. Je vous croyais en Angleterre.

— J'en suis revenu et j'y suis retourné plusieurs fois depuis votre dernier séjour à Paris. Laissons cela. On m'envoie visiter les frères de province.

— Attendez donc », dit Nicaut.

Il s'en fut fermer la porte entrebâillée sur l'arrière-boutique, après quoi, débarrassant la chaise, il l'offrit au voyageur.

« Alors?

— On est content des indications que vous avez fournies en novembre. On vous fait savoir qu'à présent l'action doit être fortement suivie, sans rien fixer encore. On approuve pleinement votre manière d'utiliser le canal de la Société d'Agriculture et la gazette pour pousser nos projets sans vous découvrir. On vous conseille de poursuivre ainsi. Pour le public, les loges ne doivent être occupées que de philanthropie. »

Le drapier acquiesça d'un signe. Attirant une pipe en terre rouge à long tuyau, il la bourra machinalement. Son hôte ne pétunait pas, il le savait, encore qu'il ne l'eût vu que trois fois, à Paris, rue du Pot-de-Fer où ce singulier individu apportait la parole de Londres. Il prisait, avec des façons gourmandes qui agaçaient Nicaut — pourtant tout pétri de tolérance, disciple de Voltaire, des physiocrates dont l'intendant Turgot avait voulu réaliser le programme en Limousin, surtout de Montesquieu, le grand propagateur de la philanthropie maçonnique. Au demeurant, tout le personnage lui déplaisait. D'abord parce que c'était un moine défroqué. Nicaut ignorait à peu près tout à son propos, mais cela du moins le savait-il : l'homme avait été bénédictin de Saint-Maur et en conservait quelque chose de papelard, une fausse onctuosité contredite par sa sécheresse de pensée et de sentiments, par une âcreté sourde qui devait fermenter en lui. Il n'inspirait confiance à personne. On s'en servait parce qu'il possédait une intelligence rapide, une exceptionnelle mémoire, s'affirmait diligent, prêt à toute besogne pourvu qu'elle pût contribuer à détruire la « superstition ». Il haïssait l'état dont il était sorti non sans peine, l'Église et ses « suppôts ». Agent utile, il n'en resterait pas moins un « apprenti », car il y avait en lui trop de choses indéfinissables, sinon suspectes. Le « Vénérable » Nicaut estimait les FF ∴ de Paris bien légers d'employer un individu si douteux.

Dépouillé de son manteau, son large chapeau enlevé, il offrait une apparence peu propre, évidemment, à inspirer la sympathie. Avec ce menton lourd et prolongé qu'avait remarqué Claude, il montrait une lèvre inférieure lippue, un nez mou, des yeux troubles derrière d'épaisses lunettes. Le tout agrémenté d'un front en dôme, d'où fuyaient les cheveux que l'on eût dit mités. Une figure sans âge, sans couleur, paraissant modelée par un caricaturiste dans de la cire rancie. Quant au corps, assez bien découplé, c'était celui d'un homme encore jeune. Il devait avoir entre quarante et quarante-cinq ans.

« Je suis chargé, poursuivait-il, de vous dire que tous les obstacles à la réunion des États seront levés. D'une façon ou d'une autre, le tiers aura les moyens d'y exercer une influence prépondérante. C'est aux affiliés de préparer, chacun dans sa sphère, les effets de cette influence. Auparavant, il faut faire réclamer de la manière la plus pressante la délibération par tête. Sachez enfin que durant l'été prochain de grands événements se produiront. Ils donneront au menu peuple conscience de ce qu'il est, on pourra dès lors se servir de lui. Jusqu'à ce moment, tenez-vous-en à l'action sur la bourgeoisie.

— Quelle sorte d'événements?

— On ne me l'a pas révélé. Peut-être n'en sait-on rien encore. Violents, je pense. »

Il se tut. L'angélus sonna lentement à l'église Saint-Pierre-du-Queyroi toute proche. Le tintement fut repris, comme en écho, plus loin, plus haut, par Saint-Michel. Derrière le mur du bureau, un cheval sabotait dans son écurie.

« C'est tout? demanda Nicaut.

— C'est tout. Mais, dites-moi, connaissez-vous un jeune

couple qui paraît habiter place Dauphine, au coin de la rue des Combes? Une femme très jolie, assez grande, vingt ans environ; un garçon de vingt-cinq à trente, de bonne taille, l'air d'un robin bien nourri.

— Je vois. Il ne peut s'agir que des Mounier-Dupré. Il est avocat, lui.

— Un fils de Germain Mounier dont les parents vendaient en gros du carton, rue Ferrerie? »

Le drapier acquiesça de la tête tout en se récriant :

« Ah! pour le coup, vous êtes d'ici! Je m'en doutais.

— En effet. J'y suis né, j'y ai grandi. J'y reviendrai quand il en sera l'heure. Renseignez-moi sur ces jeunes gens. »

Nicaut aurait voulu savoir la raison de cette bizarre curiosité. S'en enquérir n'eût servi à rien. Quant à surprendre la pensée de cet homme! Allez donc sonder ses yeux déformés par l'épaisseur des verres!... Il écouta sans mot dire le commerçant lui parler de Lise et de Claude, de la vivacité avec laquelle le jeune avocat « embrassait les idées nouvelles ».

« Comment se fait-il qu'un garçon de ce genre ne soit pas maçon? demanda-t-il enfin.

— Cela ne convient pas à son caractère; il est trop indépendant. Ce qui ne l'empêche point de nous servir d'une façon très efficace. Nous le pousserons. Il le mérite d'ailleurs, mais je le crois ambitieux.

— Fort bien. Il faut de jeunes ambitions et des têtes ardentes pour amener les choses là où l'on désire qu'elles soient. Nous reviendrons là-dessus. »

Il se leva, remit son manteau, son chapeau.

« Vous restez quelques jours?

— Je reprends la poste tout de suite. Il n'est pas indiqué que l'on me voie ici, pour l'instant. »

Ils se saluèrent d'un signe. Après avoir refermé la porte, le drapier s'adossa dans son fauteuil, devant l'écritoire. Il demeura songeur. Plusieurs points de cette conversation lui déplaisaient autant que son interlocuteur lui-même.

V

La Feuille hebdomadaire publia, cette semaine-là, un nouvel écrit signé Mounier-Dupré. Ses échos, à défaut de l'article lui-même, atteignirent la petite bourgeoisie, peu liseuse, et le menu peuple. Ils y furent accueillis avec la plus vive faveur. Le seul moyen de rendre la taxe effective, déclarait le jeune avocat, serait tout simplement de rembourser aux boulangers, pour chaque pain vendu, la différence à leur détriment entre le prix de revient et le prix de vente. Les sommes nécessaires à ce remboursement, on les demanderait aux consommateurs assez riches pour payer le pain au-dessus de la taxe, lesquels montraient par là combien peu les gênait une dépense supplémentaire.

« Mon cher Claude, dit Louis Naurissane qui était passé le voir, je ne vous suis plus. Vous voilà en train de donner dans ce que l'on appelait à Rome la démagogie. Vous savez où elle a conduit l'Empire romain. »

Les deux beaux-frères étaient assis face à face dans le cabinet, d'une austérité spartiate avec ses casiers de bois noir contenant d'une part les sacs de procès, d'autre part les volumineux in-quarto juridiques — traités des causes, coutumiers, recueils d'arrêts de parlement, les Berroyer et les Du Moulin — vêtus de veau, sa table à écrire, en bois noir également, et une autre, appuyée au mur pour soutenir tout un faix de gazettes, d'opuscules, de brochures dont on apercevait d'autres piles dans un réduit servant au courantin qui grossoyait là, entre-temps, des copies.

Claude regardait les manchettes et la cravate de son beau-frère, dont la malines devait bien valoir quelque quarante écus.

« Mon cher Louis, il ne s'agit nullement de démagogie. Croyez-moi : si, un jour, les Naveteaux montaient en ville avec leurs lancis bien aiguisés, ils ne se contenteraient plus de quel ques tourtes, soyez-en sûr.

— Voyons, nul ici ne souffre la faim. Les indigents sont secourus, le pain n'abonde pas sans doute et cependant ne fait pas défaut non plus. Je regarde tout cela de près, je vous assure. Il n'y a point de disette, il n'y en aura certainement pas. C'est un épouvantail que l'on agite, à Dieu sait quelles fins!

— Peu importe, dit Claude. Que le peuple souffre réellement la famine ou qu'il en ait peur parce qu'il se sait sans ressources contre elle, le résultat demeure le même : une grande part de la population craint et s'agite. Il faut faire quelque chose pour elle.

— Pensez-vous la calmer en proposant des solutions extrêmes!

— Allons, mon frère, considérez-vous vraiment comme une solution extrême de donner quelques sols pour être juste envers vos semblables?

— Assurément non, si c'est un appel au sentiment de justice, de fraternité. Vous présentez cela comme un droit, une exigence légitime des humbles, une sorte de punition pour les gens aisés. Est-ce un crime de l'être? Ma fortune, je la gagne, je ne l'ai pas volée. Voilà pourtant l'idée que l'on semble vouloir donner au petit peuple. Elle me paraît dangereuse pour tout le monde. »

La municipalité — dont faisait partie le père de Bernard, M. Delmay — partageait cet avis. Elle prit un moyen terme en imputant sur le budget communal une indemnité de compensation pour les boulangers. Ce qui n'empêcha pas ceux-ci, du moins un certain nombre, de limiter la quantité des pains vendus à la taxe pour réserver tout le reste aux clients susceptibles de payer le prix fort. Claude voulut encore intervenir : il écrivit un troisième article stigmatisant l'esprit de lucre et l'égoïsme de ces mercantis. Les termes de sa philippique étaient violents. Elle ne fut point insérée. Non qu'elle ne parût juste, mais, dit l'abbé Lambertie à l'auteur :

« Mon cher monsieur, il ne nous sied ni à vous ni à moi d'opposer davantage des gens déjà trop montés les uns contre les autres. Les quantités de pain livré au prix établi, si elles ne sont pas surabondantes, suffisent cependant aux besoins. N'envenimons pas les choses. Au demeurant, toute cette fièvre de crainte, toute cette agitation se calmeront dès l'approche des beaux jours. »

Malheureusement, ceux-ci étaient encore loin. Après le brusque adoucissement de la semaine précédente, le froid semblait près de revenir. De nouveau, la température baissait, régulièrement. Le ciel se remplissait de neige.

Lise ne sortait pas moins, chaque après-dîner, pour aller chez sa sœur où ses airs à la fois rêveurs et ironiques déconcertaient Jacques Mailhard. Elle lui avait, sans le chercher le moins du monde, suscité un rival : François Lamy d'Estaillac, vingt-six ans, un vrai noble, vicomte, officier de la milice bourgeoise. Ils lui faisaient tous deux ouvertement la cour, sous les yeux complices de Thérèse. Les deux jeunes gens eussent été bien surpris d'apprendre que Lise venait auprès d'eux affermir un espoir et s'encourager à une confrontation qu'elle redoutait encore. Néanmoins, en quittant l'hôtel Naurissane, elle parcourait la ville sous prétexte d'emplettes, en réalité dans l'attente de certaine rencontre.

Il lui eût suffi de guetter derrière l'une de ses fenêtres, pour voir, un soir ou l'autre, Bernard traverser la place en se rendant aux Messageries. Elle ne le savait pas. Ce fut dans la rue des Taules, non loin de la Monnaie, qu'elle l'aperçut, au crépuscule d'un jour sans lumière traversé par des flocons qui se décidaient mal à tomber. Bernard venait de faire une livraison à la mercerie Jourdan, nouvellement ouverte dans les vétustes dépendances de l'abbaye Saint-Martial. Il allait repasser à l'épaule la bricole de son charreton, quand il entendit une voix toute proche. Il se retourna, stupéfait, le cœur saisi par ces accents ressortant du passé. Lise était près de lui. Un peu haletante, elle le contemplait, les yeux brillants d'émoi, la figure rose sous la capuche d'une limousine doublée de fourrure. Sa bouche tremblait. Machinalement poli, il s'était découvert. Incliné devant la jeune femme, il la considérait avec froideur.

« Bernard, Bernard! »

Elle avait tant à lui dire! Tout se brouillait, tout se précipitait ensemble et fuyait à la fois. Ah! qu'elle n'eût point à lui parler, qu'il la prît dans ses bras! Elle fermerait les yeux et tout serait comme si...

« Vous me détestez », dit-elle.

Que signifiait cette nouvelle métamorphose? Aujourd'hui, ce n'était plus la fière Mme Mounier-Dupré. Elle ne détournait plus la tête, elle ne le dédaignait pas, elle venait le relancer. Que cherchait-elle?

« Je vous ai détestée, répondit-il froidement. Puis je me

suis guéri. Maintenant, je n'ai plus de rancune, ni aucun sentiment pour vous. »

Elle baissa le front.

« Je comprends. J'ai tout gâté par ma sottise, je vous ai fait tant de mal! Ce n'était pas ma faute, je ne savais pas. »

Relevant soudain la tête, elle le regarda dans les yeux, rougit violemment.

« Je n'ai jamais aimé que vous. Je n'ai jamais cessé de vous aimer.

— Daignez m'excuser, dit-il, je ne désire pas le savoir. Bonsoir, madame. »

Il la salua, prit les brancards du charreton et partit vers la place Saint-Martial dont le sombre entourage se noyait dans la grisaille crépusculaire pointillée par les tournoiements de la neige. Des flocons se posaient sur les cils de Lise où ils fondaient, pareils à des larmes. Pareils seulement. Elle ne pleurait point. Elle n'était pas triste. Au contraire.

Elle rentra chez elle en disputant sa mante au vent qui se levait. Un âpre vent du nord dont les souffles faisaient danser les reverbères sur leur corde. Toute la nuit, il hurla dans les cheminées, siffla sous les portes. Lise, chassée du coin de l'âtre, s'était mise au lit presque aussitôt après le souper. Derrière ses courtines, elle sentait cependant cette haleine glaciale, elle entendait les planchers, les boiseries craquer en se contractant sous l'effet du froid. Ce n'étaient pas ces souffles ni ces bruits qui la tenaient éveillée, immobile dans sa tiédeur au creux de la coite. C'étaient le bouleversement, l'espoir, une joie tremblante. Bernard pouvait bien affecter l'indifférence, il pouvait même se montrer sincèrement brutal; son émotion avant qu'il ne se fût ressaisi, ce trouble dans ses yeux noirs et sur ses traits comme dénoués soudain quand il lui avait fait face, la comblaient déjà de bonheur.

Elle entendit Claude revenir de chez M. Nicaut. Il soufflait, tout transi, en traversant le salon. Il s'arrêta et dut tendre l'oreille, devant la porte. Lise n'y prêta pas attention. Depuis qu'elle s'était résolue à ne le point recevoir, comme s'il l'eût pressenti, il n'avait pas essayé de la rejoindre. Elle s'endormit enfin, aux cris méchants de la bise.

Le lendemain, le vent s'était apaisé un peu. En tournant

à l'est, il devint de plus en plus mordant. Ce fut alors que l'on connut toute la cruauté de cet hiver. La ville blême, où la vie ne se manifestait plus que par de misérables signes, ressembla bientôt à une bête couchée pour mourir dans sa souille glacée. Sur les boulevards, des arbres gelaient. Les sapins de la Pépinière royale devinrent couleur de rouille. On ne sortait plus que pour les courses absolument indispensables. Les queues aux boulangeries étaient une torture. Même au cœur le mieux défendu des maisons, auprès des cheminées mal garnies, voire autour des poêles à la prussienne qui ronflaient dans les habitations cossues, le froid triomphait encore, accompagné dans beaucoup de demeures par une crainte obsédante.

C'est que l'hiver, revenu après le dégel, faisait des ravages dans les quartiers populaires, parmi les constructions en torchis. L'eau de fonte, coulant des toits, des gouttières, s'était introduite dans les craquelures des vieux bois croisillonnant les murs de terre et de paille hachée. Depuis, elle n'avait pas eu le temps de s'évaporer. Elle gelait de nouveau, là. On entendait ces poutrelles se fendre sous sa force d'expansion, avec des craquements soudains et secs comme des coups de fusil. En outre, ces eaux avaient traversé en abondance le sol ameubli après le travail du gel. A l'abri de celui-ci maintenant, elles s'infiltraient, se rassemblaient, inondant la véritable ruche souterraine forée jadis sous les habitations, dans la butte du « Château », au temps où l'enceinte des remparts laissait peu de place pour édifier entrepôts et réserves. Au lieu de bâtir, on creusait. C'était une ville sous la ville : tout un dédale d'excavations taillées dans le tuf à des niveaux souvent superposés, desservies par un réseau d'escaliers, de couloirs en pente. On en connaissait certaines parties parce que des caves ordinaires communiquaient avec quelques-unes de ces salles servant toujours, comme magasins, à des boutiques. D'autres avaient été effondrées ou comblées lors de démolitions et de reconstructions récentes. C'était là l'étage supérieur seulement; au-dessous, bien au-dessous, dans la ténèbre et le silence de la terre, existaient d'autres galeries, d'autres salles dont on ignorait tout. On savait simplement, par certains murmures dans le sol aux périodes de grandes pluies, et par certains dégorgements dans le ruisseau d'Enjoumart comme dans celui des Tanneries, au bas de la « Cité », que, tout au fond de ce mystérieux labyrinthe, des eaux provenant du haut de la ville s'écoulaient. Elles ne le pouvaient plus en ce moment, elles se heurtaient à l'épaisseur de la glace qui bloquait leurs résurgences. Leur niveau devait monter, le flot envahir d'autres couloirs, d'autres excavations, cherchant issue. Sans doute des parois de tuf cédaient-elles sous cette poussée, car on entendait de sourds effondrements, des bruits de cascades. Le sol frémissait parfois. Dans le quartier Manigne, où habitait Bernard, dans celui du Verdurier, la rue des Taules ou la rue Cruchadou, dite aussi Cruche-d'Or, bien des gens, recroquevillés dans l'étroite chaleur de leur lit, passaient la nuit sur le qui-vive à écouter cette inquiétante rumeur. Les femmes tremblaient d'une crainte superstitieuse. Le risque très réel, c'était que des maisons s'écroulassent, les fondations emportées par ce mouvement d'eau.

Et cependant que le sous-sol grondait ainsi, la ville, en surface, était tragiquement silencieuse. Plus de cloches, pas un roulement de voiture, pas un cheval. Lise n'entendait plus, la nuit, partir ou arriver les fourgons. Les diligences ne circulaient plus, pas de courrier. Tout restait en suspens. Les morts eux-mêmes attendaient. On ne pouvait les ensevelir, car la terre, gelée à près d'un pied, défiait la pioche qui rebondissait en sonnant comme sur du métal. Ils étaient nombreux, surtout à l'Hôpital général. Le froid fauchait les indigents, les nouveau-nés, les vieillards.

Jean-Baptiste Montégut fut à deux doigts de figurer parmi ces victimes. Mais d'abord Bernard avait, le premier, payé tribut à l'âpreté de l'hiver par un mal de gorge assorti d'une violente fièvre qui le prit au lendemain de sa rencontre avec Lise, le contraignant bientôt à se coucher. Léonarde, émue de le voir abattu à ce point, lui si robuste, envoya Babet Sage, qui venait aux nouvelles, quérir le médecin. Elle y courut, inquiète elle aussi. Le docteur Périgord fit la grimace, parla d'angine couenneuse et ordonna un traitement à la glace. La matière première ne manquait pas. Le patient devait en sucer constamment de petits morceaux. Le remède parut surprenant, il donna de bons résultats. Bernard allait mieux, sans pouvoir encore se lever, quand son beau-frère se mit au lit à son tour. C'était une de ces mauvaises passes comme toutes les familles en connaissent. Atteint d'un flux de poitrine, Jean-Baptiste allait rester pendant près d'une semaine dans le coma. Léonarde, aux cent coups, se trouva seule avec son frère à peine tiré de danger et son mari en grand péril. En effet, à cause de Bernard qui n'avait pu demeurer dans sa chambre du grenier, où régnait une température insoutenable, elle avait dû, sur l'ordre du docteur Périgord, éloigner immédiatement les petits et la « mémé Montégut » pour lesquels la contagion de cette sorte d'angine eût été extrêmement redoutable. Les Delmay les avaient recueillis, faubourg Montmailler. Avisée, par Babet encore, de l'état de Jean-Baptiste, Antoinette, la femme de Marcellin, vint au secours de sa belle-sœur. Toutes deux se relayèrent au chevet du malade inconscient, qu'il fallait veiller sans relâche. Babet les aidait, allant en sabots pleins de paille, revêtue de trois mantes superposées, faire la queue pour le pain, s'occupant des provisions, de la cuisine et de Bernard qui se remettait lentement. Quand il put quitter la chambre, le plus fort du froid était passé. Bien que le temps fût encore très rude, la ville reprenait vie.

Sitôt debout, il eut donc à rouvrir la boutique. Les chalands commençaient à revenir, le courrier apportait de nouveau des commandes. Les mains moites de faiblesse, les jambes molles après ces longues heures de fièvre, Bernard devait suffire à tout. Son père, son frère passaient tour à tour lui donner un coup de main. Ils le soulageaient en se chargeant des expéditions, des livraisons en ville. Pour servir la clientèle, il disposait d'une autre aide : Babet, toujours Babet, l'indispensable, qui arrivait après avoir fini sa tournée de coiffeuse. Jouer à la mercière l'amusait. Elle tenait à merveille sa place dans la boutique. Les détaillants mettaient une complaisance particulière à passer prendre les marchandises que M. Delmay ou Marcellin n'avaient pas toujours la possibilité de leur porter. Le mercier Jourdan lui-même, garçon des plus sérieux, marié d'un an, prochain père de famille, prenait ouvertement plaisir à provoquer les piquantes reparties de la jeune femme. Jean-Baptiste, pâle, maigri, adossé à ses oreillers, recevant des visites, tenu par elles et par sa femme au courant de ce qui se passait en bas, murmurait que si cette fille voulait bien se ranger, elle ferait une épouse précieuse pour un commerçant. Bernard le constatait encore mieux. Dans un lymphatisme de convalescent enclin à suivre les pentes faciles, il se disait par moments : « Après tout! » et « Pourquoi pas? »

Une fois ses forces revenues, il remplaça son beau-frère dans les tournées en campagne. Tandis qu'il roulait, rênes lâches, dans les chemins tout boueux du nouveau dégel, allant visiter les marchands des bourgs, des paroisses perdues, ou présenter des articles à certains châteaux dont Jean-Baptiste était fournisseur attitré, il laissait son esprit flotter de souvenirs en rêves. Le désir de Babet, présente et intouchable durant la contagion, fuyante ensuite — « Non, Bernard, voyons, il ne faut pas te fatiguer » —, n'avait pas cependant effacé l'impression laissée en lui par son bref colloque avec Lise, devant la mercerie Jourdan. Bien plus ému qu'il ne le montrait, il avait reconnu là, en tremblant, la jeune fille, tendre et bouleversée, de leurs premières rencontres, à Thias, l'amoureuse si candide.

Il fit claquer les rênes sur le dos du cheval, se rencogna sous la capote et le tablier de cuir. L'air piquant, saturé d'humidité, portait l'odeur des violettes couvrant les talus. Dans les haies, les saules s'argentaient, duveteux. Les chatons jaunes des coudriers, précédant les bourgeons, dansaient au vent. Les très rares blés d'automne qui eussent survécu au gel étalaient dans la campagne encore cadavérique leurs trop petites pièces d'un vert gras.

Bernard secoua la tête. Il avait Babet, pourquoi penser à Lise? Il ne pouvait plus rien se passer entre eux, elle le savait bien. Songeait-elle donc à tromper son mari? Il n'en admettait pas l'idée, lui, Bernard. Sans aimer Mounier, il avait du respect pour lui, pour le courage qu'il venait de montrer en prenant si fermement la défense des petites gens. Comment consentirait-on à ridiculiser un homme de ce caractère! Un homme qui vous soutient, vous et les vôtres. A présent, il se faisait éducateur.

Bernard s'intéressait beaucoup aux articles signés Mounier-Dupré dans *La Feuille hebdomadaire*. Il lui arrivait souvent d'en discuter en famille, avec Léonarde qui ne les goûtait pas, et Jean-Baptiste incertain, soit d'en parler avec son ami Antoine Malinvaud, ou bien avec des pratiques, notamment le mercier Jourdan qu'il avait connu, deux ans plus tôt, commis de boutique, comme lui-même, mais un peu plus âgé, ancien soldat de La Fayette en Amérique et riche d'expérience. Jourdan appréciait fort les vues de Mounier-Dupré. « C'est un autre Jefferson », assurait-il.

Claude, après le refus de son factum contre les profiteurs, s'était lancé dans des articles d'un tout autre genre, inspirés par un opuscule que le « Vénérable » Nicaut lui avait remis le soir même de la rencontre entre Lise et Bernard. Une brochure de méchant papier, publiée à Paris par un certain abbé Sieyès. Tandis que Lise rêvait à ses amours, Claude avait passé dans des transports la plus grande partie de cette nuit bruissante et glaciale, échauffé au point de ne rien sentir des courants d'air ni de remarquer les vacillements de la lumière. En lisant, en relisant ces pages, il éprouvait un pincement au cœur : un autre exprimait là tout ce que lui-même sentait sans avoir eu l'idée de le dire. L'expression était si forte dans la rigueur de sa logique, la marche de la pensée tellement souveraine, la démonstration si victorieuse, que l'enthousiasme l'emportait en lui sur le dépit. La chandelle morte, il parvint à peine à dormir, restant à la surface agitée du sommeil, n'y plongeant enfin qu'aux petites heures, pour en ressortir bientôt avec un plan. Il mettrait à la portée des esprits les plus simples les principes que l'auteur de l'opuscule présentait en ces termes lapidaires : « Qu'est-ce que le tiers état? Tout. Qu'a-t-il été jusqu'à présent? Rien. Que demande-t-il? Devenir quelque chose. »

Claude avait accompli ce travail avec une telle passion — écrivant tous ses articles de suite — qu'il ne s'était quasiment pas soucié de la température, trop heureux des loisirs qu'elle lui laissait en supprimant les visites, les clients. Tout s'était terminé ensemble : cette entreprise et le grand froid. Plus favorisés que Bernard et son beau-frère, ni Claude ni Lise n'avaient souffert vraiment. Pleine de patience, la jeune femme attendait le retour d'un temps plus favorable pour chercher de nouveau à rencontrer Bernard.

L'approche de ces jours lui fut annoncée, un matin, par des attroupements sur la place. Les passants s'arrêtaient, levant la tête, s'interpellaient, l'air joyeux. Des gens sortaient des maisons, de l'auberge, pour contempler le ciel encore gris d'où tombait une aigre rumeur. Les grues!... Jacques Mailhard, quittant à cheval l'hôtel de son père avec un petit groupe d'amis, tous en veste fourrée, le fusil de chasse en bandoulière, retenait son rouan pour chercher la silhouette de la jolie Mme Mounier-Dupré derrière sa fenêtre. Lise laissa retomber le rideau.

Toute la matinée, les grues passèrent en larges vols triangulaires et criards, pointés vers le nord-est. Cette fois, c'était bien la fin de l'hiver.

Babet apprit cette bonne nouvelle à Mme Naurissane en la coiffant dans son cabinet à poudrer. Une fois les boucles roulées, Thérèse, resserrant son peignoir, se masqua le visage avec un long cornet en carton tandis que la jeune femme faisait pleuvoir la poudre. Tout en secouant la houppe, elle chantonnait à bouche close.

« Tu es bien gaie, ce matin! remarqua Mme Naurissane, déposant son cornet protecteur. C'est le printemps qui te rend comme cela?

— Pardienne! madame. N'y aurait-il pas de quoi? » répondit Babet. Elle ajouta, rieuse : « Et aussi, l'on m'a demandée en mariage, hier soir. Cela fait toujours plaisir.

— En mariage? Je te félicite, ma fille. Tu diras de ma part à ton prétendant qu'il a du goût.

— Madame est trop bonne, répliqua Babet avec une petite révérence malicieuse. Oui, c'est un garçon fin comme le musc, et très gentil. Du reste, madame le connaît.

— Ah bah! s'exclama Thérèse surprise. Serait-ce quelqu'un de mes gens? »

Si inconsciente que fût cette impertinence, elle n'en piqua pas moins Babet.

« Madame, riposta-t-elle, c'est quelqu'un que votre sœur aurait été bien contente de prendre pour mari. Il s'appelle Bernard Delmay. »

Lise fut au courant le jour même. Sa sœur en l'informant ne pensait qu'à son bien. Le souvenir de Bernard retenait cette petite de trouver son bonheur avec le beau Jacques ou bien François Lamy, comme l'eût fait toute femme dans son cas. Elle traînait, hésitante, c'était visible. Sans doute gardait-elle l'espoir secret de renouer d'une façon ou d'une autre ses amours avec ce garçon dont elle restait puérilement coiffée. Eh bien, elle saurait qu'il ne se souciait pas d'elle.

En vérité, l'affectueux souci du bonheur de Lise s'accompagnait chez Thérèse d'un désir corollaire : elle voulait absolument que Claude fût bafoué. Elle le trouvait chaque jour plus détestable, ce sournois, ce meneur de cabales qui prenait maintenant des façons de personnage indispensable et de régent universel. Ne le voyait-on pas, à cette heure, devenu le grand homme des Nicaut et autres francs-maçons, de la coterie des petits robins, d'une partie de la Société d'Agriculture, même de gros négociants « avancés », comme le teinturier Pinchaud! Si cela continuait, il rangerait la ville entière sous sa férule de pédant. Il était grand temps que sa femme lui en fît porter. Ces ramures embarrasseraient sa superbe. Il serait un peu moins triomphant, quand on se gausserait de lui.

Lise reçut durement le coup. Bernard allait se marier! Après ce qu'elle lui avait dit! C'était donc vrai qu'il ne lui restait aucun sentiment pour elle! Tout en elle s'écroulait. Elle en demeura d'abord anéantie, puis au chagrin, à l'amertume, succéda une jalousie mordante.

« Elle est jolie, cette fille?

— Tu la connais. Elle t'a coiffée pour ton mariage.

— Ah! c'est ça! Je l'ai peu vue. N'est-elle pas bien vulgaire?

— Mais très piquante. Elle a tout à fait le genre d'appas qui tournent la tête aux hommes.

— Ah! oui, les hommes, parlons-en! Ce sont tous des... Eh! je m'en moque, moi! Que les gens se marient, c'est leur affaire, cela ne me regarde pas. »

Ce dépit enchanta Thérèse.

Tout était simple : Lise, guérie de sa candide passion, allait se précipiter vers l'un ou l'autre de ses deux soupirants. Lequel? se demandait Thérèse tendrement curieuse. Elle aurait eu un faible, elle, pour François Lamy, beaucoup plus fin que Mailhard.

VI

Cette réunion des États généraux du royaume, dont la perspective agitait tant les esprits depuis l'été dernier, s'avançait rapidement. Tous les espoirs de Claude et de ses amis, en général de toute la classe éclairée, semblaient devoir se réaliser bientôt :

ladite réunion aurait bien lieu, au contraire de ce que l'on avait pu craindre à plusieurs reprises. La date en était fixée à la mi-avril. De surcroît, le Conseil avait décidé que la représentation du tiers ordre égalerait celle de la noblesse et du clergé réunis. Immense victoire pour le peuple, car cette mesure, logiquement, sous-entendait le vote par tête qui donnerait aux députés des communes, bourgeois et paysans, une voix prépondérante dans les délibérations.

« Victoire de la justice », disait Montaudon.

Cela lui paraissait tout naturel.

« Comment, demandait M. Mounier père, comment la Cour, hostile à toute véritable réforme, nul ne l'ignore, peut-elle nous faire une concession si dangereuse pour elle? Nos députés vont s'en servir pour la battre en brèche sans répit, j'y compte bien!

— Elle agit de la sorte dans sa haine du Parlement, je présume, répondait Claude. Les conseillers n'ont cessé depuis l'automne de s'opposer au doublement du tiers. Ils savent bien que nos délégués vont pratiquement se substituer à eux. La Cour qui déteste le parlement de Paris, le Roi qu'il agace, ont vu là, je pense, l'occasion d'une revanche sans risque, maintenant qu'il s'est déconsidéré à nos yeux. Au contraire, ils se donnent les gants d'avoir l'air plus libéraux que lui. Ils n'ont pas imaginé les conséquences de leur action. Non, mon cher René, ce n'est pas une victoire de la justice, c'est le triomphe de la légèreté, de la sottise. Profitons-en.

— Profitons-en, mais défions-nous, corrigea Pierre Dumas. Cette faveur trop facilement concédée doit couvrir une ruse. *Timeo Danaos...* »

Quoi qu'il en fût en réalité, la mesure donnait confiance à la majeure partie du public. On l'attribuait généralement aux bonnes dispositions du roi, on l'en aimait davantage, on augurait bien de l'avenir qui se présentait sous de si favorables auspices.

Cependant François Nicaut ne pouvait se défendre d'une inquiétude en voyant se réaliser si exactement ce que lui avait annoncé son visiteur, l'homme aux lunettes. En serait-il de même pour les événements « sans doute violents » dont l'ex-moine lui avait parlé? Le drapier voulait une profonde révolution dans l'état des choses, mais, pas plus qu'un abbé

Lambertie — franc-maçon lui aussi, comme l'avait été le Roi en personne —, il ne souhaitait le désordre, encore moins la violence. Il désirait une métamorphose « philosophique » du mode de gouvernement et de l'État, dans lesquels il fallait remplacer l'idée absurde du droit divin, les abus d'influence ecclésiastique, l'empirisme, par les principes de la raison. La bourgeoisie, éclairée, active, source de la richesse nationale, vrai moteur de la nation grâce à ses hommes pratiques, habitués aux affaires par leurs professions, devait prendre à tous les degrés de la *res publica* la place que la logique lui assignait et que lui refusait la classe privilégiée. Une action conduite à couvert était utile pour pousser à cette transformation, unir et soutenir des individus incertains d'eux-mêmes, ordonner les efforts selon un plan à longue portée, avec ses moyens, ses chemins, ses étapes. Que viendrait faire ici la violence sinon risquer de tout compromettre?

A vrai dire, cette action n'était pas fort bien menée. On recevait des conseils fraternels : pures dissertations de principes, et lorsque de véritables directives arrivaient, transmises par l'homme aux lunettes, non seulement elles ne satisfaisaient pas l'esprit, mais encore elles inspiraient, comme cet individu lui-même, une irrésistible défiance. Sous son étiquette d' « apprenti », de qui était-il le véritable agent?

Il semblait parfois à Nicaut qu'une conjuration d'intérêts indéfinissables s'agitait dans l'ombre de la maçonnerie, se servait de ses éléments et la débordait avec machiavélisme. Quels intérêts? Quelles ambitions, peut-être? Ce n'était pas un simple drapier de province qui aurait eu les moyens de le savoir. Il ne se fiait guère aux grands seigneurs de la mère Loge, en particulier à un homme de cabale comme le duc d'Orléans. Il ne plaisait pas à son bon sens que le Grand Orient prêtât si complaisamment l'oreille aux paroles venues de Londres. Dans tous les domaines, l'anglomanie était la fureur du jour. On s'habillait, on se coiffait à l'anglaise, on se rasait avec des rasoirs de Sheffield, on admirait le système politique anglais. Il fallait cependant être bien naïf pour croire que les Anglais fussent nos amis. Comment ce peuple orgueilleux et avide nous eût-il pardonné la perte de ses colonies d'Amérique libérées grâce à l'intervention française! Avant cela même, lord Chatham ne déclarait-il pas aux Communes que l'Angleterre ne devait à aucun prix laisser la France devenir une puissance maritime et coloniale?

A bien réfléchir, quelque chose semblait étrange dans l'agitation qui se manifestait sourdement en ville. Rien de surprenant, certes, à ce que, cet hiver, le menu peuple se fût irrité contre les boulangers, qu'il eût été enclin à voir partout des accapareurs. Les rigueurs d'une saison particulièrement pénible, cette année, pour les pauvres gens, justifiaient leur crainte, leur humeur, leur impatience. Elles n'expliquaient pas néanmoins une turbulence toute nouvelle dans la basse classe — une turbulence dont les crises, jusqu'à présent sans consistance ni conséquences, ne paraissaient pas spontanées. Quand certaines gens du plus bas peuple — des femmes surtout — ne se contentaient plus de réclamer du pain, parlaient à présent de se procurer gratis le vin, la viande, de faire main basse sur l'argent des riches, le tout au nom de la liberté et de l'égalité, où prenaient-ils cette idée, ces mots? Ceux-ci étaient dans l'air, assurément, mais l'idée d'égalité naturelle n'impliquait point que l'on dépouillât personne. Il n'y avait pas, même dans les plus pauvres quartiers, une misère susceptible de provoquer ainsi le populaire. Enfin, estimait le « Vénérable », cela ne correspondait guère au caractère des Limougeauds, respectueux de la propriété parce que désireux, et généralement capables, d'y accéder.

Selon le lieutenant du guet, Delhomme, « deuxième surveillant » de la loge, on remarquait toujours dans les attroupements de ménagères un certain Préat, de son état peintre sur porcelaine, attaché à la manufacture Mounier, présentement en chômage, ou bien un nommé Janni, ouvrier corroyeur — comme le démagogue Cléon, songeait Nicaut. Il se demandait si ces deux individus, toujours prêts, disait le lieutenant, à seriner aux femmes des propos subversifs, agissaient ainsi de leur propre mouvement, ou si l'homme aux lunettes... N'avait-il fait à Limoges qu'un séjour d'une heure, comme il le prétendait, qu'une seule visite? Quelles relations conservait-il ou avait-il renouées dans cette ville où il reconnaissait avoir grandi.

Tout cela commandait la plus grande circonspection. Au demeurant, rien n'obligeait les FF.·. limougeauds à suivre toutes les directives transmises par le courrier, même si elles répondaient véritablement à une tactique du Grand Orient.

Entre la rue du Pot-de-Fer et les diverses loges, il y avait filiation, non pas subordination. Peu confiant dans la frivolité de Paris et de Versailles, Nicaut était bien résolu à ne prendre conseil que de lui-même, des « maîtres » du cru, d'amis sûrs, spécialement de Pinchaud, non maçon — car, rebelle à tout ce qu'il tenait pour superstition ou simagrées, il méprisait également le symbolisme maçonnique et les cultes religieux — mais plein de lumières, d'énergie, de sagesse.

C'était d'un commun accord que tous deux avaient incité Mounier-Dupré, Dumas, Montaudon à jeter ensemble sur le papier un projet pouvant servir de fondement au cahier de doléances du tiers. Il importait de ne point laisser l'initiative aux gens en place, peu désireux de grandes réformes, qui n'auraient, par leurs charges ou leurs relations, que trop de moyens d'imposer leurs vues. Il fallait leur forcer la main avant même l'ouverture des États de la sénéchaussée, où les hauts magistrats, M. de Reilhac en tête, joueraient inévitablement le premier rôle.

Claude s'était mis avec diligence à cette tâche, sur laquelle il ne laissait pas de compter, pour laquelle il accumulait depuis quelque temps des notes. Ce travail, de constantes réunions avec Dumas et René, les visites en commun à Nicaut, à Martial Pinchaud pour confronter les avis et ceux qu'ils allaient, les uns ou les autres, recueillir auprès des notables des différentes professions, l'absorbaient entièrement, car tout cela s'ajoutait à sa besogne d'avocat — fort ralentie, au demeurant : les gens à procès attendaient pour engager des instances puisque l'on parlait de réformer le judiciaire, de supprimer les justices seigneuriales et la poussière de tribunaux entre lesquels s'éternisaient les causes. Néanmoins, il y avait encore bien des affaires en cours. Pris par tant d'occupations, pressé par les circonstances, car les États de la sénéchaussée devaient se réunir dès les premières semaines de mars, Claude, dans cette atmosphère assez fiévreuse, abandonnait complètement sa femme à elle-même. Elle ne le voyait que peu d'instants, aux repas. Encore mangeait-il en hâte. Il l'entretenait des mesures qu'il méditait, lui demandant parfois son avis. Elle répondait vaguement. Ces choses n'avaient plus de réalité à ses yeux. Tout, d'ailleurs, n'était plus pour elle qu'agitation dénuée de sens. Elle avait oublié sa rancœur d'un moment contre Bernard. Pouvait-elle lui en vouloir de se marier! Elle l'était bien, elle. Se rappelant les traits, la galante tournure de la coiffeuse, ses grands yeux verts, la clarté de sa peau libéralement montrée, elle concevait par sa propre jalousie ce qu'il avait dû lui-même souffrir. Ah! la tristesse, l'injustice de tout cela, dont la responsabilité n'incombait ni à l'un ni à l'autre! Du premier jour au dernier, une fatalité se serait jouée d'eux, victimes d'un monde féroce où — oui, là-dessus du moins Claude disait vrai — l'argent, les despotismes de toute espèce, la vanité régnaient en maîtres.

Jeanne Dumas et Mme Martial Barbou, venant la prendre pour porter toutes les trois des secours aux indigents de l'hôpital, la trouvèrent dans ces amères pensées. La brune Jeanne était trop fine pour n'avoir pas deviné depuis un certain temps que quelque chose ne marchait plus dans le ménage, mais elle se trompait complètement sur le genre du désordre.

« Vous voilà bien morose, ma pauvre bonne, dit-elle doucement. Oh! je sais, il n'y a rien d'agréable pour une jeune femme à se voir quasiment délaissée par son bel époux après cinq mois de mariage. Claude se donne trop à la chose publique. C'est la conséquence des temps que nous vivons. Il ne saurait s'y soustraire, on a besoin de lui. Ne vous affligez pas, votre mari vous aime à la passion, soyez-en sûre. Bientôt, vous l'aurez de nouveau tout à vous.

— Vous croyez? Ah! ma chère, vous n'imaginez pas combien vos bonnes paroles me font de plaisir! » dit Lise.

Jeanne l'aidait à passer son manteau quand un petit tumulte s'éleva dehors. On entendait un piétinement de chevaux. Quelques cris montèrent. Mme Barbou, très blonde dans sa pelisse bleue, s'était avancée vers une des fenêtres dont elle repoussa le rideau.

« Tiens! une voiture escortée par des soldats. Ma foi! c'est peut-être le grand sénéchal qui arrive. Puis-je ouvrir?

— Assurément. »

Un peloton de dragons de Schomberg en tunique verte à revers jaune, le casque surmonté d'une chenille noire et enturbanné de peau de tigre, traversait la place au trot. Derrière eux, débouchant par la route de Paris, venait une berline suivie d'autres dragons. Quelques curieux avaient couru au bruit. Certains, pour voir dans la voiture, se juchaient sur les degrés de la fontaine qui les arrosait d'un fin brouillard irisé par le soleil. Une main sortit, couverte d'une manchette juponnante, agitant un tricorne en réponse aux vivats. Le petit cortège tourna et disparut aux yeux des jeunes femmes, dans la direction de l'hôtel de l'Intendance, tout voisin du Présidial, derrière l'église Saint-Michel.

C'était en effet le comte des Roys, un ancien officier de cavalerie, qui faisait ainsi sans pompe son entrée à Limoges comme grand sénéchal du haut pays limousin. Il venait préparer les États dans cette province. M. Meulan d'Ablois l'avait accueilli au relais de la Maison-Rouge avec une escorte simplement militaire.

« Eh bien, dit Jeanne Dumas, les choses ne vont plus traîner, je présume. »

Effectivement, le grand sénéchal, sitôt installé, convoqua les électeurs du tiers en assemblée préliminaire, afin qu'ils désignassent parmi eux les délégués de mission chargés de rédiger les cahiers de leur ordre. Mounier-Dupré, Dumas, Montaudon, ayant en main un projet de doléances connu et approuvé par une grande partie des présents, furent nommés dès l'abord. Leur jeunesse, leurs opinions avancées inquiétaient certains qui leur adjoignirent comme éléments modérateurs le lieutenant général de Reilhac, le maire Pétiniaud de Beaupeyrat, puis Louis Naurissane. Ils se mirent ensemble au travail sans désemparer. L'assemblée générale des trois ordres devait se tenir le lundi suivant. L'accord ne serait pas des plus faciles entre les deux fractions du tiers, fractions dont Dumas, Montaudon, Mounier-Dupré, d'une part, Naurissane, Reilhac, Pétiniaud, de l'autre, représentaient les tendances assez différentes.

Claude, si maître de lui jusqu'à ce moment, contenait mal son animation. Toute la ville, d'ailleurs, se prenait d'une fébrilité non plus menaçante mais joyeuse. On entendait parler depuis si longtemps de ces États généraux, promis, remis, éloignés, rapprochés, que l'on était arrivé à n'y plus croire malgré les dernières assurances. Cela se faisait tout de même! Le mercier Jourdan, d'ordinaire fort peu expansif, en donnait des tapes de joie à Bernard désolé de ne point participer à ce grand acte. Un an et demi de plus, et Bernard eût été lui aussi électeur.

« Tu participeras à la suite, mon garçon, lui dit Jourdan. Nous aurons bientôt une Constitution, comme l'Amérique. »

Ce sentiment de victoire, qui animait la bourgeoisie triomphante, le menu peuple lui-même la ressentait sous la forme d'une vaste et confuse espérance. Il attendait des « Messieurs » que l'on allait envoyer à Versailles l'avènement d'une sorte d'âge d'or. Il eût été, au demeurant, bien en peine de le définir, car il ne pâtissait guère du régime, lui, en temps normal. C'étaient les bourgeois moyens et petits, les gens des campagnes, que les impositions écrasaient. En ville, le bas peuple ne souffrait pas de sa condition, simplement des disettes : fléau séculaire dont l'intendant Turgot lui-même n'avait pu venir à bout. Il était impossible de faire circuler les grains des régions riches vers les provinces peu productrices comme le Limousin, pays d'élevage, non de culture. Le remède à ce mal : suppression des barrières, unification administrative du royaume, figurait dans le cahier de doléances auquel les six délégués du tiers ordre travaillaient encore.

L'esprit généreux de Pétiniaud Beaupeyrat, grand honnête homme, avait beaucoup facilité l'ajustement des intérêts contraires. Claude, de son côté, s'était montré aussi souple que l'on pouvait s'y attendre, plein de diplomatie, évitant des éclats entre Dumas, très dogmatique, et Louis Naurissane, vite emporté. L'entente complète ne tarderait plus. Il rédigeait hâtivement un projet définitif. Il dit à Lise, dans un moment d'abandon un peu nerveux, que cette rédaction serait sûrement adoptée par l'ensemble des électeurs. En conséquence de quoi, il avait les plus fortes chances d'être lui-même député à Versailles avec trois autres délégués.

« C'est une occasion inespérée, comprenez-vous, ma chère amie? On ne saurait imaginer ce qui adviendra, mais fort probablement il sortira des États généraux une assemblée permanente dont les membres seront, sans aucun doute, choisis parmi les députés. Notre temps est venu, un avenir s'ouvre enfin. Peut-être serez-vous bientôt l'épouse d'un personnage, ajouta-t-il avec un sourire hésitant que Lise souffla comme une chandelle.

— Je m'en soucie fort peu, figurez-vous. Je suis une femme. Les hommes ont besoin de jouer à quelque chose pour se donner le sentiment d'être quelqu'un. Jouez à devenir ministre, si cela vous amuse. »

Il la regarda longuement, l'air triste.

« Vous êtes déconcertante, mon amie. Rien ne vous intéresse donc?

— Vous posez toujours des questions, répliqua-t-elle d'un ton agacé. Occupez-vous de vos intrigues, laissez-moi en paix. »

Elle le sentit sur le point de répondre. Il n'avait pas le temps de se lancer dans une discussion. Il secoua la tête et sortit.

Le lundi 16 mars, à l'aube il était debout, n'ayant guère dormi. Bientôt, M. Dupré arriva de Thias. M. Mounier survint comme ils finissaient de déjeuner tous les trois. Ils partirent ensemble, avec Lise qui les suivit par devoir. Elle n'avait aucune envie d'assister à cette assemblée, mais ne pouvait s'en abstenir. La matinée, très fraîche encore, belle, ajoutait sa gaieté à l'animation inhabituelle des rues. Outre les électeurs envoyés par les assemblées primaires, des curieux descendaient en nombre de la ville haute ou montaient de la « Cité », vers ce que l'on appelait autrefois « l'Entre-deux-Villes », à l'époque où chacune de ces deux agglomérations sœurs, et souvent ennemies, s'enfermait sourcilleusement dans son corset de remparts. Du haut de ceux-ci, les habitants de Limoges-Château, fidèles à leur maître anglais, avaient vu là le Prince Noir massacrant leurs voisins de Limoges-Cité, partisans du roi de France. Sur ce terrain, parfois le frère avait combattu son frère; le père, son fils. Avec le temps, les deux villes, poussant l'une vers l'autre des constructions paisibles, s'étaient jointes. Il ne restait de ce champ de bataille qu'une place — dite place Boucherie — et un boulevard dont les tilleuls, ce matin, tendaient au jeune soleil leurs branches rougies de bourgeons.

Le collège royal bordait le boulevard. L'arrière des bâtiments et la chapelle s'ouvraient de l'autre côté, tout près de la place, dans l'étroite rue Boucherie. La lumière, encore frisante à cette heure, soulignait d'ombres les pilastres, les entablements, les frontons, les niches en coquille : tout l'ensemble de style jésuite, plaqué sur un appareil assez rudimentaire, comme les deux tourelles à bonnet pointu qui épaulaient cette façade. Si bien qu'en dépit de ses ornements l'église offrait plutôt un aspect militaire. En outre, quand on arrivait par la rue de l'Arbre-Peint, un des singuliers clochetons du collège, apparaissant par-dessus ladite église ou chapelle, évoquait les épaules et la tête d'un guetteur en armure et casque noirs.

L'intérieur sans piliers formait un assez vaste vaisseau, très clair. Tournant le dos à l'autel, les magistrats du présidial et de la sénéchaussée : conseillers, gens du Roi, le lieutenant d'épée, le lieutenant criminel, étaient assis en robes du palais. Ils composaient un groupe uniforme, noir et rouge, où tranchait la blancheur des hermines. Sur un côté du vaisseau, se tenait le tiers état, imposant par son nombre. Les campagnards en habit court à basques y voisinaient avec les fastueux citadins du genre Naurissane. En face, siégeaient la noblesse et le clergé, à droite et à gauche du grand sénéchal qui présidait, assisté par le lieutenant général de Reilhac, le procureur du Roi et les huissiers. Cet ordre n'avait pas été établi sans mainte querelle de préséance. Aujourd'hui, tout le monde était très digne, très pénétré de l'importance de ce qui s'accomplissait ici. Pour en affirmer la solennité, le comte des Roys avait revêtu le grand costume des cérémonies de la Cour : manteau en satin noir à revers de brocart d'or, habit de velours noir à boutons d'or, ouvert sur la veste en même brocart, culotte de velours noir, bas de soie blancs, manchettes et longue cravate de dentelle. Son chapeau à la Henri IV, au bord rabattu, sauf sur le devant où un bouton d'or le tenait relevé, s'empanachait de plumes blanches. Il portait sur les épaules les cheveux divisés en trois queues, l'épée au côté. Sur sa poitrine, le ruban soutenant la croix des chevaliers de Saint-Louis — *belli virtutis præmium* — mettait une tache écarlate.

Lise avait pris place avec sa sœur dans les tribunes très garnies. Elle écouta sagement les discours qui préludaient aux opérations. Après quoi on fit l'appel des délégués et l'on décida que le clergé se rendrait au couvent des Feuillants — tout proche, en bordure de la place Tourny — pour délibérer sous la présidence de l'évêque; la noblesse, dans la salle des exercices du collège, sous la présidence du comte des Roys; le tiers état resterait dans l'église, avec M. de Reilhac comme président. Chacun des trois ordres devait s'accorder sur son cahier de doléances et choisir ses députés aux États généraux.

Les prêtres, les nobles sortis, Claude, sur l'invitation du lieutenant général, se leva. Tourné vers ses pairs, il commença de leur lire le projet ratifié la veille par les cinq autres délégués de mission, et dont il était le principal auteur. A ce titre, il lui revenait de présenter le texte, de l'expliquer, de le défendre au besoin, en leur nom. De plus, M. de Reilhac et le maire, auxquels la conciliante bonhomie de Mounier-Dupré dans les discussions avait beaucoup plu, voulaient le mettre en avant. Sa voix prit tout de suite l'auditoire. Grave, chaleureuse, elle émouvait. Surtout, elle éclairait les phrases, elle donnait aux idées une réalité vivante. Les braves campagnards eux-mêmes comprenaient. Ils béaient de satisfaction en apprenant par la bouche de ce jeune homme ce qu'ils désiraient sans en avoir jusque-là une notion bien nette.

Saisie par ce qu'il y avait de nouveau pour elle dans cette diction assez différente de celle qu'elle connaissait à Claude en petite compagnie ou dans l'intimité, Lise en subissait elle aussi l'action. Sa sœur, plus que jamais agacée par Mounier, la vit se pencher un peu, les yeux fixés sur son mari. « Elle ne va tout de même pas l'admirer, comme tous ces imbéciles! » pensait Thérèse doublement furieuse, car selon elle c'était Louis qui eût dû se trouver à la place de Claude.

Non, Lise ne l'admirait pas, mais en considérant de haut et de loin, dans la solennité de l'assemblée, ce garçon de belle prestance dont la personnalité s'imposait à chacun, elle songeait que bien des femmes devaient l'envier, elle, et qu'elles eussent été comblées de l'avoir, lui, pour époux. Qu'un « si bel homme », comme disait Mariette, fût un intrigant, un comédien, leur eût importé peu. « Il vous aime à la passion. » Oui, un comédien, capable de tromper même la fine Jeanne Dumas. En l'observant ainsi, Lise remarqua tout d'un coup qu'il avait sensiblement maigri. « Eh quoi! » conclut-elle avec colère, « si son ambition lui coûte la santé, ce sera sa juste punition. »

Ce petit accès de chaleur passé, ce fut de nouveau avec indifférence qu'elle assista, rencognée sur son siège, à l'adoption du projet — sans le moindre débat. Aussitôt, on vota pour la désignation des députés. Là non plus, rien d'inattendu : Antoine de Reilhac en premier, Claude Mounier-Dupré, Louis Naurissane, enfin René Montaudon furent élus. Pierre Dumas arriva seulement cinquième. Il fut nommé suppléant, avec le chirurgien Boyer. Sur quoi, la noblesse rentra en séance, annonçant qu'elle avait choisi, pour la représenter, le comte des Cars, lieutenant général du gouverneur militaire, et le vicomte de Mirabeau. Le clergé, lui, ne paraissait point. On apprit qu'une violente opposition menée par le curé Gay de Vernon et ses deux frères, d'Église eux aussi, s'était élevée contre l'évêque. Enfin, les prêtres revinrent, échauffés encore. Ils avaient élu tout de même, à une faible majorité, Mgr d'Argentré, en lui associant le curé de Saint-Pierre-du-Queyroi, paroisse dont le collège royal, touchant l'église Saint-Pierre, faisait partie.

Grâce à son père, Bernard avait assisté à la séance — debout, pressé au fond des tribunes. Il n'eût point pensé s'y introduire, n'étant pas de condition. Curieux de voir au moins les entrées et les sorties, il accompagnait jusqu'à la chapelle son beau-frère, électeur nommé par le quartier Manigne, quand ils avaient rencontré sur la place M. Delmay. En sa qualité d'échevin, il lui était facile de faire ouvrir à son fils par le guet de la ville, de garde aux portes, la galerie des tribunes. Là, noyé dans l'affluence, serré contre un superbe représentant de la jeunesse dorée — Jacques Mailhard en personne —, Bernard, sans rancune, applaudit en lui-même à l'élection de Mounier-Dupré, mais n'aperçut point Lise. Elle non plus ne pouvait le remarquer. En revanche, dans le tohu-bohu de la sortie, le hasard les mit côte à côte. Ils descendaient ensemble l'escalier sombre, se touchant presque, trop proches pour se voir, lorsque la jeune femme le regarda, comme avertie soudain par un sens mystérieux.

« Bernard! »

Elle s'appuya sur lui, les jambes faibles. Il la soutint poliment.

« Pardonnez-moi, s'excusa-t-elle. C'est la surprise.

— Madame, je vous en prie. »

Ils continuèrent à descendre, sans ajouter un mot, elle tenant toujours le bras du garçon. En bas, dans la cour du collège, plus à l'aise malgré le mouvement et le brouhaha, Lise, s'étant un peu dominée, lui dit qu'elle avait appris son prochain mariage.

« Je souhaite de tout mon cœur, Bernard, que vous soyez heureux, très heureux. »

Il la considérait, l'air surpris.

« Mon mariage! Je ne comprends pas.

— Comment! mais la... cette personne... la coiffeuse de ma sœur!

— Ah! Babet! Eh bien?

— Elle lui a dit que vous l'aviez demandée. Ne vous mariez-vous pas?

— Non. Je lui ai offert de l'épouser, c'est exact. Elle n'y a point consenti. »

Accompagnée par Mailhard, Thérèse sortait, cherchant des yeux sa sœur.

« Bernard, jeta celle-ci, oppressée, il faut que nous parlions, je vous en supplie, il le faut absolument! Vite! où pourrais-je vous voir? »

Il n'eut pas le temps de répondre, Thérèse s'avançait. Lise s'élança et, la prenant par le bras, l'entraîna, laissant Mailhard sur place non loin de Bernard, tous deux le chapeau à la main, assez interdits. Ils se regardaient l'un l'autre sans comprendre. Enfin ils se saluèrent machinalement, le beau Jacques avec quelque défiance.

« Monsieur.

— Monsieur. »

Thérèse n'était pas moins stupéfaite.

« Eh bien, par exemple! Que se passe-t-il?

— Rien. Ne me demande rien, je ne sais pas, je t'expliquerai plus tard », chuchota Lise haletante. Soudain, se récriant : « Oh! mon Dieu! Claude va vouloir m'emmener. Ah! non, non, je ne veux pas quitter Limoges en ce moment!

— Quitter Limoges! Qu'as-tu donc? Tu perds la tête!

— Tu ne te rends compte de rien! Claude est nommé, il va partir.

— Calme-toi, voyons! dit Thérèse. Je ne sais ce qui te prend, en tout cas je t'assure qu'il coulera encore pas mal de jours avant le départ de ces messieurs. D'ailleurs tu ne t'imagines pas que nos époux vont transporter leurs pénates à Versailles? Iront-ils seulement? De toute façon, ils n'y resteront guère. Ces États, ce sera un feu de paille. »

Lise ne partageait nullement cet avis. Fébrile, oubliant mari et père, refusant de se confier pour l'instant à sa sœur inquiète, elle se laissa reconduire en voiture place Dauphine où elle quitta Thérèse en lui disant qu'elle voulait être seule.

« Ne te tourmente pas, ajouta-t-elle, je vais très bien, j'ai seulement besoin de réfléchir. »

Elle n'entendait absolument pas révéler ce qu'elle venait

d'apprendre. Peu favorable à Bernard, Thérèse serait capable... Non, non!... Mais comment savoir, et très vite, quels étaient au juste les sentiments de Bernard pour cette fille? Si elle l'avait refusé, elle ne l'aimait donc pas. Et lui-même, à présent?... Comment le rencontrer, puisqu'ils n'avaient pu fixer une assignation? Aller chez lui? Démarche trop aventurée, pour le moment. Si gentille que fût Léonarde... Et puis, ils ne pourraient parler librement. Lui écrire?...

Elle tremblait de perdre une ultime chance, peut-être une chance inespérée. Un instant, elle envisagea d'envoyer quérir Babet, sous prétexte de se faire coiffer. Elle parviendrait bien à lui soutirer des confidences. Là-dessus arriva M. Dupré.

« Où es-tu donc passée? s'exclama-t-il. Nous t'avons cherchée partout. Ton mari est à la maison de ville avec les élus. On t'attend chez tes beaux-parents où tout le monde doit se réunir.

— Je suis malade, répliqua Lise qui n'hésitait plus à mentir. On ne respirait pas, dans cette chapelle; cela m'a incommodée.

— Tatata! Tu ne souffres pas au point de ne pouvoir me suivre. Tu ne saurais t'en dispenser. Un jour comme celui-ci, que dirait-on si tu manquais à être auprès de ton époux? »

Comprenant qu'après son père les uns ou les autres viendraient la relancer, elle céda. Ces heures à la Manufacture de porcelaine où tout le monde était en liesse furent pour elle exténuantes. Deux fois, au bord d'une attaque de nerfs elle quitta le salon pour se réfugier dans la chambre de sa bellemère. Celle-ci la rejoignit, alarmée.

« Qu'avez-vous, mon petit chat? Des vapeurs? »

C'était une petite femme douce, charmante. Lise éprouvait vis-à-vis d'elle quelque honte d'être pour son fils si différente de ce qu'elle la croyait.

« Ou bien y aurait-il une espérance en route? questionna Mme Mounier dont le visage s'illuminait d'une tendre émotion.

— Oh! non, non! C'est l'énervement, rien que l'énervement. J'ai besoin de rester tranquille un instant. Cela va passer. »

L'expression de cet espoir si naturel chez une mère, qui n'avait aucune chance de se réaliser, mettait l'épreuve au comble pour Lise. Mais même le remords ne pouvait l'empêcher d'être tout entière tendue vers Bernard. Elle vibrait d'impatience, de crainte. Si Claude voulait partir et l'emmener, que ferait-elle?

En rentrant chez eux, seule avec lui après que Montaudon et les Dumas les eurent quittés sur la place sombre où la lune faisait luire les jets de la fontaine, elle n'attendit pas une minute de plus pour le questionner.

« Non, répondit-il, je ne m'en irai certainement pas avant plusieurs semaines. Il faut attendre une convocation précise. Quant à vous emmener avec moi, je ne le pourrai pas tout d'abord, je crois. Ce serait trop hasardé. Il conviendra de voir comment se présenteront les choses, à Versailles. Sans doute il y aurait moyen de vous loger chez ma sœur, à Paris, en attendant. Je craindrais cependant que vous n'y trouviez pas toutes vos aises. »

Rassurée sur ce point, elle décida d'écrire. Le surlendemain, Bernard découvrit dans le courrier de la boutique une lettre pour lui. Il rompit les pains à cacheter, la déplia, surpris, car il n'en connaissait pas l'écriture. Il comprit aussitôt. Il n'y avait pas de signature. Point n'en était besoin, ces mots pressants en disaient assez.

« Bernard, je vous en conjure, venez me retrouver à Thias, dimanche, à l'étang, vers une heure de relevée. Même si vous me méprisez pour ce que j'ai fait malgré moi, venez, je vous en prie, en souvenir de ce que nous avons été l'un pour l'autre. Il faut absolument que nous parlions. »

Une dizaine de jours plus tôt, une telle lettre l'eût trouvé cuirassé contre cet appel au souvenir. Il n'ignorait plus qu'il s'était nourri d'illusions en se peignant un avenir avec Babet. Il ne lui en voulait pas de l'avoir détrompé. En refusant le mariage elle s'était conduite loyalement : « T'épouser! Mon cœur, je suis trop ton amie pour te jouer un si mauvais tour. » Il l'estimait pour une réponse si franche, pour l'honnêteté d'un pareil refus. Seulement, elle avouait par là même qu'elle ne songeait pas à être fidèle, que leurs amours, si elles ne manquaient ni de feu ni de tendresse, restaient néanmoins sans amour profond et qu'elle ne leur imaginait pas de durée. Oui, parbleu, comment eût-elle changé tout à coup! Elle n'était point faite pour aimer mais pour courir les plaisirs. Le goût de la diversité, de l'aventure la pousserait toujours de bras en bras, non pas vraiment, comme elle le disait, le besoin de gagner, car elle n'était pas intéressée par nature. Quand Léonarde avait voulu lui faire, en remerciement pour ses gentils services, un beau cadeau de linge, ne l'avait-elle pas repoussé presque comme une offense. De lui-même, Bernard, elle acceptait tout juste des babioles. Ses envies de luxe, elle les réservait pour les amants riches, qu'elle n'avait pas — ou peu longtemps — quittés, il en possédait la quasi-certitude depuis une dizaine de jours. S'il ne l'en désirait pas moins, en revanche elle ne remplissait plus son cœur, lequel déjà n'était pas resté insensible au bouleversement, si évidemment sincère, de Lise, dans l'escalier du collège, l'avant-veille. Et maintenant, ce pathétique appel!

Bernard se roidissait en vain contre l'émotion. Les mots : « Dimanche, à l'étang » faisaient lever dans sa mémoire des suites d'images puissantes. Quelle folie! Qu'iraient-ils ranimer là-bas? des regrets, des souffrances. Cette tristesse ne laissait pourtant pas de le troubler. Partagé entre l'instinct de la joie et les étranges charmes de la mélancolie, il contemplait ce billet dont l'écriture, avec son élégance simple, sa sveltesse, évoquait si exactement Lise. Il revoyait ses mains, ses doigts naguère tant aimés. Il croyait l'entendre elle-même lui dire à l'oreille ces phrases suppliantes, pleines d'amour malheureux. De hauts talons claquèrent sur l'escalier, au fond de la boutique. Léonarde descendait. Promptement, Bernard escamota la lettre, et ce geste à peine fait le surprit. Pour la première fois de son existence, il cachait quelque chose à sa sœur.

Lise lui avait fixé ce rendez-vous en sachant qu'elle irait au village dimanche. Le soir des élections, avant de partir, M. Dupré avait invité ses deux gendres. Les parents de Claude viendraient aussi. Au milieu de tout ce monde, elle n'aurait pas grand-peine à s'échapper un moment.

Elle y réussit, en effet, après le repas, tandis que les hommes restaient dans la salle à discuter en humant leur eau-de-vie. Il lui fallut auparavant s'expliquer avec Thérèse.

« Tu vas rejoindre ce petit Delmay, j'en suis sûre, déclara celle-ci qui la suivait à travers le verger parsemé de jonquilles. Il ne se marie point, paraît-il. J'avais mal compris, j'ai questionné Babet Sage. Tu as découvert cela lundi, n'est-ce pas?

— Eh bien oui! reconnut Lise. Oui, je vais lui parler. Je veux savoir ce qu'il fait, ce qu'il pense. Laisse-moi, je t'en prie!

— Tu es folle, mon petit cœur. Tu vas te commettre sottement.

— Vaut-il mieux être folle ou mourir d'ennui? Bernard est le seul homme avec lequel je puisse avoir du bonheur à vivre, ne veux-tu pas me comprendre?

— Cela m'est difficile. Te rends-tu compte? l'amant de ma coiffeuse!

— Il ne l'aurait sans doute pas été si je ne l'avais cruellement déçu. Il a une âme autrement plus noble que celle de ton Mailhard.

— Bien, bien, soupira Thérèse. Puisque tu n'entends rien, va donc! Et ne demeure pas trop, je t'attendrai dans le chemin pour rentrer avec toi. On croira que nous nous sommes promenées ensemble.

— Oh! ma bonne, merci! N'auras-tu point froid?

— Ne t'inquiète pas, je marcherai. Ne m'oublie pas, seulement.

— Pas de danger! » se récria Lise en s'éloignant avec hâte.

Déjà elle n'était plus occupée que par la peur de ne point trouver Bernard en bas. Aurait-il consenti à venir? N'avait-il pas dédaigné sa prière? Voilà ce qu'elle redoutait depuis trois jours.

De loin, elle l'aperçut sous les ramures bourgeonnantes des ormes, entre les vergnes qui commençaient à feuiller. Il arrivait de Limoges, à pied, sa sœur et son beau-frère n'ayant pas encore repris leurs visites dominicales à leur petite maison. Assis sur le haut d'une des vannes, il attendait. Quand il vit sortir du chemin creux la silhouette si souvent guettée ici, l'acuité du souvenir et le sentiment de tout ce qui s'était interposé entre eux depuis ce jour de l'automne dernier, lui serrèrent la gorge. Il s'avança au-devant de la jeune femme. Ils se rejoignirent sur la chaussée, au bord de l'eau profonde, d'aspect froid encore, où leur image se ridait. Son chapeau à la main, il s'inclina gravement.

« Oh! Bernard, Bernard, vous êtes venu! Vous gardez donc un peu d'amitié pour moi?

— Je n'ai pu me refuser à ce que vous demandiez d'une façon si touchante, mais nous avons tort de nous rapprocher, je sens cela clairement. Il n'en sortira pour tous deux que du mal.

— Le mal, pour moi, c'est de ne plus vous voir, lui répondit-elle. Écoutez, Bernard, avant de rien envisager, il faut que nous nous expliquions complètement. Les malentendus se sont accumulés entre nous, essayons de les dissiper. Nous saurons alors ce que nous pouvons attendre l'un de l'autre.

— Rien. Nous ne devons rien attendre, et vous le savez.

— Ah! n'est-ce donc rien que de nous trouver ensemble, simplement?

— Ne m'avez-vous pas annoncé ici même qu'il fallait y renoncer! N'y étiez-vous pas résolue, alors? dit-il d'un ton sévère.

— J'étais résolue à suivre mon devoir, mais je vous aimais de toute mon âme, Bernard. Je vous le répète, je n'ai jamais, jamais une seconde, aimé que vous. On a hypocritement abusé de ma candeur. Quand j'ai été au fait, alors seulement je me suis rendu compte de l'étendue de ma trahison envers vous. Comment vous dire ma honte? Combien j'ai approuvé votre colère et votre jalousie! J'en avais été sottement blessée parce que, encore une fois, j'ignorais à quoi je m'engageais. Ensuite, quand je vous ai revu, au coin de la rue des Combes, je n'ai pas osé affronter votre regard. Je me sentais indigne, odieuse. J'imaginais votre mépris. Je vous ai fui parce que je vous aimais toujours. Serait-ce incompréhensible? »

Il fit non de la tête, accablé par ces révélations. En expliquant les faits, elles en rendaient les causes d'autant plus consternantes. Et aussi les paroles de Lise le gênaient. Si voilées qu'elles fussent, elles n'en étaient pas moins cruellement évocatrices pour lui qui adorait naguère sa pureté.

« Voyez-vous, Bernard, poursuivit-elle, il y a dans ma faute un peu de la vôtre. Je ne puis vous adresser de reproche, c'est tout à votre honneur que vous ayez eu tant de respect pour moi. Cependant!... Ah! si vous m'aviez appris comment je vous aimais sans le savoir! »

Elle soupira et se tut. Lui, il regardait fixement la terre sableuse. Ils s'étaient assis tous les deux sur la vanne. Le mince filet du trop-plein chantait derrière eux sur les pierres, en contrebas. L'herbe, au bord de la chaussée, était bleue de pervenches.

« Mais dites-moi, reprit Lise, n'allez-vous vraiment pas vous marier?

— Vraiment pas. D'ailleurs, c'était une idée plutôt absurde. Je l'ai eue parce que Babet s'est montrée extrêmement bonne pour ma famille. »

Il raconta comment elle les avait tous aidés pendant la maladie de Jean-Baptiste, et comment elle aurait pu devenir une excellente épouse pour un commerçant.

« Seulement, poursuivit-il, elle n'a nulle envie de changer ses façons. Elle se prête, elle n'appartiendra jamais qu'à ses caprices. Fort honnêtement, elle a repoussé ma proposition.

— C'est une très jolie fille. Très attirante, n'est-ce pas? »

Il ne le nia point.

« Un petit peu vulgaire, peut-être, quoique des plus gentilles. Elle m'a coiffée, le jour...

— Je sais », dit-il sèchement. Une poussée de colère lui fit ajouter ces mots : « C'est ce soir-là qu'elle s'est donnée à moi. »

Lise baissa la tête. Ses yeux de la teinte des pervenches s'étaient voilés sous les cils blonds. Malheureux de sa brutalité, Bernard contemplait la jeune femme qu'il venait encore une fois de frapper malgré lui. Quelle fatalité y avait-il donc entre eux? Pourtant, combien Lise l'attendrissait! — toujours aussi délicate de traits et de couleurs, fraîche comme si elle n'eût rien perdu de sa pureté. Sa seule métamorphose tenait à sa chevelure. Elle ne se coiffait plus en jeune fille. Ses cheveux relevés laissaient voir dans toute sa perfection le contour de son visage, dans toute sa grâce son cou long et souple. Elle se redressa.

« Vous l'aimez? demanda-t-elle, la bouche tremblante.

— Ce n'est pas le mot. Il n'existe point entre elle et moi de grand sentiment.

— Mais encore?

— Ne pourrions-nous parler d'autre chose?

— J'ai besoin de savoir.

— Eh bien, dit-il avec malaise, nous avons assurément beaucoup d'amitié l'un pour l'autre, beaucoup de complaisance. C'est là tout. On n'aime pas une fille pour laquelle on est seulement un compagnon de plaisir. Je ne vous apprendrai rien en vous disant que Babet ne compte plus les galants, vous le savez certainement par votre sœur.

— Oui. Néanmoins vous êtes attaché à elle.

— Sans doute. Je lui dois d'avoir pu me reprendre à vivre après votre... votre choix. »

De nouveau, Lise baissa les yeux et se réfugia dans le silence. Puis elle dit, très bas :

« Sachez-le : Claude n'a pas été longtemps mon mari. Il ne le sera jamais plus que de nom. »

Elle eut un bref sourire, arraché par la stupéfaction de Bernard.

« Ce serait trop long à vous expliquer. Il s'est entièrement déconsidéré à mes yeux, voilà tout. Il n'existe plus pour moi, et il l'a très bien compris. Il n'a même pas tenté de reconquérir l'estime et l'espèce de vague amitié que j'ai eues, un moment, pour lui. Du reste, aucune intimité véritable ne s'est jamais formée entre nous. A présent, c'est à peine si nous vivons ensemble : je le vois à table, quelques minutes par jour, rien de plus.

— Ce n'est pas concevable! Il ne peut pas ne point vous aimer. Je ne comprends pas.

— Non, il n'a jamais eu le moindre sentiment pour moi. Ah! il faudrait vous dire trop de choses! Je n'ai pas le temps. Je vous raconterai tout quand il vous plaira. Aujourd'hui, Thérèse m'attend dans le chemin. Je voulais vous demander... » Elle hésita. « Bernard consentirez-vous à me revoir? »

Anxieuse, elle attendait sa réponse.

« Lise, dit-il lentement, j'aurais donné la moitié de ma vie pour passer l'autre avec vous. Désormais, à quoi bon des rencontres où nous avivons en nous le regret de ce qui ne peut plus être? Vous avez vu, tout à l'heure, comme j'ai été brutal malgré moi, parce que, malgré vous, vos paroles m'ont fait mal. Ce que je vous ai dit de Babet vous a fait souffrir, vous aussi. Il en sera toujours de même : nous nous déchirerons. Pour quelle fin?

— Quelle fin? Bernard, me trouver auprès de vous, vous parler, vous entendre, c'est une fin pour moi. Depuis le jour où je vous ai si stupidement perdu, voici mon premier instant de bonheur. Non, en vérité : le premier c'était rue des Taules, ce soir de neige. Ah! si vous saviez quelle joie j'ai eue! quelle provision de joie et d'espoir j'ai recueillie, ce soir-là! Pourtant vous n'étiez pas tendre. Qu'importe! Que m'importe que vous me fassiez mal! Cette souffrance est bonne. Près de vous je vis, comprenez donc. Je peux vous dire tout ce que je sens, ce que je pense. Je n'ouvre mon cœur à personne, pas même vraiment à ma sœur. Ah! Bernard, ne voyez-vous point comme je suis heureuse? Il faut simplement ne plus penser à ce qui aurait pu être, comme vous dites, mais à ce qui est, maintenant. »

Ses yeux brillaient, très bleus. Ses pommettes avaient retrouvé leurs roses du printemps dernier. Sur ses lèvres, un sourire était prêt à éclore. Bernard se sentait, en la regardant, gagné par la contagion de cette joie si pure, si discrète. Toutes les sombres pensées cédaient en lui au retour de son admiration pour Lise, de sa dévotion pour une pureté dont le mariage et son avatar ne l'avaient point privée, décidément. Ne lui donnait-elle pas le meilleur d'elle-même, ce qu'elle seule pouvait donner, ce qu'il serait toujours le seul à recevoir d'elle?

« Oui, dit-il en souriant, vous avez raison, Lise. Sans m'en rendre compte, j'étais venu avec un sentiment égoïste. Le voici mort, je vous le jure. Vous êtes si charmante qu'en effet votre présence doit suffire à combler un cœur digne du vôtre. Très bien! revoyons-nous, et nous trouverons notre bonheur à ne désirer rien de plus. »

Après tout, songea-t-il quand elle l'eut quitté vite pour rejoindre Thérèse, le respect n'avait-il, dès l'abord, formé l'essence même de cet amour?

Rêvant là-dessus, au bord de l'étang où le printemps dernier l'avait vu pénétré d'une identique dévotion pour Lise, délivré de l'amertume, il se complaisait dans une mélancolie à présent tout heureuse.

Il avait rendez-vous avec Babet, à quatre heures, pour danser au *Tonneau du Naveix*. Cela ne lui disait plus rien. Il regagna le faubourg. Personne de la famille n'était encore rentré. Il s'allongea sur son lit, rêva, prit un livre d'un certain abbé de Voisenon. Cet ouvrage, que Malinvaud lui avait prêté en le lui recommandant comme des plus spirituellement épicés, le choqua. Il le rejeta pour rechercher dans sa petite bibliothèque, faite de quelques planches et fermée par un rideau, l'*Histoire de Madame de Luz* : vieux roman anonyme découvert chez un fripier. Bien des années plus tard, Bernard devait apprendre que l'auteur était Pinot Duclos. Dans les créatures de celui-ci, la vertueuse et malheureuse baronne de Luz, le jeune marquis de Saint-Géran, il trouvait des similitudes avec Lise et lui-même.

Il ne revit point Babet jusqu'au lendemain soir où elle vint lancer de petits cailloux aux carreaux. Depuis l'hiver, il la recevait souvent dans sa chambre. Elle y restait parfois jusqu'au matin.

« Eh bien, dit-elle, où es-tu passé, dimanche, pendant que je faisais le pied de grue, à l'auberge? »

Il s'excusa vaguement.

« Tu n'as pas été en faute de cavaliers, j'en suis sûr. Ils m'ont remplacé avec avantage puisque tu n'es pas venue hier soir.

— J'allais te courir après, peut-être! Il n'aurait plus manqué que ça! Écoute, Bernard, poursuivit-elle, je te trouve des façons singulières depuis une dizaine de jours. Si tu as quelque chose contre moi, dis-le.

— Pourquoi pas? »

Et, se détournant afin de moucher la chandelle qui faisait vaciller leurs ombres sur le mur blanchi à la chaux :

« Tu ne me dois rien, Babet, tu ne m'as rien promis, tu viens à moi quand ton caprice t'y pousse, je n'entends exercer sur toi nulle tyrannie.

— Alors, alors?

— Mais il me déplaît énormément de partager tes faveurs avec cet affreux rousseau de clerc de procureur, au nez pointu, qui se nomme Frègebois.

— Ah bah! dit-elle étonnée.

— N'as-tu point soupé avec lui, il y a exactement douze jours, aux *Trois-Anges*, dans le faubourg des Arènes?

— Bon. Eh bien, oui.

— C'est loin d'ici, mais je l'ai su, tu vois.

— Par Antoine Malinvaud, j'en jurerais. Quel saint Jean Bouche d'or!

— Peu importe! Et ne viens pas prétendre qu'après cela vous êtes rentrés innocemment chacun chez soi. Je le connais, ce rapiat : il n'a point dépensé pour rien le prix d'un souper. Je ne peux pas comprendre comment tu as consenti! »

Elle haussa les épaules.

« Je suis curieuse, que veux-tu, mon ami. Tu le détestes à un tel point! J'ai voulu voir s'il était si déplaisant.

— Ça, par ma foi, c'est un comble! s'exclama Bernard suffoqué, tandis que, pouffant de rire, elle ajoutait :

— Ça lui a coûté chaud, si cette assurance peut te faire plaisir.

— Non, point du tout.

— Oh! quoi! dit-elle, c'était une curiosité, je te le répète. Cela n'a pas d'importance et ne se renouvellera pas. »

En parlant, elle avait dégagé ses bras de son corsage qu'elle rabattit avec sa chemise. Nue jusqu'au-dessous de la poitrine, la gorge divergente et drue reposant dans les dentelles, elle tendit tranquillement son dos ramagé d'ombres.

« Tu me dégrafes, mon cœur?

— Écoute, Babet...

— Écoute, toi-même, mon gros lapin. Si je veux entendre un sermon, j'irai à la cathédrale. »

Elle se retourna, le prit par le cou, haussa vers lui ses claires rondeurs, l'enveloppant de son odeur poivrée.

« J'ai eu tort, bien, j'ai eu tort, mon cœur. Tu l'as dit, je suis libre. Si tu ne veux plus de mes marchandises, je les remporte. Hein! en veux-tu, beau sire? N'en veux-tu plus? »

Cambrée contre lui, elle le provoquait, rieuse démone de chair blonde, aux yeux de chat.

« Tu es le diable! » soupira-t-il en la saisissant.

VII

Pendant la fin mars et le début d'avril, Lise et Bernard se revirent assez régulièrement, le dimanche à Thias. Trois fois en tout. Claude, très occupé à mettre en ordre les affaires de ses clients, afin qu'ils ne souffrissent pas de son absence prochaine, restait au travail dans son cabinet. C'était Thérèse, avec sa voiture, qui amenait sa sœur. Par affection pour elle, elle se faisait — de mauvais gré, mais se faisait quand même — la protectrice des deux jeunes gens. Dans la mesure du possible, elle leur ménageait des tête-à-tête. Ils en avaient peu, néanmoins, et de brefs : il fallait éviter les ragots villageois qui fussent bientôt parvenus aux oreilles de M. Dupré. Du reste, la saison ne se prêtait guère à des rendez-vous en plein air. Les giboulées fouettaient la campagne fleurissante et reverdissante où seuls des châtaigniers gelés demeuraient noirs. Bernard, le second dimanche, se résolut à emprunter les clefs de la petite maison Montégut. Il dit franchement pourquoi à Léonarde. Il n'avait rien à lui dissimuler puisque, entre Lise et lui, tout resterait dans le domaine du sentiment le plus pur. Léonarde ne se montra pourtant point enthousiaste. Elle n'aimait guère le voir renouer des relations auxquelles le mariage de Lise aurait dû mettre un point final.

« Cela n'amènera rien de bon, dit-elle en hochant la tête, il vaudrait beaucoup mieux ne pas t'embarquer là-dedans. »

Elle ne voulut point cependant lui refuser ces clefs. Dès lors, on alla dans le clos. S'il survenait une averse, on se réfugiait dans la demeure. Fermée depuis l'automne, elle restait humide et froide.

« Tu me feras attraper la mort, avec ton Bernard », pestait Thérèse.

La présence ou la proximité de leur chaperon empêchait le jeune homme de demander à Lise les éclaircissements promis sur sa situation conjugale. Il ne voulait aborder ce point que seul à seule avec elle. Ils ne le restaient jamais assez longtemps pour une explication de ce genre. En fait, ils n'avaient aucun entretien, ni vraiment intime ni suivi. Aussi, à la fin de leur troisième rencontre, constata-t-il avec agacement qu'il lui faudrait attendre encore quinze jours avant de trouver, peut-être, une chance d'aborder la question. Ils ne pouvaient en effet, Lise et lui, se voir la semaine suivante : Mounier-Dupré et Louis Naurissane venaient ici faire leurs adieux à leurs beaux-parents. Quant à lui, Bernard, il devait dîner chez son père avec toute la famille. C'était la fête de Marcellin. Pourtant, ils se virent, mais dans des circonstances toutes particulières.

Ce dimanche-là, chez M. Delmay, on attaquait à peine le rôt lorsqu'un gagier de la ville arriva, essoufflé, réclamant le maître de maison. Le maire requérait d'urgence ses échevins. Un tumulte venait de se produire dans le bas quartier. Des femmes avaient arrêté un chariot apparemment chargé de sel, en réalité de blé. A leurs cris, les conducteurs s'étaient enfuis. Le peuple avait crevé les sacs. Furieux, il voulait assaillir les couvents et les demeures particulières, pour s'approprier les stocks de grains que l'on y dissimulait, prétendait-il.

« J'y vais » dit M. Delmay avec un juron.

Il sortit rapidement. Mais alors on entendit, venant de la place Dauphine, le roulement précipité d'un tambour. Il battait le rappel de la milice bourgeoise. Décidément, l'affaire devait prendre mauvaise tournure, pour que le guet et la maréchaussée n'en pussent venir à bout. Marcellin, Jean-Baptiste appartenaient, comme tous les citoyens âgés de vingt-cinq ans au moins et payant le cens, à cette garde communale créée jadis par les consuls. Marcellin monta vivement se mettre en uniforme, tandis que Jean-Baptiste courait revêtir le sien, faubourg Manigne.

« Mon Dieu! Mon Dieu! gémissait Antoinette Delmay, que va-t-il advenir? »

Léonarde qui, par la fenêtre, suivait des yeux son mari, se retourna, lançant avec sévérité :

« Voilà où mènent les idées de Mounier-Dupré et de ses partisans. »

Bernard ne répondit pas, jugeant l'accusation déraisonnable. Il cherchait anxieusement à quoi s'employer dans cette crise. Le tambour se rapprochait, avançait au long du faubourg. C'était sinistre, ce roulement monotone, pressant. Cela vous serrait l'estomac. Marcellin redescendit en sautant des marches, le lampion noir à trois cornes jeté sur la tête, les guêtres à demi boutonnées. Il ajustait d'une main sa veste, portant sur l'autre bras, en vrac, l'habit blanc et les buffleteries. Il était en colère.

« Sacrebleu! on va les dresser, ces braillards! Restez là, dit-il aux femmes, Bernard veillera sur vous, mais il ne se produira rien de ce côté. Ce sont des quartiers convenables, ici.

— Mon ami, fais bien attention à toi! » lui cria Antoinette comme il disparaissait dans l'étroit escalier.

Elle rejoignit Léonarde et les petits aux fenêtres, pour le voir partir. Çà et là, d'autres miliciens commençaient à sortir de chez eux, qui couraient vers le dépôt d'armes à la Visitation, achevant comme Marcellin de se harnacher en route. Ce spectacle amusait fort les enfants. Ils imitaient le bruit du tambour auquel des échos répondaient dans d'autres quartiers. Pas mal d'hommes devaient être à la campagne, aujourd'hui. Cette pensée rappela soudain à Bernard que Mounier dînait chez ses beaux-parents. On allait le chercher, sans aucun doute, car nul ne semblait mieux en situation de calmer peut-être le peuple. Saurait-on où le trouver? On y perdrait du temps.

« Quoi que tu en penses, dit Bernard à sa sœur, la ville a besoin de Mounier-Dupré en la circonstance. C'est lui qui aurait le plus de chance d'arranger les choses. Il est à Thias, je vais le prévenir.

— Tu nous laisserais seules! se récria Antoinette.

— Vous ne risquez rien, pour le moment. Je reviendrai vite. »

Il descendit en hâte à l'écurie, sella le courtaud de son père, et, les talons près, le lança vers la place des Carmes. Là, au pied de la promenade d'Orsay, se joignaient la route d'Angoulême et celle de Bordeaux, venant d'Aixe. Il emboucha celle-ci d'un bon train. Moins d'une demi-heure plus tard, il arrivait chez les Dupré où l'on quittait la table.

« Voilà des choses singulières, dit Claude en apprenant les nouvelles. Bon, allons voir si l'on peut remédier à ce désordre. Venez-vous, Louis?

— Parbleu! D'ailleurs si ces énergumènes se mettent à vouloir piller les maisons, la mienne le sera des premières. Je ne suis nullement en humeur de le souffrir. Laissons ces dames ici jusqu'à ce que l'on sache où l'on en est.

— Point du tout, mon ami, répliqua Thérèse combative. Je suis très capable d'affronter cette populace. J'aurai plaisir à lui voir donner les étrivières, ce qui ne saurait manquer. Je vous suis. »

Son père, redoutant sa vivacité, la pria fermement de demeurer. Par respect pour lui, elle s'inclina, de mauvaise grâce, tandis que son mari sortait pour donner l'ordre d'atteler.

« Il faut prévenir Reilhac, dit Claude. En tant que lieutenant général...

— Il n'est pas ici. Sa femme et ses enfants viendront s'installer seulement après son départ. »

Lise aurait bien voulu que Bernard restât. Il n'en pouvait être question. Cependant son cheval, poussé sans ménagement, avait besoin de quelque repos.

« Si vous voulez aller avec ces messieurs, proposa M. Dupré, je vous ferai ramener la bête. De toute façon, je veux envoyer quelqu'un en ville tantôt, pour avoir des nouvelles. Il conduira votre cheval en main. »

Le jeune homme partit donc avec les deux beaux-frères. Préoccupés l'un et l'autre, ils se taisaient. La calèche, tirée par des trotteurs puissants, roulait à grandes guides. Bernard était pensif, lui aussi. Approchant pour la première fois en Mounier l'époux de Lise, il s'étonnait de n'en être point bouleversé. Il ne ressentait plus d'aigreur envers lui. Là, devant ce garçon plaisant, aux vertus sanctionnées par la faveur publique, on pouvait encore moins comprendre le mystère que les paroles prononcées par sa femme laissaient planer sur leur existence conjugale.

Dans le même temps Bernard sentait la vitesse à laquelle il était souplement emporté. Il jouissait de ce luxe dont il faisait la découverte. En un instant, on eut dépassé le chemin des Courrières, on plongea dans la descente où les deux mecklembourgeois merveilleusement assortis s'allongèrent du même mouvement.

« Vous voyez, Claude, remarqua tout à coup le maître de la Monnaie, le menu peuple a davantage besoin d'être tenu en main qu'éperonné, je vous l'avais bien dit.

— Je vous avais bien dit, moi, mon cher Louis, que si l'on continuait à se moquer de ces gens, un jour ils feraient du vilain. Qui est-ce qui transporte du blé en le baptisant sel? Ce n'est pas moi. Ni mes amis, j'en suis sûr. »

La voiture prit, après la place des Carmes, le faubourg des Arènes, et, laissant Bernard sur la place d'Aine, non loin de chez son père, continua de descendre vers la rue du Temple où, errante, faute d'un hôtel de ville, la municipalité du « Château » siégeait dans une simple maison louée. Sur le passage de la calèche, tout était calme. Seul détail insolite, on ne voyait aucune famille en promenade. Les hommes présents avaient rejoint leurs compagnies, les femmes se renfermaient. Au bruit d'un équipage, leurs têtes apparaissaient aux fenêtres. Dans les rues, personne, ni sur le pas des portes devant les boutiques closes. Si l'émeute faisait se claquemurer d'aucuns, ou d'aucunes, elle avait dû en revanche, spectacle rare, attirer nombre de curieux. A la maison municipale, pas une âme. Seul, dans la cour, un chien noir et blanc dormait au soleil. Ordinairement, le dimanche, Limoges ne montrait guère d'animation. Aujourd'hui, quelle vacuité dans la ville silencieuse sous le ciel léger! Claude et Louis descendirent encore. Au poste du guet, au coin de la rue Boucherie, près du collège, ils trouvèrent enfin quelqu'un : un factionnaire. Ils apprirent que l'effervescence se concentrait dans la Cité, tout en bas.

En arrivant place de la Cathédrale, habituellement déserte,

car il n'y avait autour que l'évêché et des couvents, ils aperçurent d'abord plusieurs voitures, dont celles du maire, de M. de Reilhac, de Mgr l'intendant, du colonel Peyroche du Reynou. Ils laissèrent la calèche parmi ces équipages, derrière quatre compagnies de la milice, en réserve, l'arme au pied. Des groupes plutôt placides : artisans, femmes de petite condition, hommes d'âge, prêtres même, discutaient là, avides de savoir ce qui se passait mais peu désireux de se risquer à y aller voir de trop près. Enfin, dans l'ombre, derrière la haute et sombre église, les ruelles dévalant vers la Vienne regorgeaient d'un peuple excité, que le guet et les bourgeois en uniforme empêchaient avec peine d'aller grossir le cœur de l'émeute, lequel battait à grand tumulte sur la placette triangulaire, devant le couvent des Dames de la Règle. Les soldats de la maréchaussée, collés au portail, le défendaient difficilement contre la poussée d'une troupe de femmes vociférantes. Il y avait peu d'hommes avec elles, tous de très mauvaise mine : la lie du port au bois. Quelques fers de lancis brillaient au soleil par-dessus les têtes. Pour l'instant, cette racaille ne s'engageait pas, malgré ses harpons et ses triques.

« Voyons si je pourrai parler à ces gens », dit Claude.

Laissant son beau-frère se joindre aux autorités, il entra carrément dans la presse, et, non sans dommages pour son habit bleu, réussit à se faufiler le long du mur jusqu'à une borne charretière. Juché là-dessus, il reconnut parmi les hommes, au premier rang, une figure familière. Il agita son chapeau.

« Préat, hé l'ami! cria-t-il de tout son gosier. La parole! Votre député demande la parole. »

A quoi le peintre sur porcelaine répondit vertement :

« Va te faire foutre, Mounier-Dupré' Les députés, c'est pas nous qui les avons élus, c'est les riches. »

Les commères proches avaient entendu le nom du jeune homme. Il était populaire depuis sa campagne contre le pain cher, on savait jusque dans le petit peuple qu'il s'opposait aux « gros ». Quelques femmes lui crièrent de parler, elles imposèrent un peu de calme autour d'elles. Claude leur demanda ce qu'elles voulaient. Un brouhaha de réponses s'éleva où l'on ne distinguait rien. Cependant, un petit homme chafouin, au visage grêlé, s'était glissé entre les ménagères. Il sortit aux pieds du jeune avocat et, dressé comme un coquelet sur ses ergots, dit très clairement :

« Nous voulons faire ouvrir les greniers où les accapareurs cachent le grain. Nous voulons le prendre pour le livrer à la consommation de tous. »

Connaissant d'avance cette intention dont Bernard l'avait avisé, Claude savait aussi ce qu'il allait répondre à son tour.

« Ma foi, dit-il, avec sa bonhomie coutumière, votre désir me semble raisonnable. Je suis prêt à vous soutenir. Vous pensez qu'il y a du blé céans?

— Ici comme dans tous les couvents. De même chez beaucoup de particuliers. »

Claude était à peu près sûr du contraire, et il lui venait l'intuition que ce petit grêlé l'était aussi. Les communautés religieuses gardaient en général une provision de froment pour leurs besoins, mais elle ne risquait guère, dans les circonstances actuelles, d'excéder ceux-ci.

« Bon. Que pourrions-nous envisager? Voudriez-vous choisir un certain nombre d'entre vous, hommes et femmes, pour aller visiter les lieux que vous désigneriez vous-mêmes? Si l'on y trouvait du grain au-delà d'une provision raisonnable selon l'estimation de vos délégués, il serait saisi, déposé au grenier public. Quelque chose comme cela vous conviendrait-il?

— Il faudrait encore, corrigea Préat, que le transport au grenier soit fait sous le contrôle des nôtres, qu'ils surveillent également la distribution à des boulangers indiqués par nous, non pas à des bougres de profiteurs.

— Tu es singulièrement méfiant, Préat. Enfin, je veux bien soumettre en votre nom cette proposition aux autorités. Attendez-moi, demeurez tranquilles. Montrez par votre calme, mesdames, que vous êtes conscientes de votre bon droit. »

Le petit chafouin acquiesça. Autour de lui, les « Oui, oui » fusaient, accompagnés de quelques « Vive Mounier-Dupré! » que poussaient ces dames du pont Saint-Étienne.

Les deux municipalités de la ville et de la Cité, M. de Reilhac, le lieutenant d'épée, Mgr l'intendant, ainsi que l'état-major de la milice bourgeoise, réunis sur le terre-plein, à l'angle des jardins de l'évêché et de ceux de la Règle, observaient la situation. Le tumulte s'était changé en une rumeur, car la détente survenue au cœur de l'émeute avait gagné de proche en proche dans les ruelles voisines. Auteur de cet apaisement, Claude fut bien accueilli, cependant sa proposition n'alla point sans soulever des protestations indignées.

« Quoi! s'exclama le sanguin M. Delmay, pactiser avec la racaille! nous plier aux ordres de ces braillards! Si l'on commence à supporter leurs lubies, où n'en viendra-t-on pas? Une bonne charge là-dedans à coups de crosse, voilà ce qu'il faut pour leur nettoyer la cervelle. »

Le colonel de la milice, M. Peyroche du Reynou, estimait pour sa part qu'il suffirait de faire avancer les compagnies, baïonnette au canon, pour mettre en fuite les mutins. Il ne dissimulait point toutefois que si, par hasard, ils opiniâtraient la résistance, la troupe ne pourrait pas grand-chose dans ce lacis de venelles où elle n'avancerait qu'à deux ou trois hommes de front. Du haut des murs bordant les jardins, et des fenêtres surplombantes, on l'accablerait de projectiles improvisés. En un mot, on risquait sur un coup de dés une grave effusion de sang.

Léonard Delmay, si emporté fût-il, ne désirait pas le répandre. Parmi les autorités, chacun partageait cette répugnance. L'intendant d'Ablois, qui n'avait guère confiance dans les capacités guerrières des boutiquiers en uniforme, ne tenait pas à voir s'engager une échauffourée où il faudrait probablement lancer la troupe régulière. Tant que l'on n'en viendrait pas là, il n'avait officiellement rien à dire, cela restait affaire municipale. Il conseillait la modération. Antoine de Reilhac soutint la proposition présentée par Claude, la trouvant un peu démagogique mais sage, au fond. Bien que l'on sentît le danger d'accorder trop aux exigences désordonnées du populaire, on considéra finalement comme un moindre mal la médiation de Mounier-Dupré. On décida que chaque commission du peuple serait composée de deux personnes auxquelles se joindraient un officier municipal et un officier de la milice.

Claude rapporta cette réponse, sur laquelle on s'accorda également de l'autre côté. Les délégations, escortées chacune par de forts contingents armés, allèrent donc se faire ouvrir les principaux couvents et quelques riches demeures, tandis que la maréchaussée, le guet de la ville, celui de la Cité patrouillaient dans les rues, dissipant les rassemblements qui tendaient à se reformer çà et là.

L'une des premières maisons dont le petit homme chafouin — Janni le corroyeur — demanda la visite, fût l'hôtel Naurissane, comme Louis l'avait prévu. Il jugeait l'initiative de Claude extrêmement dangereuse, car il sentait le risque de révéler à des gens de rien le luxe dans lequel vivaient les grands bourgeois. Il fallait maintenant, bon gré mal gré, en passer par là. A vrai dire, une telle magnificence médusa Janni, la femme qui l'accompagnait, et même l'officier municipal. Quant à celui de la milice, c'était Lamy d'Estaillac. Les deux délégués populaires éprouvèrent pour le maître de ces splendeurs un respect auquel ni eux ni lui ne s'attendaient. Intimidés, ils se montrèrent très humbles. Quand Louis leur offrit d'entrer dans les appartements, la femme murmura :

« Non, non, tout de même. Monsieur est bien honnête, mais on n'est pas des sauvages nous autres. »

On parcourut donc les caves, les greniers, les communs, écuries, remises. Le maître de maison passait devant pour indiquer le chemin. Janni faisait des courbettes. Ce qui ne l'empêcha point, l'inspection finie, de demander, très poliment, que l'on visitât aussi la Monnaie.

« A votre aise, mon ami, dit Louis en haussant les épaules. Je vous préviens toutefois qu'il faudrait vingt personnes, pendant plusieurs jours, pour voir partout. Cependant, allons, je vous introduirai, vous fouinerez comme il vous plaira. Si vous trouvez un seul grain de blé je veux bien être pendu. »

Possesseur de quatre moulins, tant sur la paroisse d'Isle que sur son domaine de Brignac, il n'avait nul besoin de cacher du froment ici ou là dans Limoges, personne ne l'ignorait. Si l'on avait voulu procéder à de véritables perquisitions, c'est là-bas qu'il eût été logique de les faire. Mais que désirait-on? découvrir des grains, ou humilier les bourgeois, apprendre aux ménagères, aux ouvriers, à se servir de leur force?

Nulle part dans la ville ou la Cité, ne fut découvert le moindre stock. On sut, le soir, que le froment, cause ou prétexte du tumulte, était de la semence acquise par un cultivateur de Panazol. Cet homme, craignant la sensibilité excessive du public pour tout ce qui touchait aux grains et à leur transport, avait recommandé aux charretiers de faire passer leur chargement pour du sel.

L'agitation subsistait cependant, elle s'éteignait d'un côté pour reprendre d'un autre. Dans la matinée du lendemain, une nouvelle émeute faillit éclater devant une boulangerie où l'on avait vu des pains dissimulés, prétendait-on. Pour éviter le saccage, il fallut distribuer toute la fournée, gratuitement. Le mardi, autre chanson : les paysans des alentours allaient se révolter. Ils mettraient à profit la prochaine foire pour se rendre en masse à Limoges et dévaster la ville. Il fallait que tout le monde s'armât si l'on ne voulait pas être égorgé. On dut maintenir sur pied la milice bourgeoise, afin que chaque soldat-citoyen conservât par-devers soi ses armes. Si on les avait rapportées au dépôt, le peuple, affolé par ces rumeurs, l'eût pillé.

Claude cherchait vainement l'origine et le sens de ce bruit stupide. Les paysans se souciaient peu de la ville. Leurs griefs tenaient dans l'inégalité de l'impôt, les corvées, le poids des redevances seigneuriales, les tracasseries des justices seigneuriales également. S'ils avaient dû se révolter, c'eût été contre les châteaux, non pas contre les cités, qui les faisaient vivre en achetant leurs produits. Il eut l'occasion d'en parler avec Nicaut. Sans dire tout ce qu'il soupçonnait, le « Vénérable » lui répondit :

« Je me demande s'il n'y aurait pas là quelque manœuvre de la faction d'Orléans, si ce n'est de Provence. L'un comme l'autre pourrait vouloir provoquer le peuple à s'armer, et s'appuyer alors sur lui pour se faire substituer à Louis XVI sur le trône. Ou bien, ou bien ... n'y aurait-il pas là-dessous une influence de l'étranger? L'Angleterre serait ravie de nous voir sombrer dans le désordre civil. Il faut l'éviter à tout prix, nos espoirs y périraient infailliblement. Mon cher Mounier-Dupré, votre tâche, à Versailles, ne va pas être facile.

— Je le crains. Cette prétendue révolte des paysans contre Limoges, la croyez-vous possible?

— Non. Cela me paraît absolument inimaginable. »

Ce dialogue eût bien surpris M. Delmay. Pour lui, c'était Nicaut en personne avec les démagogues de sa clique, qui faisaient courir cette rumeur. Leur but? On le devinait aisément : que la populace s'emparât des armes; appuyés sur elle, ils imposeraient leur loi. Ils savaient employer le peuple à leurs fins, l'affaire du chariot le montrait assez. Si le bonhomme de Panazol n'avait été des leurs ou soudoyés par eux, aurait-il voituré son grain juste un dimanche : jour où, dans le désœuvrement général, ce charroi devait nécessairement attirer l'attention. Et pourquoi promener ouvertement *des sacs*, quand on pouvait les masquer avec de la paille, du foin, des fagots ou n'importe quoi! Le coup monté se voyait comme un nez au milieu d'une figure. Si Bernard, bon naïf, n'était allé quérir Mounier-Dupré, c'est un autre que l'on aurait mis en avant : le Montaudon, sans doute, ou Dumas, troisième valet. Mais quel outrecuidant, ce Mounier! Se constituer, de son propre chef, arbitre entre la population et ses magistrats! Il avait fallu encore le remercier de ce camouflet aux corps municipaux, à toutes les autorités présentes. On ne dit pourtant pas plus impudemment : Vous n'êtes rien, constatez-le. Quand nous voudrons, nous nous ferons mettre à votre place par le populaire, voyez comme il m'obéit!

Bernard n'ignorait point la prévention de son père contre Mounier-Dupré — contre M. Mounier lui-même. M. Delmay considérait celui-ci, depuis longtemps, comme un brouillon, l'accusant d'avoir laissé péricliter l'excellente affaire de cartonnages en gros, héritée de ses parents. Il l'avait vendue pour acheter une faïencerie qui, transformée en manufacture de porcelaine, s'en allait entre ses mains à la faillite. Voilà où mène la fureur du changement. Le fils tenait de son père : plaider au Présidial ne le contentait plus, il fallait qu'il se fît avocat de carrefour, d'assemblée. Quand on a choisi une profession, on s'y tient, bon Dieu! D'ailleurs, ce n'est pas à des galopins de vingt-sept ans que l'on doit confier la chose publique. A un Naurissane, oui, un Reilhac, hum! bien utopiste, celui-là! En tout cas, point à ces béjaunes : des polichinelles dont Nicaut et ses acolytes tiraient les ficelles.

Sans aller si loin, le paisible Jean-Baptiste lui non plus ne se montrait pas chaud pour Mounier-Dupré.

« Ma foi, avait-il dit à Bernard le soir des élections, je n'ai pas voté pour lui, il n'a point ma confiance. Trop de choses dans sa conduite se comprennent mal. Après son mariage on se serait attendu à le voir nanti de quelque bonne charge, grâce à Naurissane, tout à coup le voilà champion des réformes les plus radicales. Il n'était pas si avancé, cet été, à Thias. Il va trop vite et trop soudainement pour que cela ne cache pas du louche. Sous prétexte de nous éclairer, lui et ses amis ont provoqué une agitation dont ils sont seuls à profiter. Si la sénéchaussée avait tenu ses États l'an dernier personne n'aurait songé à élire un Mounier ni un Montaudon. »

Léonarde, qui servait la soupe, était intervenue, déclarant :

« Moi, je me méfie de ces gens enragés à tout changer. Ils mettent le désordre et ne font rien de mieux. Ton Mounier-Dupré a voulu s'occuper du pain, aussitôt il a fallu la croix et la bannière pour en trouver. C'est un gâte-tout, voilà mon avis. »

Rien de tout cela n'entamait la confiance de Bernard. Son père, trop vieux avec ses cinquante ans passés, en restait aux idées d'autrefois. Léonarde jugeait d'après ses humeurs de petite bourgeoise. Jean-Baptiste était très bon homme, plein de sagesse mais timoré. On pouvait les comprendre, non partager leurs opinions. Il sentait s'ouvrir entre les siens et lui-même une faille, qui ne diminuait point l'affection, heureusement! quoique une divergence de pensée les écartât de lui. Il en souffrait un peu. Mais comment se fût-il donné tort, quand il voyait l'exactitude avec laquelle Mounier avait répondu à son attente en calmant l'émeute! Il fut très touché lorsque Claude se rendit à la boutique pour le remercier de son initiative.

« Vraiment, Bernard, lui dit-il, c'est grâce à vous que le tumulte s'est résolu sans dommage. Un autre, sans doute, aurait agi comme moi pour apaiser les esprits; il aurait eu peut-être moins de chance de se faire entendre. » Il s'excusa de ne pouvoir s'arrêter plus longtemps. « Je suis accablé de besognes, car je dois partir à la fin de la semaine. Venez, je vous prie, souper à la maison demain. Cela me ferait plaisir. Il y aura quelques amis. Nous pourrons parler des choses qui nous tiennent au cœur, à tous. »

Bernard ne voyait aucune raison de refuser. Quand il annonça, chez lui, où il souperait — il ne crut pas devoir le taire —, Léonarde pinça les lèvres. Quant à Lise, en apprenant qui son mari avait invité, elle fut à la fois stupéfaite et ravie, puis ennuyée, à la réflexion, car il y aurait là sa belle-mère dont la présence lui donnerait mauvaise conscience, et la fine Jeanne Dumas aux yeux de laquelle il serait difficile de ne se point trahir rien qu'en regardant Bernard.

En vérité, ce repas eût été pour elle une manière de supplice si Claude, dès l'abord, n'eût réussi à communiquer à chacun un élan de cordialité tel que toute animation, tout regard, tout sourire devait être mis sur le compte de l'amitié et de ses plaisirs. Lise toutefois était un peu agacée de voir Bernard prendre comme écus sonnants la bonhomie joyeuse de Claude, son enthousiasme pour la cause qu'il allait avec Montaudon défendre à Versailles. Aussi se promit-elle d'éclairer complètement le jeune homme là-dessus, à la première occasion. Elle eut le bonheur de lui tenir, un instant, la main sous l'apparence d'un mouvement de pure amitié. Ensuite, tout alanguie, elle se livra au rêve, à présent familier, des aises que lui promettait l'éloignement de Claude.

Il devait partir le samedi. Les députés étaient, en effet, convoqués à Versailles pour le 26. Il prendrait la diligence le 18. Il n'y en avait qu'une seule par semaine, de Limoges à Paris. Le trajet durait quatre jours. On pouvait aussi emprunter la voiture venant de Toulouse, mais on ne savait pas d'avance si l'on y trouverait des places. Il en fallait deux. Montaudon et lui voulaient voyager ensemble.

Lise avait fait des projets, Claude paraissant ne point se soucier de la façon dont elle arrangerait son existence pendant qu'il serait absent. Elle fut surprise quand il lui proposa de la conduire, elle et Mariette, à Thias où elle resterait avec ses parents.

« Vous serez bien, au village, ajouta-t-il, vous y retrouverez Mme de Reilhac et sa fille. D'ici peu, les Montégut-Delmay y retourneront, le dimanche. Vous verrez sans doute, de temps en temps, Bernard. Tout cela vous distraira. »

Lise regarda son mari non sans défiance. Il semblait parler innocemment.

« Je ne suis pas sûre que votre idée me convienne, répondit-elle avec une moue charmante. Je n'ai aucune envie de retomber sous la tutelle de mon père, figurez-vous. Ne pourrais-je point demeurer dans cette maison?

— Comme il vous plaira, mon amie. Je songeais à Thias par prudence, dans le cas où quelque trouble se produirait en ville. Je n'y crois point, cependant je peux me tromper, et, je l'avoue, je ne partirais guère tranquille en vous laissant ici.

— Par exemple! s'exclama-t-elle, ironique. Ne me dites pas que ce souci vous empêchera de dormir, à Versailles. »

Claude la considéra d'un air attristé.

« Que croyez-vous donc? Oui, assurément, j'ai de grands

torts envers vous, Lise. Le loisir de vous rendre des soins m'a manqué. Je voulais chaque jour vous parler, j'espérais vous convaincre. Mais combattre la fausse idée que vous avez de votre époux n'est point entreprise pour un homme accablé de travaux. Malgré moi, je l'ai remise de jour en jour, comptant sur votre patience, sur votre bonté. Le cœur propose, les circonstances disposent. Ce n'est pas entièrement ma faute.

— Les circonstances, allons donc! Il serait plus vrai de dire : votre ambition.

— Bon, fit-il en s'animant. Employez ce mot s'il vous convient. Ne vous y trompez pourtant pas, Lise. On me dépeint à vous, je m'en doute, comme un intrigant effréné, ivre de parvenir. Ce n'est point exact. J'aspire à jouer un rôle dans les destinées du royaume parce que je vois quelle magnifique nation il pourrait devenir entre de bonnes mains, parce que le désordre, le gaspillage des forces et des ressources, la déraison, les privilèges sans fondement logique, l'anarchie où nous sommes me révoltent. Il fut un moment où vous m'approuviez. Au fond de vous, j'en suis sûr, vous partagez encore mes opinions, au moins leur principe. »

C'était vrai, elle ne pouvait le nier. Il y avait de la mauvaise foi dans sa critique.

« Si je suis ambitieux, reprit Claude, c'est aussi pour vous, je vous l'ai dit. Vous ne m'avez pas cru, pourtant je parlais de tout cœur. Je voudrais vous voir dans la grande position que votre charme et vos qualités méritent. Quelle joie, si je parvenais à vous y porter de mes mains! »

Atteinte malgré elle par ces paroles, Lise examina son mari avec attention, puis, hochant la tête devant son air de gentillesse timide :

« Même si vous étiez sincère, Claude, vous ne seriez poussé à ce désir que par l'orgueil. Avez-vous seulement pour moi de l'amitié? J'en doute. Vous me consacrerez vos soins plus tard, dites-vous, trop occupé pour l'instant. Allons donc! L'amour est-il chose que l'on range dans un coin afin de la reprendre quand on sera de loisir? Pour ma part, je ne souhaite ni position en ce monde, ni honneurs, ni luxe. Ce que demande une femme, c'est un homme qui l'aime, tout simplement. Un homme qui ait un vrai besoin d'elle. Un homme dont elle soit sinon l'unique désir, du moins le principal. »

Ce fut à Claude de la regarder longuement.

« Si je comprends bien, dit-il, à la façon dont vous en parlez, vous l'avez trouvé, cet homme.

— Oui, » avoua-t-elle après un silence. Elle corrigea : « Je l'avais trouvé avant de vous connaître.

— Bernard Delmay? »

Elle ne dit rien, baissant les yeux. Claude s'en alla vers la fenêtre. C'était le matin, très tôt. Ils venaient de prendre ensemble leur déjeuner, dans le salon. Ils restaient encore l'un et l'autre en robe de chambre, Lise avec un bonnet de dentelle sur ses cheveux dépoudrés. Sa tasse demeurait à demi pleine. Claude laissa retomber le rideau qu'il avait machinalement soulevé en jetant un coup d'œil à la place bleuâtre encore de brume, à la cour de la Poste où il monterait après-demain dans la diligence. Il revint auprès de sa femme pour la contempler. Elle ne se déroba point à ses regards et il lui fit de la tête un petit signe, comme d'approbation.

« Vous êtes franche et courageuse, Lise. C'est bien. Je savais, l'été dernier, que vous aviez un penchant pour Bernard. Cela ne me semblait pas sérieux. Malgré ses qualités, ce garçon était tellement au-dessous de vous.

— Et vous vous estimiez tellement supérieur à lui, n'est-ce pas?

— Je vous en prie! répliqua-t-il avec un geste apaisant. Je ne vais point en dire du mal. Au contraire, je m'accuse de n'avoir pas accordé assez d'attention à vos rapports à tous deux. Je les prenais pour un de ces fleuretages où une jeune fille s'essaie, je n'imaginais pas que vous puissiez y mettre de la conséquence. Peut-être étais-je distrait par ces discussions avec votre père et Reilhac. Mais comment eût-on songé!... Vous, Lise, devenir une petite mercière! Alors que je considérais ma propre condition comme infiniment au-dessous de vous... En tout cas, rendez-moi cette justice : tant que Bernard s'est montré à Thias, tant que vous avez paru vous plaire à ce qui me semblait un amusement, je n'y ai point jeté le trouble. N'est-il pas vrai? »

Elle acquiesça vaguement de la tête. Le trouble, il l'apportait par sa simple présence. Ce n'était pas sa faute : il venait invité par son père à elle.

« Puis, reprit Claude, Bernard a disparu. Votre père me

poussait, je vous ai fait alors ma cour. Vous avez consenti, sans élan, et cela ne me surprenait point, vous pouviez prétendre à tellement mieux qu'un garçon comme moi. Puisque vous ne me repoussiez pas, j'ai cru qu'à force d'amour et de patience je finirais par vous gagner, en m'élevant pour devenir digne de vous. »

Il mentait encore, sans doute, toujours habile à jouer ces comédies auxquelles chacun se prenait. Pourtant ce qu'il disait était plausible, et il le disait d'un ton!... Irritée de se sentir sottement émue, elle lui lança :

« A quoi bon cet historique? Vous parlez, vous parlez! Cela ne sert à rien.

— Pardonnez-moi, cela me sert à mettre les choses au point en moi-même. Mais, en effet, vous avez raison. Quittons le passé, il n'y a plus à y revenir. Quant au présent! »

Avec un mouvement des épaules résigné, il ajouta :

« Vous connaissez mes idées : la liberté de tout individu doit être entière. Nul ne peut, à aucun titre, tenir quiconque en esclavage. Eh bien, au contraire de ce que l'on vous a peut-être fait croire, il n'est pas dans ma nature de prêcher une chose et d'en pratiquer une autre. A mes yeux, vous n'appartenez qu'à vous seule, Lise. Vous êtes donc libre de disposer de vous.

— Quoi! s'exclama-t-elle, rose d'émoi, vous ne voulez pas dire... »

Ce qu'elle s'était répété à elle-même lui paraissait inconcevable dans la bouche de son mari.

« Je dis exactement ce qu'il me faut bien dire, hélas, ma chère! Je n'ai pas su vous gagner, je vous ai délaissée. Tant pis pour moi! Ne pensez pas que vous ne me soyez infiniment précieuse, ni que je me résigne sans peine. Je vous aime, Lise — mal sans doute, vos reproches sont justes. Je vous aime très profondément néanmoins. Raison de plus pour que je ne veuille point empêcher votre bonheur. Je sens trop combien j'ai dû vous être odieux.

— Oh! non, pas odieux! » se récria-t-elle, bouleversée en découvrant qu'elle s'était peut-être trompée à son propos. Était-ce possible? Mais ne lui fournissait-il pas à présent la preuve la plus irréfutable de sa sincérité! Et de sa générosité!

« Ne nous attendrissons pas, dit-il, cela nous égarerait. Calmez-vous, rappelez vos esprits. Vous réfléchirez. Dans deux jours, vous serez seule. Je souhaite que vous vous installiez à Thias où je vous saurai en sécurité. Là, vous prendrez le parti de votre raison et de votre cœur. Vous ne ferez rien que de juste, je le sais. Je ne vous demanderai pas de comptes. Pour tout ce que vous m'avez donné, mon amie, je serai toujours votre débiteur. »

VIII

Le samedi, à trois heures du matin, Claude quittait la place Dauphine, avec Montaudon en vis-à-vis dans le coupé de la diligence. Les étoiles éteintes, la nuit était totale. On ne voyait même pas, au début du faubourg, le dôme du couvent de la Visitation. Il se confondait avec le ciel aussi sombre que les ardoises. En attaquant la première montée, la voiture passa devant la Manufacture de porcelaine où Claude avait grandi. Rien n'y bougeait. Il songea que néanmoins son père et sa mère, dans leur chambre obscure, devaient écouter le roulement de la diligence et faire des vœux pour le cher voyageur.

Calé dans son coin, dans le noir, Montaudon reprenait placidement son sommeil interrompu. Claude n'éprouvait aucune envie de dormir. Une excitation vive et diffuse le portait en avant sans le séparer encore de ce qu'il laissait ici. Il pensait très vivement à Lise, qui avait consenti à retourner chez ses parents. Elle s'y était laissé conduire à la fin de la relevée, une fois toute chose en ordre dans la maison. En lui faisant là-bas ses adieux, après le souper en famille, il l'avait sentie hésitante, émue peut-être mais retenue. Elle ne s'était pas livrée et il n'avait pas essayé de la serrer dans ses bras. Comme elle l'accompagnait à la voiture — seuls tous deux, car ses parents restaient discrètement sur le seuil de la maison dans la nuit tombante —, il lui avait pris les mains pour lui dire avec sentiment :

« Ah! combien je regrette ce que j'ai follement perdu! Je voudrais ne m'être jamais occupé que de vous. Si c'était à refaire...

— Vous recommenceriez exactement de la même façon. »

Brusquement, elle lui avait lancé, à l'instant où le père Sage fouettait déjà ses chevaux :

« Ecrivez-moi, Claude. Dites-moi ce que vous pensez. »

Un réflexe de pitié, pour réparer un peu, au dernier moment, la sécheresse de leur séparation, pensait-il. Tandis que, de retour dans le logement vide, il s'allongeait sur son lit pour attendre le moment du départ, il entendait encore retentir cette ultime phrase, et longtemps il avait tenté de saisir le mystère que Lise représentait pour lui depuis leur récent entretien. Mais bien d'autres pensées se jetaient à la traverse. Saint-Michel égrenait des heures blanches sur lui qui se tournait et se retournait en se demandant à la fois — encore présent et déjà parti — s'il lui fallait décidément renoncer à son épouse, et si l'avis de Nicaut quant à des menées anglaises se vérifierait, ce que ferait Lise, lui absent, et ce qui l'attendait à Versailles. Assurément, le duc d'Orléans, si attaché à l'Angleterre d'où il revenait, pouvait avoir quelque secrète entente avec elle... Bernard était un garçon bien fait à tous égards pour plaire...

A présent, sur la route que les lanternes de corne à lueur roussâtre éclairaient à peine, Claude brûlait d'atteindre le grand théâtre vers lequel la diligence l'emportait dans le tintamarre des roues et des grelots. Il n'en continuait pas moins de rêver à sa femme. Contre le fond d'arbres, de blêmes rochers, tirés un instant et confusément des ténèbres, son souvenir traçait sur la vitre le portrait de Lise avec sa bouche si tendre, ses clairs sourcils, le bleu de ses yeux dans leur frange blonde. Claude se rappelait tout ensemble sa sensibilité si vivante et sa douceur charnelle, trop peu goûtée. Dans le même temps, il voyait tous les embarras de l'entreprise où il était engagé. Les choses ne seraient pas si simples qu'il le croyait ingénument quelques mois plus tôt. Nicaut avait raison : la bataille, aux États généraux, exigerait les plus rudes efforts ainsi qu'une grande prudence. Pour comble, les risques les plus redoutables on allait les trouver dans le tiers même, à ses deux extrêmes : le bas peuple, la haute bourgeoisie. Il ne suffirait pas de mener l'assaut normal contre la Cour et ses alliés : privilégiés, dignitaires du clergé, ni même de combattre les gros bourgeois, comme on pouvait le prévoir depuis un certain temps; il faudrait en outre se défier des périlleuses turbulences du petit peuple, sujet aux pires entraînements ainsi que l'on venait de le constater. Tout cela ne laissait point d'inspirer des inquiétudes. Claude enviait la tranquillité de Montaudon qui ronflotait dans l'ombre moins noire.

Le jour naquit. Des hauteurs de Maison-Rouge, on le vit dorer les vallonnements encore confondus dans des brumes traînantes où s'ouvrait çà et là l'œil d'un étang. La lumière poudroyait en longs rayons jusqu'aux croupes des monts de Creuse. Presque aussitôt ce fut le relais, le déjeuner à l'auberge de poste : premier d'une succession de repas tardifs ou trop rapprochés, de couchers ou de levers en pleine nuit, d'étapes animées d'abord, jusqu'après Argenton, par les rudes côtes que l'on montait à pied en précédant la lourde voiture, puis monotones une fois atteintes les lignes droites du Berry, de la Sologne, de la Beauce. Et pourtant, comme le remarquait Montaudon, quel progrès en ce siècle de lumières! Quatre jours au lieu des huit qu'il fallait autrefois pour aller à Paris.

Ils embarquèrent au passage la députation de Châteauroux. Le mardi soir, après un ultime relais à la Croix-de-Berny, la diligence se présentait à la barrière d'Enfer, devant l'enceinte d'octroi élevée par les fermiers généraux, ce corset impopulaire qui faisait dire : Le mur murant Paris rend Paris murmurant. Le véhicule s'arrêta contre un des pavillons à colonnades; les préposés visitèrent la caisse, le coupé. On franchit la grille. Longeant l'Observatoire, on descendit entre des terrains vagues et des jardins vers la place Saint-Michel, pour gagner celle des Victoires, sur la rive droite, où se trouvaient les Messageries.

La sœur de Claude, Gabrielle, l'aînée des enfants Mounier, habitait, avec son mari Jean Dubon, sur le Pont-Neuf, face à la statue du roi Henri IV, une des deux maisons à encadrements de briques qui formaient comme le goulet de la place Dauphine. La leur faisait l'angle du quai des Morfondus, dit encore quai des Lunettes. Dubon, procureur au Châtelet, appartenait à une famille d'ascendance limousine. Appelé à Limoges par le règlement d'un héritage, il s'était épris de Gabrielle Mounier en la voyant chez de communs cousins. Il y avait de cela dix-huit ans. Il en comptait à présent quarante-quatre que sa corpulence accusait. Gabrielle, à trente-sept ans, demeurait toujours jeune, avec un teint frais comme celui de Claude, et, dans les atours, le piquant de la Parisienne qu'elle était devenue. Les Dubon avaient un fils de seize ans : Fernand, une fille de treize, baptisée Claudine en l'honneur de son parrain.

Les enfants l'accueillirent par de joyeuses démonstrations, d'autant qu'il leur apportait des cadeaux. Le père, lui, manquait d'aise. Il s'en expliqua pendant le souper, déclarant d'abord à Claude que les États ne s'ouvriraient assurément pas le 26, ni même avant longtemps.

« Comment! ça! Nous sommes expressément convoqués pour cette date.

— Sans doute, seulement ici rien n'est prêt. L'élection des députés pour le tiers aurait dû se faire aujourd'hui, or les districts n'ont même pas encore désigné tous les électeurs.

— Les districts?

— Oui, dit le procureur, vous n'avez pas eu besoin de cette pratique, en province. Paris, lui, doit nommer six cents électeurs qui enverront aux États quarante députés. Dans le tiers seul, nous sommes trois cents à réunir. Ce n'est pas mince affaire, vous pensez. Il a fallu diviser les seize quartiers de la ville en fractions que l'on a nommées *districts*. Chacun d'eux doit tenir son assemblée primaire. Pour le nôtre, c'est chose accomplie; je suis désigné, entre autres, et j'irai demain à l'Hôtel de ville où les échevins ont convoqué en assemblée générale les électeurs de la commune de Paris pour débattre de ses doléances. Je gage que sur les trois cents nous serons au plus la moitié. On aurait dû entreprendre tout cela beaucoup plus tôt. Les gens ne se meuvent pas en un tournemain, beaucoup ne comprennent même pas ce que l'on attend d'eux ou ne s'en soucient point. C'est trop inhabituel, vous comprenez. Il y a combien de siècles que l'on a tenu pour la dernière fois les États généraux?

— Un peu plus d'un et demi, répondit Claude avec précision. Les derniers furent réunis à Paris par la reine Marie de Médicis.

— Tu vois si ton oncle sait son histoire de France, dit Gabrielle à son fils. Tâche de suivre cet exemple.

— Je connais très bien l'histoire de la marine, répliqua l'adolescent.

— Oh! parbleu! Toi et ce qui va sur l'eau!

— Allons, allons, paix! gronda le père. Depuis quand les enfants parlent-ils à table? » Et revenant à son propos : « Tout cela m'inquiète fort, mon cher Claude, je ne vous le cache pas. Le temps presse. Tandis que trop de jours se perdent, il se produit une fermentation alarmante. Si l'on tarde encore pour appliquer des remèdes, ils seront impuissants.

— Jean voit peut-être les choses très en noir, remarqua Gabrielle, mais moi-même parfois j'ai peine à ne pas me soucier, je l'avoue. »

Claude répondit que la situation n'était pas meilleure à Limoges. « Juste avant mon départ, ajouta-t-il, j'ai dû aider à calmer une sédition dans l'Abbessaille.

— Il se pourrait bien que vous arriviez ici pour en voir d'autres. Il en éclatera quelque jour si l'on ne remédie pas très vite à la détresse générale. La vie est trop dure, trop chère pour beaucoup de gens. D'autres spéculent honteusement là-dessus. Le pain manque. Si l'on en veut avoir il faut le payer quinze sols la livre, encore ne fait-il pas le poids. Souvent même il est à peine mangeable.

— Bah! il contient du son, je vois, en assez bonne quantité. Nous connaissons cela aussi, chez nous.

— Oh! celui-ci n'est pas trop mauvais. Certaines fois, on le croirait pétri de paille hachée et de plâtre. Mais comprenez-vous, la disette à Limoges ne tire guère à conséquence, parce que c'est une petite ville. La classe indigente ne peut y être nombreuse ni difficile à secourir. Dans une agglomération de quinze mille âmes!... Ici, le faubourg Saint-Antoine à lui seul réunit trente mille indigents. Jusqu'à cet hiver, on en comptait onze cents. L'archevêque, Mgr de Juigné, a distribué en ces derniers mois plus de quatre cent mille livres d'aumônes. Quatre cent mille, vous entendez? Le duc d'Orléans a donné au moins le double. Eh bien, c'est une goutte d'eau tombée dans un désert. Il y faudrait quatre cents millions. Ou du travail pour tout le monde. Il n'y en a plus. Voilà d'où vient la misère. La raréfaction de l'argent dans la bourgeoisie moyenne, écrasée d'impôts, a provoqué le marasme de nombreux métiers. Nombre d'artisans, de boutiquiers, de petits fabricants ne gagnent plus assez pour payer suffisamment leurs ouvriers ou leurs commis, quand ils ne sont pas contraints même de les abandonner au chômage.

— Je sais bien, hélas! dit Claude. C'est le cas dans la manufacture de notre père.

— Encore une fois, combien avez-vous de chômeurs à Limoges? Dix, vingt peut-être! A Paris, il y a des milliers d'ouvriers sans travail. Il en arrive encore de province tous les jours qui espèrent trouver emploi. Ils viennent en réalité grossir l'armée des meurt-de-faim. Ce n'est pas une métaphore, croyez-le. La mortalité dans le bas peuple, depuis cet hiver, a quelque chose d'effrayant. Ah! vous en verrez, des enterrements de pauvres! Comment une telle masse de gens, pour la plupart quasi sans pain, certains même sans logis, ne finirait-elle pas, un jour, par perdre patience?

— Oui, j'entends bien, il y a là quelque chose de lamentable, de terriblement explosif, mais nous, les députés des communes, nous sommes venus de tout le royaume pour changer cela.

— En aurez-vous le moyen avant qu'il ne soit trop tard?

— Je l'espère. Il faut l'espérer », dit Claude.

Quoique fatigué, il dormit mal après cette conversation. Il se leva tôt, impatient d'agir et ne sachant que faire en l'occurrence. Il ouvrit sa fenêtre. Le jour était clair; le ciel, limpide comme ces « gouaches lavées » que Gabrielle se plaisait à peindre. Le soleil l'éclairait dans ses hauteurs. Masqué encore par les maisons dont la masse élevée chargeait le Pont-au-Change, et par la Conciergerie, la masse du Palais de justice, il laissait dans une cendre bleuâtre la partie ouest de la ville, en avant du Pont-Neuf. La statue d'Henri IV sur son cheval de bronze, la pompe de la Samaritaine, tout au bout du pont, vers la droite, s'enlevaient dans la légère gaze qui flottait sur la Seine encombrée par la batellerie du port Saint-Nicolas. Barques, bateaux, gabares s'aggloméraient en désordre sous le Vieux Louvre sombre dont seuls les toits brillaient au soleil, et tout au long de la Galerie du Bord de l'Eau, qui le joignait au palais des Tuileries. L'enfilade des fenêtres fuyant à l'infini reflétait les miroitements du fleuve. Sur la rive gauche, s'illuminait en plein ciel la coupole du Collège des Quatre-Nations arrondi en demi-cercle devant la balustrade bordant là le quai de Conti. Loin là-bas, par-delà le Pont-Royal, par-delà encore les échafaudages du pont Louis-XVI en construction entre la place Louis-XV et le palais Bourbon, les frondaisons neuves du Cours-la-Reine mettaient à ce paysage de pierre, de toits, de quais, de rues et d'eau, une frontière verdoyante derrière laquelle les collines de Chaillot s'estompaient dans la brume.

Claude retrouvait là le Paris qu'il avait toujours connu depuis le temps où, logé dans cette même chambre sous les combles, pensionnaire chez son beau-frère, il prenait ses grades aux écoles de la Faculté de droit. Rien ne semblait beaucoup changé. Ce bon Jean tournait-il au pessimisme, avec l'âge? La ville paraissait calme, confiante comme toujours. Elle commençait à s'animer de sa vie la plus tranquillement quotidienne. Une véritable armée de maçons, pareils d'ici à des fourmis blanches, s'activaient déjà autour du palais Bourbon auquel le prince de Condé faisait, semblait-il, ajouter un édifice. Tout le monde ne manquait donc pas de travail. Un coche d'eau chargé de voyageurs descendait le grand bras. Les batelets à un sol qui passaient les gens entre le pavillon des Arts et le quai du Louvre, entamaient leur va-et-vient. Sous la fenêtre, le train des passants, des voitures reprenait. Venant de la rue Dauphine, des charrettes chargées de légumes s'en allaient vers la Halle. Les volets des échoppes, dans les petites rotondes du pont, se levaient, découvrant des éventaires bien garnis devant l'un desquels un archer du guet plaisantait gaillardement avec une bimbelotière au corsage prometteur. Malgré les appels du « tondeur de chiens, coupeur de chats » qui installait son attirail sur le trottoir, au pied du cheval vert du Vert Galant, Claude en se faisant la barbe devant la croisée entendait les propos de la boutiquière et du soldat. Le seul souci dont témoignassent leurs paroles n'avait vraiment aucun rapport avec le pain cher ou les lenteurs apportées à la réunion des États.

Sur le conseil de son beau-frère partant pour l'assemblée des électeurs, Claude se rendit, lui, à Versailles afin de retenir un logement. Là-bas, il s'aperçut qu'effectivement il était temps de s'en occuper : de nombreux représentants, parvenus depuis la veille ou l'avant-veille, avaient déjà pris leurs quartiers. Les délégués de Bretagne, certains dans leur pittoresque costume local, occupaient l'hôtellerie que Dubon lui avait recommandée. En traversant l'avenue de Saint-Cloud, il rencontra Legrand : un des Berrichons avec lesquels il avait voyagé depuis Châteauroux. Legrand le conduisit à son hôtel, dans l'avenue même, où Claude prit une chambre pour lui et une pour Montaudon resté à Paris. Quarante-cinq livres par mois, plus la nourriture. « C'est diantrement cher!

— Bah! fit Legrand, le gîte est bon. D'ailleurs, nous n'allons pas rester ici des éternités. Il y en a qui paient d'un coup trois mois. J'espère bien en avoir fini plus tôt. »

Claude comptait rentrer chez sa sœur pour dîner, mais il lui restait à retenir des logements à l'usage de son beau-frère Naurissane et de M. de Reilhac qui lui en avaient donné la commission. Ils devaient arriver le samedi seulement, en poste dans la berline de Louis : moyen bien plus rapide, bien plus commode qu'un voyage en diligence.

Il prit donc son repas avec les Berrichons. Ils lui dirent que la séance inaugurale n'aurait probablement pas lieu dimanche. Dubon ne se trompait donc pas. Quand serait-on fixé?

« Ce soir, paraît-il. »

Après avoir prévenu sa sœur par un mot qu'il confia à un voiturier, Claude demeura sur place pour savoir à quoi s'en tenir. Il n'apprit pas grand-chose, et seulement dans la matinée suivante. Ces nouvelles semblaient donner raison à son beau-frère : la députation de Paris ne se trouvant pas prête, ni la salle des Menus-Plaisirs que l'on réaménageait pour les assemblées, l'ouverture des États était repoussée à quelques jours. On ne disait pas quand.

IX

Sitôt son mari en route, Lise regretta d'être retournée à Thias pour lui faire plaisir. Émue après leur imprévisible entretien, remuée au moment du départ, elle fut, dès le lendemain au réveil, reprise par la défiance. Avec son habileté, Claude ne l'aurait-il point dupée une fois de plus? En déclarant lui laisser sa liberté, n'escomptait-il pas la retenir par là même d'en user? C'était le meilleur moyen de l'enchaîner, si elle s'y laissait prendre. Tellement plus adroit que n'importe quelle coercition. Claude la rendait prisonnière d'elle-même, de l'émotion qu'elle devait nécessairement ressentir devant une telle preuve d'amour jointe à une si noble générosité. En outre, il profitait de ce trouble pour l'envoyer chez ses parents, la mettant ainsi sous surveillance, alors qu'en ville elle aurait eu toute commodité pour recevoir Bernard chez elle, seul à seule, car il lui eût été facile d'éloigner Mariette.

Une pareille manœuvre, pleine d'astuce, ressemblait davantage à Claude qu'un élan du cœur. Mais s'il ne l'aimait pas, pourquoi donc tenait-il à la garder au moyen de ce stratagème? Par orgueil, naturellement, se répondit-elle. Par amour-propre.

Dans l'après-dîner, elle vit Bernard. Toute la famille Montégut était là, par ce beau dimanche. Jean-Baptiste vint faire sa partie. Comme il ne pouvait être question de descendre à l'étang sans chaperon, Lise se rendit à la petite maison, où Léonarde, malgré tout, ne l'accueillit pas mal. Tandis qu'elle maniait activement la binette, sarclant les allées envahies par l'herbe printanière, les deux jeunes gens, sur le banc, à l'ombre du tilleul, causaient, d'une façon qu'il fallait bien avouer entièrement innocente.

Bernard trouvait là enfin l'occasion de questionner la jeune femme. Elle lui expliqua comment elle s'était écartée de son mari après avoir découvert qu'elle lui servait uniquement à parvenir. Elle raconta l'intrigue menée par Claude auprès des Naurissane pour obtenir un siège de conseiller au Parlement, et la façon dont, déçu dans cet espoir, il avait mis aussitôt en marche d'autres batteries. Bernard écoutait avec stupeur.

« Voyons! se récria-t-il, ce n'est pas possible. Il ne peut pas être un fourbe. »

Ces révélations corroboraient pourtant la remarque de Jean-Baptiste sur Mounier : « Après son mariage, on se serait attendu à le voir nanti de quelque bonne charge grâce à son beau-frère, tout à coup le voilà champion des réformes les plus radicales. »

« Si c'était un hypocrite, dit Bernard frappé à l'improviste par cette idée, cela aurait paru à la paume. C'est un jeu où les caractères se dévoilent. Je n'ai jamais vu Mounier employer les coups de ruse.

— Cela ne signifie pas grand-chose, répliqua Lise, peu sensible à un pareil argument.

— Pardonnez-moi, je crois que si. Il ne me paraît guère vraisemblable qu'un homme soit loyal dans un domaine et fourbe dans un autre.

— Vous êtes trop honnête, cher Bernard, pour concevoir la profondeur de certaines duplicités. »

Il ne voulut point insister tout en restant convaincu qu'elle ne voyait pas juste. Très honnête, en effet, il ne trouvait aucune satisfaction à la savoir animée contre son mari. Parce que c'était une injustice. Parce que c'était même une manière de trahison — oh! très involontaire, assurément! — envers un homme auquel ses convictions suscitaient déjà trop d'ennemis. Comme il devait lui être cruel de ne rencontrer chez sa femme elle-même que mépris, incompréhension!

« Je crois, dit-elle pensivement, les mains jointes entre les genoux, que Claude est un ambitieux.

— Admettons-le, si vous le pensez. Sa science, son intelligence, son courage ne lui donnent-ils pas le droit de l'être? Et puis, avec une femme de votre sorte, comment ne le serait-on point! Moi-même, si je vous avais épousée, j'aurais eu l'ambition de devenir quelqu'un dans ma modeste sphère, pour que vous soyez fière de votre mari, pour vous offrir les satisfactions auxquelles vous pouvez prétendre. »

Cette fois, elle fut saisie. C'étaient à peu de chose près les mots qu'avait employés Claude pour se justifier.

« Bernard, vous sentez cela, vraiment?

— Mais voyons! N'est-ce pas la disposition naturelle de tout homme envers la femme qu'il aime?

— Claude ne m'aime pas, répondit-elle avec plus de force qu'il ne semblait nécessaire. Il ne m'a jamais aimée. Il m'a prise comme enseigne. Il ne s'est pas soucié de mon cœur qui était tout à vous. Il prétend n'avoir pas eu le loisir de dissiper nos malentendus, comme s'il en fallait beaucoup pour s'expliquer. S'il avait tenu à moi, se serait-il donné corps et âme — jusqu'à compromettre sa santé, car il a beaucoup maigri — aux affaires publiques? »

Elle continua ainsi, sans dire cependant tout ce qu'il lui avait confessé avant de partir.

« Voyez, conclut-elle, s'il est rusé! Il parvient à ceci : en ce moment, alors que nous avons si peu de temps pour parler de nous, nous le gaspillons à parler de lui. Absent, il trouve le moyen d'être plus que jamais présent entre vous et moi. Thérèse le juge machiavélique, elle a raison.

— Ma foi! répondit Bernard au bout d'un instant, s'il avait imaginé ce moyen pour vous garder d'un penchant auquel il aurait craint que vous ne cédiez en son absence, cela prouverait combien il tient à vous, combien ce sentiment aiguise son génie.

— Vraiment! se récria Lise agacée par une telle obstination. Voyez donc comme vous vous trompez sur lui : il ne tient pas le moins du monde à moi. »

Elle hésita, une seconde, baissant les yeux. Puis : « Il me l'a dit avant son départ. Il... il m'a même déclaré en propres termes que j'étais libre de disposer de mon cœur et de ma personne. »

Bernard la dévisagea, stupéfait. Elle était rose, les yeux plus bleus. Il n'eut le temps de rien dire. Leur tête-à-tête avait duré assez longtemps selon Léonarde. Elle venait se joindre à eux. Ensuite, en accompagnant avec elle la jeune femme à la porte du clos, il ne put, à l'instant de la quitter, lui glisser qu'une phrase :

« Faites très attention à vos sentiments, Lise. Nous ne sommes plus des enfants. »

Sitôt après, en la regardant s'éloigner dans le balancement de sa jupe large, il ne comprit plus ce qu'il avait voulu dire. Ces mots étaient ridicules.

« Je n'aime pas vos messes basses, lui jeta Léonarde. Je n'aime pas Mounier non plus, mais une femme mariée n'a pas à s'occuper d'un autre homme que son époux.

— Justement! nous n'avons pas cessé de parler de lui », répliqua Bernard, distrait.

« Nous ne sommes plus des enfants » : pauvre réponse, pensait-il. Ce n'est point cela qu'il convenait de dire. Pourtant c'était bien ce qu'il sentait. Quelle différence en eux entre les deux amoureux candides, emportés, du printemps précédent, et ce qu'ils étaient aujourd'hui. Une année à peine — une année pleine de choses, d'expériences amères, de découvertes, d'épreuves, d'espoirs — les avait bien rapidement mûris. Pour la première fois, il eut conscience de vieillir : la conscience charnelle du temps qui se rétrécit et nous change. Confusément, il se vit âgé comme son père. La lumière serait la même sur le crépi granuleux de ce mur, le tilleul projetterait toujours son ombre sur le banc... Jusqu'à présent il se faisait vaguement de sa vie l'idée d'un ruban quasi sans fin. Tout à coup, elle lui apparaissait sous la forme d'un triangle vers la pointe duquel il irait de plus en plus vite. Babet sentait-elle instinctivement cela, pour être si avide de tout, si gloutonne!... Il revit les yeux, la bouche de Lise, tout à l'heure, quand elle se disait libérée de ses liens par Mounier lui-même, et sa silhouette souple, la courbe de ses hanches, ses longues jambes mouvantes dans sa jupe. Un vers latin lui cognait à la tête comme une mouche à une vitre : *Vive in dies et horas... :* Profite du jour, de l'heure, la mort vient pas à pas.

Pourquoi repousser les joies qui s'offrent?

Dans les derniers jours de la semaine, Lise reçut une lettre de son mari. Il narrait brièvement ses déceptions, ses inquiétudes. On ne savait toujours pas quand s'ouvriraient les assemblées. « En revanche, écrivait-il d'une plume sarcastique, on vient de nous faire connaître dans le moindre détail l'uniforme que nous aurons à revêtir. C'était, évidemment, essentiel. Pour le clergé, la tenue de son état, soutane, camail, etc. Pour la noblesse, le costume des cérémonies de la Cour, celui que le grand sénéchal portait, au collège, le jour des élections : satin noir, brocart d'or, velours, dentelles, plumes, vous vous en souvenez? Quant à nous, humbles gens, nous devrons nous présenter travestis en maîtres des requêtes, c'est-à-dire : manteau noir, court, à collet, habit noir en drap, culotte et bas noirs, cravate et manchettes de simple batiste, chapeau bicorne, sans ganse ni bouton surtout, pas plus que de broderies à la cravate. Adieu galons, adieu alençon et malines! Notre bon frère Louis en est pâle d'humiliation, et point seul dans ce cas. Pour ma part, je trouve maladroit de marquer par cette différence du costume la différence entre les classes, autant qu'inconsidéré d'imposer à certains de nos collègues fort pauvres une dépense toute superfétatoire. Bien entendu, nulle sottise, nul aveuglement, nul égoïsme, ne peuvent surprendre, venant de la Cour. En l'occurrence, je suis favorisé. Je possède le principal : l'habit. Ma sœur Gabrielle s'est chargée de me procurer le manteau... »

Dans cette lettre, faite pour être communiquée, Lise en trouva une seconde, destinée à elle seule. Le ton en était tout autre, la teneur quasiment incroyable. « Ma chère, écrivait Claude, j'ai beaucoup pensé à vous depuis notre séparation. C'est que je n'avais jamais eu autant de loisir, hélas! — hélas, à tous égards. Bon. J'ai pu voir combien vos griefs contre moi sont justes. En vérité, je me suis conduit avec vous comme un barbare. Je vous ai sacrifiée, non pas à une ambition extravagante, soyez-en sûre, mais au désir de vous avoir à moi. Cet égoïsme que je reproche à d'autres, j'en suis coupable, combien plus encore, envers vous. Ma seule excuse, c'est de ne m'en être point rendu compte. Mais non, cela ne m'excuse pas. Au contraire, cela montre que j'ai manqué d'attention, quand j'eusse dû vous la consacrer toute. Un être si charmant, si admirable par ses douces vertus, mérite toutes les pensées d'un époux. Comme vous avez raison là-dessus! Comme je vous aime mal! moi qui ai la sottise de donner une trop grande part de mon cœur à ce malheureux royaume et à des gens peu soucieux, à tout prendre, du bien qu'on veut leur dispenser. Hélas encore! je le sens trop, Lise, malgré moi l'inquiétude, la turbulence de mon esprit m'empêcheront toujours de m'en tenir à une pensée exclusive. Pardonnez-moi. Du moins en ai-je une qui pourra peut-être réparer le mal que je vous ai fait sans le vouloir. Je l'ai depuis longtemps, et ne suis point le seul à la nourrir. Quand je l'étudiais, ces dernières années, en me replongeant dans le droit romain, je n'imaginais point alors forger un couteau avec lequel j'aurais à m'amputer moi-même. Bref! voici la chose : il existait à Rome, le savez-vous? une institution complémentaire à celle du mariage et qui la corrigeait, en quelque sorte. Cela s'appelait *divortium* : le divorce, dissolution légale d'un mariage. A l'exemple de nos grands philosophes, j'avais mis cet usage au nombre des réformes indispensables à l'établissement de la liberté des individus. Je puis vous dire, après avoir tâté là-dessus l'opinion, que le divorce sera, un jour prochain, établi, ou rétabli. Car nous abattrons la tyrannie religieuse comme nous abattrons l'absolutisme monarchique, nous délivrerons les consciences et les cœurs en brisant toutes chaînes. Ce jour-là, ma chère Lise, la liberté que je vous ai laissée vous sera légalement reconnue. Vous pourrez alors vous unir, aux yeux du monde, avec l'époux dont vous aviez fait choix. Ah! je l'envie! Mais vous permettrez, j'espère, que je reste le plus fidèle et le plus dévoué de vos amis. »

Tout d'abord, cette idée parut à Lise absolument inconcevable. Dissolution d'un mariage! elle ne pouvait croire que quelqu'un eût jamais pensé à une chose pareille ni que celle-ci eût jamais existé. Le mariage, c'était... le mariage, c'est-à-dire une chose aussi définitive, aussi irrémédiable que la mort. Si les époux ne s'accordaient pas, ils prenaient amant ou maîtresse. Quant à cesser d'être époux, partir pour la lune n'aurait point paru plus irréalisable. En vérité, on s'élevait bien à présent dans les hauteurs célestes avec des sphères en papier, ces montgolfières. Assurément, si Claude disait que le... comment donc?... ah! oui : *divorce*, se pratiquait à Rome, c'était vrai.

Peu à peu, elle se familiarisa avec cette pensée stupéfiante. Elle pourrait se démarier puis se remarier. Cela semblait incroyable. Bah! ne vivait-on pas un temps de révolution et de création universelles! Tout changeait, tout était soumis à la révision de l'esprit humain, à la clairvoyance de sa raison, à sa puissance conquérante. Eût-on imaginé naguère que le fluide des orages pût être ravi au ciel! que des bateaux dussent se mouvoir sur l'onde grâce à la vapeur d'eau! Qui aurait eu alors l'audace de songer à restreindre les pouvoirs de la monarchie? Rien n'échappait à la métamorphose; les routines, les vieilles superstitions, l'obscurantisme devaient céder partout aux réalités modernes. Ne seyait-il pas à un siècle de lumières que les époux mal assortis eussent la faculté de rompre leur lien, au lieu de demeurer hypocritement unis tout en cherchant compensation, comme disait Thérèse, dans l'adultère?

Emportée dans de merveilleuses perspectives, elle se voyait mariée à Bernard, vivant avec lui chaque jour, chaque heure d'une existence toute tissue de joies, tout occupée de lui. Leur rêve n'aurait été qu'interrompu, ils allaient le reprendre. Quel bonheur il allait connaître, le cher cœur, en apprenant!... Elle en riait d'avance, dans sa chambre, avec des larmes heureuses au bord des cils. Un peu plus tard, sa mère, surprise, l'entendit chantonner, ce qui ne s'était pas produit depuis plus de six mois. Elle en fut toute remuée. Ce ménage si mal entrepris s'arrangerait-il donc par correspondance? Le baroque d'une pareille idée, le saugrenu de l'expression la firent sourire.

« Nous sommes bien gaies aujourd'hui, toutes deux, dit-elle. Est-ce donc la lettre de ton mari qui t'a mise dans cette humeur?

— Oui, oui. Ah! maman, c'est une lettre délicieuse! Claude est un homme merveilleux. »

Allons bon! ma fille est folle! Elle le méprisait, prétendait-elle, puis tout d'un coup...

L'aspect de Lise autant que ses paroles justifiait cet ébahissement. Elle restait la bouche entrouverte sur ses jolies dents, les yeux fixes, stupéfaite elle-même par les mots qu'elle venait de prononcer. Ils l'éclairaient à l'improviste. En lisant la lettre, et jusqu'à cette minute, elle pensait uniquement à Bernard. Mais oui, Claude était merveilleux. On n'en pouvait plus douter, cette fois. Ah! comme elle s'était trompée sur son compte! comme elle avait été injuste! L'honnêteté, l'équité, la bonté, la générosité même, il les incarnait. Le plus dévoué des amis. Qu'il le méritait bien, ce titre! Elle le lui décernait en son cœur, dans un jaillissement de gratitude.

Elle rit en regardant sa mère, l'embrassa. « Ne faites pas ces yeux, maman. Je ne perds pas la tête. Tout va bien. Tout ira très bien désormais. »

Le lendemain, Thérèse, elle aussi quittée par son mari, vint passer la journée au hameau. Lise lui en aurait voulu de l'avoir induite en erreur sur le caractère de Claude, si elle eût pu désormais garder rancune à quiconque. Dans son âme ensoleillée, refleurissante, comme la campagne, l'amertume n'avait plus place. Au contraire, avec abandon elle mit sa sœur au courant.

« Le divorce, fit Thérèse, oui, j'ai dû lire des choses là-dessus dans de vieux auteurs, peut-être Plutarque, ou Brantôme. Je crois même qu'un usage de ce genre a existé en France, jadis, aux temps des tout premiers rois. Comment cela reviendrait-il? Balivernes! Claude t'amuse avec cette fable, ne le vois-tu pas? Il te promène, comme un joli petit ânon que l'on fait marcher à la suite d'une carotte. Et tu trottes. Que dis-je! tu galopes.

— Pourquoi pas? A quoi lui servirait-il de me promener ainsi? Il n'y gagnerait rien. Non, je t'assure, Claude est sincère.

— Même dans ce cas, son idée serait aussi folle que les autres projets de réformes dont il s'est coiffé. D'extravagantes chimères! Leur sort sera bientôt réglé. »

Cette question de divorce l'irritait profondément, non pas dans ses croyances — elle n'en avait point, elle ne croyait qu'à un Dieu philosophique, une force de vie universelle —, mais parce que l'établissement d'une institution semblable supposait un changement total de l'ordre de choses auquel ses habitudes, ses aises, enfin un certain orgueil l'attachaient.

« Allons donc! conclut-elle. Claude sait parfaitement que rien de cela ne se réalisera. Il est toujours aussi menteur, et toi aussi naïve. »

Lise avait acquis cette fois une conviction définitive. Rien ne l'en ferait plus changer. Elle ne discuta même pas.

« Peu importe, dit-elle en souriant. D'une façon ou de l'autre, mon avenir se trouve avec Bernard, avec Bernard seul. Tu comprends combien j'ai besoin de lui parler? Il est là, je l'ai vu arriver tout à l'heure en voiture avec les Montégut. Allons le chercher, veux-tu, ma bonne?

— Et puis nous descendrons à l'étang ou bien à la châtaigneraie, et puis je vous laisserai discrètement, et puis je me morfondrai à lire, assise dans l'herbe. Les fourmis me mangeront les chevilles pendant que vous discuterez à perte de vue. C'est cela, hein?

— Tu es si gentille! » dit Lise en l'embrassant. « Je t'adore. »

Elles rencontrèrent Bernard sur la placette.

« Ma parole! s'exclama Thérèse, vous voilà neuf comme le printemps, monsieur. Au dernier cri de la mode, avec ça! »

Il sourit. « Madame, je n'y ai point de mérite. Mon père m'a donné en cadeau une pièce. Le tailleur qui a levé dedans ce costume m'a dit qu'ils se faisaient ainsi, désormais.

— Oui. C'est un *frac*. La vogue en vient d'Angleterre. »

Plus ajusté que l'habit ordinaire, moins juponnant, coupé un peu en forme de sifflet, il se portait non plus sur une veste, qui descendait à mi-cuisse, mais sur un gilet sans pointes. Quand on avait, comme Bernard, le ventre plat, c'était seyant. Dans ce vêtement de taffetas couleur cannelle, avec la culotte de même étoffe, le gilet gris-vert rayé de blanc, une cravate de batiste brodée, tuyautée sur les bords, les cheveux poudrés, retenus par un large catogan gris, il avait, s'avoua Thérèse, la mine tout autre que celle d'un commis de magasin, et un air de qualité dont Jacques Mailhard, malgré ses recherches, demeurait bien loin. Pour être de la première condition, il ne manquait à Bernard que l'épée. Cette distinction toute simple tenait, chez ce garçon, à l'élégance de ses formes mais aussi à son être moral, assurément. Dommage qu'avec de tels avantages il eût si peu de moyens, si peu cette envie de parvenir dont Mounier débordait! C'est toujours ainsi : le véritable homme de qualité reste modeste. Si la fortune ou la naissance ne l'ont point placé dans une haute situation, il s'accommode de la sienne. Évidemment, si Bernard eût trouvé cent mille livres dans son berceau, comme Louis! Oui, il faut reconnaître les choses.

Rêvant ainsi, Mme Naurissane avait laissé les deux jeunes gens la distancer un peu. A leur suite, elle entra dans la châtaigneraie, plus proche du village que l'étang. Le feuillage des vieux arbres énormes, aux ramures basses, laissait encore passer le soleil qui, chauffant l'humus et la mousse, ajoutait du corps à leur odeur. Thérèse s'assit sur un tronc renversé, depuis longtemps dépourvu de son écorce. Le temps avait donné au bois une douceur de satin, avec un ton gris argent. Un peu plus loin, au bord de la sente sinuant parmi les îlots des fougères, Lise était installée sur un rocher, Bernard debout devant elle. Il n'avait pas été très surpris en apprenant la décision de Claude. Cette générosité répondait bien à l'idée qu'il se faisait de Mounier. Elle s'accordait en outre avec un esprit qui les imprégnait tous : celui de *La Nouvelle Héloïse*, des illustres héros de Plutarque. Comme Lise tout d'abord, il ne concevait pas la dissolution d'un mariage : pensée jusque-là inouïe. A lui aussi, la question du sacrement importait peu, mais, pour sa vieille hérédité d'honnêteté bourgeoise, esclave des engagements commerciaux, il semblait y avoir dans le consentement de deux êtres une chose qui les dépassait eux-mêmes, à quoi nul ne pouvait plus toucher. Cependant Mounier-Dupré en savait plus que lui, il était meilleur juge.

« D'ailleurs, dit Lise, je n'ai pas vraiment consenti à ce mariage. Claude s'en est rendu compte, il veut réparer le mal qu'il m'a fait sans le vouloir. Oui, vous voyiez juste. Je regrette profondément de l'avoir mal jugé. C'est un homme admirable.

— Néanmoins vous le quitterez?

— Je l'admire, Bernard, mais c'est vous que j'aime. »

Le cœur gonflé, il la contempla gravement. Comprenant ce qu'il pensait, elle dit avec douceur : « Je vous ai aimé avant de le connaître, je suis fidèle.

— Oui, murmura-t-il en lui prenant les mains. Ah! vous devez me trouver bien froid, Lise...

— Non. Je sais, et il me plaît que vous ayez ce sentiment à l'égard de Claude. Si toutefois, ajouta-t-elle avec un sourire un peu anxieux, ce n'est pas un prétexte pour vous cacher à vous-même une autre préoccupation. »

Il secoua la tête. « Non. A mon tour, je vous entends. Vous n'avez aucune rivale. Babet n'a été pour moi, je vous le répète, que l'espoir de me guérir. »

Lise se pencha en avant, et, le sein soulevé par un souffle rapide : « Puisque vous me devinez si bien, Bernard, dites, oh! dites-moi ce que je voudrais tellement entendre!

— Eh bien, oui, c'est vrai, avoua-t-il à voix basse, moi aussi je n'ai jamais aimé que vous... Je vous aime toujours. »

Elle se redressa en fermant les paupières, comme si ces mots eussent déclenché en elle le suprême transport du plaisir. Une expression radieuse la transfigurait, haussant ses traits de la joliesse à une beauté merveilleusement humaine et divine à la fois. Bernard, ébloui, eut l'impression de voir un instant le visage même de l'amour. Elle avait mis une de ses mains sur sa gorge, comme pour contenir l'expansion de sa joie. Ses cils se relevèrent sur un bleu rayonnant.

« Mon cœur! Mon cher cœur! »

Son sourire flottait, noyé de langueur. Il prit une inflexion suppliante : « Vous quitterez tout à fait cette fille? »

Trop ému pour parler, Bernard fit oui d'un signe du front et des yeux.

X

Laissant Louis Naurissane et M. de Reilhac loger avec le Berrichon Legrand, riche lui aussi, Claude avait trouvé, tout au bout de Versailles, rue de l'Étang, à l'hôtel du Renard, une chambre moins chère, qu'il partageait avec Montaudon pour diminuer encore leur dépense. Et il attendait. Les États auraient dû siéger depuis deux jours; on cherchait encore vainement à savoir quand ils s'ouvriraient. Oisive, dépaysée, la foule des représentants errait dans la ville, tuant en parlotes amères un temps que l'on aurait dû employer au bien du royaume. Les retardataires apportaient de leurs provinces des nouvelles alarmantes : un peu partout la disette, ou la crainte de la disette, s'aggravait, provoquant des séditions. Dans le Midi, dans l'Ouest, dans le Centre, on redoutait un soulèvement général des paysans. Cependant, isolé de l'univers dans son monde à lui, comme le disait Claude, le Roi chassait. Inquiets, profondément déçus, mécontents, les députés, moqués par les gens de Cour, se heurtaient à l'indifférence des bureaux où l'on opposait à leurs questions, avec un haussement d'épaules, un perpétuel : « Nous ne savons rien. On vous avisera. » Louis parlait de rentrer à Limoges. M. de Reilhac le modérait. Quant à Montaudon, voyant que rien ne se ferait cette semaine encore, il était déjà retourné au Palais-Royal rejoindre une rousse « divine, mon cher », déclarait-il.

Le 28, Claude suivit ses traces, afin de savoir si les électeurs parisiens allaient oui ou non se décider. A plusieurs reprises, la semaine précédente, il avait fait le va-et-vient entre Versailles et Paris, pour trouver chaque fois un Dubon plus pessimiste. Ayant prié Louis de le prévenir si l'on s'assemblait, Claude partit après un souper assez chiche. Il arriva au Pont-Neuf vers sept heures. Jean Dubon l'accueillit par ces mots :

« Quand je vous disais que l'on verrait bientôt des émeutes! Il vient d'y avoir un massacre. Le sait-on à Versailles? Comme je vous le disais aussi, c'est la peur de la misère qui semble bien avoir provoqué ce drame.

— Un massacre! s'exclama Claude. Où cela? Comment? Quand? Je n'ai entendu parler de rien.

— Cela s'est produit tantôt, en ville. J'ai appris la chose au moment où je quittais le Châtelet. On appelait le lieutenant de police pour relever les blessés et les morts. Il y en aurait plusieurs centaines, à ce que l'on prétend. Ce n'est qu'un cri dans le faubourg.

— Je n'ai pourtant vu aucune agitation par les rues, en venant.

— Paris est grand, vous le savez. Le drame s'est déroulé loin d'ici, presque à la barrière du Trône.

— Mais pourquoi un massacre! A quel propos?

— J'avoue, dit Dubon, que je comprends assez mal. En réalité, l'affaire a commencé hier. C'était alors une effervescence sans la moindre gravité. Le lieutenant de police en a été averti comme d'un simple bacchanal qui se produisait devant la maison Réveillon, il a envoyé un exempt avec quelques hommes pour surveiller. Il faut vous dire, mon cher Claude, que ce

Réveillon est un fabricant de papiers peints fort connu : un artisan qui s'est élevé par lui-même, un homme très ouvert à toutes les idées nouvelles. Il y a quatre ou cinq ans, il s'était prêté aux tentatives de Pilâtre de Rozier avec ses aérostats, vous savez bien. Il a fourni le papier et façonné la montgolfière grâce à laquelle, pour la première fois, des hommes — Rozier et le marquis d'Arlandes — se sont élevés dans les airs. On en a beaucoup parlé. Vous vous en souvenez certainement. Eh bien, l'expérience a eu lieu dans son jardin. Tout cela pour vous expliquer que Réveillon est un esprit des plus modernes. Il a su adapter à son artisanat des procédés mécaniques, sa maison est devenue une fabrique très active où il n'employait pas moins de trois à quatre cents personnes.

— Diantre! fit Claude pensant à la Manufacture royale de son père qui, au plus beau temps, occupait une douzaine d'ouvriers et quatre peintres sur porcelaine.

— Réveillon, poursuivit le procureur, est en outre un grand partisan des réformes. Nous avons, hier justement, porté son nom sur la liste où l'on choisira les députés. Je ne puis croire qu'un homme de cette sorte ait songé, comme on le raconte, à réduire le salaire de ses ouvriers. Et pas d'un peu! De trente sols par jour à quinze, s'il vous plaît. Non, de sa part, dans sa situation, cela ne serait vraiment pas imaginable. Néanmoins, sur ce bruit vague, les mécontents dont je vous parlais tout à l'heure se sont rassemblés aux abords de la fabrique, dans le faubourg Saint-Antoine. Ces gens, après avoir fait toutes sortes de cris et de protestations grotesques, imaginèrent de confectionner un mannequin auquel ils accrochèrent une pancarte portant le nom du manufacturier. On lui passa, paraît-il, un ruban noir imitant le cordon de Saint-Michel dont Réveillon doit être prochainement décoré. Enfin, on résolut de l'aller brûler en place de Grève.

— Eh! ils suivaient proprement l'exemple que vos clercs de basoche ont donné, au mois d'août dernier, en brûlant l'effigie de Brienne. D'où quelques troubles se sont ensuivis, si je ne m'abuse.

— Bah! c'était une manifestation bien anodine. Elle n'a provoqué la mort de personne, celle-là.

— On ne doit point grimacer devant des enfants si l'on ne veut pas qu'ils vous imitent et outrent même la leçon. Or le petit peuple est un enfant. Il faut lui enseigner la justice, non pas la violence.

— Bref, dit Dubon, l'affaire d'hier soir s'était terminée sans dommage. Elle ne semblait point méchante. Réveillon ayant demandé protection contre un éventuel renouvellement du trouble, le lieutenant de police lui envoya trente hommes du guet, et fut se coucher tranquille. En quoi il avait parfaitement raison, tout demeura paisible jusqu'à ce tantôt. Là, je ne sais que vaguement ce qui est arrivé. En tout cas, les mutins ont reparu, très menaçants, cette fois, renforcés par des bandes venues, paraît-il, du quartier Saint-Marceau, d'individus sortis on ne sait d'où. Que s'était-il passé entre-temps? je l'ignore, mais aujourd'hui il ne s'agissait plus de mannequin; c'est le manufacturier lui-même que l'on voulait, pour le brûler ou le pendre. Heureusement, des voisins réussirent à le faire filer par-derrière. Il courut chercher refuge à la Bastille.

— C'est bien la première fois qu'un homme aura vu avec bonheur les portes s'en refermer sur lui.

— Oui. Pendant ce temps, la foule désarmait les archers. Elle a envahi la boutique, tout démoli dans les ateliers, tout saccagé dans les appartements. Les meubles en morceaux, les papiers, les marchandises, ont nourri des feux de joie sur la chaussée. Bref, pendant plusieurs heures, ç'a été le désordre furieux, le pillage, l'incendie, tout ce que vous imaginez.

— Et, durant ces heures, l'autorité n'a pas réagi!

— Le lieutenant de police a prévenu le Conseil, à Versailles. Que pouvait-il faire d'autre? Envoyer le guet, avec ses armes ridicules!... Voilà pourquoi, je présume, la réaction ne s'est produite que tardivement. Elle a été brutale. Le régiment de Royal-Cravate, arrivant au galop, a barré le faubourg, sommé les mutins de se disperser. Comme ils répondaient par des huées, des jets de pierres aussi, prétend-on, il a ouvert le feu. Furieux, les autres se sont lancés sur les soldats. Il y avait, parmi les pillards, des hommes armés qui se glissaient entre les chevaux, les blessant pour désarçonner les cavaliers sur lesquels se jetait aussitôt la foule folle de rage. On m'a dit que c'était une mêlée horrible. Finalement, force est restée à la troupe, non sans peine, et au prix de combien de victimes! »

Claude secoua la tête. « Tout cela me paraît monstrueux, autant qu'incompréhensible. Quoi! personne n'est intervenu?

La municipalité n'a pas essayé de raisonner ces pauvres gens, comme nous l'avons fait tout naturellement à Limoges?

— Je n'en sais rien, répondit Dubon, je n'ai pas assisté au drame.

— Est-ce fini depuis longtemps?

— Une heure à peu près, peut-être moins.

— Si nous allions nous rendre compte? Le spectacle ne doit guère être plaisant, certes. Cependant il y a là des choses bien étranges. Il serait bon de s'en informer, ne croyez-vous pas? »

Dubon monta prévenir Gabrielle, puis les deux hommes sortirent. Sur le pont même, devant la pompe de la Samaritaine, ils trouvèrent un cabriolet de place. Par la rue Saint-Antoine, il les mena vers la Bastille. Quelques voitures gagnaient comme la leur les lieux de l'émeute. Ils en croisèrent d'autres, dont un chariot militaire, qui emmenaient encore des blessés ou des morts. Aux fenêtres, sur le pas des portes, sur les degrés de Saint-Louis, les gens regardaient. Claude ne remarquait pourtant aucun signe de fièvre, le public semblait passif et morne. Le mouvement de la rue était celui d'une voie populeuse, animée normalement. Le soleil, se couchant à l'opposé, coulait ses rayons dans cette longue tranchée de façades, frisant celles-ci, illuminant à plein, tout au bout, la Bastille. Son massif puissant écrasait de toute sa hauteur, de sa pesanteur, le dôme à clocheton de Sainte-Marie. Derrière cette église, la vieille forteresse surgissait par-dessus la rangée de boutiques bordant ses douves et dissimulant sa base, ses fossés à sec envahis par l'herbe, les déchets, les ordures du voisinage.

« A quoi sert-elle, maintenant que le Roi a supprimé les lettres de cachet? demanda Claude.

— Pas à grand-chose. Il y reste une petite garnison, un gouverneur. Hormis cela, elle doit être à peu près vide. On envisage d'ailleurs de la démolir pour dégager le passage. Avec toute la circulation actuelle, c'est trop étroit, vous pensez! »

Ses murs crénelés, flanqués de huit tours, sortaient de l'ombre projetée sur leur pied par les maisons, et se coloraient en s'élevant. Tout le haut du massif, avec les couronnes des tours, le chemin de ronde en surplomb sur les mâchicoulis, se teignait d'un rose d'or. Sur le ciel bleu-vert très pâle, il semblait bouger, courir à l'inverse des nuages. Au-dessous, la porte Saint-Antoine, accotée au bastion, dressait ses trois arches et son fronton bizarrement encadré par deux flèches fort pointues.

Le fiacre la franchit, traversa l'enceinte en demi-rotonde qui dominait un reste des anciens fossés de Paris, vides eux aussi, herbeux, puis s'engagea dans le faubourg. Il y fut bientôt arrêté par l'agglomérat des véhicules dans lesquels étaient venus maints curieux. On avait retiré la troupe. Seul le guet, armé du sabre et de la pique, contenait le public — sans la moindre difficulté. Le calme régnait à présent.

Dubon et Claude, ayant mis pied à terre au coin de la rue Saint-Bernard, purent contempler la demeure de Réveillon. Par les fenêtres, par la devanture démolie sortaient des fumerolles. Des cicatrices que les balles avaient creusées dans le calcaire criblaient de blanc la façade enfumée. Partout les mêmes traces se retrouvaient, avec des éclaboussures sanglantes, sur les murs des maisons, à la jonction de la rue de Montreuil et du faubourg. C'étaient de petites bâtisses qui s'étageaient en s'adossant aux grands immeubles dont la perspective fuyait vers la barrière du Trône. On voyait là-bas, au fond de la place, ses deux colonnes monumentales derrière lesquelles s'étendaient les frondaisons bleuâtres du bois de Vincennes. Quelques cadavres de chevaux, les jarrets coupés, baignaient encore dans les mares de leur sang.

Contre la première des petites demeures, la plus basse, courait une treille hachée par les projectiles. A la place des feuilles, les mouchetures pourpres y mettaient comme des grappes. Près du cep, sur la pierre crayeuse, une main avait laissé en rouge son empreinte. Les émeutiers, expliquait un témoin, s'étaient retranchés sur ces toits facilement accessibles. De là, ils faisaient pleuvoir des pierres, des briques, des tuiles sur les soldats.

Claude, le cœur quelque peu soulevé par les traces du carnage, s'enquit cependant.

« Parmi le peuple, se trouvait-il des armes à feu?

— Oui, monsieur. Des toits, on tirait avec des pistolets.

— Ces gens, observa Dubon, les avaient peut-être pris aux fontes des chevaux renversés.

— Peut-être, par la suite, mais dès après la première décharge on a riposté à la troupe par des coups de feu.

— Donc, tout cela ne se serait point fait sans quelque préparation.

— Assurément non, monsieur. Il y a là-dedans des choses excessivement bizarres. Laissez-moi vous dire que, hier soir, M. Réveillon, auquel j'étais allé offrir de prendre refuge chez moi, n'y comprenait rien lui-même. Il m'a juré ses grands dieux qu'il n'avait jamais eu la moindre pensée de réduire les salaires. Et je le crois. Enfin, il est sauf, lui; tant mieux car c'est un honnête homme. Mais le voilà ruiné à plat. Et tout ce sang versé! tous ces morts! On en a compté cent trente, messieurs, avec plus de trois cent cinquante blessés. Pour quoi? pour quoi, mon Dieu! Aucun de ces malheureux n'a cherché à savoir ce que le manufacturier voulait faire. Nul n'a tenté de se renseigner, de parlementer. Ils auraient pu lui envoyer une députation. Non, ils sont arrivés, entraînés par des furieux criant : « A mort Réveilllon! A mort l'affameur! » Il n'y avait d'ailleurs plus guère de ses ouvriers parmi cette populace. Les voilà bien avancés! où trouveront-ils à se nourrir, maintenant que leur fabrique est détruite? »

Claude se rappelait les paroles du « Vénérable » Nicaut : « N'y aurait-il pas là-dessous une influence? » Ici, plus encore qu'à Limoges dans l'affaire de l'Abbessaille, *on* avait spéculé sur la misère du peuple ou sur sa peur de la misère — en l'occurrence sur la crainte d'un abaissement des salaires — pour le soulever. Qui, *on?*

Un cadavre, la tête en bas, les bras pendants, restait pris dans l'angle d'une cheminée; une traînée rougeâtre, écœurante, avait découlé sur la pente d'ardoises puis le long du mur. Des hommes installaient sur un toit, au-dessous, une échelle pour descendre ce corps. Sur le pavé, les meubles calcinés, des restes noirs, informes, se mêlaient aux flaques poisseuses sur lesquelles on répandait à pelletées du sable. Cela n'empêchait pas de sentir l'odeur fade qui, par moments, montait entre celle des choses brûlées et le parfum surprenant des lilas en fleur dans les jardins derrière les maisons.

Dans le faubourg, Claude et Dubon virent des individus dépenaillés promener sur des brancards quelques morts sanglants, yeux révulsés, bouche béante. Ils les exhibaient aux curieux en réclamant une obole. Nul n'osait refuser, mais il y avait quelque chose d'odieux dans le chantage à la pitié exercé au moyen de ces pauvres dépouilles.

« Comment votre lieutenant de police tolère-t-il une telle

indécence? protesta Claude. Ces morts, quels qu'ils soient, ont droit au respect. »

A ce moment, des porteurs approchèrent en disant : « Voilà les défenseurs de la patrie. Citoyens, donnez de quoi les enterrer. »

Dubon fouilla son gousset, lança quelques sols sur le brancard. Claude dévisageait l'homme qui prononçait ces étonnantes paroles. Faussement humble, il avait une figure arrogante et veule. Ses yeux menaçaient tandis que sa bouche quémandait.

« Surprenant langage, dit Claude comme son beau-frère et lui remontaient en voiture. Vous avez entendu? *Voilà les défenseurs de la patrie*. Quelle patrie prétendent-ils défendre? Certes, l'abbé Sieyès et d'autres réformateurs tiennent les nobles pour des Allemands qui nous ont réduits en esclavage après avoir mis la main sur notre pays. Ils nous exploitent, assurément. Quant à nous menacer?... Et ce mot : *citoyens*, c'est bien la première fois que je l'entends employer au vocatif, chez nous. Vous ne me direz pas que ces gens-là lisent Cicéron.

— Non, mais ces réformateurs, justement, dont les libelles pullulent.

— Allons donc! Ils ne savent pas lire, j'en gagerais ma tête. Voilà justement une des premières choses à réformer. Il faut donner au petit peuple le moyen d'apprendre à lire, à écrire, de s'instruire, pour le défendre de céder à des entraînements irraisonnés. Je crois plutôt qu'on leur a seriné une leçon.

— Il se peut, il se peut fort bien, mais il leur suffirait pour parler ainsi de s'être frottés aux discoureurs du Palais-Royal. Vous n'avez pas eu encore l'occasion d'y aller? Faites-y donc un tour, c'est plus instructif que Versailles. En une heure, vous y collectionnerez plus de moyens de régénérer le royaume que vous n'en trouveriez dans toute l'*Encyclopédie*. Si vous voulez mon avis, on parle trop, beaucoup trop. Cela ne facilitera pas votre tâche. »

En revenant à Paris, Claude nourrissait justement l'intention de tâter, au Palais-Royal, le pouls de la ville et du royaume, qui battait là, il le savait. Il s'y rendit le lendemain, accompagné par son neveu Fernand. A seize ans, ce garçon faisait déjà figure de jeune homme. Il était grand, développé, hâlé parce qu'il employait à peu près tous les loisirs que lui laissaient ses études à voguer sur la Seine, soit dans une petite barque construite de ses propres mains, soit dans les esquifs, fort divers, des bateliers dont il connaissait la plupart. Depuis quelque temps, cette passion se refroidissait tandis que croissait au plus intime de lui-même certaine chaude curiosité. Avec sa mine, il n'aurait pas eu de peine à la satisfaire si, en vrai coquebin, il n'eût été furieusement timide devant les objets de sa convoitise, et honteux de celle-ci. En suivant son oncle au Palais-Royal, il caressait de vagues espoirs. A tout prendre, l'oncle Claude était jeune. Peut-être serait-il tenté de s'adjoindre, pour consommer une tasse de chocolat ou quelque boisson fraîche, la compagnie d'une de ces belles en brillants atours, que l'on voyait chercher elles aussi agréable compagnie, autour des cafés et des restaurateurs. Alors, sait-on! Une fois connaissance faite...

Hélas! à la grande déception de Fernand lorgnant les galeries où la plupart de ces « déesses » abritaient à l'ombre leur blanc, leur rouge et leur poudre, l'oncle Claude restait planté près du bassin. Il écoutait un jeune homme vêtu de taffetas puce, en train de déblatérer au milieu d'un cercle. Il y en avait partout, des groupes de ce genre. Des nouvellistes. Tous s'agitaient. Le jardin était particulièrement effervescent, aujourd'hui. Sous les tentes bariolées des pavillons, sous les marronniers du quinconce, même dans les allées en plein soleil, sur les bancs, sur les chaises, aux tables des cafés, on discutait. Partout revenaient les mêmes mots : Réveillon, férocité, le peuple, la Cour, massacre... Ce bourdonnement montait avec la poussière du sol, dans le papillotement des couleurs vives et de la verdure, sous le soleil. C'était une palpitation constante, faite des mouvements de mille figures, des habits, des robes. Le regard de Fernand sautait sans cesse d'une jolie bouche à un autre visage, de beaux yeux à une gorge qu'un rire renflait, au frétillement d'une cheville sous un volant.

Claude, lui, fixait son attention sur le petit cercle où le jeune homme en habit puce, la figure ouverte et vive, attaquait la Cour sur le drame de la veille. Malgré certaine difficulté d'élocution, il poussait avec chaleur ses arguments. Selon lui, il eût été facile de disperser sans dommage les mutins, en s'y prenant d'abord.

« Mais, affirmait-il, on voulait qu'ils s'engageassent, que...

hon, hon... le saccage fût bien accompli, afin d'effrayer les gens d'ordre et de leur montrer à quelles fureurs le peuple se porterait si, écoutant les libéraux comme nous, on cessait de le maintenir dans ses chaînes. Hon... on a donc attendu. Puis, une fois la démonstration faite, pour frapper alors de terreur les ouvriers, pour prouver aux bourgeois timides de quel côté se trouvent la force et leur propre sécurité, on a réagi avec une... une férocité dont on chercherait vainement l'exemple ailleurs qu'aux plus sauvages moments de l'Empire romain.

— Bravo, Camille! lança un des auditeurs, qui, les pieds appuyés au rebord du bassin, se balançait avec sa chaise. Bravo! tu es éloquent comme Démosthène, ce matin.

— Avant qu'il ait fait usage des petits cailloux, répondit en souriant le nommé Camille. Ne raille pas, mon ami.

— Je ne raille pas. Tu exprimes parfaitement ce que nous pensons tous. La Cour veut des réformes à son profit, non point une véritable révolution. Elle ne reculera devant rien pour y faire échec.

— Hon, hon, c'est... c'est la Cour, je l'affirme, c'est la femme du Roi, les instigatrices de ce monstrueux complot, et je... je l'imprimerai noir sur blanc. On a vu, parmi les meneurs, des hommes à pistolets. Le peuple en possède-t-il? La Cour et la femme du Roi ont lancé sans vergogne leurs troupes étrangères, leurs Allemands, leurs officiers autrichiens sur les ouvriers français demandant du pain. Pour assurer leur despotisme, elles ont arrosé de notre sang le sol de la patrie. »

Claude écoutait, un peu surpris, tenté de répondre à ces propos, mais il n'était pas ici pour donner son opinion, pour dire à ces « citoyens » qu'en ce qui concernait le retard mis à réprimer l'émeute, ils se trompaient peut-être. Au fond, il n'en savait rien. Tout bien pesé, le *on* énigmatique pouvait être effectivement la Cour. Qu'en disait-on dans les autres cercles? Suivi de Fernand qui lorgnait toujours avec mélancolie, il alla de groupe en groupe. Dans les uns comme dans les autres, on entendait le même cri contre la Cour, ses intrigues, ses noirs desseins, contre les dévergondages et les insolences de la Reine. Un peu plus tard, en dégustant avec son filleul des sorbets sous la tente d'un limonadier, il ouït un autre air. Là, un officier des gardes-françaises — habit bleu, veste rouge, culotte blanche — et quelques hommes de mine sérieuse, s'en prenaient au duc d'Orléans, le propriétaire de ce Palais-Royal, le grand maître de la franc-maçonnerie, l'homme le plus riche de France. D'où devaient provenir, sinon de lui, les écus trouvés sur certaines victimes de l'émeute? Qui, sinon lui, ou du moins ses agents, avait pu soudoyer la canaille des bas-fonds, ramasser la tourbe d'étrangers ou de chômeurs arrivés de province depuis l'hiver, couchant dans les carrières de Montmartre, cherchant aubaine ou rapine? Ne l'avait-on pas vu en personne paraître dans le faubourg aux acclamations de la populace! Il aurait sans peine prévenu l'effusion de sang. Il s'en était gardé. Tout lui semblait bon pour déconsidérer son cousin, le montrer impuissant à gouverner le royaume, et se faire porter sur le trône par le peuple en sédition.

« Tiens, te voilà! » dit une voix avec un accent limougeaud, tandis qu'une main se posait sur le bras de Claude.

C'était Montaudon, accompagné de sa belle. Fernand en eut le souffle coupé. Une jeune femme éblouissante dans sa robe à rayures bleu sombre et blanches, un bouquet au sein, un chapeau de paille à nœud bleu et plumes d'autruche neigeuses sur ses cheveux roux qu'elle portait audacieusement sans poudre et qui descendaient en rouleaux jusque sur ses épaules. Elle sourit avec complaisance en voyant le trouble où elle plongeait ce joli garçon, mais elle se souciait peu d'un coquebin, si gentil fût-il. Elle avait pour l'instant un bon coq de province à plumer, elle lui réservait toutes ses attentions. Claude, du reste, ne s'attarda pas en leur compagnie. Il lui déplaisait de voir Montaudon s'abandonner au plaisir alors que les choses les plus importantes étaient en jeu et que des menaces si redoutables se montraient de toute part.

La plus dangereuse lui parut être finalement la frivolité, qui dépassait encore la fièvre. Aux Tuileries, au Luxembourg où il alla en compagnie de sa sœur et de sa nièce, il vit la foule parisienne, élégante, oisive, continuer de vivre comme si la plus grande partie de la population ne manquait pas de pain, comme s'il n'y avait jamais eu de tuerie dans le faubourg, comme si enfin on était en ce monde uniquement pour se promener au soleil en exposant de pimpants atours.

« Mais quoi faire? » dit Gabrielle.

Évidemment. Rien d'autre qu'attendre. Attendre que les électeurs parisiens se décidassent à nommer leurs représentants.

Attendre que les tapissiers eussent fini de décorer la salle des Menus. Attendre que la « patrie » fût tombée dans une anarchie complète. Claude se demandait si *on* ne le souhaitait pas.

Durant ces jours désœuvrés et nerveux, il écrivait beaucoup. De Versailles, il avait envoyé des lettres à ses parents, à Dumas, à Barbou, un article à l'abbé Lambertie sur les retards des États. Dans sa petite chambre sous les combles, il en rédigea un autre relatant la tragédie de la veille, pour mettre les lecteurs limousins en garde contre les provocations, d'où qu'elles vinssent. En même temps, il expédiait à Nicaut un véritable rapport sur le même sujet. Il écrivit de nouveau à Lise, une longue lettre où il lui parlait surtout de Paris. « Si je ne savais que votre cœur préfère à tout autre séjour celui de Limoges, je regretterais de ne vous avoir point avec moi pour vous faire visiter cette ville dangereusement frivole mais dont le brillant vous émerveillerait. » Il lui dépeignait l'animation des promenades publiques, les groupes de « discuteurs » se chauffant au soleil sur la terrasse des Feuillants, aux Tuileries, les orateurs du Palais-Royal, la foule chatoyante, dans les allées et sous les arcades de ce jardin — en notant que l'on voyait des coiffures sans poudre, que les hommes abandonnaient de plus en plus le bicorne ou le tricorne pour le chapeau rond, à coiffe haute en forme de cône tronqué. « Il n'y a plus d'argent, paraît-il, néanmoins les gens, dans les promenades, sont tous vêtus de soie, les femmes portent de l'autruche, et, tandis que la peur de perdre quinze sols par jour fait couler le sang dans le faubourg Saint-Antoine, les restaurants à dix et vingt livres du Palais-Royal, de la rue Saint-Honoré ou de la place des Victoires, n'ont pas assez de tables. Cependant, concluait-il, ni ces curiosités ni les préoccupations ne m'empêchent de penser à vous. J'y songe beaucoup. Je me souviens, je déplore les circonstances et le trouble de ce temps — et aussi, je puis vous l'avouer aujourd'hui, une extrême timidité à votre égard — qui ont fait de moi un si piètre mari. Mais s'il m'en coûte infiniment de vous perdre, je n'en ai pas moins hâte de travailler à votre bonheur. J'en saisirai, que dis-je! j'en saurai faire naître l'occasion, soyez-en bien sûre, mon amie. »

Le jour suivant, premier de mai, son beau-frère Naurissane, passant la journée à Paris, vint l'avertir que le Roi recevrait, le lendemain, les députés du tiers. Claude retourna donc à Versailles, l'âme agitée. Enfin, le souverain manifestait l'intention d'entrer en contact avec les représentants de son peuple. Ils allaient se connaître, eux et lui, non plus par ouï-dire mais dans la réalité, dans la chaleur de la présence. Si Louis XVI était tel que de bons esprits se plaisaient à le peindre, l'alliance dont la nation tout entière avait tant besoin se fonderait à l'instant. Ce 2 mai 89 pouvait être un grand jour. Claude était ému d'approcher le monarque dont on disait à la fois tant de bien et tant de mal. On ne connaissait de sa personne qu'un profil sur les monnaies, des portraits plus ou moins fidèles, tirés en gravure. Dans son éloignement, hors des regards vulgaires, il devenait impersonnel, mythique comme les empereurs de la décadence. Transformé en symbole, il avait fini par représenter toutes les fautes, tous les vices de la monarchie absolue. Cette abstraction allait se revêtir de chair, cette impersonnelle effigie se briser pour laisser paraître un homme. On ne demandait qu'à lui rendre au centuple l'amour qu'il donnerait.

En traversant la cour de Marbre, en gravissant le splendide escalier tout luisant de reflets, en parcourant les galeries où l'on avait sans doute médité de promener longuement les élus pour les bien pénétrer de la majesté royale, Claude n'était qu'attente sensible et impatience. Il ne prêtait guère attention aux statues, aux glaces, aux terrasses aperçues à travers les enfilades de hautes fenêtres, avec une échappée sur le grand canal miroitant au loin, à perte de vue, entre les masses régulières des frondaisons. Ce décor excitait néanmoins en lui, inconsciemment, un respect involontaire, tandis qu'il provoquait les réflexions acerbes de Montaudon irrité par un faste superfétatoire, bien trop coûteux.

« Voilà où se sont engloutis les deniers de la France, au temps de nos pères. Voilà ce que nous nous épuisons à entretenir. »

Claude acquiesça machinalement. Ils marchaient tous les deux avec un de leurs plus singuliers compagnons : un vieux Breton, déjà familier à tout le monde. On l'appelait le « père Gérard ». Seul, parmi les députés de sa province, il demeurait fidèle au costume local. Avec ses cheveux sans queue qui lui tombaient sur les épaules, il portait un gilet bleu brodé, de larges braies de velours à côtes et des guêtres. Il avait déclaré très fermement qu'il ne prendrait « point, jamais » l'uniforme imposé aux représentants du tiers état pour les assemblées. Cet esprit d'indépendance plaisait à Claude.

« Qu'est cela? » dit soudain Montaudon.

On n'avançait plus. En avant d'eux, leurs collègues se rangeaient en file, au seuil d'une pièce où ils semblaient s'engager dans un passage étroit. La marche reprit, lentement. A leur tour, ils se rangèrent, Montaudon en tête. Bientôt il poussa une exclamation à mi-voix : « Ma parole! ce sont des barrières! »

C'étaient, en effet, des espèces de balustrades volantes, disposées en couloir à travers un immense salon dont le plafond peint figurait une apothéose d'Hercule. A gauche, on apercevait au-dessus des têtes le haut d'une cheminée gigantesque, orné de têtes de lions en bronze. Au milieu, les députés, le chapeau sous le bras, cheminaient à la queue leu leu entre les barrières. Claude ne comprenait pas. Pourquoi les canalisait-on ainsi? Où les menait-on? Progressant avec lenteur, il découvrit sur sa gauche, par-dessus l'épaule du père Gérard qui le précédait, un demi-cercle de personnages tournant le dos à la cheminée. De plus près, les riches vêtements, les poignées d'épées lui prouvèrent que c'étaient là des courtisans. Tout à coup, il vit en avant d'eux, seul, détaché, un homme. Un gros homme en habit brun : silhouette épaisse mais bien droite. Et, avec un battement de cœur, il reconnut sans l'avoir jamais vu ce visage grassement modelé par la lumière des grandes fenêtres auxquelles il faisait face. Le Roi.

Hormis le traînement des pieds sur le parquet, silence. Muets, les courtisans observaient ces hommes que le monarque, sans un mot, regardait défiler devant lui. Chacun à son tour le saluait très bas. Il demeurait impassible, lourdement planté à quelques pas de la barrière, ajoutant l'inertie et la distance à cet incroyable rempart.

Cruellement déçu, Claude contemplait cependant Louis XVI avec intensité, comme hypnotisé par tout ce qu'incarnait cet être. Sa personne trop corpulente ne produisait point une impression de majesté, mais de pesante bonhomie, assez vulgaire. Et pourtant on ne pouvait en sa présence se soustraire au vieux respect qui courbait instinctivement les roturiers passant devant leur Roi. Plus proche, il prenait son aspect véritable : celui d'un homme beaucoup trop gras pour ses trente-cinq ans, au visage lourd et mou, avec des bajoues, un double menton. La bouche petite, très sanguine, sensuelle, le nez busqué, les gros yeux bleus, accentuaient sa pesanteur. Son costume le montrait peu soucieux de paraître, et cette réception semblait l'ennuyer beaucoup. Il ne manquait pourtant pas de bonne volonté. A l'approche du père Gérard dont la tenue tranchait dans cette procession d'inconnus, d'anonymes, qu'en outre la mauvaise vue brouillait, il s'anima, il parut content de pouvoir dire quelque chose à l'un de ces braves bourgeois qui le visitaient.

« Eh! bonjour, bonhomme! » fit-il.

Après le vieux Breton, Claude salua froidement, rebuté par un dédain si naturel ou tant de maladresse. Finalement, infatuation ou sottise, cela revenait au même. Quelle folie d'avoir escompté l'impossible! Entre eux et Louis XVI, quel que fût, peut-être, son bon vouloir, béait un abîme. Il faudrait de bien grands efforts pour le combler.

Après les avoir menés au Roi dans ces conditions humiliantes, on les conduisit aux princes ses frères, avec moins de cérémonial et par groupes. Ils présentèrent ainsi leurs devoirs au comte d'Artois, que Claude trouva plutôt ironique, puis au comte de Provence, faux, le regard glacé. M. Necker les reçut ensuite. Il développa d'un ton bienveillant des idées banales.

« Enfin, Monseigneur, lui dit un des représentants, qu'attend-on pour ouvrir les États? Le temps presse. »

Le ministre répondit que cela ne tarderait plus. « Si la députation de Paris n'est pas prête, nous commencerons sans elle, dès lundi. »

On leur fit encore visiter les Trianons. La superfluité du palais et de la demeure, s'ajoutant au grandiose du château, n'était pas faite pour calmer Montaudon. Le hameau leur parut très décor de théâtre, à eux tous, familiers de la vraie campagne. Pourtant, comme le fit remarquer M. de Reilhac, la petite maison blanche avec ses galeries de bois, qui se mirait dans l'étang entre les reflets des feuillages nouveaux, montrait à quel point l'esprit des monarques avait évolué depuis Louis XIV, créateur des fastes orgueilleux de Versailles.

« Ici aussi, on a entendu les leçons de la philosophie. Il ne se peut point que nous ne nous accordions pas avec des souverains dont les aspirations sont si conformes aux nôtres. Le premier contact a été décevant, mais laissons au Roi le temps de nous connaître. »

En dernier lieu, ils virent la Reine. L'impression qu'en reçut Claude contrastait du tout au tout avec la façon dont, huit mois plus tôt, à Thias — le jour même où Lise et Bernard avaient rompu — il parlait de Marie-Antoinette. Depuis qu'il était à Versailles, les témoignages du cru le prédisposaient à réviser profondément son opinion sur elle. Au premier abord, il avait été étonné par ce qu'en disaient les petites gens du château. Quelle déconcertante différence avec les libelles qui circulaient quasi ouvertement dans le royaume, depuis longtemps, avant même le scandale du collier! Tout en faisant la part à l'exagération du pamphlet, il avait subi, à Limoges, l'influence de ces écrits injurieux dont Barbou l'alimentait et auxquels Thérèse lui avait vertement, inexactement d'ailleurs, car ils l'écœuraient, reproché de se complaire. Comme beaucoup, il croyait, du moins dans une certaine mesure, à la sincérité de ces factums qui non seulement prenaient à partie « l'Autrichienne » — « Mme Déficit » — sur sa morgue, sa frivolité, sa coquetterie, sa passion du jeu, sa prodigalité sans frein, mais l'accusaient encore des plus éhontés dévergondages. Elle ne comptait plus ses amants. Le second Dauphin était fils de l'un d'eux : un gentilhomme suédois nommé Fersen. Au demeurant, les hommes ne lui suffisaient pas. Ajoutant aux fureurs de Messaline le vice de Sapho, elle choisissait ses favorites, depuis la Polignac, la Lamballe, jusqu'aux chambrières, aux filles de garde-robes, pour leur lubricité dans des ébats dont on donnait tout le tableau. Ces allégations semblaient assez bien correspondre à ce que l'on pouvait, de loin, savoir de ses habitudes, de sa légèreté, de son goût pour le plaisir. Or Claude avait appris, en causant avec des électeurs versaillais, avec l'hôte du Renard, en personne, que ces pamphlets étaient d'entières calomnies inspirées, sinon rédigées, par les proches parents du Roi, voire probablement par son frère Provence, jaloux de Louis XVI et implacable ennemi de Marie-Antoinette depuis sa venue en France. On soupçonnait le duc d'Orléans d'amener également de l'eau à cet ignoble moulin, Provence et Orléans cherchant l'un comme l'autre à déconsidérer le ménage royal, dans l'espoir de le remplacer sur le trône. Cette ambition, Claude, depuis — et même avant — les confidences de Nicaut, ne l'ignorait pas. Il se jugea un tantinet Pourceaugnac ou Escholier limousin, pour n'avoir pas mis un peu plus de précaution à recevoir comme évidences des imputations si violentes. L'histoire romaine, avec ses impératrices cupides ou lubriques le disposait à croire qu'une reine possède naturellement l'étoffe soit d'une Messaline soit d'une orgueilleuse Julia Mammea. Mais il a existé des Julia Domna!... N'oublions jamais Descartes. Il faut tout passer au crible de la raison. Revenu à ce principe, Claude l'avait appliqué aux témoignages recueillis en se promenant par la ville et dans le parc même. Car, contrairement à ce qu'il s'imaginait — encore une conviction sans examen —, la royauté ne dressait point de murailles entre le peuple et elle. Nulle troupe ne montait la garde aux grilles du parc. On y entrait librement à toute heure du jour; n'importe qui pouvait pénétrer jusque dans le château où, seulement aux entrées des appartements particuliers, les sentinelles vous avisaient de n'aller pas plus loin. Si, au lieu de demeurer à cinq lieues de Paris, les souverains avaient vécu de la sorte au Louvre ou bien aux Tuileries, la population parisienne, donc la France entière, aurait eu peut-être pour eux le sentiment que manifestait à leur égard le menu peuple de Versailles, mêlé familièrement à la vie du château. A l'en croire, la Reine était toute simple, pleine de sensibilité, de bonté. Excellente mère — douloureuse parce qu'elle voyait incliner irrémédiablement vers la mort son fils aîné, le pauvre petit Dauphin — elle portait d'autant plus d'attachement et de soins à ses autres enfants : Madame Royale, fillette de onze ans, Charles-Louis, âgé de quatre ans et demi, qu'elle appelait d'une façon charmante, elle Mousseline, lui Chou d'Amour. Ils s'adoraient tous les trois. On n'eût pu trouver famille plus unie, plus simplement tranquille, que celle du Roi, au milieu de l'envie et des trames ourdies par l'ambition de ses proches. Bon. De telles affirmations devaient être exactes, dans une certaine mesure, elles aussi, et l'on obtiendrait sans doute la vérité juste en corrigeant cet idyllique tableau par quelques touches empruntées à celui que peignaient les libelles. Car il n'y a tout de même pas de fumée sans feu. Louis avait été longtemps « empêché », jusqu'à la petite opération après laquelle était venu au monde le Dauphin. Marie-Antoinette, alors très jeune, eût, ma foi, assez normalement — ne soyons pas trop sévères ! —

cherché des compensations. Par la suite, elle avait eu encore des amitiés à tout le moins suspectes. Enfin, plus récemment, les actions de Mme de la Motte et de Rohan dans cette affaire du collier trahissaient quelque persistance, chez la Reine, d'un esprit frivole qui marquait autrefois la conduite de la Dauphine. Il n'y a pas non plus de créature tout une. La bonté, la sensibilité n'excluent point certains vices.

Ceux-ci devinrent inimaginables à Claude quand il vit la Reine qu'il soupçonnait encore philosophiquement. Devant elle, on ne pouvait penser à rien que de noble. La majesté dont manquait son époux, elle la possédait au plus haut point. Ce n'était pas un air, c'était quelque chose de profondément inhérent à sa personne, comme sa beauté. Non moins simplement mise que le Roi, elle portait une robe de percale unie, dans laquelle sa grâce altière rayonnait. Saisi par cette lumière de jeunesse — fraîcheur du teint, de la bouche, du regard très bleu — persistante dans une maturité qui donnait tout son éclat au prestige royal, Claude contemplait sa souveraine avec un grand trouble de l'âme, et son cœur amoureux substituait dans la Reine, à la femme, une autre femme dont la même noblesse simple, capable elle aussi de fierté parfois impérieuse voire de dédain, commandait le même respect et intimidait de la même façon. Une femme qui avait les mêmes cheveux blonds sous la poudre, les mêmes yeux bleus, le même cou long, flexible, la même pureté. Une femme non moins prestigieuse, parée non de la couronne royale mais des myrtes de l'amour, et désormais non moins inaccessible que l'était la Reine au rêve d'un roturier.

Claude quitta le château, pénétré de mélancolie. Il entendit à peine son beau-frère Louis dire à leur collègue Legrand :

« Les calomnies répandues sur le ménage de Sa Majesté sont abominables. La Reine, c'est évident, mérite tout notre respect.

— Je n'en ai jamais douté, monsieur, répondit calmement le député de Châteauroux. »

Puis ce fut la voix de Montaudon : « Qu'as-tu, Claude? Tu n'es pas bien? dit-il en lui touchant le bras.

— Moi? Mais si. Un peu fatigué, peut-être. »

Il avait jusqu'ici assumé avec résolution ce qu'il estimait être son devoir envers Lise, allant jusqu'à s'interdire, pour la laisser entièrement libre, de lui faire savoir comme il se sentait amputé d'elle. Soudain, ce courage s'effondrait, le livrant à une faiblesse qu'il n'avait jamais connue en vingt-huit ans d'existence, même lorsque sa femme s'était pratiquement séparée de lui. Du moins restait-elle là, il la voyait, ils vivaient malgré tout ensemble, il gardait beaucoup d'espoir en elle. Ce soir, quelle détresse tout à coup! Il n'eût jamais imaginé pareil abattement. C'était donc cela, le mal d'amour!... Une lâcheté. Mais il ne pouvait rien contre cet affaissement de son âme tragiquement lasse, où le souci des temps, la volonté de régénérer le royaume et de créer un ordre nouveau, le désir de jouer un rôle s'en allaient à vau l'eau. Il n'y avait plus en lui que le besoin de retrouver Lise, l'envie puérile de tout abandonner, de partir, de retourner là-bas la disputer à Bernard.

Ce fut en pensant à celui-ci qu'il se ressaisit un peu. Bernard était un garçon plein de qualités, plus vertueux, plus pur que lui-même. Ce dont il souffrait à présent, Bernard en avait souffert avant lui, plus cruellement encore, et Lise aussi, par sa faute à lui, Claude. Il payait justement cette faute. Il n'avait pas le droit d'aller combattre un bonheur si douloureusement mérité.

Rentré à l'hôtel du Renard, en soupant d'une façon toute machinale à la table de l'hôte, l'esprit ailleurs, il vit distraitement Montaudon échanger des politesses avec quatre nouveaux venus. Deux d'entre eux avaient l'air de paysans endimanchés, le troisième d'un bon bourgeois assez lourdaud. Le quatrième enfin, placé en face de Claude, était un jeune homme guère plus âgé que lui, poudré à blanc, petit, mince dans un pauvre habit noir. Un avocat, assurément. Il se nomma, mais on entendit mal son nom — Maximilien de Lobélière ou Lobépière —, et dit qu'il représentait avec ses trois collègues les États d'Artois. Montaudon, liant et loquace, le fit parler de la situation dans cette province, puis, au sortir de table, proposa obligeamment : « Vous plairait-il de venir passer un moment dans un café du centre? Mon ami Mounier-Dupré et moi avons pris l'usage d'y retrouver quelques collègues pendant nos trop longues heures oisives. C'est un moyen de se connaître. »

Claude ne se sentait ce soir aucun goût d'aller au café Amaury. Il se retira dans la chambre qu'il partageait encore avec René. Le front entre les mains, paupières closes, il voyait s'esquisser sur le rideau ainsi tiré devant ses yeux les traits tantôt successifs, tantôt confondus, de la Reine et de Lise. Encore une similitude entre ces deux femmes : elles avaient l'une et l'autre fait un mariage d'indifférence. Le dégoût éprouvé certainement par la Dauphine, dont le temps de jeune épousée s'était passé, en fait de plaisir, à soigner les indigestions d'un mari glouton, répondait à la répugnance de Lise se livrant par contrainte. Comment n'eussent-elles point toutes deux obéi à la nature en cherchant autre part le bonheur dont tout être a besoin!

Et cependant Marie-Antoinette, d'après les témoignages assurément les mieux fondés, semblait attachée tendrement au Roi. Si elle lui avait été infidèle, il avait su la reprendre, sans doute par sa bonhomie, sa patience, son indulgence. N'était-ce pas là le droit d'un époux? Un droit nullement tyrannique, qui ne blessait en rien la justice ni la liberté, ne contraignait personne et laissait toute latitude de choix. En quoi serait-il déloyal envers Bernard ou attentatoire au libre arbitre de Lise d'expliquer à celle-ci le tourment que son mari connaissait loin d'elle? « Ne m'a-t-elle pas dit : *Écrivez-moi ce que vous pensez* »*?* Savoir ne l'empêcherait point de suivre son penchant ni de divorcer quand cela deviendrait possible. Si elle voulait qu'il en fût ainsi, il travaillerait à son bonheur comme il l'avait promis.

Sa lassitude coulait de lui tandis qu'une chaleur lui montait du cœur à la tête. Hésitant encore, il ouvrit la belle écritoire de voyage, en cuir rouge, dont sa mère lui avait fait cadeau. Il aviva, songeur, avec le canif prévu pour cet usage le biseau d'une plume. Puis vivement il saisit une feuille. Sur la table de bois blanc un peu boiteuse, il se mit à écrire, dans le crépuscule qui rougissait des lambeaux de nuages.

XI

M. Necker n'avait pas dispensé à ses visiteurs de l'eau bénite de Cour. C'était bien vrai cette fois, les gazettes l'annoncèrent : les États s'ouvriraient dès mardi. D'abord aurait lieu, lundi 4 mai, une procession solennelle, afin d'appeler sur leurs travaux les bénédictions célestes : ce qui accentuait l'irritation, l'ironie, de Montaudon et nombre d'autres, convaincus que le Ciel n'avait rien à voir dans des affaires relevant de la seule Raison. On allait encore gaspiller une journée en momeries, quand on avait déjà perdu beaucoup trop de temps. Quelle accumulation de sottises — criminelles, car un peu partout dans le royaume éclataient des séditions souvent sanglantes — de maladresses humiliantes et de puérilités!

Ce fameux ciel, tout d'abord ne sembla guère vouloir favoriser ladite procession. Le dimanche avait été bruineux. Au milieu de la nuit suivante, tandis que Montaudon ronflait tranquillement, Claude, se tournant et se retournant entre ses draps, entendit une averse crépiter contre la fenêtre. Cela n'empêcha pas les Parisiens d'envahir Versailles dès l'aube. Dans le gris du petit jour où la lumière qui se levait, blafarde, éveillait partout des reflets mouillés, les véhicules de toute espèce, jusqu'à des charrettes transportant les dames de la Halle, déversaient leurs chargements d'ombres bruyantes sur la place. Au fond, le château profilait derrière les grilles sa silhouette voilée par des vapeurs. Les voitures reprenaient aussitôt la direction de Paris, pour aller chercher de nouveaux curieux. Déjà, la foule commençait à border les rues, de l'église Notre-Dame à la cathédrale Saint-Louis.

Le temps se nettoyait à mesure que montait le jour. Le soleil lança par-dessus les maisons de grands rayons obliques. Dissipant la brume, il sortit enfin dans un ciel très pâle qui bleuissait peu à peu. L'air s'échauffait, séchant les tapisseries de la Couronne dont on avait, la veille, décoré les façades pour le passage du cortège, les drapeaux blancs et dorés, les oriflammes bleu clair comme le ruban du Saint-Esprit, les gros pavés de silex blond. Les fenêtres, louées à des prix exorbitants, se garnirent. Des gamins, dont beaucoup, en bandes piaillardes, arrivaient de Paris à pied, se juchaient sur les toits. Au-dessus, inquiets de ce remue-ménage, les martinets nouveau venus tourbillonnaient en criant.

Quand Claude quitta l'hôtel du Renard avec Montaudon, dans leur sombre tenue, la troupe : gardes-françaises et gardes suisses, dégageait les rues, repoussant le populaire contre les murs et se rangeant en haie, l'arme au pied. Les deux Limougeauds rattrapèrent la délégation d'Arras conduite par le petit avocat si bien poudré. Ensemble tous les six, ils se dirigèrent vers Notre-Dame où les hommes en noir se rassemblaient sur le parvis. Claude et Montaudon retrouvèrent là M. de Reilhac et Louis Naurissane, fort encombrés du cierge que le maître des cérémonies, le sémillant marquis de Dreux-Brézé, plus empanaché qu'un corbillard, faisait distribuer à tous les députés.

« Le trésor public est à court, dit Montaudon avec un haussement d'épaules, mais on gaspille des milliers de livres en vaines cires. Ah! l'incurable inconséquence de ces gens-là! »

L'heure s'écoulait. On piétinait sur place, avec ce cierge incommode.

« Si cela doit continuer, formons-en des faisceaux, comme font les soldats de leurs armes », proposa Louis, agacé.

Enfin les carrosses de la Cour arrivèrent, suivis par les officiers de la Maison du Roi, tous, jusqu'aux fauconniers avec l'oiseau sur le poing. Le Roi, la Reine, les princes, les personnages de leur suite, mirent pied à terre. Les rangs se formèrent peu à peu. Des valets passaient, porteurs de mèches avec lesquelles ils allumaient les cierges dont la flamme se voyait à peine dans le soleil. Devant le portail de l'église, le clergé de Versailles en aube et surplis s était massé. Prêtres et chantres entonnèrent le *Veni Creator*. Précédés par les musiciens de la chapelle royale, ils s'ébranlèrent. Toutes les cloches de la ville sonnaient. Les hommes en noir suivirent, immédiatement après les porteurs de bannières.

Avançant à son rang, entre son beau-frère et Montaudon, Claude ne voyait pas le reste du cortège. Il apercevait seulement, par côté, la foule bigarrée derrière la ligne, ici bleu, rouge, blanc, des gardes-françaises, là rouge et blanc des gardes suisses, les fenêtres débordant de visages au-dessus des tapisseries, et un grouillement sur les toits. Il entendait à travers le tintamarre des cloches les acclamations dont on les saluait, eux les députés du peuple. Puis une clameur unanime monta, suivit la procession tout au long du trajet : « Vive le Roi! » Comme on traversait la place d'Armes, des filles voyantes, venues vraisemblablement du Palais-Royal, et peut-être payées, lancèrent en chœur un « Vive Orléans! » repris aussitôt par quelques bouches. Claude en souffrit pour la Reine. L'un des hommes qui la couvraient de boue, acclamé ainsi, approuvé! Elle devait sentir atrocement l'insulte. Juste à ce moment, le cortège passait devant les grandes écuries. Sur le balcon, un jeune malade étendu, veillé par des femmes et des serviteurs, regardait. Le Dauphin, sans doute, qui souriait à son père, à sa mère. La pauvre! Pour elle, quel noir mélange d'amertume et de douleur.

Dans la cathédrale, où allait avoir lieu le salut du Saint Sacrement, Claude la vit de tout près, une seconde. Dreux-Brézé avait rangé le tiers ordre dans le bas de la nef. Louis XVI, rouge, suant, monta l'allée centrale pour gagner le chœur. La Reine vint avec sa suite. Sa grande robe passementée d'argent et d'or frôla Claude placé au bord de l'allée. Il en demeura très ému, contemplant avec un élan d'amour ce visage si fier dans l'encadrement de la chevelure vaporeuse qui bouffait sous une toque à panache d'autruche. Le teint était pâle, la nuque raidie. La souveraine blessée s'appuyait au bras d'une jolie femme blonde comme elle, à l'air très doux, probablement son amie la princesse de Lamballe.

Tout entier à l'émoi qui se prolongeait en lui, dépassant la Reine et l'emportant lui-même loin d'ici à la suite de sa lettre, Claude ne prêtait point attention au sermon qu'un évêque, monté en chaire, entamait d'une voix solennelle. Néanmoins son esprit fut fixé peu à peu par l'insolite de ces paroles. Elles éveillèrent son ironie. Quoi! fallait-il entendre un de ces princes de l'Église, profiteurs d'une fortune usurpée, dénoncer l'avidité des courtisans, la fiscalité écrasante, les manœuvres des spéculateurs. Un comble!... Le prélat rendit hommage au Roi, à son amour de la justice, à sa sensibilité, sa bonté, mais ajouta : « Sire, le peuple sur lequel vous régnez est un peuple martyr; la vie ne semble lui avoir été laissée que pour le faire souffrir davantage. »

Quoiqu'on fût dans une église, en présence du monarque, du Saint Sacrement exposé sur l'autel, des applaudissements retentirent, auxquels Montaudon joignit les siens.

« Tu perds la tête! protesta Claude en se penchant vers lui. Tu applaudis un imposteur, un charlatan! C'est à nous seuls de dire avec exactitude ce dont souffre le peuple que nous sommes, et ce dont nous avons besoin. »

Ils eurent dans la soirée, au café Amaury, une discussion là-dessus avec Louis Naurissane, M. de Reilhac, deux députés de Grenoble : l'un nommé Barnave, l'autre Mounier comme Claude lui-même, et le petit avocat d'Arras, qui s'appelait, en fait, Maximilien de Robespierre. Le père Gérard, ainsi que la plupart des Bretons, estimait fort le sermon audacieux prononcé par l'évêque de Nancy. « C'est un retentissant camouflet pour la Cour » disaient-ils tous. Ils parurent choqués lorsque Claude déclara qu'il fallait se défier des faux apôtres.

« Je n'ai aucune confiance, expliqua-t-il, quand je vois des membres du haut clergé, ou des courtisans, se poser en défenseurs du tiers. Tant de sollicitude couvre un piège facile à déceler : ces messieurs se soucient brusquement de nous parce qu'ils ont enfin compris qe nous sommes le nombre, la force, la source de tout pouvoir. Si l'on nous tend la main, c'est avec l'idée de nous mener en lisières. »

M. de Reilhac, approuvé par les Bretons et par Louis Naurissane, considérait, lui, comme bienvenus tous les alliés, de quelque côté qu'ils se présentassent. Maximilien de Robespierre penchait lui aussi pour cette opinion. « Mais, dit-il avec la propension qu'il semblait avoir à poursuivre dans tout débat un raisonnement personnel, je souhaiterais que l'on proscrivît une fois pour toutes ce mot : le tiers. C'est un monument de l'ancienne servitude. Nous sommes les représentants des communes françaises. Voilà notre titre véritable, nous ne devons pas souffrir d'être nommés autrement. »

« Curieux homme, dit Montaudon à Claude, plus tard, comme ils se déshabillaient pour se mettre au lit. Ce Robespierre me fait penser à un régent de collège. Tu ne trouves pas? Il est pédant, maniaque, plein d'apprêt. Il tatillonne sur de petites choses. Nous n'irons pas loin avec des gens de ce calibre.

— Bah! il est trop tôt pour juger qui que ce soit, personne n'a eu l'occasion de se montrer. Nous ne savons même pas d'où nous allons partir. Peut-être l'apprendrons-nous demain, quoique — je ne me fais guère d'illusions — ce sera encore une journée perdue en formalités. Du moins le Roi parlera-t-il, nous connaîtrons enfin ses desseins. Je suis impatient de l'entendre. »

La convocation distribuée par les bureaux portait : « De par le Roi, les députés des trois ordres sont avertis de se rendre à la salle des États à huit heures du matin, en passant par l'avenue de Paris et en entrant par la rue des Chantiers. » Là, une salle ajoutée à l'hôtel des Menus-Plaisirs avait abrité en 87 l'Assemblée des notables. C'était ce local que l'on aménageait depuis plusieurs semaines.

Malgré l'heure matinale, la foule assiégeant la grande porte encombrait l'avenue de Paris. Claude et Montaudon, avec Robespierre, tous en costume de maîtres des requêtes, rejoignirent leurs collègues dans une espèce de vaste hangar qui débordait sur la rue des Chantiers. Il servait de vestibule à la salle des États. On s'y coudoyait en un surprenant mélange d'habits noirs, de plumes blanches et de brocart. Déjà le marquis de Dreux-Brézé, toujours sous ses panaches, constellé de pierreries, portant son court manteau tissu d'or, et tenant la baguette d'ébène à pommeau d'ivoire, insigne de ses fonctions, avait fait entreprendre l'appel par bailliages et sénéchaussées. Sur un balcon dominant l'entrée, un héraut d'armes en dalmatique à fleurs de lys lançait les noms. Un à un, les représentants du clergé, de la noblesse, enfin du tiers ordre, s'avançaient, montrant leurs lettres de mission aux aides des cérémonies qui les examinaient sommairement avec déférence, puis introduisaient les députés.

Quand le tour de la sénéchaussée de Limoges arriva, après plus d'une heure et demie, et que Claude pénétra dans la salle, il fut saisi par la magnificence du spectacle. Il se trouvait dans une immense nef très lumineuse, riche en couleurs, en dorures. La clarté rayonnait d'une verrière, au centre du plafond fastueusement peint dont la retombée en demi-voûte reposait de part et d'autre sur deux colonnades aux fûts cannelés. Derrière elles, des pilastres également doriques divisaient les murs des bas-côtés en panneaux garnis de tapisseries et coupés, sous le plafond moins haut, par une galerie à balustres : une sorte de promenoir où, de chaque côté de la salle, un public compact ne laissait distinguer que les taches de ses visages, des chevelures, des clairs chapeaux féminins, criblant la pénombre. A l'extrémité du large vaisseau, sur une estrade qui en occupait tout le fond, des sièges, pour l'instant vides, s'étageaient sur trois rangs devant des tentures bleu roi, à fleurs de lys sombres. Entre ces draperies, le sanctuaire royal, encadré par deux colonnes, s'ouvrait comme une somptueuse alcôve tendue de soie violette fleurdelisée. Au milieu, sous un dais énorme dont les pentes en velours violet semé de lys d'or se rattachaient aux colonnes en plis opulents, le trône, élevé sur trois marches, dominait tout. A côté, inférieur d'un degré : le fauteuil disposé pour la Reine. Au bas de l'estrade : une longue table, drapée elle aussi de bleu clair à fleurs de lys bleu-noir. Et partout — sur les marches, sur l'estrade, au parquet de la salle — les luxueux tapis de la Savonnerie étalaient leurs ramages bleus, beiges, roses.

Une assistance privilégiée, comprenant beaucoup de femmes, toutes très élégantes, commençait à remplir les tribunes établies entre les murs et les deux colonnades, derrière les banquettes réservées aux députés. Elles-mêmes continuaient de se peupler lentement. Celles du tiers occupaient le fond de la nef, face au trône.

« Ma foi! constata Montaudon, nous sommes bien les mieux placés.

— Mais à l'étroit », dit Claude.

Ils avaient six rangs de banquettes, comme chacun des deux autres ordres, et ils étaient deux fois plus nombreux. Ils formaient une masse uniforme de manteaux noirs, qui contrastait avec celle du clergé et celle des nobles, installées en vis-à-vis, la première à gauche de la salle, la seconde à droite, avec un large vide entre elles. Les dentelles des prélats, leurs robes pourpres ou violettes, répondaient aux dentelles, aux ors, aux plumes de la noblesse.

« Il paraît, dit Montaudon toujours au courant des petites choses, il paraît que le dais cause des inquiétudes. Il a servi pour le sacre, à Reims. Ce baldaquin serait trop lourd pour la charpente qui le supporte, ici. Les gens des Menus ont la venette. Je n'aimerais pas être à la place du Roi. »

L'heure tournait, les délégations entraient toujours une à une. Claude examinait Philippe d'Orléans qu'il s'était fait montrer la veille. Élu dans plusieurs bailliages et ayant choisi celui de Crépy-en-Valois pour ses idées avancées, il était assis avec les députés nobles, le plus près possible du tiers pour lequel il affichait toute sa sympathie. N'avait-il pas voulu, hier, dans le cortège, se glisser parmi les élus des communes, disait-on. Le Roi avait dû lui envoyer l'ordre de regagner son rang. Cousin de Louis XVI, il lui ressemblait vaguement, en moins gros. Vulgaire de traits, le teint rouge — une vraie trogne —, cet homme de quarante ans qui rivalisait de puissance avec son souverain, offrait le même air bonasse, la même apparence de mollesse, mais avec quelque chose de veule. La profonde honnêteté de Louis se sentait. Chez Philippe, c'était la profonde corruption. Ses vices célèbres imprégnaient toute sa personne. On concevait que la Reine le méprisât, et qu'il haït en elle la noblesse dont il était, lui, si dépourvu. A quels sots un pareil fantoche pouvait-il faire illusion? Un jouisseur susceptible de tout et capable de rien, tel était-il assurément. *On* se servait de lui, sans doute. Toujours ce mystère irritant. Qui, *on?* Oui, peut-être le cabinet de Saint James, le prince d'Angleterre dont Orléans était l'intime par affinité de débauchés. Peut-être, mais cela n'expliquait pas tout.

L'appel était terminé à cette heure, toutes les banquettes occupées, encore qu'il manquât plusieurs délégations, outre celle de Paris. On comptait cinq cent quatre-vingt-quatre députés du tiers ordre, deux cent quatre-vingt-onze pour le clergé, deux cent quatre-vingt-dix pour la noblesse. Sur l'estrade, les sièges placés devant les tentures bleues se garnissaient de courtisans, de dames, tous en grand costume de la Cour. Les ministres se dirigeaient vers la table drapée de bleu fleurdelisé. Des applaudissements saluèrent au passage M. Necker. Et les députés continuèrent d'attendre. Ils s'étaient réunis par affinités quand il restait encore de la place. Ils parlaient entre eux : Claude avec le petit Robespierre, avec Mounier de Grenoble, Barnave qui inspiraient la sympathie; ils avaient tous les deux accompli des choses importantes dans leur Dauphiné. Montaudon grognait en faisant sonner sa montre : « Midi bientôt. Passerons-nous céans tout le jour? »

A midi juste, retentirent des trompettes. Un cri annonça le Roi. L'assistance debout le vit paraître sur le fond de soie violette, au milieu des princes du sang. Il s'avança, coiffé d'un chapeau dont la ganse étincelait de diamants, le manteau royal aux épaules, le large ruban du Saint-Esprit, bleu clair, lui barrant la poitrine. Les princesses entraient au même instant, avec la Reine vêtue d'une robe mauve ouverte sur une jupe en satin blanc. Une aigrette piquée dans un petit bandeau de pierreries frémissait par-dessus ses cheveux.

De loin, Claude la regardait en écoutant distraitement le discours royal. Dès les premières phrases, il avait compris que ce serait une allocution de pure forme, bienveillante et vague, comme il le prévoyait trop. On n'en avait pas fini avec les incompréhensions. Louis XVI déclarait attendre simplement « des avis »; il les souhaitait « modérés ». Il mettait les députés en garde contre l'inquiétude générale, contre le désir exagéré d'innovation. Il avait, dit-il, réuni les États pour rétablir l'ordre dans le Trésor, et laissait entendre que leur rôle devait se limiter là. Quant au reste, il y pourvoirait lui-même en tenant compte des doléances exprimées dans les cahiers, car il était « le tuteur naturel et le premier ami de ses peuples ».

Cette péroraison fut applaudie. Le ton paternel touchait, mais le discours lui-même avait déçu le public comme la plupart des représentants, Claude le sentit bien. Le Roi « n'y était pas du tout ». Même dans la noblesse — du moins la petite, ou dans la haute noblesse éclairée — on venait ici avec des intentions tout autres que de se borner à renflouer la caisse.

A ce moment, un tollé s'éleva. Claude s'aperçut que le Roi, une fois assis, avait remis son chapeau. Le clergé, la noblesse dans une grande vague de plumes blanches, s'étant couverts eux aussi, le tiers les imitait. On en avait assez des humiliations. De là le tapage. Dreux-Brézé descendait aussi vite que le lui permettait sa dignité. Bonhomme, le Roi, feignant d'être incommodé par la chaleur, retira sa coiffure. Tout le monde aussitôt se découvrit.

« Adroit, constata Robespierre, mais c'est habileté de faible. »

Le garde des Sceaux, en simarre rouge, se levait pour expliquer, dit-il, les intentions de Sa Majesté. Dans un long discours embarrassé que l'on entendit mal, il les rendit, si possible, encore plus imprécises, ne définit rien, ne proposa rien. Claude voyait M. de Reilhac en personne hausser les épaules avec découragement, et Louis Naurissane chuchoter à l'oreille de Legrand des mots sans doute désabusés. Enfin, M. Necker — haut de taille, front puissant, visage lourd, l'air un peu compassé malgré la désinvolture de son simple habit de ville moucheté d'argent sur fond cannelle — se dressa, au banc des ministres. On espérait tout de lui. L'attention se réveilla vivement, pour se perdre bientôt dans une épuisante énumération de comptes. Au lieu d'un plan de réformes, des vastes projets que l'on attendait, le ministre se contentait d'évaluer le déficit — soixante-cinq millions —, d'énumérer les articles du budget, de parler primes, tabac râpé, anticipations, caisse d'escompte, régie, de lancer des chiffres, des chiffres, des chiffres. Cela n'en finissait pas. Lassé lui-même de sa propre lecture, semblait-il, il se fit remplacer par un commis. Personne n'écoutait plus. Claude entendait, sur sa droite, Montaudon parler avec Barnave.

« Soixante-cinq millions, disait le député de Grenoble, ce n'est pas énorme. On en viendrait aisément à bout, mais ces gens-là ne voient-ils pas que nous sommes ici pour réformer le royaume? Necker le sait bien. Et l'on n'avance rien, aucun projet, aucun plan pour les discussions n'a été préparé.

— Il faudra que nous fassions tout nous-mêmes », répondit René en bâillant.

Il n'était point seul à ressentir la faim. On avait déjeuné très tôt. Les montres marquaient quatre heures et demie. On aurait bien voulu aller dîner. De plus, ces banquettes sans dosssier fatiguaient horriblement à la longue. La séance sombrait dans l'ennui, la lassitude, la nervosité. Le Roi se leva, salué par une acclamation où le soulagement entrait pour beaucoup.

« Vive la Reine! » lança Claude à la voix de qui d'autres voix s'associèrent aussitôt.

Surprise, ravie, Marie-Antoinette s'inclina en une charmante révérence. L'Assemblée, touchée, répondit cette fois par une ovation. Le Roi en fut ému et le montra. Un instant, entre les souverains et les députés régna ce courant qui n'avait pu jusqu'à présent s'établir. Tout le monde en était baigné. En sortant, le fin et froid Barnave dit à Claude :

« Vous avez eu, monsieur, une initiative heureuse.

— Mais je crois, répondit-il, qu'il faudrait seulement témoigner notre sentiment à Leurs Majestés pour gagner le leur. Vous avez vu, monsieur, la Reine est aussi sensible que fière. Sachons la convaincre de notre affection, elle quittera pour nous ses faux amis.

— Peut-être, observa Robespierre. Malheureusement, nous en arrivons à un point où, pour s'entendre, il ne suffirait plus de s'aimer. »

Cette réflexion frappa Claude. Elle l'atteignit dans son arrière-pensée, où la Reine et Lise se confondaient toujours. C'était de Lise qu'il s'affirmait à lui-même : « Elle n'est nullement insensible », en disant à Barnave « la Reine est aussi sensible que fière ». Dans l'émotion du moment, Robespierre lui semblait pessimiste : il ne leur fallait, aux souverains et à eux, que se mieux connaître pour dissiper leur malentendu. Mais entre Lise et lui, quels étaient les pouvoirs de l'amour? La tendresse dont il ne manquait point ne l'avait pas rendu capable de comprendre sa fiancée, sa femme, de deviner qu'elle n'était pas seulement indifférente, de s'ouvrir à elle. Au contraire, cette tendresse l'avait paralysé. A présent, même s'il établissait avec Lise un courant pareil à celui qui venait de jaillir entre le ménage royal et l'Assemblée, il ne la gagnerait pas pour si peu. Ils en étaient, eux, à un point où, pour s'aimer, il ne suffit plus de s'entendre.

Encore une fois, il suivit en esprit la lettre qu'il lui avait envoyée la veille de la procession des États. Il se représentait Lise en train de la lire, dans sa chambre de jeune fille, sa chambre tendue de perse à dessins bleus, où il était rarement entré, qui gardait pour lui comme un parfum de poésie et de mystère. Il entrevoyait sa femme, ces pages entre les mains, assise devant le secrétaire en cerisier — mousse de cheveux nimbés, profil perdu qui se détachait dans la lumière de la fenêtre ouverte sur les feuillages et les pépiements du verger. Il essayait de ressentir ses impressions.

Elle ne l'avait pas encore reçue, cette lettre; elle lui arriva seulement le lendemain. Elle ne la lut point dans sa chambre mais dans le verger lui-même où elle cueillait des fraises des bois, dont l'herbe était parsemée, lorsque sa mère la lui remit, se hâtant, dès que le piéton l'eut apportée, de transmettre une de ces missives qui produisaient de si heureux résultats.

« Tu sais, elle est de poids, celle-là. »

Lise fit sauter les pains, déplia la feuille double. Un vrai journal. Elle alla s'asseoir sous le noyer pour lire commodément. La précédente épître de Claude, si vivante, l'avait amusée, intéressée, touchée aussi, davantage même qu'elle ne s'en était aperçue tout d'abord. En particulier, ces mots surprenants : *une extrême timidité à votre égard.* Elle en avait parlé, l'avant-veille, à Bernard. Il lui avait dit qu'effectivement sa qualité, la pureté de sa grâce, la noblesse de son caractère intimidaient si l'on sentait bien tout cela. Timide, Claude! Elle n'eût rien imaginé de pareil. Néanmoins, en revoyant sa conduite avec elle, elle y découvrait des hésitations, des silences, qui, de singuliers, voire agaçants, devenaient ainsi naturels.

Ce nouveau message lui-même débutait timidement. La plume, ordinairement si vive, s'embarrassait dans le récit d'une visite à Marie-Antoinette. Tout d'un coup, la pensée profonde jaillissait avec ces mots : « Mais vous aussi, Lise, vous êtes une reine, ma Reine. Je n'ai jamais osé vous le dire.

Maintenant que nous sommes loin l'un de l'autre et que, pour vous, tout cela se perd dans le passé, je peux vous faire cet aveu. Si vous songez parfois à moi, un instant, pensez-y comme à un homme que vous avez ébloui et qui vous a aimée dès l'instant où il vous a vue. Cet instant, vous l'avez sans doute maudit, puis certainement oublié. Ses moindres détails en demeurent imprimés au fond de mes yeux. » Il les peignait, revivant avec une évidente exactitude cette rencontre dans le même verger où Lise se trouvait à présent. A la description de sa robe et de sa coiffure, elle pouvait juger qu'il ne mentait pas. Troublée, elle s'arrêta, ses regards quittèrent le papier bleuâtre tandis que son esprit flottait au fil du souvenir. L'odeur des fraises, dans le panier posé près d'elle sur le banc, la sensation confuse du soleil dont un rayon, perçant les feuillages, lui chauffait les genoux à travers ses jupes, la vague conscience de l'heure, la reliaient seules au moment. Elle cherchait dans sa mémoire parmi les images de son mari les traits d'un autre Claude : celui qui s'était révélé en partant, qu'elle n'avait pas connu, et que peut-être elle eût aimé.

Au long de ses jambes, le soleil descendait lentement. Elle reprit sa lecture. Claude s'expliquait. Il ne voulait pas, écrivait-il, lui laisser le souvenir d'un hypocrite. « Vous avez cru que je l'étais, je ne l'ignorais point mais je ne pouvais rien dire. Aujourd'hui il n'y a plus de raisons pour que je ne vous découvre pas tout. En briguant une charge au Parlement de Paris, je n'allais pas à l'encontre de mes idées, je ne prêchais point une chose pour en pratiquer sournoisement une autre, car cette charge je ne comptais pas la conserver. Pour l'espérer, il aurait fallu être stupide : du jour où le Roi a convoqué les États, il a signé par là même la mort du Parlement. A mes yeux, cet emploi loin de Limoges représentait simplement le moyen de vous soustraire à l'influence de votre sœur. Pour obtenir un tel résultat, je me fusse endetté sans hésitation si Louis eût consenti à m'avancer de l'argent. Il n'est pas besoin de vous exposer pourquoi je souhaitais tant que vous soyez avec moi loin de Thérèse, vous devinez mes motifs. Votre père sait tout cela, du reste. Je lui en avais parlé, il vous le dira. Le soir où vous m'avez questionné — nous soupions tous les deux près de la cheminée, et vous m'apparaissiez comme toujours adorable, avec l'éclat de vos dents et de vos yeux avivé par les reflets des flambeaux — je vous ai répondu que j'obéissais à mon amour pour vous. C'était la vérité. Vous ne m'avez pas cru, vous m'avez méprisé. Que pouvais-je faire? Vous étiez entièrement prévenue contre moi. Tout ce que j'eusse dit ou tenté, votre ressentiment l'eût tourné en hypocrisie supplémentaire. En vérité, je ne me sentais pas bonne conscience, car je ne vous disais pas tout, je vous cachais mon dessein de vous éloigner de votre sœur. Ce mensonge par abstention me gênait. Il y avait aussi certaine timidité. Quand votre regard, vos lèvres, se chargent de dédain ou de colère, un homme qui vous aime, Lise, ne saurait se risquer à les accroître, ces sentiments. Il m'importe peu de les encourir chez Thérèse, mais chez vous, mon amie! Quand j'aurais tant voulu ne provoquer que votre joie, votre tendresse! Il y avait enfin, je m'en accuse, ma fierté à moi aussi. Vous ne m'aviez rien dit, je n'en savais pas moins que vous ne me recevriez plus dans votre chambre. Cela n'était que trop facile à sentir. Une fierté, sotte sans doute, un manque, peut-être, d'humilité et d'amour, mais aussi le respect de votre résolution ne me permettaient point de combattre celle-ci. Vous ne vouliez plus de mes caresses. Soit, je ne voulais pas vous les imposer. Et pourtant, que de fois me suis-je arrêté devant votre porte, contenant avec peine le vif élan qui me poussait vers vous. La certitude de vous déplaire, la crainte de me rendre décidément odieux et de vous perdre tout à fait me ramenaient à la raison. Le seul remède me semblait être la patience. Je la cherchais dans le travail, je l'y cherchais à corps perdu. Il est vrai, Lise, que je vous ai, non pas négligée comme j'en ai peut-être convenu lâchement et comme vous me l'avez redit en m'accusant de mettre l'amour de côté pour le reprendre plus tard à loisir, non pas négligée mais fuie un peu. Oui, en vérité, fuie, pour retenir en moi la vivacité des sentiments, le désir tendre et ardent que j'avais de vous. Vous pouvez concevoir cela maintenant et connaître que mon intérêt pour les affaires publiques, une ambition (à laquelle, encore une fois, vous étiez, dans mon cœur et mon esprit, attachée) ne m'ont pas seuls écarté de vous. Comment vous eussè-je consacré plus de soins, quand je voyais à quel point les moindres d'entre eux vous étaient importuns! » Il s'étendait là-dessus, expliquant que le besoin de fuir ses soucis personnels l'avait engagé davantage dans l'action publique. « Voilà — outre les motifs que je vous ai donnés — pourquoi j'acceptai d'écrire dans *La Feuille hebdomadaire*. La chose n'eut aucun rapport avec les Naurissane. On a pu avoir cette idée. Elle me paraît absurde, comme je trouve monstrueuse l'opinion selon laquelle je vous aurais épousée pour tout motif autre que le plus tendre amour. Mais vous avez raison de me croire hypocrite. Ah! mon amie, qu'il est difficile de se montrer vraiment sincère! En ce moment où je vous ouvre à deux mains mon cœur, il s'y cache encore un mensonge. Dois-je vous l'avouer? Même loin de vous, quoique si près par l'ardeur de l'âme et des sens, j'ose à peine vous dire ce que je pense, ce que je dissimule, ce que j'espère malgré toute logique. Je vous mens, Lise, en feignant d'être convaincu que tout est fini entre nous, d'en souffrir mais d'en prendre mon parti. Non, je ne m'y résouds pas. Je saurai peut-être, s'il le faut, me contraindre à n'être plus que votre ami, mais je ne m'y résoudrai jamais. Je vous aime, ma chère, ma si chère! Je vous aime. Ah! si vous saviez combien j'ai mal, ce soir, dans mon cœur et dans ma chair amputés de vous! Combien tout est amer quand je ne peux plus me retremper par moments dans la douceur de votre grâce, dans votre pureté. Même votre dédain, si seulement vous étiez là, me serait un bienfait, ce soir. J'ai tort de vous dire cela, je me reproche ma faiblesse. Je ne peux pourtant pas ne point espérer, contre tout ce que la raison me démontre, qu'un jour vous me reveniez. J'ai beaucoup hésité à vous faire cet aveu, ajoutait-il. Finalement, je ne le crois pas susceptible d'apporter des entraves à votre liberté. N'ai-je pas le droit de vous aimer? Vous avez celui de ne pas lire cette lettre si le commencement vous en a déplu. Je ne pense pas non plus qu'il soit déshonnête envers Bernard de vous disputer à lui avec des moyens loyaux; déraisonnable seulement, car je le sais plus digne de vous que moi, mais le cœur suit mal les conseils de la sagesse. De toute façon, Lise, restez-en bien assurée, quelle que soit la manière dont vous concevez votre bonheur, le mien sera toujours de le faire, quel qu'en soit le prix. »

Lise reposa sur ses genoux le papier verdi par l'ombre qui, peu à peu, la couvrait tout entière d'une chape glauque. Seul, un de ses pieds, encore atteint par le soleil, éclatait de toute la blancheur du soulier. C'est ainsi que Mme Dupré, dans la cuisine, la voyait par la fenêtre. Elle la trouvait bien pensive. Cette enfant allait-elle une nouvelle fois changer d'humeur?

Pensive, en effet, émue, Lise écoutait en elle la rumeur des phrases qui lui avaient paru dites à l'oreille. Ses sentiments se confondaient en une mélancolie faite de pitié tendre et de remords. Au milieu de son attendrissement, perçait néanmoins une petite révolte, à la fois contre Claude et contre elle-même. Contre lui, à cause de l'espoir qu'il exprimait. Contre elle parce qu'elle ne voulait pas entendre parler d'un semblable espoir. Elle s'accusait de ne pouvoir, pour tant d'amour si discret, rendre à Claude qu'ingratitude. Au fait, ce malheur, elle n'en était pas responsable. Claude avait eu la malchance de venir trop tard, quand elle ne disposait plus d'elle-même. Elle ne pouvait désormais lui donner que la part de sentiments dont elle restait maîtresse. Ah! ceux-là, certes, elle n'en serait pas avare envers lui!...

Quand elle rentra, la lettre glissée dans son corsage, son petit panier de fraises à la main, les plus paisibles élans du cœur l'animaient seuls. Son air rassura Mme Dupré : non, Dieu merci! il n'y avait rien de changé.

Les jours suivants, tandis que s'affirmait dans l'esprit de Lise la certitude de ne jamais « revenir » à son mari, parallèlement la sympathie, l'admiration, la reconnaissance s'accrurent en elle. Assurée de n'être que de l'amitié, son amitié pour lui se développa librement, aiguillonnée, au fond, par le remords. Jamais Claude ne l'avait tant occupée. Le dimanche, quand vint Bernard, tout en paraissant se parler d'eux-mêmes, ils ne parlèrent en réalité que de l'absent. Léonarde « n'en croyait pas ses oreilles ». Non loin d'eux, occupée à repiquer des sauges, elle les entendait. Ces amoureux, chantant à l'envi les louanges d'un époux dont ils attendaient sagement leur bonheur, la laissaient pantoise. Ils lui semblaient extravagants, comme elle trouvait extravagante l'idée qu'un mariage pût un jour se défaire. Sans être dévote, Léonarde était croyante. Tout en elle s'opposait au concept du divorce. Il avait bien fallu pourtant lui révéler le dessein de Claude, sa promesse, pour justifier ces rendez-vous dans le clos, où M. Dupré ne pouvait empêcher sa fille d'aller visiter Mme Montégut, encore qu'il vît d'un très mauvais œil cette habitude. Le vieux négociant savait parfaitement pourquoi — pour qui — Lise passait des heures chez leurs voisins. Il n'aimait pas du tout cela. Mme Dupré avait beau lui dire que cette enfant était à présent très éprise de son mari : « Dans ce cas, répliquait-il, elle n'a aucun motif de poursuivre ses relations avec le petit Delmay, surtout en l'absence de Claude. Fais-le-lui comprendre, ma bonne. Ou bien j'y mettrai le holà. »

Lise devinait cette menace. Elle ne l'inquiétait guère, car Thérèse, gagnée peu à peu à Bernard, et finalement conquise, leur offrait asile dans sa propriété de Panazol où ils seraient, disait-elle, « libres comme l'air ». Pour Lise, rien ne pressait : tant qu'ils se retrouveraient ainsi sans trop de gêne, mieux valait ne point compliquer les choses. N'avaient-ils pas la vie entière pour eux? Bientôt la promesse de Claude se réaliserait. Ce temps d'attente, c'était leur période de fiançailles. Une telle placidité, une « si ridicule naïveté » mettaient Thérèse en ébullition.

« Ma pauvre Lison, tu es une véritable petite oie blanche. Si ton mari n'était pas un menteur, il aurait déclaré à nos parents qu'il entendait te rendre maîtresse de toi-même. Pourquoi ne l'a-t-il pas fait en t'accompagnant auprès d'eux? En bonne logique, il aurait dû leur expliquer alors la situation.

— C'eût été trop tôt, ils n'auraient pas compris. Et ils ne comprendraient pas, aujourd'hui non plus. Il faut être jeunes comme nous pour entendre les idées de Claude.

— Je ne les entends pas comme toi. Il t'a mise ici dans une intention bien autre que tu te l'imagines, voilà la vérité. Connaissant notre père, il t'a placée sous sa surveillance : la plus vigilante qu'il pouvait trouver pour te défendre de toi-même.

— Quelle erreur, ma bonne! Il m'a installée à la campagne par crainte de troubles en ville.

— Ah oui! Et Louis n'a pas hésité à me les laisser courir, riposta Thérèse en haussant ses belles épaules. Des troubles! Que vas-tu croire? Rien ne peut se produire, Mgr d'Ablois nous l'assurait encore hier soir. Les esprits fermentent, on s'agite, mais la milice est en armes, elle aurait vite réprimé... D'ailleurs, depuis le départ de nos zélés réformateurs pour ces États si peu pressés de porter remède à quoi que ce soit, il n'y a plus personne à Limoges pour provoquer la canaille et se donner les gants de ramener le bon ordre. »

Dans la disposition où se trouvait Lise, ces pointes, cette obstination contre Claude la blessaient. Elle s'écartait de Thérèse. Celle-ci, percevant le recul de sa sœur, venait moins souvent à Thias. En revanche, on y voyait beaucoup les parents Mounier. Lise se sentait sans cesse plus proche de sa charmante belle-mère. Ce fut en parlant d'elle qu'elle commença une réponse à Claude. Il n'en avait pas demandé; elle n'en savait pas moins qu'il en espérait une. Intimidée à son tour, elle la lui avait fait déjà trop attendre. Elle était émue de lui écrire pour la première fois. Assise devant son secrétaire, la plume à la main, elle l'évoquait avec une grande précision. Son air attentif et bienveillant, la jeunesse qui refleurissait si vite dans son sourire, ses traits un peu amaigris ces derniers temps, tout cela — et ses yeux clairs, ses dents un peu carrées, ses lèvres sanguines —, tout le visage de son mari se peignait devant elle tandis qu'elle lui parlait en elle-même avec l'amitié la plus tendre. Sa main transcrivait rapidement. La plume d'oie grinçait sur le papier à vergeures, mêlant son cri au babil des fauvettes nichées devant la fenêtre, dans la glycine. Le soleil inondait la chambre bleue et blanche, aux meubles de bois clair, cernait la joue de Lise, nimbait sa tête poudrée. C'était exactement le tableau que s'était figuré Claude, mais il n'eût point imaginé sa femme lui écrivant une lettre si affectueuse.

XII

Malheureusement, elle lui parvint au milieu d'une effervescence où l'amour n'avait nulle place. Il la reçut pour ainsi dire au vol, des mains d'une servante, en quittant vivement l'hôtel du Renard. Il la parcourut en chemin, avec avidité, quoique préoccupé par la crise qui allait, ce jour même, atteindre son point d'explosion : le sort des États, l'avenir, tout était entre les mains des curés de campagne.

La bataille qu'il prévoyait en quittant Limoges, s'était soudainement engagée, au lendemain de la séance d'ouverture où il avait fait acclamer la Reine. Le second jour devait être consacré à la vérification de leurs pouvoirs, à eux tous : pouvoirs dont les électeurs des bailliages et des sénéchaussées les avaient investis. Il fallait en fournir la preuve pour que les États fussent valablement constitués. On allait donc s'assembler pour accomplir cette besogne. Or, avant même d'entrer dans la grand-salle où s'était tenue, la veille, la séance royale, Claude, arrivant avec Montaudon, Legrand, Barnave et M. de Reilhac qu'ils avaient trouvés en cours de route, apprenaient tous avec la même stupéfaction, par la rumeur des curieux groupés devant les Menus, que la noblesse et le clergé, réunis à part dans deux autres salles de l'hôtel, se refusaient à opérer en commun. Ils prétendaient siéger chacun dans son local.

« Ah bien, ça! s'exclama Legrand, suffoqué! Ça, ma parole! »

Coup imprévisible, inconcevable. Il ne s'agissait plus, cette fois, d'une avanie. Tout le monde avait compris qu'un tel refus remettait en question le système du vote par tête. Si les trois ordres délibéraient séparément, ce principe essentiel était anéanti, le doublement du tiers devenait une pantalonnade.

« Il faut à tout prix obtenir la réunion », dit Barnave en se hâtant vers la grand-salle.

Lorsqu'ils y pénétrèrent tous les cinq, un gros homme en qui, de plus près, ils reconnurent l'affreux comte de Mirabeau, campé devant la table au bas de l'estrade, dénonçait à grand bruit la traîtrise de la Cour. Elle avait, proclamait-il en dressant son mufle vérolé, découvert ce moyen d'annihiler le doublement obtenu par Necker. Tout cela était dit d'une voix prodigieuse, chaude, empoignante comme des grondements de bronze, mais ne servait à rien, qu'à enfiévrer le public des tribunes.

« Du vent, dit Claude. Ne fera-t-on pas quelque chose?

— Et quoi? répondit Montaudon. On ne peut pas les amener de force. »

Un des Bretons, Lanjuinais, député de Rennes, très fort juriste, un fidèle du café Amaury où Claude aimait voir sa belle figure ferme, s'avançait vers la table. Arrêtant d'un geste le transfuge de la noblesse : « Messieurs, dit-il, nous ne pouvons point forcer nos collègues à nous rejoindre, mais peut-être saurions-nous les en convaincre en nous adressant personnellement à eux. Je propose que chacun de nous aille trouver ses compatriotes représentant la noblesse et le clergé de notre petite patrie, et, leur parlant le langage du cœur, les amène à se fondre avec nous tous dans la grande patrie française. »

La proposition fut couverte d'applaudissements. Le soir même puis dans les jours qui suivirent, Claude, son beau-frère Louis, Montaudon et M. de Reilhac allèrent donc visiter successivement le comte des Cars, le vicomte de Mirabeau, Mgr d'Argentré, le curé de Saint-Pierre-du-Queyroi. Le comte des Cars connaissait familièrement Louis, il estimait fort M. de Reilhac. Il se fût très volontiers joint à eux, leur dit-il, mais il ne pouvait se désolidariser de son ordre. Il promit toutefois de plaider au sein de celui-ci pour la réunion. L'abbé Guinguand, lui aussi, était favorable à la délibération en commun; cependant, timide, il n'osait agir contre l'avis de son évêque. Celui-ci semblait avoir perdu quelque peu de son libéralisme depuis sa difficile élection. Il abonda en paroles bienveillantes sans pourtant s'engager à rien. Quant à l'énorme vicomte, monstre par la bedaine (on l'appelait Mirabeau-Tonneau) plus encore que son frère ne l'était par le visage, il se montra intraitable. Irréductible sur le principe aristocratique, il demeurait là-dessus pesant comme un muid dont il avait la forme. Il déclara courtoisement qu'il existait certes dans le tiers ordre des hommes de mérite, on ne peut plus estimables. Pour le reste, avec sa masse de boutiquiers, d'avocaillons, de culs-terreux, il valait tout juste autant qu'un pet de lapin. « Le soin du royaume, ajouta-t-il, est affaire à Sa Majesté et à l'aristocratie. Mille regrets, messieurs, je n'en démordrai pas. »

Montaudon, Claude — les avocaillons — sortirent de là outrés. Décidément, aucun des deux Mirabeau ne leur plaisait. Claude surtout éprouvait une répulsion d'instinct pour l'aîné avec sa face boursouflée, criblée, pareille à une croûte volcanique. Il se défiait en outre de ce « comte plébéien » rejeté par sa caste et dont l'orgueil cherchait trop visiblement une revanche. On le vit, dans le cours de cette semaine perdue à attendre les deux autres ordres, profiter de toute occasion pour essayer de s'imposer avec sa voix tonnante, la promptitude de ses reparties, son génie turbulent. Il avait évidemment l'ambition de se faire grand-maître des États, où sa personne puissante, presque majestueuse à force de laideur, prenait de jour en jour un relief qui n'offusquait pas Claude seul.

Robespierre, lui non plus, ne l'aimait certainement pas. Barnave et les Bretons, Lanjuinais, son ami Le Chapelier, député comme lui de la sénéchaussée de Rennes, sans estimer le comte renégat — taré en outre : il vivait à Versailles dans les jupes des femmes, habitait chez l'une d'elles, joueur, livré à tous les excès — considéraient néanmoins ce Mirabeau comme une force qu'il fallait faire servir à la bonne cause. Là-dessus, arriva la députation parisienne enfin nommée. Alors d'autres figures, notamment celle du fameux Sieyès — figure de chanoine gourmand, aux yeux glacés —, dont la brochure avait valu à Claude, cet hiver, une nuit d'insomnie, vinrent disputer au comte le devant de la scène. Montaudon, M. de Reilhac, Louis — qui pestait contre le temps perdu et parlait encore de repartir pour Limoges — se contentaient sans peine de leur rôle passif, mais Claude se sentait avec chagrin repoussé dans la masse par ce qu'il nommait « la coterie des importants ». Avec ses vingt-huit ans, il était intimidé par ces hommes mûrs. Mirabeau avait quarante ans. Sieyès quarante et un. Tous, ils jouissaient de réputations déjà faites sur le théâtre parisien. Ils se connaissaient, ils se poussaient les uns les autres. Lui-même, Mounier de Grenoble, ou Robespierre, Barnave, Lanjuinais, Le Chapelier, leur ami Larevellière-Lépeaux, député angevin, se trouvaient toujours devancés par la promptitude de Mirabeau, réduits au silence par sa faconde souvent creuse mais toujours tonnante, dépassés par la pensée froidement audacieuse de Sieyès, par l'autorité du savant docteur Guillotin, ou stupéfaits par la candeur du « sage » Bailly dont la députation parisienne s'était en quelque sorte couverte en le faisant élire président. Grand honnête homme, sans aucun doute, grand astronome, peut-être, sa longue figure de mouton, sa bouche aux commissures tombantes ne révélaient assurément pas l'énergie qu'il aurait fallu pour conduire une assemblée, lui donner conscience d'elle-même, et mettre dans ses rangs chacun à sa place. Sous sa très digne mais inconsistante direction on piétinait. On ne parvenait à rien. On attendait vertueusement. Une motion de Sieyès, invitant « messieurs du clergé, au nom du Dieu de paix, et dans l'intérêt national, à se réunir aux Communes », n'avait produit aucun résultat.

« Tu penses! ricanait Montaudon, ce n'est pas avec un tel pathos qu'on les fera bouger. Tant que l'on parle ce langage, ce n'est pas la peine de baguenauder ici. Moi, au nom du Dieu de Paphos, et dans mon intérêt personnel, je prends un fiacre et je vais passer la journée au Palais-Royal. »

Au café Amaury, les Bretons prônaient la patience : il ne fallait pas effaroucher les curés. Ils finiraient par échapper à leurs évêques, ils rejoindraient le tiers. L'un d'eux s'en portait garant : l'abbé Grégoire, délégué du clergé de Nancy, qui fréquentait le *club*. La réunion au café avait pris ce nom, à la mode anglaise. Il y venait aussi quelques députés nobles, en particulier deux frères, deux soldats de l'indépendance américaine : les comtes Charles et Alexandre de Lameth. L'aîné, Charles, faisait, comme Robespierre, partie de la députation artésienne dont il représentait la noblesse. Son frère était délégué du bailliage de Péronne. Tout le monde s'accordait à dire qu'il fallait, par l'union des Communes, du bas clergé et d'une part de la noblesse, former une assemblée représentative de la majorité nationale, laquelle assemblée serait par là même habile à élaborer une constitution.

En attendant, le mois s'écoulait. A Paris, où Claude allait parfois, c'était toujours le même contraste entre un luxe insolent — pire : inconscient — et une misère que la cherté croissante des vivres, la raréfaction du pain, de plus en plus immangeable, augmentaient de semaine en semaine. Le peuple grondait, la racaille mendiait, la menace dans le regard; des pillards infestaient la banlieue. Pour tout esprit doué de raison, il devenait évident qu'à la moindre étincelle une explosion allait se produire. Le péril était si sensible, si respirable dans l'air, que les assemblées primaires de quartier : les sections, et l'assemblée générale des électeurs, à l'Hôtel de ville, dont faisait partie Jean Dubon, loin de se dissoudre après les élections, s'étaient d'elles-mêmes prorogées, veillant à l'ordre mais s'agitant elles aussi, fiévreuses, traversées de courants mystérieux comme cette « électricité ambiante » au sujet de laquelle se querellaient le fermier général Lavoisier, le marquis de Laplace et l'Italien Volta.

« Nous ne pouvons rien, disait Dubon à Claude. Il nous faudrait une force, une sorte de garde communale composée par tous les citoyens honorables, quelque chose comme votre milice bourgeoise limousine. Nous en réclamons la création à la municipalité. »

Ce soir-là, en rentrant de Paris sous un ciel menaçant lui aussi, Claude apprit par Robespierre, rencontré sur le chemin de leur hôtel, que Mirabeau était venu au Club des Bretons, pour proclamer soudain qu'il fallait prendre l'offensive. Il avait invité Sieyès, recruté depuis peu par Le Chapelier, à mettre en demeure les deux ordres réfractaires par une motion qui constaterait leur carence.

« Bah! dit Claude, c'est bien surprenant que M. de Mirabeau néglige une occasion de se faire valoir!

— Peut-être évite-t-il un risque de se compromettre. Il préfère le laisser à l'abbé et à Lanjuinais qui étudie avec celui-ci les termes de la motion. Leur bombe éclatera sous peu. »

Effectivement, dès le lendemain, Sieyès prit la parole. Il proposa d'adresser au clergé et à la noblesse une sommation mesurée mais ferme, en leur fixant un délai de deux jours pour se réunir en commune assemblée. Après quoi on procéderait à un appel général, défaut serait rendu contre les députés non comparants. Le public qui, lassé de ce théâtre où rien ne se jouait, ne désertait cependant pas la salle des Menus, applaudit longuement, avec des vivats. Enfin, on se réveillait! Sieyès lut alors le texte de la mise en demeure. On applaudit encore, la motion fut votée dans l'excitation du public.

Le délai fixé expirait le 12. Ce fut justement ce matin-là que Claude reçut la lettre de sa femme. La vue de cette écriture élégante et nette comme Lise elle-même l'émut vivement. Mais il lut d'une façon superficielle, en marchant vite. Il avait perdu un moment, car il s'était coupé en se faisant la barbe. L'appel devait être commencé. Les réfractaires viendraient-ils à résipiscence? Question très surexcitante, à bien des égards.

Il tenait encore la lettre en main quand il entra dans la vaste salle, avec son estrade vide sur le fond violet à fleurs de lys. Les tribunes étaient combles. Au parquet, ni satin, ni or, ni plumes. Seuls, les roturiers en manteau de crêpe occupaient les banquettes. L'un d'eux, debout derrière la longue table, à côté de Bailly, appelait nom après nom. On entamait le B. Claude alla rejoindre sa place entre Montaudon et Robespierre.

« Eh bien, dit-il à celui-ci, la bombe a fait long feu!

— Il ne faut pas s'en réjouir, répondit d'un ton austère le député d'Arras. »

Claude reprit la lettre. *Il ne faut pas s'en réjouir*. Oui, sans doute, en toute honnêteté. Étrange petit bonhomme, ce Robespierre! Au fond de lui-même, il détestait probablement Mirabeau et jalousait Sieyès, tout comme lui, Claude. On ne pouvait savoir. Rien de ses sentiments ne transpirait jamais. Ses aveux, quand il en laissait passer entre ses lèvres minces, étaient tout aussi apprêtés que sa tenue, aussi guindés que son extrême politesse. Au fond, un timide, peut-être. Un homme ou prodigieusement vertueux ou remarquablement hypocrite. Était-il donc assez pur pour déplorer un échec de ses rivaux, quand leur succès eût servi le bien public?... Décidément, le lieu ne convenait pas à la lecture d'un message intime. Claude le remit en poche. L'appel se poursuivait, monotone. Sauf les députés attendant immédiatement d'entendre leur nom, nul n'écoutait. On conversait à voix basse. Sans cesse, au moindre bruit de porte, toutes les têtes se retournaient. Ce n'était jamais que pour voir paraître quelques retardataires. A la suite de Montaudon, « Mounier-Dupré, Claude, Jean, Charles » alla présenter ses lettres de mission, à la vue desquelles Bailly, constatant que c'était un des plus jeunes élus, lui demanda s'il ne voudrait point remplacer l'appelant. Il prit donc la liste, et, pendant une heure, remplit l'office de héraut. Après quoi, remplacé à son tour, il sortit. Il s'installa sur un coin de banc, dans le jardin des Menus-Plaisirs, plein de Parisiens jacassants — les mêmes que l'on voyait aux Tuileries, au Luxembourg, ou bien au Palais-Royal. Un renouveau d'intérêt les ramenait au spectacle des États.

Claude dépliait de nouveau la missive de Lise, lorsqu'une figure, passant dans l'avenue, lui sauta quasiment aux yeux. Cet étrange menton long et lourd, cette lèvre inférieure en lippe, l'avaient déjà frappé, une fois. Où? Quand? Ils se rattachaient dans son souvenir à une sensation de malaise. Il suivit un instant du regard l'homme dont la face blême, comme rance, se confondit dans le public parmi le papillotement des visages. Soudain Claude revit ce même miroitement de lunettes épaisses, dans une ombre, entre le bord d'un chapeau et un col relevé. Parbleu, oui! il avait vu ce singulier personnage un soir, un soir printanier même, avec un ciel rose et vert. L'individu l'avait agacé. Pourquoi? Qui était-ce? Cela se perdait dans la multiplicité des impressions, des nouvelles figures, qu'il avait connues depuis deux mois. Il abandonna le problème et revint, tout entier cette fois, à la lettre.

« Mon ami très cher », avait écrit Lise. Un peu amortie par une première lecture — distraite — l'émotion le remuait néanmoins. Cette émotion augmenta, chassant pour le moment toute préoccupation étrangère, à mesure qu'il relisait — qu'il lisait bien, à présent. Il n'avait pas remarqué d'abord, et Lise elle-même ne semblait pas s'en être rendu compte, que le message dépassait son sens littéral, pouvait-on croire. *Stricto sensu*, il exprimait seulement, avec toute la délicatesse et la fraîche vivacité de Lise, le remords, l'affection, la reconnaissance. Mais était-ce s'abuser que de voir un regret derrière ce remords, dans cette reconnaissance plus que de la gratitude, dans un abandon si tendre plus que de la simple affection? Comment savoir, si loin d'elle, s'il ne se trompait point? Il aurait fallu aller là-bas, tout de suite. La diligence de Limoges était en route depuis ce matin. Il pouvait emprunter celle de Toulouse, qui partait dans deux jours : elle le mettrait à Limoges dimanche et l'y reprendrait le jeudi suivant, pour le ramener à Paris le dimanche soir. Douze jours d'absence, en ce moment! Voyageant en poste il irait deux fois plus vite : en partant aujourd'hui même, mardi, il pourrait être de retour pour la séance de lundi matin, après avoir passé presque deux jours avec Lise. Hélas! une telle dépense excédait mille fois ses moyens. La diligence coûtait déjà fort cher, même dans le cabriolet : près de cent francs pour l'aller et le retour. Il lui fallait ménager très strictement ses deniers. C'est qu'il ne gagnait plus rien, maintenant.

Il se leva, aiguillonné, fiévreux, hésitant malgré tout. Quelqu'un lui toucha le bras. C'était l'abbé Grégoire, sa bonne figure de poupon contrastant avec sa corpulence de quadragénaire. Il sortait tout guilleret de la salle du clergé, où, dit-il, levait la révolte qu'il orchestrait. « Venez au club, ce soir, mon cher enfant, vous entendrez de bonnes nouvelles. Dès demain, plusieurs d'entre nous vont vous rejoindre. Les évêques faiblissent. Quant à la noblesse, on y est prêt à s'entrecouper la gorge. Je gage que d'ici une semaine, au plus, la réunion sera chose faite. »

En effet, le lendemain trois prêtres se présentèrent, acclamés par l'assistance. Le jeudi, l'abbé Grégoire en amena cinq autres. Il en vint dix, le jour suivant. Claude n'était point parti. Il pensait à Thias avec une nostalgie qui le submergeait par moments, mais la fièvre des événements le retenait ici, dans cette salle étouffante sous sa verrière que le soleil de juin incendiait du matin au soir.

Après la réunion, les États enfin établis et les mesures urgentes prises, il y aurait certainement une accalmie. Il pourrait alors s'absenter. En attendant, il se contenta d'écrire à Lise. Mal, du reste, trop vite, entre un article pour *La Feuille hebdomadaire* et des conciliabules avec l'autre Mounier, Lanjuinais et Le Chapelier qui étudiaient un projet de constitution. Encore un. Celui-là, avec des juristes pareils, c'était bien autre chose que les à-peu-près de la Société d'Agriculture. Barnave, ayant au hasard d'un propos découvert la profonde érudition de Claude en matière d'institutions, le leur avait recommandé. Un peu intimidé quoique fort de sa science, il travaillait assidûment avec ces hommes, plein de respect pour eux, très attiré par Lanjuinais surtout, dont il aimait la belle tête calme, au menton fendu, au ferme modelé de médaille. Il trouvait à cette figure, comme à la solidité du personnage, quelque chose d'antique. Son austérité même lui plaisait. Lanjuinais était janséniste. Gallican convaincu, il voulait soustraire le clergé français à l'influence romaine. « On ne saurait admettre, disait-il, que les ministres du culte, jouant dans notre société un rôle si important — trop important, d'ailleurs; il faudra le réduire au culte seul — placent avant le sentiment national l'obéissance à une autorité qui n'est pas de chez nous. » Claude lui parla du divorce. Lanjuinais s'y opposait, arguant de la désastreuse tentative faite par l'empereur Joseph pour instituer en Autriche le mariage civil et le divorce. Il y eut là-dessus des discussions acharnées, où Le Chapelier, plus souple, mettait de l'huile. Au cours de l'une d'elles, Sieyès à qui les constitutions faisaient autant d'effet qu'à Montaudon les jolies femmes, soutint la thèse de Claude.

« A mon avis, dit-il avec son accent chantant du Var, ce jeune Mounier-Dupré a raison, c'est décidément un garçon plein de profondeur. Il ira loin. »

Eau bénite, instinct de flatterie naturel à l'ancien aumônier de Mesdames, pensa Claude. Malgré tout, il se sentit moins d'aigreur contre Sieyès. Il fallait bien reconnaître en lui un génie de la logique. Assez inquiétant même, dans sa force. Une fois parti sur une idée, il allait au bout, comme un rocher sur une pente. Rien ne l'arrêtait. Cela donnait un peu le vertige.

La vérification des pouvoirs se poursuivait dans la salle des États. Elle se termina seulement le mardi 16. Défaut fut alors rendu contre les non-comparants. Aux applaudissements de plus de deux mille personnes qui avaient envahi les tribunes ou se pressaient au pied de celles-ci, les députés du tiers ordre, unis à la fraction du clergé qui s'était jointe à eux, se proclamèrent, par la bouche de Bailly, régulièrement constitués en assemblée représentative de la majorité nationale. Quel titre allaient-ils prendre? Un débat s'engagea aussitôt sur ce point. Mirabeau proposait : Assemblée des Représentants du peuple français.

« Trop long! Assemblée nationale, dit la voix berrichonne de Legrand, derrière Claude.

— Assemblée de la nation française, lança de toute sa force celui-ci, électrisé et voulant surpasser le « comte plébéien ».

— Tu vas un peu loin, protesta Montaudon, nous ne représentons pas la nation entière. »

Mais Sieyès, monté sur l'estrade : « Le seul titre qui nous convienne est celui d'Assemblée nationale.

— Bravo!... Très bien!... Non, non!... C'est faux!... criait-on de tous côtés. Assemblée du peuple, rien de plus. »

Les tribunes participaient violemment au tumulte, applaudissant et conspuant à la fois. Bailly leva la séance après avoir annoncé que le vote était remis au lendemain. Ce jour-là vit triompher la froide logique de Sieyès. Il démontra qu'ils représentaient quatre-vingt-seize pour cent de la population française. Ils étaient donc seuls qualifiés pour parler au nom de celle-ci. Leurs pouvoirs à eux seuls ayant été publiquement vérifiés, ils pouvaient seuls délibérer de façon légitime. Son argumentation rallia tous les hésitants, le titre d'Assemblée nationale fut voté par quatre cent deux voix. Aussitôt l'Assemblée, se considérant comme souveraine, prit deux décrets. Par le premier, elle déclarait illégale toute levée d'impôts qu'elle n'aurait pas préalablement consentie. Le second, s'opposant à toute banqueroute, plaçait les créanciers de l'État sous la sauvegarde de la nation.

Entre deux haies de curieux en liesse, Claude sortit, quelque peu enivré, avec Robespierre toujours impassible et Montaudon qui hochait la tête.

« Tout cela est bel et bon, dit-il, mais trop brutal. Les choses ne marcheront pas de la sorte.

— Quoi! Je ne te reconnais plus, René. Tu recules?

— Je trouve que l'on a procédé maladroitement. Tout d'un coup, nous nous jetons sur le Roi, nous lui ravissons sa souveraineté. Si bon homme soit-il, il ne peut pas nous l'abandonner comme ça. La Reine et la Cour vont avoir beau jeu pour l'exciter contre nous après ce coup-là. Notre séance d'aujourd'hui, c'est une provocation. Gare à la riposte! »

Louis Naurissane, M. de Reilhac partageaient cet avis, d'une façon plus caractérisée encore. Ils désiraient l'un et l'autre une monarchie constitutionnelle, comme tous leurs collègues. Ils s'étaient rendus ici avec le ferme espoir de l'établir; mais, comme les deux cents opposants, ils voulaient qu'elle fût fondée sur le mariage du pouvoir royal et de la volonté populaire. Tous les deux, ils avaient voté contre le titre d'Assemblée nationale, et cependant, à cause de l'urgence, pour les décrets.

« Tout en regrettant, dit Louis, que ce ne soit pas simplement des vœux.

— Ce n'est rien d'autre, observa le châtelain de Thias. Malgré l'habile rhétorique de M. l'abbé Sieyès, cette assemblée ne peut prendre valablement aucun décret. Elle ne saurait agir en souveraine; elle ne l'est pas. Elle représente la majorité de la nation, oui, seulement la quantité ne crée pas le droit, elle fait la force, rien de plus. Le droit naît du consentement unanime, non point simplement majoritaire, car il resterait alors une forme d'oppression : la plus redoutable parce que la plus impersonnelle, la plus aveugle. Nous sommes ici pour rétablir le droit violé, et nous le violons nous-mêmes. On vient d'y substituer la force du nombre. Je frémis en voyant à quelle féroce divinité on élève ici un autel.

— De plus, dit Louis, il y a quelque chose de profondément choquant à choisir pour cet éclat le moment où le Roi est retenu à l'écart par son deuil. »

Le malheureux Dauphin venait de mourir. Bien que prévue

depuis longtemps, cette perte, très cruelle à la Reine, déchirait aussi le Roi. Fuyant la foule, ils s'étaient retirés à Marly, avec le petit Chou d'Amour et Mousseline.

« Monsieur, répondit Robespierre à Louis, nul assurément n'est insensible au chagrin de Sa Majesté. Nous partageons tous sa douleur, mais dans les familles où l'on meurt présentement de faim il y a trop de deuils pour que celui-ci nous oblige d'attendre. »

Et, se tournant vers M. de Reilhac : « Je n'approuve pas non plus, monsieur, la façon dont les choses ont été conduites. Je dis bien : conduites, car on nous mène, cela se sent. Toutefois la nécessité est pressante, il faut agir contre l'anarchie. Pour s'opposer au pire, ne regardons pas trop aux moyens.

— Oui, s'ils ne se retournent pas contre nous », dit Montaudon.

Sa crainte parut d'abord injustifiée. L'Assemblée délibérait sans entrave. Le clergé tout entier avait voté la réunion. Dans la noblesse, les partisans de cette réunion menés par les frères Lameth, et d'autre part les opposants — avec le comte de Caylus, le capitaine de cavalerie Cazalès —, semblaient près d'en venir aux mains. En une séance particulièrement orageuse, Caylus avait tiré l'épée. Sur quoi, le duc d'Orléans s'était évanoui. Les Lameth, au club, se disaient sûrs d'emporter le morceau. En attendant, Claude envisageait de nouveau un rapide voyage à Thias. Mais, le samedi matin, comme Montaudon et lui débouchaient dans l'avenue de Paris sous une pluie fine qui blondissait les pavés de silex, ils virent leurs collègues, encadrés par la troupe habituelle des curieux, un peu clairsemée à cause du mauvais temps, en train de piétiner, la tête entre les épaules, devant la rue des Chantiers. Robespierre était là, avec ses trois campagnards qui faisaient le gros dos, serré dans son manteau court, et transi par la bruine, des traînées de poudre dégouttant de ses cheveux.

« La salle est fermée, répondit-il à la question de Claude. Les tapissiers, prétend-on, y travaillent en vue d'une séance royale qui aura lieu mardi prochain. Prétexte, je pense. La Cour a trouvé ce moyen pour nous priver de siéger. »

Montaudon triompha tout en maugréant : « On pouvait s'y attendre. Et l'on n'a rien prévu. Que fait-on ici?

— Je me le demande bien, » dit un des rustiques, se tamponnant le cou avec un grand mouchoir à carreaux.

Bailly parlementait avec l'officier commandant un piquet de gardes-françaises en armes devant les portes.

« Quel sale temps! pesta Claude. Va-t-on nous tenir là sous cette eau glaciale! N'existe-t-il donc pas d'autre local? »

Il n'était pas seul à perdre patience. Dans le public, qui avait des parapluies, lui, et parmi les représentants, des protestations s'élevaient. Elles devinrent clameurs. Il y eut un mouvement vers la salle. Des commandements retentirent alors, suivis d'un cliquetis. Les soldats croisaient la baïonnette. Des gens se mirent à crier de peur, car, poussés par-derrière, ils approchaient malgré eux des pointes. Sur un signe de l'officier en uniforme bleu, rouge, blanc, les maîtres lancèrent de nouveau des ordres : « Armez... Portez... » Les batteries craquèrent, les crosses montèrent aux épaules. Ce fut une envolée de manteaux noirs, de curieux, de femmes troussant à deux mains leurs jupes pour courir plus vite. Montaudon filait comme un lièvre. Sieyès s'était dissous dans l'air. Bailly, lugubre mais parfaitement courageux, tourna le dos le dernier, et, toujours digne malgré les gouttières déversées par les cornes de son chapeau, rejoignit à petits pas Mirabeau qui mugissait :

« Nous délibérerons au milieu de la place publique. Nous irons tenir séance sous les fenêtres du Roi.

— Transportons-nous plutôt à Paris, suggéra Sieyès qui s'était rematérialisé sur la place d'Armes, loin des fusils.

— Mais non, mais non, disait Bailly. Non, calmez-vous. Pas de violences. »

Il semblait désemparé. Sensible au courage de leur doyen, apitoyé par son désarroi, Claude réitéra la question qu'il avait adressée à Robespierre : « Enfin, n'existe-t-il donc pas, dans tout Versailles, un local susceptible de nous recevoir?

— Si fait! » répondit derrière lui un député d'une cinquantaine d'années, mince, dans lequel il reconnut le savant professeur Guillotin, célèbre pour avoir, entre autres entreprises notoires, éclairci les mystères du fameux Mesmer. Depuis l'hiver dernier on le connaissait surtout comme organisateur de la pétition pour le doublement du tiers, déposée chez les notaires. Il s'avança vers Bailly et lui proposa d'aller au jeu de paume des Princes, dans le Vieux Versailles. « Je vais vous montrer le chemin. »

Escortés par des curieux que le temps ne décourageait point

et par les gazetiers assidus aux séances des États, ils suivirent le médecin, en caravane, le dos rond, mal abrités sous quelques parapluies, misérable bande de barbets crottés, noirs et blanc sale avec leurs batistes dégommées, la poudre dégoulinante qui formait des coulures sur les manteaux. Mirabeau tonnait toujours, non plus majestueusement horrible, mais grotesque sous son bicorne ramolli dont le bord lui tombait sans cesse devant la figure. « On voit, dit Claude à Montaudon encore essoufflé par sa course dont il riait maintenant, on voit que M. le comte n'a pas l'habitude du chapeau sans bouton. »

Le jeu de paume était vide, sans filet ni corde. Les princes ne devaient pas l'utiliser souvent. Le jour, entrant largement dans les hauteurs par les vitrages, donnait, avec ce triste temps, peu de clarté. Tout en longueur, rétrécie encore par la galerie des « ouverts » sous le toit de service aux planches poussiéreuses, avec le sol en pente depuis le « dedans » et le « tambour » (les parois de chaque fond) jusqu'au milieu, munie pour tout siège de deux ou trois bancs derrière les grillages des murs de batterie, cette salle n'était rien moins que l'endroit idéal pour les délibérations d'une assemblée. Claude toutefois se trouva là chez lui. Sous la charpente à gros chevrons, sur ce dallage dont ses pieds reconnaissaient l'inclinaison, il se sentait dans son fort. Les lignes blanches du jeu et des chasses, les lettres et les numéros peints en vert sur le « grand mur » et les batteries, donnaient à un ancien joueur infiniment plus d'assurance que les pilastres, les tapisseries, le velours fleurdelisé de la salle des Menus. C'était le cadre où il avait familièrement déployé sa vigueur, ses audaces, sa promptitude à saisir la balle au bond. Il retrouvait jusqu'à l'odeur : une senteur salpêtreuse, un peu moisie. Laquelle céda très vite à un puissant fumet de chien mouillé, quand huit cents personnes au moins, aux vêtements humides, se furent entassées dans ce local vaste mais trop petit pour une telle affluence. La salle, chauffée durant ces dernières semaines par le soleil tapant sur les vitrages, était suffocante par contraste avec le froid de la bruine, dehors. Une vapeur monta des étoffes; une touffeur supplémentaire, des corps pressés les uns contre les autres. Le public poussait toujours pour entrer. Il avait envahi le pourtour grillagé. Des gens se juchaient dans les ouverts, sur le mur de batterie, en se tenant aux poteaux. D'aucuns même trouvaient moyen de grimper jusque sur le toit de service. On tirait de la galerie un des bancs, pour l'installer au seul endroit plan : l'emplacement du filet. Bailly se hissa sur cette estrade hasardeuse où Sieyès le suivit aussitôt pour reprendre sa proposition de transférer l'Assemblée à Paris — ce qui ne semblait pas plaire du tout à Mirabeau. Bailly estimait dangereuse une pareille translation : « Il serait trop facile de nous arrêter en route. »

Cette éventualité d'une arrestation, possible à tout prendre quand on n'hésitait pas à faire charger des fusils pour interdire aux députés l'accès de leur salle, provoqua chez Claude une impulsion très vive. S'appuyant à un dos qui le pressait, — peut-être bien celui de Legrand —, il s'élança lui aussi sur le mur des ouverts. Là, dominant les têtes dépoudrées, les cravates en chiffon, les faces suantes, la houle des épaules, il lança de tout son gosier, comme le jour de l'émeute dans l'Abbessaille : « On veut nous dissoudre. Eh bien, il faut déclarer que nous sommes inséparables, que partout où nous nous trouvons se trouve la nation, maîtresse de sa volonté et de ses droits. » Il cherchait à condenser son idée lorsqu'il se sentit accroché par la basque. C'était Mounier. Le Grenoblois faisait des signes. « Mounier demande la parole », annonça Claude en le hissant près de lui. On entendit alors la voix faible, voilée, dire : « A la puissance de la Cour nous ne pouvons opposer que notre résolution. Jurons donc de ne jamais nous séparer, de nous rassembler partout où nous entraîneront les circonstances, jusqu'à ce que la constitution du royaume soit établie et solide sur ses fondements. »

Aussitôt, les applaudissements éclatèrent. Bien des assistants n'étaient pas en situation de taper dans leurs mains, mais chacun criait. « Bravo! bravo! » répétait Barnave en interrompant ses exclamations pour réclamer de quoi écrire. On lui passa le nécessaire. Tandis que continuait le tumulte enthousiaste, il appuya une feuille de papier au mur contre lequel Le Chapelier et lui se trouvaient coincés. A eux deux, ils reconstituèrent à peu de chose près la formule lancée par Mounier. On fit passer la feuille, de proche en proche, à Bailly. Il la lut dans le silence, d'une voix émue, digne, solennelle. L'émotion fut alors aussi respirable que l'odeur de chien mouillé. Les mains qui le purent se levèrent. Au milieu d'une explosion de vivats, six cents bouches confirmaient l'engagement. Dehors, la foule grossie malgré la pluie, et communiquant avec le public de l'intérieur, apprenait ce qui se passait. L'audace, la fermeté de ce serment opposé à la menace des fusils, frappait tout le monde. Pendant que, se frayant avec peine un passage parmi ses collègues, chaque député — moins un qui s'affirma opposant — venait signer la déclaration sur le banc même où Bailly l'avait lue, on entendait monter autour des murs un grondement joyeux. Le cri de « Vive le Roi! » se mêlait aux cris de « Vive l'Assemblée! » En effet, dans l'esprit du peuple, comme dans celui des députés, le serment n'était pas dirigé contre le Roi, bien au contraire, mais contre la Cour.

Claude se redressait après avoir à son tour signé la feuille, lorsque quelqu'un le serra aux épaules en s'écriant : « Ah! monsieur!... hon... hon... quel trait du cœur! »

Claude reconnut le jeune homme en habit puce qu'il avait entendu au Palais-Royal, le lendemain de l'affaire Réveillon. Il l'avait revu maintes fois, de loin, soit dans les tribunes de la salle des Menus, soit en compagnie de Mirabeau, soit même avec Robespierre dont il semblait être un ami — bien que Robespierre n'en eût jamais rien dit. Claude n'en savait pas moins à présent que ce jeune homme était Camille Desmoulins, avocat comme lui, auteur d'une brochure répandue jusqu'à Limoges : *Philosophie du peuple français*, gazetier, secrétaire de Mirabeau qu'il aidait à publier son *Journal des États généraux* supprimé par Necker et repris sous le titre de *Lettres à mes commettants*.

« Monsieur, observa Claude un peu ébahi, ce n'est pas moi qui ai donné la formule du serment.

— C'est... hon... c'est vous qui avez préparé les esprits, répondit Desmoulins butant toujours un peu sur les mots. Vous avez provoqué la plus noble et à la fois la plus cinglante riposte à la férocité de cette tourbe d'étrangers. »

Pour lui, comme pour Sieyès d'ailleurs, tous les nobles étaient des « Allemands » descendant des envahisseurs barbares. Ils les unissaient avec la Reine : l'Autrichienne, dans une aversion haineuse qui épargnait à peine le Roi, allemand lui aussi par sa mère, Marie-Josèphe de Saxe. « Après ce serment, ajouta-t-il, la Cour ne peut plus rien contre les Français, sinon employer ouvertement la violence. Dans ce cas, nous soulèverons le peuple. »

La Cour pouvait effectivement frapper un grand coup; elle disposait de troupes nombreuses, dociles, puissantes. Parler de leur opposer le peuple ressemblait singulièrement à une gasconnade. Que ferait-il, sans armes? Claude s'attendait à être arrêté, avec les principaux de ses collègues. Il l'écrivit, un peu dramatiquement, à Lise. Il avait, pour un jour, perdu son sens de la mesure avec son habituel esprit critique. En réalité, la Cour ne tenta rien — hormis ses mesquineries coutumières. Tout son génie se borna, dans la pauvre cervelle du comte d'Artois, à retenir le jeu de paume afin d'empêcher une autre réunion. De nouveau, sous le ciel maussade, on repartit en cohorte par les rues de Versailles. On siégea cette fois dans la nef de Saint-Louis, où cent quarante députés du clergé et deux de la noblesse — le marquis de Balcons et le comte d'Agoult — vinrent rejoindre l'Assemblée. La prédiction de l'abbé Grégoire se vérifiait avec juste un peu de retard.

Le lendemain, c'était la séance royale annoncée à Claude par Robespierre. Pour cette occasion, la Cour montrait les dents. Des troupes et des gardes du corps environnaient la salle des Menus-Plaisirs. L'eau fonçait les couleurs des uniformes. Car il pleuvait encore : la même petite pluie régulière, pénétrante, dans le même jour blafard. Les arbres dégouttaient, et, une fois de plus, on piétinait dans la boue devant une porte close. Elle s'ouvrit enfin. La noblesse, le clergé se trouvaient déjà installés à leurs banquettes, au pied des tribunes; le Roi, la Reine, sur l'estrade, entourés des princes; les ministres, à leur table. Sauf Necker. On savait depuis la veille qu'il refusait de paraître, car il désapprouvait ce qu'allait dire le Roi. Celui-ci lut d'un ton forcé un bref discours dont le garde des Sceaux, Barentin, fournit aussitôt après l'illustration pratique en déclarant illégaux et cassant les arrêtés pris par les États le 17. Toutes les impositions seigneuriales seraient maintenues, ajouta-t-il. Louis XVI commanda aux députés de se séparer sur-le-champ, pour siéger dorénavant dans leurs chambres respectives. Sur quoi, au milieu d'un complet silence, il sortit, suivi par les nobles et les prélats. Le bas clergé, hésitant, resta néanmoins.

Claude avait vu la Reine sans aucun émoi, cette fois-ci. Il

était mécontent, plus encore que tous ses amis. D'abord, à patauger sous la pluie le jour du jeu de paume, il avait gagné un bon rhume (seul fruit pour lui de cette affaire, car dans celle-ci son rôle, son importance d'une heure, étaient déjà oubliés. On attribuait à Bailly l'initiative du serment. Claude en éprouvait quelque amertume). Son nez coulait. A présent, mouillé encore, les pieds froids dans ses souliers et ses bas humides, il sentait des frissons de fièvre. En outre, à son malaise physique et à son aigreur, s'ajoutait une irritation contre la Reine en personne. Il savait, comme ses collègues, comme tout le monde, qu'elle inspirait au Roi cette attitude tranchante, bien différente de son caractère à lui. On n'ignorait pas, au Club breton, qu'elle avait détourné Louis XVI de céder à Necker. Celui-ci pressait le souverain de permettre aux trois ordres la délibération en commun pour toutes les questions d'intérêt général, de reconnaître aux États le droit de définir la constitution du royaume, sous la seule condition que le législatif comprendrait au moins deux chambres — comme le voulait Mounier, pas d'accord là-dessus avec Claude et les autres membres de leur petit comité —, d'abolir les privilèges en matière d'impôt, enfin d'ouvrir les emplois civils et militaires à tous les citoyens. Marie-Antoinette, selon les comtes de Lameth, était outrée et ne le cachait point. Elle considérait ces concessions non seulement comme dangereuses mais plus encore comme lâches, honteuses, indignes de la majesté royale. L'insubordination des députés la rendait furieuse contre l'Assemblée nationale qu'elle appelait dans sa colère « un ramassis de fous et de scélérats ». Elle avait fait quérir le Roi en plein Conseil, alors que Louis se montrait favorable aux avis de Necker, le soutenant même contre le stupide Barentin et la clique d'Artois. Quand le Roi était revenu, complètement retourné par sa femme, il avait imposé silence au Genevois. Certes, mieux que personne, Claude comprenait que le sentiment naturel d'où Marie-Antoinette tirait sa souveraine dignité devait lui rendre difficilement concevable le principe de l'égalité des natures. La philosophie était peu puissante contre l'instinct d'une archiduchesse, fille d'impératrice, élevée elle-même pour être impératrice ou reine. L'admiration, le respect que l'on avait pour sa fierté d'âme et d'allure, la compassion pour une mère crispée en ce moment par son deuil, ne pouvaient tout de même pas faire oublier que cette fierté, cette nervosité, coûtaient chaque jour des vies aux pauvres — comme l'avait dit Robespierre à Naurissane, — et mettaient en péril toute une nation. Au fond, il y avait de la vérité dans ce que répétait Desmoulins. Comment la fille de Marie-Thérèse d'Autriche et de l'empereur d'Allemagne aurait-elle partagé ce grand sentiment national qui devenait sans cesse plus conscient au cœur des Français! Elle ne les connaissait même pas. Ils n'étaient pour elle qu'une masse lointaine, vague : un peuple. Comment cette descendante d'autocrates, souverains de populations passives, aurait-elle conçu l'instinct d'indépendance, le besoin de liberté, si propres aux gens de chez nous? Au lieu de sa bienveillance non dénuée de dédain, au lieu de sa présente colère, que ne montrait-elle aux représentants de ce peuple — comme Lise au mari qu'elle avait méprisé et sans doute détesté — un désir de connaissance, de compréhension? On voulait l'aimer, on le lui avait fait voir. Que ne s'approchait-elle, au lieu de reculer, de répondre aux preuves d'amour par des coups!

Occupé de ces pensées, fiévreux, quelque peu abruti par son rhume, Claude restait seul sur la banquette, au milieu des autres députés qui discutaient en groupes. Il fouillait ses poches à la recherche d'un mouchoir propre, lorsque des exclamations lui parvinrent. On criait : « Découvrez-vous!... Chapeau bas! Chapeau bas! » Il se leva. C'était à Dreux-Brézé que s'adressaient ces injonctions. Le marquis arrivant, sa baguette à la main, les dédaignait. Il s'avança vers Bailly pour lui intimer d'une voix claire :

« Monsieur, vous avez entendu l'ordre du Roi. Séparez-vous. »

Bailly répondit confusément par quelques mots qui se perdirent dans le tollé d'indignation. Déjà Mirabeau, fonçant comme un buffle, écartait tout le monde. Il se campa devant le maître des cérémonies, lui lança une apostrophe grondante. Claude en saisit des bribes : « ... volonté du peuple... Pour nous chasser d'ici... employer les baïonnettes. » Dreux-Brézé à son tour hésita, comme Bailly. Ces baïonnettes évoquées par Mirabeau étaient là, dans la rue. Il suffisait au marquis d'un geste pour appeler les soldats, faire évacuer la salle. Nul n'aurait vraiment résisté, Claude le savait bien. Il attendait, un peu détaché dans son abrutissement. Dreux-Brézé allait-il oser? N'oserait-il pas? « Eh, merde! » lâcha-t-il, et il tourna les talons en disant qu'il allait informer Sa Majesté.

Il y eut encore un instant de confusion. Tout restait suspendu. Sieyès, quittant Mirabeau avec lequel il parlait, fit face.

« Sommes-nous les représentants du peuple ou les serviteurs du Roi? demanda-t-il de son ton uni, avec son accent de Fréjus. Messieurs, vous êtes aujourd'hui ce que vous étiez hier. Délibérons.

— Fort bien, dit Claude à Montaudon qui revenait s'asseoir. Délibérez. Pour moi, je vais au lit, je n'y tiens plus. »

Quand Dreux-Brézé rendit au Roi la réponse de Bailly — il avait dit : « Il ne me semble pas que la nation assemblée puisse recevoir d'ordres » — et celle de Mirabeau, la colère saisit Louis XVI, mais son apathie reprit bientôt le dessus.

« Ils veulent rester! Eh bien, foutre! qu'ils restent! » s'écria-t-il, à peine moins grossier que Dreux-Brézé.

Le mot courut. Montaudon le rapporta à Claude en train de transpirer sous un édredon après s'être abreuvé de vin chaud à la cannelle. René raconta également que Mirabeau avait fait proclamer solennellement leur inviolabilité à tous. Necker ayant voulu donner sa démission, la Reine elle-même l'avait conjuré de ne point partir. « Du coup, ajouta-t-il, la foule la couvre d'acclamations, en ce moment, elle, le Roi et le nouveau Dauphin.

— Tu vois, dit Claude en essuyant la sueur sur son visage. Elle est capable de bons mouvements. »

Il dut garder le lit ou la chambre deux jours. Quand il revint à l'Assemblée, les jambes un peu molles, il y trouva un nouveau contingent du clergé plus quarante-sept députés nobles, dont le duc d'Orléans. Le surlendemain, le Roi ordonnait la réunion des trois ordres.

Le public accueillit la nouvelle par des manifestations de joie, d'amour pour Sa Majesté. Cependant, au Club breton, personne ne prenait le change sur cette capitulation. L'irréductible champion de l'aristocratie : Cazalès, l'orateur de la Cour, n'avait-il pas proclamé au château que désormais il fallait défendre la royauté contre le Roi? Sans aucun doute, la tentative d'autorité légale ayant échoué, on allait recourir à la force. Les députés de l'Est savaient, par la correspondance avec leurs commettants, que des troupes prélevées sur les garnisons de la frontière arrivaient à marches forcées. Trois régiments d'infanterie, trois de cavalerie stationnaient déjà sous Paris ou dans les environs. « Des mercenaires suisses ou allemands les auront bientôt rejoints, déclarait Camille Desmoulins, et ce jour sera celui d'une nouvelle Saint-Barthélemy où l'on massacrera les patriotes. »

Il venait au club à la suite de Mirabeau. Plus violent que celui-ci, il poussait ouvertement à l'insurrection. Il portait dans ses poches des petits pistolets dits « coups de poing », car il se disait surveillé par des espions de police, et craignait d'être arrêté. Robespierre l'écoutait avec sa réserve habituelle, sans le prendre très au sérieux, semblait-il. Comme Claude essayait d'obtenir quelque clarté sur ce volcanique personnage, le petit homme d'Arras répondit brièvement : « C'est un garçon aimable, avec une tête un peu folle. Nous étions condisciples, à Louis-le-Grand. Je l'y ai toujours connu assez exalté. »

Claude apprit ainsi que Robespierre avait fait ses études à Paris. Cela ne fournissait guère de lumière quant à Desmoulins. Ce jeune homme assez négligé, aux cheveux sombres, sans poudre, bouclant librement, maigre, pas beau, le teint brouillé, mais le nez spirituel, le front large et bien modelé, avec des yeux noirs ardents, où pétillait toute la vivacité de l'âme, une bouche non moins vivante, tantôt narquoise, cruellement ironique, tantôt adoucie par les expressions d'une grâce quasi féminine, intriguait Claude, le repoussant et le séduisant tout ensemble. Il l'irritait au plus haut point par sa façon de n'appeler jamais la Reine que « la femme du Roi », « l'Autrichienne », voire « Messaline ». De plus, Desmoulins, avec son emportement révolutionnaire, l'inquiétait. Il lui apparaissait comme un ministre de cette violence dont il avait vu le premier essai dans le faubourg Saint-Antoine. Plus besoin de chercher le ressort de l'émeute. Sans doute avait-elle eu des organisateurs, mais sa source se trouvait en Desmoulins et ses semblables — les Loustalot, les Carra — dans l'exaltation furibonde de leurs propos ou de leurs écrits, dans leurs appels à l'égorgement des « étrangers », des aristocrates, des spéculateurs, des riches — appels particulièrement claironnants chez Desmoulins qui avait, à vrai dire, le génie de l'éloquence provocatrice. Ce génie n'était-il pas quelque peu stipendié? Desmoulins traînait un peu trop dans l'ombre de Mirabeau : une ombre éminemment suspecte. Le mantelet du tiers, attaché aux épaules du comte, couvrait de la pourriture, et la couvrait mal. Elle grouillait autour de lui, parmi les femmes, les filles, les joueurs, les débauchés de toute espèce, dans une odeur d'argent mal gagné. L'esprit aurait eu peine à ne point rapprocher ce milieu du milieu Orléans : le tribun taré, obsédé par tant de besoins, et le prince ambitieux, riche de tant de ressources. Le journal dans lequel M. de Mirabeau semblait assouvir ses rancunes bien plus qu'obéir à l'intérêt de « ses commettants », avec quoi se faisait-il? Un peu de cet argent ne payait-il pas aussi l'imprimeur de Desmoulins — dont l'intolérance patriotique et la xénophobie supportaient fort bien que le duc d'Orléans, grand-maître de la maçonnerie, fût en France le zélateur des intérêts anglais. En revanche, il y avait chez ce garçon une sensibilité, une gentillesse, une spontanéité d'expression affectueuse auxquelles il eût été très difficile de résister. Ses contrastes étonnaient Claude, pris malgré tout à l'amitié que l'inquiétant et charmant Camille lui manifestait depuis la séance du jeu de paume. Dans une de ces effusions, Camille, débordant de mélancolie, s'était avoué amoureux et inquiet. « Ah! si vous saviez, mon bon ami! » Il aimait une jeune fille, une adorable blonde, parangon de toutes les qualités, qu'il voyait au Luxembourg accompagnée de sa mère. Il croyait bien sa passion tendrement partagée. La mère le considérait avec bienveillance. Hélas! il sentait trop qu'un garçon sans fortune, sans avenir au barreau à cause de ce maudit bégaiement, avec pour toute ressource les promesses de sa plume n'aurait nulle chance auprès du père : premier commis au Contrôle général des finances.

« Ne lui avez-vous donc point encore parlé?

— J'attends un peu, répondit Camille. Momoro m'imprime un ouvrage : *La France libre*, sur lequel je compte beaucoup. Il va paraître ces jours-ci. Peut-être me donnera-t-il assez de célébrité pour faire effet sur M. Duplessis. »

Claude, touché par ces confidences, faillit dire qu'il pouvait particulièrement bien les comprendre, étant lui-même très épris et fort tourmenté. Cependant sa réserve habituelle tint bon. Quelques instants plus tard, au café Amaury, il s'en loua, déconcerté encore une fois par la façon dont Desmoulins volait aux extrêmes. En ce moment, cette âme, tout à l'heure si tendre, soufflait la plus rouge fureur, appelant à l'émeute, à la guerre civile.

« Le complot de la Cour est manifeste, s'écriait-il. La femme du Roi, et Artois, son complice, veulent faire renvoyer Necker pour le remplacer par le tyrannique Breteuil. Après quoi, forçant s'il le faut la main au Roi, on licenciera l'Assemblée sous la menace des mercenaires, et tout ce qui s'opposera sera massacré. Il faut appeler le peuple aux armes. Qu'attendez-vous? Le péril croît sans cesse. *Jam proximus ardet Ucalegon!* Déjà les envahisseurs barbares occupent le Champ-de-Mars, le Royal-Allemand campe aux jardins de la Muette, Royal-Nassau vous cerne dans Versailles, Sèvres, Saint-Denis sont hérissés de canons! »

A ce détail près, que les « envahisseurs barbares » cantonnés à l'École militaire étaient simplement les hussards de Bercheny, Camille disait vrai. On se savait entouré de régiments. Leur choix montrait bien les intentions de la Cour. Peu confiante dans la docilité des gardes-françaises dont plusieurs compagnies s'étaient mutinées, à Paris, en se proclamant « soldats de la nation », elle concentrait les troupes de recrutement ou d'encadrement étranger. Dans ces journées, de nouveau et brusquement très chaudes, on sentait grossir sans cesse la menace. Claude, dans ces conditions, n'avait pas été surpris de découvrir que chez ses amis on organisait la « résistance à l'oppression », comme le disait Adrien Du Port, député de la noblesse gagné, avec les frères Lameth, aux idées de réformes très avancées, et de plus en plus écouté au Club breton. Conseiller maître des requêtes au Parlement de Paris, il restait, comme Lanjuinais et Le Chapelier, respectueux du langage légal, mais sa détermination ne le cédait en rien à celle des Lameth. Claude avait entendu fréquemment ceux-ci parler allusivement d'un certain « Sabbat ». Il sut par Barnave que c'était une réunion d'hommes de main, capable, en cas de conflit violent avec la Cour, de « mettre sur pied des forces populaires ».

« Autrement dit, fit Claude, ils préparent l'insurrection prônée par Desmoulins.

— Prônée, c'est beaucoup dire. Envisagée par tout le monde comme une nécessité, si la Cour nous assaille. Dans ce cas, les paroles ne suffiraient pas à défendre notre cause; il nous faut, à nous aussi, la force. Nous ne sommes point, du reste, les seuls à y songer. Le Sabbat pourrait servir contre des entreprises infiniment moins désintéressées que les nôtres. Nous ne voulons pas voir un Philippe d'Orléans substitué sur le trône à un Louis de Bourbon, n'est-il pas vrai? Parlez donc à votre ami Desmoulins du Conciliabule de Montrouge. Mais non pas, ajouta Barnave en riant, de l'argent des financiers Laborde, Dufresnoy, ou de l'Angleterre, que l'on y distribue à pleines mains.

— Vous croyez que Camille!...

— Non, non. Ou s'il reçoit quelque chose, ce n'est guère. Il serait plus reluisant.

— Ne voulez-vous pas me dire vous-même en quoi consiste ce Conciliabule?

— Bah! je n'y ai point assisté. Cela se tient, paraît-il, dans une petite maison de Montrouge. C'est une assemblée des agents d'Orléans. Ils vont y prendre les ordres de Laclos leur grand chef, et de son adjoint Sillery.

— Laclos?

— Oui, Choderlos de Laclos, le C... de L... des *Liaisons dangereuses*. Quant au marquis de Sillery, capitaine des gardes du corps, sa femme, que vous connaissez comme écrivassière sous le nom de Mme de Genlis, est la maîtresse de Philippe en personne. Vous voyez le genre! »

Claude comprenait à présent que ce *on* par lequel il croyait désigner une volonté mystérieuse, unique fauteuse de troubles, devait être remplacé par un pluriel plus indéfini encore, car cette redoutable volonté se faisait d'une multitude de vouloirs, non seulement divers mais opposés, mais ennemis, et d'autant plus effrayants.

« Je suis épouvanté, je vous le confesse, dit-il. De quel pandémonium se dispose-t-on à ouvrir les portes! Quel homme doué de raison envisagerait sans effroi de livrer ce pays à l'irresponsabilité, à l'incontrôlable? Est-ce pour déclencher la guerre civile que les assemblées primaires nous ont envoyés ici?

— Voyons, mon cher Mounier-Dupré, il ne s'agit pas de guerre civile. L'égoïsme des privilégiés, la frivolité de la Reine, la timidité du Roi, s'opposent à ce que nous réalisions la tâche dont nous sommes chargés. Qui l'accomplira si nous nous laissons dissoudre? Ne nous avez-vous pas, vous-même, fait prendre l'engagement de ne céder à aucune pression? Si la

Cour veut éprouver nos forces, tant pis pour la Cour! elle sera détruite comme Carthage. Non, il ne peut y avoir de guerre civile quand une nation se lève tout entière pour déclarer ses droits. En un seul jour, les despotes seront chassés. Ah! Cazalès veut défendre la royauté contre le Roi! Eh bien, je vous le dis, nous installerons le Roi sur le trône de la nation, et lui et elle se soucieront fort peu alors des humeurs de la Reine et des agitations d'Orléans. Il n'est pas sûr, d'ailleurs, poursuivit Barnave, que nous ayons à en venir aux mains. De toute façon, il faut faire armer le peuple, pour qu'il montre sa puissance, qu'il dicte sa loi. A mon sens, la Cour reculera en nous voyant infiniment plus forts que les troupes dont elle dispose. »

Quand il s'attendait à être arrêté, après le serment du Jeu de Paume — quelle illusion sur sa propre importance! pensait-il à présent avec ironie — Claude avait bien senti la nécessité pour eux de s'appuyer sur une force. Ce ne pouvait être que celle des citoyens armés. Il aurait voulu toutefois que cette levée en masse se fît d'une façon sinon légale du moins contrôlée. Il se rappelait avec appréhension l'atroce figure du « patriote », dans le faubourg Saint-Antoine; il souhaitait vivement pour la nation de tout autres défenseurs. Mais la garde bourgeoise dont son beau-frère Dubon et les délégués de district — constitués maintenant d'eux-mêmes en assemblée communale siégeant dans la salle Saint-Jean, à l'Hôtel de ville — réclamaient l'institution, restait dans les limbes. Le prévôt s'en déclarait fort partisan, promettait, et ne faisait rien. Parbleu! Flesselles, ancien intendant de Lyon placé par ordonnance royale à la tête de la municipalité, était, comme ses quatre échevins, créature du Roi. Il n'agirait point sans ordres de Versailles, qui n'en donnerait évidemment pas. Et la situation empirait de jour en jour à Paris, comme Claude s'en rendit compte en allant, le premier dimanche de juillet, souper chez sa sœur. Un misérable souper, avec de minces tranches d'un pain de Gonesse cédé au jeune Fernand par un marinier qui en faisait le trafic, à prix d'or, pour *Venua* et les restaurateurs en renom. Celui que l'on trouvait ici — pétri d'on ne savait quelles saletés moulues sur les moulins à bras de l'École militaire — était verdâtre, si dur qu'il fallait le concasser, âcre au point d'enflammer chez les uns la gorge, chez d'autres les intestins. Il n'y avait plus de farine à Paris, plus de pain si l'on ne pouvait le payer au moins cinq francs la livre. Afin d'approvisionner la ville en blé, Necker avait offert comme garantie à la maison Hope, de Londres, toute sa fortune. Au Palais-Royal, Desmoulins, possédé comme un corybante, soufflait la fureur. Avec effroi, Claude l'entendit clamer à la foule en phrases entrecoupées : « La bête est dans le piège. Qu'on l'assomme!... Jamais plus riche proie n'aura été offerte... quarante mille palais, hôtels, châteaux... Les deux cinquièmes des biens de la France seront le prix de la valeur!... »

Dubon, travaillé de coliques dues aux effets combinés de la mauvaise nourriture et de la chaleur, dit amèrement à Claude que si les députés se trouvaient en ville au lieu d'être à Versailles où l'on mangeait à peu près, ils montreraient davantage de zèle. « Vous voilà réunis depuis deux mois, jour pour jour. Qu'avez-vous accompli? Rien. Vous avez palabré. Ah! pour cela, on ne saurait se plaindre! Les belles paroles, les nobles élans de sensibilité ou d'éloquence n'ont pas manqué. Pendant ce temps, comme je vous en avais prévenu, les choses ont fini de pourrir. Maintenant tout s'effondre. C'est l'anarchie. L'administration s'en va tout entière à vau-l'eau. Il n'y a plus de pouvoir effectif, plus de travail, plus de vivres, plus de crédit public. Personne ne prend plus les billets de la Caisse d'escompte; les rentiers de l'État perdent la tête. Le prix des choses indispensables monte quasiment d'heure en heure tandis que l'argent se déprécie d'autant. Comment vivra-t-on demain? Au reste, la ville est pleine d'individus sinistres qui ne tarderont pas à y faire ce à quoi ils s'essaient dans la banlieue où ils assaillent les voitures, attaquent les maisons, pillent, saccagent et brûlent. »

C'était justement de ces désordres que la Cour prenait argument pour justifier la présence des troupes, destinées, prétendait-elle, à rétablir la paix publique. L'Assemblée demandait leur renvoi, mais mollement. Elle était très divisée dans sa majorité roturière elle-même. Les réformateurs modérés, comme M. de Reilhac, Louis Naurissane, avaient encore reculé. Ils voyaient dans l'appareil militaire déployé autour d'eux un rempart très nécessaire contre les outrances de leurs collègues. Certains souhaitaient même, au fond de leur cœur, une dissolution. Louis, avec son humeur brusque, l'avait dit carrément à Claude dont il se séparait, en le rendant, lui et ses amis, responsable de l'impuissance et de la tension qui paralysaient l'Assemblée. Parmi les « importants », on sentait pour la première fois une sorte d'indécision. Mirabeau semblait tout à coup singulièrement endormi. Était-ce l'effet de la chaleur? Dans la salle, sous la verrière, on étouffait avec ces habits de drap.

Le soir du 7, Claude quitta le café Amaury avec Montaudon pour chercher un peu de fraîcheur dans une promenade crépusculaire. Ils prirent une petite rue qui se dirigeait avec des méandres vers la campagne. Le dos de la maison où était voluptueusement logé M. de Mirabeau, donnait là, entre des écuries. Par-dessus le mur, à travers les arbres du petit parc, on apercevait les fenêtres déjà profusément éclairées. « Il doit faire bombance, ce sybarite! » dit Montaudon, non sans envie.

Ils s'étaient arrêtés dans la rue déserte, pris tous deux par ce rêve que propose à l'esprit le rectangle lumineux d'une fenêtre ouverte sur une intimité et son mystère. A travers les feuillages des marronniers, on distinguait seulement de vagues ombres. Une porte basse, dans le mur, s'ouvrit à l'improviste. Un homme sortit vivement, qui eut un haut-le-corps en découvrant ces deux silhouettes comme en embuscade. Non moins saisis, gênés d'être surpris de la sorte, Claude et René se remirent en marche. L'homme également, en leur lançant au passage un regard soupçonneux. Soudain Claude, reconnaissant ces verres épais, ce nez mou, cet énorme menton en sabot, sut en même temps où il les avait vus pour la première fois, par un crépuscule rose et vert comme celui-ci, un crépuscule qui teintait les jets de la fontaine Dauphine. C'était, au milieu de l'hiver, un soir presque printanier, où il revenait de Thias avec sa femme. Il avait été irrité par l'insistance de l'inconnu à la dévisager. Que diantre cet affreux homme à lunettes faisait-il donc à Limoges puis ici?

Claude oublia bientôt la question pour Lise que cette rencontre, ce souvenir lui restituaient, un instant, toute vivante. Il la voyait avec son manteau à rayures roses et noires, bordé de fourrure. Il se rappelait la rondeur tiède de son bras quand il l'avait prise par le coude pour la faire descendre. Peut-être était-elle alors plus loin de lui qu'aujourd'hui, à en juger par ses lettres, mais il y avait la douceur de sa présence, ce parfum qui émanait d'elle, la lumière bleue de ses yeux...

Brusquement, le lendemain, Mirabeau se réveilla. D'une façon très ferme, il proposa qu'une adresse fût rédigée et portée au Roi pour lui demander le renvoi des troupes.

« Soutiens-moi », dit Claude à Montaudon. Debout, il lança, de sa banquette : « Ainsi que la création d'une garde bourgeoise parisienne. »

Montaudon fit chorus, imité par plusieurs voix, dont celle de Robespierre, de Legrand derrière eux, et celle de La Fayette sur les bancs de la noblesse. Mirabeau lui-même reprit la motion. Ni Barnave ni les principaux membres du Club breton ne suivirent. « Les fous! dit René. Ils veulent l'émeute. Monte à la tribune, dis-le-leur! »

C'était une occasion tentante. Claude hésita. Un mois plus tôt, il n'eût pas balancé à la saisir. Robespierre déjà se détournait pour le laisser passer. Le doute le retint. Il croyait avoir raison, mais qu'était-il à côté d'esprits comme Du Port, Charles de Lameth ou même Barnave dont il apprenait tant de choses. Sans doute leur pensée allait-elle plus loin que la sienne. Il se rassit, la gorge serrée d'une angoisse, car il revoyait en souvenir la treille hachée par les balles au coin de la rue Saint-Bernard, avec la main sanglante imprimée sur le mur, les morts au visage cireux, bouche ouverte; il respirait de nouveau l'odeur fade contre laquelle luttait en vain le parfum des lilas. C'était à cela que Desmoulins appelait, avec ses fureurs.

On vota uniquement sur la première motion de Mirabeau. Elle recueillit une faible majorité. L'adresse rédigée, on désigna les membres de la délégation qui allait la présenter au Roi. Barnave proposa Mounier-Dupré, probablement pour lui montrer que si on ne l'avait pas soutenu, on le comprenait cependant très bien. Avec un faible sourire, Claude se récusa. Cet envoi d'une adresse ressemblait trop à une sommation. Le complot, fût-il seulement d'intentions, il n'entendait point y participer. Il songeait aux reproches de l'honnête Dubon, à ses inquiétudes. L'assemblée de la commune voulait tenir Paris en ordre; on ne voulait pas essayer de l'y aider, afin de pousser Paris au désespoir, à la rage dont Desmoulins sonnait les trompettes. Pour le bien du peuple!... Difficile d'admettre que le désespoir et la violence puissent produire un bien.

L'impression d'un complot parut à Claude confirmée quand la délégation revint, suante d'avoir traversé deux fois en plein soleil la place d'Armes, la cour d'Honneur et la cour de Marbre.

La plupart des envoyés portaient la déconfiture, sinon la crainte, sur leur visage. Pourtant, à la façon dont Barnave en s'épongeant regardait Du Port, Claude crut comprendre que tout marchait comme ils le souhaitaient. Bailly rendit compte : le Roi, après lecture de l'adresse, s'était borné à répondre avec humeur qu'il avait fait avancer des régiments pour rétablir le bon ordre. Si l'Assemblée se croyait menacée par eux, eh bien il la transférerait à Noyon ou Soissons.

Pauvre Bailly, avec sa bonne figure de mouton! Il était tout ému par cette réponse qui, montrant le Roi gagné aux desseins de la Cour, présageait le coup d'État. Mirabeau, si prompt d'ordinaire à tonner, remisait aujourd'hui ses foudres. Claude eut le sentiment que l'on avait manœuvré tout le monde : l'Assemblée en l'incitant à provoquer de la part du Roi cette déclaration de guerre; celui-ci, en lui faisant prendre par cette déclaration la responsabilité de ce qui allait advenir; le peuple de Paris, en le laissant s'exaspérer jusqu'à ce qu'il fût mûr pour l'insurrection.

Puis il en vint à douter. Cela semblait incroyable. Une manœuvre si vaste, si complexe était-elle possible? Ne fallait-il pas voir là un enchaînement de circonstances, non point un concert qui eût supposé une volonté supérieure, ordonnant tout, omniclairvoyante, omnipotente. N'était-ce pas un reste de l'instinct superstitieux, ce penchant à trouver dans ce qui se produit l'effet d'une puissance secrète, bien proche dans son essence du vieux et absurde concept de divinité? Il n'en demeurait pas moins vrai que si les buts visés par ses amis correspondaient aux siens, on avait, au club, pour les atteindre, des intentions différentes des siennes. Dans la tension et l'angoisse des jours suivants, il s'écarta du café Amaury, se bornant à travailler, dans le comité constitutionnel, avec Mounier, Lanjuinais, Le Chapelier, Sieyès, au projet de cette déclaration des droits de l'homme, qui devait précéder l'établissement d'une constitution, comme l'avait résolu l'Assemblée.

Le dimanche 12, en descendant de sa chambre, alerté par un brouhaha dans la salle commune, il y trouva la plupart de ses collègues clients de l'hôtel, tous à demi habillés, auxquels l'hôte très agité répétait :

« Oui, cette nuit, hier soir... Il est parti cette nuit... Je n'en sais pas plus.

— Qui donc? demanda Claude, lui-même en culotte et corps de chemise, à Robespierre, seul correctement vêtu.

— Necker. Le Roi l'a renvoyé. Il roule vers la Suisse depuis cette nuit, paraît-il. Il n'a prévenu personne, pas même sa fille, mais par les valets, tout à l'heure, cela s'est su. »

— C'est le coup d'État!

— Il y en a toute apparence. Allons à l'Assemblée. »

Claude monta quatre à quatre secouer René qui dormait encore, et, sans attendre qu'il se fût fait la barbe, achevant de s'habiller en hâte courut à la salle des séances. Là, il apprit qu'effectivement le Roi, la veille, au sortir du Conseil, avait brutalement renvoyé Necker, sur l'insistance de la Reine, malgré les conseils du maréchal de Broglie et de Breteuil eux-mêmes qui recevaient, le premier le portefeuille de la Guerre, le second celui des Finances avec les pouvoirs de Premier ministre.

C'était bien le coup de force annoncé par Desmoulins. L'Assemblée se trouvait prisonnière dans Versailles entouré d'un cordon de troupes. Toutes les communications avec Paris étaient coupées.

XIII

« Ah! c'est exaspérant, à la fin! dit Lise. Il me prend pour une gamine qu'il faut tenir en lisières. Je ne peux plus supporter cette tyrannie. Sortons d'ici, descendons à l'étang. Si cela ne lui plaît pas, qu'il aille au diable! »

C'était ce même dimanche 12 juillet. Bernard et Lise se trouvaient dans le clos Montégut rempli par l'odeur sirupeuse du tilleul argenté, en fleur. La jeune femme parlait de son père. Malgré Mme Dupré, l'hostilité du vieillard aux relations de sa fille avec le jeune Delmay n'avait cessé de croître. Cela devenait une opposition ouverte, constante, hargneuse, et le seul résultat de cette maladresse était d'étouffer les sentiments de Lise, non pas pour Bernard mais pour Claude, en l'ancrant, par réaction, contre cette tyrannie — comme elle disait —, dans le désir vindicatif de faire ce à quoi son père s'était toujours opposé.

L'amitié, l'admiration surtout, de Lise pour son mari s'étaient augmentées, car on avait connu ici, par un article de Montaudon dans *La Feuille hebdomadaire* et par un récit de M. de Reilhac à sa femme, le bel élan de Claude entraînant l'Assemblée tout entière. Lise avait vibré. Elle avait tremblé ensuite en lisant la lettre où Claude lui disait s'attendre à une arrestation. Ce jour-là, elle aurait voulu se trouver auprès de son mari, et si elle y eût été, peut-être se fût-elle jetée dans ses bras. La maladresse de M. Dupré l'avait écartée de cette frontière entre l'amitié et l'amour. Elle l'en éloignait chaque jour davantage. Ne venait-il pas de menacer, dans une colère apoplectique, de rompre avec les Montégut, auxquels il faisait grise mine depuis plusieurs semaines déjà, ce qui ne les disposait pas bien eux non plus envers les deux jeunes gens. Léonarde aimait trop son frère, Jean-Baptiste était trop indulgent pour qu'ils voulussent l'empêcher de les suivre à Thias, mais s'il s'en était abstenu ils en eussent éprouvé du soulagement, il le sentait bien.

« La situation dans laquelle il nous met est intolérable », dit Lise.

Comme ils s'asseyaient au bord de l'étang, elle décida : « Je vais partir. J'irai à Limoges, soit chez Thérèse soit chez moi. »

Elle hésitait cependant parce que Claude avait voulu la savoir ici. Elle lui écrirait, il comprendrait. « Mon père est odieux! s'écria-t-elle nerveusement en prenant la main de Bernard. Je ne l'ai jamais tant détesté. Quand je pense à tout le mal qu'il m'a fait, à tout ce que j'ai supporté pour me soumettre à ses désirs! C'est indigne, d'abuser ainsi de son pouvoir. Eh bien, il n'en a plus sur moi, il n'a plus aucun droit, je le lui montrerai! » Elle se laissa aller contre l'épaule de son compagnon. « Qu'il tente ce qu'il voudra, rien ne peut plus nous séparer maintenant. Bernard, rien ne m'empêchera d'être à vous », ajouta-t-elle en renversant son visage tandis que son bras nu dans la robe d'été se glissait au cou du garçon.

« Lise! Lise! » murmura-t-il.

Il voulait la repousser et ne le pouvait pas. Ses lèvres étaient si proches. Dans ses yeux, la tendresse, l'émoi remplaçaient la colère. Ils devenaient immenses et d'un bleu céleste; tout s'y noyait. Ses cils battirent, elle les abaissa en poussant un gémissement. Et tout de suite pour elle ce fut l'ivresse, l'affolement de sa chair. Ce baiser était tellement autre que les froids baisers qu'elle avait donnés à Claude. Il lui révélait l'ardeur, il l'enflammait et la dissolvait à la fois, il l'emportait dans un vertige.

Quand Bernard s'arracha d'elle, elle demeura les yeux clos, haletante, tandis que lui-même respirait fort, dominant avec peine la violence de son désir. Depuis que Lise le lui avait demandé, il n'avait plus touché Babet. Cette abstinence lui rendait plus difficile encore de ne point céder à l'instinct, dans la contagion de cet après-dîner chaud et bourdonnant où l'odeur des joncs, des foins ajoutait ses épices. Mais cette espèce de bestialité justement répugnait à l'admiration qu'il avait pour Lise.

Elle rouvrit les yeux.

« Pourquoi? souffla-t-elle. Pourquoi? mon cœur!

— Pas ainsi, Lise! Pas comme des bêtes! Quand vous serez ma femme.

— Je ne suis plus une jeune fille. Le jour où je serai votre femme est trop loin. Maintenant, je n'aurai plus la patience d'attendre. » Elle se redressa vivement. « Bernard, c'est résolu, je vais partir d'ici, j'irai chez moi, vous viendrez. Peu m'importe ce que l'on dira! Peu m'importe tout! J'ai fait mon choix. Je suis libre. »

XIV

A cette heure, Paris bouillait. Sous les arcades du Palais-Royal en rumeur, Desmoulins sortait du caveau que l'on appelait le café de Foy. Camille avait passé la nuit à Versailles après un souper chez Mirabeau. Au matin, en apprenant le renvoi de Necker, il s'était, comme Claude, précipité vers la salle des Menus où régnaient la consternation, la crainte, et, chez certains, dont Louis Naurissane, un secret contentement. La majorité ne savait que faire. Dans cette incertitude, une motion de l'abbé Grégoire proposant qu'en signe de deuil l'Assemblée suspendît ses travaux jusqu'au lendemain avait été bien accueillie. Manifestation fort digne, mais piètre défense.

Camille, frémissant, s'était résolu à gagner Paris. Un certain Duvernay, garde du corps aux ordres de Sillery, l'emmena. Grâce à son uniforme, ils passèrent sans encombre. De Versailles au Champ-de-Mars, ils avaient cheminé au milieu des troupes. La cavalerie couvrait la plaine de Grenelle poudroyante sous le soleil. Lorsqu'ils atteignirent la ville, vers onze heures et demie, la nouvelle du coup de force s'y répandait déjà, provoquant une violente effervescence des esprits. Pressentant la banqueroute, les derniers soutiens du pouvoir, rentiers de l'État, capitalistes, financiers l'abandonnaient. Après midi, les agents de change annoncèrent que la Bourse serait fermée jusqu'à nouvel ordre. Tout le monde était dans la rue, dans les promenades publiques. Aux Tuileries, de la terrasse on insultait les gardes suisses réunis en une masse écarlate aux abords du pont Louis-XVI en construction, et les escadrons du Royal-Allemand, des dragons de Choiseul, des hussards de Bercheny, que Besenval rappelait des postes à l'intérieur de la ville vers la place Louis-XV, le Cours-la-Reine, les Champs-Élysées. Au Palais-Royal, la foule s'échauffait. Cependant, là comme à Versailles, Camille trouva plus de consternation que de révolte. Au café de Foy, il venait de voir Laclos dubitatif : quoique vivement ému, le public n'était pas disposé au soulèvement. Au sortir du café, Camille, déçu dans sa passion contre « les despotes », inquiet, balbutia :

« Hon... on n'avance pas. Nous laisserons-nous... nous laisserons-nous saigner comme des brebis ! Il faut faire quelque chose.

— Faites-le donc », dit froidement Laclos avec un signe de tête à Duvernay.

Une table était là, près de l'arcade, sous les marronniers. En un tournemain, Desmoulins s'y trouva juché par le garde du corps et des consommateurs, tandis qu'à grandes clameurs les agents de Laclos attiraient l'attention. Dans l'atmosphère électrisée, on courait au moindre incident. Quelques jours plus tôt, on avait fessé une marquise; et, hier, jeté dans le bassin et rossé un espion de la Cour, ou prétendu tel. Entouré par une houle de visages, Camille, les cheveux en désordre, la cravate à demi dénouée, les yeux noirs brûlants, bégayait sous la pression des idées. Les mots jaillirent :

« Citoyens, j'arrive de Versailles. On... on y tient l'Assemblée prisonnière... Le renvoi de Necker est le tocsin d'une Saint-

Barthélemy de patriotes. Ce soir même, les bataillons suisses et allemands sortiront du Champ-de-Mars pour nous égorger. Nous n'avons qu'une ressource : courir aux armes, prendre des cocardes pour nous reconnaître. Que... que voulez-vous pour vous rallier? Le vert de l'espérance ou le bleu de Cincinnatus, couleur de la liberté d'Amérique et de la démocratie?

— Le vert! » cria quelqu'un. La foule moutonnière hurla : « Le vert. »

C'était la couleur de Necker. Déjà, on arrachait aux basses branches des marronniers leurs feuilles pour les fixer aux chapeaux, dans le ruban ou dans la ganse du bouton. Camille, essuyant d'un revers de main la sueur qui lui coulait dans les yeux, tira de ses poches ses pistolets « coups de poing » et les brandit. « Amis, la police est ici, elle m'observe, elle m'espionne. Eh bien, oui, j'appelle mes frères à la liberté. Je ne tomberai pas vivant entre les mains des séides de la Cour. Que tous les bons citoyens fassent comme moi. Aux... aux armes! »

Mille voix lui répondirent. Il fut saisi, enlevé, emporté en triomphe. L'élan qu'il avait déclenché le grisait. Un cortège s'était formé derrière lui. On sortait du jardin, on avançait par les rues. Il suait plus que jamais, dans la chaleur orageuse. Duvernay marchait devant, l'épée au clair, renforcé par des citoyens dont l'un criait à Camille avec l'accent de Toulouse : « Soyez sans crainte, mon ami, je ne vous quitte plus. » Draguant les badauds, les enthousiastes, les belliqueux, les chenapans, la colonne grossissait sans cesse. On se trouva boulevard du Temple, devant le musée de cires de Curtius. Il y eut un arrêt, puis le buste d'Orléans parut entre les mains d'un jeune homme en frac de soie à rayures. Un porteur d'eau, dans son costume de travail, élevait devant lui l'effigie de Necker. Une boutiquière donna du crêpe noir pour les voiler. Le cortège repartit, ramassant devant la caserne de la rue Verte un détachement de gardes-françaises et faisant, sur son passage, fermer les théâtres, au cri de : « Point de spectacles aujourd'hui, la nation est en deuil! »

Un dernier peloton de Royal-Allemand quittait la place Vendôme lorsque la colonne déboucha de la rue Saint-Honoré. Une grêle d'injures s'abattit sur les dragons, suivie bientôt de pierres, de bouteilles raflées dans les cafés. Et soudain les premiers coups de feu craquèrent, noyés dans le rugissement de la foule. Camille sentit le vent des balles. Le Toulousain fit un saut, tomba la tête en avant. Les porteurs des bustes s'affaissaient tous les deux, aussitôt remplacés tandis qu'une vague hurlante, conduite par les gardes-françaises briquet au poing, se ruait sur les chevaux. Les dragons n'étaient pas en force, ils reculèrent pour rallier leur régiment sur la place Louis-XV.

Là, les troupes ramenées par le baron de Besenval subissaient, depuis longtemps, non plus seulement les insultes mais l'assaut du public des Tuileries. Enhardis par l'immobilité des soldats, les gens s'étaient avancés sur le Grand carré pour les injurier plus à l'aise. On les avait même en partie tournés du côté de la Seine, et on les lapidait avec des matériaux pris au chantier du pont. Ce n'étaient que piqûres d'épingles, assez agaçantes, sous lesquelles la troupe demeurait impassible; on lui avait enjoint de ne riposter en aucun cas. Cependant, lorsque Besenval vit les dragons blancs refluer de la rue Royale devant une foule redoutable, il se résolut à faire dégager la place. Il en chargea le jeune colonel du Royal-Allemand, le prince de Lambesc. Surpris, celui-ci se fit répéter l'ordre, puis salua et partit. Malgré l'énervement des cavaliers sur lesquels on lançait de la terrasse des chaises et des bouteilles, il n'y eut pas bataille mais simple bousculade. Sur le pont tournant qui donnait accès aux grilles du jardin, un homme d'âge fut renversé. Déjà ce n'était qu'un cri par la ville : « Royal-Allemand tire sur les patriotes, place Vendôme. Il y a des dizaines de morts! » On y ajouta : « L'atroce Lambesc sabre aux Tuileries les promeneurs inoffensifs. Il a de sa propre main égorgé un vieillard à genoux qui demandait grâce! »

Sous cette pluie d'étincelles habilement attisées par les agents de Laclos, Paris, cette fois, s'enflammait. Le cri de Desmoulins : « Aux armes! » était repris partout en échos. La colère éclatait enfin, soulevant le peuple des faubourgs, donnant toute licence à la canaille. De la rue Saint-Denis, du faubourg Saint-Antoine, du quartier Saint-Marceau, des taudis de la Cité et de la place Maubert, honnêtes artisans indignés, vauriens cherchant le pillage, chômeurs en haillons, occupés aux carrières de Montmartre, confluaient, dans le soir tombant, sous les nuées orageuses qui prêtaient à la Seine un éclat de fer-blanc, vers la place de Grève pour réclamer des armes à l'Hôtel de ville. Aucun des magistrats municipaux ne s'y trouvait et n'y venait quoique le tocsin sonnât au campanile. Seuls, quelques membres de l'assemblée des électeurs : le jeune savant Quatremère, le gazetier Carra, Louis de Bonneville, président d'un district, l'ébéniste Mangin, l'horloger Désessarts étaient là, réunis dans une attente et une impuissance anxieuses. Dubon, qui avait passé une partie du jour au lit pour calmer ses douleurs d'entrailles, accourait, bardé de flanelle sous la ceinture de sa culotte. Avant d'entendre le tocsin, il avait été avisé par Gabrielle, revenue en hâte des Tuileries où elle était allée promener leur fille, que l'on se battait à l'entrée du jardin.

Sur le quai, il fut rejoint par son collègue l'abbé Fauchet, ancien vicaire général de Bourges, interdit pour son gallicanisme : un bel homme, énergique, toujours très informé, comme Bonneville son grand ami. Avec Carra, c'étaient les trois têtes les plus fortes de l'assemblée communale. Depuis deux jours, l'abbé insistait pour que celle-ci constituât un certain nombre de ses membres en comité permanent, afin de parer aux insuffisances et à la mauvaise volonté de l'administration municipale. Tout en se hâtant, il fit en quelques mots à Dubon un tableau exact des événements. Il ajouta :

« Dans ce moment, des gardes-françaises se portent en nombre sur la place Louis-XV. Ils en chasseront les troupes de la Cour, je pense.

— Bah! fit le procureur, ce ne sont pas elles que nous avons bien à craindre, il me semble, mais cette écume de brigands sortis tout d'un coup de leurs repaires pour mettre à profit le tumulte. »

Quand les deux hommes débouchèrent sur la Grève, un sombre essaim, comme une grappe d'abeilles à l'entrée de leur ruche, grouillait devant l'arcade Saint-Jean, au coin de l'Hôtel de ville dont un couchant empourpré sous les nuages bas rougissait la façade et incendiait les fenêtres. De l'autre côté de la place, dans l'ombre que les maisons allongeaient sur le sol, on voyait un autre remuement : attirés par le tocsin, les curieux — cette engeance naissant du pavé en tout lieu où il se passe quelque chose — observaient à distance.

« Bon Dieu, que ça pue! » s'exclama Dubon en se forçant un chemin dans le magma.

Avec la chaleur et l'excitation, cette foule où dominait la plus haillonneuse populace, dégageait un fumet fauve. Elle encombrait l'arcade, le perron, l'escalier, remplissait la salle Saint-Jean, bousculant les barrières qui délimitaient l'enceinte de l'assemblée communale. Les premiers venus avaient fait main basse sur les piques et les sabres du guet. Les autres réclamaient, menaçants, des fusils et de la poudre. A quoi les électeurs répondaient en vain : « Si nous en avions, nous aurions commencé par nous armer nous-mêmes. »

Comme Dubon, l'abbé Fauchet et l'avocat Moreau de Saint-Méry, arrivant lui aussi à l'appel de la cloche, pénétraient enfin d'une commune poussée dans la salle, le roulement confus d'une mousqueterie parvint inopinément jusque-là, au milieu des clameurs. De nouveaux cris s'élevèrent sous les fenêtres : « On égorge nos frères! » Le tocsin se mit à sonner à Notre-Dame. Un gros boucher au mufle rougeaud, verni de sueur, abattant son poing sur le bureau, apostropha l'ébéniste Mangin :

« Vous entendez, traîtres! on égorge nos frères!

— Imbécile! lui répliqua l'abbé en haussant les épaules. Ce sont les gardes-françaises qui attaquent Besenval sur la place Louis-XV. Allez-y donc ramasser les armes des morts. »

Le mot vola d'écho en écho, et aussitôt la foule commença de s'écouler. Mais, pas plus sur la place Louis-XV qu'à l'Hôtel de ville, elle ne trouva de fusils, car les troupes de la Cour, assaillies par quelques compagnies bleues, ne ripostèrent point. Ramassant quatre blessés, elles se replièrent sur les Champs-Élysées, le Champ-de-Mars, plus tard sur Saint-Cloud, abandonnant à l'insurrection Paris où les cloches fiévreuses tintaient à presque toutes les églises. La nuit était tombée, moite, étouffante, avec parfois dans le ciel des réverbérations d'éclairs lointains, piquetée d'incendies que, des tours de la Bastille, on voyait s'allumer dans la campagne. Les brigands ravageaient les bourgs sans défense. Dans l'enceinte de Paris, le peuple se vengeait de ses privations en mettant le feu aux barrières de l'octroi, tandis que la racaille forçait et vidait les boutiques de boissons. Cependant les gardes-françaises aidaient le guet à rétablir un peu d'ordre. Ce qui n'empêchait pas une centaine d'ivrognes de retourner à l'Hôtel de ville en réclamant de nouveau des armes. Une patrouille survint à point pour les jeter dehors. L'homme du jour, Desmoulins, parcourait les rues avec un soldat nommé Danican qui avait groupé quelques camarades et des bourgeois de toute condition. Ils se faisaient ouvrir les magasins des arquebusiers pour « armer les patriotes ». Camille était mort de fatigue mais triomphant.

Dubon, sorti un instant sur la place, écoutait dans la nuit les bruits de la grande ville. Les cloches avaient mis fin à leur sinistre tintement. Un certain calme semblait revenir. L'horloge lumineuse, sous le campanile, marquait minuit un quart. Le ciel était sans étoiles. Pour renforcer la clarté des réverbères que les électeurs avaient ordonné de laisser brûler jusqu'au matin, le guet allumait de grands feux. Ils faisaient vaciller les ombres, mais dans l'air lourd ils répandaient plus de fumée que de lumière. Soudain, Dubon se rendit compte que l'action l'avait guéri de ses coliques. Regagnant la salle, vide maintenant de curieux, il trouva dans la porte, appuyé au chambranle, un gaillard déguenillé, hâve, les cheveux sur les épaules, les pieds nus et très sales, mais parfaitement rasé. Un fusil en bandoulière, la baïonnette au bout du canon, il dépouillait à belles dents un os de mouton.

« Que diantre faites-vous là, mon ami? demanda le procureur plutôt estomaqué.

— Je veille sur vous autres, citoyen électeur, répondit l'escogriffe d'un ton posé. Vous êtes des hommes sages. J'ai confiance en vos vertus. Délibérez sans crainte, la nation vous garde.

— Eh bien, grand merci, brave citoyen », dit Dubon avec non moins de sérieux.

Il n'y avait pas à délibérer. Que prétendraient-ils représenter, à eux huit! A la lueur des chandelles, ils étaient en train de rédiger des convocations pour les soixante districts.

« Le guet les portera d'ici l'aube, dit Saint-Méry.

— Il faut, ajouta l'abbé Fauchet, que le comité de la Commune soit élu dès demain, qu'il siège d'une façon permanente, par roulement. Dans la carence de la municipalité, Paris ne doit pas rester plus longtemps sans un pouvoir central. »

Dubon acquiesça.

« Il faut surtout, observa-t-il, mettre sur pied cette milice citoyenne que l'on nous refuse. Les gardes-françaises sont trop peu nombreux. Ce n'est pas un régiment, c'est cinquante mille hommes qu'il convient d'avoir.

— Nous sommes tous d'accord là-dessus, dit Carra. Créer la milice sera la première tâche du comité. Tout cela doit être réglé demain. »

Cette résolution concernant la garde bourgeoise, on la prenait en ce moment dans plusieurs districts; certains même commençaient à l'exécuter. Pourtant, le lundi matin, il y eut encore du temps perdu. Flesselles était là, dans la salle Saint-Jean. Il ne s'opposait carrément à rien, et il empêchait tout par ses hésitations dilatoires. « Monsieur, lui dit Dubon exaspéré, le Roi n'a pas plus loyaux ni plus fidèles sujets que nous, mais, si l'on n'y avise au plus vite, demain Sa Majesté régnera sur les ruines de Paris. Votre devoir et le nôtre est de défendre cette ville contre les hordes de gens sans aveu que l'on voit en ce moment sortir de partout. Si vous n'accomplissez pas ce devoir avec nous, nous l'accomplirons sans vous. »

Il devenait enragé à la fin, le brave Dubon, devant ces autorités sans autorité, qui les avaient conduits, d'hésitations en faillites, à l'anarchie présente. Tout le monde partageait ce sentiment, l'approbation unanime des électeurs et du public le montra bien. Le procureur du Roi près de la ville, Ethis de Corny — ci-devant commissaire des guerres en Amérique, ami de La Fayette — dit que Sa Majesté ne pouvait prendre ombrage d'une mesure de sauvegarde exigée par les circonstances. Là-dessus, Carra, avec une audace froide, à la Sieyès, déclara que la Commune possédait *ab ovo* un droit antérieur à celui de la monarchie. « Lequel droit, poursuivit-il, comprend spécialement celui de se garder elle-même.

— Ah! s'écria Bonneville. Assez discuté! Nommez vingt-quatre d'entre nous pour composer le comité permanent, et nous nous passerons de permission.

— A qui donc prêterez-vous serment? dit Flesselles.

— A l'assemblée des citoyens, répondit sur-le-champ un électeur du district des Cordeliers. »

Le public applaudit bruyamment. Flesselles dut s'incliner : « Je me range à l'opinion du peuple. »

Tandis qu'une violente averse fouettait les fenêtres, on désigna les membres du comité. Dubon fut élu des premiers. Il voulut se récuser. « Vous n'en avez pas le droit », lui dit Bonneville.

L'abbé Fauchet était à Versailles. Parti de bonne heure,

par une pluie battante, avec le docteur Guillotin qui était venu samedi apporter à la Commune le projet de déclaration des droits, et qui n'avait pu regagner son poste. Ils allaient presser l'Assemblée nationale d'agir. Les troupes échelonnées tout au long de la route, drapées sous la pluie dans leurs grands manteaux blancs, les laissèrent passer sans obstacle. Après les avoir entendus, l'Assemblée envoya une délégation au château pour demander de nouveau le renvoi des régiments étrangers, et, cette fois, la création d'une milice bourgeoise. Claude faisait partie des quatre-vingts députés conduits par le vieil archevêque de Vienne, président de l'Assemblée. En entendant le Roi répondre rudement : « Paris ne saurait se garder lui-même; les mesures que j'ai prises seront maintenues », Claude, à peu près au même instant que son beau-frère Dubon, fut soulevé par une vague d'exaspération. Il regardait ce gros roi, certainement honnête, mais stupide, et, se penchant à l'oreille de Robespierre : « C'est bien vrai : *quem vult perdere stultum fecit Fortuna.* Il faut être imbécile pour se laisser persuader que l'on peut tenir tête à tout un peuple conscient de ses droits. Je commence à comprendre Barnave et Desmoulins : seule, une démonstration de la force populaire dissiperait l'aveuglement de ce lourdaud. »

Au retour de la délégation, l'abbé Grégoire, La Fayette prirent la parole. Sous leur impulsion, on vota un ordre du jour par lequel l'Assemblée exprimait son estime et ses regrets aux ministres en disgrâce. Elle déclarait en outre « leurs successeurs et les conseils du Roi, quelque état ou rang qu'ils puissent avoir, responsables des malheurs présents et de tous ceux qui peuvent s'ensuivre ». Repoussant toute idée de banqueroute, on garantit de nouveau, comme au 15 juin, la dette publique. Enfin, on se déclara en permanence. La journée s'était écoulée entre ces phases d'inquiétude, d'attente, de colère, de résolution. Le soir obscurci par le mauvais temps tombait déjà. La Fayette fut nommé vice-président pour suppléer le vieil archevêque, et la séance de nuit commença aussitôt. La verrière au plafond de la salle s'illuminait d'éclairs, le tonnerre grondait à l'est

L'orage était sur Paris. Une espèce d'orage larvé qui se passait en grosses averses et en bourrasques, pas assez fortes c epen dant les unes ni les autres pour empêcher les désordres de la rue. Le pillage avait recommencé dès le matin chez les marchands de boissons, dans les boulangeries. L'hôtel du lieutenant de police, Thirioux de Crosne, sur le quai des Orfèvres où il joignait le Palais de justice, était saccagé, lui-même malmené. Sommé par l'assemblée communale de pourvoir aux subsistances, il avait répondu que cela ne le regardait pas. On menaçait de le pendre pour lui faire payer cette réponse, parfaitement juste, au demeurant, mais le peuple affamé ne pouvait le comprendre. Pendant que la bourrasque se déchaînait, fouettant la place Louis-XV et ses fossés, arrachant feuilles et branchettes aux arbres des Tuileries, là, au coin de la rue Royale, une troupe d'intrépides ruisselants envahissaient le Garde-Meuble, à la recherche d'armes. Une autre délivrait, à la Force, les détenus pour dettes. Une foule mêlée se ruait au couvent des Lazaristes, n'y trouvait ni fusils ni beaucoup de grain et cédait la place à la pire populace qui brisait tout, baffrait les provisions des pères, s'abreuvait aux futailles de la cave, et s'empoisonnait avec les liquides de l'apothicairerie. Laissant sur place trente morts ou mourants, dont une femme enceinte tuée par une goulée d'alcool à quatre-vingt-dix degrés, les ivrognes affublés de frocs, d'aubes, de chasubles, s'en allaient par les rues, bâton ou sabre et bouteille en main, arrêter les passants courant entre les averses, surtout les femmes, pour les faire trinquer à la santé du Roi. Certains frappaient aux portes des maisons, mendiant du pain, du vin, de l'argent, des armes.

Toutes ces nouvelles arrivaient à l'Hôtel de ville. Néanmoins Flesselles, comme Louis XVI, n'avait pas encore compris. Pour bien affirmer la fidélité de la Commune au Roi, on avait incorporé les échevins au comité élu, et nommé président leur prévôt. Il en profitait pour faire sournoisement obstacle à la formation de la milice. Elle ne servirait à rien. Comment l'armerait-on? Il n'existait à Paris ni munitions ni fusils. Juste à ce moment, des employés du bureau municipal avisèrent le comité qu'un bateau de poudres, quittant l'Arsenal, descendait la Seine. On le saisit. Son chargement fut transporté dans les caves et fortement gardé, sous la surveillance d'un des électeurs, un prêtre, comme Fauchet : l'abbé Lefèbvre.

« Quant aux fusils, dit Ethis de Corny, l'intendant Berthier en a fait venir récemment trente mille de la manufacture de Charleville, je l'ai appris de très bonne source.

— Si c'est exact, répondit Flesselles, j'ignore où ils peuvent être. L'Arsenal ne contient point d'armes, tout le monde le sait.

— Ils sont à la Bastille ou bien aux Invalides », cria quelqu'un dans le public.

Du peuple, de la populace, des curieux encombraient de nouveau, en moins grand nombre que la veille, la salle Saint-Jean. Dubon y reconnut son escogriffe, toujours aussi dépenaillé, aussi hâve, aussi bien rasé, toujours le fusil en bandoulière avec la baïonnette au canon. Il s'avança jusqu'à la barrière, le doigt tendu vers Flesselles, et, de son ton tranquille : « Citoyen prévôt, la nation n'a pas confiance en vous. » Hochant la tête avec tristesse, il ajouta : « Vous êtes dans un mauvais cas, citoyen. »

Malgré l'obstruction sourde de celui-ci, la milice fut constituée. On décida qu'elle porterait pour signe distinctif la cocarde municipale, bleue et rouge, et l'on passa commande de cinquante mille piques à livrer sous trois jours, par mille, à mesure de la fabrication. Ce serait toujours des armes, en attendant mieux.

Lorsque Dubon rentra chez lui, les bataillons de la première levée commençaient à se former dans les districts. Il déposa son vaste parapluie blanc et dit à Gabrielle accourue avec les enfants :

— Enfin, ça y est! Enfin, nous avons accompli quelque chose! Mais c'est bien tard. Il faudra quatre jours pour que la garde urbaine soit vraiment sur pied.

— Pourrais-je en faire partie? demanda Fernand.

— Tu es bien trop jeune.

— Trop jeune, trop jeune! bougonna l'adolescent vexé. On ne sait me dire que cela! *Je suis jeune, il est vrai, mais aux âmes bien nées...*

— C'est bon, c'est bon, on pensera à créer une flottille de miliciens. On t'en donnera le commandement. En attendant, je mangerai un morceau, s'il y a quelque chose, ma chère amie.

— Fernand a pêché un superbe barbeau, nous t'en avons gardé la moitié.

— Je ne suis pas trop jeune quand il s'agit de nourrir la famille », marmonna le garçon.

Dubon rit de grand cœur, et, embrassant son fils : « Sois tranquille, nous ne te ménagerons pas notre reconnaissance, amiral. »

Dans le quartier, la nuit fut calme, à peine troublée par

quelques coups de feu, au loin. Dès la veille, le district, préjugeant les décisions de l'assemblée communale, s'était donné lui-même sa milice. Le corps de garde du Pont-Neuf : petit bâtiment accoté à la pompe, plutôt croulant, et pour cette raison abandonné par le guet, avait été remis à peu près en état. Il abritait un contingent — clercs de procureur, basochiens avec leur vieil habit rouge — commandé par un ancien officier de l'arquebuse qui lançait des rondes aux alentours.

Un ciel maussade se reflétait dans la Seine couleur d'huître quand Dubon se leva, rompu. Ses quarante-quatre ans, légers jusqu'à ces derniers temps, lui pesaient ce matin. Après s'être fait la barbe, arrachant la feuille du calendrier pour en essuyer son rasoir — une manie —, il constata que l'on était au mardi 14, et soupira. Encore deux jours, sinon trois, avant de pouvoir se flatter de tenir la situation en main. A ce moment, on serait garantis contre la Cour, d'une part, de l'autre contre la canaille et les brigands. Que de besognes, d'ici là! Dans la débâcle du pouvoir, toutes les tâches, toutes les responsabilités leur tombaient sur le dos, à eux, les élus de la Commune. Ils devaient veiller à tout. Assurer les subsistances, assurer l'ordre, assurer l'armement de la milice. Car il faudrait, évidemment, trouver pour ces cinquante mille hommes autre chose que des piques ou les quelques armes à feu des particuliers et des arquebusiers. Les piques seraient bonnes, à la rigueur, contre la racaille, mais dérisoires si la Cour commettait la folie de lâcher ses régiments sur Paris. La brutale réponse du Roi, telle que l'avait rapportée l'abbé Fauchet en revenant de Versailles, faisait craindre une éventualité de ce genre, à laquelle Dubon n'avait pas cru jusque-là.

En gagnant l'Hôtel de ville, il retrouva aux abords l'affluence fiévreuse de l'avant-veille. Sur le socle de la croix dominant la levée, près de la berge, un gros individu debout, très laid, grêlé, bien connu comme agent d'Orléans, criait que la cavalerie autrichienne avait quitté Saint-Cloud, qu'elle s'avançait, menaçante. Et le peuple hurlait encore, toujours : « Des armes! Donnez-nous des armes! »

Carra, l'abbé Fauchet, Bonneville, discutaient vivement avec Ethis de Corny.

« Il faut aller aux Invalides, dit Bonneville à Dubon. Les fusils de la manufacture y sont déposés, du moins en grande partie, on le sait à présent. Je prétends que Corny, comme procureur près la ville, a qualité pour les exiger du vieux Sombreuil.

— Il ne les livrera point, soyez-en sûr.

— Vraiment? fit Carra. Mes amis, lança-t-il en montant sur sa chaise, les fusils sont aux Invalides. Allons ensemble les chercher. »

Un rugissement lui répondit, vingt bras l'enlevèrent. Bonneville, l'abbé Fauchet, Éthis de Corny, cinq autres électeurs suivirent le flot. La Grève se vida d'un coup. Un instant, on entendit encore la rumeur qui s'éloignait. Puis silence. Un énorme silence. Le sifflement des martinets au-dessus de la place le rendait encore plus compact.

« Eh bien, pas de doute, ils les auront, les fusils, dit Dubon à son vis-à-vis, l'avocat rémois Thuriot de la Rozière. Mais je me demande qui s'en servira.

— Peu importe, répliqua cet homme rude de traits comme de caractère. Nous ne sommes pas assez forts pour tenir tête tout ensemble à la populace et à la Cour. L'ennemi, c'est elle. »

D'autres que Bonneville avaient appris où trouver des fusils. Une colonne sortie du Palais-Royal, conduite par Desmoulins et Duvernay reparu, précédait celle de Carra en direction des Invalides. Une troisième descendait de Saint-Étienne-du-Mont, avec en tête le curé de cette église où le district tenait son assemblée.

Peu d'instants plus tard, quelques bonnes gens du quartier Saint-Antoine se présentaient à l'Hôtel de ville pour exposer leurs alarmes au comité. Vous comprenez, messieurs, expliqua le porte-parole — un vieil artisan à cheveux gris — à la Bastille, ces derniers jours, on a mis du canon partout. On a monté sur les plates-formes de la ferraille, de vieux boulets, des pavés. Tout cela est très menaçant. Surtout, il y a les gros canons des tours. On les voit luire dans les embrasures des créneaux. Ils sont braqués sur nos maisons. S'ils tiraient, ce serait un malheur effroyable. Cela pourrait arriver par accident. Ne voudriez-vous pas demander à M. le gouverneur de Launay qu'il les fasse ôter? »

Moreau de Saint-Méry, remplaçant Flesselles à la présidence, dit à ces braves gens de se rassurer. Personne ne nourrissait l'intention d'attaquer la forteresse, elle n'avait aucun motif de tirer. « Au surplus, ajouta-t-il, afin de vous donner tous apaisements, nous allons envoyer quelques émissaires à M. de Launay. »

On en désigna trois, qui partirent aussitôt avec la délégation, et l'on se mit au travail sur la dramatique question des subsistances. Selon un état de l'Intendance, il y aurait eu à la Halle du grain pour quinze jours. Des commissaires avaient été chargés, la veille, de vérifier sur place cet état. On entendit leur rapport. Il montrait qu'il n'y aurait plus de blé à Paris sous trois jours. Une vive discussion s'ensuivit, concernant les moyens de faire entrer des farines. L'intendant Berthier était plus que suspect, mais comment se passerait-on de l'administration des subsistances? Certains proposaient d'adjoindre à Berthier un des leurs. D'autres voulaient le destituer. La Commune n'en avait pas le pouvoir, comme le fit observer Saint-Méry. Dubon déclara qu'ils devaient aller eux-mêmes chercher le grain où il était, jusqu'au Havre s'il le fallait. Oui, seulement avec quoi le paierait-on? Soudain, Thuriot interrompit la discussion en disant : « Ne trouvez-vous point étrange que nos envoyés ne soient pas encore revenus de la Bastille? Ils sont partis depuis plus d'une heure. Sacrebleu! Launay les aurait-il?... »

Il se leva vivement. « Il faut voir cela. J'y vais. »

Le débat reprit. Dubon ne le suivait plus que distraitement. L'œil attiré vers les fenêtres où brillait maintenant un pâle rayon, il lui semblait entendre une rumeur, un grondement de tonnerre très lointain. C'était cependant trop régulier, trop entretenu, pour un bruit d'orage. Cela se rapprochait, cela grandissait. Saint-Méry lui aussi puis d'autres avaient entendu. Les propos tombèrent. Des électeurs se levèrent, surpris, incertains. Tout à coup, un pas précipité frappa les marches. L'abbé Fauchet déboucha dans la salle et, tout soufflant, jeta : « On a forcé les Invalides... Vingt-huit mille fusils... Vingt canons... Une colonne se dirige sur la Bastille pour y chercher d'autres armes. J'ai couru vous prévenir. Il faut prendre des mesures. Si la garnison fait donner son artillerie, ce sera une hécatombe, il ne restera pas pierre sur pierre dans le quart de la ville. »

On lui dit que l'on avait envoyé trois émissaires, que Thuriot venait de partir à son tour.

Des électeurs, sortis sur la place, regardaient monter vers la rue Saint-Antoine, par toutes les rues, les ruelles, le quai Pelletier, de petits groupes d'hommes en armes noyés dans un flot de badauds. On y voyait des filles du Palais-Royal, des ménagères, des gamins. Le spectacle était moins impressionnant que le bruit. On n'imaginait pas ces gens-là donnant l'assaut à une forteresse. « Des braillards et des curieux », dit l'ébéniste Mangin en rentrant dans la salle avec ses collègues.

Sur leurs talons se précipitaient des habitants du quartier, accourant à la Commune implorer secours contre le risque justement défini par l'abbé Fauchet. Que la garnison de la Bastille, s'estimant menacée, tirât du haut des tours, et ce serait le cataclysme. Flesselles était sorti du secrétariat. On le pressait d'aller lui-même donner des assurances au gouverneur. Il ne s'y décidait pas. Les solliciteurs s'enfiévraient. « Va-t-on laisser détruire nos maisons! » s'écriaient-ils.

Ethis de Corny et Bonneville arrivèrent alors, annonçant qu'une grande partie des fusils pris aux Invalides avaient été remis aux officiers de la milice bourgeoise. Ceux-ci les faisaient distribuer aux districts. Là-dessus Thuriot de la Rozière revint.

« Ce bougre de Launay a failli me jeter en bas des tours, annonça-t-il avec rudesse, et quand je suis sorti, des enragés ont failli m'écharper. Ils comptaient que j'allais leur faire ouvrir la forteresse. J'ai sommé Launay de la rendre à la milice. Il n'y consentira pas, mais il accepterait, je pense, qu'un contingent se joigne à la garnison pour garder de concert la Bastille. C'est le seul moyen d'éviter une conflagration. Il convient d'agir vite. Pour l'instant, les canons sont reculés, masqués. Le gouverneur et la troupe ont juré qu'ils ne tireraient pas si on ne les attaque point. Ils sont effrayés, là est le péril. De fait, ils ne risquent rien : il y a plus de badauds que d'assaillants sur la place, et ce n'est pas avec des fusils qu'on la prendrait. Envoyons... »

Le crépitement d'un feu de mousqueterie lui coupa la parole, suivi de salves. Flesselles pâlit. L'abbé Fauchet s'était levé en sursaut. Un spasme serrait la gorge de Dubon. Tout le monde s'était tu. Dans une suspension terrifiée, on attendait le tonnerre des canons.

La fusillade se répercutait en roulant sur la Seine où elle avait frappé les oreilles du jeune Dubon dans son bateau amarré non loin de l'Arsenal. Fernand pêchait aux abords de l'île Louviers, située entre la pointe de l'île Saint-Louis et la rive droite. Il avait pris là son barbeau, la veille. Il espérait bien aujourd'hui en sortir un autre de ces eaux limoneuses, encore troublées par l'orage. Tout en surveillant les lignes de fond jetées de sa barque dans un remous, il rêvait. Ce chenal étroit, solitaire entre la berge broussailleuse du Mail avec ses vieux ormes, et les taillis de l'île Louviers bordée ici de joncs et d'iris, encadrait dans la songerie de l'adolescent des images mythologiques. Au collège, on expurgeait Ovide et les poètes grecs. Les bons pères en chassaient soigneusement l'amour, les nudités. Mais quand on est hanté par le mystère féminin, quand on a des yeux pour voir les statues et les tableaux, on n'éprouve point de peine à placer là, au bord de l'eau, dans l'ombre criblée de rais lumineux par le soleil sorti juste à point des nuages, la silhouette d'une nymphe Salmacis ou d'une Arthémis surprise à l'instant que, prête à rejeter son dernier voile, elle tâte de l'orteil cette onde lente. Ou bien les claires rondeurs d'une Antiope endormie entre ces courtines de lierre.

Ce fut au milieu de ce songe que le bruit de la mousqueterie, pareil au déchirement d'une gigantesque étoffe, fit sursauter le garçon. Il crut d'abord que quelque chose avait éclaté à l'Arsenal. Non, c'étaient des coups de fusil, comme il en retentissait çà et là par moments, depuis deux jours, non plus espacés mais continus, roulants, accompagnés par une clameur. Un instant, le jeune pêcheur balança. La curiosité fut en lui la plus forte. Il releva ses lignes, et, ramant avec vigueur, rangea l'île Louviers. Les bâtiments de l'Arsenal lui apparurent en plein soleil, dominés par le massif de la Bastille. Entre les deux, montait en volutes vers le ciel pâle une fumée rousse qui se mêlait en haut des tours à des flocons de fumée blanche. La brise du nord-est, nettoyant le temps, apportait une odeur de paille ou de foin brûlé. La clameur, plus distincte, la pétarade, moins régulière, duraient toujours.

A l'Hôtel de ville, on voyait avec consternation arriver des blessés. Dieu merci! Launay jusqu'à présent ne faisait pas tirer ses canons, mais la menace demeurait. Déjà, il n'y avait que trop de victimes. Des dizaines, annonçait-on. « Comment cela a-t-il pu se produire? » s'exclamait l'horloger Désessarts atterré. On lui expliquait que des hommes, dont un charron, ayant brisé à coups de masse les chaînes retenant le premier pont-levis, les Suisses avaient accueilli par une grêle de balles la foule qui envahissait la cour du Gouvernement. Les gens affolés, furieux, ajoutaient : « Allez-vous arrêter ce massacre! Qu'attendez-vous donc?... » Malgré les objurgations de l'abbé Fauchet, Flesselles ne se résolvait pas à sommer M. de Launay, comme lui serviteur du Roi, de se rendre à la ville. Excédé, l'abbé partit avec Thuriot et quelques officiers de la milice pour faire lui-même cette sommation, afin de mettre dans la place une garde bourgeoise. Ethis de Corny emmenait en même temps une autre délégation. Dubon et Saint-Méry s'occupaient des blessés, commandaient des voitures, des brancards pour les transporter à l'Hôtel-Dieu, proche.

Le jeune Fernand avait abordé au quai de l'Arsenal, puis fait le tour en courant par la contrescarpe, le long des fossés de Paris. Il arrivait à la jonction du faubourg avec la rue Saint-Antoine. Là il trouva de nombreux équipages dont les maîtres en beaux habits se mêlaient à une foule de curieux remplissant la rotonde de la porte Saint-Antoine, le cours, la place de la Bastille. On entendait les hurlements, les coups de feu, mais on n'apercevait rien que de la fumée et une autre foule plus populaire, massée dans la rue Saint-Antoine. Tout semblait se produire sur la face sud, du côté de l'Arsenal. Fernand, se faufilant parmi les groupes, s'avança vers une porte cochère prise, à l'angle de la place, entre deux des boutiques cachant les fossés. Les vanteaux étaient démolis, on sortait par là des corps sanglants. Se faufilant sous ce porche dans le va-et-vient, la rumeur, une âcre fumée de paille qui prenait à la gorge, il se trouva au milieu de la presse, entraîné au long d'une espèce de cour triangulaire entre des maisons. Elle s'élargissait en tournant à angle droit. Parvenu là, Fernand découvrit enfin ce qui se passait à la Bastille. Des créneaux de ce côté-ci, par les meurtrières des deux tours du sud, et par d'autres ouvertures plus basses, on tirait sur les gens qui avaient franchi un pont mobile dont les chaînes brisées pendaient aux poutres de levage. Dans l'ombre où baignait cette façade, les coups de feu faisaient, au milieu de la fumée, des jets rouges. Des hommes montés sur les toits des maisons ripostaient. Leurs balles arrachaient des éclats à la pierre, criblaient de trous blancs les mâchicoulis, le tour des meurtrières. Il y avait un terrible vacarme de cris, de détonations, une bousculade. Une odeur poivrée, grisante, dominait celle de la paille brûlant sur des charrettes poussées contre des bâtiments auxquels elle mettait le feu. C'était infernal et sensationnel. Ça vous serrait le ventre, ça vous faisait crier. Emballé, Fernand passa lui aussi le pont-levis, pour entrer dans la petite cour, au cœur même du tumulte. Il n'y resta pas longtemps. Il ne faisait vraiment pas bon, par ici. L'air sifflait de toutes parts, des choses bourdonnantes, miaulantes, crépitaient contre les pierres. Il s'abrita derrière un chariot en flammes que l'on roulait contre un autre pont-levis, au pied même de la forteresse, puis battit en retraite vers le premier pont.

Dans le mouvement et la fumée, il bouscula un curé avançant à la tête d'un petit groupe. C'était l'abbé Fauchet. Les bras levés, il criait de cesser le feu. Il n'obtint aucun résultat, et Fernand ne fut pas fâché de se retrouver dans la première cour. De là, il vit arriver la délégation conduite par Ethis de Corny qui avait requis un tambour et un drapeau. On remarqua celui-ci, du haut de la forteresse. Autour de Fernand, les gens se mirent à crier : « Un drapeau sur les tours! Un drapeau! Ils se rendent! » A travers les volutes fumeuses, l'adolescent aperçut en effet, au-dessus des créneaux, une étoffe blanche que de petites silhouettes agitaient dans le soleil. La fusillade cessa. Ethis et sa députation entrèrent dans la cour du Gouvernement dont les bâtiments flambaient. Comme la foule se précipitait à la suite des parlementaires, les Suisses retranchés dans la cour intérieure de la forteresse crurent à une ruse, à quoi ils répondirent par un nouveau feu roulant. Ethis, Thuriot, l'abbé Fauchet montrèrent une grande bravoure en restant là au milieu des balles qui fauchaient du monde autour d'eux; mais leur présence, leurs gestes pacifiques ne servirent à rien. Si les invalides, aux créneaux, avaient cessé le feu, en bas les Suisses, dont on entrevoyait à peine les uniformes rouges derrière les meurtrières, tiraient froidement comme à l'exercice. On leur répondait avec rage.

La griserie de Fernand se dissipait, il commençait à trouver l'affaire plutôt monotone. Il regagna le couloir triangulaire, ressortit sur la place et, coudoyant les curieux, se faisait un chemin pour s'en aller reprendre sa pêche, quand de bruyants vivats l'arrêtèrent. Il se retourna. Par la rue Saint-Antoine survenait une forte colonne de gardes-françaises devant lesquels la foule s'écartait en poussant des acclamations. Au milieu de la cohue, cette troupe produisait une impression de puissance ordonnée, avec les files de lampions noirs, de baïonnettes au bout des fusils, de buffleteries blanches sur les habits bleus et les vestes rouges, le mouvement régulier des culottes blanches, des guêtres passées à la terre de pipe. Un magnifique officier en uniforme du régiment de la Reine commandait la colonne. Derrière lui, venaient cinq canons tirés à la bricole, leur bronze luisant au soleil. Du coup, Fernand fit demi-tour. Il devança la troupe, s'élança dans la cour avec un gros de gens, des femmes surtout, qui clamaient aux tirailleurs : « Voilà les soldats! Voilà les gardes-françaises avec du canon! » Un fort gaillard — espèce d'hercule en bras de chemise, le visage et l'épaule noircis par la poudre — que Fernand avait vu tout à l'heure diriger les assaillants, l'arrêta sur le pont-levis. « Où vas-tu donc, petit brave? Tu es trop jeune pour te faire tuer. Tu n'as même pas d'arme! Tiens, prends au moins ça. » Il lui tendit un sabre court à poignée de cuivre : un briquet de caporal. « Merci, monsieur », dit Fernand. Il n'imaginait pas trop à quoi devait servir un sabre, contre une place forte, mais il était tout fier d'en avoir reçu un. Il ne s'en défila pas moins à l'abri autant qu'il put, afin de regarder les gardes-françaises donner l'assaut. Ils entraient à leur tour dans la cour du Gouvernement. L'officier en personne et un bourgeois s'avançaient sous le feu, repoussaient le chariot de paille pour dégager le grand pont-levis dont le tablier relevé servait de fermeture à la forteresse. Deux des pièces furent chargées puis braquées sur cette porte aux poutres énormes.

Fernand observait ces apprêts lorsqu'une explosion lui déchira les oreilles. Une masse le heurta. Par l'une des meurtrières encadrant le pont-levis, les Suisses venaient de lâcher un coup de canon à mitraille. La décharge avait couché par terre une dizaine d'hommes. L'un d'eux, tué net, s'était écroulé sur l'adolescent. Pendant quelques minutes, sourd, aveuglé, il lui sembla nager dans des profondeurs d'où il ne parvenait pas à sortir. Enfin, il émergea, ramant des bras et des jambes sur le pavé sanglant, parmi les blessés, les morts.

Ce spectacle lui souleva le cœur et lui inspira en même temps une peur rétrospective. Comme il se dirigeait, quelque peu titubant, vers la cour avancée, un sergent des gardes, le croyant blessé, le soutint jusqu'au porche. La vue de ce jeune garçon couvert de sang, son sabre pendu encore au poignet par le cordon rouge, arracha des exclamations à des bouches féminines. « Oh! mon Dieu, le pauvre petit! Voyez-moi cette pitié! Les lâches! ils tuent les enfants! » Ah! non, quand même, il en avait assez de s'entendre dire par tout le monde qu'il n'était qu'un gamin. « Sacrebleu! se récria-t-il, je ne suis pas un enfant. — Mais non, pour sûr, mon miston, tu es un héros! » On s'était emparé de lui. Une femme lui essuyait le visage, lui tâtait le crâne, en quête de blessures. Une autre lui avait ouvert sa chemise et le palpait. Soudain, elle partit à rire. « Ah bah! le gaillard m'a l'air d'être en excellente santé! » Elle le prit par la taille. « Viens, mon héros. Je vais te soigner, moi. Viens, mon joli petit citoyen. »

Fernand, tout palpitant d'émoi, sentant ces douces mains lui caresser le torse, ne se doutait pas qu'en ce moment son père courait les plus graves dangers. Des gens, furieux de voir l'attaque piétiner, avaient reporté leur colère et leur crainte sur l'Hôtel de ville. Si par malheur la Bastille tenait, tout était perdu. Ils sommaient les électeurs d'ordonner le siège en règle, et comme nul n'en avait pour l'instant le moyen, ils les traitaient de lâches, de vendus à la Cour. Ils entraient, sortaient, revenaient plus nombreux, plus furibonds, avec des jeunes gens du Palais-Royal, des séides de Laclos et de Sillery, qui avaient dressé des listes de leurs bêtes noires. Flesselles y figurait en tête. On était allé le chercher dans le secrétariat, l'obligeant à revenir dans la salle Saint-Jean. On lui montrait le poing, quand ce n'était pas des pistolets. On l'accusait de s'entendre avec le « monstre Launay », de donner la main à Besenval prêt à fondre sur la ville par l'ouest tandis que la Bastille, avec ses grosses pièces des tours, foudroierait l'autre côté de Paris. Le faubourg Saint-Honoré, à la voix de Desmoulins dépavait, dressait des barricades pour arrêter la cavalerie de Lambesc. Tous les districts réclamaient du canon. Saint-Roch envoyait des émissaires pour lui rapporter la tête du prévôt et pendre des électeurs. On les menaçait. Des pistolets, des fusils les couchaient en joue. A un moment, il y eut une ruée telle que les barrières, déjà déplacées, furent projetées sur la table.

Une torpeur de fatigue, de faim, d'abrutissement au milieu de ces cris, s'était emparée de Dubon comme de presque tous ses collègues. Désessarts, épuisé, dormait, la tête entre les bras. D'autres, hagards, les yeux fixes et vides, contemplaient les forcenés sans plus les voir. Seul, Saint-Méry, inlassable, écrivait des billets aux districts, signait des ordres, des ordres, des ordres, des bons pour la poudre que l'abbé Lefèbvre, dans la cave, distribuait infatigablement aux fourriers de la milice. L'abbé Fauchet, avec sa soutane trouée par les balles dans la cour du Gouvernement, s'efforçait de défendre Flesselles. Il était là, assis au coin de la table, mastiquant une bouchée de pain et ne parvenant pas à la déglutir. Le soleil du soir, qui traversait la salle où il faisait étinceler des baïonnettes, des piques improvisées, les hallebardes ou les pertuisanes prises au Garde-Meuble et brandies par les furieux, creusait d'ombres le visage du prévôt qui semblait mâcher sa mort. Hâve, pâle, une sueur aux tempes et sur la lèvre, froissant des papiers, il s'efforçait, au milieu des injures, de répondre aux commis terrifiés qui venaient cependant lui parler des affaires. Même pour répliquer à ses accusateurs, il gardait un ton affable. L'abbé Fauchet, le vieux Dusaulx — le latiniste — l'encadraient, le protégeant l'un de sa robe, l'autre de ses cheveux blancs. Les plus enragés après lui étaient les envoyés du Palais-Royal et de Saint-Roch. « Je vais parler à vos districts », dit l'abbé.

Il se leva, hésitant néanmoins à quitter l'homme qu'il défendait de sa personne. Dubon secoua son abrutissement et s'avança pour remplacer le généreux Fauchet. Alors, quelqu'un dans la foule se fit un chemin à coups d'épaule, vint s'appuyer à la barrière, les mains croisées sur le canon de son fusil. « Allez, citoyen abbé, allez sans crainte. La Nation n'estime pas votre protégé, mais pour l'amour de vous elle le gardera en votre absence. »

C'était une fois de plus l'escogriffe, ange gardien du comité. Il portait aujourd'hui autour de la tête une serviette tachée de sang. Il avait la joue droite noircie par les jets de poudre du bassinet.

« Qui êtes-vous donc, mon ami? lui demanda Dubon.

— La Nation, répondit-il de son ton toujours tranquille.

La Bastille est prise, la Nation n'avait plus rien à y faire, elle est revenue veiller sur ses élus.

— La Bastille est prise! s'exclama le procureur, n'en croyant pas ses oreilles.

— Oui, citoyen. Tenez, entendez donc! »

L'horloge au campanile sonnait cinq heures et demie dans un silence qui s'était fait tout à coup. On écoutait la rumeur tempêtueuse dont la rue avait déjà retenti, ce matin, mais plus forte encore. Elle approchait plus vite. Soudain, ce fut un déferlement sur la place de Grève : quelque chose de violent comme une explosion. Dans la salle déjà peuplée, un mascaret qui fit craquer les boiseries apporta par-dessus le fourmillement des têtes un homme élevé triomphalement sur les épaules, un officier du régiment de la Reine : Élie, auquel la Bastille s'était rendue au premier coup de canon.

Cette vague amenait aussi les prisonniers — ce qu'il en restait, du moins, car plusieurs avaient été massacrés dans la rue des Tournelles ou sur le quai. Dans le moment même, les furieux tuaient sauvagement Launay sous l'arcade Saint-Jean. Des invalides, arrachés de la salle, étaient pendus à la lanterne, au coin de la rue de la Vannerie. On promenait la tête du gouverneur dans la cour, sous les fenêtres, au bout d'une pique. Flesselles la vit, il eut un haut-le-cœur. La foule l'avait oublié, mais pas ses ennemis du Palais-Royal. Ils l'entouraient toujours, ils le sommaient d'aller se justifier devant leur district. « La Nation » croisait la baïonnette. « Ne sortez pas! » dit Dubon.

Mais le prévôt en était au point où l'attente de la mort devient comme une fascination.

« C'est bien, messieurs, dit-il, allons au Palais-Royal.

— Vous y allez de votre plein gré, citoyen? » demanda calmement « La Nation ».

Flesselles répondit par un signe, une sorte de spasme, et partit avec ses accusateurs. Fasciné lui aussi, Dubon descendit derrière eux les quelques marches, au milieu de la foule tonitruante. A peine Flesselles eut-il franchi l'arcade, il se renversa, la figure inondée d'un rouge très vermeil à la clarté du soir. Dans le tumulte, le coup de pistolet ne s'était pas entendu. On avait vu l'homme s'écrouler. Déjà on se précipitait sur lui pour le déchirer comme Launay.

Dubon, la nausée aux dents, les yeux fermés, s'appuya au soubassement de l'arcade. Il percevait des vociférations atroces : « La tête, coupez-lui la tête. Sortez-lui le cœur! » Il s'écarta, s'attendant à recevoir lui-même une balle ou un coup de pique, mais nul ne lui prêtait attention. On le bousculait sans y prendre garde. Un homme qui lui avait donné du coude dans le ventre s'en excusa. Au coin de la levée, la foule s'éclaircissait un peu. Ivre d'écœurement et de fatigue, il abandonna l'Hôtel de ville, se dirigea d'un pas mou vers le quai. Alors il entendit la voix de sa femme : « Jean! Jean! » Gabrielle se dégageait d'entre les groupes, courait à lui. Elle l'étreignit. « On ne t'a pas fait de mal? Oh! j'avais si peur! J'ai su ce qui se passait. Je suis venue... Oh! Jean, c'est horrible! »

Ils n'avaient pas encore tout vu. Sur le quai, dans la lumière dorée poudroyant sur les toits, les flèches et les dômes, des cannibales exhibaient au bout d'un taille-cimes un paquet d'entrailles sanguinolentes, d'autres sur une pique un cœur dans un bouquet d'œillets blancs. Des filles en bonnet formaient autour la ronde en chantant : « Ah! il n'est pas de fête, il n'est pas de fête, quand le cœur n'y est pas! »

Pendant ce temps, dans une chambre de la rue Saint-Honoré, tandis que roulait sous les fenêtres une foule en liesse, Fernand, comblé par ses découvertes, s'émerveillait de trouver la réalité plus blonde et rose, plus douce, plus ravissante encore qu'il ne la rêvait. C'était le plus beau jour de sa vie.

XV

La nouvelle de la chute de la Bastille, parvenue à Limoges le 16 juillet, fut suivie peu après par un message de Claude au « Vénérable » Nicaut. « Vous aurez appris, lui mandait-il, les événements des 12, 13 et 14. Point n'est besoin de vous en souligner l'importance, mais il me paraît très nécessaire de vous éclairer sur ce qu'ils ont été réellement. Nous allons avoir à nous gouverner là-dessus. Ils confirment ce que je vous avais écrit d'une conspiration orléaniste, favorisée par toute la fraction avancée. C'est le silence de Mirabeau et des « importants », pendant les longs préparatifs militaires de la Cour, qui a donné à celle-ci toute confiance dans un coup de force. Il était attendu. On le considérait comme seul capable de provoquer une insurrection. On la préparait. Je vous ai parlé du « colloque de Montrouge ». J'ai su hier, par Desmoulins indigné de l'apprendre, que dès le début du soulèvement Orléans devait offrir au Roi sa médiation. Il aurait été fait lieutenant général du royaume; Mirabeau, premier ministre. Effectivement, le 15, Orléans s'est présenté au Conseil. Breteuil lui en a refusé la porte. Sur quoi, le duc n'a rien trouvé de mieux que d'écrire au Roi pour lui demander la permission de passer en Angleterre. Mirabeau, furieux d'une telle lâcheté, a tout découvert en proférant ce mot qui les peint bien tous deux, le duc et le comte : « Orléans est un jean-foutre, il bande le crime et ne peut le décharger! » Voici donc l'un des points capitaux : la faction orléaniste est en déroute. Quoi que les Laclos ou les Sillery-Genlis puissent faire, désormais ils auront de la peine à regonfler leur baudruche.

« Le second point, plus important encore, c'est le surgissement du comité de la Commune de Paris, sorti tout casqué, comme Pallas, sous la pression des circonstances. Les gazettes vous auront appris sa création. Mon beau-frère Dubon en est membre. Formé trop tard, par la faute de l'Assemblée qui n'a pas soutenu à temps la Commune, ce comité n'a pu prévenir l'effusion de sang à la Bastille ni empêcher, après la reddition, les actes d'une inqualifiable sauvagerie. Je ne partage point là-dessus le sentiment de certains. Barnave a dit : « Bah! ce sang était-il si pur? » Le mot me paraît monstrueux. L'idée du jour, c'est de répandre que la Bastille a été prise par le peuple. Il n'en est rien. Le peuple a regardé les stipendiés d'Orléans attaquer la Bastille, et les gardes-françaises la faire capituler. Je ne sache pas que l'on ait jamais vu un peuple civilisé porter des têtes au bout de piques, boire le sang, arracher des cœurs et les manger. On a vu tout cela dans Paris. On a entendu les clameurs d'une populace hideuse qui jouait avec des lambeaux de chair en criant : « Vive la liberté! Vive le Roi! » Et le peuple s'est hâté de former les bataillons de sa milice pour réprimer cette barbarie, en même temps que pour se défendre contre la Cour. Aujourd'hui, la Commune dispose d'une force de quarante-huit mille hommes bien armés, commandés par le général La Fayette. Le comité permanent de l'Hôtel de ville a réuni dans ses mains toutes les rênes abandonnées par les autorités défaillantes. Il faut l'avouer : la peur a fait place nette. Les serviteurs de l'absolutisme, le lieutenant de police, l'intendant, le bureau des subsistances se sont enfuis. La débandade se met ici d'où nous voyons partir comme vols de corbeaux les artisans du coup d'État avorté : les Breteuil, les Barentin, les Artois, les Lambesc, et tous les mauvais conseillers de la Reine, Polignac en tête. Par contrecoup, M. Necker est rappelé.

« Bref. Grâce à la fermeté et au zèle des électeurs parisiens, émanation du vrai peuple, une grande espérance est née de ces jours d'orage. La Commune dresse à présent, face à la monarchie, un pouvoir imposant, égal au sien. Elles peuvent collaborer. Le Roi, reçu aujourd'hui à l'Hôtel de ville par Bailly, élu maire, a donné le gage de sa bonne volonté dans cette collaboration en mettant sur sa cocarde blanche la cocarde bleue et rouge de Paris et de sa garde citoyenne. Nous sortons des ténèbres. Encore faut-il nous défier des aristocrates, non seulement de la noblesse mais de notre ordre (ils ne vont pas abandonner si facilement la partie), de l'intrigant Mirabeau (il va bien se vendre de nouveau à quelqu'un), et surtout de cette coterie masquée, sournoise, sans scrupules, qui dissimulait ses monstrueux appétits dans l'ombre d'Orléans. Elle a comme lui, plus encore peut-être, le goût du crime. C'est contre ses manœuvres que je vous mets spécialement en garde, vous et nos amis. »

Nicaut replia soigneusement la lettre. Il resta songeur, se demandant si Mounier-Dupré voyait juste, et assez loin. On pouvait difficilement croire à une défaite du parti d'Orléans. Et puis, que la Commune de Paris eût pris ses affaires en main, cela n'arrangeait pas celles de tout le royaume. La situation demeurait à Limoges assez inquiétante. Le maire, Pétiniaud de Beaupeyrat, avait, comme Necker, engagé sa fortune pour fournir la ville en grains venus de Bordeaux, de Nantes, d'Amsterdam. L'agitation ne s'apaisait pas cependant. Bien au contraire, le menu peuple montrait une turbulence toujours plus difficile à contenir, et la population dans son ensemble une inquiétude profonde. La nouvelle de la prise de la Bastille était tombée là-dessus comme huile sur le feu. Les uns disaient que la Cour, n'ayant pas réussi son coup de force sur Paris, allait prendre sa revanche dans les provinces. L'aristocratie, noble et bourgeoise, voyait les massacreurs de Flesselles et Launay, les brigands de Montmartre, se répandre dans toutes les villes. A ces rumeurs, quand fut connu le départ des princes, on ajouta que le comte d'Artois reviendrait bientôt fondre sur le pays avec une armée de soudards. Enfin, malgré une foire de Saint-Loup fort paisible, on parlait toujours d'une attaque générale des paysans contre Limoges. Les Janni, Préat, des acolytes de leur acabit exhortaient les gens, dans les bas quartiers, à exiger des armes pour se défendre. La milice, maintenue sur le pied de guerre, conservait prudemment les siennes, patrouillait, prenait la garde au dépôt où se trouvait un stock de fusils, et à la poudrière.

Chez les Montégut-Delmay, avec le mouvement de la boutique où les pratiques apportaient chacune son racontar, on agitait toutes ces craintes. Elles impressionnaient Léonarde, beaucoup moins Jean-Baptiste, car il voyait dans ses tournées la campagne extrêmement calme. Bernard, lui, écoutait mal. Un tout autre sujet d'incertitude, de fièvre, l'occupait. Lise allait quitter Thias. Elle ne pouvait plus souffrir la tyrannie de son père. Par égard pour sa mère, afin d'éviter un esclandre, il avait été convenu avec Thérèse qu'elle l'emmènerait à sa propriété de Panazol pour y faire un séjour. M. Dupré ne pouvait s'opposer à cela. Ensuite, Lise, au lieu de retourner chez ses parents, s'installerait chez elle, à Limoges, d'où son père n'aurait aucun moyen de la déloger. Bernard savait bien qu'une fois ici, la voyant chaque jour, il ne résisterait pas au trouble dont elle l'emplissait à présent. Cette idée lui donnait le vertige.

Il devait aller, le dimanche suivant, à Panazol, où Lise serait depuis le début de la semaine. Le mercredi matin, alors qu'il préparait avec Léonarde un envoi d'articles divers à un détaillant de Rochechouart, ils virent le père Sage avec sa calèche passer devant la boutique, à toutes guides, dans un vacarme de roues et de fers sur le pavé. « Mon Dieu! il est emporté! » s'exclama Léonarde.

Avant d'avoir pu bouger, ils entendirent la voiture tourner court — donc le conducteur était parfaitement maître de ses bêtes — s'engouffrer sous le porche et s'arrêter dans l'impasse. « Bah! fit Bernard en se remettant à la besogne, il aura caressé la bouteille de trop bonne heure, aujourd'hui. »

La pendule suspendue au-dessus du comptoir marquait huit heures et demie. Elle retardait un peu; le soleil atteignait déjà la maison d'en face. Léonarde pointa la commande. « Deux douzaines, bas de fil à... » Elle s'interrompit. « Ce n'est pas possible, il se passe quelque chose! »

De la cour, par la porte du magasin ouverte en cette matinée chaude pour faire un courant d'air avec la boutique, venaient un brouhaha et des cris. Bernard, en bras de chemise, s'élança. Tous les habitants de l'impasse étaient aux fenêtres, sur les seuils ou en bas, autour du père Sage qui gesticulait. Babet, troussant sa jupe et sautillant sur ses hauts talons, courait vers le porche.

« Les brigands arrivent! lança-t-elle.

— Les brigands! Quels brigands?

— Je ne sais pas. Je vais voir.

— Mon Dieu! c'est donc vrai! s'écria Léonarde qui se pressait derrière son frère, dans la porte.

— Tu penses! » dit-il, sceptique. Et à Babet, en riant : « Prends garde, ils vont te violer! »

Il s'avança pour entendre le père Sage. Rouge, suant, le bonhomme répétait que des brigands, cinquante mille brigands, arrivaient par la route d'Angoulême. Ils avaient dévasté Saint-Junien. Ils marchaient sur Limoges, tuant et brûlant tout au passage. Dans la ville haute, on courait aux armes.

Jean-Baptiste rentra là-dessus, dans son cabriolet. Il revenait d'une tournée de trois jours. Il avait couché à Aixe, la nuit précédente. Il en était reparti vers sept heures et demie après avoir visité des clients. Au bourg et sur la route, tout était parfaitement calme, dit-il.

« Y a plus d'une heure d'en ça, répondit le voiturier. Les malfrats vont vite. Vous n'êtes point passé en ville, monsieur Montégut?

— Non, j'ai pris par les Pénitents-Rouges.

— Eh bien, si vous ne m'en croyez pas, vous n'avez qu'à y monter. Vous verrez dans quel arroi ils sont.

— Vas-y si tu veux, dit Jean-Baptiste à Bernard. S'il y a du vrai là-dedans ton père le saura. »

Le centre de la ville était effectivement en rumeur, Bernard s'en rendit compte après avoir dépassé le jeu de paume, en arrivant sur la place des Bancs où marchands et marchandes déménageaient en hâte leurs éventaires. Il y avait des groupes aux portes, on s'interpellait de fenêtre à fenêtre. Des gens couraient vers la rue du Temple. Il les suivit. Un petit homme maigre, dont l'apparence lui était familière mais qu'il n'aurait su nommer, lui dit en haletant que douze mille Anglais avaient envahi le Sud-Ouest et fondaient sur Limoges. Pour un boucher apoplectique, c'étaient des dragons allemands.

Au bout du couloir sombre et frais de la rue Ferrerie, Saint-Michel se dressait tout blond en pleine lumière sous le ciel d'un bleu compact. Dans l'ombre, un attroupement débordait de l'étroite rue du Temple, bourdonnait, clamait, tonitruait. Sur la déclivité, entre les façades en torchis, c'était comme un ruisseau de têtes, un ruisseau criblé d'yeux et de bouches fébriles. En se glissant parmi cette presse pour gagner la maison Daucourt, provisoire Hôtel de ville, Bernard entendit quelqu'un dire : « Ce n'est pas la poignée d'hommes de la milice qui va tenir tête à une invasion. Il faut des armes pour tout le monde. » Une voix rude répondit : « Oui, s'ils ne se décident pas à nous en donner, nous irons les prendre. » Les gens avaient pénétré jusque dans la petite cour. Sous les fenêtres, on criait : « Des armes! Des armes pour tous! » Un piquet du guet, et, derrière, des miliciens en uniforme blanc, le fusil au bras, barraient la porte. Les archers connaissaient Bernard, on le laissa passer. A l'intérieur aussi il y avait affluence. Les notables s'étaient réunis aux échevins. On discutait assez vivement, par groupes. Bernard avisa son père qui faisait de grands haussements d'épaules en parlant avec M. Dumasneuf, secrétaire de l'Intendance. « Tiens! te voilà, cadet! » dit M. Delmay. » Il embrassa son fils et ensuite continua de le tenir par le bras.

« Tu viens aux nouvelles?

— Oui. Que se passe-t-il?

— Rien, très probablement. Tous ces jobards se montent le coup.

— Mais enfin, d'où provient cette alarme?

— De La Barre, uniquement. Le maître de poste est accouru ce matin à franc étrier réveiller l'intendant pour lui annoncer que, dans la nuit, des brigands auraient dévasté Ruffec, Champagne-Mouton, Saint-Claud, que sais-je encore! Le syndic de Chabanais et le subdélégué de Saint-Junien demandaient du secours. Naturellement, cette histoire a trouvé M. d'Ablois fort sceptique. Il a eu le tort de laisser sortir cet imbécile de maître de poste avant que l'on ait vérifié ses racontars. L'animal, affamé ou assoiffé par sa course, est allé se faire ouvrir les *Trois-Anges*. Bien entendu, au lieu de tenir sa langue, comme M. d'Ablois le lui avait recommandé, il a débité ses balivernes au gros Cibot. Voilà le résultat.

— Jean-Baptiste arrive d'Aixe. Ce matin tout y était tranquille.

— Vous voyez! dit M. Delmay au secrétaire de l'Intendance.

— Assurément, mon cher monsieur. S'il s'était produit dans la région un trouble sérieux, la maréchaussée ou les stationnaires de Schomberg et de Royal-Lorraine auraient averti soit Mgr l'intendant, soit le grand sénéchal, soit le gouvernement militaire, comme je l'ai affirmé tout à l'heure. »

Le secrétaire était venu dire cela aux magistrats municipaux, en leur annonçant que, pour plus d'assurance, ordre de patrouiller et de rendre compte sans délai avait été expédié à tous les prévôts ainsi qu'aux officiers de stationnaires. D'ici peu on serait fixé et rassuré, c'était certain.

Bernard n'en doutait pas, mais il voyait que plusieurs échevins ne partageaient nullement cette assurance. Comme eux, la plupart des notables — en particulier Nicaut, Pinchaut, les imprimeurs Barbou et Farne, Pierre Dumas dont Bernard avait fait la connaissance le soir du souper chez Mounier-Dupré — ne se fiaient point à Mgr Meulan d'Ablois, au comte des Roys ni aux officiers des troupes régulières. Les uns et les autres étaient créatures de la Cour, nécessairement soumises à ses ordres ou ses desseins. Lui-même, Bernard, sans croire aux nouvelles, ne pouvait se retenir de songer que si, en guise de « brigands », des troupes conduites par le comte d'Artois se fussent avancées sur Limoges, ni l'intendant, ni le sénéchal, ni le comte Du Dognon, lieutenant du gouverneur militaire, n'eussent voulu les arrêter.

L'avant-veille, en livrant des marchandises à Jourdan, il avait parlé longuement avec lui. Selon le mercier, il fallait s'attendre à voir la Cour essayer, par un moyen ou un autre, de ressaisir le sceptre absolu que le peuple lui arrachait des mains. Parmi les bruits répandus, Jourdan en voyait un d'assez plausible dans son principe. Les troupes écartées par le Roi, la Cour, bravant un souverain contre lequel elle prétendait défendre la monarchie, pouvait les faire servir à s'assurer des provinces, assiéger ensuite Paris, le réduire par assaut ou par famine, et rétablir l'ancien ordre de choses.

Bernard se demanda si l'on n'amusait pas ici les notables tandis que non point des brigands mais des troupes étrangères — peut-être travesties en bandouliers — envahissaient la généralité. Difficile cependant de croire qu'un Pétiniaud de Beaupeyrat, si généreux, si dévoué à ses compatriotes, soutînt une telle machination. Malgré les violentes objurgations de Farne, dont on entendait les éclats dans la salle des séances, il se refusait à faire donner l'alarme tant que l'on n'aurait pas confirmation du danger.

« Voyez-moi Farne, ce butor! s'exclama M. Delmay. On sait bien pourquoi lui et ses pareils veulent armer la populace. Pour prendre notre place et imposer leurs foutues... Bon sang! je vais l'attraper au collet, l'expédier par la fenêtre. »

Il n'eut point le loisir d'exécuter sa menace; un vrai tumulte, cette fois, se produisait dans la cour, où venait d'apparaître un moine blanc avec une écharpe noire. On criait : « Il les a vus! Écoutez-le, il a vu les brigands! » Le maire ordonna de le laisser entrer. C'était un Génovéfain retournant de l'abbaye de Lesterpt, en Charente, à Paris. Exténué, poudreux, il dit s'être enfui de Rochechouart où il avait passé la nuit. Au matin, une armée de brigands avait attaqué la bourgade. « Hors les murs, ajouta-t-il, je l'ai vu incendier. La fumée montait en tourbillons par-dessus les toits. »

On ne saurait mettre en doute la parole d'un savant génovéfain. Quels que fussent les assaillants, ils existaient, ils seraient bientôt là. En dépit de certains sceptiques irréductibles, dont M. Delmay, le maire commanda de sonner le tocsin. Le colonel de la milice faisait battre l'appel général. « Cela ne suffit pas, dit Farne, il faut armer toute la population. »

Pétiniaud répondit que cette mesure outrepassait les pouvoirs municipaux. « Adressez-vous au grand sénéchal. »

Farne, Dumas et leurs partisans sortirent. Bernard les suivit; en dépit de toute son affection pour son père, il se sentait de leur côté. Dans la cour, Pierre Dumas, conciliant et habile, annonça qu'*avec l'autorisation de la municipalité,* ils allaient demander au sénéchal les armes du dépôt. Du coup, la maison de ville fut dégagée. La foule les suivit vers Saint-Michel. Une autre foule se trouvait déjà là, derrière la vieille église, entre celle-ci, le Présidial, l'Intendance, le portail Imbert — ancienne porte de Limoges, jadis — et la maison des Trésoriers de France, sur cette place qui avait vu, juste deux cents ans plus tôt, les combats de la Ligue. La flèche à boule de cuivre et les quatre clochetons n'y projetaient plus d'ombre, car il était près de midi. Le soleil tapait dur, ce qui n'empêchait pas les gens, affolés par le tocsin, de s'égosiller. La garde — des dragons en uniforme jaune et vert — prévenue par Dumasneuf, laissa entrer les notables. Bernard, se trouvant avec eux, passa aussi sans y avoir pensé. M. d'Ablois assisté du comte des Roys les reçut.

« Monsieur, dit Farne qui n'en était plus à donner du Monseigneur à l'intendant, Limoges est en péril. Après le témoignage que nous avons entendu on n'en peut plus douter. Nous venons vous demander, à M. le sénéchal et à vous-même, de mettre la population en état de se défendre, comme c'est votre devoir. Si vous refusiez, vous porteriez tous les deux la responsabilité de ce qui pourrait s'ensuivre. »

L'imprimeur avait lu certainement le texte de l'adresse envoyée par l'Assemblée au Roi, le matin du 13. C'était le même ton, plus assuré encore depuis qu'un Flesselles avait péri pour ne l'avoir pas entendu. Farne, d'ailleurs, ne laissa pas ses interlocuteurs courir le risque de ne point comprendre.

« Dans l'état de crainte et d'excitation où est le peuple, poursuivit-il, nous ne saurions répondre des excès où il se porterait s'il pouvait croire qu'on le livrât volontairement sans défense à ses ennemis. »

La menace, au demeurant, était superflue. L'intendant comme le sénéchal n'ignoraient pas qu'ils ne disposaient plus d'aucune autorité. Ils avaient sous la main, à Limoges, vingt dragons. La moitié de la garde bourgeoise, si l'on voulait défendre le dépôt, tirerait sur l'autre moitié. Ni l'un ni l'autre des deux hommes ne songeait à répandre le sang. Partisans eux-mêmes d'une monarchie tempérée, ils eussent préféré voir le Roi partager les pouvoirs avec des gens un peu moins turbulents, mais le choix ne leur était point donné.

« Messieurs, répondit M. d'Ablois, nous sommes assurés, M. le grand sénéchal et moi-même, que le péril auquel vous faites allusion est entièrement vain. Loin de nous cependant l'intention de laisser le peuple désarmé contre ses ennemis, fussent-ils imaginaires. M. le secrétaire à la Guerre va vous accompagner au magasin, il vous le fera ouvrir. »

Un peu surpris par ce facile succès, Farne remercia brièvement « au nom du peuple ». Quand il annonça, au-dehors, le résultat de l'entrevue, il y eut quelques « Vive l'intendant! Vive le sénéchal! » Mais on avait trop peur pour se réjouir, même un instant. On voyait courir dans les rues des gens qui allaient chercher refuge de l'autre côté de la Vienne. Ceux dont les caves donnaient dans les anciens souterrains installaient là leur famille avec des réserves de chandelles et de vivres. D'autres cachaient leur argent, leurs bijoux. Mme Mounier mère était en train d'enfouir les siens dans des tonneaux de pâte à porcelaine. Des ménagères faisaient chauffer de l'eau ou de l'huile pour en asperger les futurs assaillants.

En traversant la place Dauphine avec la foule sans cesse grossie que conduisaient Farne et Pierre Dumas, Bernard donna un regard à la maison de Lise, blanche, plus éclatante avec ses rehauts de briques, dans le plein soleil. Seul autour de la place où murmurait la fontaine, l'appartement, volets clos, montrait une indifférence à la fièvre, au péril qui faisaient bourdonner toutes les autres demeures. Cette fièvre, ce péril, l'incertitude des suites renvoyaient à un lointain inimaginable ce qui aurait pu se produire dans cette maison. Demain, ce soir, Lise ou lui-même seraient peut-être morts. Depuis l'instant où l'alarme était devenue certaine avec les paroles du Génovéfain, il pensait au danger dans lequel se trouverait Lise si les « brigands » dépassaient Limoges. A Thias, elle eût été directement menacée. Une chance qu'elle fût à Panazol. Entre les envahisseurs et elle, il y avait la ville et quelques milliers de citoyens résolus comme lui à défendre leurs amours ou leurs biens.

Au dépôt, dans les bâtiments des Augustins, à l'entrée du faubourg de Paris, la distribution des armes se fit assez méthodiquement grâce à la compagnie de garde. Le lieutenant qui la commandait — c'était François Lamy d'Estaillac — avait déclaré aux arrivants : « Il ne s'agit pas de vous répandre par la ville. Quand vous aurez reçu vos armes, réunissez-vous par groupes de cinquante pour former des compagnies. » On obéissait plus ou moins; une fois munis, beaucoup entendaient rejoindre leur quartier.

Bernard fut armé par son frère Marcellin en personne, lequel lui donna un équipement complet. Il ajouta un conseil : « Si tu dois employer le briquet, tape avec le tranchant, ne cherche pas à fournir des coups de pointe, crois-moi. » En vérité, Marcellin, comme la plus grande partie des gardes bourgeois, n'avait jamais eu à combattre ailleurs qu'à la salle d'escrime ou bien au champ de manœuvres. Harnaché, Bernard ressortit dans la rue et tomba sur Jourdan auquel le lieutenant Lamy, le connaissant pour ancien soldat, venait de confier une des compagnies improvisées.

« Tu sais te servir d'un fusil! dit le mercier en voyant la façon dont Bernard portait son arme.

— Parbleu! Je me suis amusé souvent à m'y exercer avec mon frère.

— Je te nomme sergent. Tu montreras aux recrues comment charger leur seringue. Il y en a les trois quarts qui ne savent même pas employer la cartouche et la baguette. Allons, viens! »

Prenant la tête du groupe, vaguement aligné devant la Visitation, ils montèrent vers la place des Carmes. Le lieutenant Lamy avait dit à Jourdan d'y conduire sa troupe. C'était là que l'on attendait l'ennemi, par la route venant de Bordeaux, Périgueux, Aixe, ou par celle d'Angoulême. Leur jonction se faisait sur la place triangulaire dominée par la promenade d'Orsay et ses tilleuls. Elle marquait la pointe extrême de la ville. En avant s'étendaient des jardins, la campagne, le vide jusqu'à la poudrière dont on apercevait sur la route d'Aixe la sombre silhouette fortement encadrée par des uniformes blancs. A droite de la place, encore quelques maisonnettes isolées. A gauche, s'allongeait en bordure de prairies le couvent des Carmes avec sa petite église au toit d'ardoises au-dessus desquelles l'air brûlant vibrait. Le soleil se trouvait en ce moment à l'aplomb du clocher. Ses rayons tombaient dru sur la place grouillante. On eût dit une foire, non point les préparatifs d'un combat. Il y avait des femmes — à vrai dire armées, certaines de fourches, d'autres de lardoires —, des gamins, des moines même, sortis du couvent, formés en une compagnie brune sous la conduite de l'un d'entre eux qui avait dû être militaire autrefois. Des cavaliers téméraires partaient en reconnaissance. D'autres revenaient sans avoir encore rien vu. C'était une agitation fiévreuse, une trépidation dans la poussière et la chaleur sous le ciel blanc qui déversait du feu, une pétaudière.

On avait braqué sur le débouché des deux routes deux antiques canons de la commune, traînés, Dieu sait comment, jusque-là. En sueur, des servants zélés leur enfournaient dans la gueule de la poudre à pleines casseroles. « Vous voulez faire sauter la moitié de la ville! leur dit Jourdan. Bon sang d'artilleurs! Enlevez-moi ça. Une mesure par pièce, c'est assez. Et vos bourres pour tenir la mitraille, où sont-elles? Et l'eau pour écouvillonner? »

Tandis qu'il leur enseignait sommairement la manœuvre des pièces, Bernard montrait à la troupe hétéroclite comment se servir d'un fusil : il fallait déchirer la cartouche, faire tomber un peu de poudre dans le bassinet, refermer celui-ci, vider le reste de la poudre dans le canon, la tasser à petits coups de baguette; après quoi on retournait la balle et, toujours au moyen de la baguette, on l'enfonçait avec le papier d'enveloppe, en coinçant bien le projectile sur la charge. « Attention au recul! En tirant, appuyez fort la crosse contre votre épaule, autrement le coup vous enverra promener. »

A les voir faire, Bernard devenait pessimiste. On ne s'improvise pas soldat. Ces ouvriers — tisseurs, mouleurs de chandelles, tanneurs —, ces jardiniers, ces journaliers, les flotteurs de bois, toutes ces petites gens écartés de la milice bourgeoise parce qu'ils ne payaient pas de cens et qu'ils n'auraient pu supporter les frais de l'uniforme, se sentaient des foudres de guerre à présent qu'ils tenaient enfin ces fusils réservés aux riches, mais entre leurs mains c'étaient des armes illusoires : elles produiraient peut-être du bruit, rien de plus. Lui-même, d'ailleurs, s'il n'ignorait pas comment charger et tirer, ne savait pas le faire assez méthodiquement. Quelle sottise de restreindre l'enrôlement dans la milice aux gens aisés et âgés d'au moins vingt-cinq ans! « Voilà le résultat : quand il faut une force puissante, on a un troupeau. » Il se demandait avec angoisse si la ville résisterait.

« Salut, monsieur le colonel! » dit derrière lui une voix moqueuse.

Babet! Il se retourna.

« Que fais-tu ici? Ce n'est pas la place d'une femme.

— Tiens donc! Et pourquoi ça? Quand il y a quelque part de beaux hommes, c'est toujours la place d'une femme, mon miston.

— Tu verras si les brigands sont de beaux hommes!

— Les brigands! Pffu! encore un conte de Croquemitaine. S'ils existaient, ils seraient ici depuis belle lurette. Tu sais l'heure? Deux heures de relevée. Il y en a maintenant sept qu'on les attend; il en faut trois pour venir de Rochechouart. Je vais te dire une chose : le Génovéfain, c'est un faux moine. »

Des cris interrompirent Babet. « Les voilà! les voilà! » hurlait-on. Une galopade retentissait. Trois cavaliers, débouchant ventre à terre de la route d'Aixe, braillaient : « Aux armes! Ils arrivent! » Il y eut un tourbillon sur la place, des fuites, des ruées. Quelques hommes, accourant du faubourg des Arènes où ils étaient allés boire aux *Trois-Anges*, s'élançaient, fourches et baïonnettes hautes, sur les cavaliers, les prenant pour les bandits eux-mêmes.

Il y avait effectivement quelque chose sur la route, très en avant du magasin à poudre. Dans un nuage de poussière qui la voilait, une masse moutonnante, nombreuse, sombre, s'avançait assez rapidement. On distingua, en tête, des silhouettes confuses d'hommes à cheval, et, derrière eux, au-dessus de la masse, tout un hérissement luisant au soleil : des baïonnettes ou des piques. Jourdan rangea son monde sur deux lignes. La première, après avoir lâché son feu, devait se replier derrière la seconde pour recharger tandis que celle-ci tirerait à son tour. Bernard, le cœur battant, regardait venir les ennemis. Le silence de l'anxiété s'était fait sur la place. Et tous les yeux braqués virent la milice — qui avait, de la poudrière, lancé deux files de tirailleurs vers l'ennemi — s'écarter précipitamment pour lui laisser le passage. Ce fut une explosion de clameurs. « Trahison! Les lâches! ils nous livrent! Feu sur la milice! Nous sommes vendus! Les traîtres! » Au milieu de ces hurlements s'égrenaient des éclats d'un rire si clair, si cascadant, si fou, qu'il perçait le tumulte et bientôt le domina. Debout sur le parapet de la promenade d'Orsay, Babet s'enfonçait les poings dans les côtes, balbutiant entre deux fusées de rire : « Ah! j'en mourrai!... Des vaches!... Oh! oh! des vaches!... Limoges a...a...attaqué par des vaches! » Elle s'assit sur le mur, agitant dans une écume de jupons ses jambes que d'aucuns commençaient à regarder beaucoup plus que la route d'Aixe. Car sur celle-ci, on s'en rendait compte à présent, arrivait un simple troupeau rassemblé et ramené en ville par des bouchers prudents. Ils venaient de plus loin que n'était allée aucune patrouille, et ils n'avaient pas vu, dirent-ils, l'ombre d'un bandoulier.

« Bernard! appelait Babet. Descends-moi. »

Elle lui tendait les bras, riant encore, écartant du pied des citoyens tout empressés à cueillir ce bel oiseau sur son perchoir. Bernard hésita une seconde, mais il était, comme tout le monde, si soulagé, qu'un élan vif l'entraîna. Il posa son fusil contre le mur, saisit des deux mains Babet à la taille, la soutint. Légère, elle s'abattit sur lui avec sa souplesse, son parfum, ses bras nus qui le prirent au cou, s'y nouèrent. Sa bouche avait une saveur de framboise. Les gens s'esclaffaient autour d'eux.

Bernard se dégagea. « Que tu es beau comme ça! » dit Babet.

En bras de chemise, la cravate défaite, les cheveux desserrés, les buffleteries du briquet et de la giberne se croisant sur sa poitrine, il se sentait, lui, suant, sale de poussière qui lui collait au visage, qui lui desséchait la gorge. Était-ce maintenant la poussière seule? Les yeux noirs, il regardait Babet avec colère parce que soudain il la désirait furieusement, et elle le savait.

« Tu t'es bien amusée? » lui lança-t-il.

Sans attendre sa réponse, il lui tourna le dos, reprit son fusil, alla rejoindre Jourdan qui procédait à un recensement de ses hommes. L'alarme un peu calmée, le grand sénéchal, l'intendant, le colonel Peyroche du Reynou et quelques-uns des notables s'efforçaient d'ordonner la pétaudière. On organisait les compagnies par quartiers, afin de les répartir aux différents postes de la ville haute et de la Cité. La troupe de Jourdan fut ainsi dispersée. Bernard s'en alla monter la garde place Manigne où il retrouva Jean-Baptiste jouant aux cartes avec d'autres miliciens devant les armes formées en faisceaux. Il ne s'était produit ici aucune alerte. On y considérait l'alarme comme une panique due aux circonstances ou bien comme le résultat d'une manœuvre organisée pour contraindre l'intendant et le sénéchal à distribuer des fusils au petit peuple. Se rappelant alors ce que Babet lui avait dit du Génovéfain, Bernard regretta de s'être séparé d'elle si brusquement. Il aurait fallu l'interroger là-dessus. Mais comment diable pouvait-elle savoir quelque chose sur ce moine?

« Va donc souper tranquillement avec ta sœur, dit Jean-Baptiste. Tu reviendras ensuite, si tu veux. Quoique ce soit bien inutile. Il ne se passera rien, assurément. »

Il avait raison. Non seulement il ne se passa rien, mais M. d'Ablois ayant reçu tous les rapports de ses sous-ordres et de la maréchaussée put rassurer la commune. Les prévôts signalaient qu'aucune bande d'aucune sorte ne se trouvait en aucun point de la généralité ni à ses abords. A Saint-Junien, à Rochechouart, dans tous les bourgs et villages, régnait une peur incompréhensible, car nulle part il n'y avait le moindre ennemi ni le moindre dégât. L'un des messages — celui-là même du subdélégué de Ruffec d'où l'alarme était venue ce matin — donnait une explication : quelques religieux de la Merci (ou du moins des hommes vêtus en religieux de la Merci), quêtant pour la rédemption des captifs, avaient été mal reçus. Mécontents, ils s'étaient retirés en proférant, disait-on, des menaces. On ne les avait pas revus depuis, néanmoins les habitants restaient très effrayés. En tout cas, l'ordre régnait à Ruffec ainsi que dans les paroisses voisines.

Ces nouvelles, répandues par la ville et la Cité auraient dû éteindre toute crainte, cependant la détente ne se produisait pas. Trop d'inquiétudes, trop de mystères que l'on sentait menaçants, demeuraient. Le maître de poste de La Barre avait pu s'alarmer sur des rumeurs, soit, mais le moine qui déclarait avoir vu, de ses yeux vu, brûler Rochechouart! Ou bien il mentait, dans un dessein certainement inavouable. Et dans ce cas il fallait s'assurer de lui; nul n'y avait songé, où était-il à présent? Ou bien il disait vrai, et l'intendant présentait de faux rapports après avoir peut-être fait disparaître ce témoin? Allons, voyons! toute la généralité ne parlerait pas de brigands s'il n'en existait quelque part! Il n'y a point de bruit sans cause. « Bah! répondaient les gens rassis, votre moine, dans les couleurs enflammées de l'aurore, a pu voir rougeoyer des fenêtres. La brume matinale de la Graine, là-dessus, ou la fumée de quelque feu d'herbes, et il aura cru à un incendie. »

Bernard, préoccupé par la même question, cherchait Babet. Il alla chez elle, elle n'y était pas. Il retourna monter la garde place Magnine où l'on profitait au moins de la fraîcheur apportée par la nuit. On n'y faisait rien de plus. A onze heures et demie, il rentra se coucher, mal à l'aise, mécontent de tout, particulièrement de lui-même En désarmant son fusil et en déposant sa giberne il haussa les épaules. Eh oui! il savait bien ce qui le travaillait. Par nature, il n'était pas un chaste; depuis deux mois bientôt, son amour pour Lise, ses scrupules envers Mounier-Dupré, imposaient à l'instinct un frein contre lequel se révoltaient la jeunesse, le sang, la chair. Cette chaleur corrompait tout, et Lise elle-même en lui. Elle la dépouillait de sa noblesse, elle la salissait de désirs, elle en faisait une créature pareille à Babet : un corps dont on cherche furieusement les formes et les places élues par la faim bestiale. En ce moment même, dans son lit trop chaud, il ne pouvait chasser de ses membres l'illusion d'enlacer Lise, de la tenir écartelée, soudée à lui, pantelante. Et il avait honte, il avait horreur de cette rage sensuelle, provoquée, il le savait bien, non par Lise mais par Babet, par la rondeur de sa taille quand il l'avait saisie à bout de bras, par ce poids vivant, par l'écrasement de ces seins sur sa poitrine, par la saveur retrouvée de cette bouche...

La nuit s'étant écoulée sans amener aucun envahisseur, on se serait attendu à voir lever l'état de siège. Il n'en fut rien, car un sieur Jacquet, architecte et notable, se présenta de bonne heure, tout botté, à l'Intendance, annonçant qu'il revenait de Massac, en Saintonge, où l'on avait reçu l'avis positif que quarante mille Espagnols conduits par le comte d'Artois ravageaient le Quercy et le Périgord. Ils ne tarderaient pas à pénétrer en Limousin. M. d'Ablois le remercia courtoisement de l'avis, tout en lui conseillant de rentrer chez lui sans se mettre martel en tête au sujet de ces prétendus Espagnols.

« Monsieur, répliqua l'architecte, je ne crains ni eux ni personne, ni même les gens qui ont partie liée avec la Cour. »

Là-dessus, il alla porter l'alarme à la mairie. Ses paroles correspondaient trop aux craintes du parti avancé pour que l'on ne prît point la nouvelle au sérieux. La défiance contre l'intendant et le sénéchal s'était accrue depuis la veille; leurs efforts pour organiser la levée en masse les faisaient accuser de vouloir paralyser la défense. On eût sonné de nouveau le tocsin si la majorité des échevins ne s'y fût opposée formellement. Il y eut échange de vertes paroles. M. d'Ablois arriva, montra des lettres venant d'Angoulême, de Périgueux, de Brive, où nulle agression ne s'était produite. « Vous n'avez pas confiance, ajouta-t-il. Fort bien. Dans ce cas, envoyez donc vous-mêmes des hommes à vous, voir de leurs propres yeux ce qu'il en est de Ruffec, de Chabanais, de Saint-Junien et autres lieux. Il ne manque pas de jeunes gens qui ne demanderont pas mieux que de monter à cheval pour accomplir ces reconnaissances. »

L'un de ceux-ci fut le beau Jacques Mailhard, avec une vingtaine de fils de famille comme lui, possédant des chevaux et trop heureux de pouvoir ceindre pour cette occasion l'épée à laquelle leur particule bourgeoise ne leur donnait pas droit. Ils partirent avant midi, par petits groupes, les uns en direction d'Angoulême, d'autres de Périgueux, de Poitiers, de Brive. Quant à Bernard, son action héroïque pour ce jour-là fut d'aller, au soir tombant, prendre le tour de garde du quartier Manigne à la poudrière où il retrouva la compagnie de son frère Marcellin et le lieutenant Lamy.

Les volontaires — ainsi appelait-on les hommes armés spontanément la veille — se sentaient un peu ridicules avec leur fourniment militaire sur leurs habits de ville, à côté des miliciens dans leur uniforme; aussi redoublaient-ils d'ardeur martiale. Celle-ci, la nuit venue, poussa leur chef, le chirurgien Begougne, à emmener les plus jeunes en patrouille dans la direction d'Aixe. Ils s'en allèrent à dix, onze avec le chirurgien. Le lieutenant Lamy d'Estaillac leur avait adjoint pour plus de sûreté cinq hommes de la milice. La tiède nuit de juillet était claire, le ciel luisait d'étoiles. Bernard, toujours en bras de chemise, le tricorne en arrière, marchait avec plaisir, non point le cœur léger mais le corps heureux de se détendre dans l'exercice. Une fois la route de Thias laissée sur la gauche, et gravie la rude montée terminant le faubourg en direction d'Aixe, ce fut tout à fait la campagne. Un petit vent doux remuait les feuilles. De chaque côté du chemin, les arbres formaient des masses ténébreuses pleines de frémissements. Des chouettes s'envolaient d'un lourd essor, dans les fossés il y avait des fuites de sauvagine. Le fusil pendu à l'épaule, Bernard laissait ses camarades jouer aux soldats et battre l'estrade. Il pensait bien que l'on ne rencontrerait même pas un maraudeur. Avec les miliciens, il marchait en avant, d'un bon pas en dépit de la mauvaise route mal entretenue par les corvées. Il se concentrait dans la cadence de sa marche pour ne point rêver. A plusieurs reprises, il avait encore cherché Babet afin de l'interroger, ou sous prétexte de l'interroger, sur le mystérieux Génovéfain, mais il ne l'avait pas vue. Tant pis! Au diable Babet! Au diable le moine, au diable ces brigands fantômes? Que n'étaient-ils en chair et en os, que ne se présentaient-ils? Cela aurait fait du bien, de se battre, de passer sur quelqu'un la rage de se sentir si mal en accord avec ses vœux, ses sentiments, ses désirs.

« Eh bien, mon garçon, dit le chirurgien Begougne en l'arrêtant par l'épaule, si on te laissait faire, tu irais jusqu'à Bordeaux, ma parole! »

On était au pont du Moulin Blanc. La lune se reflétait dans l'Aurence étroite. Au-delà, le ruban blanc de la route remontait, s'enfonçait dans les bois de Reignefort. Begougne regroupa sa patrouille. « Nous sommes à plus d'une lieue de Limoges, dit-il, cela suffit. Il faut songer au retour. »

Bernard pensa qu'au vrai le chirurgien n'avait nulle envie d'aborder les ténèbres forestières. Il envoya quelques éclaireurs dans les herbages, sur les pentes dominant l'Aurence, pour scruter les vallonnements. Bien entendu, nulle flamme, pas le moindre scintillement d'armes n'apparaissait dans ces plis de sombre velours poudré par la lune. La seule clameur était celle des chiens aboyant en chaîne à travers la campagne.

En rentrant à la poudrière, après cette marche de deux heures, on se restaura dans le corps de garde avec les provisions que chacun avait apportées. Le vin gris ajouta sa chaleur à l'excitation de la randonnée guerrière. On commençait à se gausser des pseudo-brigands. L'atmosphère tournait à la gaieté, voire à la gaudriole. Seul Bernard restait muet, encore qu'il eût mangé à belles dents le pâté et les « galétous » de blé noir dont Léonarde l'avait muni. François Lamy, qui le connaissait bien comme joueur de paume, s'approcha de lui et le détourna de ses pensées en évoquant avec lui des parties fameuses.

A minuit, la garde montante arriva. Un quart d'heure plus

tard, Bernard rentrait chez lui avec son fourniment, son habit sur le bras. Dans l'impasse, une forme se leva du banc improvisé où, l'automne précédent, il s'attardait dans la nuit avec Babet. C'était elle encore.

« Il paraît que tu me cherches, dit-elle à voix basse.

— Par exemple! s'exclama-t-il. Tu es là!

— Oui, j'ai su que tu avais pris la garde à six heures. En rentrant, je t'ai attendu; je pensais que tu ne tarderais pas à revenir. Peu importe. Me cherches-tu pour me demander pardon?

— Pardon de quoi?

— De la façon dont tu m'as traitée, hier. Je n'entendrai rien d'autre, je t'avertis.

— Oh bon, si tu veux. Eh bien, pardon, Babet. Maintenant, dis-moi, ce moine...

— Non, mon minet, pas comme ça. Pas comme ça du tout, fit-elle en s'approchant à le toucher. »

Il voyait, dans sa figure pâlie par le clair de lune, le blanc de ses yeux et de ses dents briller. Babet l'avait pris aux épaules. « On dit : Pardonne-moi, ma douce amie, tu es si jolie, tu sens si bon! »

Elle souriait à deux doigts de son visage, et ajouta en l'attirant par le cou : « On dit : C'est toi que j'aime, Babet. C'est de toi que j'ai envie. » Elle lui écrasa les derniers mots sur les lèvres. Il la saisit à plein corps, la renversa sur son épaule, lui baisant la bouche avec emportement. Elle se mit à se débattre en poussant des cris étouffés, se dégagea enfin.

« Sambieu! pestait-elle. Ton sacré fusil! Il m'a cassé la tête.

— Viens! » fit Bernard d'un ton bas et violent.

Puisqu'une fatalité voulait qu'il en fût ainsi, eh bien, il en serait ainsi! Tirant Babet par le poignet, il ouvrit la porte de la remise, la referma derrière eux, puis il enleva la jeune femme, et, dans l'ombre chaude que transperçait un rayon de lune, la monta dans sa chambre où il la posa sur le lit. En deux tours d'épaule, il se fut débarrassé de ses armes. Babet lui sauta au cou.

« Tu m'aimes? Alors, tu m'aimes, Bernard!

— Je ne sais pas. Ce que je sais, c'est que je te veux. »

Il était crispé de désir. Cependant il se détacha d'elle pour battre le briquet, allumer la chandelle. Il avait besoin de voir

Babet. Il lui prit sa tête entre les mains, plongea dans ses grands yeux vert sombre, si différents de ceux de Lise, contempla les petites narines sensuelles, la bouche sinueuse sur le brillant mouillé des dents. « Babet, dit-il. Babet ! »

Il poussa un soupir. « Non, ce n'est pas toi que j'aime, » fit-il en respirant son parfum. Puis, les dents serrées : « Tu es ma catin. »

Il lui avait lâché le visage. Avec une espèce de fureur à laquelle elle se prêtait de tout son corps, il lui dégrafait sa robe, lui descendait des épaules corsage et chemise, faisant jaillir les seins sur lesquels s'abattirent ses lèvres voraces.

XVI

Bernard n'alla point à Panazol. Au lendemain de la panique, dès le retour des jeunes cavaliers envoyés sur les routes où ils avaient trouvé partout la même peur, sans voir nulle part la moindre apparence de brigands, quelques notables — entre autres Pierre Dumas, le teinturier Pinchaud, l'imprimeur Farne, son confrère Barbou — s'étaient, sous l'impulsion de Nicaut, constitués de leur propre chef en comité, invitant aussitôt avec la plus grande énergie tous les pouvoirs publics à les rejoindre pour veiller en commun à la défense, à l'ordre, aux besoins de Limoges. Cette réunion prit le titre de comité patriotique. Son premier soin fut de fondre la milice et les citoyens armés, que l'on ne pouvait laisser sans contrôle, en une garde nationale imitée de celle de Paris, dont on adopta l'uniforme et la cocarde. A l'exemple de Paris également, Limoges — ville haute et Cité, fut divisé en districts. Chacun d'eux mit sur pied sa compagnie, composée de tous les citoyens de seize à cinquante ans habitant le quartier. Seuls étaient exceptés les journaliers, laquais, domestiques. Bernard se trouva donc enrégimenté.

S'il l'avait voulu cependant, il aurait pu s'échapper. Il pouvait emprunter un cheval et aller, pour une heure ou deux, auprès de Lise. Plusieurs fois, il fut sur le point de le faire; il en avait très envie, mais en même temps il redoutait de la voir.

Il lui écrivit pour lui expliquer ses nouvelles obligations. Elle les connaissait : on avait appris, à Panazol, la création de la garde nationale. Lise comprenait bien que Bernard, avec son travail à la boutique, d'une part, d'autre part ses devoirs militaires, ne fût guère libre. Elle résolut de se rendre en ville. L'état d'alerte régnant encore, Thérèse ne voulut point la laisser aller seule. Un billet porté par un domestique avertit Bernard qu'on le recevrait à l'hôtel Naurissane dans la relevée. Quand un des laquais en livrée bleu clair et argent annonça le visiteur, les deux dames attendaient au salon de musique où Thérèse jouait du clavecin. Elles furent surprises en voyant le jeune homme qui s'avançait, le bicorne sous le bras. Bernard venait de faire l'exercice sur le cours Tourny, il était encore en uniforme, n'ayant pris que le temps de déposer ses armes au corps de garde. Dans ce costume, bien différent de la tenue blanche, assez fade, des miliciens, il paraissait soudain austère, avec une gravité inattendue sur ses traits et le dessin tout énergique du visage sous les cheveux sans poudre, bien serrés dans leur ruban de queue. La netteté de l'uniforme encore dans son neuf, les couleurs vives — habit bleu de roi, aux revers, parements et collet rouges, tranchant avec les guêtres, la culotte et le gilet blancs — accusaient la force élégante de son corps.

« Ma foi! c'est Mars en personne! Le militaire vous sied à merveille, mon cher Bernard », dit Thérèse non sans un peu d'ironie.

Elle prit le bicorne, regardant avec curiosité cette cocarde qu'elle voyait pour la première fois. Le symbole ne lui plaisait guère, bien qu'il comportât la couleur royale. Depuis deux mois, les événements, si contraires à ses attentes, la déconcertaient. Ils ébranlaient son assurance quant aux pouvoirs de la grande bourgeoisie, mais ils l'enracinaient d'autant plus dans ses principes aristocratiques.

Avec un sourire, elle laissa les jeunes gens tête à tête, en déclarant qu'elle allait se reposer un peu dans sa chambre. Ils étaient tous deux pleins d'embarras. Lise, intimidée devant ce Bernard fort dissemblable du garçon qu'elle avait connu à Thias ou poussant son charreton dans les rues de Limoges, le trouvait extraordinairement beau dans sa tenue de soldat. Elle se sentait plus que jamais attirée vers lui quoiqu'il semblât maintenant très loin d'elle. « Comme vous voilà sévère! » soupira-t-elle.

Il secoua la tête.

« Non. Seulement j'ai à vous dire des choses, Lise. Ce n'est pas facile.

— Quoi donc? Pourquoi serait-ce difficile? Venez par là, nous serons plus libres pour parler. »

Elle l'emmena au jardin d'hiver. Les portes étaient ouvertes sur le parc ombreux, les jets d'eau crépitaient doucement dans le bassin. En prenant place près d'elle sur le sofa, Bernard ne prêta point attention à son briquet, sur lequel il faillit s'asseoir. Le règlement lui interdisait de s'en séparer tant qu'il était en uniforme dans la rue. A l'entrée du salon, il avait omis de le décrocher. « Ces diables d'outils! s'exclama-t-il. Je n'arrive pas à en prendre l'habitude. »

L'incident, qui fit sourire Lise, dissipa sa timidité envers son ami. Il lui redevenait accessible. D'un élan, elle lui tendit les mains. Mais lui, secouant de nouveau la tête :

« Non, Lise, il ne faut pas.

— Et pourquoi donc! se récria-t-elle. Enfin, Bernard, qu'y a-t-il?

— Je ne sais pas. Non, je ne sais pas bien. Croyez-moi, je vous aime, je vous aimerai toujours. Vous êtes merveilleuse.

— Mon cœur! dit-elle, tout illuminée.

— Ce n'est pas possible, hélas!

— Quoi donc?

— Vous et moi, notre situation. Non, ce n'est pas possible, répéta-t-il en cherchant avec effort ses mots. Vous comprenez, Lise, je croyais éprouver simplement des scrupules. Et c'est vrai, j'en éprouve d'immenses, je me sentirais très coupable de vous enlever à Claude. Mais ce n'est pas seulement ça, je l'ai senti ces jours derniers. C'est... Ah! comment dire! »

Il regardait avec envie la bouche si fraîche de dessin, de couleur, si différente des lèvres triomphantes de Babet, qui s'était tendrement offerte à la sienne. Il se rappelait l'expression de bonheur suprême dont ces yeux, cet adorable visage avaient resplendi, là-bas, au bord de l'étang. Comment pouvait-il tant admirer, tant chérir tout cela, et le refuser!

« Lise, Lise! s'écria-t-il, vous êtes tellement pure! J'ai de vous dans mon cœur une image... qu'il me semble que je ruinerais si je vous traitais comme n'importe quelle femme. Ah! je m'exprime mal! Je sens bien cela pourtant. Je ne peux pas détruire en vous ce que j'adore, comprenez-vous? Ce que j'ai adoré dès l'instant où je vous ai vue. Vous ne m'entendez pas? Oui, je suis absurde, je ne m'entends pas moi-même. Mais tenez, la semaine dernière, dans l'attente, en pensant à vous d'une manière indigne de vous, j'avais le sentiment de vous faire injure, j'étais plein de malaise, de honte. »

Les cils bas, les mains serrées entre ses genoux, elle écoutait en silence. Comme il se taisait, gêné par les derniers mots qu'il venait de dire, elle le regarda.

« Me faire injure! S'il n'y avait eu l'opposition de mon père, ne nous serions-nous pas mariés! Comment m'auriez-vous traitée, alors?

— Je n'y avais jamais songé, avoua-t-il au bout d'un moment. Je n'envisageais pas autre chose que d'être toujours avec vous. »

Elle l'examinait fixement. « En vérité, Bernard, demanda-t-elle soudain, m'avez-vous jamais aimée, moi?

— Voyons, Lise!

— Moi-même, non pas un idéal dont vous avez vu l'image dans mon apparence? Un rêve. Vous aimez dans ma personne un rêve. Je ne suis pas pure. Moi aussi, j'ai pensé à vous d'une façon... très charnelle, dit-elle en baissant la voix et les yeux. Pourquoi ne l'eussé-je point fait? Je ne suis plus candide. Il s'est trouvé un homme qui, malgré son admiration, n'a pas craint de me traiter comme une femme.

— Claude vous aime mieux que moi, vous le constatez. J'agirais très mal envers vous deux si je vous enlevais à lui, rendez-vous-en compte, Lise. »

Ils se turent. On entendait le bruit faible et soyeux des jets d'eau par-dessus lesquels le soleil déplaçait les ombres sur la statue de Thérèse en Diane chasseresse. Lise la contemplait, sans la voir; lui, il contemplait Lise en s'étonnant de la distance que quelques mots avaient mise soudain entre eux. La jeune femme l'abolit brusquement d'un regard, et Bernard pressentit ce qu'elle allait dire.

« Cette fille vous a repris, n'est-ce pas?

— Non, non, protesta-t-il, mal à l'aise. Ne croyez pas cela.

— Ce n'est pas vrai?

— Pas ainsi. Je reconnais que... Mais c'était pour me défendre de vous.

— Ah! quelle hypocrisie! s'écria-t-elle en se levant d'un sursaut. Comment pouvez-vous prétendre!... Avouez donc qu'elle vous plaît, qu'elle vous tient! Elle vous plaît plus que moi, elle a ce qu'il vous faut. Et vous venez me faire des contes! Je suis trop pure! Je suis trop sotte plutôt, mais pas au point de me laisser duper par vos mensonges.

— Je vous en conjure, dit-il, écoutez-moi. Si je ne vous adorais pas, pourquoi refuserais-je ce que tout homme s'empresserait de prendre? Vous êtes ravissante, vous le savez bien. Même sans avoir de sentiment pour vous, qui repousserait le plaisir promis par de si doux appas! Mon amie, ajouta-t-il en lui caressant les mains, ne voyez-vous pas que mon cœur est plein de vous? De vous seule. Cette tendresse, cette immense tendresse...

— Oui, sans doute », dit Lise, plus calme. Elle sourit tristement en le dévisageant. Elle portait en elle, comme la nostalgie d'un royaume où elle avait à peine abordé, le souvenir de leur baiser près de l'étang. « Beaucoup de tendresse, Bernard, point de passion véritable. Vous avez toujours eu trop de respect pour moi. Cela ne nous a guère réussi.

— Qui sait! Notre sentiment ne serait peut-être pas si fort s'il n'avait rencontré tant d'obstacles.

— Il y a des moments où j'aimerais mieux qu'il ne soit pas si fort, dit-elle avec des pleurs au bord des cils. Oh! Bernard, je suis malheureuse! »

Elle lui regardait les yeux, les lèvres, se haussait vers lui, plaintive. Ému jusqu'aux larmes lui aussi, il ne put résister. Il la prit dans ses bras avec infiniment d'amour. Elle gémit au contact de sa bouche, puis elle soupira, puis elle se détendit. Il la tenait tout entière contre lui. Il la sentit s'apaiser. Elle respirait calmement, suspendue à ses lèvres. Le trouble en lui faisait place à un éblouissement de douceur et de joie.

« Oh! Bernard, mon cher ami, mon cœur », murmura Lise en se détachant pour se serrer contre lui joue à joue. Elle revint à sa bouche, et ce fut de nouveau un inépuisable baiser immobile où ils oubliaient le temps.

« Mon cher cœur, mon ami chéri, dit-elle ensuite, je voudrais vivre pendue à votre cou!

— Vous n'êtes plus malheureuse?

— Non, oh! non. Et vous, êtes-vous heureux?

— Très. Écoutez, Lise, ma chère amie, jurons-nous que jamais nous ne désirerons autre chose.

— Quoi! s'exclama-t-elle. Non. Je désire être votre femme.

— Vous ne le pouvez pas, dit-il doucement. Parce que vous aimez Claude, qu'il vous aime, qu'il mérite...

— ... toute mon amitié, mon admiration, ma reconnaissance. Je n'ai rien de plus pour lui.

— Vous le pensez. Oh! je sais combien vous êtes sincère! Mais si vous n'aviez pour Claude que de l'amitié, m'auriez-vous parlé de lui, à Thias, avec tant d'émotion? Les sarcasmes de votre sœur vous révoltaient. Vous ne pouvez peut-être pas vous rendre compte de ce qui se passe en vous... Voyez-vous, mon amie, ma chère, si je ne vous avais point sentie secrètement attachée à votre mari, je n'aurais sans doute pas eu tant de respect, ou plutôt de réserve, c'est ça, de réserve, envers vous. Autrefois, oui. Pas ces jours derniers. »

La douce fermeté de ces propos faisait impression sur Lise. Elle savait bien que Claude avait pris en elle une place importante, qu'elle souhaitait, très vivement parfois, de le revoir, et que s'il n'y avait pas eu Bernard...

« Enfin, mon cœur, dit-elle, c'est absurde! C'est de vous que j'ai toujours été amoureuse. On ne peut pas aimer deux hommes à la fois.

— Je ne sais pas. Je ne suis pas intelligent, je sens certaines choses, voilà tout. Et puis je vous aime tant! C'est peut-être pour ça que je vois bien en vous. Beaucoup mieux qu'en moi-même, du reste. Je suis sûr de ne pas me tromper sur vos sentiments; je suis certain que le jour où Mounier reviendra, vous regretteriez amèrement de ne lui être pas restée fidèle.

— Bernard, dit-elle en l'embrassant avec plus d'émotion cette fois que de fièvre, vous êtes un homme admirable.

— Non, l'homme admirable, c'est Claude. Il s'est privé de vous, il vous a laissée maîtresse de votre cœur. Vous avez certainement songé à ce qu'a dû être pour lui ce sacrifice.

— Oui, assurément, reconnut-elle, se rappelant les lettres qu'elle avait lues non sans émoi. Oui, je sais, il souffre.

— Et il espère.

— Oui. »

Elle demeura rêveuse, avec une ombre sur son visage. Puis :

« C'est certain, Claude a pour moi un amour profond, généreux et sincère. Je n'y suis pas insensible, pourtant je ne peux le lui rendre.

— Comment le sauriez-vous, mon amie, puisque vous ne l'avez pas vu depuis que vous avez appris à le connaître? Quand il est parti, sa générosité vous avait touchée, mais vous vous défiiez encore de lui. »

Bernard s'arrêta un instant puis ajouta : « Tout à l'heure, vous m'avez dit : « Il s'est trouvé un homme qui n'a pas craint de me traiter comme une femme. » Vous n'étiez pas indifférente envers lui en disant cela. »

Et comme, les cils de nouveau baissés sur le bleu de ses yeux, elle ne répondait point, il reprit en lui caressant le front : « Ne soyez pas gênée, mon petit cœur. Je ne saurais pas m'expliquer, mais... eh bien, aimez Claude comme il vous aime, aimez-moi comme je vous aime. Ce sont deux choses différentes, elles ne peuvent se nuire l'une à l'autre. »

Les mains dans celles de son ami, Lise réfléchissait. Sa fièvre était tombée; cependant son désir pour Bernard — ce désir qu'elle nourrissait depuis si longtemps, sans le savoir d'abord, ensuite très consciemment — demeurait vif en elle. Il lui rendait difficile d'accéder à une sagesse, une noblesse qui lui imposaient pourtant le respect.

« Et s'il était vrai, dit-elle, que j'aie pour Claude toute l'affection d'une épouse, ne seriez-vous pas jaloux de lui? Je suis furieusement jalouse, moi, de votre Babet.

— Je l'ai été bien plus encore de Mounier, mais il m'a guéri. Au contraire, je serais heureux que vous lui donniez tout le bonheur mérité par ses vertus. Je vous le répète, ma chère, mon amour pour vous, c'est... Non, ce n'est pas celui d'un frère, c'est bien plus. C'est... ah! je ne peux pas dire, je sais seulement que si vous m'aimiez comme je vous aime, si nous restons, eh bien, purs, en quelque sorte, cette chose merveilleuse illuminera toute notre vie.

— Bon, dit au bout d'un moment Lise gagnée malgré elle, je ne veux pas me montrer indigne de vous, mon cœur. Je vous promets qu'au moins jusqu'au retour de Claude, je tâcherai d'être sage. Il faudra nous voir souvent. Il n'y a qu'ainsi que je sois heureuse », ajouta-t-elle en se pressant contre lui joue à joue, et il l'enlaça doucement.

Lorsqu'il partit, à la porte du salon de musique elle se haussa pour lui donner encore un baiser, lourd de regrets. Au moment où le jeune homme parvenait au perron, elle le rappela : « Bernard! Bernard! Vous oubliez votre sabre. »

Elle accourait, portant l'arme courte à poignée de cuivre. « Décidément, dit-il, je ne serai jamais un bon militaire! »

Il s'appliquait pourtant de son mieux à le devenir. Tous les jours, il allait à l'exercice. Jourdan, en sa qualité d'ex-soldat de La Fayette, avait été nommé instructeur de la garde nationale. Sur la place Tourny, sous les tilleuls du cours, qui descendait vers les Bénédictins entre des prairies en pente, la petite église Saint-Paul et la manufacture Laforest, les recrues faisaient assidûment l'exercice, en culotte et corps de chemise, car la plupart n'avaient pas encore d'uniforme.

Avec ses amis du Naveix, avec Antoine Malinvaud, avec des bourgeois, des fils de famille, Bernard s'initiait à l'école du soldat, au port et au maniement méthodique des armes, à la charge en douze temps, aux marches, contremarches, conversions et alignements. Plus jeune, il avait bien souvent, avec les gamins de son âge, passé des matinées dominicales à regarder ici-même les compagnies de la milice s'étirer, se dédoubler, se regrouper par pelotons, par bataillons, en files, en colonnes, en ligne de bataille, pivoter sur les serre-file, évoluer par le flanc, en oblique, en ordre dispersé, puis se resserrer, se déployer à nouveau. C'était magnifique. A son tour, il se trouvait dans les rangs : cela l'amusait beaucoup moins. Cependant il admirait l'ingéniosité du système, perfectionné de siècle en siècle, qui parvenait à régler comme mouvements d'horloge ces évolutions d'hommes en masse, sans désordre ni gêne pour chacun. Il eût toutefois préféré être à la boutique, où ses absences obligeaient Léonarde à le remplacer. Ensuite, quand il rentrait, il lui fallait besogner dur pour préparer les expéditions, aller livrer en ville et à la poste. Enfin, il devait, une fois la semaine à peu près, prendre la garde de jour ou de nuit. Il acceptait néanmoins de bon cœur cette existence plutôt lacédémonienne, en se rappelant avec quelle angoisse, le 29 juillet, sur la place des Carmes, il avait ressenti l'impuissance de ses concitoyens et la sienne à défendre ce qu'ils aimaient. Oh! on ne craignait plus les « brigands »! Les fantasmes de ce que les gazettes appelaient la Grande Peur étaient loin, avec leur ridicule, leur mystère. Mystère sur lequel Babet ne lui avait rien appris; en traitant le Génovéfain de faux moine, elle n'exprimait qu'une opinion. Mais l'alerte pouvait se renouveler sous une forme plus réelle. On avait à préserver aujourd'hui ces incomparables trésors que l'Assemblée, devenue Assemblée nationale constituante, venait de donner au royaume : l'égalité des citoyens, par l'abolition des privilèges, la liberté, par la Déclaration des droits de l'homme. En manœuvrant dans la poussière ou sous les ondées, en apprenant par cœur le Règlement de l'infanterie, en s'entraînant avec ses camarades à de longues marches, Bernard avait le sentiment de participer dans son humble mesure à l'œuvre accomplie par Mounier-Dupré et ses pairs, de garantir leur don merveilleux. « Singulier cadeau! » disait Léonarde. « Le premier effet de cette liberté dont on nous gratifie, c'est de t'ôter celle de vivre à ta guise, de faire benoîtement ton métier. » La liberté laissait Jean-Baptiste indifférent, elle ne recouvrait aucune réalité pratique à ses yeux, car il n'avait jamais connu la moindre entrave à ses mouvements ni à ses modestes désirs. En revanche, il était heureux de voir établir enfin cette égalité des droits que les petits bourgeois, et les grands comme M. de Reilhac et Naurissane, souhaitaient depuis si longtemps. M. Delmay lui-même en montrait de la satisfaction. « De ce fatras de sottises, il sort tout de même du bon », avouait-il. On était un peu enivré.

« Rends-toi compte, disait Malinvaud à Bernard, ton cher lieutenant François Lamy d'Estaillac du Chose, maintenant il n'est pas plus que moi, je peux m'asseoir dessus.

— Point du tout! Le lieutenant Lamy est infiniment supérieur à ton ignorante personne. Parce que lui, il sait commander la manœuvre d'une compagnie, voire d'un bataillon. Toi, tu ne saurais même pas mettre huit hommes en marche par le flanc. Ni faire exécuter un feu de peloton.

— Voilà. C'est par justice qu'il nous commande, non plus par droit de naissance. Aussi ne m'assiérai-je pas dessus. Je te dirai, d'ailleurs, que je n'en ai jamais eu la moindre envie, car c'est un très brave garçon. D'ailleurs, j'aime mieux m'asseoir sur une fille. Enfin, m'asseoir! manière de parler!... A propos de filles, alors comme ça tu t'es remis du dernier bien avec Babet! »

C'était manifeste. Elle venait le rejoindre sur le cours Tourny en sortant de chez ses pratiques. Elle le trouvait beau en soldat. Jamais elle n'avait été si tendrement sensuelle avec lui. Il se partageait entre elle et Lise qu'il voyait soit à l'hôtel Naurissane soit à Panazol. Quand il n'était pas de garde le dimanche, il y allait avec le cheval de son père ou un courtaud emprunté au père Sage. Dans ces belles journées de la fin septembre, semblables à celle qui les avait vus rompre, l'année précédente, il retrouvait l'innocence et la grâce de leurs premières amours.

Il les retrouvait parce que Lise se contraignait, pour lui plaire. Elle n'avait pas si vite pris son parti de cette tendresse platonique. Incertaine d'elle-même, elle était partagée entre la pensée de son mari et l'ardeur qu'elle avait toujours pour Bernard. Par moments, loin de lui, elle en arrivait à songer qu'il voyait juste, qu'elle aimait vraiment Claude. Elle se souvenait d'avoir été secrètement déçue en croyant découvrir qu'il ne l'aimait point. N'avait-elle pas toujours eu pour lui, malgré elle, un penchant qu'elle ne voulait pas s'avouer à cause de Bernard? Elle songeait parfois, avec une chaleur très troublante, aux instants où Claude l'avait tenue dans ses bras; elle regrettait d'y être restée insensible. Il n'en serait sans doute plus de même à présent. Mais Bernard! Elle le connaissait, elle l'aimait depuis bien plus longtemps que Claude. Elle voulait être à lui. Leurs baisers chastes ne la contentaient pas, au contraire, et c'était alors qu'elle se rappelait plus vivement les caresses de son mari. Oh! certes, elle admirait la noblesse de Bernard! elle souhaitait de lui rendre une tendresse aussi pure, mais cet amour désincarné était trop grand pour elle. Les désirs qu'elle ne pouvait s'empêcher de ressentir lui donnaient mauvaise conscience. Elle en voulait un peu à son ami. En même temps, elle essayait de le tenter. Timides coquetteries : un parfum plus insidieux, un corsage un peu plus décolleté, une douceur du regard derrière les cils, une langueur. A ses yeux à lui, elles ne la rendaient que plus adorablement candide.

Il n'était point seul à fréquenter la belle maison blanche

assise sur une terrasse avec des orangers en caisses, qui dominait la Vienne et ouvrait ses fenêtres sur la perspective lointaine de Limoges poudré de bleu, ou bien d'or rose le soir. Les châtelains du voisinage s'y retrouvaient avec les habitués du salon Naurissane. Bernard y rencontra François Lamy et Jacques Mailhard qui n'avait nullement renoncé à coucher, un jour, la jolie Mme Mounier-Dupré sur la liste de ses conquêtes — grossie de trois victimes depuis l'hiver. Les deux dernières, il les devait au prestige de l'uniforme, car il était, lui aussi, garde national. Il n'avait jamais eu beaucoup de sympathie pour Bernard, avec lequel il manœuvrait. En le voyant ici, trop bien en cour, il faillit se montrer insolent. Seuls les égards dus à son hôtesse le retinrent. Cette hostilité n'échappa point à Bernard. Au demeurant, il se sentait mal à l'aise dans ce milieu. Tous ces gros bourgeois, ces faux nobles qui singeaient les comtes, les marquis, les barons, en se donnant un nom de terre, ou ces noblaillons infatués de leurs maigres quartiers, partageaient les idées de Thérèse. Même les plus honnêtes d'entre eux n'acceptaient qu'à contrecœur la révolution en train de s'opérer. La plupart étaient pris entre la crainte d'une banqueroute et le désir encore plus caractérisé de voir rétablir l'ancien état de choses. Cela leur semblait possible; la Cour regagnait du terrain. Le Roi n'était peut-être pas si faible qu'on l'en avait accusé après le 14 juillet. Il ne laisserait pas dépouiller son clergé, sa noblesse, de leurs droits séculaires. On se réjouissait d'apprendre, par les gazettes et les lettres de Louis Naurissane, que Sa Majesté faisait obstacle à la promulgation des décrets « monstrueux ». Louis XVI allait certainement se ressaisir, disperser ce ramassis de coquins, comme disait si justement la Reine. Vue de Limoges par ces gens dont la puérilité frappait Bernard et que Lise et lui fuyaient, la situation paraissait simple : le Roi opposant à la Déclaration des droits de l'homme, à l'abolition des privilèges, le *veto* que lui reconnaissait la Constitution, les députés ne pouvaient passer outre; l'Assemblée se trouvait alors impuissante, inutile; il ne lui restait qu'à se dissoudre. Si elle n'y consentait pas, un ou deux régiments l'en convaincraient. Voilà tout.

En réalité, les choses étaient non seulement plus complexes mais redoutablement explosives. Claude, à Versailles, s'en rendait fort bien compte. Quel changement depuis ce 15 juillet où, de la salle des Menus à la cour de Marbre, ils avaient formé la chaîne pour protéger le Roi contre les vivacités de la ferveur populaire! L'immense élan d'amour, au lendemain de la visite du souverain à Paris, comme il semblait loin maintenant! L'ivresse du 4 août, qu'en restait-il? Certes, aucun de ceux qui avaient vécu cette prodigieuse séance où s'était effondré l'appareil de l'esclavage avec tous les privilèges — droits féodaux, juridictions seigneuriales, dîmes, servitudes, corvées, inégalités de toute espèce — n'oublierait cette nuit. Le Chapelier présidait. Un noble, beau-frère de La Fayette, le vicomte de Noailles, s'était levé pour formuler la proposition. Déjà, la veille, au club, le duc d'Aiguillon en avait soulevé l'idée. Infiniment plus libéraux que les gros bourgeois enrichis, les grands seigneurs favorisaient toujours les réformes. Debout, jeune, inspiré, Noailles demandait que l'Assemblée proclamât l'égalité absolue des hommes. Sa motion avait enflammé la salle. Dans la pénombre chaude, à la lueur des lampes qui faisaient luire les lys d'or sur le fond de velours violet, ce n'avait été qu'un cri, un élan, une vague d'émotion, de générosité, d'amour fraternel. Quiconque détenait un avantage le voulait sacrifier. Toutes les chaînes tombaient, toutes les barrières étaient jetées bas. Plus de privilèges, plus d'interdits, plus de différences entre les conditions. Plus de séparations entre les provinces, plus de pays d'État : une nation unie, consciente d'elle-même, une France enfin formée de tous ses enfants, de toute sa terre! L'aube teignait le vitrage, des larmes de joie et d'amour embuaient les yeux, la fatigue pâlissait les figures. Un mot du gros Lally-Tollendal avait suffi à ressusciter les vigueurs, les voix, les applaudissements frénétiques. Dans une interminable ovation, à l'instant même où rosissait l'aurore, Louis XVI était proclamé *Restaurateur de la liberté française*.

Le 4 août! A peine un mois et demi, et l'on se retrouvait plus partagés, plus défiants que jamais, violemment opposés les uns aux autres sur le principe de ce droit de veto que la majorité venait de reconnaître au monarque, irrités de nouveau contre lui par l'application qu'il prétendait en faire aux décrets mêmes du 4. Comme à la veille du 14 juillet, les menaces s'élevaient de toute part. Les modérés : les « monarchiens », conduits par Mounier de Grenoble — qui, effrayé par l'évolution des événements, s'était séparé de Barnave et associé au rétrograde Malouet — proposaient au Roi de transférer l'Assemblée à Tours. Encore une fois, la troupe — le régiment de Flandre — occupait Versailles. L'épouvantail de la banqueroute reparaissait. L'émigration, drainant la clientèle riche, aggravait le chômage; des centaines de valets, de laquais sans maîtres, sans argent, sans logis, erraient par la ville, mendiant du pain. Et de nouveau — comme, semblait-il, chaque fois que l'on avait besoin de la colère de Paris — Paris avait faim. Dans le journal du libraire Prudhomme, Loustalot écrivait carrément : « Il faut un second accès de révolution; tout s'y prépare. » Desmoulins avait réussi, avec l'argent produit par la vente de son féroce pamphlet « La France libre », à publier lui aussi sa gazette : *Les Révolutions de France et de Brabant*. Il y couvrait la Reine d'injures, le Roi de mépris, et réclamait une république. Lui et Brissot : un autre journaliste, passionné pour les institutions américaines — Brissot qui avait reçu des Suisses les clefs de la Bastille —, étaient seuls à prôner cette chimère. Les nombreuses feuilles nées depuis le 14 juillet, quelle que fût la violence de leurs attaques contre le veto, contre les accapareurs, contre les « monarchiens », contre les tergiversations du Roi, demeuraient plus raisonnables. On ne pouvait douter néanmoins qu'une nouvelle crise violente se préparât comme le prophétisait Loustalot. Déjà, le 30 août, une espèce de fou : le marquis de Saint-Huruge, à la solde d'Orléans, avait tenté de conduire à Versailles, en pleine nuit, une troupe d'émeutiers. La Fayette avec la garde nationale les avait arrêtés. Saint-Huruge en prison, Desmoulins, après avoir demandé que les députés indociles fussent « brisés et remplacés », se cachait prudemment.

Au milieu de ces agitations, une singulière lassitude s'emparait de Claude. L'Assemblée ayant formé officiellement des comités de travail, il avait été confirmé à celui de constitution et nommé à celui de législation. Il s'y montrait assidu, mais seule une part de lui-même restait à Versailles; une autre était en Limousin. Il supportait avec une peine sans cesse accrue son éloignement de Lise. Quatre mois qu'il l'avait quittée! Ils avaient à peine plus longtemps vécu ensemble. En lui, le besoin de la rejoindre éclipsait l'ambition qui la lui avait fait un peu négliger. Si ardent pour la chose publique, si impatient tout d'abord de se placer au premier rang, il voyait à présent avec une sorte d'indifférence le petit Robespierre s'élever peu à peu par sa ténacité, imposer sa personne, sa voix grêle, à force d'obstination, d'interventions, d'inflexibilité sur les principes, tandis que lui, Claude, se confinant dans ses travaux, s'éloignait chaque jour davantage du peu d'illustration qu'il avait eu. A vrai dire, il trouvait là, avec le calme Lanjuinais, Larevellière-Lépeaux, bon vivant, le solide Pétion, Sieyès, Le Chapelier, le sentiment d'accomplir l'œuvre véritable, profonde, efficace et durable, loin du cri des tribunes, des déclamations des partis dont les intrigues commençaient à écœurer les hommes totalement désintéressés, Montaudon en particulier. Il suivait les séances mais ne se manifestait plus guère au club, ou s'il y allait c'était pour jouer au billard dans l'arrière-salle du café, non pour écouter les propos.

« Ce sont paroles de fous, disait-il, de gens qui, sous prétexte d'arranger leur logis, précipitent à qui mieux mieux les meubles par la fenêtre. On nous avait élus pour que nous remettions de l'ordre dans la maison, non pour la démantibuler dans un délire de surenchère. Voilà ce que sont en train de faire tes Barnave, tes Du Port, tes Lameth, à la suite de ce froid imbécile de Sieyès; il commencera bientôt peut-être à comprendre où l'on va quand on raisonne dans l'abstrait. Il n'y a ici de sérieux que les monarchiens, mais ils seront emportés à la prochaine secousse, et tous ces insensés qui jouent à se dépasser les uns les autres se détruiront tour à tour en détruisant ce que nous avions mission d'améliorer. »

Le désenchantement semblait atteindre la délégation limousine tout entière. Le comte des Cars, depuis juillet, avait laissé la place à son suppléant, le comte des Roys. M. de Reilhac, Naurissane, fuyant la grand-salle où l'on votait sous les menaces des tribunes envahies par des hommes de main déguisés en bourgeois et des femmes payées, travaillaient l'un au comité de législation, l'autre au malheureux comité des Finances qui cherchait une impossible panacée contre le déficit décuplé depuis quatre mois. Tous deux, le lieutenant général comme le maître de la Monnaie, étaient de cœur avec les « monarchiens ». Ceux-ci, en voulant transférer à Tours l'Assemblée, souhaitaient au fond son remplacement par un corps plus pondéré. Les extrémistes aussi — de Desmoulins à Marat : un obscur journaliste, rédacteur de *L'Ami du peuple* — la réclamaient également, cette dissolution. Les agents orléanistes la préparaient en même temps qu'une attaque sur Versailles. La conspiration de Montrouge recommençait. Mirabeau ne l'ignorait pas, et cette fois la dénonçait en prévenant les amis de la Cour : « Le Roi et la Reine vont périr. La populace battra leurs cadavres. »

Avec sa sensibilité aux impondérables, Claude devinait que le complot visait surtout Marie-Antoinette. Elle incarnait la résistance. Les libellistes redoublaient sur son compte d'insultes et d'ignominies. Ils la traînaient dans la boue; ils faisaient avec les plus obscènes détails le tableau de ses débauches en compagnie des anandrynes célèbres à Versailles et à Paris, de son libertinage avec Mme de Lamballe à laquelle, disaient-ils, elle rendait ses faveurs érotiques depuis que s'étaient enfuies ses plus chères tribades : les Polignac. « Lubrique Antoinette, femme plus scélérate que les Médicis et les Messalines! » tonnaient-ils. Ils avaient réussi à la rendre odieuse au peuple crédule qui gobait tout cela. Hélas, elle s'était rendue odieuse elle-même, à de meilleurs esprits, par son mépris pour ceux qui eussent voulu l'aimer, par ses injures, son orgueil, son opposition systématique aux souhaits d'un peuple entier, par sa désastreuse influence sur le Roi auquel elle dictait les mesures les plus dangereuses pour la nation et pour la monarchie elle-même. Le revirement de Louis après sa visite à Paris provenait d'elle, on le savait trop. Si le principe d'une monarchie constitutionnelle commençait à paraître impossible à quelques esprits, si l'on parlait de république, elle en était la cause. Elle s'était faite, involontairement sans doute mais périlleusement pour tout le monde, le mauvais ange de la France. Claude ne pouvait lui pardonner d'avoir gâché tant d'espoirs. Pourtant il ne pouvait non plus oublier les émois qu'elle avait suscités en lui. Il s'inquiéta; il savait que Du Port, Barnave, Alexandre de Lameth incitaient les gardes-françaises à venir ici se substituer, par la force s'il le fallait, aux gardes du corps. Il demanda franchement à Barnave quel était leur dessein.

« Tout simplement, mon cher Claude, de soustraire le Roi

à un entourage essentiellement aristocratique, de le mettre aux mains de la Révolution, pour qu'elle reste monarchiste. Le mieux, si c'était possible, serait de le transporter à Paris, au milieu du peuple. Chacun, je le crois sincèrement, y gagnerait.

— Est-ce là tout, vraiment? » dit Claude regardant bien en face son ami.

Les yeux clairs ne cillèrent point. « Tout, soyez-en sûr. En vérité, ajouta Barnave avec une espèce de sourire, je pense que Laclos nourrit des intentions très dignes de sa Merteuil. Nous ne les lui laisserons pas réaliser, quoi qu'il arrive. Nous avons nos hommes à nous parmi les agents d'Orléans. »

Rentrant à l'hôtel pour dîner, Claude trouva une lettre de Lise. « Votre absence se fait bien longue, lui disait-elle. Ne reviendrez-vous pas bientôt, mon ami? Oui, je le sais, votre tâche n'est point terminée et l'avenir de notre pays a plus d'importance que nos sentiments personnels, surtout que les nervosités d'une femme. Je m'efforce d'être patiente, mais j'ai grand besoin de vous voir, de vous parler, de savoir en face de vous ce que je pense. Je suis retournée chez mes parents, car je ne pouvais plus supporter l'insolente sottise des amis de Thérèse. Mon père semble avoir fini par comprendre que notre commune affection, à Bernard et à moi, ne peut donner d'ombrage à personne; il nous laisse maintenant en paix. Je ne suis pas malheureuse, mais pas très heureuse non plus. »

Claude ne balança qu'un instant. Trop de fois, il avait laissé passer l'occasion de faire un saut jusqu'à Thias. Il venait d'accomplir au comité de Constitution tout son travail, les articles allaient être soumis à l'approbation royale. Quoi qu'il dût se passer ici dans la douzaine de jours à venir, ce n'était pas lui qui pourrait influer sur les événements. S'il y perdait un moyen de s'illustrer, tant pis!

« Je dois absolument me rendre à Limoges, dit-il à Montaudon. Viens-tu avec moi? »

René n'avait aucun motif urgent de s'éloigner. Après avoir averti ses collègues du comité, Claude alla voir son homonyme, Mounier, qui présidait en ce moment l'Assemblée. Soucieux de tout autre chose, le chef des « monarchiens » lui accorda distraitement un congé de quinze jours. « A partir de ce soir », précisa Claude.

On était au lundi. Il coucherait chez sa sœur, pour prendre la diligence le lendemain à l'aube. Avant de quitter Versailles, il avisa son beau-frère Naurissane.

« Attendez huit jours, lui dit celui-ci, nous irons ensemble, en poste. Je ne puis m'en aller tout de suite; nous étudions les modalités d'un nouvel emprunt. Il ne réussira pas mieux que le premier, je le crains, il faut essayer malgré tout, sans quoi c'est la faillite. La situation est effrayante, mon cher Claude.

— Je sais, mais une possibilité que je n'aurai peut-être plus dans huit jours se présente. Quoi qu'en pense Thérèse, je tiens infiniment à ma femme. Il me faut la voir, car entre elle et moi tout va dépendre de cette confrontation. »

En roulant vers Limoges, il était possédé d'impatience et d'appréhension. Les précédentes épîtres de Lise lui avaient bien laissé sentir qu'un changement s'opérait en elle; elle ne s'y découvrait pas cependant comme dans cette dernière lettre dont la simplicité un peu enfantine le bouleversait. Se pouvait-il que Lise eût, comme il l'avait pensé tout d'abord, aimé Bernard d'un simple amour de jeune fille, et qu'elle ait fini par s'en rendre compte? Ou bien ces longs mois de séparation l'avaient-ils rendue plus sensible à sa tendresse à lui, Claude? L'absence l'avait peut-être fait paraître plus aimable. En le revoyant, Lise n'allait-elle pas retrouver ses anciennes préventions? Ne serait-elle pas déçue par la réalité? Reconnaîtrait-elle en lui l'ami qu'il était devenu pour elle par correspondance, ou le mari imposé qu'elle avait subi avec déplaisir?

A mesure qu'il se rapprochait de Limoges, sa fébrilité augmentait. Dans les auberges de poste, il dormait à peine, pressé de reprendre la route. Le troisième jour, on atteignit Argenton et son vieux pont enjambant la Creuse. On commença de voir au loin, par-dessus les châtaigneraies jaunissantes, les horizons d'un bleu intense. Le vendredi, ce fut Chanteloube, puis la Maison-Rouge, enfin la descente sur Limoges dans la nuit tombante qui s'embrumait. En passant devant la manufacture de porcelaine, isolée à l'entrée du faubourg, Claude donna une pensée à ses parents mais ne s'arrêta point. Il avait juste le temps d'arriver à Thias avant que l'on y fût couché. Il prit à la poste un cabriolet qui le déposa, une demi-heure plus tard, devant la grille du jardin. Il était sept heures. La lumière brillait encore aux ouvertures en forme de cœur découpées dans les volets de la cuisine. Le bruit de la voiture avait réveillé tous les chiens du hameau. Pendant que Claude, sa valise à la main, ses souliers crissant sur le cailloutis, contournait une corbeille de chrysanthèmes reconnaissable à l'odeur amère, il entendit tirer les verrous dans la maison. La porte s'entrouvrit sur la figure de M. Dupré avec ses gros sourcils.

« Qui vient là? demanda-t-il, scrutant cette silhouette confuse dans le noir.

— Moi, mon père. J'arrive de Versailles.

— Claude! Pas possible! » s'exclama le vieillard en ouvrant toute grande la porte. Il élevait une lampe de cuivre.

« Vous voyez. J'ai mon congé pour quelques jours, je suis parti sans avoir eu le temps de m'annoncer.

— Ventrebleu! mon cher garçon, point n'en était besoin. Vous êtes le bienvenu ainsi », dit son beau-père en le prenant affectueusement par l'épaule.

Mme Dupré apparut à la porte de la cuisine, et faillit pousser un cri de stupéfaction. Son mari lui mit la main sur la bouche. « Chut! Il faut laisser la surprise à ta fille. Elle est dans la salle, dit-il à Claude, passez par le vestibule. Toi, ma bonne, viens par ici. »

Dans un fauteuil au coin de la cheminée, un volume entre les mains, Lise poursuivait une lecture que les abois des chiens et les bruits confus n'avaient point troublée. Ni le pas sur les dalles du couloir ni la porte en s'ouvrant ne dérangèrent la jeune femme. C'était son père qui rentrait. A peine leva-t-elle les yeux. Son regard passa distraitement sur Claude, revint vivement, se fixa tandis qu'un sursaut la redressait dans son fauteuil, les lèvres entrouvertes. Son livre tomba. Elle avait pâli. Maintenant son visage rosissait.

« Claude! Est-ce possible?

— Vous m'avez écrit que vous désiriez me voir. »

Immobile, arrêté sur le seuil, il la contemplait. Dans sa robe bleu pâle avec un fichu blanc, son cou fier, ses cils blonds frangeant les yeux couleur de pervenche, elle était aussi éblouissante en sa simplicité que la Reine le jour où Claude l'avait admirée à Trianon.

« Vous êtes venu pour moi? dit Lise en se levant. Pour moi seule!

— Assurément. J'avais tant besoin de vous revoir! Et je

vous vois plus merveilleuse encore que je vous ai quittée. »

Elle lui tendit les mains, il les baisa avec ferveur. Elle restait étonnée, mais déjà elle se sentait poussée vers lui. Quelque chose de doux et d'ardent lui serrait la gorge, lui faisait battre le cœur.

Claude parlait. Elle n'entendait pas les mots, seulement le ton; il l'émouvait profondément. Elle regardait les yeux, les traits de son mari. Elle le reconnaissait, pareil à lui-même et cependant transformé par tout ce qui s'était révélé durant leur séparation. Trop surprise, elle ne formait aucune pensée, mais les souvenirs — des souvenirs physiques — remuaient en elle. L'impulsion lentement mûrie qui l'avait fait écrire à Claude se changeait en un élan de toute sa personne. Avec une faiblesse heureuse, elle se laissa aller. « Oh! Claude, Claude! » murmurait-elle. Il la serra dans ses bras, et elle renversa vers lui son visage en fermant les yeux.

XVII

Le lendemain, ils allèrent, avec Mariette, la jeune servante, se réinstaller à Limoges, dans leur appartement. Ce fut alors leur lune de miel. « Quelle revanche! disait Claude. Ici où nous nous sommes fait l'un à l'autre tant de mal! »

Puis il demanda :

« Et Bernard?

— Oh! je l'adore! répondit Lise radieuse. Je crois que je ne l'ai jamais mieux aimé. Exactement comme il le voulait, comme il m'adore lui-même. »

Elle expliqua ce qui s'était passé entre eux, et de quelle façon il l'avait contrainte à la sagesse.

« Quel grand cœur! dit Claude avec émotion. Je veux le voir. »

Jusqu'à ce moment, ils n'avaient rompu leur tête-à-tête que pour les parents de Claude. Il fallait reprendre les relations avec tous leurs amis. Avant, Claude alla demander Bernard au corps de garde central, établi au rez-de-chaussée de la maison même, de l'autre côté du couloir, dans la partie qui formait l'angle de la rue des Combes. L'officier de jour dit que Bernard se trouvait pour l'instant de service à la poudrière; il reviendrait déposer ses armes dans deux heures. Claude lui laissa un billet, lui demandant de monter. Ce message ne surprit pas le jeune homme : il savait, comme beaucoup de gens, que Mounier-Dupré était de retour. Mariette, éblouie de voir de près un si beau militaire, le fit entrer. Lise lui sauta au cou. Claude l'étreignit à son tour.

« Bernard, dit-il, je n'ai pas de mots pour t'exprimer ma reconnaissance et mon affection. Il y a des choses trop grandes. Sache bien que tu es pour moi plus qu'un frère, mon cher ami.

— Merci, dit Bernard en souriant. Je suis très heureux. Votre bonheur est le mien, il me remplit de joie. »

Claude lui serrait l'épaule, ils tenaient chacun une main de Lise.

« Ah! fit Bernard un peu grisé, si tous les hommes sur la terre s'aimaient comme nous, que le monde serait beau! que la vie serait douce!

— Oui, dit Claude, c'est cela que nous voulons. Hélas! on en est encore loin! mais nous poursuivrons sans répit nos efforts pour y parvenir. »

Le soir même, à l'arrivée du courrier de Paris, on apprenait en ville que le second « accès de révolution » annoncé par le journaliste Loustalot s'était produit. Farne, Barbou en apportèrent la nouvelle chez Nicaut où se trouvait le ménage Mounier-Dupré avec Pierre Dumas et sa femme. Les gazettes, datées du lendemain de l'événement, débordaient de lyrisme patriotique sans donner encore aucun détail : le peuple, annonçaient-elles, était allé chercher à Versailles la famille royale, et l'avait ramenée triomphalement à Paris. Tout cela s'était fait de la façon la plus pacifique.

« J'en doute, observa Claude. Après la prise de la Bastille, on a travesti les choses. Il doit en être de même aujourd'hui. Ces feuilles ne disent certainement pas la vérité. Quand je suis parti, les orléanistes nourrissaient des desseins notoirement criminels. J'ai confiance en Barnave, mais peut-on croire que ses amis aient été assez forts? »

Les jours suivants des bruits coururent, provenant des salons aristocratiques. Il y avait eu à Versailles, disait-on, des massacres affreux auxquels le Roi et la Reine n'avaient échappé que par miracle. Des hordes sanguinaires les avaient violentés, arrachés du château, et les tenaient prisonniers aux Tuileries.

Enfin, une longue lettre de Montaudon à Claude vint mettre les choses au point. « Tout d'abord, écrivait-il, il y a eu provocation de la Cour. Ces gens et la Reine sont insensés. A croire qu'ils ne cessent de chercher des verges pour se faire battre! Trois jours après ton départ, jeudi dernier, les gardes du corps donnaient un dîner aux officiers du régiment de Flandre. Des dragons, des Suisses, le haut état-major de la garde nationale versaillaise, étaient invités. Trois cents convives. Quel dîner! mon cher. Commandé chez Haumes, à vingt-six livres par tête, sans les vins. Pendant qu'avec notre misérable indemnité nous nous serrons la ceinture, et qu'à Paris les gens se tuent à la porte des boulangeries! Le repas avait lieu au château, non point à l'Orangerie, mais, par une faveur insigne qui n'a pu venir que du Roi ou de la Reine, dans la salle d'opéra. Tu te la rappelles? Nous l'avons visitée avant l'ouverture des États. Ors, bleus, marbres peints. Les loges tapissées de glaces. On voit tout cela ruisselant de lumière, tous ces balcons remplis de gentilshommes, de belles dames aux épaules nues. Au parterre, l'étincellement de la verrerie, les surtouts de verdure sur la blancheur des nappes. Il y avait de quoi éblouir les simples soldats des Suisses et de Flandre que l'on introduisit pendant le second service pour les faire boire à la santé des souverains. Sur quoi la loge royale s'ouvre, la Reine et son fils paraissent avec le Roi pris au retour de la chasse. Une ovation les salue. La Reine rayonnante descend dans la salle. Portant Chou d'Amour dans ses bras, elle passe au long des tables. Alors c'est le grand attendrissement. L'orchestre, soit préméditation soit inspiration, se met à jouer l'air du trouvère Blondel, tu sais, dans l'opéra de Grétry, et toute la salle de reprendre : « O Richard, ô mon roi, l'univers t'abandonne. Sur la terre il n'est donc que moi qui m'intéresse à ta personne... » Comment résister à un concours si bien fait pour électriser les âmes! Des extravagances ont été accomplies dans l'exaltation du moment combinée avec la chaleur des vins. Est-il vrai, comme l'a prétendu notre compatriote Gorsas, que l'on ait foulé aux pieds les cocardes tricolores? En tout cas, on en a retourné du côté blanc pour les transformer en cocardes royales. Des gardes du corps, quelques Suisses, quelques dragons, des grenadiers de Flandre, se sont livrés à diverses excentricités dans la cour de Marbre, en criant : A bas l'Assemblée! Nous sommes au Roi seul!

« Avec sa pauvre tête de linotte, Marie-Antoinette s'est dite à tous les échos si satisfaite de cette soirée, qu'on l'a renouvelée dès le surlendemain, au Manège. Cette fois, on parla ouvertement de nous prendre d'assaut, de nous disperser, les armes à la main, de *mater Paris*. De jolies bouches faisaient des moues certainement charmantes devant les cocardes tricolores, de belles mains n'avaient guère de peine à les arracher pour leur substituer des cocardes blanches ou la cocarde autrichienne noire. L'amiral d'Estaing, avec son haut état-major de la garde nationale de Versailles, regardait complaisamment tout cela, mais quelques officiers roturiers, dont le lieutenant-colonel marchand de toiles, Lecointre, sortirent, outrés. Un chevalier de Saint-Louis les suivit, insultant Lecointre, le provoquant. Cet aristocrate, mon cher, c'était le gendre de la bouquetière de la Reine!

« Je te raconte ces enfantillages pour te montrer combien les têtes s'étaient échauffées depuis ton départ. Là-dessous couvait quelque chose de plus redoutable, dont on a eu diverses preuves par la suite : le dessein d'emmener Louis, à Metz probablement. Il en serait revenu au milieu d'une armée. S'il n'y avait eu dans ce dessein l'inconsistance habituelle des projets de la Cour, il pouvait réussir, et la Révolution était étouffée. Heureusement — car il faut, malgré tout, dire heureusement — l'agitation provoquée à Paris par ces insolents banquets dont Gorsas avait, avec indignation, dressé tout le tableau dans son *Courrier de Versailles* (que l'on ne reçoit pas à Limoges, je présume), a mis un terme aux intrigues des uns et des autres. Que le mouvement ait été spontané ou dirigé par les séides d'Orléans, peu importe. Aux yeux d'hommes comme toi et moi, le résultat compte seul. Il me paraît trop exactement conforme au souhait de tes amis Barnave, Du Port et Lameth, pour que leur volonté n'y ait pas influé contre celle de la faction orléaniste. Comme le 14 juillet, le 6 octobre marque une défaite de ces conspirateurs. Tous les patriotes s'en réjouissent. Nul homme pur ne pourrait vouloir d'un Philippe d'Orléans ni des moyens qu'il emploie ou laisse employer par ses agents. Avaient-ils réellement, à en croire les avertissements de Mirabeau, l'intention de violer la Reine et de tuer le Roi? Ils semblent avoir fait tout le possible à cette fin. Si tel était leur dessein, il s'en est fallu de bien peu qu'il ne réussisse : de l'épaisseur d'une porte et de l'honnêteté des gardes-françaises. Les émeutiers qui assommaient les gardes du corps dans le palais sont parvenus jusqu'à la chambre de Marie-Antoinette surprise au saut du lit, en chemise. Des gardes-françaises incorporés à la garde nationale arrivèrent juste à point pour donner main-forte et faire sauver la Reine à peine vêtue. Il n'y eut d'éventré que son lit. Pendant ce temps, le grand général La Fayette dormait. Mais je brouillonne tout, il faut reprendre de plus haut.

« Dans l'ordre chronologique, voilà comment les choses se sont passées. D'abord, samedi il y avait eu de l'agitation dans Paris. Un avocat aux conseils du Roi : Georges d'Anton, fort ami, paraît-il, de ton singulier ami Desmoulins et président de l'Assemblée du district des Cordeliers, avait mis celui-ci en effervescence. Le rédacteur de *L'Ami du peuple,* dont ton petit Camille s'est bien gaussé en disant qu'il se prend pour la trompette du Jugement dernier, ne craignait pas d'imprimer cette adjuration quasi prosopopéique : « O morts de la Bastille, levez-vous ! » Au demeurant, tout le monde était indigné par l'injure faite à la cocarde nationale et par ces agapes de Lucullus insultant à la misère, à la faim. Dimanche, des mouvements se produisirent au Palais-Royal et dans les rues. Des femmes : ouvrières en chômage, poissardes, catins probablement soudoyées par les agents d'Orléans, se rassemblèrent en criant qu'elles iraient demander du pain au Roi, qu'elles ramèneraient celui-ci. On clamait : « Mort à la Reine ! Mort aux aristocrates ! » Lundi matin, il y eut du trouble à l'Hôtel de ville où l'abbé Lefèbvre, celui-là même qui a si vaillamment défendu et distribué la poudre, le 14 juillet, fut bel et bien pendu au clocheton. Le peuple n'est pas moins ingrat que les rois. Par bonheur, une femme coupa la corde à temps. Le brave Lefèbvre eut la chance de choir de vingt-cinq pieds dans une salle au-dessous sans se faire aucun mal.

« Nous, cependant, nous délibérions non sans âpreté sur la réponse envoyée par le Roi au sujet des articles de la Constitution. Le projet auquel tu as mis la main avait été voté en partie. Pour gagner du temps pendant que continuait la discussion, on avait soumis au Roi les premiers articles. Sa réponse était, comme toujours, dilatoire : des lois constitutives, prétendait-il, doivent être jugées dans leur ensemble. En considération des circonstances alarmantes, il *accéderait* néanmoins à ces articles, à condition que le pouvoir exécutif lui fût remis tout entier. Sur quoi Robespierre se dresse comme un ressort, et, de sa voix aigre, déclare que la réponse de Sa Majesté est contraire aux principes (toujours ses principes!), qu'il n'appartient pas au Roi de consacrer la Constitution que la nation entend se donner. L'abbé Grégoire approuve. Du Port prend la parole à son tour, mais biaise et revient sur le scandale des banquets en les qualifiant d'orgies insensées dont la prudence s'effraie et dont la misère murmure. Pétion l'appuie. Au milieu des vociférations de la droite, il accuse les gardes du corps d'avoir insulté l'Assemblée. En somme, après l'intervention de Robespierre, on était passé tout à coup de la discussion raisonnable à l'une de ces explosions de passion comme nous en avons déjà tant vu. Les tribunes hurlaient, conspuant les aristocrates. Comme toujours, les plus excités étaient des grands seigneurs. Le comte de Barbentane, le fils de Philippe d'Orléans : le duc de Chartres, réclamaient à qui mieux mieux des lanternes pour les traîtres de la Cour. On aurait cru entendre Desmoulins. A droite, quelqu'un sommait Pétion de déposer sur le bureau une dénonciation signée. Mirabeau escalade la tribune. — « Moi, monsieur, je signerai si l'Assemblée déclare la personne du Roi *seule* inviolable. » Il aurait, prétend-on, ajouté à voix couverte : « Je dénoncerai le duc de Guiche et la Reine. » Je te rappelle que le duc de Guiche est capitaine des gardes du corps. Mirabeau le tient pour le complice de la Reine dans l'affaire des banquets, sinon pour leur inspirateur même. D'ailleurs, on le donne pour amant à Marie-Antoinette; mais tu le sais, j'imagine. On lui en prête tant! A ce propos, des gardes-françaises assurent qu'un homme a passé cette nuit du 5 au 6 dans la chambre de la Reine. Ils auraient vu à l'aube la dévouée Campan le faire sortir, déguisé, par le balcon qui va vers l'Œil-de-Bœuf. Est-ce vrai? Serait-ce effectivement Guiche? ou ce Suédois dont le nom ne me revient pas en ce moment et que l'on prétend être le père du Dauphin?... Bon, je m'égare encore. Retournons à Mirabeau. Monté au fauteuil du président, ton homonyme Mounier, il lui parlait à mi-voix. On a su par la suite, car Mounier s'est empressé de le rapporter, qu'il lui avait dit ceci : « Mounier, Paris marche sur nous. Croyez-moi, ne me croyez pas, quarante mille hommes marchent en ce moment sur nous. Trouvez-vous mal, levez la séance, allez au château et donnez-leur cet avis. Il n'y a pas une minute à perdre. — Paris marche sur nous? répond sarcastiquement Mounier qui prenait Mirabeau pour l'instigateur du mouvement. Eh bien, tant mieux, plus tôt nous serons tués, plus tôt nous serons en république! — Le mot est joli », dit Mirabeau.

« Le comte était mal renseigné. Il ne s'agissait pas de quarante mille hommes mais de cinq à six mille femmes. Elles sont arrivées par une pluie battante qui redoublait aux approches de la nuit. Un tableau indescriptible. Elles marchaient depuis le matin, depuis l'Hôtel de ville. Parties avec le beau temps, la pluie les avait prises en route. Elles semblaient sortir d'un étang, mouillées jusqu'à la moelle, crottées, les bonnets informes, les cheveux dégoulinants, les vêtements collés au corps par l'eau. Peux-tu imaginer cela : ce soir blême, ce grouillement dans l'avenue de Paris, sous les hachures de la pluie, ce grouillement de femmes trempées. J'étais sorti pour voir ça. C'était homérique et dantesque. Il y avait de tout : des poissardes dépoitraillées, les cheveux en serpents : vraies têtes de Gorgone — certaines plutôt ivres. Des grisettes jeunes, jolies, dont les robes immaculées s'étaient transformées en chemises sales, mais qui leur collaient bien agréablement au corps. Des bourgeoises, ou quelque chose de ce genre, une, en amazone rouge, avec un chapeau dont le panache mouillé retombait en queue de renard. Des harengères tiraient à la bricole et poussaient un canon aux roues et à l'affût peints en écarlate. Dans les jupes plaquées sur les formes, les croupes luisaient et remuaient comme des fesses de percherons. Des heureuses, cotillons troussés par-dessus les cuisses, se tenaient, certaines par deux, à califourchon sur les chevaux blancs d'un train d'artillerie. Tout cela était assez intéressant à voir. D'autres, exténuées, avançaient en groupes, se soutenant mutuellement. La plupart semblaient insensibles à la fatigue, au mauvais temps. Il y en avait qui riaient, qui dansaient dans la boue en clamant qu'elles allaient orner leur coiffure d'une cocarde faite avec les boyaux de la « gueuse ». Il y avait des aphones et d'autres qui nous jetaient : « Voyez comme nous sommes faites, nous voilà comme des diables. La bougresse — la vache, disaient certaines — nous le paiera. Nous l'emmènerons à Paris morte ou vive! » Apercevant un garde du corps parmi les curieux, elles lui crièrent : « Tu vas au château? Annonce à la Reine que nous venons pour lui couper le cou. » Parmi ces créatures, il m'a semblé reconnaître des hommes enjuponnés. On en voyait quelques-uns, mais peu, en costume masculin, élevant des écriteaux où se lisait : « A Versailles! Vive la liberté nationale! » C'était, du reste, un homme qui avait mené le cortège : un certain Maillard, clerc d'huissier, gigantesque gaillard déjà connu, paraît-il, pour s'être saisi du malheureux Launay, à la Bastille, et avoir voulu le protéger des furieux. Ce basochien à la figure lugubre ne semble pas être, effectivement, un sanguinaire, ni un soudoyé d'Orléans. Je me demande s'il ne serait point de ce « Sabbat » des Lameth dont tu me parlais. Toujours est-il qu'il a su imposer à son troupeau un certain ordre et au mouvement une certaine forme de légalité. Il a retenu autant que possible les femmes de se jeter sur le château en les fixant autour de l'Assemblée. Nous l'avons reçu avec une quinzaine d'entre elles, dont une portait un tambour de basque au bout d'une perche. Maillard était accompagné d'un garde-française qui, le matin, ayant sonné le tocsin à l'Hôtel de ville, avait failli, disait-il, être écharpé par les modérés. Il demanda du pain pour tous et la punition des gardes du Roi insulteurs de la cocarde nationale. Maillard, lui, réclamait des poursuites contre les accapareurs : des ecclésiastiques pour la plupart, assurait-on. Là-dessus, les femmes dénoncèrent l'archevêque de Paris, comme elles eussent dit le pape. Elles se mirent à clamer : « A bas les calotins! Le pain à six liards la livre, la viande à neuf sous! » Quelques minutes plus tard, elles changeaient de chanson, criant : « Vive messieurs les gardes du corps! Vive le Roi! » parce que les gardes venaient de se résoudre à prendre la cocarde tricolore. Mons Maillard, avec sa grande figure maussade aux lèvres tombantes, n'était pas satisfait pour si peu. Il voulait le renvoi du régiment de Flandre, la sanction des décrets, l'assurance d'un prompt ravitaillement de Paris. Robespierre le soutint. Moi aussi. Je faillis périr étouffé dans les bras de ces dames quand je proposai que l'on portât cette motion à Sa Majesté et qu'on ne quittât point le château sans une réponse formelle. Je voyais là le seul moyen de tout sauver : à la fois la Révolution et la monarchie. Ma proposition fut votée. On nous désigna quelques-uns, avec le président Mounier qui céda son fauteuil à l'évêque La Luzerne. Ces dames, aux anges, embrassaient tout le monde, y compris l'évêque. Elles s'étaient séchées. Il y en avait de jolies. Je n'y suis pas resté insensible; tu me connais!... Mirabeau-Tonneau, lui, non moins paillard que son frère, dépassait la mesure. Il ne se gênait pas pour mettre la main dans les corsages ou sous les cottes, au petit bonheur. Mais c'était le comte, « notre petite mère Mirabeau » que voulaient ces dames. Une fois de plus, il avait jugé bon de n'être point là. Enfin, il fallut partir, accompagnés par une douzaine de nos nymphes. De nos naïades serait plus juste à dire. Il faisait un temps de chien, pire que le jour du Jeu de paume. Ça tombait à seaux. Une pluie très froide. Toutes les boutiques étaient fermées. Avec les misérables réverbères on n'y voyait rien, on pataugeait dans la boue, dans les flaques, au milieu d'une foule confuse qui nous bousculait. Et voilà-t-il pas que, sur la place d'Armes, une patrouille de ces serins de gardes du corps — des serins à cheval — nous charge tout au travers. On te racontera peut-être que j'ai gagné au pied. N'en crois rien; je me suis hâté tout bonnement de tirer de là une fille charmante nommée Louison, ouvrière ornemaniste, dont j'avais pris le bras en quittant les Menus, à seule fin de la protéger. Grâce à ma prestesse, elle n'a eu aucun mal. Je l'ai ramenée vertueusement quand j'ai vu que le président Mounier s'était fait reconnaître et qu'on lui ouvrait la grille. Trois autres femmes entrèrent avec nous. Elles chargèrent Louison, la plus délurée, de porter la parole. Bouleversée à la vue du Roi, elle ne put dire que ceci, d'une voix faible : « Du pain! » et s'affaissa comme une fleur, la pauvre jolie. Le Roi fut très bien. Au fond, quand on le voit dans l'intimité, ce gros homme aux yeux de faïence, avec son gros nez, ses grosses lèvres, son gros ventre, est plein d'une simplicité et d'une humanité touchantes. Il a soigné Louison comme si elle eût été sa fille. Quand, revenue à elle, elle a voulu lui baiser la main, il lui a dit qu'elle méritait mieux que ça, et l'a embrassée tout paternellement. Il a promis de faire venir de Noyon et de Senlis les grains nécessaires à Paris. « En attendant, a-t-il ajouté, on va vous donner tout le pain que l'on pourra trouver dans Versailles. » Ma Louison et ses compagnes sont sorties de là royalistes, criant : « Vive le Roi! Vive sa Maison! » Ce qui n'a pas été du goût des commères massées à la grille. Mais vraiment pas du tout! Ces furies ont pris Louison. Elles se mettaient en devoir de l'étrangler bel et bien avec leurs jarretières lorsque je lui sauvai la vie, pour la seconde fois, en appelant les gardes du corps et en promettant de la ramener au Roi pour qu'il lui donnât une promesse par écrit. Il le fit de bonne grâce; il parut même au balcon doré afin de calmer les mégères. Elles partirent heureuses, dans des voitures de la maison royale, emportant à Paris les bonnes nouvelles. Maillard s'en fut avec elles et ma Louison. Je la reverrai, j'y compte bien.

« Restait la question, plus grave, des décrets. En remontant, je trouvai notre président suppliant le Roi. Celui-ci réunit son conseil, nous attendîmes à la porte. Nous attendîmes durant *cinq heures*, mon bon! On a pris l'habitude de ne plus manger, de ne plus se coucher. Je t'avoue que je soupirais quand même après mon lit. J'ai dû, à plusieurs reprises, sommeiller plus ou moins dans un fauteuil malgré les allées et venues incessantes. Pendant ce temps on se tuait un peu sur la place d'Armes. Un peu seulement. En vérité, ces deux jours ne sont pas comparables sous le rapport des victimes à ceux de juillet ni à l'affaire Réveillon. Il y aura eu moins d'une dizaine de morts ou blessés, presque exclusivement des gardes du corps. C'est autant de trop, assurément, mais ces messieurs l'avaient quelque peu cherché. Nous entendions par intervalles des coups de fusil; on voyait de grands feux que les gens avaient allumés pour se réchauffer et sur lesquels ils faisaient rôtir la viande des chevaux tués aux gardes. Il y avait des explosions de cris. Mirabeau, paraît-il, se promenait là-dedans, un sabre sous le bras, flattant comme d'habitude la populace. C'est alors que la Cour s'est trahie : on voulait emmener Louis. Il hésitait, craignant, s'il s'enfuyait, de faire le jeu d'Orléans en lui laissant le trône tout chaud. Le ministre Saint-Priest, la Reine le suppliaient de partir. Necker s'efforçait de l'en dissuader. On a su cela depuis. Du reste, le dessein est allé jusqu'à la tentative : un peu avant onze heures, cinq voitures des écuries, avec quelques femmes de la Reine et une escorte de cavaliers en habit civil, se sont présentées à la grille de l'Orangerie. Trop tard. Les Parisiennes avaient séduit le régiment de Flandre, le lieutenant-colonel marchand Lecointre gagné les dragons. La garde nationale versaillaise n'obéissait plus à l'amiral d'Estaing, mais à ses officiers patriotes. Elle avait remplacé aux grilles les gardes du corps, elle s'était installée dans le parc même, tout autour du château. Plus de fuite possible. La nécessité est venue à bout de ce que la raison aurait dû accomplir seule. Comme, excédés d'attendre, nous avions fait dire au Roi que nous allions nous retirer, il nous a reçus. Assis à une table, il écrivait. Il s'est levé, et, des larmes dans les yeux, a tendu à Mounier un billet ainsi conçu : « J'accepte purement et simplement les articles de la Constitution et la Déclaration des droits de l'homme que l'Assemblée m'a présentés. » C'était un grand moment. La Révolution avait enfin abouti. Nous aussi nous avions les yeux humides. Nous sentions tous combien le Roi prenait sur lui, sur ses mauvais conseillers, sur les convictions de sa femme, pour se ranger enfin à notre bon sens. Oui, ce fut un grand moment d'émotion, mon ami; je regrette que tu ne l'aies point connu.

« Naturellement nous nous sommes hâtés de regagner les Menus pour annoncer cette immense nouvelle. Un désordre que je renonce à te décrire nous attendait dans la salle. L'évêque, débordé, avait levé la séance. Les femmes s'étaient installées là comme chez elles, avec des voyous à piques. Des gens d'Orléans qui répandaient à pleines mains l'argent et les victuailles, leur avaient distribué du pain, du vin, des saucissons, des cervelas. Notre sanhédrin puait la vinasse, la mangeaille et la garce pas propre. Ce qui n'empêchait nullement messieurs les aristocrates de s'encanailler à cœur joie avec cette engeance. Les femmes honnêtes avaient pour la plupart suivi Maillard et Louison; ce qui restait, c'était la lie : poissardes, harengères, catins surtout. Je ne suis rien moins que bégueule, mais tout de même! Une forte commère, étalée dans ses jupons sur le fauteuil abandonné par La Luzerne, présidait en montrant ses mollets dans des bas blancs à rayures rouges. Elle agitait la sonnette, au milieu d'un vacarme de plaisanteries et d'interpellations grossières. Entre ces murs qui ont vu tant de généreuses émotions, entendu de nobles déclarations patriotiques, et qui enferment le sanctuaire de la nation française! Mirabeau revenu a senti le sacrilège; pour une fois, il a sacrifié sa popularité à l'indignation. « Comment ose-t-on troubler nos séances! » s'est-il écrié de sa voix orageuse. « Monsieur le président, faites respecter l'Assemblée! » Cette apostrophe en a imposé, nous avons pu reprendre nos places. Robespierre, Barnave, Du Port, Pétion, étaient demeurés là. Tandis que l'on battait le rappel des manquants, Mounier a lu la lettre royale. A quoi les galeries répondirent : « Il ne s'agit pas de ça mais d'avoir du pain! A bas les prêtres! Mirabeau à la tribune! Nous voulons entendre notre petite mère Mirabeau! »

« Il faut te dire qu'entre-temps nous avions appris l'arrivée prochaine de La Fayette avec vingt mille hommes de la garde nationale et des gens du peuple. A son tour, il marchait sur Versailles. Ses bataillons l'y avaient contraint en disant que, le Roi étant imbécile, il fallait aller le déposer, couronner son fils et nommer un conseil de régence. Cela sentait son Orléans d'une lieue. Mounier, me sachant anti-orléaniste, m'avait confié, en revenant du château, qu'il se défiait au plus haut point du général. C'est pourquoi il tenait tant à faire connaître l'accord du Roi sur les décrets. La Fayette arriva vers onze heures et demie, moitié mort de fatigue. Il était à cheval depuis le matin, d'abord sur la place de Grève où des bandes des faubourgs Saint-Antoine et Saint-Marceau l'avaient cent fois menacé de la lanterne, puis en route sous la pluie froide d'octobre. Moi, tu le sais, j'ai toujours eu confiance en La Fayette; je le tiens pour un homme vertueux. Sa conduite en la circonstance a montré que je voyais juste. Il s'est présenté d'abord à nous, et comme le président lui demandait rudement : « Que venez-vous faire ici? Que voulez-vous avec votre armée? — Calmer le peuple, garantir les souverains », répondit-il de la façon la plus simple. Il paraît que lorsqu'il entra au château, dans la grande salle de l'Œil-de-Bœuf pleine d'officiers, de gentilshommes et de dames (dont Mme de Staël, la fille de Necker qui l'a raconté), un vieux chevalier de Saint-Louis lança très haut : « Voilà Cromwell. — Monsieur, dit La Fayette, Cromwell ne serait pas entré seul. » Le Roi le reçut bien. Peu après, Sa Majesté faisait demander à Mounier de revenir avec la délégation. Cette fois, on circulait facilement; la nuit, la pluie, le froid avaient fini par calmer l'agitation. Les gens s'étaient réfugiés où ils avaient pu, cherchant des lits de paille. Des feux brûlaient toujours, où se chauffaient les sentinelles. On ne voyait plus que l'uniforme national. Nous trouvâmes le Roi dans son cabinet, avec son frère Provence adossé à la cheminée, MM. Necker, d'Estaing qui avait l'air fort marri, et le général blême d'épuisement. Louis nous déclara qu'il venait d'arranger toute chose avec M. de La Fayette, que la plupart des gardes du corps étaient partis pour Rambouillet, et qu'il se remettait avec sa famille à la vigilance de la garde nationale. Sa Majesté ajouta : « Je n'ai jamais songé à me séparer de l'Assemblée, je ne m'en séparerai jamais. » Qu'il n'y ait point songé est absolument inexact. La phrase signifiait sans doute : Je veux oublier que j'y aie songé. Cette résolution est d'un bon présage pour l'avenir. Nous avons rapporté la déclaration du Roi. Il était trois heures du matin. Mounier a levé la séance, nous nous sommes empressés de gagner nos lits.

« Ce qui est advenu à l'aube, je n'en puis parler que par ouï-dire. Tout comme le général La Fayette qui était allé dormir chez ses beaux-parents à l'hôtel de Noailles, je ronflais au moment où les tambours ont battu, vers cinq heures, et où les coups de fusil ont recommencé à crépiter, une heure plus tard. C'était le moment de la relève des sentinelles. Quelques fanatiques en avaient profité pour se glisser dans la cour des Ministres. Un des rares gardes du corps demeurés au château, tirant sur ces envahisseurs, a tué une crapule, métamorphosée aussitôt en martyr. La foule ameutée s'est mise à vociférer : « A bas l'Autrichienne! A mort la Reine! A mort le Roi! » et ce fut la ruée — une ruée bien dirigée, d'ailleurs, par des gens qui savaient où ils allaient et par quel chemin y parvenir. Une attaque poussait par la gauche, vers les appartements de Marie-Antoinette; une autre, par l'escalier de la chapelle, vers ceux du Roi. La Reine, en costume succinct comme je te l'ai dit, court pieds nus se réfugier chez le Roi, alors que celui-ci essayait de se rendre chez elle par un autre passage. Enfin, ils se rejoignent chez lui, s'embrassent, attendant la mort. On apporte le Dauphin. Les brigands, furieux de n'avoir trouvé personne dans la chambre de Marie-Antoinette, se réunissent pour massacrer les quelques gardes du corps qui résistent pied à pied. Ils en tuent deux, leur coupent la tête, inondant de sang les lambris. Les survivants se jettent dans l'Œil-de-Bœuf où ils se barricadent. C'est l'ultime rempart entre les massacreurs et le couple condamné par Orléans qui, pendant ce temps, s'exhibait sur la place d'Armes, une énorme cocarde tricolore au chapeau, une badine à la main, faisant avec le sourire des largesses à la foule. Il se voyait au moins régent. Une fois encore, il comptait sans les gardes-françaises. Depuis le 14 juillet, ils ont changé d'uniforme non point de cœur. Mieux que nous encore, ils représentent le peuple, ou plus exactement ils sont le peuple, le petit peuple. Ainsi deux fois, par leur bras, le peuple que l'infâme Orléans a cru pouvoir duper, acheter, et revendre à l'Angleterre, a ruiné tout à plat les ambitions de ce puant coquin. Ils ont rétabli la Révolution dans le respect de la loi. En deux mots, voici la chose : dans le moment que le Roi, la Reine et leurs derniers défenseurs se croyaient perdus, des soldats nationaux conduits par un sergent-major nommé Hoche prenaient à revers les massacreurs et les pillards, les chassaient du château, frappaient à la porte de l'Œil-de-Bœuf en disant : « Ouvrez, messieurs les gardes du corps. Ne craignez rien, nous sommes les gardes-françaises, nous n'avons pas oublié que vous avez sauvé les nôtres à Fontenoy. » Dès lors, tout était fini. A ce moment, je m'éveillais, non sans peine, n'ayant dormi que quatre heures. Après m'être fait la barbe, avoir avalé mon déjeuner, je sors pour me rendre à la séance, je tombe sur Mounier qui me dit : « Venez avec moi, Leurs Majestés sont en péril de la vie. » J'ai couru avertir Mgr le comte de Provence. Savez-vous sa réponse? « *Bah! nous sommes en révolution, on ne fait pas d'omelette sans casser des œufs.* »

« Nous arrivâmes aux grilles, essoufflés. La Fayette, pâle encore de fatigue à quoi s'ajoutait l'inquiétude, descendait de son cheval blanc. Mais la foule tassée devant la grande cour et la cour de Marbre, criait : « Vive le Roi! Vive le Roi! Le Roi à Paris! » Louis, au balcon doré, acquiesçant de la tête, une acclamation frénétique, passionnée, succédait aux hurlements de mort qui avaient retenti ici même deux heures plus tôt. On ne semblait plus avoir besoin de nous, nous attendîmes. La foule réclamait la Reine. Elle finit par se montrer, sans poudre, sans rouge, en simple casaquin de toile jaune, avec Madame Royale et le Dauphin. Des huées l'accueillirent. « Pas d'enfants! La Reine seule! » clamait-on. Elle recula. On faisait vers elle des gestes menaçants. Il y avait des fusils. Sans ses enfants, elle était privée de toute sauvegarde. La Fayette la ramena sur le balcon, et là, face à la foule tumultueuse, indécise, il eut une de ces résolutions qui peignent un homme, un geste qui l'honorera à jamais. Pour cette femme qu'il n'aime pas, qui le déteste et qui certainement ne lui en saura aucun gré, il a risqué non seulement sa vie, mais sa popularité, son pouvoir, son avenir. Il lui a pris le bout des doigts, en s'inclinant très bas devant elle pour lui baiser la main. Mon ami, c'était sublime. Chacun l'a senti. Il y eut une seconde de silence, quelque chose comme un halètement, puis tout d'un coup une formidable clameur d'enthousiasme. Marie-Antoinette a souri. Il faut reconnaître qu'en dépit de son négligé elle était vraiment... royale. Le peuple a crié : « Vive la Reine! A Paris, à Paris! » Le Roi cependant espérait encore échapper à cette nécessité. Mounier, lui aussi, avec ses monarchiens, était hostile à l'installation du souverain dans Paris. Louis ayant demandé que l'Assemblée tout entière se réunît à lui au château, espérant sans doute la voir s'opposer au départ, notre président soutint fortement cette proposition. La plupart de nos collègues, Sieyès lui-même toujours si décidé, étaient très flottants. Robespierre ne disait rien. Barnave emporta tout. Acclamé par les galeries, il entraîna Mirabeau qui trouva le mot décisif : « Nous ne pouvons délibérer dans le palais des rois. » L'Assemblée se déclara simplement inséparable du souverain. Une nouvelle délégation alla porter cette réponse. Il était une heure après midi. Louis, alors, donna l'ordre d'atteler. Il n'y avait rien d'autre à faire.

« Je n'ai pas été des cent qui sont partis dans les voitures du Roi. Au train dont devait nécessairement aller le cortège, avec tant de gens à pied, on n'arriverait pas avant sept ou huit heures du soir : bien tard pour se loger. Une fois de plus, on n'avait point dîné; quand souperait-on? Je commence à être excédé de cette existence sans règle, mon estomac proteste. Je me suis donc contenté de voir le départ. C'était assez poignant. Il ne pleuvait plus. Dans le ciel gris, le soleil perçait par intervalles. Un triste jour d'automne, avec les arbres jaunissants. Le canon tonnait. Le cortège a défilé dans la Grande Avenue pendant plus d'une demi-heure. Il y avait bien trente mille personnes piétinant dans la boue et les flaques pas encore séchées. D'abord les gardes nationaux avec des miches enfilées aux baïonnettes, des bandes à piques, les femmes restant de la première expédition, montées qui sur des chevaux, qui sur des charrettes ou dans des fiacres, qui sur des affûts de canons, certaines affublées des chapeaux et des buffleteries pris aux gardes du

Roi. J'ai reconnu l'amazone rouge, dont le panache avait séché. Elle s'appelle, dit-on, Théroigne de Méricourt. C'est elle qui aurait conquis le régiment de Flandre. Toutes chantaient, riaient, plaisantaient, triomphantes, criant : « Vive le boulanger, la boulangère et le petit mitron! » Elles précédaient des chariots de farine et de grain conduits par quelques forts de la Halle portant pacifiquement des feuillages. Marchaient ensuite, au milieu de la garde nationale soldée, les gardes du corps, sans armes, nu-tête, quelques-uns avec des pansements sanglants. Derrière eux, Flandre, les Suisses, puis le grand carrosse doré, aux panneaux cramoisis, où le Roi, la Reine, la petite Madame Royale, le Dauphin s'entassaient avec le comte de Provence, la comtesse, Madame Élisabeth et une ou deux femmes de la Reine. A la portière de celle-ci, se tenait le général La Fayette sur son cheval blanc, l'épée à la main, les pistolets à moitié sortis des fontes. Dans d'autres voitures, venaient plusieurs dames et gentilshommes de la suite, les ministres et cent de nos collègues. Derrière enfin, une foule mélangée. On ne portait point au bout des piques, comme la Reine l'avait craint, paraît-il, les têtes des gardes du corps massacrés. Cependant on les vit plus tard à Paris, frisées et poudrées au passage par un perruquier de Sèvres.

« Voilà, mon cher Claude, la relation exacte des événements. Je te prie de la communiquer à nos amis. Pour le présent, l'Assemblée demeure encore à Versailles, mais elle rejoindra d'ici peu le Roi. Nous ne ferons plus un long séjour, je présume. Bientôt nous pourrons rentrer chez nous et nous occuper un peu de nos affaires, car la Révolution est maintenant achevée. Il ne reste qu'à terminer le vote de la Constitution. On en verra vite le bout. Nous venons aujourd'hui d'en affermir les fondements par une série de décrets garantissant la liberté individuelle et le vote national des impôts, comme nous le voulions. Les ministres seront dorénavant responsables. Le règne de l'arbitraire est définitivement clos. La définition même du souverain en témoigne : il n'est plus appelé roi de France, mais *le roi des Français*.

« Un mot encore. J'ai fait une découverte étonnante. Tu ne l'imaginerais jamais. Robespierre a un frère, et même une sœur. Cet homme que l'on aurait cru sans famille tant il a l'air... seul. Un frère plus jeune. Vingt-cinq ans environ. Il loge avec lui, rue de l'Étang, depuis quelques jours. Un garçon des plus intéressants, très enthousiaste, beaucoup plus démonstratif que son aîné, pour lequel il professe une admiration sans bornes, excessive à mon avis, mais touchante. Il le tient pour un grand homme : le rempart de la Révolution dont il assurera le triomphe si ses ennemis ne le perdent point par leurs complots. Il est très attaqué, voire méchamment calomnié dans sa province où toute l'aristocratie sacerdotale et noble se déchaîne contre lui. On s'en prend même à sa sœur et au jeune Augustin. Cela expliquerait la méfiance universelle de Maximilien, son air toujours en garde, son peu d'inclination à se confier. Après l'avoir vu avec son frère, j'ai de sa sensibilité une opinion nouvelle. Et aussi de sa générosité. Nous le jugions un peu harpagon. S'il lésine sur tout, s'il se prive de ces oranges dont il paraît pourtant si gourmand, c'est qu'il lui faut entretenir son frère et sa sœur. Ils n'ont point de fortune; le jeune homme ne gagne pas encore sa vie. Il m'a confié tout cela avec une grande ouverture de cœur en voyant que je m'intéressais à sa famille. Je t'avoue que désormais je regarderai notre Artésien d'un autre œil. »

Claude avait lu cette longue missive avec une vive excitation d'esprit. Elle le ramenait à Versailles. Tout ce que la lettre évoquait — les lieux, les personnages — était à présent plus familier pour lui que ses amis d'ici, que Limoges. Il voyait ses compagnons habituels participant aux scènes décrites par Montaudon; il imaginait la part qu'il y aurait prise lui-même. Certes, il ne regrettait pas son voyage, néanmoins il sentait fortement ce qu'il avait manqué. Il n'aurait certainement joué aucun rôle important, du moins aurait-il vécu tout cela. Tout à coup, il eut une sorte de révélation. Surpris de n'avoir pas compris plus tôt une vérité si banale, il demeura un moment absorbé dans ses pensées, puis, se levant vivement, il alla dans la chambre rejoindre Lise qui s'habillait pour souper avec les Dumas. « Mon cœur, dit-il, comme on peut être naïf! Nous nous sommes tous les deux trompés sur mon compte : ce n'est pas tant l'ambition qui m'anime que le besoin de vivre fortement. Se trouver à la source des grands événements, tu ne sais pas ce que c'est. Je devais le pressentir. Maintenant, j'ai connu cette fièvre, j'en mesure la puissance. Tiens, ajouta-t-il en lui tendant la lettre, lis. »

Il la relut par-dessus l'épaule nue de sa femme, en caressant de ses lèvres cette rondeur satinée. A un moment, il se mit à rire.

« Ce bon René! Il est un peu candide. La Révolution finie!

— Pourquoi pas?

— Mon petit cœur, rien n'a encore été établi d'une façon pratique. Poser des principes est une chose, les appliquer en est une tout autre. Installer la famille royale à Paris ne résoudra pas la question des subsistances, pas plus que le vote de la Constitution ne résoudra la crise de l'argent. De plus, en admettant que, non pas le Roi mais la Reine, accepte sincèrement le nouvel état de choses — ce dont je doute fort —, les ennemis de ce nouvel ordre n'en seraient pas moins légion. Nous devrons lutter durement contre eux, tout en complétant notre œuvre, car des centaines de réformes découlent de celles que nous avons opérées. Je veux croire que le stade violent de la Révolution a pris fin; je le souhaite, il n'en faudra pas moins des mois et des mois et bien du travail pour qu'elle soit un fait accompli. »

On reparla des événements, de leurs conséquences, chez les Dumas où Bernard était également invité, avec le ménage Jourdan. Tout le monde avait écouté avec un intérêt profond la lecture, faite à haute voix par Pierre Dumas, de la relation de Montaudon.

« C'est beaucoup que Sa Majesté ait accepté enfin la Déclaration des droits, observa Jourdan, mais si la Constitution lui reconnaît le veto, il y aura encore bien des difficultés, car le Roi est trop faible, il se laissera circonvenir à toute occasion par ses mauvais conseillers.

— Il faut bien pourtant lui donner ce droit, répondit Claude, sans quoi il ne serait plus qu'un soliveau. Quelle autorité aurait-il alors pour promulguer les lois et les faire respecter? Oui, j'ai vu souvent Louis faible, quelquefois même aveugle jusqu'à l'imbécillité, par exemple le jour où il nous a déclaré qu'il ne retirerait pas les troupes concentrées sous Paris. »

Il évoqua la vaine ambassade des Quatre-vingts au château, le 13 juillet, pour demander le renvoi des régiments étrangers et la création d'une garde municipale, l'aller et le retour sous la pluie battante tandis que l'orage grondait au ciel et dans Paris. « Ce jour-là, dit-il, j'ai ressenti du mépris, de la colère, contre le monarque lourdaud qui provoquait l'émeute. Il est bien certain qu'avec un souverain perspicace aucun des événements violents de cette année n'aurait eu lieu, mais il faut se servir des hommes dont on dispose. J'aime encore mieux Louis XVI, faible et honnête, que Philippe d'Orléans, faible lui aussi, et corrompu. Au reste, reprit-il, s'il n'y avait pas eu ces quelques violences, assurément déplorables, y aurait-il eu en revanche tant de sublime enthousiasme, parfois? »

Entraîné par ses souvenirs, il dépeignit avec éloquence l'admirable élan de la nuit du 4 août. « En ces heures, ajouta-t-il, Louis a été réellement pour nous tous le symbole vivant de notre union, de la liberté, de la France. Cela, nous ne pourrons plus jamais l'oublier. »

Quand ils furent rentrés chez eux, raccompagnés jusqu'à la porte par Bernard, une fois dans leur chambre Lise dit à son mari : « Oui, je te comprends, mon ami. Je l'ai vraiment compris ce soir en t'écoutant : Limoges n'était pas un théâtre à ta mesure. Il te fallait t'échapper d'ici. Tu as besoin de vivre de grandes choses parce que ton âme est grande. Quant à moi, j'ai peur de ce monde que je ne connais pas. Il me semble terrible. »

C'était aborder un problème auquel Claude n'avait pas osé toucher jusqu'à ce moment. Il prit les mains de Lise et lui dit :

« Dois-je entendre, mon cher petit cœur, que tu consentiras à me suivre? Je l'espérais, je le désire.

— Nous ne pouvons plus nous séparer, répondit Lise d'une voix un peu tremblante. Seulement cela va me faire très mal de partir. Il y a ma sœur. Nous ne nous sommes jamais quittées, nous nous manquerons beaucoup l'une à l'autre.

— Thérèse n'a pourtant pas l'air de t'aimer bien fort, depuis mon retour. »

Elle avait été, pour la première fois de sa vie, absolument furieuse contre Lise en apprenant qu'elle renouait avec son mari. Une scène très vive s'était produite entre elles. Thérèse l'avait traitée de sotte, d'inconséquente, sinon d'ingrate. « Après tout ce que j'ai fait pour toi! tout ce que j'ai pris sur moi pour te complaire! pour te faciliter les choses avec ton Bernard! » Elle n'avait pu résister longtemps aux larmes de sa petite sœur, cependant elle s'était refusée à voir Claude. Décision qui n'avait pas tenu davantage. Sur les instances de

Louis, revenu lui aussi pour quelques jours, elle s'était résignée à recevoir le jeune ménage. Louis se défiait de son beau-frère, mais il ne pouvait pas ne point l'estimer, et il savait, lui, par ce que Claude lui avait dit à Versailles, par la façon dont il y vivait tout occupé de Lise, qu'il l'aimait profondément. Louis avait lui-même beaucoup d'affection pour Lise. Il s'efforça de convaincre sa femme qu'elle agirait mal envers les deux jeunes gens si elle traitait Mounier-Dupré en ennemi. Thérèse s'était rendue, tout en restant assez froide vis-à-vis de Lise, et glaciale avec Claude.

« Elle ne te pardonnera jamais, ajouta-t-il, de t'être redonnée à moi.

— Si, dit Lise. Elle est bonne, elle commence à sentir qu'elle a peut-être tort, elle déposerait bientôt les armes en me voyant heureuse avec toi.

— Eh bien, elle viendra te visiter. Pour qui en a les moyens, Paris n'est pas loin d'ici; en poste, il ne faut guère plus de deux jours. »

Lise se tut, un instant, regardant son mari, les larmes aux yeux.

« Et Bernard?

— Ne pleure pas, mon petit enfant, répondit Claude en lui baisant les paupières. Je sais. Je ne suis pas sans y avoir pensé. Moi aussi, je désire qu'il soit près de nous. Ce n'est pas du tout impossible, s'il le veut. Je lui en parlerai demain. »

Son idée, c'était de faire entrer Bernard dans la garde parisienne soldée. « Puisque tu es à moitié militaire aujourd'hui, lui dit-il, deviens-le complètement. La condition de petit mercier n'est pas à la mesure d'un garçon comme toi. Tu vas t'enterrer ici dans une existence médiocre, alors que ton mérite te destine à tout autre chose. Tu as maintenant une instruction militaire, tu pourras accéder rapidement aux grades. Je t'y aiderai, car tu en es digne. La garde nationale soldée se recrute parmi les ci-devant gardes-françaises et les volontaires qui ont fait leurs classes. C'est la Révolution armée, la puissance nationale sur laquelle nous comptons pour défendre l'ordre nouveau contre les aristocrates ou les trublions de toute espèce. Voilà un rôle qui convient à ta force et à ton patriotisme, n'est-ce pas, mon ami? »

Bernard ne se sentait aucune disposition pour le remplir,

ce rôle. A demi soldat par nécessité, il n'aspirait qu'à cesser de l'être, à redevenir simple citoyen, à retourner au destin auquel son hérédité le promettait, estimait-il. Depuis l'enfance, son ambition était d'imiter son père.

« Tu as de moi une trop généreuse idée, répondit-il à Claude. Je me soumettrais à bien des choses pour que nous ne soyons pas séparés, tous les trois, mais je ne peux point faire ce qui n'est pas dans ma nature. En outre, ajouta-t-il, ma sœur et mon beau-frère ont besoin de moi.

— Bah! ils prendraient bien un autre commis!

Sans doute. Là n'est pas la question. Ce qu'il leur faut, c'est quelqu'un de la famille, comme trait d'union, en somme, entre la génération de Jean-Baptiste et celle de ses enfants. Non, ce n'est pas possible, cela me déchire le cœur, mais je ne saurais aller avec vous.

— Oh! Bernard! s'écria Lise, je ne peux pas croire que vous ayez le triste courage... Nous ne nous verrions plus! Réfléchissez, je vous en supplie. Essayez de venir. »

Lui aussi, il souffrait à la perspective de cette séparation. Pendant les trois jours qui restaient avant le départ du ménage, il balança cruellement. Il alla jusqu'à se confier à sa sœur. « Soldat! se récria-t-elle. Quelle lubie! Pour sûr, il n'y en a pas beaucoup d'aussi martiaux que toi. Quant à monter en grade, je suis bien certaine... Mais ce n'est pas une vie. Vois ton ami Jourdan, il a quitté les armes pour le négoce. Dans notre famille, personne n'a jamais couru les aventures. Enfin, tu en es le maître, mon grand. Je ne veux pas te retenir. Seulement, je crois que toutes ces idées nouvelles te tourneboulent la tête. »

Sans Babet, il serait parti malgré tout. Non qu'elle fût capable de l'enchaîner, il savait simplement pouvoir trouver près d'elle une compensation à l'absence de Lise — comme elle-même trouverait la meilleure auprès de Claude. Compensation qui ne changerait rien, de part et d'autre, à un amour devenu sentiment pur. Peut-être l'épreuve, les peines de l'absence lui étaient-elles nécessaires pour le porter à sa perfection. Il allait devoir maintenant se nourrir de ce qu'il y a de plus immatériel : les souvenirs.

Il fallait encore trancher en pleine chair vive. Le dernier moment venu, devant Claude qui comprenait leur douleur,

Lise étreignit désespérément Bernard et le baisa en pleurant. Il avait lui aussi les yeux mouillés. Sans pouvoir parler, il la détacha de lui au bout d'un instant pour la remettre aux bras de Claude.

« Mon cher Bernard, mon frère, dit celui-ci en lui prenant la main, nos cœurs ne se quittent pas. Tu seras toujours présent en nous. Dans ce que je dois accomplir encore pour que notre idéal devienne une réalité, ta pensée me soutiendra, ta grandeur d'âme me servira de modèle. Et laisse-moi te dire une chose : je suis certain que tu viendras nous rejoindre, car tu es de ceux dont la nation a besoin. A bientôt, Bernard. A plus tôt peut-être que nous ne pouvons l'imaginer aujourd'hui... »

DEUXIÈME PARTIE

I

Brusquement transplantée dans ce Paris si différent de la seule ville qu'elle connût, Lise dut faire effort pour s'adapter à un cadre dont les dimensions la désorientèrent d'abord. Elle s'y sentait perdue. Sans doute, il ne manquait pas, même entre le Louvre, les Tuileries et le Palais-Royal, de ruelles obscures, sinueuses, souvent malodorantes, où l'on eût pu se croire dans les « charreyrons » du Verdurier, du quartier Manigne ou dans le dédale de la Terrasse, mais ici ces venelles débouchaient soudain sur des rues aussi larges que les boulevards de Limoges. Leur longueur semblait infinie. Leur multiplicité, la foule qui les animait du matin au soir, la diversité de cette foule elle-même, le mouvement des voitures, déconcertaient la jeune femme habituée au calme des voies provinciales. Il y avait aussi ces espaces, encore plus inimaginables pour elle au cœur d'une ville : le Luxembourg, les Tuileries, l'immense ouverture de la Seine avec ses quais, après le Pont-Neuf. Enfin, dans les jardins publics et sur la promenade du boulevard, cette quantité de gens, ce papillotement de visages, ce remuement universel lui donnaient le vertige. Il lui fallut du temps avant que tout cela se fixât sous ses yeux tandis que se mettaient peu à peu en place dans sa tête les grandes lignes de Paris — au moins de son centre.

Au lendemain de leur arrivée, Claude l'avait laissée chez les Dubon pour se rendre à Versailles. Il en revint deux jours plus tard, l'Assemblée se transportant à Paris, dans la Cité, à l'Archevêché qui dressait derrière l'Hôtel-Dieu, entre le petit bras de la Seine et Notre-Dame, sa vieille tour carrée, couronnée de mâchicoulis. Du Pont-Neuf, en prenant le quai des Orfèvres, on en était tout proche. Mais Claude ne voulait pas rester chez sa sœur, il jugeait bon que Lise eût un intérieur à elle. Dès qu'elle se fut un peu familiarisée avec l'existence parisienne, il chargea Gabrielle de leur chercher un logement. Elles allèrent toutes deux en visiter. Il n'en manquait point, l'émigration faisait le vide chez les aristocrates. C'était le grand engouement, le dernier bon ton. Les petits-maîtres qui ne possédaient pas de carrosse s'arrachaient les voitures de remise et jusqu'aux fiacres pour se faire transporter à Coblence. On mettait un point d'honneur à émigrer. Au Palais-Royal, dans les promenades, les filles galantes insultaient les gentilshommes et les militaires qui restaient là; elles leur montraient ironiquement des quenouilles. Dans ces conditions, on trouvait à se loger agréablement et à bas prix. Au demeurant, depuis le mois d'août, Claude touchait une indemnité de douze livres par jour — avec un rappel depuis le 26 avril —, ce qui mettait le ménage à l'aise.

Comme l'Assemblée, après dix-neuf jours, quittait l'Archevêché incommode, vétuste — une tribune s'était effondrée sous le poids des auditeurs, blessant plusieurs députés, dont un grièvement —, pour s'installer au Manège situé entre le jardin des Tuileries et celui du couvent des Feuillants, le jeune ménage choisit un appartement de la rue Saint-Nicaise, à mi-distance des Quinze-Vingts et de la place du Carrousel : trois grandes pièces hautes de plafond, bien meublées, qu'un chevalier de Saint-Louis avait laissées telles quelles pour suivre le comte d'Artois à Turin. Grâce à Gabrielle encore, Lise eut une servante de confiance. Dès lors, ils s'établirent dans une existence calme et toute régulière. Après les crises du début, la Révolution avait creusé son lit; elle y coulait avec une puissance majestueuse que rien ne semblait plus devoir troubler. Les réformes de fond, d'où sortait jour par jour un monde nouveau avec tout son avenir, prenaient corps les unes après les autres dans les trente et un comités qui se répartissaient la tâche. La séparation des pouvoirs, sur laquelle Claude et ses collègues du premier comité de Constitution, à Versailles, avaient insisté dès l'abord, entrait effectivement dans la réalité : le pouvoir législatif appartenait à la nation. Par la bouche de ses représentants, elle édictait les lois. L'exécutif incombait au Roi qui les faisait appliquer. Il choisissait les ministres, au nombre de six, responsables devant l'Assemblée; il dirigeait la diplomatie, nommait les ambassadeurs, les chefs militaires, signait les traités. Non plus monarque de droit divin mais premier serviteur du pays, il pouvait, en cas de trahison ou de départ, se voir déchu du trône. Quant à l'administration et à la justice, elles dépendaient du peuple lui-même qui élisait directement les juges, les fonctionnaires publics, les magistrats municipaux. Les parlements, mis en vacance *sine die*, se trouvaient, comme le disait en riant Alexandre de Lameth, « enterrés vifs ». Les barrières provinciales étaient à jamais abattues : quatre-vingt-trois départements remplaçaient les ci-devant généralités ou pays d'état. Le 13 février 1790, on abolissait les vœux monastiques. Le 14 avril, l'Assemblée nationalisait définitivement les biens d'Église; ils allaient permettre de transformer les assignats sur la Caisse de l'extraordinaire en une véritable monnaie nationale. Certes, l'opposition entre les partis, les rivalités entre individus existaient toujours. En revanche, Louis XVI semblait avoir épousé fermement la cause de la Révolution. Les « monarchiens » avaient perdu leur chef, Mounier, démissionnaire, retourné à Grenoble puis passé en Suisse. Orléans exilé en Angleterre, Mirabeau tenu à l'œil par Du Port, Barnave et les Lameth, La Fayette ferme sur le principe de l'ordre constitutionnel, il ne paraissait pas qu'aucun assaut fût à craindre, ni de la part des extrémistes ni des monarchistes intolérants ou des séides du clergé soulevés contre la suppression des couvents, la vente des biens ecclésiastiques et les projets de constitution civile de l'Église française. Ces exaltés — évêques et curés en tête — provoquaient, en Bretagne, mais plus encore dans le Midi où le fanatisme réveillait les vieilles haines religieuses entre catholiques et protestants, des échauffourées sanglantes. Stupide intolérance! Que pouvaient les vils intérêts, les égoïsmes rétrogrades et l'obscurantisme, contre l'admirable élan qui avait pris naissance parmi les gardes nationales de province? Elles avaient senti le besoin de s'unir contre les ennemis de l'ordre nouveau. Se donnant la main de bourgade à cité, de département à département, elles étaient en train de former une immense chaîne de fédérations qui, reliant les uns aux autres tous les bons Français, donnait à l'unité de la France une réalité humaine en même temps qu'une irrésistible puissance. Afin de consacrer solennellement cette union, la municipalité de Paris organisait une manifestation grandiose dont la date avait été fixée au jour anniversaire de la chute de la Bastille. Ce serait la fête de la Fédération nationale. Chaque ville, chaque bourg devait envoyer une délégation.

Bernard, promu successivement, en six mois, caporal puis sergent à la compagnie des chasseurs, sous les ordres du lieutenant Jourdan, fut comme lui un des vingt-six élus de la garde nationale de Limoges, chargés de la représenter au champ de la Fédération. Avec leurs camarades d'Aixe, de Saint-Yrieix, ceux de Pierre-Buffière et les délégations de la Corrèze qui avaient fait étape à Limoges, ils partirent le 1er juillet, escortés jusqu'à une lieue de la ville, au-delà des bois de La Bastide, par toutes les compagnies tambour battant.

Des marches de six à huit lieues par jour les amenèrent, le 13 vers la fin de la relevée, à la barrière d'Enfer, au milieu d'un flux de troupes semblables à la leur. Les uniformes bleus grouillaient aux entrées. On en voyait de plus en plus à mesure que l'on descendait par des rues sans cesse plus étroites. Le contingent limousin arrivait des derniers. Depuis plusieurs jours déjà, les fédérés affluaient aux portes. Les curieux ne se lassaient pas de venir les voir et les applaudir au passage. Paris, fiévreux d'enthousiasme en dépit d'un ciel maussade, apparut à Bernard comme une symphonie de gris et de tricolore. Tout, entre les maisons, était bleu, blanc, rouge : les arcs de triomphe dédiés par chaque district aux soldats citoyens, les arbres de la liberté sur toutes les places, enguirlandés de banderoles, les enseignes patriotiques aux couleurs neuves, les placards politiques qui bariolaient les murs, la foule elle-même avec ces grosses cocardes piquées aux chapeaux, ces flots de rubans aux boutonnières et aux corsages. Une espèce d'électrisation joyeuse la faisait vibrer. Elle venait de travailler pendant huit jours à transformer le Champ-de-Mars en un gigantesque quadrilatère plat, bordé de gradins. Deux cent mille personnes de toute condition — Mirabeau, Sieyès, La Fayette, des duchesses, des filles, des ouvrières — avaient manié la pelle ou la brouette pour niveler, terrasser, édifier au centre du quadrilatère l'énorme autel où allait se célébrer cette fête d'un genre jusqu'alors inconnu, jamais même imaginé. Elle était si nouvelle aux regards du monde, elle s'annonçait si majestueuse qu'elle attirait dans la capitale de la liberté des étrangers par centaines. Les hôteliers refusaient des pratiques, pour loger gratis les gardes provinciaux. Les Parisiens se les disputaient.

Après neuf mois de séparation, Bernard et Lise étaient affamés de se voir. Ils se retrouvèrent avec autant d'émotion qu'ils en avaient éprouvé en se quittant, mais une émotion exaltante. Malheureusement, ils eurent peu de temps à passer ensemble. Le 14, à sept heures du matin, Bernard rejoignait Jourdan au rassemblement des fédérés, sur l'emplacement de la Bastille démolie, d'où il défila sans fin jusqu'au Champ-de-Mars, sous une pluie par instants battante. Le temps n'était pas de la fête. Il ne noyait point l'enthousiasme pourtant. Vers quatre heures, les nuages s'écartèrent, un rayon vint illuminer l'autel de la patrie juste au moment où le Roi, debout dans sa tribune, prononçait la formule du serment. On vit dans cette lumière soudaine un symbole, l'émotion s'éleva au délire.

Le soir, sous un ciel enfin clément, Bernard et ses compagnons participèrent au souper de vingt-deux mille couverts, offert aux fédérés par la municipalité dans les jardins de la Muette. A travers Paris plein de chants, de farandoles, tout illuminé de lampions tricolores, il rentra, électrisé mais exténué, chez ses amis qu'il n'avait pas vus de tout le jour.

Le lendemain, il dut les quitter de bonne heure. Jourdan passa le prendre sitôt après déjeuner. La délégation allait être présentée au général La Fayette par un certain Guillaume Dulimbert. Nicaut avait arrangé la chose, par correspondance, avec ce Dulimbert, d'origine limousine, qu'il connaissait bien, disait-il. Le colonel Barbou — arrivé depuis plusieurs jours à Paris en diligence — l'avait vu; rendez-vous était fixé devant le corps de garde de l'état-major, dans la cour du Manège. On assisterait ensuite à la séance de l'Assemblée. Claude, un peu vexé que Nicaut ne l'eût pas chargé de cet office pour lequel il eût été désigné d'abord en raison de son mandat, mais aussi de ses relations avec le général, son collègue à l'Assemblée comme aux Jacobins, n'accompagna point les Limougeauds.

Jourdan et Bernard traversèrent la longue cour ouvrant, non loin du pavillon de Marsan, en face de la rue Saint-Roch, au fond d'un cul-de-sac. Cette cour était l'ancienne « carrière » du manège, utilisée autrefois pour les exercices équestres en plein air. Tout en longueur, elle se trouvait prise entre le jardin des Tuileries et ceux de l'hôtel de Noailles, puis du couvent des Feuillants, dont les majestueuses façades donnaient sur la rue Saint-Honoré. On avait élevé sur chaque bord de la « carrière » des corps de garde pour la prévôté, pour la garde nationale, pour son état-major, pour les officiers. Ces baraquements la rétrécissaient aux abords de la vaste tente-marquise en coutil rayé sous laquelle les voitures abordaient à couvert la grand-porte du Manège. Un passage pour les piétons, formé par des barrières, longeait la buvette du portier-restaurateur adossée au mur de la terrasse des Tuileries, dite terrasse des Feuillants. Le colonel Barbou, les capitaines étaient là en compagnie de ce Guillaume Dulimbert auquel le colonel nomma les arrivants. Bernard fut désagréablement impressionné par le personnage : un quadragénaire assez grand, fort, vêtu de brun. Il avait un air papelard, une longue et lourde tête, avec un front en dôme d'où s'enfuyaient des cheveux que l'on eût dit mités. Ce qui frappait surtout, c'était son énorme menton, son gros nez mou, ses lunettes aux verres épais comme des loupes derrière lesquelles on ne distinguait pas les yeux.

« Quels rapports un tel diantre d'individu peut-il avoir avec La Fayette ? chuchota Bernard à Jourdan. Et d'autre part avec M. Nicaut? »

— Ma foi! je me le demande. Il sent son espion de police plus que toute autre chose. Mais sait-on? Il ne faut point juger les gens sur la mine. »

En vérité, La Fayette ne semblait pas nourrir beaucoup de complaisance pour le nommé Dulimbert ni prendre d'agrément à son obséquiosité. Il n'en reçut pas moins courtoisement la délégation. « Messieurs, déclara-t-il, vous n'aviez nul besoin d'introducteur auprès de moi. Des citoyens martiaux comme vous, zélés patriotes, sont par eux-mêmes chers à mon cœur. » Il fit un bref discours de circonstance, à la fin duquel il voulut bien porter contre ce cœur la soie du drapeau remis, la veille, aux représentants de la garde limousine. Comme Jourdan se permettait de dire qu'il avait servi sous les ordres du grand homme, en Amérique : « Eh bien, lieutenant, répondit-il, je suis charmé de retrouver un compagnon d'armes dans notre lutte pour la liberté. Je suis sûr que vos compatriotes ont en vous un modèle des vertus militaires alliées aux vertus civiques. »

Bernard était fort ému de voir ainsi, de tout près, le parangon du patriotisme. Il continua de l'être au Manège, où Lise le rejoignit dans les tribunes. Elle lui désigna un à un ces hommes fameux dont il avait si souvent lu ou entendu les noms : Mirabeau, Sieyès, le douteux Philippe d'Orléans rappelé et pardonné, Barnave, le blond Pétion, les frères Lameth, le mince Robespierre, Adrien Du Port, devenu Duport. Il les contemplait, le cœur plein, ces formidables champions — d'apparence pourtant ordinaire — qui avaient renversé l'absolutisme, anéanti les privilèges, fondé la liberté, l'égalité : les auteurs de la sublime Déclaration des droits, les acteurs de la nuit du 4 août.

Il revit plusieurs d'entre eux, et quelques autres notoires défenseurs du peuple — dont Camille Desmoulins, le peintre David, l'avocat Georges d'Anton, promoteur de la marche sur Versailles — aux Jacobins où Claude et Montaudon le menèrent avec Jourdan. C'était l'ancienne réunion du café Amaury, considérablement accrue. En s'établissant à Paris, le Club breton, installé d'abord rue des Victoires, avait presque aussitôt fusionné avec une nouvelle société en formation dans le réfectoire du couvent des Jacobins, loué à ceux-ci pour la modique somme de quatre cents francs par an. Quelques mois plus tard, cette assemblée commune, devenue Société des Amis de la Constitution, mais ordinairement appelée Club des Jacobins, s'était transportée dans la bibliothèque du même couvent, sous les combles de l'église. Cela formait une longue salle voûtée où demeuraient encore les livres protégés par des treillis de bois. On voyait aussi des tableaux religieux. Six hautes fenêtres mansardées distribuaient la lumière sur un pourtour de bancs en amphithéâtre garnis par les auditeurs. Un personnage à la figure sérieuse présidait dans son fauteuil élevé sur une estrade. Les secrétaires s'affairaient au-dessous, à leur table. En face, les orateurs montaient tour à tour dans une étroite et haute chaire, pour dérouler d'éloquentes périodes souvent ponctuées d'applaudissements. A vrai dire, Bernard les jugeait, pour la plupart, bien pompeuses, ces périodes célébrant l'unité nationale dans la Fédération. Il eût aimé plus de simplicité.

Il assista aussi, avec Lise, Claude, Gabrielle Dubon et sa

fille, à une représentation de la Comédie-Française où l'on jouait un drame national d'un certain Marie-Joseph Chénier : *Charles IX*. Ensuite on soupa chez les Dubon. Après la journée de la Bastille, Jean Dubon, réalisant sa propre motion, était allé jusqu'en Hollande acheter des grains pour le compte de la commune. Absent lorsque Bailly avait été mis à la tête de la municipalité, il ne faisait plus partie de celle-ci, et s'en félicitait, car, disait-il, le « sage Bailly » était un rêveur, un très brave homme tout aussi dangereux dans son genre que le malheureux Flesselles. « On l'a bien vu, le 5 octobre, au moment de la marche sur Versailles. Sommé d'agir, il battait des ailes comme un vieil oiseau affolé, sans pouvoir se résoudre à un parti. Il n'a pas le caractère de ce poste et je crains qu'un jour sa municipalité ne se termine comme celle du prévôt. » Aux premières élections pour les fonctions publiques, Dubon avait été nommé procureur du district. Quant à son fils, le jeune Fernand, il était, depuis près de six mois déjà, à Brest, pilotin dans la marine de guerre. Malgré leur chagrin de le voir se lancer dans une telle carrière, ses parents n'avaient pas voulu contrarier son irrésistible vocation.

« Dites-moi, Jean, demanda Claude à son beau-frère, connaît-on dans votre milieu un nommé Dulimbert? Guillaume Dulimbert. Il serait natif de Limoges. Il doit occuper ici quelque poste assez important.

— Important dans quel genre?

— Je l'ignore. En vérité, je n'ai jamais entendu parler de lui, ni jamais vu personne de ce nom dans nos bureaux non plus qu'aux Jacobins. C'est pourtant un personnage; on l'a choisi, de Limoges, pour présenter la délégation à La Fayette. Je trouve bizarre qu'il y ait à Paris, parmi les patriotes, un Limougeaud haut placé, dont ni Montaudon ni moi ne savons rien. Peut-être le connaît-on au district des Cordeliers.

— Comment est-il, votre homme? »

Claude se tourna vers Bernard. Celui-ci, sollicité par tant de sensations très vives, n'avait plus songé audit Dulimbert. En ce moment, il le revoyait très bien.

« Des plus étranges, répondit-il, et il le décrivit en détail.

— Par exemple! s'exclama Claude, l'homme aux lunettes! C'est donc cet individu! Je l'ai rencontré. Tout d'abord à Limoges. Tu ne t'en souviens pas? dit-il à Lise. Nous revenions de Thias, nous descendions de voiture. Il est tombé en arrêt devant toi. Je l'ai revu à Versailles, une fois, et une seconde avec Montaudon : un soir, peu avant l'insurrection de juillet dernier. Nous nous promenions, l'homme sortait de chez Mirabeau par une petite porte. Il avait un air louche, un air de se dissimuler. J'ai été frappé ensuite par une constatation : le lendemain de cette rencontre, Mirabeau, qui se taisait depuis un certain temps, a brusquement déclenché la manœuvre d'où l'insurrection est sortie.

— Allons donc! se récria Dubon, vous n'allez pas nous donner Mirabeau pour l'auteur du 14 juillet!

— Mirabeau et d'autres avec lui, vous le savez fort bien, Jean; mais surtout d'autres derrière lui. Voilà ce qui m'inquiète. Que peut manigancer à présent un individu de cette espèce dans l'ombre de La Fayette? Mirabeau et le général auraient-ils partie liée avec la contre-révolution? Ou, tout au contraire... Ah! Robespierre, avec ses soupçons universels, n'a pas toujours tort. Vous n'ignorez point que l'Angleterre, l'Espagne, par le canal de certains banquiers, empoisonnent tout avec leur or. Pitt fait sa politique au milieu de la nôtre comme le coucou pond ses œufs dans le nid des voisins. Ce Dulimbert est assurément un agent des puissances. Le brave Nicaut, dans notre province lointaine, n'en sait rien; je vais l'informer. Tu l'éclaireras, toi aussi, Bernard.

— En tout cas, déclara Dubon, il n'y a aucun individu d'un pareil aspect parmi ceux que j'approche peu ou prou.

— S'il y paraît, vous êtes prévenu. S'il se présente aux Jacobins, je me charge de l'exécuter.

— Un homme comme celui-là, observa judicieusement Gabrielle, doit plutôt fréquenter les sociétés populaires où il a beaucoup plus de moyens d'agir, et ces sociétés ni Jean ni toi ne les fréquentez.

— Tu as raison, ma sœur. Je parlerai de lui au comité de Recherches. »

Le quatrième et dernier jour seulement, Bernard et Lise eurent un peu de véritable loisir ensemble. Passant la Seine, ils étaient allés à la promenade du Luxembourg que Lise voulait montrer à son ami. Il connaissait à présent le Palais-Royal, les Tuileries. Ici, on était plus au calme, sous les ombrages où, la chaleur revenue après cette période de pluie si fâcheuse pour la fête, les tonneaux d'arrosage entretenaient une fraîcheur dans les allées. Sur la terrasse, on voyait beaucoup de « bleuets » provinciaux. Pareils à Bernard, ils découvraient Paris. Mal fait encore à tout ce qu'il avait vu et ressenti en si peu de temps, il était distrait malgré le bonheur que lui donnait la présence de Lise. Il l'avait trouvée toujours aussi charmante, plus jolie même s'il se pouvait. A sa fraîcheur, à sa grâce délicate s'ajoutait une sorte d'épanouissement. La nouvelle coiffure sans poudre lui seyait; rien n'atténuait plus le blond chaud de ses cheveux, lequel, par contraste, éclairant encore son teint, donnait au bleu de ses yeux une nuance plus profonde.

Dans les Quinconces, assez loin des joueurs de quilles un peu bruyants, des sièges s'offraient, à l'écart. « Ainsi, dit Lise en s'asseyant, nous allons de nouveau nous perdre! Demain, à cette heure, vous serez déjà loin de moi. Quand nous retrouverons-nous? »

La veille, Claude avait réitéré à leur ami l'offre de le faire entrer dans la garde soldée. Bernard s'était dérobé une nouvelle fois. Pourquoi devenir soldat de métier, alors qu'il n'y avait plus besoin d'armée proprement dite? Les gardes citoyennes fédérées suffisaient amplement à maintenir l'ordre, chacune dans sa province. Il n'y aurait plus de guerres. Le caprice ou l'ambition des monarques absolus les avaient faites, cela ne pouvait plus se produire.

« Ah! mon cher ami, reprit Lise, je crois que vous vous êtes habitué à vivre sans moi; pour ma part, je ne m'y accoutumerai jamais.

— Vous êtes très heureuse avec Claude.

— Il me manque quelque chose néanmoins. Autant que j'aime Claude, je ne peux pas être parfaitement heureuse sans vous, Bernard. Je le sais aujourd'hui, après l'expérience de ces neuf mois. Vous n'imaginez pas combien votre absence m'a été lourde.

— Moi non plus, avoua-t-il, je ne suis pas heureux loin de vous. Non, je n'ai pas du tout pris l'habitude...

— Mais vous ne faites rien pour demeurer.

— Que pourrais-je faire, Lise! se récria-t-il. Acheter ici un commerce? Je n'ai pas d'argent. Trouver une place de commis? Il y en a des centaines en chômage. Les fonctions publiques, je ne saurais y accéder. J'ai été formé pour le négoce, c'est la seule chose dont je sois capable. Je ne peux la pratiquer qu'à Limoges, avec mon beau-frère Jean-Baptiste, ou bien avec mon père.

— Pourquoi n'acceptez-vous pas la proposition de Claude?

— Parce que j'ai peut-être l'apparence mais point du tout l'âme d'un soldat. S'il me fallait me battre pour défendre ce qui m'est cher, je me battrais; cela dit, je n'aime pas le métier militaire, l'uniforme, les armes, les allures guerrières.

— En d'autres termes, vous préférez votre état, votre routine, peut-être la compagnie d'une certaine Babet, au bonheur de vivre près de moi.

— Voyons, Lise, répondit Bernard en lui prenant la main, ne soyez pas injuste. Rappelez-vous certaines de vos paroles, à Thias, le jour où nous nous sommes si cruellement querellés. Vous m'avez dit du mariage que l'on vous imposait : « Je ne l'accepte pas, je le subis. » Moi de même, je subis un destin qui m'est dur et contre lequel je ne puis rien. Quant à Babet, vous ne parlez pas sérieusement, mon amie, j'en suis sûr. Du reste, je la vois de moins en moins. »

Il hésita, puis, regardant sa compagne d'une façon très franche : « Ma sœur a entrepris de me marier. »

Lise eut un sursaut, elle rougit tandis que Bernard se hâtait de lui expliquer :

« Je n'y suis guère enclin, cependant il me faut bien m'établir. Dans le commerce, il convient d'avoir une épouse.

— Non, Bernard, non, dit Lise d'un ton sourd. Non, jamais je n'accepterai ça. Des maîtresses, je vous les passe. Votre Babet, bien; j'en suis jalouse, tant pis! Je la supporte. Il existe des besoins, je le sais. Mais une femme, même si vous ne l'épousiez que par raison, une femme qui vivra chaque jour, chaque nuit, chaque heure avec vous! Votre femme! Non, non, ne me demandez pas de consentir à cela.

— Voyons, Lise!

— Oui, je sais, je suis mariée, moi. Je suis parfaitement injuste. Ça m'est égal! Vous avez refusé de m'épouser, c'est vous qui m'avez remise entre les bras de Claude. Si vous vouliez une femme, il fallait me prendre, moi, au lieu de pousser le sublime jusqu'à m'apprendre à aimer mon mari. »

Stupéfait par cette explosion, Bernard était resté sans un mot. Enfin il demanda doucement à Lise de revenir à la raison.

« La raison! s'écria-t-elle. La raison! je m'en moque! Je ne suis qu'une femme. C'est mon cœur... »

Baissant la tête, elle poussa un long soupir.

« Mon cœur ne peut pas se résoudre à oublier le rêve qui l'a tant agité. Pardonnez-moi, mon ami, ajouta-t-elle en le regardant de nouveau. Je suis folle. Oui, je suis folle, je le sais. Je suis plus tyrannique dans mon genre que la Reine. Je n'accepterai jamais que vous apparteniez à une autre, à *une seule*. Qui est donc cette fille?

— Oh! une jeune personne assez insignifiante, ni belle ni laide, mais tout à fait accomplie.

— Je la connais? »

Bernard répondit qu'il ne le pensait pas.

« C'est, dit-il, la fille cadette d'un vieil ami de Jean-Baptiste : Antoine Carron, intendant du comte de Jumilhac. Elle a été élevée à Limoges par sa tante, car sa mère est morte. Elle aura une dot raisonnable qui me permettrait de m'associer avec Jean-Baptiste. Léonarde couve ce projet depuis longtemps.

— Il ne vous révolte pas! Quoi? vous épouseriez sans amour une pauvre fille vers laquelle rien ne vous attire, sinon un peu d'argent!

— Cela se fait généralement, chez nous.

— Vous êtes étrange, Bernard, dit Lise en le parcourant du regard. Il y a en vous une telle noblesse de sentiments que j'ai peine à m'élever jusqu'à cette hauteur, et, d'autre part, votre état vous tient dans la médiocrité de ses usages, dans son obscurantisme. Comment vous, vous mon ami, ne sentez-vous pas que l'union d'un homme et d'une femme ne peut être une affaire de négoce?

— Sans doute. Je n'y ai guère songé, je vous l'avoue. Comme de toute façon je n'aimerai jamais que vous-même! »

Elle sourit, son regard brilla. « Mon cœur! fit-elle doucement. Mais ce n'est pas certain, voilà pourquoi je suis furieusement jalouse. Je me méfie. Vous souvient-il de ce que je vous ai dit, un jour? *On ne peut pas aimer deux hommes à la fois.* Or je vous aime, Claude et vous, autant l'un que l'autre. Vous êtes assez pur pour n'être point jaloux; pas moi. Ou bien ne m'aimez-vous pas assez pour être jaloux? »

Elle était devenue grave. Elle sourit de nouveau : « Allons, lança-t-elle en lui tendant les mains, je ne veux pas vous faire une querelle pour notre dernier soir. Pardonnez-moi, mon cœur, ce que je vous ai dit d'un peu vif. Moi, je vous pardonnerai tout. Même votre absence. Tout sauf de m'être vraiment infidèle. »

II

Le lendemain et pendant les jours qui suivirent, en s'éloignant de Lise un peu plus à chaque étape, Bernard ressassait le souvenir de cette conversation, avec l'image de la jeune femme dans sa robe à mille raies bleues, blanches et rouges, un peu verdie par l'ombre des marronniers. Il revoyait les expressions du visage toujours plus beau, le sursaut de Lise, le feu de ses yeux dans cet accès de despotisme, peu sage mais combien émouvant.

Tourmenté par un remords que lui masquaient les regrets, il avait peu dormi, la nuit d'avant son départ. A présent, il songeait que Lise voyait peut-être juste : peut-être ne l'avait-il pas assez aimée. Ne s'était-il pas donné le change, avec sa générosité? Eût-il montré tant de grandeur d'âme si Babet, en aimantant ses désirs, n'eût dénaturé en quelque sorte, ou encore émoussé, son amour pour Lise?

A mesure que la distance s'allongeait entre eux, malgré lui il regrettait davantage leur séparation. Pourquoi n'avait-il pas accepté cette fois la proposition de Claude? Lise avait raison : il lui préférait une routine.

Plus les jours passaient — en longues marches sous le soleil ou la pluie tiède qui se succédaient —, plus il prenait conscience du charme accru de Lise. Il se rappelait comme, au premier regard, il l'avait trouvée plus belle, plus émouvante avec son nouvel éclat. Cette émotion s'était noyée dans l'excitation du moment, la griserie patriotique et les vives impressions produites par la découverte de Paris. Il aurait voulu maintenant ne plus penser, comme Jourdan et leurs camarades, qu'à la sensibilité des Parisiens qui les avaient reçus comme des triomphateurs, à la prodigieuse fête du Champ de la Fédération, à cet inoubliable élan de milliers d'hommes et de femmes soulevés par un amour commun pour leur pays sortant des limbes de l'obscurantisme, au serment qu'ils avaient tous prononcé d'un même cœur, à l'océan de drapeaux massés autour de l'autel de la patrie, à la loyauté du Roi jurant de maintenir la Constitution, à la beauté de la Reine, au délire joyeux des fédérés et de la foule qui enlevaient La Fayette, baisaient les basques de son habit, ses bottes, son cheval, à la majesté de l'Assemblée, à l'éloquence fraternelle des orateurs qu'il avait applaudis au club. Il revoyait tout cela derrière le visage de Lise passé au premier plan, et dont les expressions heureuses, mutines, tendres, jalouses, despotiques, assagies, faisaient reculer toute autre image.

Jourdan le trouvait morose.

« Tu n'as pas l'air content de rentrer à Limoges, lui dit-il. Qu'est-ce qui ne va pas, sergent? Te serais-tu laissé prendre aux charmes de Paris?

— Non, ce n'est pas ça. Je ne sais pas ce que j'ai, répliqua-t-il en haussant les épaules. Il y a des moments où l'on ne se comprend pas soi-même. Ah! tiens, je voudrais avoir cinquante ans! On doit être raisonnable, à cet âge. »

Cette singulière envie provoqua l'hilarité de Jourdan. « Je n'en jurerais fichtre point, dit-il, et je ne suis nullement pressé d'en faire l'expérience. Quand tu auras vingt-huit ans, comme moi, tu te sentiras moins de hâte à vieillir. »

Il lui tapota l'épaule. « Allons, Lovelace! il y a encore quelque amourette là-dessous, hein! Tu te compliques l'existence, avec les femmes. Il serait temps pour toi de faire une fin. Moi, tu vois, je suis bien heureux d'aller retrouver ma boutique, ma bonne femme et ma petite Marie-Madeleine. Il faut être simple, en ce monde, mon ami. »

Jourdan n'était que de trois ans l'aîné de Bernard, mais sa jeunesse malheureuse, ses épreuves d'orphelin tyrannisé par un oncle très dur, la pauvreté, peut-être aussi l'aventure de la guerre en Amérique, l'avaient mûri de bonne heure.

« Je te crois volontiers, dit Bernard, seulement ce n'est pas toujours facile d'être simple. »

La troupe marchait à volonté derrière eux. Pour s'entraîner, quelques hommes scandaient le chant qu'ils avaient appris des fédérés parisiens :

Ça ira, ça ira, ça ira!
Du législateur tout s'accomplira.

Celui qui s'élève, on l'abaissera,
Et qui s'abaisse on l'élèvera,
Ah! ça ira, ça ira, ça ira!...

Le colonel Barbou était parti de Paris en poste avec ses officiers. Seul, le lieutenant Jourdan accompagnait les sous-officiers et les hommes. Parce qu'il avait été soldat, lui, un vrai soldat, il sentait qu'un officier devait partager les peines de la troupe, et donner l'exemple de l'endurance. Ils couchaient tous ensemble dans des granges, dans la paille ou le foin. Avant leur départ de Limoges, la municipalité leur avait alloué à chacun une indemnité de cent cinquante francs. Cet argent ne pouvait servir qu'à leur procurer la nourriture, car nulle auberge ni les demeures particulières n'eussent été susceptibles d'abriter le flot de délégations refluant jour après jour vers le Sud. Les vivres eux-mêmes commençaient à se faire rares aux étapes.

Le 31 juillet, ils parvinrent à l'endroit où, un mois plus tôt, toute la garde les avait escortés. Elle était là, de nouveau, à les attendre. La jonction se fit au milieu des vivats, des cris d'enthousiasme patriotique. Le contingent de Limoges, avec ses officiers tout frais et ses troupiers un peu poudreux, bronzés par le soleil, prit la tête, derrière les tambours, en faisant flotter haut la bannière offerte par la commune de Paris; celle que le général La Fayette avait pressée sur son cœur : un drapeau de soie blanche, cravaté de tricolore, portant d'un côté le nom HAUTE-VIENNE, inscrit dans une couronne de chêne, de l'autre : Confédération nationale à Paris le 14 juillet 1790.

Au premier rang de la foule accourue sur le passage du défilé dans le faubourg, Bernard aperçut Babet. Elle lui adressait de grands signes. Il n'eut aucun plaisir à la revoir. Vive, elle trouva moyen de reparaître un peu plus tard sur la place Dauphine que l'on traversait pour aller déposer, rue du Temple, à la maison commune, la bannière fédérative.

Quelques jours après, quand les autorités départementales eurent été élues, les fédérés défilèrent de nouveau pour transporter cette bannière à la ci-devant Intendance. Le drapeau blanc à cravate tricolore et feuilles de chêne, symbole de l'union nationale, fut placé solennellement dans la salle du Conseil général du Département. L'un des premiers personnages de celui-ci : le procureur-syndic, était Pierre Dumas.

III

La fin de l'été, l'automne, le début de l'hiver furent pour Bernard un long marasme dans lequel il perdait à la fois le goût de son métier et le peu d'intérêt qu'il avait porté au service dans la garde nationale. A ses yeux, ce service tournait tout bonnement au ridicule. Ce n'était plus que prétexte à parades. On prenait les armes pour assister à des messes en plein air, à des *Te Deum*, à des présentations de drapeaux. On défilait en uniforme, tambours battants, pour aller baptiser le fils du colonel, marier un officier, ou pour s'attabler dans des repas de corps. Au milieu de ces exhibitions, de mesquines rivalités naissaient. En juillet 89, quand on s'attendait à voir paraître l'ennemi, nul ne réclamait un commandement. A présent, on voulait de l'épaulette, on se disputait les places à l'état-major. Bientôt, il y aurait plus d'officiers que de soldats. Des questions de préséance divisaient les hommes que le danger avait rapprochés.

En quelques mois, l'unité nationale était devenue une formule hypocrite dont beaucoup se servaient pour couvrir leurs idées personnelles ou leurs ambitions. La vanité, l'esprit de caste relevaient la tête. Dans la garde, une gloriole stupide opposait aux chasseurs la compagnie des grenadiers, orgueilleux de leur haute taille et de leur bonnet à poil d'ourson qu'ils payaient dix-huit livres. La suppression des titres nobles, loin de faire disparaître l'esprit d'aristocratie, suscitait dans le peuple une foule de nouveaux aristocrates au petit pied. Un balancier de la Monnaie, camarade d'Antoine Malinvaud, et aussi sot que grand, avait vendu son lit pour s'acheter l'équipement de grenadier. Quant aux anciens aristocrates de caractère ou de position, ils ne dissimulaient plus leur hostilité à l'état de choses. Quelques grands bourgeois, quelques ci-devant nobliaux, tous familiers de l'hôtel Naurissane, avaient formé un club des « Amis de la Paix et de la Vérité », pour combattre la « Société des Amis de la Constitution », fondée depuis le mois de juin précédent par Nicaut, à l'imitation du club des Jacobins de Paris, auquel cette société était affiliée. On l'appelait elle aussi club des Jacobins, car, tout comme la société mère, à Paris, elle tenait séance au couvent des Jacobins — derrière l'Hôpital général.

Bernard, suivant l'exemple de Jourdan, s'était inscrit, comme M. Mounier, au club des Jacobins qui réunissait la moyenne bourgeoisie. Il comprenait, avec bon nombre de commerçants, dont Pinchaud, Farne, le colonel Barbou, son frère, presque tous les membres de la nouvelle administration, tous anciens robins, ainsi que des prêtres, en particulier l'abbé Xavier Audouin, le curé Gay de Vernon, devenu Gay Vernon, mais toujours aussi opposé à l'évêque. Il était à présent maire de Compreignac. Bernard avait eu le chagrin de voir son frère Marcellin se ranger avec leur père parmi les Amis de la Paix, lesquels ne faisaient point mystère de leurs sentiments anti-patriotiques. Marcellin proclamait bien haut qu'il ne comprenait pas comment on pouvait être assez bête pour se dire patriote. Quant à lui, ajoutait-il, il se considérait avant tout comme sujet du Roi. Il n'en conservait pas moins son affection à Bernard, mais le raillait et le taquinait lourdement sur ses idées, à toute occasion. M. Delmay, lui, morigénait le jeune homme, essayait de le convaincre, s'emportait parfois, ou parfois le regardait amèrement en secouant la tête : « Ah! tu me fais de la peine, cadet! » Bernard en arrivait à fuir son père et son frère. Avec Léonarde elle-même il ne se sentait pas à l'aise. La suppression des vœux monastiques, l'inventaire des couvents avaient vivement blessé la jeune femme dans ses croyances. « Qui priera pour notre salut, disait-elle, si l'on chasse les moines et les nonnes? C'est insulter à Dieu! » Dans un terrible incendie qui, en septembre, avait ravagé toute une partie de la ville, détruit le jeu de paume, la salle de spectacle, et s'était arrêté juste au début du faubourg Manigne, elle voyait une punition et un avertissement divins. Loin de s'incliner devant ce signe, on allait plus loin encore, on outrait l'impiété : après avoir supprimé le clergé régulier, on prétendait soustraire le clergé séculier à l'autorité du successeur de saint Pierre. Comment le Roi, l'oint du Seigneur, pouvait-il accepter cette hérétique Constitution civile? Il fallait qu'il fût prisonnier de ces fous parisiens, de ce La Fayette — « Blondinet », comme l'appelait Mme Naurissane quand on la voyait parfois, le dimanche, à Thias —, de ces députés déments que l'on avait envoyés à Versailles pour régler la question de l'impôt, et qui s'étaient mis à bouleverser de fond en comble le royaume jusqu'à n'en rien laisser debout. On ne savait plus à quoi l'on ne devait point s'attendre. « Ils ont assurément martyrisé le Roi, pour lui arracher un tel consentement!

— Ma bonne, protesta Bernard, j'ai vu le Roi, la Reine, le Dauphin aussi libres que toi et moi, acclamés, adorés par des milliers d'hommes, de femmes! »

La vieille tendresse de Bernard et de sa sœur ne suffisait plus à maintenir une communication entre eux. S'ils s'aimaient toujours, ils ne se comprenaient plus. La déception subie par Léonarde quand son frère, après avoir paru consentir à l'établissement qu'elle lui préparait, s'était brusquement dérobé en revenant de Paris, s'ajoutait à la divergence fondamentale de leurs idées. Ce refus d'un mariage médité depuis très longtemps ruinait les plus chers espoirs de la jeune femme. Bien avant que Bernard ait connu Lise, Léonarde couvait pour lui la petite Antoinette Carron. A l'automne de l'année précédente, en 89, quand Bernard avait été séparé définitivement de Lise emmenée par son mari, Léonarde s'était ouverte de ses projets à Carron lui-même. Il s'en doutait de longue date. Ils lui plaisaient. Ce n'était pas pour rien qu'à chacun de ses séjours en ville, en allant faire visite aux amis Montégut, il prenait Antoinette chez sa tante et l'amenait. C'était sa cadette. Son aînée vivait avec lui au château, mariée à un garçon entendu, qui succéderait un jour à son beau-père comme intendant de la famille de Jumilhac. Celui-ci, voulant pour Antoinette un autre genre d'existence, avait amassé une dot capable d'assurer à la jeune fille un honnête établissement à Limoges. Rien ne pouvait mieux lui convenir qu'une alliance avec la famille Montégut-Delmay. C'était placer la dot dans une maison sûre où elle fructifierait, et mettre Antoinette elle-même entre les meilleures mains, estimait Antoine Carron.

Ces projets renversés par sa faute, Bernard se sentait mauvaise conscience envers l'adolescente, envers Carron aussi, surtout envers Léonarde : il lui semblait l'avoir trahie, et il n'ignorait pas que, malgré elle, elle avait une pareille impression. Il ne trouvait en lui-même qu'amertume, mécontentement de soi, remords, regrets, chagrin. Il s'était pris d'aversion pour Babet, responsable selon lui de son absurde conduite avec Lise. A cause de Babet, tout avait été gâché; il ne voulait plus la voir. La laissant à ses caprices, il cherchait quelques heures d'un difficile oubli avec les filles du Naveix. Chez lui, ou plutôt chez son beau-frère, il se sentait seul. Jean-Baptiste partageait bien un peu ses opinions, mais, par égard pour Léonarde, n'osait pas les soutenir. Bernard, s'évadant de la maison, allait se donner un peu d'aise chez Jourdan. Là, il était du moins en communion d'idées avec chacun.

Ces idées, non plus, ne lui offraient rien de réjouissant. Elles se chargeaient de l'électricité ambiante, produite par l'agitation des « Amis de la Paix » et autres « monarchiens » limougeauds. Comme elles semblaient loin, les ivresses de juillet, les certitudes d'août! A ce moment, au retour de Paris, on avait pu croire la Révolution à son terme : avant même d'être promulguée, la Constitution se réalisait dans la vie quotidienne. Quelles traverses eût-on craintes alors? puisque nulle réforme — même la plus radicale : l'anéantissement des privilèges — n'avait rencontré de résistance sérieuse. Or voilà que soudain, avant même le début de l'automne, s'en était élevée une, et très vive, à propos d'une innovation pourtant bien justifiée. Comment, en effet, la nation qui venait de faire du monarque son premier serviteur eût-elle admis qu'un pontife étranger régnât dans l'ombre sur elle par l'intermédiaire des ministres du culte? On ne rejetait point ce culte ni rien de la religion. Par la Constitution civile du clergé, les gallicans entendaient seulement soustraire celui-ci à toute influence étrangère. Prélats et curés seraient dorénavant élus par la population et payés par l'État, comme les fonctionnaires publics. On ramenait les diocèses aux limites de chaque département, puisque les provinces n'existaient plus. Rien de plus raisonnable. Le Roi, du reste, n'avait-il pas, le 24 août, accepté ces mesures! Le bas clergé limousin ne s'y montrait pas hostile. En revanche l'évêché s'indignait. Il trouvait un soutien dans la haute bourgeoisie, fort peu croyante mais très politique à présent, qui « espérait rétablir le trône dans sa toute-puissance en défendant l'autel », disait Martial Pinchaud. Les « Amis de la Constitution », et parmi eux Jourdan, Bernard, ne pouvaient pas ne point s'irriter de cette agitation antipatriotique dont ils croyaient discerner trop bien les mobiles. Cependant la turbulence d'une minorité plus présomptueuse qu'efficace ne donnait pas de craintes. « Ce ne sont point ces rétrogrades, pleurant sur leurs privilèges défunts, déclarait Jourdan, qui arrêteront le progrès. »

Brusquement, au début de novembre, la situation avait pris une tournure plus inquiétante lorsque, en réponse aux protestations des évêques, l'Assemblée, afin de les mettre au pas, avait rendu le serment civique obligatoire pour les ecclésiastiques, comme il l'était déjà pour les soldats, les gardes nationaux et les fonctionnaires.

Le curé Gay Vernon, imité aussitôt par l'abbé Goutte, remplaçant du curé de Saint-Pierre à l'Assemblée nationale, s'empressa de prêter, devant les administrateurs du département, ce serment d'obéissance à la loi et au Roi. Avec Xavier Audouin, quelques autres prêtres suivirent. La plupart, hésitant, restaient dans l'expectative. Le club des Jacobins s'employait à les encourager; celui des Amis de la Paix, à les décourager. La guerre, latente entre les deux sociétés, s'ouvrit : une guerre de discours, de placards, d'adresses à la Commune, au District, au procureur-syndic, au directoire du Département, aux électeurs — et bientôt, de menaces. Les Amis de la Paix parlaient de sabrer « ces patriotes imbéciles »; les Amis de la Constitution, de « faire passer les rétrogrades à la lanterne ». L'effervescence dégénéra en rixes qui éclataient à la moindre occasion. La garde nationale, elle-même divisée, dut reprendre ses patrouilles en armes, pour veiller à l'ordre. Elles étaient souvent brocardées par les cavaliers de Royal-Navarre, en garnison à Limoges depuis un an dans les casernes du Pont-Saint-Martial et des Petites-Maisons. Ils se gaussaient insolemment des soldats citoyens. La tension ne cessait de croître. Jusqu'à certain jour de décembre, le 30, où Jourdan, qui venait chercher une commande de boutons, entra joyeusement dans la boutique en lançant à Bernard :

« Eh bien, ça y est! Il leur a rivé leur clou, aux Amis de la Vérité, notre Dumas.

— Ah bah! comment ça?

— Il les a fait dissoudre par arrêté de la Municipalité, du District et du Département tout ensemble.

— Ils s'inclineront, tu crois?

— Faudra bien, mon ami. Nos baïonnettes sont là pour assurer le respect de la loi. »

Les Amis de la Paix et de la Vérité n'osèrent pas se rebeller ouvertement contre un arrêté pris, en tout état de cause, au nom du Roi. Ils mirent fin à leurs réunions, mais nullement à leur action. Bien au contraire; pour se faire plus sournoise, généralement par personnes interposées, elle n'en était pas moins vive. Des « citoyens honnêtes et paisibles » envoyèrent à Sa Majesté une adresse dénonçant l'arbitraire des autorités locales. Ce placard, abondamment distribué en ville, signalait « l'esprit tyrannique et intéressé des Amis de la Constitution », leurs manœuvres pour assurer aux récentes élections municipales le succès des « profiteurs du nouveau régime », pour « exclure tous ceux qui perdaient à la Révolution ».

« Nous en sommes évidemment les profiteurs, disait Jourdan. Notre avantage, c'est de passer la moitié de nos nuits à patrouiller par la ville ou de nous user les pieds en marches militaires. Et le vôtre, monsieur Montégut, de négliger les affaires de votre commerce pour aller siéger à la Maison commune. »

Jean-Baptiste avait été élu officier municipal.

« Il est bien vrai, observa-t-il avec son bon sens coutumier, que sans la Révolution Nicaut n'eût jamais pu prétendre à la mairie. Il a gagné, au nouveau régime, d'acquérir le prestige de premier magistrat de la Commune.

— Selon vous, c'est un profit?

— Cela le flatte, j'en suis sûr. Nicaut a toujours été un peu glorieux, il devait plus ou moins jalouser les Naurissane, les Reilhac. Quant au profit, ma foi non, si l'on considère que, comme maire, Pétiniaud-Beaupeyrat a engagé toute sa fortune pour fournir la ville en blé, et qu'il n'est pas près de rentrer dans ses débours, du train dont vont les choses. Je me demande si, le cas échéant, notre Nicaut serait aussi généreux. »

Les ci-devant Amis de la Paix poussèrent l'abbé Lambertie — qui avait rétrogradé avec son évêque — à prononcer en chaire, dans l'église Saint-Michel, un véritable discours politique, d'ailleurs fort éloquent, contre le nouveau régime. Ce que l'on appelle la nation française n'est pas la France, proclama l'abbé. C'en est seulement une caricature. Les députés envoyés à Versailles avaient un mandat précis; ils n'en ont tenu aucun compte, ils l'ont furieusement outrepassé sans se soucier de leurs mandants. Dès lors, ces députés ne représentent plus rien qu'eux-mêmes. Ce qu'ils prétendent avoir construit en anéantissant nos plus solides institutions est le monument d'un arbitraire bien pire que ne le fut jamais à ses plus despotiques moments la monarchie absolue. Du moins respectait-elle les consciences.

« Et les dragonnades! » s'écria quelqu'un du fond de l'église, Il fut aussitôt coiffé, jeté dehors par de jeunes ex-Amis de la Paix.

« Les lois de la nation française, poursuivit l'abbé, violent les consciences. Sous un faux-semblant de liberté, elles prétendent enchaîner les âmes, soumettre le spirituel au pouvoir temporel, transformer en domestiques de l'État ceux qui ne peuvent être les serviteurs que d'un seul maître représenté sur terre par notre saint-père le Pape. Refuser d'obéir à ces lois iniques est un devoir pour nous, mes frères. Glorifions les ardents réfractaires à la tyrannie dont l'hydre se dresse maintenant devant nous, pareille, dans sa rage destructrice, à la bête de l'Apocalypse vue par saint Jean. »

Cette diatribe ou ses échos soulevèrent l'enthousiasme des uns, la colère des autres. Dans le clergé même, elle poussa certains prêtres « patriotes » à prononcer le serment devant lequel ils hésitaient. Au total, affermissant chacun dans ses opinions, elle consomma la rupture, accentua l'hostilité entre les partis.

Sitôt leur club dissous, les Amis de la Paix s'étaient engagés en bloc dans la compagnie des dragons de la garde nationale. Jusqu'à ce moment, cette compagnie comptait juste vingt cavaliers, dont Jacques Mailhard. Ils devaient se monter, s'équiper eux-mêmes; peu de gens possédaient un cheval ou de quoi en payer un. En quelques jours, l'effectif des dragons passa de vingt à quatre cents hommes. Une souscription ouverte à l'hôtel Naurissane avait permis d'acheter les montures. Les officiers de Royal-Navarre, amis de la jeunesse dorée, s'étaient offerts comme instructeurs. La compagnie se donna pour commandant l'organisateur de la souscription et principal souscripteur le ci-devant trésorier de France, Mailhard de Lalande, père du beau Jacques. C'était un homme de cinquante-neuf ans, encore excellent cavalier, comme M. Delmay, son contemporain, qui fut élu capitaine. Faisant allusion devant Bernard à ces élections : « Tu vois, cadet, lui dit-il, nous aussi nous avons la fibre démocratique, seulement nous repoussons la démagogie. On nous accuse de vouloir rétablir la royauté absolue; ce n'est pas vrai, pas du tout. Il y a de bonnes choses dans les réformes, et je n'ai jamais aimé la Cour. L'égalité devant l'impôt, l'abolition des privilèges, la libre circulation des marchandises, l'unification de la France : très bien, bravo! Vive la monarchie tempérée! mais qu'elle reste une monarchie où le Roi soit vraiment roi, non point le domestique d'un ramassis d'énergumènes qui, sous prétexte de liberté et d'égalité, sont en train de tout anéantir. Nous ne voulons pas du désordre, voilà tout. Nous ne voulons pas de ces intrigants qui démolissent la maison pour s'y faire leurs places. Ces profiteurs de la Révolution! Ils marchent sur le ventre des honnêtes gens, pour s'élever!... Allons, mon cadet, reprit M. Delmay, un bon mouvement! Viens avec ton frère et moi. Qu'importe le corps! grenadiers, fusiliers, chasseurs, dragons, tu serviras aussi bien notre brave ville à cheval qu'à pied. Au moins tous les Delmay seront réunis. »

Bernard éprouvait une répugnance d'instinct pour ces jeunes gens puant la vanité, effrontés, arrogants, qui affectaient des allures de casseurs d'assiettes. Ils assourdissaient tout le monde avec leurs cavalcades, traînaient leur sabre, faisaient sonner leurs éperons. Jacques Mailhard et quelques autres avaient constitué une garde d'honneur à Mme Naurissane : ils encadraient sa voiture, accompagnaient Thérèse à la messe où elle se rendait assidûment désormais, encore qu'elle fût toujours aussi incroyante. Toutefois, la reine des dragons, c'était Babet, reine de leurs banquets chez le traiteur Perrier ou chez Latour, sur la route de Paris. On y sablait le vin d'Ay en chantant « O Richard! O mon roi! » en brocardant les chasseurs patriotes que certains excités allaient ensuite provoquer dans les rues.

Il y eut des disputes. Dans les premiers mois de 1791, malgré le froid les esprits s'échauffaient dangereusement. En février, à l'auberge Latour, une violente bagarre éclata. Une douzaine de jeunes dragons festoyaient en bonne compagnie; dans une autre salle, des chasseurs étaient attablés, et parmi eux Antoine Malinvaud, devenu caporal. Avec les dragons, Babet chantait des airs subversifs. Le Roi ou la nation lui importaient peu, elle se mettait simplement au diapason de ses riches amis. Malinvaud, tout placide qu'il était d'ordinaire, fut ulcéré par ce qu'il considéra, de la part d'une ancienne habituée du Naveix, comme une trahison. Il avait aussi, faut-il dire, un peu bu. « Ah! s'exclama-t-il, si c'est pas malheureux, quand même, d'entendre ça! »

La voix claire et railleuse de Babet cascadait sur un fond de barytons et de basses, scandé par des tintements de flûte à champagne. Malinvaud n'y tint plus. Il se leva, entra dans la seconde salle. « Tu n'as pas honte de frayer de la sorte avec les ennemis du peuple! » lança-t-il.

Ce n'était pas méchant. Cela provoqua pourtant une ruée des dragons sur Antoine. Tabaraud, un orfèvre de la rue du Clocher, le saisit au collet, le repoussant avec des bourrades. Les autres chasseurs s'élancèrent, et, tandis que Babet, grimpée sur la table, serrait ses jupons en criant d'effroi, une bataille à coups de chaises s'engagea. Ce fut un beau tumulte. Les piaillements des servantes s'ajoutaient aux cris de Babet. L'hôte, les valets, essayaient de désarmer les combattants ou de les pousser dans le jardin pour limiter les dégâts. Enlevé par Tabaraud et un certain Guibert, Malinvaud fut jeté par-dessus le mur de clôture. Comme les chasseurs reprenaient vigoureusement l'offensive, Guibert, se faufilant dans la salle, en rapporta une brassée de sabres dont ses camarades s'étaient défaits en s'attablant. Les chasseurs alors mirent la main à leurs briquets. Du voisinage, les gens, qui détestaient les dragons, accouraient avec des bâtons, des fourches. L'affaire allait devenir sanglante lorsque, heureusement, une patrouille de grenadiers, alertée, arriva au pas de charge, juste à temps pour s'interposer. Tabaraud et Guibert furent arrêtés.

En mars, ce fut M. Delmay en personne qui provoqua une affaire à propos d'un pamphlet royaliste brûlé en grande pompe par les chasseurs devant leur corps de garde, et d'une bousculade entre grenadiers et dragons survenue le jour de l'intronisation du nouvel évêque. En effet, le 1er février, en présence des électeurs réunis à la cathédrale, Pierre Dumas, ayant constaté le refus de serment de Mgr Duplessis d'Argentré, avait proclamé vacant le siège épiscopal de Limoges. Puis la messe du Saint-Esprit fut dite par un ci-devant Dominicain : M. Portailler, assermenté. Le lendemain, on procéda au vote; il fallut trois tours pour départager les candidats : l'abbé Goutte et le curé Gay Vernon. Celui-ci, enfin élu, fut proclamé au son des cloches évêque constitutionnel de la Haute-Vienne. Il y eut des discours, grand-messe, *Te Deum*, vives réjouissances chez les Amis de la Constitution, explosion de lazzi et d'injures chez les ex-Amis de la Paix. Quelques jours plus tard, après avoir donné sa démission de maire de Compreignac, Gay Vernon s'en allait à Paris où il fut sacré par Talleyrand au cours d'une cérémonie à laquelle assistèrent Claude, Lise, Montaudon, l'abbé Goutte lui-même, mais que boudèrent M. de Reilhac, Naurissane, et, bien entendu, Mgr d'Argentré. Le 25 mars, le nouvel évêque faisait son entrée solennelle à Limoges. Le Département avait alerté les autorités des districts et les municipalités pour que le prélat constitutionnel reçût le plus patriotique accueil au passage, depuis les limites de son diocèse. On voulait donner à cette installation un caractère imposant. En ville, tout avait été organisé avec faste. L'arrivée du carrosse épiscopal dans le faubourg de Paris fut saluée par les sonneries de cloches à toutes les églises, par des salves de canon. La seule chose à quoi l'on n'eut point réussi était d'attirer la population. La cérémonie n'intéressait pas les gens avancés, pour la plupart sans croyance sinon hostiles à la « superstition ». Les autres, elle les indisposait. Pendant que le cortège descendait par les rues peu garnies, dragons réactionnaires et grenadiers patriotes échangeaient des horions sur le parvis de la cathédrale. Il fallut faire intervenir la compagnie des chasseurs pour les séparer. Le capitaine des grenadiers, l'imprimeur Farne, porta plainte au Département contre le capitaine des dragons, Delmay. Lequel riposta en accusant Farne, devant la municipalité, d'avoir voulu faire « assassiner » Marcellin par cinq grenadiers. Comme on ne donnait pas suite à sa plainte, le capitaine des dragons se rendit chez Farne, sa vieille bête noire, pour le provoquer en duel. Ne le trouvant pas, il lui laissa un cartel. Farne, du même âge que M. Delmay, ne se sentait nulle envie d'aller sur le pré; il se réfugia au Conseil général de la Commune.

Celui-ci était en train de noyer diplomatiquement l'affaire, lorsqu'une nouvelle rixe éclata en ville entre dragons et chasseurs. Puis il y eut un duel à six entre dragons et grenadiers, sans victimes, par bonheur, car, là encore, une patrouille intervint à temps. Cette fois, la mesure était comble. A Limoges et aux alentours, on en avait assez de l'insolence des dragons. Les patriotes des bourgades voisines, du Dorat, de Saint-Junien, annonçaient qu'ils allaient venir en force régler leur compte à ces perturbateurs. Les compagnies de fusiliers, de grenadiers, de chasseurs menaçaient de dissoudre par les armes la compagnie de cavalerie si on ne la réformait pas. Le directoire du Département, présidé par l'ancien maire Pétiniaud Beaupeyrat, ex-Ami de la Paix, un des créateurs du corps des dragons, résistait sourdement aux réquisitions du procureur-syndic Dumas. A l'hôtel Naurissane, des « honnêtes gens » préparaient une pétition en faveur de la compagnie montée; on rejetait la responsabilité des rixes sur les autres corps et sur la municipalité, incapable, déclarait-on, de faire régner l'ordre en ville. Grâce à cette pétition, déjà signée par plus de deux cents citoyens actifs, le directoire allait pouvoir déclarer non fondées les plaintes de la Commune et les réquisitions de Dumas. Sans attendre, celui-ci s'en fut trouver le maire Nicaut. « Nous n'allons pas nous laisser jouer par ces fauteurs de troubles, lui dit-il avec son énergie habituelle. Voilà ce qu'il faut faire. » Le lendemain, 6 avril, le Conseil général de la Commune, considérant que la loi martiale lui donnait toute autorité sur les dispositions de la force armée, déclarait purement et simplement suspendue la compagnie des dragons de la garde nationale. Défense lui était faite de se réunir.

Il y eut d'âpres protestations. Les choses ne se seraient peut-être point passées sans tumulte si, le soir même, une nouvelle stupéfiante n'était venue occuper les esprits : la mort de Mirabeau. A vrai dire, il avait expiré l'avant-veille, et il se mourait depuis le 29 mars, mais on ne le savait pas, ici. On ignorait que depuis plusieurs jours tout était suspendu dans Paris frappé d'un étonnement anxieux par la maladie du grand orateur. Même ses ennemis, même Desmoulins qui avait violemment rompu avec lui après la journée de la Bastille et qui ne cessait de l'accuser dans sa gazette, voyaient avec un sentiment de crainte s'en aller cet immense adversaire dont la puissance avait malgré tout quelque chose de mystérieusement protecteur.

« Tous les patriotes », écrivait Desmoulins, « tous les patriotes disent, comme Darius dans Hérodote : Histiée a soulevé l'Ionie contre moi, mais Histiée m'a sauvé quand il a rompu le pont de l'Ister ».

Avec une délégation des Jacobins conduite par Barnave, auquel Duport, impitoyable, avait refusé de se joindre, Claude était allé au domicile du moribond, rue de la Chaussée-d'Antin. On l'avait jonchée de paille pour étouffer le bruit des voitures. La foule, qui se pressait pour lire les bulletins de santé affichés à la porte, parlait bas. Le Roi, la Reine même, le président de l'Assemblée, tous les partis faisaient prendre des nouvelles. Les médecins Cabanis et Petit veillaient dans la chambre; l'évêque constitutionnel d'Autun, Talleyrand, se tenait au pied du lit. Le malade avait déjà tout le bas du corps froid et insensible, mais sa pensée demeurait claire, sa parole ferme. Depuis des mois, il était en guerre acharnée avec le triumvirat Duport-Barnave-Lameth, qui le détestait, qu'il appelait le « triumgueusat ». Il reçut pourtant, avec Claude, Barnave dont on lui avait rapporté un mot amical, leur recommanda de se défier de l'Angleterre. Il en sentait croître l'hostilité, dit-il. « Ce Pitt est le ministre des préparatifs. Si j'eusse vécu, je lui aurais donné du chagrin. » Prenant la main de Claude : « Mounier-Dupré, murmura-t-il, je vous ai toujours estimé. Vous n'êtes pas un homme de parti, vous pouvez me comprendre. Écoutez-moi : j'emporte dans mon cœur le deuil de la monarchie, ses débris vont devenir la proie des factieux. »

Un entassement d'oreillers lui soutenait le torse et la tête. En contemplant ce mufle léonin, à présent boursouflé, marbré de plaques et comme déjà livré à la décomposition, Claude, ému, se souvenait du jour où il avait vu pour la première fois le « comte plébéien », debout devant la table des ministres, devenue celle de Bailly, dans la salle des États : Mirabeau, affreux, sonore et redondant. Ensuite, sous la pluie, l'aile du chapeau lui battant la figure, Mirabeau crotté, claironnant sur la place d'Armes qu'il fallait aller siéger à Paris. Et encore, Mirabeau chassant, d'une voix irrésistible, Dreux-Brézé stupéfait... Deux ans! N'était-ce donc point hier! Une grande époque finissait avec ce puissant lutteur. Claude sentit qu'en dépit de tout ce qui les séparait une part de lui-même mourait avec cet homme.

IV

« Peut-être nous sommes-nous défiés de lui trop longtemps, dit, en quittant la maison, Barnave qui, après avoir haï le tribun, semblait frappé par son ultime avertissement.

— Je ne le pense pas, répondit Claude malgré son propre trouble. Ce fut un grand homme, certes, mais le moyen de faire confiance à un personnage si impur! Il était trop plein de lui-même pour oublier jamais ses visées personnelles. Là-dessus, Desmoulins a raison. »

Dans ses *Révolutions de France et de Brabant*, Camille accusait Mirabeau, vendu à la Cour, disait-il, de travailler sournoisement à rétablir le pouvoir royal. Encore que Pétion prétendît avoir lu un plan de conspiration écrit par Mirabeau lui-même, Claude ne croyait pas cela. Certes, le député d'Aix, en prenant son parti de la monarchie constitutionnelle avec le souverain qu'il avait voulu détrôner au profit d'Orléans, nourrissait l'ambition de devenir, comme ministre de Louis XVI, le grand maître de cette monarchie. Certainement aussi, il monnayait ses services; de tels besoins d'argent le talonnaient! Tout cela ne comportait aucun risque grave, si l'on restait sur le qui-vive. Le vrai danger, Claude le voyait dans le fait que Mirabeau jouait la partie de la monarchie révolutionnaire non point avec la carte du Roi mais avec celle de la Reine. Il le montrait de plus en plus clairement, répétant partout, avec son goût des formules frappées : « Le Roi n'a qu'un homme; c'est sa femme. » Mirabeau se laissait aveugler par son admiration, Claude en était convaincu. On ne pouvait commettre pire folie que de compter sur Marie-Antoinette. Oh! sans doute, elle avait beaucoup changé depuis son installation forcée aux Tuileries! Elle ne montrait plus rien de son ancienne frivolité. Les amusements, la toilette, les bagatelles, le jeu même : oublié, tout cela, semblait-il. Ces dix-huit mois avaient fait de la souveraine capricieuse, facilement emportée, une femme apparemment plus souple, diplomate, entendue aux affaires. Abandonnée par sa Cour brillante depuis longtemps enfuie au-delà des frontières, seule avec sa famille et quelques fidèles dans le poudreux château de Catherine de Médicis déserté par les monarques depuis plus de soixante-dix ans, elle était tout à ses devoirs d'épouse, de mère, de reine. Parfois, Claude et Lise, prenant l'air aux Tuileries en ces premiers jours de printemps, la voyaient se promener avec sa jeune belle-sœur Madame Élisabeth, le petit Louis-Charles et Marie-Thérèse-Charlotte qui avait maintenant treize ans, dans la partie du jardin réservée à la famille royale. Lise, touchée, se demandait si la Reine appelait encore ses enfants Chou d'Amour et Mousseline.

Tant de sagesse ne faisait pas illusion à Claude. Il avait trop bien compris ce caractère, à Versailles, trop bien perçu les mouvements de cette âme, pour ne pas deviner les sentiments qui l'habitaient. Il admirait toujours Marie-Antoinette et sa dignité plus que jamais royale, pourtant il ne pouvait pas ne point voir en elle une ennemie qui ne se rendrait jamais. Aurait-elle eu le désir sincère de se plier au nouvel état de choses, son instinct ne le lui eût pas permis, Claude le savait. Elle devait souffrir impatiemment la surveillance de La Fayette, des officiers de la garde nationale remplaçant au château les aristocratiques gardes du corps, les sentinelles nombreuses autour des Tuileries. Toutes ces garanties qu'il fallait bien prendre étaient certainement, pour la fille d'une impératrice, autant d'outrages. Instruite par l'expérience, elle feignait d'accepter sa nouvelle condition, mais il ne semblait pas imaginable qu'elle supportât les contraintes de toute nature auxquelles la prudence obligeait à soumettre la famille royale, au moins jusqu'à ce que la Constitution fût promulguée. Le seul moyen, pour Marie-Antoinette, de résister souterrainement, d'entraver la Révolution, de préparer peut-être une offensive, c'était d'endormir Mirabeau, de le manœuvrer. Voilà pourquoi Claude ne regrettait point de n'avoir pas soutenu le tribun devenu serviteur du Roi par intérêt pour la Reine.

Cependant, une fois Mirabeau mort et, au milieu d'une extraordinaire pompe funèbre, enseveli près de Descartes dans la nouvelle église Sainte-Geneviève transformée en Panthéon français, Claude mesura le vide redoutable creusé par cette disparition. Barnave le sentait aussi; il avait prononcé aux Jacobins, avec un sentiment sincère, l'éloge du tribun. Entre le couple des souverains et l'Assemblée nationale, Mirabeau avait été, ces temps derniers, comme une sorte de lien élastique, amortissant les heurts, un interprète. Le Roi l'employait avec mépris et sans vraie conviction, la Reine avec dégoût, non sans duplicité, peut-être; il exerçait néanmoins sur eux, en dépit d'eux-mêmes, son influence, comme il l'exerçait sur l'Assemblée, sur les clubs, sur les gazetiers, sur les faubourgs. Désormais, aucun pont n'existait plus entre les hommes qui faisaient la Révolution et le ménage royal qui la subissait. De part et d'autre du fossé, on se regardait avec une défiance accrue par les lois sur l'organisation du clergé. Le Roi, on ne l'ignorait point, n'avait accepté qu'avec la plus grande répugnance la Constitution civile. Pour lui, profondément catholique romain, le serment imposé aux prêtres devait être une véritable hérésie. Dans la solitude, disparu son seul conseiller de l'autre bord, Louis ne se rebellerait-il pas contre la violence qu'on l'obligeait à se faire? Marie-Antoinette alors ne serait-elle pas tentée de saisir l'occasion, pour provoquer à une complète révolte cet esprit indécis?

Peu de jours après, cette crainte se précisa chez Claude. Lise le vit rentrer, fort sombre. Elle alla vers lui, il ne songeait même pas à l'embrasser.

« Qu'y a-t-il? demanda-t-elle, surprise.

— Les pires nouvelles. Le pape a non seulement interdit le serment des ecclésiastiques, mais encore, dans deux brefs qui sont des monuments de stupidité et d'obscurantisme, il a condamné la Déclaration des droits de l'homme et jeté l'anathème sur les principes de la Révolution.

— Vous attendiez-vous à autre chose?

— Non, bien entendu, répondit-il avec colère. De la part d'un de ces pontifes qui ont permis l'Inquisition, encouragé la Ligue, béni les dragonnades, fait au total couler sur terre plus de sang qu'aucun tyran, cela ne doit pas surprendre. Pour l'interdiction du serment, nous étions plusieurs, au comité, à la prévoir. Nous pensions que l'on pourrait tolérer l'existence côte à côte d'une Église constitutionnelle et d'une église insoumise; celle-ci, avec le progrès des lumières dans le peuple, devant disparaître peu à peu, d'elle-même. Dorénavant la tolérance ne sera plus possible. La papauté se dresse contre le progrès humain; elle ne laisse pas d'alternative : il faudra extirper la superstition. Les fanatiques des deux partis vont avoir beau jeu. »

Il se passa la main sur le front, s'assit près de sa femme :

« Ah! ma chère amie, tout cela me tourmente fort. Je redoute une rupture entre le Roi et l'Assemblée. La situation était déjà si fragile! Si Louis commet la moindre faute — et je crains que tout ne concoure maintenant à l'y pousser — la monarchie sera emportée comme fétu.

— Qu'y perdrons-nous? dit Lise d'un petit ton calme. Je ne vois pas pourquoi cette éventualité te tracasse tant, ni pourquoi tu tiens à conserver le dernier vestige de l'ancien régime. Tu étais plus avancé, il y a deux ans. On croirait que tu as peur d'achever ce que vous avez si bien commencé.

— Ah! çà! s'exclama-t-il avec stupéfaction. Te voilà donc républicaine! C'est Desmoulins qui déteint sur toi? »

Desmoulins avait pu enfin, l'automne précédent, épouser sa chère Lucile. Charmé par la femme de Claude lorsque celui-ci l'avait ramenée à Paris, il les avait invités tous deux à son mariage, ainsi que Robespierre, Pétion, le journaliste Brissot. Les deux jeunes femmes, presque du même âge, s'étaient tout de suite prises de sympathie. Elles suivaient ensemble les séances de l'Assemblée, en compagnie de la belle et calme Mme d'Anton. A présent, son mari signait simplement Danton. Il avait pris de l'importance en créant, avec quelques sectionnaires de son district, le Club des Cordeliers dont Jean Dubon était membre. Les Desmoulins et les Danton habitaient deux logements de la même demeure, cour du Commerce, dans la rue des Cordeliers, sur la rive gauche, entre la Sorbonne et Saint-Germain-des-Prés. Un peu à son corps défendant, quoique gagné par l'affection, Claude avait été amené ainsi à fréquenter chez les Desmoulins et les Danton, à les recevoir.

Lise en souriant vint se poser sur les genoux de son mari.

« La république de Camille me semble nébuleuse, dit-elle. C'est un poète. J'aimerais quelque chose d'un peu mieux fondé. En tout cas, je ne vois pas pourquoi l'État nouveau aurait besoin d'un roi, qui ne signifie plus rien. Il ne sert à rien, qu'à tout retarder. Pourquoi ne pas le laisser partir s'il en a envie? Tout le monde est libre, n'est-ce pas! Pourquoi ne le remplacerait-on point par des consuls, comme ceux de Rome, autrefois?

— Parce que, mon petit cœur, dans les circonstances actuelles ces consuls seraient inévitablement des hommes de parti. Ils déchaîneraient des luttes intestines. Tout se terminerait par un pouvoir personnel bien pire que la royauté. On commence par des consuls, on finit par un césar. Lis mieux l'histoire romaine, mon amie. Le Roi, lui, est un arbitre; vaille que vaille, il faut le maintenir. Nous pouvons aller loin, sous son égide; sans lui, la Révolution risquerait fort de s'anéantir dans une guerre civile. Robespierre le sent bien, voilà pourquoi il reste monarchiste. On ne saurait pourtant l'accuser de n'être pas homme de progrès. Avec sa tête folle, Camille ne voit point le risque. Quant à Danton, il a trop de force. Je me demande s'il n'est pas de ces gens qui ne vivent à l'aise que dans le défi.

— Quel défi?

— N'importe lequel. Aller au-delà de toute commune mesure, tout tenter sur un coup de dés, se perdre voluptueusement dans n'importe quel excès, comme il s'est jeté, tout jeune, sur le taureau qui l'a défiguré, comme il a ensuite failli se noyer pour avoir voulu nager trop fort, trop longtemps. Camille m'a raconté tout cela, je n'en ai pas été surpris.

— Tu as raison, dit Lise, rêveuse, il y a quelque chose de volcanique chez M. Danton, une charge explosive au milieu de sa bonhomie bourgeoise. C'est sans doute ce qui le rend si attirant malgré sa laideur. Pour en revenir à ce dont tu parlais, il me semble impossible que le Roi ne soit pas tenté d'émigrer, lui aussi. »

C'était une opinion répandue. Depuis le départ des tantes de Louis XVI et le début d'émeute qui avait provoqué l'arrestation, dans les Tuileries mêmes, de quelques gentilshommes auxquels on avait donné le nom de « chevaliers du poignard », on parlait d'une conspiration pour enlever le Roi. On le soupçonnait d'y prêter les mains. On accusait la Reine de vouloir l'emmener en Autriche d'où il reviendrait avec une armée d'Allemands et d'émigrés.

L'excitation augmenta, le jour des Rameaux, quand on apprit que Louis avait assisté, dans la chapelle du château, à la messe dite par un prélat non assermenté. On donnait son nom : le cardinal de Montmorency. Des voix protestaient, affirmant que Sa Majesté n'avait pas reçu la communion. On ne voulait point les entendre. Du reste, peu importait. N'était-ce pas déjà trop que le souverain eût pris le parti des réfractaires en assistant à l'office d'un non-jureur! Danton tonnait aux Cordeliers. Ceux-ci, en ébullition, faisaient couvrir Paris d'un placard où l'on dénonçait au peuple français « le premier sujet de la Loi comme donnant l'exemple de la désobéissance et de la révolte ».

Là-dessus, les gazettes antiroyalistes se déchaînèrent. Le lendemain 18, comme tous les ans à cette époque depuis le transfert de Versailles, la famille royale devait s'installer à Saint-Cloud. Allait-on la laisser partir! Ne voyait-on point que ce séjour faciliterait une évasion? Desmoulins, le journaliste Marat s'indignaient d'un voyage qui s'annonçait clairement comme la première étape d'une fuite vers la frontière et dont, écrivait Marat, le général Mottié (La Fayette) se faisait complice. Le Cordelier Fréron, dans son journal *L'Orateur du peuple*, interpellait violemment le Roi : « Où cours-tu? En fuyant, tu crois raffermir ton trône, et il va s'abîmer. Si ton masque tombe aujourd'hui, demain ce sera ta couronne... Si tu pars nous saisirons tes châteaux, tes palais, nous proscrirons ta tête! »

Le matin du 18 avril, Lise, seule dans son salon, ravaudait une paire de bas à Claude, quand le bruit de la rue Saint-Nicaise, toujours animée, se transforma peu à peu en une rumeur. En repassant à la maison avant la séance de l'Assemblée, Claude avait dit qu'une foule s'amassait sur la place Louis-XV et tout autour des Tuileries, afin d'assister au départ de la famille royale, ou plutôt pour l'empêcher, manifestement. Depuis un moment déjà, de sa chaise près de la fenêtre, Lise voyait descendre, par la rue Saint-Honoré dont elle apercevait l'angle, des compagnies de « bleuets ». Elle lâcha son ouvrage, se mit au balcon. Au-dessous d'elle, un peuple bruyant se pressait vers la place du Carrousel. Ce que la jeune femme en voyait grouillait de chapeaux, de bonnets féminins, de têtes nues sous le léger soleil d'avril. Par les deux bouts de la rue, les gens arrivaient sans cesse : des curieux et aussi des hommes venus des sections en bandes formées, conduites par des harangueurs qui semblaient résolus à soulever la foule.

« Madame! dit soudain derrière Lise la voix de sa grosse servante. Madame a vu, c'est plein de gardes nationales sur la place, des grenadiers et des cavaliers. Il y a le général La Fayette. Qu'il est beau sur son cheval blanc comme laneige ! »

Margot revenait de course, elle était rentrée par le guichet de la Galerie du Bord de l'Eau.

« D'ici, on aperçoit peu de chose, dit Lise. Je vais descendre.

— Il ne faut pas que Madame aille toute seule dans cette presse. Il pourrait y avoir des gens pas bien honnêtes. »

Elles sortirent ensemble. L'angélus de midi sonnait à l'Oratoire et aux Quinze-Vingts. Le tintement des cloches, qui allaient bientôt se taire pour plusieurs jours, flottait sur le brouhaha de la rue. La forte Margot jouant des hanches, Lise se faufilant, elles atteignirent dans la presse l'angle du Carrousel au moment où, au fond de la place, la vieille clôture en planches verdies et disjointes par endroits qui entourait les cours des Tuileries, s'ouvrait. Le portail étroit, au fronton arrondi, était défendu par des gardes nationaux à cheval. Leurs bêtes, alignées sur deux rangs, sabotant sur les pavés entre lesquels poussait l'herbe, maintenaient la foule. On vit cependant derrière eux, dans l'ouverture du portail, s'avancer deux carrosses. La Fayette, sur son fameux cheval blanc, se tenait à la portière du premier. Des commandements dominèrent les clameurs de la place. Avec un mouvement de machine merveilleusement réglée, les cavaliers bleus et blancs, au plumet tricolore, se formèrent en deux escadrons, pour précéder et suivre les voitures. Alors une violente huée s'éleva, tandis qu'une partie de la foule se ruait dans l'espace laissé vide entre les deux corps de cavalerie. Des hommes, sautant à la bride de l'attelage, arrêtèrent le premier carrosse sous le fronton du portail. Du coup, La Fayette se trouvait prisonnier dans la cour. On le voyait caracoler vainement sur le côté de la voiture. Lise, qui avait pu se glisser jusqu'au débouché de la rue du Carrousel, retint mal un sourire en imaginant le dépit du général. Malgré l'admiration et la confiance que professait toujours pour lui Montaudon, elle ne l'appréciait guère plus que ne l'aimaient Desmoulins et M. Danton. Il devait être vert de rage à se voir enfermé de la sorte. Coupés de lui, ses officiers semblaient irrésolus. Ceux de la garde à pied commandèrent mollement aux grenadiers massés devant le Petit Carrousel de dégager le passage, mais les soldats citoyens demeurèrent l'arme au pied, mêlant leurs cris à ceux des gens qui hurlaient : « Point de voyage!... Le Roi à Paris!... Il ne partira pas! » La grosse Margot faisait chorus.

C'est donc ça, une émeute! songeait Lise. Si animée que fût la scène, elle n'avait rien de violent. Une harengère en bonnet à pois bleus, blancs, rouges, criait même :

« Vive le roi! Nous voulons le garder! La gueuse nous l'enlèverait si nous n'y mettions bon ordre, expliqua-t-elle à Lise. Nous ne la laisserons pas faire, n'est-ce pas, madame?

— Assurément, madame. »

Sous le soleil, dans l'air frais d'avril, avec les couleurs des uniformes, plus éclatantes sur le fond sombre des maisons et du château dont le dôme central, à quatre pans, coupait le ciel, on n'arrivait pas à prendre au tragique ce tumulte. La note était plutôt au ridicule. Un général impuissant, un monarque consigné par ses sujets!... Ils faisaient reculer les voitures. Aidés par des gardes nationaux, ils les refoulaient dans la cour Royale. On n'apercevait plus La Fayette.

Il n'était plus là, en effet. Par la cour des Princes et la petite rue des Orties, il avait gagné les guichets du Louvre, le quai, le Pont-Neuf. Dubon, qui sortait, le vit passer au galop avec quatre cavaliers d'escorte, tourner court pour enfiler le quai des Lunettes. Brusquement le tocsin se mit à sonner, au loin, sur la rive droite, à Saint-Roch eût-on dit. « Allons, bon! Qu'advient-il encore? » bougonna le procureur. Il se hâta, pour rejoindre son poste, au District.

Pendant ce temps, La Fayette arrivait au Palais de justice, où l'Assemblée avait, quelques jours plus tôt, installé, dans les anciens locaux du Bailliage, le directoire du Département. Le général venait demander à Sieyès de faire arborer le drapeau rouge et d'appliquer la loi martiale. Trop tard! Danton, élu au début de l'année membre du Conseil général du Département, était là, avec son mufle de dogue, sa parole sonore et violente. Il menaçait le directoire. Il apostropha le général, l'accusant de vouloir profiter des circonstances pour mitrailler le peuple.

« Si l'on me refuse la force nécessaire pour faire respecter la loi et le Roi, mon commandement n'a plus de sens; je l'abandonne », déclara aussitôt La Fayette.

Sur quoi Danton, tordant sa lèvre crevée par la corne du taureau : « Il y a d'autres moyens de faire respecter la loi. Et, ajouta-t-il, il n'y a qu'un lâche pour déserter son poste dans le péril! »

Contenant sa colère, La Fayette courut au Manège. L'Assemblée refusa de l'entendre, de même que Bailly venu à son secours. Le parti de Barnave, des Lameth, de Duport — et de Claude — n'était pas fâché de voir le Roi retenu à Paris.

Lise, lasse d'attendre, avait quitté les lieux quand La Fayette revint aux Tuileries. Louis XVI, d'abord rouge de colère, qui s'était écrié : « Il serait étonnant qu'après avoir donné la liberté à mon peuple, je ne fusse pas libre moi-même! » était peu à peu retombé dans son apathie habituelle. Il n'en pensait pas moins. A côté de lui, la Reine, blême, les lèvres serrées, s'efforçait de calmer le petit Louis-Charles qui s'énervait en demandant pourquoi on restait là.

« Sabre au clair! lança La Fayette à ses officiers. Qu'on dégage la place. »

Les cavaliers et les maîtres, presque tous sortis des régiments royaux, avaient l'habitude de la discipline; ils obéirent, mais les grenadiers, croisant la baïonnette, s'interposèrent. Pour arriver jusqu'à la foule, il aurait fallu leur passer sur le corps. C'était impossible. Dans si peu d'espace, les cavaliers n'avaient pas la place de charger. Ils n'en éprouvaient, du reste, aucune envie. Salués d'acclamations, ils remirent leurs sabres au fourreau. Des grenadiers entouraient la voiture royale dont ils avaient fait descendre cocher et laquais. Un sous-officier, passant sa tête à la portière, dit au monarque : « Nous vous aimons, sire, mais vous seul! » Marie-Antoinette, le visage dans ses mains, se prit à pleurer.

« C'est bon, fit le Roi, s'il n'est pas possible que je sorte, je vais rester. »

Il mit pied à terre lourdement. Ralenti par sa corpulence, il se dirigea vers le palais. La Reine le suivait avec les deux enfants. En montant les marches de l'entrée, elle se retourna vers La Fayette qui les accompagnait, aussi blême qu'elle, et lui lança d'une voix frémissante : « Au moins, vous avouerez à présent que nous ne sommes pas libres! »

Il eût été difficile de prétendre le contraire. Lise en fit la remarque à Claude en lui racontant ce à quoi elle avait assisté. « Sans doute, lui répondit-il d'un air chagrin, tu as raison. Mais d'abord la Reine n'est peut-être pas mécontente, au fond, d'avoir établi très publiquement le fait. A tous égards, je n'aime pas cela, cependant la liberté de tous exige en ce moment que l'on restreigne la liberté de deux personnes. Le Roi, s'il est vraiment vertueux, doit comprendre la nécessité de ce sacrifice temporaire. Nous lui demandons cette preuve. D'ailleurs, cela ne durera pas. »

En réalité, la contrainte exercée sur le monarque ne cessa de croître, les jours suivants. La Fayette avait donné sa démission. Il se montrait dans les cafés du Palais-Royal coiffé d'un bonnet de simple grenadier. Sur les instances du maire Bailly, appuyées par ses propres officiers, il reprit son commandement. Dans le même temps, le directoire du Département de Paris, effrayé par la violence de Danton et des Cordeliers, députait Sieyès, Talleyrand, le ci-devant duc de La Rochefoucauld, monarchistes convaincus, pour faire la leçon au Roi. Avec respect mais fermement, ils lui dirent qu'il devait se séparer sans équivoque des prêtres réfractaires, annoncer aux souverains étrangers qu'il avait embrassé franchement la Révolution, et que l'on ne pouvait le séparer d'elle.

— Messieurs, répondit Louis, je sais quelles intentions vous dictent vos paroles; je suivrai votre conseil.

Effectivement, il se rendit au Manège où il se plaignit à l'Assemblée de la façon dont on l'avait traité, le 18. Il ajouta que l'on aurait tort de mettre en doute son attachement aux principes révolutionnaires, à la Déclaration des droits, à la Constitution, aux récents décrets. « La constitution civile du clergé, précisa-t-il, en fait partie. J'en maintiendrai l'exécution de tout mon pouvoir. » Claude, heureux de constater cette sagesse, applaudit longuement avec ses amis de la gauche.

Le Roi alla plus loin encore. Le jour de Pâques, il entendit la messe dite par le curé constitutionnel de Saint-Germain-l'Auxerrois. La veille, le 23, il avait fait remettre, par le ministre des Affaires étrangères Montmorin, au comité diplomatique de l'Assemblée le texte d'une circulaire destinée à tous les ambassadeurs auprès des puissances. Il y déclarait notamment: « La Révolution n'est que l'anéantissement d'une foule d'abus accumulés depuis des siècles », et : « J'ai adopté sans hésiter une heureuse Constitution qui régénère à la fois mon autorité, la nation et la monarchie. » Seulement, avant même que la circulaire fût expédiée, il envoyait à tous les agents secrets recrutés par la Reine et ses fidèles l'ordre de démentir ces déclarations.

C'est que Louis, l'incertain, l'apathique, avait pris, le 18, dans la cour où son peuple le bafouait, une inébranlable résolution. Atteint dans sa foi de catholique romain, blessé dans sa dignité, contraint dans sa personne, il était décidé à ne plus subir d'autres outrages, à ne point laisser des fous conduire à la pire anarchie, à la ruine, un pays dont Dieu lui avait confié le soin. Il allait partir, pour réunir des forces, et il reviendrait, non pas pour écraser la Révolution dont il reconnaissait les bons côtés, mais pour en sauver justement les meilleurs principes, pour chasser les énergumènes, pour établir, avec l'appui des honnêtes gens de tous ordres, un régime libéral et juste.

Il ne se rendait pas compte que ce régime — cette monarchie constitutionnelle, telle que Turgot et plus tard Necker la lui dépeignaient, et au-delà de laquelle n'allait aucun vœu, au printemps de 1789 — il avait eu l'occasion de le fonder. Il ne pouvait pas comprendre que c'était lui, subissant la désastreuse influence de sa femme, qui avait, dès les premières séances des États généraux, sapé les forces des honnêtes gens, ouvert la carrière aux énergumènes, lancé la Révolution sur le chemin fatal où elle roulait à présent.

Borné dans ses vues, il ne mesurait pas non plus le risque terrible de sa fuite, pour ce pays qu'il allait livrer aux plus incontrôlables impulsions, à toutes les frénésies des extrémistes.

En vérité, la vie devenait intenable aux Tuileries, cernées extérieurement par les sections des districts populaires, en armes, qui considéraient La Fayette comme suspect. La garde nationale non soldée, se défiant de lui, doublait sa surveillance. On ne se contentait plus des factionnaires placés à toutes les issues du château, dans le jardin, sur la terrasse, et, de cent pas en cent pas, sur le bord de la Seine; il y avait à présent, du pavillon de l'Horloge au pavillon de Flore, des sentinelles, baïonnette au canon, jusque dans les appartements, en haut et en bas de tous les escaliers, à la porte du cabinet du Roi, dans le couloir du rez-de-chaussé conduisant à la chambre de la Reine. Partout des regards suivaient les souverains. Dans l'intimité même, ils se sentaient espionnés par les femmes de chambre ou de service, les valets de pied, d'écurie, les laquais : tous plus ou moins placés là par les partis ou les sections pour écouter, surprendre, deviner, faire leurs rapports.

Les jours devenaient interminables; les nuits, angoissantes. On prétendait que Mirabeau avait été empoisonné. Ici aussi, le poison ferait bien les affaires de certains.

Cependant, le fanatisme se déchaînait dans Paris. Un mannequin du pape avait été brûlé solennellement au Palais-Royal; des couvents, forcés par la populace. En vue d'apaiser les esprits, le directoire du Département avait décidé que les tenants du culte traditionnel pourraient acquérir les églises désaffectées ou tout autre édifice, pour y célébrer les offices selon le rite romain. Cet arrêté rencontrait à l'Assemblée la plus vive opposition. Personne n'en voulait, pas plus les catholiques que les autres. Claude demanda la parole et prononça un très noble discours qui rallia tous les esprits vraiment éclairés, mais il fut combattu avec la dernière fureur par le protestant Camus, par Rabaud-Saint-Étienne, unis en l'occurrence aux catholiques ultras représentés par l'abbé Maury, ennemi acharné de la Constitution. Catholiques ultramontains et catholiques patriotes redoutaient, les uns comme les autres, la concurrence que la loi leur permettait de se faire. Ils n'entendaient à aucun prix la subir. Néanmoins, grâce à l'action, en coulisses, de Sieyès et Talleyrand, et au bon sens de nombreux députés qui avaient applaudi au discours de Claude, l'Assemblée prit, le 7 mai, un décret autorisant l'exercice du culte romain, « à condition qu'il ne donne pas d'occasion de troubles aux citoyens ».

Claude avait fait son possible. Le résultat ne l'enchantait pas, loin de là : ce texte qui, ne fixant rien, laissait tout à l'appréciation des autorités, plus ou moins partisanes, resterait sans action. Au demeurant, des troubles, ce n'était pas difficile d'en provoquer. On le vit tout de suite. A Paris, des réfractaires, excités par leurs prêtres et entraînés par des royalistes, houspillaient les patriotes. Ceux-ci, à leur tour, fessèrent les femmes sortant des messes traditionnelles, poursuivirent les insermentés. En province, dans le Midi, plusieurs milliers de gardes nationaux catholiques rassemblés au camp de Jalès sous la conduite de nobles et de prêtres, se massacraient avec d'autres milliers de gardes patriotes. Répondant à une lettre de Nicaut qui lui reprochait, au nom du Conseil général de la Commune de Limoges le décret du 7, Claude écrivit : « Tout ce que l'astuce, le mensonge, la mauvaise foi peuvent inventer pour troubler les consciences et alarmer les faibles, est mis en œuvre par le clergé insermenté; et tout ce que la rage d'imposer, la fureur de détruire peuvent fournir de moyens violents, est inspiré au peuple par les extrémistes. Est-ce cela que vous avez voulu? Souhaitez-vous de voir ce pays à feu et à sang? La persécution religieuse est une monstrueuse absurdité; elle révolte non seulement l'humanité mais encore la raison, car elle renforce cela même qu'elle prétend détruire. Ce ne sera point par la violence, mais au contraire en instruisant le peuple, en le rendant accessible aux lumières de la philosophie, que nous ferons disparaître la superstition... »

Quelques jours plus tard, vers huit heures, Claude allait au comité, travailler comme chaque matin, avant la séance de l'Assemblée. Il faisait toujours partie des deux comités de Constitution et de Législation. En ce moment, le premier restait un peu en sommeil. Rue Saint-Honoré, non loin des Jacobins mais de l'autre côté de la rue, juste dans l'axe de la place Vendôme, s'ouvrait l'entrée ordinaire des bâtiments occupés par l'Assemblée nationale. C'était le majestueux portail des Feuillants, avec ses quatre colonnes corinthiennes encadrant un bas-relief de Jean Goujon et supportant un fronton triangulaire aux armes de France. La nationalisation des biens ecclésiastiques avait permis d'étendre les dépendances du Manège aux deux couvents mitoyens : les Feuillants et les Capucins, séparés l'un de l'autre uniquement par une cour puis par une très longue venelle allant de la rue Saint-Honoré au jardin des Tuileries en passant derrière le Manège. Les bureaux de l'Assemblée, ses archives, son imprimerie, ses inspecteurs de la salle, bref : toutes ses annexes, occupaient en entier les deux couvents. On ne cessait même d'édifier dans leurs jardins de nouvelles constructions en planches. Le comité de Législation civile et criminelle siégeait dans la maison des Capucins, à l'entresol.

Dans la cour, le menu peuple piétinait déjà, sous la bruine de cette matinée maussade. Il attendait longtemps à l'avance l'ouverture des barrières, pour se précipiter vers le cloître et le long couloir en planches tapissées de toile, qui donnait accès au Manège à travers le jardin des Feuillants. Claude allait entrer chez les Capucins, lorsqu'un citoyen en lévite brune, se dégageant de la foule, l'aborda en le saluant avec obséquiosité. On ne pouvait se tromper sur cette lourde figure. C'était l'homme aux lunettes.

Nicaut avait fourni à Claude, sur l'individu, des explications assez vagues : on le connaissait comme doté de grandes relations, on l'employait dans les affaires exigeant beaucoup de discrétion, de souplesse. Ce n'était point toutefois un personnage. Il ne cherchait nullement à le devenir ni à se mettre le moins du monde en lumière. On pouvait tenir pour certain son zèle contre l'absolutisme et la superstition. Quant au reste, il fallait garder avec lui une prudente réserve. Nicaut ne le disait pas, mais Claude avait entendu que ce Dulimbert devait être franc-maçon.

« Oserai-je demander à monsieur le représentant la faveur d'un entretien tête à tête? » dit-il. Quand ils furent installés dans le bureau du logographe : petite pièce vide à cette heure, il déclara :

« Je reviens de Limoges. On m'a chargé de certaines choses à l'adresse de monsieur le représentant.

— Je vous en prie! coupa Claude sans cacher sa répulsion. Vous n'êtes pas mon laquais, parlez-moi directement. »

Guillaume Dulimbert salua de la tête, une expression vaguement ironique passa sur sa lèvre lippue.

« J'en serai plus à l'aise pour vous dire que vos amis comprennent mal votre attitude à l'égard de certaine question présente. On ne veut pas vous en écrire davantage sur ce sujet. On a lu votre réponse, elle n'a pas donné entière satisfaction. Vos amis...

— Quels amis? » dit très sèchement Claude agacé par ces circonlocutions.

« Veuillez les nommer.

— Voyons, vous savez très bien de qui je parle.

— Non. Et surtout je ne sais pas qui me parle. »

Les verres épais se braquèrent sur le jeune député. Un instant, lui et l'homme se dévisagèrent en silence. On entendait tout autour du petit bureau des bruits de voix, des pas affairés. Dulimbert sourit.

« Le comité de Recherches ne vous aurait-il point renseigné à mon propos? Je suis, il est vrai, un bien trop mince personnage pour que ces messieurs ou leurs agents aillent perdre leur temps avec moi. Peu importe », ajouta-t-il, quittant tout d'un coup ses manières patelines. « Nicaut, Martial Pinchaud et les principaux Jacobins de Limoges trouvent la députation limousine tiède dans la question religieuse. Ils me chargent de vous dire qu'ils ont besoin d'être fortement soutenus contre la clique des réfractaires. Le parti Naurissane, Mailhard, Beaupeyrat, se sert des prêtres pour travailler la population. On vous avise de ne pas favoriser leur jeu par un modérantisme plein de périls.

— Le décret du 7 sert la liberté, l'égalité, l'esprit de concorde, non pas un parti, riposta Claude en se raidissant devant cette figure insondable.

— On ne sert pas la liberté en donnant des armes aux rétrogrades qui la veulent détruire.

— Le décret n'est une arme pour personne.

— Si, parce que la religion en est une actuellement pour les ennemis de l'ordre nouveau. Vous le savez, monsieur. Ni votre pénétration ni vos sentiments ne sont mis en doute, par personne. On vous estime fort. Permettez seulement à un homme d'âge — et de trop d'expérience — de vous prévenir : défiez-vous de ceux auxquels vous vous alliez. Défiez-vous de Sieyès, défiez-vous de Talleyrand, défiez-vous de La Fayette même, comme vous vous êtes justement défié de Mirabeau. Certaines missions m'ont amené à les bien connaître, vous savez cela aussi; nous nous sommes rencontrés, un soir, à Versailles, n'est-ce pas? D'une façon providentielle, Mirabeau est mort à temps, mais il a des successeurs bien vivants. Défiez-vous d'eux.

— Fort bien, monsieur », répondit Claude impressionné par la voix posée, grave et belle qui contrastait avec l'aspect de cet étrange individu.

Il avait aussi de très belles mains, immobiles, car il parlait sans gestes. Si l'on se sentait d'abord irrésistiblement repoussé par la laideur de ses traits, par son teint rance, ce trop haut front, par ce visage sans regards, on finissait par subir, devant le personnage, l'emprise de son mystère : peut-être celui d'un esprit profond, ou singulièrement avisé, que recouvrait ce masque de magot.

« Fort bien. Je vous remercie, mais laissez-moi vous dire que mon parti ne sera jamais celui de tels ou tels hommes, que je préférerais encore le modérantisme à la violence, et que je ne suivrai point les fanatiques ni les extrémistes.

— La violence, ceux qui l'invoquent tant ne seront peut-être pas ceux qui s'en serviront les premiers lorsque son temps viendra », dit le surprenant Dulimbert.

Il se leva, salua; puis, à l'instant de sortir : « Vous ne me reverrez plus à Paris. »

Au bout d'un moment, Claude, extrêmement songeur, gagna le bureau du comité, où il trouva Pétion et Duport au travail.

V

En parlant des *extrémistes*, à Nicaut d'abord puis à Guillaume Dulimbert, Claude pensait surtout au furieux Marat, dont la Commune et l'Assemblée avaient fait saisir les presses — à Marat qui réclamait la mise à mort de cent mille personnes —, à Fréron, à Hébert, le rédacteur poissard du *Père Duchêne.* Il ne pouvait s'empêcher de songer aussi un peu à Desmoulins et à Danton. Pour être sans doute irresponsable — un jeune chien grisé de liberté batifolant dans une boutique de porcelaines —, Camille ne lui en semblait pas moins dangereux. Quant à Danton, son cynisme politique le stupéfiait. Par moments, il évitait ces deux hommes, il se reprochait son incompréhensible amitié pour eux, alors que son tempérament le portait vers de tout autres individus : un Barnave, flexible à la façon d'une épée; un Duport, la logique même; un Le Chapelier, un Lanjuinais, un Larevellière-Lépeaux, tous beaucoup plus proches de lui par leur nature, de même que Robespierre, trop dogmatique mais sérieux, plein d'une incorruptible honnêteté, ou du flegmatique Pétion, un peu infatué de soi et se prenant pour un grand orateur, mais d'une assurance réconfortante. Danton était douteux, il nageait dans les eaux troubles d'Orléans. Claude lui en avait fait remontrance. A quoi il avait répondu : « Pourquoi pas? Puisqu'il distribue l'argent à poignée, pourquoi n'en prendrais-je point ma part? » ajoutant, avec un de ses grands rires cuivrés : « D'autant plus que ses largesses ne m'entraîneront pas plus loin que je n'entends aller avec lui. — C'est néanmoins une disposition périlleuse », avait répondu Claude d'un ton sec. D'autre part, il voyait Danton si bon garçon dans l'intimité, aux petits soins pour sa mère qui faisait souvent des séjours chez lui, charmant avec ses sœurs et sa belle-sœur, débordant d'amour pour sa belle Gabrielle-Antoinette! Et Camille si merveilleusement jeune, plein d'inventions gamines, poétiques ou affectueuses, follement tendre avec Lucile. Comment eût-on pu croire que, sensibles amants, parfaits époux, sincères amis, courageux champions du progrès, ils ne fussent pas estimables jusque dans les outrances où les portait la chaleur d'un sang trop généreux? Leur générosité à tous deux était certaine. Elle traversait le visage affreux de Danton, elle l'embellissait, effaçant les cratères de petite vérole qui criblaient ses joues, adoucissant la brutalité de sa bouche aux lèvres rouges, pulpeuses, martyrisées. Avec son torse épais, son cou bref et puissant, son teint de brique, il avait l'air d'un sanglier ou d'un dogue généralement débonnaire. Bien plus laid encore que le défunt Mirabeau, il possédait cependant, lui aussi, une sorte de majesté. Son regard magnifique sous l'avancée du front aux sourcils broussailleux, ses yeux bleus, aussi capables de distiller la tendresse que de lancer la foudre, ajoutaient leur douceur à celle que savait trouver sa parole, ou leurs éclairs aux grondantes invectives dont il accablait ses adversaires. Il y avait tant de chaleur en lui que, même en les perçant ainsi, il semblait aimer encore les hommes en eux. Les sectionnaires de son district (dans la nouvelle organisation communale les districts avaient été distribués en sections) se seraient fait massacrer pour lui. Montaudon ne pouvait pas le sentir, pas plus que Desmoulins; aussi ne fréquentait-il plus guère chez Claude, sauf sur invitation spéciale, quand il était sûr de n'y point rencontrer ceux qu'il appelait des énergumènes. « Je ne comprends pas que ta femme et toi vous vous acoquiniez à des gens de cet acabit. Un procureur de la lanterne et un émeutier. Mon pauvre Claude, Paris ne te réussit pas. Heureusement, il n'y en a plus pour longtemps. Dans trois mois nous rentrerons chez nous, cette fois, c'est sûr. »

Effectivement, Duport avait déclaré en séance : « Ce que l'on appelle la Révolution est accompli. » L'œuvre de l'Assemblée nationale constituante s'achevait, la Constitution serait promulguée sous peu. La tâche législative reviendrait alors à une nouvelle assemblée. Robespierre ayant fait décréter que les membres de la présente législature ne seraient pas rééligibles à la prochaine, il ne resterait qu'à rentrer chez soi, comme le disait Montaudon. Certains prenaient déjà les devants, entre autres Louis Naurissane, en congé les trois quarts du temps. Montaudon, plus scrupuleux, demeurait à son poste, sans illusion. La liberté que l'on avait si difficilement fait éclore, il la voyait à présent, disait-il, sombrer peu à peu dans les intrigues, dans la lutte des partis pour la prépondérance, dans la dégradation de l'exécutif grignoté un peu plus chaque jour entre les mains du Roi par les comités, enfin dans l'avènement d'un troisième pouvoir, imprévisible et redoutable : celui des clubs, devenus instruments de dictature. Pour lutter contre tous ces périls, on ne pouvait plus se fier à une Assemblée trop vieille, usée par deux ans de fièvres et de discordes. En outre, la fraction royaliste, qui ne représentait plus que des électeurs en général émigrés, paralysait par son obstruction tout le centre, le frappant d'impuissance contre les factieux. En vérité, la droite extrême favorisait les énergumènes, comme si elle eût été prise d'un vertige de l'abîme. Non, impossible de s'abuser soi-même sur ce que l'on faisait encore ici. Il fallait remettre le soin à des hommes nouveaux, Robespierre jugeait bien là-dessus.

Pour une autre raison toute personnelle, Montaudon éprouvait une impatience, quelque peu inquiète, de retourner à Limoges : il se demandait comment les choses allaient s'arranger pour lui. La révolution judiciaire ne lui laissait guère de ressource. Dumas s'était casé, et de même tous les autres avocats ou procureurs; les places se trouvaient prises maintenant. A quoi se ferait-il élire? Il ne se laissait pourtant pas envahir par ce souci. Avec son bon naturel épicurien — et son indemnité de représentant devenue substantielle — il profitait du temps, des plaisirs de Paris, qui n'en avait jamais été si prodigue, des Parisiennes, plus séduisantes encore quand on s'apprêtait à les quitter bientôt. Après la translation de l'Assemblée, il avait recherché avec constance la charmante Louison de la nuit d'octobre à Versailles. Quelle sottise de ne s'être point enquis de son adresse! Il s'en voulait, vraiment. Elle était si touchante, si joliment fraîche, cette fille. Hélas! il avait eu beau parcourir les quartiers populaires, poser des questions ici et là, entrer dans les magasins de modes : point de Louison Chabry, nulle part. En revanche, il avait découvert rue Saint-Antoine, chez une lingère, une ravissante Annette... qui lui avait laissé pour quelque temps un très cuisant souvenir. Tels sont les risques, dans le commerce de Vénus. Cela n'empêchait pas René de rester fidèle à la déesse de Paphos. Il avait su gagner et conserver pendant presque trois mois les faveurs « patriotiques » d'une demoiselle de la Comédie, aux jambes vraiment divines.

Claude, pour sa part, envisageait sans aucun plaisir de n'être plus député. Malgré les sujétions, parfois pénibles, de cette existence, malgré les insatisfactions, les inquiétudes, il était attaché à son rôle. Le cœur tranquille, heureux avec Lise qu'il ne cessait d'admirer et qui ne cessait de l'émerveiller, il se sentait à sa place ici, sur ce théâtre où il n'acquérait peut-être pas tant d'illustration qu'il l'avait naïvement escompté autrefois, mais où il avait conscience de remplir la charge la plus importante que les citoyens pussent confier à l'un des leurs. Il ne quitterait pas sans regret le Manège, ni Paris. Influencé sans doute par cette raison, au contraire de Montaudon, il trouvait captieux les arguments de Robespierre, de Pétion, dans le débat, et infiniment justes ceux de Duport, de Le Chapelier, de Rewbell, de Sieyès, en faveur de la réélection. On allait renvoyer des hommes instruits par l'expérience, rompus au travail de comité; on les remplacerait uniformément par des nouveaux venus qui devraient tout apprendre. En attendant, ils commettraient des bêtises. L'Assemblée, avec ce vote à une large majorité, lui semblait s'être suicidée par lassitude d'elle-même. Aux Jacobins, du haut de la tribune où il protestait contre ce décret, il demanda à Robespierre de développer ses raisons. L'interpellé répondit en reprenant à peu près les termes de son intervention au Manège. « Je n'aime pas, conclut-il, que des hommes, maintenant habitués à la parole et à l'intrigue, puissent, en assurant leur domination sur une assemblée composée en partie de nouveaux venus, perpétuer un système de coalition qui est le fléau de la liberté. »

Cette *coalition*, c'était évidemment à ses yeux le triumvirat, qui, depuis la mort de Mirabeau, exerçait au Manège une influence prépondérante. Les applaudissements soulevés par la réponse de Robespierre ne permirent pas à Claude de reprendre la parole, cela n'aurait servi à rien. Peu après, il s'ouvrit de ses sentiments à Danton. « Bah! répliqua celui-ci d'un air railleur, le petit homme sait bien ce qu'il fait. Il coupe bras et jambes à ses rivaux, tandis que lui, grâce à la tribune des Jacobins, il conservera ses moyens d'action. »

Avec le nombre toujours croissant des adhérents, des filiales en province, le club gagnait sans cesse en importance. Il comptait parmi ses membres des journalistes — dont Desmoulins, Brissot, le Limougeaud Gorsas, l'ex-abbé Audoin — qui lui apportaient le soutien de leurs gazettes. Les sectionnaires des districts populaires lui conféraient la force, et il avait, aux Cordeliers, des alliés actifs appartenant aux deux clubs — comme Desmoulins encore, Danton, Legendre, Dubon. Au total, c'était une puissance, supérieure même à l'Assemblée. Il écrasait les quelques sociétés royalistes de sa masse et de sa discipline. Or, le petit Robespierre, grandissant peu à peu, avait pris, aux Jacobins, une place de premier plan, tandis que, Mirabeau disparu, il imposait enfin sa parole à l'Assemblée. Dans cette enceinte, seul le triumvirat — qui depuis la mort de Mirabeau se rapprochait du Roi — pouvait mettre obstacle à cette ascension. Barnave, Alexandre et Charles de Lameth ou Duport s'employaient vigoureusement à combattre les motions de Robespierre, trop rigoureuses à leurs yeux. Avec sa froideur, il triomphait souvent de leur éloquence. Il en trouvait lui-même parfois pour défendre ses chers principes. Par exemple, le 12 mai où, attaquant Barnave au sujet des territoires d'outre-mer, il s'écriait : « Périssent les colonies s'il doit vous en coûter votre honneur, votre gloire, votre liberté! » Claude sentait grandir, en même temps que Robespierre, son estime pour cet esprit inflexible, si bien fixé sur la voie révolutionnaire, si sûr de lui. Au milieu des fluctuations de tous, il restait pointé, invariable comme l'aiguille d'une boussole. Il ne sacrifiait rien, à personne. Et pauvre, vertueux et pur dans la corruption générale, les trafics d'influence, les achats de consciences auxquels le triumvirat lui-même n'hésitait pas à recourir, de personne il n'acceptait rien.

La remarque ironique de Danton jetait un tout autre jour sur cette pureté. Quelque périlleuse qu'elle parût, la manœuvre de Robespierre se justifiait s'il y voyait un moyen d'affermir les gains de la Révolution. C'est ce qu'avait cru Claude.

« Pensez-vous donc, demanda-t-il, que Robespierre cherche là un avantage personnel?

— Mon brave ami! s'esclaffa Danton. Vous me faites rire.

N'en chercheriez-vous pas un, à sa place? Sommes-nous de petits saints? Êtes-vous venu ici uniquement par devoir? Si vertueux que vous soyez, n'avez-vous point une once d'ambition pas trop pure, tout au fond du cœur? Un certain goût du pouvoir?

— Oui, cela est vrai. Peut-être ne déplorerais-je pas tant cette inéligibilité si je ne regrettais pas mon siège.

— Ah! mon bon Claude! dit Danton en riant de plus belle et en lui tapant sur l'épaule. Tiens, tu es admirable! Ça fait plaisir de voir des hommes comme toi. Un vrai Loustalot! Ne va pas comme lui mourir de douleur à ton tour. Peu importent les intentions de Robespierre, s'il en a. Il aide au succès de nos idées communes, voilà tout ce qui compte. »

Claude se demandait si Danton lui-même était bien sincère dans ces idées. Il donnait parfois l'impression de vouloir faire carrière dans la Révolution comme il eût fait, sans elle — moins aisément — carrière aux Conseils du Roi. Sans avoir tous les appétits de Mirabeau, Danton n'en manquait pas de forts, lui aussi. A tout prendre, le décret lui profitait particulièrement, car il serait un des premiers élus à l'Assemblée nouvelle, songea Claude non sans quelque amertume.

VI

Le début de juin fut pluvieux et assez frais, la chaleur arriva tout à coup vers la fin de la première quinzaine. Le dimanche 19, Claude, Lise et les Dubon avec leur fille, la jeune Claudine qui venait d'atteindre ses quinze ans, étaient allés faire une partie de campagne à Meudon. Ils n'y trouvèrent point la solitude, loin de là. Les petites auberges rustiques étagées au flanc de la butte regorgeaient de Parisiens mis en appétit par le grand air. Certains, étalant des nappes, dînaient sur l'herbe, à l'ombre des vieux chênes. Sur la terrasse des châteaux, on aurait pu se croire au Luxembourg ou bien aux Tuileries tant il y avait de monde. La fraîcheur sous les arbres n'en était pas moins délicieuse, ni moins belle la vue sur les villages de Saint-Cloud, de Boulogne, d'Auteuil, de Passy, disséminés dans la verdure, des îles de la Seine dont la boucle, reflétant le ciel, était aussi bleue que les yeux de Lise. Au loin, dans la plaine dominée par la colline de Chaillot, on apercevait, embués par la brume sèche et estompés dans la distance, la pointe ouest de Paris, avec l'École militaire, le dôme des Invalides dont les dorures scintillaient. On devinait le Champ-de-Mars où s'élevait sur sa pyramide de degrés l'autel de la patrie.

« La nature, dit Dubon en considérant ce paysage déroulé à leurs pieds, la nature est aussi trompeuse que les hommes. Par son spectacle, elle nous invite à croire à la paix, au bonheur; en réalité la nature c'est la guerre perpétuelle : tout se fait la guerre, autour de nous, jusque dans les profondeurs de ce fleuve miroitant où le gros poisson dévore son congénère plus petit, qui lui-même mange le ver ou l'insecte. Comment les hommes, eux aussi, ne se combattraient-ils pas? A cette heure, papalins et partisans de l'annexion à la France s'entr'égorgent en Avignon, songez-vous à cela? »

Laissant les dames cueillir des fleurs dans le sous-bois, les deux beaux-frères se promenaient devant le vieux château de Philibert Delorme, dressant dans l'azur plein d'hirondelles ses hautes cheminées et ses clochetons.

« Vous avez de bien sombres pensées, mon cher Jean, répondit Claude. Par un si beau jour! Pourquoi songez-vous à la guerre?

— Parce que j'en crains l'éventualité. Vous aussi, avouez-le. C'est fort bon de décréter, comme l'Assemblée l'a fait dernièrement : « La nation française renonce à entreprendre aucune guerre dans une vue de conquête et n'emploiera jamais ses forces contre la liberté d'un seul peuple », ou quelque chose de ce genre. J'ai lu cela avec plaisir dans les gazettes, bien entendu. C'est notre sentiment à tous, mais c'est un sentiment unilatéral. Au demeurant, la déclaration ne manque pas d'une ambiguïté qui se comprend. Il y a là-dessous un avertissement, n'est-ce pas?

— Oui, reconnut Claude. Dans une certaine mesure, du moins.

— Nous ne ferons jamais de guerre offensive, nous nous défendrons si l'on nous attaque. Et l'on nous attaquera, soyez-en sûr.

— Ce n'est pas inévitable, dit Claude mollement.

— Allons donc! Les souverains étrangers ne peuvent pas laisser vivre notre Révolution, ses principes sont trop expansifs. Voyez ce qu'ils leur coûtent déjà : les États belgiques à l'empereur, Avignon et le Comtat dès maintenant perdus pour le pape. Les villes du Rhin s'agitent, le Piémont et la Toscane secouent les chaînes du despotisme. Et l'Angleterre, qui nous a toujours jalousés, qui ne nous pardonne pas la perte de ses colonies américaines, croyez-vous qu'elle laissera passer l'occasion? Pitt nous pousse à la guerre civile, l'Espagne agit de même, vous l'avez dit. Peut-on imaginer que Marie-Antoinette ne soit pas en train de solliciter contre nous le secours des princes ses parents? que les émigrés ne mettent pas tout en œuvre pour reconquérir leurs biens, leurs places, leurs privilèges? Il faudrait être aveugle pour ne point voir qu'à toutes nos frontières se prépare une coalition d'ennemis. Ils saisiront le premier prétexte pour fondre sur notre pays. Avec quoi nous défendrons-nous alors? Les vieilles troupes sont gangrenées de royalisme, la garde nationale est une force de police, pas une armée. »

Claude, pensif, ne répondit qu'en acquiesçant du front. Il poussait distraitement du pied un caillou. Dubon reprit : « Nous vivons sur un volcan. Demain, le Roi peut être hors de France et revenir à la tête de cohortes étrangères. Les mesures que vous avez prises, à l'Assemblée, ne suffisent point; la garde aux Tuileries, non plus. Je ne suis pas un extrémiste, certes, mais devant l'effroyable danger que les intentions manifestes de nos souverains font courir au pays, je partage l'avis de Desmoulins, voire de Marat. Sinon Louis, du moins Marie-Antoinette devrait être tenue sous clef. »

Marat écrivait en effet dans son *Ami du peuple* : « Insensés Parisiens, renfermez l'Autrichienne, son beau-frère, le reste de la famille. La perte d'un seul jour peut être fatale à la nation et creuser le tombeau à trois millions de Français. » Desmoulins dans ses *Révolutions de France et de Brabant*, Robespierre aux Jacobins, Danton dans ce même club et aux Cordeliers, répétaient leurs cris d'alarme, dénonçaient les préparatifs qui se faisaient aux Tuileries. Une femme de service avait vu la Reine empaqueter ses diamants. Les rapports des espions, adressés aux clubs, à l'Assemblée, à La Fayette, à Bailly, décelaient tous un remue-ménage mal dissimulé parmi les hôtes du château : Louis, Marie-Antoinette, Mme Campan, confidente de la Reine, le baron de Goguelat, son secrétaire,

Mme de Tourzel, gouvernante des enfants de France, Madame Élisabeth, sœur du Roi, enfin Monsieur et la comtesse de Provence, sa femme. Il y avait des allées et venues suspectes du jeune Richelieu, de Fersen.

Barnave ne prenait pas ces bruits au sérieux. La Fayette ayant franchement demandé au Roi lui-même ce qu'il en était avait reçu la réponse la plus nette, la plus rassurante. Le triumvirat faisait confiance à La Fayette, au monarque dont la bonne volonté s'affirmait chaque jour. Claude, sans oublier l'avis de l'homme aux lunettes à propos de La Fayette, faisait confiance au triumvirat qui représentait la dernière chance de la monarchie constitutionnelle. Le Roi n'était tout de même pas assez insensé pour ne le point comprendre, pour aller tout détruire par un acte extravagant. C'est ce que Claude répondit à son beau-frère.

Le lendemain soir, 20 juin, sortant tous deux des Jacobins par un superbe clair de lune, comme ils s'en allaient par la rue Saint-Honoré avec Desmoulins et Danton, ils trouvèrent devant Saint-Roch le maître boucher Legendre arrivant trop tard pour la séance. Camille l'accueillit de loin par des plaisanteries sur ce sujet. Legendre mit aussitôt un terme à ces railleries amicales. « Je n'ai pu venir plus tôt, dit-il brièvement, il fallait pourtant que je t'avise, Danton : j'ai là une lettre où l'on m'annonce positivement pour cette nuit même le départ de la famille royale. »

Louis Legendre, un des rares véritables « vainqueurs de la Bastille », avait été avec Danton le principal fondateur du club des Cordeliers. C'était un quadragénaire remuant, énergique, fort en gueule. Camille l'aimait beaucoup pour ses vertus patriotiques. Claude l'estimait. Néanmoins il haussa un peu les épaules.

« Comme c'est vraisemblable! dit-il. Si la Reine et le Roi voulaient partir cette nuit, ils se garderaient d'en avertir quiconque. Dès lors, comment le saurait-on? Votre correspondant serait-il prophète ou devin, mon cher Legendre!

— C'est en tout cas une personne très sûre, aux avis de laquelle on peut se fier. »

Danton non plus ne semblait pas convaincu. Des avertissements de cette sorte, on en recevait tous les jours. « Hon, hon, fit Desmoulins, si les Capets et Capètes doivent... hon, hon... décamper, que ce soit cette nuit, demain ou la semaine prochaine, peu importe! A tout prendre, c'est la meilleure occasion de passer en république. »

Dubon lui demanda s'il imprimerait cela.

« Pourquoi pas! citoyen procureur, répondit-il. Puisqu'on ne veut pas faire le nécessaire pour les garder, il faut bien... bien prendre notre parti de leur contempler, un jour, les semelles.

— Camille, mon enfant, dit Danton, sois sérieux. Allons voir un peu comment on veille, aux Tuileries.

— Comment on veille! Sois sérieux toi-même, mon ami. On... on ne veille point. Ne devrait-il pas y avoir des rondes dans toutes les rues, par ici, du crépuscule au matin! En apercevez-vous une? »

Jusqu'à la rue de l'Échelle, ils ne rencontrèrent pas l'ombre d'une patrouille. Il était onze heures, il faisait chaud, pas le moindre vent ne balançait les réverbères sur leur corde. Leur lueur s'ajoutait à « l'obscure clarté », comme le dit Claude, de cette nuit laiteuse. Elle aurait rendu bien imprudente toute tentative d'évasion. On distinguait sans peine le visage des passants, nombreux encore. La Reine, le Roi surtout, eussent été infailliblement reconnus. De plus, sur la placette irrégulière où la rue de l'Échelle rejoignait celle du Carrousel, les uniformes bleus foisonnaient. Des piquets montaient la garde aux portes des communs et bâtiments secondaires du château. La place du Carrousel ressemblait à un camp militaire, les sectionnaires en armes renforçaient les gardes nationaux de La Fayette. Celui-ci, dans sa voiture, arrivait au moment où ses cinq collègues clubistes passaient devant la porte de la Cour royale.

« Le général va, dit Camille persifleur, assister au coucher.

— Ne le lui reprochons pas, observa Dubon, c'est une garantie pour nous.

— A condition que La Fayette ne soit pas un traître. Or, j'en... j'en doute, j'en doute. »

Les fenêtres du château brillaient de lumières. Le dôme central, les toits allongés des galeries et ceux des pavillons luisaient doucement sous la lune. « Nous n'avons rien à faire ici, dit Claude. Allons retrouver nos épouses. » Il souhaita le bonsoir à ses compagnons, et, traversant le Carrousel, entra dans la rue Saint-Nicaise tandis que les autres, par la petite rue des Orties, gagnaient le guichet des galeries du Louvre, dont le fronton et le clocheton se découpaient en noir sur le ciel d'étain. Là, Legendre, qui habitait près des Cordeliers comme Desmoulins et Danton, les quitta pourtant. Il n'était pas satisfait. Au lieu de rentrer chez lui, il descendit vers le Pont-Royal bien clair entre les lanternes de ses parapets; des factionnaires veillaient à chaque bout. Puis il longea la terrasse au bord de l'eau. Les réverbères à potence scellés tout le long du mur éclairaient le quai, les bateaux endormis sur la Seine, les frondaisons de la terrasse, faisaient étinceler les baïonnettes des sentinelles. Par-dessus le rebord, on voyait ces minces lueurs d'acier sortir régulièrement de l'ombre projetée par chaque arbre et y rentrer après un demi-tour. Place Louis-XV, il y avait tout un poste de sectionnaires qui bavardaient bruyamment. L'auberge du Suisse ne manquait pas de pratiques : à sa porte, deux locatis attendaient les soupeurs. Le pont tournant était soigneusement gardé. Entre les piles de l'entrée monumentale surmontées par l'envol des chevaux de pierre, la façade du château brillait dans la perspective de l'allée centrale vide, blanchoyante. Legendre se retourna. La nuit s'épaississait sous les frondaisons obscures du Cours-la-Reine fermé par sa grille et des Champs-Élysées coupés en deux par l'avenue des Tuileries. Là, c'était déjà la campagne, avec, à droite, la pointe poussée par le faubourg Saint-Honoré. A des fugitifs parvenus jusqu'à cette frontière si proche du château, l'évasion serait facile. Mais il semblait bien que l'on montât bonne garde. Même le cul-de-sac de l'Orangerie avait ses sentinelles.

Le maître boucher, décidé à regagner ses pénates, reprit la rue Saint-Honoré. Une fois revenu à l'entrée de la rue de l'Échelle, obsédé par le message qu'il portait en poche, il ne put s'arracher de ces lieux. A pas lents, les mains derrière le dos, il retraversa la placette du Petit-Carrousel en examinant la masse sombre des maisons encastrées dans les communs. Devant l'hôtel du Gaillarbois, un locatis tout semblable aux fiacres stationnant à l'autre bout des Tuileries, chez le Suisse, attendait, son cocher somnolant sur le siège, une silhouette de femme à l'intérieur. Sans doute un rendez-vous galant. Tout était comme à l'ordinaire : des gens passaient, parlaient. En bande, des jeunes gens et des filles riaient très haut, plaisantant avec les sentinelles qui répliquaient gaillardement.

Legendre poussa jusqu'à la Grand-porte. Des sectionnaires cordeliers le reconnurent, il engagea la conversation et leur communiqua l'avis qu'il avait reçu. « Bah! lui répondit-on, voyez, une souris ne traverserait pas la cour sans que nous l'apercevions! »

Dans le château, les lumières s'éteignaient une à une. Bailly montait en voiture. Les courtisans fidèles, venant d'assister au coucher, achevaient de sortir en groupes ou isolément.

Le tout dernier habitué : un gros homme en redingote vert bouteille, coiffure courte et chapeau rond, s'arrêta sur les degrés pour renouer le cordon de sa démocratique chaussure sans boucle. Il ressemblait un peu au Roi, dont il avait tout à fait l'épaisse tournure, mais les gardes le connaissaient bien : ils le voyaient passer ainsi tous les soirs; c'était un certain chevalier de Coigny. Il se redressa et, prenant le bras d'un courtisan plus jeune qui l'accompagnait, s'éloigna dans l'ombre. Pendant ce temps, à travers galeries et pavillons, La Fayette procédait à l'ultime ronde. Il était tranquille : Sa Majesté l'avait longuement entretenu de la célébration constitutionnelle de la Fête-Dieu, à laquelle Elle désirait assister. En outre, le général laissait son lieutenant, Gouvion-Saint-Cyr, dans un fauteuil adossé à la porte même de la chambre où couchait la Reine, au rez-de-chaussée, dans l'aile du pavillon de Flore.

Un instant plus tard, Legendre, qui faisait les cent pas avec ses Cordeliers sur le Carrousel, vit passer l'équipage de La Fayette. En tournant, la voiture frôla un couple marchant bras dessus, bras dessous : un jeune homme d'allure militaire, une femme en léger manteau flottant, avec un chapeau noir, à la chinoise. La garniture de dentelle lui masquait le visage. Elle tenait une badine dont elle cingla, au passage, une roue de la voiture. Il y avait dans ce geste quelque chose, non seulement de vindicatif mais d'altier, qui frappa Legendre. Perplexe, il suivit du regard le couple. Les sectionnaires riaient. « Pas commode, la citoyenne! remarqua un nommé Brunet, apothicaire. Elle n'a pas l'air d'aimer plus que nous le général. Une vraie patriote! Ferait bien mon affaire, la mâtine, avec cette tournure! »

Tout était obscur maintenant dans les Tuileries. « C'est le moment de tenir les yeux ouverts, mes amis », dit Legendre.

Il attendit d'avoir vu clore le grand portail, puis, un peu rassuré, partit enfin.

Tandis qu'il rentrait chez lui par le Pont-Neuf, la femme au chapeau chinois rejoignait, devant l'hôtel du Gaillarbois, dans le fiacre, le gros homme en redingote vert bouteille, qui n'était nullement le chevalier de Coigny. Il y avait avec lui Mousseline et Chou d'Amour déguisé en petite fille, Madame Élisabeth, Mme de Tourzel et Fersen : le cocher. Tous se mouraient d'inquiétude. Depuis une demi-heure, ils désespéraient de voir arriver la Reine. En sortant par la cour des Princes avant que l'on eût placé les sentinelles, elle et son guide s'étaient égarés. Ni l'un ni l'autre ne connaissaient les rues de Paris. Au lieu de tourner à gauche, ils étaient partis par les guichets du Louvre, allant jusqu'au quai où ils avaient dû demander leur chemin à la sentinelle du Pont-Royal, pour revenir et traverser tout le Carrousel en passant au milieu des sectionnaires. Enfin, on se trouvait réuni. Fersen remonta sur le siège, fouetta le chevaux et se dirigea, par les rues maintenant désertes, vers la barrière Saint-Martin. Là, une énorme berline vert bronze, aux roues jaunes, commandée et préparée par Fersen, attendait, le toit surchargé de bagages. Il fallut un moment pour la découvrir, un peu plus en avant sur la route. On s'entassa dans cette lourde machine tendue de velours blanc, avec des rideaux de taffetas vert. Il était deux heures et demie, déjà la brève nuit de juin s'éclaircissait à l'est. Quand on parvint à Bondy, au milieu de la forêt, le jour se levait. Tandis qu'au relais de Clay on changeait les cinq chevaux de l'attelage, Fersen baisa les mains du Roi et de la Reine; il allait retourner à Paris voir ce qui se passait, avant de prendre le large à son tour, par la route de Mons. Retenant son cheval, il regarda la berline repartir, soulever la poussière sur la route crayeuse, disparaître sous le tunnel des chênes. Jusqu'à présent, tout s'annonçait bien. Louis, enchanté, se carra sur la banquette en riant. « Une fois le cul sur la selle, dit-il, je serai tout autre. » Au bout d'un instant, d'un ton toujours guilleret, il ajouta : « Présentement La Fayette est bien embarrassé de sa personne. »

Pour l'instant, La Fayette ne l'était nullement, embarrassé, car il dormait, confiant dans la parole du Roi. Il dormait, comme Bailly à l'Hôtel de ville, comme Claude si proche du château dont les hôtes avaient pris leur volée; nul secret avertissement n'était venu l'atteindre dans son sommeil. Il faisait grand jour quand il s'éveilla. Le soleil dessinait les joints des volets. Claude les ouvrit ainsi que la fenêtre pour laisser entrer l'air chargé de fraîcheur. C'était un magnifique matin plein de sifflements de martinets, de pépiements de moineaux. Le ciel encore un peu brumeux si près de la Seine paraissait mauve au-dessus du Carrousel. La lumière inondait joyeusement les maisons d'en face et tout ce que l'on apercevait de la place : un triangle, avec des boutiques dont les propriétaires ou les commis décrochaient à grand bruit les volets. Une fenêtre, en s'ouvrant, envoya un rayon dans la chambre, sur le lit, sur Lise qui s'étirait. Ses cheveux s'allumèrent. Ses bras, ses épaules nues prirent une blondeur éclatante. Le soleil traversait la mince chemise, faisant transparaître la couleur de la chair et vaguement ses formes. « Que tu es belle! » dit Claude en revenant vers sa femme.

Elle lui sourit. Il se pencha sur elle, lui baisa les épaules, la gorge, les yeux, les lèvres. Elle l'enlaça par le cou, l'attirant. « Ah! que j'aime ton odeur! chuchotait-il. Tout est délicieux en toi. » Il se tut. Bientôt, dans la joie de ce beau matin, un chant de gorge un peu étouffé se mêla au roucoulement des pigeons qui piétinaient sur la fenêtre. Lise rouvrit les yeux. Parfois, à de tels moments, malgré toute la plénitude de son amour pour Claude, ce n'était pas lui qu'elle souhaitait de retrouver ainsi près d'elle.

Un peu avant huit heures, il partit pour aller au comité. Lise, en peignoir, resta rêveuse devant la table du déjeuner, en songeant à Bernard. Viendrait-il pour l'anniversaire de la Fédération le mois prochain? Elle le lui avait demandé à mainte reprise, enfin dans une lettre de l'avant-veille, en insistant sur son besoin de le revoir. Ils correspondaient régulièrement. Cela ne lui fournissait qu'un pauvre palliatif à l'éloignement d'un être toujours très présent en elle et dont rien ne la détachait. Depuis longtemps, elle comptait les mois, puis les semaines jusqu'au 14 juillet. A présent, il ne restait plus que vingt-trois jours — peut-être vingt-deux ou même vingt et un, car il arriverait nécessairement avant le 14. Ce serait le prélude à leur réunion définitive. En octobre ou novembre au plus tard, ils se retrouveraient tous les trois à Limoges où il faudrait bien retourner lorsque Claude ne serait plus représentant. Pauvre cher Claude! il s'y résignerait mal. Certes, l'existence à Paris était autrement intéressante qu'en province, mais puisque l'Assemblée se passait d'elle-même la corde au cou! Limoges avec Bernard, c'était mieux que n'importe quelle capitale.

La grosse Margot entra et se mit à desservir, bruyamment. Sa maîtresse prit une liasse d'assignats que Claude lui avait laissés. Elle en tendit quelques-uns à la servante en lui donnant des ordres pour le dîner. La crise des subsistances était loin, on trouvait tout ce que l'on voulait, en le payant assez cher. Lise alla faire sa toilette, ensuite, elle revint au salon où elle commença une lettre à sa sœur. Margot, un panier au bras, reparut, annonçant qu'elle... Une violente détonation qui fit vibrer les carreaux lui coupa la parole. Une autre suivit presque aussitôt. Puis une autre. Elles provenaient de derrière le Louvre. Le canon d'alarme. Les pièces se trouvaient sur le terre-plein du Pont-Neuf, devant la maison Dubon. « Que se passe-t-il donc! » s'exclama Lise.

Margot, vive en dépit de sa corpulence, s'était élancée vers les fenêtres. On entendait un pas précipité, à l'étage au-dessus. Toutes les croisées, en face, se garnissaient de visages. Les boutiquiers sortaient sur leurs seuils. Dans la rue les gens s'arrêtaient, tout le monde s'interpellait. Le tocsin sonnait au loin. Soudain, une femme en robe de cotonnade à rayures arriva du Carrousel en courant et criant : « Il est parti... Ils sont tous partis! »

Il était dix heures. Au début de la matinée, le valet du Roi, pénétrant dans la chambre pour le petit lever, l'avait trouvée déserte. On mit un moment à se rendre compte que tous les appartements l'étaient aussi. On prévint La Fayette chez lui. Il dormait encore.

Vers neuf heures moins vingt, Claude quittait le comité après avoir revu attentivement les articles du Code pénal en projet dont on devait discuter pendant la séance. Il prit le passage en planches tapissées de toile à rayures qui conduisait au Manège. Dans la longue salle pas très claire, les députés commençaient à peine de se réunir. On en comptait fort peu, bavardant çà et là dans *la piste* vide, meublée à chaque bout par un énorme poêle en faïence rappelant la forme de la Bastille. Les tribunes n'étaient pas encore ouvertes au public. Beauharnais, le président, sorti de son bureau, causait avec Duport devant le poteau où un huissier affichait l'ordre du jour dans une espèce de boîte verticale. Par extraordinaire, Montaudon était déjà là.

« Tu es tombé du lit, ma parole! lui dit Claude.

— Ne m'en parle pas, je n'y pouvais plus tenir. J'ai un mal de dents! Une vraie rage. »

Claude allait lui recommander la racine de guimauve, lorsqu'un piétinement, des clameurs se firent entendre à l'entrée. Une petite troupe de sectionnaires et de gardes soldés se précipita dans la salle en lançant l'inconcevable nouvelle. Il y eut une minute de stupeur. Après quoi le président, suivi des quelques députés présents, courut au château. Ils trouvèrent au pavillon de l'Horloge La Fayette, Bailly, pâle et désolé. « Pensez-vous, demanda-t-il à Beauharnais, que le salut public exige le retour du Roi? » Une brève consultation fit prévaloir cet avis. Aussitôt, La Fayette commanda de battre la générale pour mettre toutes les troupes sur pied. Il écrivit un billet portant que, les ennemis de la patrie ayant enlevé le Roi, il était ordonné aux gardes nationaux d'arrêter la famille royale où qu'elle fût. En attendant, interdiction à toute personne de quitter Paris.

En retraversant le jardin avec les autres députés, Claude, perplexe, se rappelait l'homme aux lunettes et ses propos sur La Fayette et Bailly. Guillaume Dulimbert présumait-il l'événement? L'avait-il même préparé comme agent secret du général, ou comme émissaire des princes auprès de celui-ci? Alors, pourquoi cette mise en garde? Oh! certes, l'individu semblait assez louche pour jouer très bien double rôle. Dans ce cas, pourquoi se bornait-il à un avertissement si vague? Toute son attitude paraissait contradictoire. Il était ambigu comme La Fayette en personne, car enfin l'évasion n'avait pu se produire sans sa complicité, et tout à l'heure, il venait de prendre les mesures les plus énergiques pour ressaisir le Roi... En sachant sans doute qu'elles ne pouvaient plus rien arrêter.

On arrivait à la petite grille, gardée par un factionnaire et un contrôleur, par laquelle on passait du jardin à la venelle des Feuillants puis à l'arrière du Manège. Le président et les députés entrèrent dans le couloir qui faisait le tour de la salle communiquant avec lui par les portes de la « piste », les escaliers des loges pour les invités, les vomitoires des tribunes et des galeries. Ils trouvèrent là les administrateurs du Département, avec Danton escorté par une garde d'honneur de quatre fusiliers cordeliers. Réveillé par Desmoulins, à la nouvelle de la fuite du Roi, il avait sauté du lit en s'exclamant : « Oh! nom de Dieu! c'est La Fayette le responsable. Je le tiens! » Vêtu à la diable, il s'était rué aux Tuileries, rameutant ses Cordeliers, hurlant à la foule : « C'est un complot, un vaste complot! La Fayette avait répondu de la personne du Roi. Tous vos chefs sont des traîtres, ils vous trompent! » On l'avait porté en triomphe. Au scandale de ses collègues du Département, il réclamait à grands cris le général. « Où est-il donc, cet âne? »

Il était parti avec le maire pour l'Hôtel de ville où Bailly donna l'ordre de tirer le canon d'alarme, que Lise entendit. Sur la place de Grève, La Fayette, hué par des sectionnaires, eut ce mot : « De quoi vous plaignez-vous? la suppression de la liste civile va faire gagner vingt sols à chaque citoyen. » Effectivement, le Roi, en partant, économisait aux Français les vingt-quatre millions de son entretien. La boutade produisit un résultat surprenant : elle changea tout d'un coup la crainte, la colère, en ironie. De ses fenêtres, Lise voyait la foule affluer vers les Tuileries : une foule qui ne manifestait aucune fureur d'émeute mais plutôt une excitation. A vrai dire, le sang-froid du général n'était pas seul à rassurer les esprits. Les républicains, les agents d'Orléans y travaillaient aussi en déclarant que le ci-devant Roi ne pouvait rien contre ses ci-devant sujets, qu'au contraire son départ allait permettre l'établissement d'un régime beaucoup plus agréable à tous. Déjà des marchands de journaux, agitant leurs feuilles encore humides, déchaînaient le rire en criant : « Il a été perdu un roi et une reine. Bonne récompense à qui ne les retrouvera pas! » Des boutiquiers fermaient craintivement leurs magasins, d'autres barbouillaient sur leurs enseignes les lys et la couronne octroyés aux fournisseurs du Roi. Margot était allée voir comment les choses se passaient sur le Carrousel. Elle revint dire à sa jeune maîtresse que l'on entrait comme chez soi dans le château. Quelqu'un avait écrit à la craie sur la porte du pavillon de l'Horloge : « Logement à louer ». Tout le monde se promenait dans les appartements. Une marchande, avec ses paniers installés sur ce que l'on disait être le lit de la Reine, vendait là des cerises. Nul ne faisait de dégât.

Lise écoutait en achevant de s'habiller. Les amusements des badauds ne l'intéressaient guère. Impatiente de savoir quelles décisions on allait prendre, elle voulait se rendre au Manège.

« Et le dîner, madame! s'écria Margot.

— Oh! le dîner, aujourd'hui! Tâche d'avoir quelque chose que l'on puisse manger n'importe quand. »

L'Assemblée était investie. Un peuple, malgré tout anxieux, se pressait dans la rue Saint-Honoré devant le portail des Feuillants. On assiégeait aussi la grande entrée du Manège, au fond de la « carrière » où Bernard et Jourdan avaient fait la connaissance de Guillaume Dulimbert. Lise s'y fraya difficilement un chemin dans la presse, entre les barrières pour les piétons. Distribuant des sourires, elle parvint enfin sur le côté de la vaste tente-marquise en coutil rayé jaune et blanc sous laquelle se succédaient les voitures. La femme du président Beauharnais, une belle créole en mousselines blanches, arrivait à ce moment, dans son équipage. Lise montra sa carte à l'un des bureaux du vestibule. Les surveillants la laissèrent passer dans le couloir, elle gravit l'escalier des loges.

Lise possédait une carte permanente d'invité. Un inspecteur de la salle en habit noir, culotte de satin, chaîne d'argent au cou, au côté l'épée dorée, lui trouva une place auprès de deux comtesses démocrates, amies du triumvirat, qui portaient en colliers des pierres de la Bastille. Sa voisine de droite était une jeune femme au teint clair, aux beaux cheveux bruns, nouvelle venue — ou plutôt revenue — à Paris avec son époux M. Roland jusque-là inspecteur des manufactures lyonnaises. Ils fréquentaient assidûment tous deux l'Assemblée et les Jacobins. Par un curieux hasard, Mme Roland — alors Jeanne-Manon Phlipon — avait été quelque temps la voisine des Dubon au coin du Pont-Neuf et du quai. Claude, étudiant, l'y avait connue jeune fille.

Au-dessus des loges, on s'écrasait dans les tribunes publiques, comme dans les galeries à balustres établies aux deux extrémités du Manège, sous les poutres. Suspendue à celles-ci, la barrière de la Fédération flottait au centre du grand vaisseau dix fois plus long que large. A cet endroit, contre le mur, côté jardin des Tuileries, se dressait sur une estrade la tribune présidentielle avec sa table recouverte d'un tapis vert, et, au-dessous, la table ronde des secrétaires. En face, la tribune des orateurs, dominant la barre.

En contrebas des loges, les députés, étagés sur plusieurs rangs tout autour de la salle, ne laissaient vide que l'étroit espace de parquet, surnommé « la piste ». Aux deux bouts, leurs banquettes vertes s'élevaient en hauts gradins jusque sous les galeries. C'était, à chaque extrémité du vaisseau, comme une montagne de visages mal distincts dans la pénombre. Depuis longtemps, les représentants avaient quitté leur uniforme. Les couleurs des habits ajoutaient un papillotement à la multiplicité remuante de toutes ces figures, à la diversité des chevelures, les unes coiffées en perruque poudrée, d'autres en queue, sans poudre, d'autres libres, à la patriote; mais la tonalité stable et dominante dans l'enceinte restait le vert des longues bandes d'étamine drapées sur la paroi des tribunes et disposées en festons au rebord des loges. Qu'ils étaient loin, les fastes de Versailles, les somptuosités de la salle des États! Le Manège, malgré ses transformations, gardait un air vétuste et triste.

Lise se trouvait au-dessus de l'entrée, face au président. Elle voyait Claude, à gauche, entre les amis du triumvirat et les robespierristes. Beauharnais menait énergiquement l'Assemblée qui, dit à l'arrivante M. Roland, avait déjà arrêté les décisions capitales. Elle s'était investie du pouvoir exécutif. Désormais souveraine, ses décrets prenaient force de lois après simple apposition du sceau de l'État. Les ministres, responsables devant elle seule, recevraient directement ses ordres. Elle venait de confirmer aussitôt celui de saisir le Roi, de fermer les frontières. On décidait en ce moment la levée de trois cent mille gardes nationaux qui seraient payés quinze sols par jour. Brusquement, près de Robespierre et de Pétion grand, gras, rose et blond, un député au front allongé, au visage sec et ingrat, se leva, dénonçant la complicité de La Fayette dans l'évasion du Roi.

« Qui est cet homme? demanda Mme Roland.

— Rewbell, député de Colmar », répondit Lise qui, avec l'habitude, connaissait de vue la plupart des représentants.

Bien que partageant l'avis de Rewbell, Claude ne dit rien, pour ménager ses amis du triumvirat. Robespierre lança quelques mots : La Fayette, Bailly n'étaient pas seuls suspects. Il fallait établir une liste de tous les complices. Déjà Barnave répliquait. « Je jure, s'écria-t-il avec flamme, que le général La Fayette, en prenant des mesures immédiates, a bien mérité de la patrie ! »

Les deux comtesses applaudirent, suivies par l'assistance, à la seule exception des « noirs », royalistes forcenés, et de la gauche extrême.

« Je ne sais, dit M. Roland, si le jeune Barnave parle avec sincérité ou par politique, en tout cas sa déclaration est adroite, encore qu'il soit bien difficile de justifier le général. » M. Roland, sec, la voix aigre, les yeux très rapprochés, vêtu sans soin, avait cinquante-sept ans, vingt de plus que sa femme; mais jeune d'esprit, très philosophe, très libéral, il accordait comme elle toute sa sympathie à la fraction avancée des Jacobins.

La Fayette attendait sans doute l'absolution de l'Assemblée. Il entra, prit place, accueilli par les murmures de ses adversaires. La séance se poursuivit par l'audition des ministres. Montmorin affirma qu'il n'était en rien dans le secret du départ. On le crut. Laporte, intendant de la liste civile — un petit homme noir et crispé — vint alors présenter un mémoire du Roi. La salle vibra aussitôt.

« Un mémoire ! s'écria Beauharnais. Comment l'avez-vous reçu ?

— Le Roi l'a laissé, accompagné d'un billet à mon nom.

— Où est ce billet ? Lisez-le, lança une voix.

— Non, non, protesta Claude avec nombre de ses collègues.

— C'est une lettre personnelle, dit Lanjuinais, nous n'avons pas le droit de la lire. »

Beauharnais agitait sa sonnette. Rompant le cachet du mémoire, il en commença la lecture. C'était un long message intitulé « Déclaration à tous les Français » : une protestation contre les excès qui bouleversaient le pays, contre la destruction totale de la royauté, le viol des propriétés, l'anarchie régnant dans toutes les parties de l'Empire. Comment le monarque gouvernerait-il, quand tous les pouvoirs se trouvaient aux mains des comités dont certains exerçaient « un véritable despotisme » ! Que restait-il de liberté, quand l'Assemblée elle-même se trouvait sous la domination des clubs ? Rappelant tous les outrages qu'il avait subis « et qui ont tant ravalé la fonction royale », les atteintes intolérables à sa liberté de conscience, l'insuffisance selon lui de la liste civile, les insultes et les menaces adressées à la reine : « épouse fidèle qui venait de mettre le comble à sa bonne conduite », la contrainte du séjour aux Tuileries, « où, loin de trouver les commodités auxquelles il était accoutumé, il n'a pas même rencontré les agréments que se procurent les personnes aisées », le Roi concluait : « Français! et vous, Parisiens! vous, habitants d'une ville que vos ancêtres se plaisaient à appeler la bonne ville de Paris, méfiez-vous des suggestions et des mensonges de vos faux amis. Ralliez-vous à votre Roi, il sera toujours votre père. Quel plaisir n'aura-t-il pas à oublier ses injures personnelles et à revenir au milieu de vous lorsqu'une Constitution qu'il aura acceptée librement fera que notre sainte religion sera respectée, que le gouvernement sera rétabli sur un pied stable! »

Le plus complet silence suivit cette lecture. On entendait le bourdonnement de la foule dans le couloir et dans le jardin des Tuileries. « Les avis? » demanda Beauharnais.

Pas une voix ne lui répondit. « L'Assemblée passe à l'ordre du jour », dit-il.

Un huissier étant venu lui murmurer quelques mots, il annonça : « Le général Rochambeau et d'autres officiers généraux des troupes de ligne demandent à se présenter devant vous pour vous assurer de leur loyauté et de leur dévouement. »

Tandis qu'ils défilaient les uns après les autres à la barre, le bonhomme Roland chuchotait : « Quelle mesquinerie, quelle inconscience dans le message du Roi! Il y a certaines choses justes, mais sottement dites; il les noie dans un fatras égoïste, borné. La Reine, épouse fidèle!... Le pauvre homme!... Et vingt-quatre millions de francs ne sont-ils pas un beau denier, quand l'État ne sait où prendre l'argent pour les dépenses essentielles! Si la Constitution blesse tant Louis, pourquoi feignait-il de l'approuver? pourquoi donc a-t-il promis, ici même, de la défendre? Son mémoire confirme toute la fausseté de ce pauvre esprit. »

L'ordre du jour portait discussion du projet de code pénal; on l'aborda. C'était pure attitude : on attendait impatiemment que la séance fût levée. Enfin Beauharnais la renvoya, selon l'habitude, à cinq heures. En sortant, Lise trouva dans le vestibule Claude arrêté avec Pétion et Robespierre. Ceux-ci la saluèrent galamment. Maximilien lui tourna un compliment précieux, mais cette courtoisie cachait mal une fébrilité. Lise apprit que l'on connaissait à présent la route empruntée par la famille royale. Un voiturier, loué pour conduire deux dames du palais à Bondy, la nuit précédente, les avait vues monter dans une énorme berline de voyage, aux roues jaunes. Elle était partie dans la direction de Meaux, emportant assurément toute la tribu. Sitôt averti par le Conseil général de la Commune, La Fayette avait lancé son aide de camp, le jeune Romeuf, et un chef de bataillon, sur les traces des fugitifs. Ils disposaient d'une telle avance que l'on ne pouvait espérer les rejoindre; la berline toucherait bientôt la frontière. Les « noirs » triomphaient déjà. Robespierre froissait nerveusement *Les Actes des Apôtres:* la gazette de Mirabeau-Tonneau, de Cazalès. On la criait à l'entrée du Manège. Elle annonçait impudemment, comme si l'armée des émigrés allait demain occuper Paris :

« Tous ceux qui voudront être compris dans l'amnistie du prince de Condé pourront se faire inscrire dans nos bureaux. Nous aurons mille cinq cents registres pour la commodité du public; nous n'en excepterons que cent cinquante individus.

— Au nombre desquels ils nous comptent tous les premiers, soyez-en sûrs, dit Robespierre.

— Bah! répliqua Pétion fort calme, ils chantent victoire un peu bien tôt. »

Lise n'aimait pas Robespierre. Elle riait sous cape quand elle l'entendait appeler « la Chandelle d'Arras », surnom inspiré par le poème de l'abbé du Laurens. Le mot s'appliquait parfaitement, trouvait-elle, au petit homme étriqué, blême, dont les lèvres minces, les yeux verts, étirés, froids, l'air toujours tendu, la mettaient mal à l'aise. Il était plein de vertu, certes — bien plus que M. Danton, probablement —, et il ne manquait pas de générosité, mais une générosité tout intellectuelle. Dans sa propreté de chat, il semblait vivre derrière une barrière. Il ne communiquait aucune espèce de chaleur.

En ce moment, il paraissait, malgré sa contention, dominer mal une crainte peu virile. Lise en éprouvait quelque mépris. Elle et Claude laissèrent Pétion emmener chez lui Robespierre. Il habitait loin, au Marais, rue de Saintonge. Pétion, lui, logeait à peu de distance, rue du Faubourg Saint-Honoré, avec sa femme et son fils.

« Au fond, dit Lise tandis qu'au bras de son mari elle sortait par le cul-de-sac, ton Robespierre, c'est une âme féminine. Je comprends pourquoi il plaît tant à certaines femmes. As-tu peur, toi?

— Peur, non, mais la situation est angoissante, assurément. Je ne crains pas beaucoup les émigrés, et les dangers futurs d'un retour du Roi soutenu par les puissances étrangères restent, pour l'instant, problématiques. En revanche, je redoute la guerre civile.

— Vraiment, mon ami! L'atmosphère ne me semble pourtant pas être aux égorgements. Écoute donc! »

Des musiciens ambulants quittaient la place du Palais-Royal, entraînant une petite foule qui chantait avec eux, sur l'air de « Malbroug » :

Not' gros s'en va-t-en guerre,
Mironton, ton-ton, mirontaine,
Il part à la légère.
Mais il lui en cuira.

J'm'ennuie de ma couronne,
Mironton, ton-ton, mirontaine,
J'la laisse à qui me donne
Du vin de Malaga.

Dites qu'on m'en apporte,
Mironton, ton-ton, mirontaine,
Et mettez sur ma porte :
C'est le dernier des rois!

En vérité, s'il régnait une fièvre dans la rue populeuse et brûlante sous le soleil de juin, c'était bien plus une liesse d'écoliers en vacances que d'émeutiers.

Les deux époux montèrent chez eux. Comme, en entrant, Claude serrait amoureusement sa femme dans ses bras, elle lui chuchota, avec un regard de sous les cils : « Ce matin, mon cœur, t'imaginais-tu que nous célébrions à notre façon le premier jour de la république! » Rieuse, elle se dégagea, se sauva dans le salon où un dîner froid attendait.

« Mon petit oiseau, dit Claude en s'attablant, toi aussi tu te hâtes peut-être de chanter victoire. Tu comptes sans les orléanistes; ils ne vont pas laisser passer l'occasion. Tant de fois, je les ai crus anéantis, et ils reprennent toujours du poil de la bête. Si ton cher Danton veut gagner son argent, il va falloir qu'il propose au moins une régence. Et Marat, paraît-il, réclame dans son journal la dictature pour un homme à la pureté éprouvée, un véritable ami du peuple : c'est-à-dire lui-même. Une république, non, je n'y crois pas. Il n'y a guère que Desmoulins et toi pour en vouloir.

— Il ne s'agit pas de la vouloir, mon ami. Nous y sommes, tout bonnement. N'avez-vous pas saisi tous les pouvoirs!

— Il faudra bien remettre l'exécutif en d'autres mains. C'est indispensable. Quelles mains? voilà le problème, et voilà où le sang risque de couler. J'aimerais avoir l'avis de Jean. »

Sitôt leur hâtif repas terminé, ils allèrent donc chez les Dubon. Ils n'eurent pas à monter, ils l'aperçurent au milieu de curieux attroupés sur le terre-plein du Pont-Neuf, devant la statue d'Henri IV. Sur le piédestal, on avait collé tout fraîchement une affiche : un placard des Cordeliers. Il débutait par une transposition du monologue de *Brutus*, la pièce de Voltaire, qui, arrangé pour la circonstance, donnait ceci :

Songez qu'au Champ-de-Mars, à cet autel auguste,
Louis nous a juré d'être fidèle et juste;
De son peuple et de lui, tel était le lien :
Il nous rend nos serments lorsqu'il trahit le sien.
Si, parmi les Français, il se trouvait un traître
Qui regrettât les rois et qui voulût un maître,
Que le perfide meure au milieu des tourments;
Que sa cendre coupable, abandonnée aux vents,
Ne laisse ici qu'un nom plus odieux encore
Que le nom des tyrans que l'homme libre abhorre!

Suivait cette déclaration, d'un style plutôt indigeste : « Les Français libres composant le club des Cordeliers déclarent à leurs concitoyens qu'ils renferment autant de tyrannicides que de membres, qui ont tous juré individuellement de poignarder les tyrans qui oseront attaquer notre frontière ou attenter à notre Constitution de quelque manière que ce soit. » Signé : Legendre, président; Collin, Champion, secrétaires.

« Nos compagnons cordeliers ne semblent guère d'accord, dit Dubon à son beau-frère et sa belle-sœur. Marat demande un bon tyran, Fréron, dans sa gazette, propose que Danton soit au moins maire de Paris, sinon dictateur, et Legendre voue aux pires tortures ceux qui nourriraient de pareils désirs!

— Votre opinion, à vous, Jean?

— Je partage l'avis de Legendre. Le Roi est parti, nous ne pouvons le regretter puisqu'il s'est montré lâche et fourbe. Bon voyage! Il ne saurait être question de le remplacer par ce fou de Marat ni même par un Danton. La république s'impose. D'ailleurs, elle existe en fait depuis ce matin. Il faut la proclamer, voilà tout.

— Bravo! mon cher Jean, s'exclama Lise. C'est ce que je disais.

— Bon, fit Claude, mais l'Assemblée ne saurait à la fois légiférer et gouverner. A qui confierons-nous l'exécutif? A un président, comme en Amérique. Je ne vois pas lequel. Nous n'avons pas l'homme de la situation. C'est bien le drame.

— Pourquoi un président? Pourquoi pas des consuls comme à Rome?

— Lesquels?

— Sieyès : un esprit à grandes vues, premier artisan de la Révolution. Robespierre, dont l'incorruptibilité est article de foi. La Fayette, qui a prouvé ce matin son zèle et son énergie.

— La Fayette! se récria Claude. Vous n'y pensez pas! Nul n'est plus suspect.

— Allons donc! S'il avait trempé le moins du monde dans le complot, il serait parti lui aussi. Que gagnait-il à rester? Le risque de se faire massacrer, rien de plus. La Fayette ne peut être soupçonné. Ce n'est certes pas un démagogue, mais c'est un véritable patriote. Votre ami Camille l'a reconnu, d'ailleurs, ce matin même : il lui a serré les mains dans un grand élan de fraternité.

— Bah! il l'accablait hier, il l'embrasse tantôt, il le criblera de flèches ce soir. Desmoulins tourne à tous les vents de sa sensibilité. Au reste, rien ne prouve que La Fayette n'a pas laissé partir le Roi pour se faire nommer lieutenant-général du royaume ou président d'une république. J'ai les plus mauvais renseignements sur lui et je partage à son égard tous les soupçons de Robespierre.

— Si je puis donner mon opinion, dit Lise, je suggérerai de soumettre l'idée à M. Robespierre lui-même.

— Après tout, pourquoi pas? Il doit être encore chez Pétion. Nous pouvons bien y aller. »

Il y était, en effet, en train de peindre à son compagnon la situation sous les plus sombres couleurs. Selon lui, la fuite du Roi faisait partie d'une vaste conspiration ourdie par les « enragés » avec la Cour émigrée. Pour montrer tant d'audace et d'assurance dans leurs gazettes du jour, ils devaient avoir toutes prêtes, sous Paris ou non loin, des forces considérables. Non seulement La Fayette, mais les ministres et une large fraction de l'Assemblée étaient complices de la Cour. Reprenant le mot de Desmoulins, au 12 juillet, il assurait que les royalistes allaient se livrer à une Saint-Barthélemy des patriotes. Il en serait la première victime, il le savait bien. Il ne lui restait pas vingt-quatre heures à vivre.

Calme, le blond Pétion haussait un peu les épaules en lui assurant qu'il exagérait ses craintes. Là-dessus, Brissot, avec son grand nez au vent, survint, en quête de nouvelles pour son journal *Le Patriote*. Brissot était de Chartres, comme Pétion, et grand ami de celui-ci. Sa passion pour les institutions américaines qu'il avait étudiées sur place lui semblait au point de se satisfaire, elle lui montrait tout en beau. Il se répandit en louanges sur La Fayette. Comme Robespierre, en se mordillant les ongles, répondait que La Fayette avait nécessairement trempé dans l'évasion du Roi, le journaliste répliqua :

« C'était le seul moyen de nous donner la république.

— Qu'est-ce que la république? » dit Robespierre en s'efforçant de rire.

Claude, Lise et Dubon entrèrent à ce moment dans la pièce ombreuse avec ses volets poussés contre le soleil, où le dessert restait encore sur la table. Robespierre écouta en silence Claude lui parler du placard signé par Legendre. Dubon, que la chaleur assoiffait, demandait un verre à Mme Pétion, une bonne bourgeoise assez insignifiante, et se versait de l'eau d'une carafe, puis il exposa son idée. Brissot appuya d'enthousiasme, sauf pour Sieyès : à sa place, il voulait Danton. Robespierre réfléchissait, l'œil méfiant.

« Votre proposition me flatte, mais si je ne suis pas monarchiste, je ne suis pas non plus républicain.

— Peut-on savoir alors ce que vous êtes, monsieur? demanda Lise non sans une secrète ironie.

— Pour l'instant, madame, je suis un homme menacé de périr sous les poignards de la tyrannie. »

En vérité, il semblait ne plus croire beaucoup lui-même à sa crainte. Lise eut le sentiment qu'il s'en servait comme d'un voile dans les plis duquel il déguisait sa pensée — ou son indécision. Probablement son indécision. Il approuva de sa tête poudrée, à la blancheur bleutée dans la pénombre, un mot de Claude :

« Je ne crois pas que nous soyons mûrs pour une république, nos mœurs ne sont pas républicaines.

— Elles le deviendront », dit Brissot.

D'autres visiteurs venaient d'arriver : les Roland. Eux aussi avaient vu l'affiche sur leur chemin. Ils habitaient rue Guénégaud, à l'hôtel Britannique où Mme Roland tenait salon. Brissot, Pétion en étaient déjà des habitués. Entendant les paroles échangées par le journaliste et Claude, la jeune femme, gracieuse avec ses cheveux noirs ondulés sous un chapeau de tulle à cocarde tricolore, intervint non sans bon sens.

« Il est vrai, monsieur, dit-elle, que les lois et les institutions monarchiques n'ont apparemment pas le but de préparer beaucoup les mœurs au gouvernement contraire. Alors, il serait toujours trop tôt pour essayer la république; on resterait à jamais embarrassé dans ce cercle vicieux : la législation et l'éducation républicaines peuvent seules former les hommes à la république, mais la république elle-même est préalablement nécessaire pour vouloir et décréter ces lois et cette éducation. Il n'y a qu'un moyen pour sortir de ce cercle, poursuivit-elle en se tournant vers Robespierre, c'est de le briser par un acte vigoureux, de donner aussitôt au peuple les lois et l'éducation susceptibles de perpétuer cet héroïque moment.

— Ainsi, madame, dit Claude, vous aussi vous considérez le départ du Roi comme un avantage?

— Le Roi, monsieur, au lieu d'essayer de l'arrêter, comme l'a fait trop honnêtement le général La Fayette, je pense qu'il faudrait lui fournir des chevaux et encore des chevaux pour aller plus vite, et lui donner en outre tout ce qu'il laisse ici de courtisans et de prêtres, leur ouvrir toutes grandes les frontières pour nous débarrasser d'eux.

— Eh bien, madame, s'écria Lise, voilà tout juste mon propre sentiment! »

Robespierre n'aimait guère Mme Roland qui lui manifestait pourtant beaucoup d'admiration. Il demeura retranché dans sa politesse la plus froide, et ne dit rien. Il ne parla pas non plus au Manège, pendant la séance de relevée. Le soir seulement, à la réunion extraordinaire des Jacobins — les séances n'avaient lieu ordinairement que tous les deux jours, mais le club s'était déclaré en permanence —, il se décida enfin à opiner. Il le fit à sa façon souvent pleine de méandres. Claude savait par Barnave que le triumvirat et tout le comité de Constitution, tout le centre de l'Assemblée, viendraient ce soir au club — où l'on ne les voyait plus beaucoup depuis quelque temps — pour prêcher une réconciliation générale. Robespierre ne l'ignorait pas non plus. Il prit les devants.

Avec l'accroissement constant de ses membres, le club, ne pouvant plus tenir dans la bibliothèque, était descendu, depuis le 29 mai, dans l'église même. On y avait reconstitué exactement les dispositions établies d'abord à l'étage au-dessus : des gradins très élevés s'adossaient aux piliers, tout autour de la nef. Le bureau du président, dominant toujours l'estrade des secrétaires, faisait face à la tribune. La salle offrait en moins grand une image assez semblable à celle de l'Assemblée nationale. Quelques faisceaux d'emblèmes tricolores remplaçaient les draperies du Manège. Pour le reste, on n'avait rien changé à la décoration initiale : les tableaux religieux restaient pendus aux murs des bas-côtés devenus couloirs; la belle *Annonciation* de Porbus ornait encore le maître-autel, que l'on ne voyait point de l'enceinte. Dans l'ombre des chapelles luisait le marbre des tombeaux.

Il était huit heures un quart, il faisait encore grand jour dehors, cependant on avait allumé les lustres et les quinquets. Leur lueur s'accrochait en éclairs aux lunettes que Robespierre, debout à la tribune, abaissait par moments puis relevait sur son front après avoir jeté un coup d'œil à ses notes. D'une voix sèche, rageuse, il attaquait le Roi, les ministres, Bailly, La Fayette, le triumvirat, les comités, l'Assemblée elle-même.

« Voilà notre grand homme! chuchota Claude à l'oreille de

son beau-frère. Il met tout le monde en accusation, mais il ne précise rien, ne propose rien. » Lise, de son côté, dans la tribune des femmes, disait à Mme Roland : « Nous attendions la lumière, nous trouvons une lanterne magique qui nous montre une histoire de brigands. »

On entendait certains murmures. Malgré l'ascendant de son orateur favori, la société n'accueillait pas sans hésitations ni incrédulité cette fumeuse peinture d'un complot universel. Claude voyait Danton, en uniforme de garde national, la carte du club pendue à la boutonnière, hocher sa grosse tête avec impatience, et Desmoulins sourire. Mais Robespierre, par une transition adroite, passait de la situation générale à ses risques à lui. Sa voix s'échauffait, s'attendrissait tandis qu'il se touchait la poitrine, visée, disait-il, par les séides de la tyrannie. « Au reste, ajouta-t-il en posant ses lunettes, je suis prêt à tout. Si, dans les commencements, n'ayant encore pour témoins que Dieu et ma conscience, j'ai fait le sacrifice de ma vie, aujourd'hui que je trouve ma récompense dans le cœur des citoyens, la mort sera pour moi un bienfait. »

Camille ne riait plus; il pleurait, bouleversé. Le dernier mot tombé dans le silence, il se dressa, la main levée, criant : « Nous... nous mourrons tous avec toi! »

L'émotion déferla aussitôt. Les mains se tendaient vers Robespierre, on répétait la phrase de Camille, on jurait de « vivre libre ou mourir » comme le voulait la devise de la société. « Encore un beau mouvement, observa Dubon. Il ne nous avance guère, tout se noie dans la sensibilité. »

Danton devait partager cet avis. Dès que la houle fut un peu calmée, il gronda puissamment : « Monsieur le Président, les traîtres arrivent. Qu'on dresse deux échafauds; je consens à périr sur l'un si je ne leur prouve en face que leur tête doit rouler aux pieds de la nation contre laquelle ils n'ont cessé de conspirer. » Et, comme, dans l'instant même, La Fayette entrait, donnant le bras — chose incroyable — à son ennemi Alexandre de Lameth, avec Barnave, Duport, suivis par Sieyès, Le Chapelier, Lanjuinais, tous ceux que Camille surnommait férocement « la léproserie de 89 », Danton, escaladant les marches de la tribune, lança au général cette apostrophe : « Que venez-vous chercher ici? dans cette salle que vos journalistes appellent un antre d'assassins. Et quel moment choisissez-vous pour vous réconcilier? Celui où le peuple est en droit de vous demander votre vie. Vous avez juré que le Roi ne partirait pas; vous vous êtes fait sa caution. De deux choses l'une : ou vous êtes un traître qui avez livré votre patrie, ou vous êtes stupide d'avoir répondu d'une personne dont vous ne pouviez pas répondre. Dans le cas le plus favorable, vous êtes déclaré inapte à nous commander. »

« Ah! ce Danton! s'écria Lise dont le sein battait. Il est terrible! Il est magnifique! »

Un peu pâle, le général se tournait vers Alexandre de Lameth, semblant l'inviter à le défendre. Lameth se leva. « Même quand j'ai dit le plus de mal de M. de La Fayette, déclara-t-il, j'ai toujours cautionné son patriotisme et j'ai dit qu'il se ferait tuer à la tête des patriotes dans le cas d'une contre-révolution. Je fais appel au témoignage de Danton lui-même. »

Celui-ci, qui avait repris sa place près de Desmoulins, se mordit les lèvres mais reconnut : « M. Lameth s'est en effet, plusieurs fois, expliqué sur le compte de M. La Fayette de cette manière. » On vit Camille, l'air furieux, parler à l'oreille de Danton, se lever pour courir à la tribune, et Danton le retenir par les basques, cependant que de tous côtés des voix réclamaient : « La Fayette, à la tribune! »

Il y monta. « Je viens, dit-il, me réunir à cette société, car c'est dans son sein que tous les bons citoyens doivent se retrouver dans les circonstances où il faut plus que jamais combattre pour la liberté. »

Pendant ce temps, Dubon chuchotait à Claude :

« Danton a tort d'attaquer La Fayette dont le patriotisme n'est douteux pour personne.

— De toute façon, le coup frappe à côté. Soyons logiques! Si les orléanistes, si les républicains, considèrent le départ du Roi comme un bienfait, que reprocher au général? La foudre de Danton est en train de faire long feu. »

C'était exact. Claude connaissait bien ses Jacobins. Dans leur majorité, ils goûtaient la diatribe comme un beau morceau d'éloquence fulminante, sans y attacher d'importance. Pas plus qu'ils n'avaient cru, en dehors de la minute émotive, au complot dénoncé par Robespierre. On le vit bien lorsque, tour à tour, après La Fayette lui-même, Lameth, puis Sieyès, puis Barnave, répudiant les idées de violence, appelant tous les patriotes à la concorde pour le salut de la Révolution, furent, les uns et les autres, longuement applaudis.

Danton, enfonçant d'un coup de poing son bicorne d'uniforme, prit Desmoulins par le bras et quitta l'enceinte en lançant au passage à Claude et à Dubon :

« Restez-vous avec ces eunuques? Moi, je vais aux Cordeliers.

— J'ai fort envie de l'y suivre, dit Dubon. J'aimerais voir s'il manœuvrera Legendre. »

Il rattrapa les deux amis quelques secondes plus tard, dans la nuit tombante. Ils se disputaient à mi-voix.

« Lameth, protestait Camille, m'a dit vingt... vingt fois le contraire de ce qu'il vient de prétendre. Presque tout ce que j'ai écrit sur La Fayette, je l'ai écrit sous sa dictée, sur sa ga... sa garantie. Pourquoi diable m'as-tu empêché...

— Ne fais donc pas l'enfant! Il faut ménager Lameth, ne cherche pas à comprendre. »

D'un ton brusque, comme Dubon arrivait, il ajouta qu'il allait proposer la déchéance du Roi. « Pour le remplacer par Orléans? demanda froidement Dubon.

— Pour le remplacer par la république, dit Camille. Je n'en... je n'en démordrai pas, je t'avertis, Georges. »

Dubon serra l'épaule de Desmoulins.

« Là-dessus, comptez sur moi, jeune homme. Je n'approuve pas toujours tout ce que vous écrivez, mais pour cela je suis entièrement avec vous. »

Les Cordeliers l'étaient aussi. Danton eut la surprise d'entendre ses troupes, unanimes, exiger le remplacement de la monarchie par des institutions républicaines. « Fort bien, dit-il. Si c'est la volonté du peuple, c'est aussi la mienne. » Il signa l'adresse dictée par Legendre aux secrétaires pour demander à l'Assemblée nationale d'établir la république : « Nous voilà donc au même état où nous étions après la prise de la Bastille : libres et sans Roi. Reste à savoir s'il est avantageux d'en nommer un autre. Nous vous conjurons, au nom de la patrie, ou de déclarer sur-le-champ que la France n'est plus une monarchie, qu'elle est une république, ou au moins d'attendre que tous les départements, que toutes les assemblées primaires aient émis leurs vœux sur cette question importante, avant de penser à replonger une seconde fois le plus bel empire du monde dans les chaînes et les entraves du monarchisme. »

VII

Pour le pauvre Montaudon, au cours de cette journée, le départ de la famille royale et la situation dans laquelle elle laissait le pays n'avaient cessé de perdre de l'importance. A cinq heures, il n'était pas retourné à l'Assemblée. Rien ne comptait plus pour lui hors la douleur qui lui taraudait de plus en plus furieusement la mâchoire. Un seul départ lui importait : celui de cette satanée dent, mais il redoutait de se la faire arracher. Apitoyée, sa logeuse — une brave bonnetière d'âge mûr — lui confectionna un cataplasme de fécule dont la vertu ne fut point sensible. Fiévreux, tantôt marchant par sa chambre, tantôt cherchant en vain sur son lit à endormir la souffrance, il passa une nuit cent fois pire encore que la précédente. Dès l'aube du 22, il sortit, enragé, sans voir que tout dans Paris était à l'allégresse. Les bons bourgeois, étonnés d'avoir fort paisiblement dormi et de ne découvrir aucun symptôme de catastrophe, se congratulaient. Eh bien, ma foi, on pouvait donc parfaitement vivre sans monarque! Preuve était faite que l'on ne s'en portait pas plus mal.

Dans sa course errante contre la douleur, Montaudon, parvint au faubourg Saint-Antoine; il marcha un moment parmi des groupes d'ouvriers avec leurs pantalons, leur courte carmagnole, armés de piques. Il n'y fit pas attention. Au demeurant, ces troupes populaires, formant le bataillon du brasseur Santerre, se tenaient fort tranquilles. Cependant, la fatigue ne diminuait en rien la souffrance. C'était à se casser la tête contre les murs. Mal pour mal, mieux valait encore affronter le chirurgien. Le pauvre René retourna vers la rue Traversine où il habitait, tout près du Palais-Royal. Au coin de la rue de l'Anglade logeait un chirurgien de bonne réputation : quadragénaire solide, affable, qui commença par administrer à son patient deux petites pilules brunes. Au bout d'un moment la douleur devint sourde puis parut s'endormir. « Ça va mieux, dit Montaudon avec un sombre regard vers les instruments que l'homme de l'art préparait. Ça va beaucoup mieux, il ne serait peut-être pas nécessaire... on pourrait attendre un autre jour. »

Le chirurgien sourit. Il avait l'habitude. « Vous en êtes le maître, monsieur, mais si je n'opère pas, dans une heure vous vous remettrez à souffrir plus que jamais. Allons! du courage; ce sera vite fait. Ouvrez la bouche. » René obéit, fermant les yeux, commençant à gémir par avance. Soudain, il poussa un cri : une douleur fulgurante lui traversait la tête, il sentait ses os broyés se briser dans sa chair. Tout craquait avec des bruits affreux. Il retomba dans le fauteuil, haletant, geignant, la main à la joue. « Eh bien, voilà, c'est fini », annonça le chirurgien. Après plusieurs rinçages de bouche, il lui remit un minuscule flacon rempli d'un liquide brun. « De la teinture de pavot, précisa-t-il. Toutes les heures, vous en ferez tomber une dizaine de gouttes dans un verre d'eau tiède pour vous en baigner longuement la gencive. Avec les pilules que je vous ai données préventivement, cela vous aura bientôt guéri. »

En effet, rentré chez lui, Montaudon put s'étendre paisiblement, faire un somme, un autre, prendre enfin un bouillon avec du bon vin rouge dedans, à la mode limousine. Si sa mâchoire restait endolorie, la douleur rongeante avait disparu. Du coup, les événements recommencèrent à l'intéresser. Il s'enquit des nouvelles. « Il n'y en a pas, lui répondit la bonnetière. Tout va bien, il faut croire. Les gens n'ont cessé aujourd'hui de se promener par les rues comme si c'était dimanche. Ils ont bien de la chance! Tenez, voilà deux gazettes que mon homme a rapportées. Si vous voulez les lire. »

Dans l'une, *La Bouche de fer*, Bonneville, l'ex-collègue de Dubon à la municipalité de 89, prenait nettement parti pour la République, contre toute forme de pouvoir personnel. « On a effacé du serment, écrivait-il, le mot infâme de roi. Plus de rois, plus de mangeurs d'hommes! Point de régent, point de dictateur, point de protecteur, point d'Orléans, point de La Fayette. Je n'aime pas ce fils de Philippe d'Orléans, qui prend justement ce jour pour monter la garde aux Tuileries, ni son père, qu'on ne voit jamais à l'Assemblée et qui vint se montrer hier sur la terrasse, à la porte des Feuillants. Une nation a-t-elle besoin d'être toujours en tutelle? Que nos départements se fédèrent et déclarent qu'ils ne veulent ni tyran, ni monarque, ni protecteur, ni régent qui sont des ombres de rois aussi funestes à la chose publique que l'ombre de cet arbre maudit, le Bohon Upas, dont l'ombre est mortelle. » Le brave abbé Fauchet aurait-il partagé entièrement l'opinion de son ami et associé? Devenu évêque constitutionnel du Calvados, il se trouvait présentement dans son diocèse.

L'autre journal était celui de Desmoulins, *Les Révolutions de France et de Brabant.* Camille, après avoir traité ironiquement le « décampativos général des Capètes et Capets », s'excitait peu à peu jusqu'à la fureur. La déchéance ne lui suffisait plus, il réclamait la mort du Roi : « Comme l'animal-roi est une partie aliquote de l'espèce humaine, et qu'on a eu la simplicité d'en faire une partie intégrante du corps politique, il faut qu'il soit soumis et aux lois de la société qui ont déclaré que tout homme pris les armes à la main contre la nation serait puni de mort, et aux lois de l'espèce humaine, au droit naturel qui me permet de tuer l'ennemi qui m'attaque. Or, le Roi a couché en joue la nation. Il est vrai qu'il a fait long feu, mais c'est à la nation à tirer. »

Montaudon rejeta la feuille avec dégoût. Il aurait voulu connaître la pensée, les intentions des « triumvirs ». Par la singulière évolution des choses, les modérés étaient pour lui les gens qu'il considérait en juillet 89 comme des révolutionnaires extravagants : Barnave, Duport et leurs partisans — au nombre desquels il se rangeait. Il restait absolument monarchiste. Une république à la mode américaine, ou bien à la mode romaine, lui semblait irréalisable, utopique, beaucoup plus dangereuse pour la liberté que la monarchie constitutionnelle. En demandant à sa logeuse les nouvelles, il avait espéré apprendre le retour de la famille royale. Cette éventualité posait toutefois des problèmes épineux.

Quoiqu'il n'eût rien mangé et se sentît les jambes un peu molles, il résolut d'aller au Manège. En approchant, dans la foule sur laquelle planaient très haut les derniers rayons du soleil à son coucher, écoutant les uns, causant avec d'autres il se rendit compte de la différence entre les dispositions populaires et les siennes. Dans la cour des Feuillants, un bourgeois en frac, d'apparence bien paisible, proposait de déclarer le Roi imbécile, au nom de l'humanité. Un sectionnaire montrait le Manège découpant sa longue, étroite et haute silhouette dans le poudroiement de la lumière. « Notre Roi est là-dedans, Louis XVI peut bien aller où il voudra. » Et, dans le cloître, un boutiquier aux cheveux blancs : « Si le Roi nous a quittés, la nation reste; or, il peut y avoir une nation sans roi, mais il n'existe pas de roi sans nation. » C'était là les sages, les paisibles, le grand nombre. Les exaltés, eux, criaient : « Déchéance! déchéance! » Quelques voix, très rares, réclamaient la république — sans même savoir, songeait Montaudon, ce qu'elle pourrait être ni comment et avec qui la réaliser.

L'Assemblée ne le savait pas davantage. Dans cette incertitude, malgré la pression des tribunes et les pétitions des sectionnaires qui avaient défilé à la barre tout le jour, elle suivait les modérés cherchant plus ou moins ouvertement un moyen de rabibocher le gouvernement constitutionnel. Montaudon s'assit près de Claude en lui demandant ce que l'on faisait.

« On rédige laborieusement une adresse à la nation pour lui expliquer les circonstances de « l'enlèvement » du Roi, car nous en sommes aujourd'hui à un enlèvement. Où es-tu passé depuis hier?

— Ma dent. Tu as oublié?

— C'est vrai. Excuse-moi. Dans tous ces arias! Eh bien?

— Oh! répondit René avec un petit air désinvolte, je l'ai fait arracher. Dis-moi donc, vous avez découvert du nouveau? Personne ne songeait à un enlèvement.

— Si, un peu. La Fayette, dans ses ordres à la garde nationale, et les triumvirs, hier soir, aux Jacobins, en ont parlé. C'était une formule sans consistance : de la rhétorique. Depuis, on lui a donné corps. En vérité, le Roi, dans son message, exprimait irréfutablement la volonté de partir; ces messieurs de 89 sont en train de lui démontrer qu'il n'y entend rien, qu'il a bel et bien été enlevé.

— Ces messieurs de 89! chuchota Montaudon surpris. N'en es-tu pas, toi-même? comme moi. Voilà bien le langage de ton ami, l'affreux Camille! Tournerais-tu au républicain, maintenant? »

Claude haussa vaguement une épaule sans répondre. L'influence de Desmoulins, de Dubon, de Pétion, de Brissot, des Roland — et de Lise — s'exerçait sur lui. S'il eût vu la possibilité matérielle de constituer une république, il n'eût point hésité. N'était-ce pas, au fond, le régime le plus convenable pour établir dans la société cette suprématie de la vertu individuelle et du seul mérite, cette démocratie complète dont il rêvait autrefois à Limoges? Malheureusement, il ne voyait pas d'homme — ou d'hommes — auxquels on pût confier sans courir les plus grands risques l'exécutif d'un gouvernement républicain. C'était là, pensait-il, ce qui provoquait aussi l'indécision de Robespierre et sans doute les équivoques de Danton cherchant le biais dans une régence, plus ou moins républicaine, d'Orléans.

En outre, la manœuvre des triumvirs lui répugnait parce qu'elle reposait sur un effronté mensonge, qui le surprenait, le blessait même, de la part de Barnave, décidément trop insidieusement politique, capable aujourd'hui de proclamer sciemment une pareille contre-vérité. Et pourtant, dans un concours de circonstances paralysant toute autre tentative, il fallait bien, bon gré, mal gré, permettre cet essai de replâtrage de la monarchie. Encore faudrait-il pour cela négocier avec le Roi, et qu'il revînt. C'était difficilement imaginable.

Soudain, vers neuf heures, au moment où l'on allait lever la séance, une rumeur s'éleva dehors, grossit, battit les murs; le cri entra dans le couloir, dans la salle : « Il est arrêté! » Un homme exténué, en sueur, couvert de poussière, porté sur les mains croisées de deux gardes nationaux, fut conduit au président. Il lui déclara s'appeler Mangin, chirurgien à Varennes-en-Argonne. « Nous avons arrêté le Roi », dit-il en tendant un pli à Beauharnais. Dans ce message, la municipalité de Varennes annonçait à l'Assemblée que les voyageurs royaux étaient retenus dans la ville par le peuple, et demandait des instructions. Les tribunes éclatèrent en applaudissements auxquels des députés du centre et de la gauche s'associèrent, beaucoup sans enthousiasme. Claude s'abstint; en aucune façon il n'y avait lieu de se réjouir.

Des instructions! On ne pouvait évidemment en donner d'autres que de ramener la famille royale à Paris. Trois commissaires furent désignés pour cette tâche : Latour-Maubourg, monarchiste, ami de La Fayette; Barnave, représentant la gauche modérée; Pétion, la gauche extrême. On leur adjoignit l'adjudant général Mathieu Dumas, chargé de faire exécuter leurs ordres par la force armée.

Toutes dispositions prises après bien des discussions, des

conciliabules dans les couloirs, Pétion gagna sa demeure, accompagné par Robespierre et Claude. Lise était allée avec sa belle-sœur et sa nièce à une représentation de *Brutus*. Elle devait être couchée à cette heure-ci, car la nuit se trouvait fort entamée.

« La commission sera peu commode, remarqua Claude pendant que leur ami prévenait sa femme et se préparait pour le voyage.

— Il y faut simplement de la dignité, répliqua Robespierre. Rester ferme, se défier des séductions ou des complots, surveiller Barnave.

— Il n'est quand même pas à craindre! Que pourrait-il espérer?

— La confiance de la Reine fait partie pour lui de la succession de Mirabeau. Ne sentez-vous pas qu'il y a chez Barnave, depuis hier, un peu de l'aigreur d'un amant trompé?

— Soyez tranquilles, dit Pétion en disposant dans un petit sac en cuir un peu de linge avec un nécessaire à barbe. Je tiendrai chacun à l'œil, on ne m'abusera pas, moi. »

Ils sortirent. La nuit pâle était chaude, sans un souffle. Les gens excités par la nouvelle s'agitaient dans la clarté jaune des reverbères. Mathieu Dumas avait donné assignation aux commissaires place Vendôme, devant le poste, où il serait avec une voiture de voyage. Pétion s'était attardé à soigner sa toilette. On n'attendait plus que lui. Robespierre et Claude le quittèrent à l'entrée de la place, au centre de laquelle la statue de Louis XIV s'enlevait, grise, sous le ciel plein d'étoiles.

« Un peu fat, notre ami, dit Claude.

— Il a surtout des idées étroites, malgré son large front. Bah! il convient pour cette besogne. »

Ils le virent monter dans la berline qui partit aussitôt. Elle tourna, rue des Capucines, pour prendre le boulevard obscur sous ses arbres. Il fallut s'arrêter à la barrière. Mathieu Dumas se fit reconnaître puis on s'élança grand train, dans un martèlement de fers.

Toute la nuit, on roula ainsi. Les commissaires sommeillaient de relais en relais. Sachant le but de leur voyage, les postillons les conduisaient à vive allure. Le jour venu, on parla peu, et de choses indifférentes. Barnave, Latour-Maubourg se tenaient tous deux sur la réserve vis-à-vis de Pétion; et lui, sur ses gardes. Il se serait abandonné à son naturel, il n'avait point à cacher ses opinions, mais il se rappelait les propos de Claude et de Robespierre.

Cependant Barnave remit sur le tapis le problème, fort embarrassant, de savoir ce que l'on ferait du Roi.

« Se prononcer me paraît bien difficile, déclara le marquis. C'est une bête qui s'est laissé entraîner. Il est malheureux, en vérité. Il inspire la pitié.

— Il me semble, en effet, dit Barnave, qu'on peut le considérer comme imbécile. Qu'en pensez-vous, Pétion? »

Celui-ci crut surprendre là-dessus un regard de connivence entre ses deux interlocuteurs. La question était sans doute une chausse-trape, à tout le moins une façon de le tâter. Il répondit prudemment ce qu'on voulait lui entendre dire, sans toutefois dissimuler ses principes. « Je n'écarte pas l'idée de traiter Louis comme un imbécile, incapable d'occuper le trône. Il a besoin d'un tuteur, et ce tuteur pourrait être un conseil national. » Cela revenait, sous une forme atténuée, à la république. Latour-Maubourg, Barnave avancèrent des objections. Ils cherchaient en réalité un moyen de maintenir le Roi, Pétion le comprenait bien. La discussion tourna vers l'éventualité d'une régence, sur la difficulté de choisir un régent dont, en fait, aucun d'eux trois ne voulait. Ils possédaient au moins ce point commun.

On continuait de courir à grandes guides sur des routes plates et crayeuses. Il faisait très chaud. Pétion, avec sa corpulence, en souffrait un peu. Aux relais, il demandait à boire, après quoi il s'épongeait. Barnave, svelte, indifférent à la température, se renfermait à présent dans une méditation nerveuse, suscitée sans doute par l'attitude des populations. Partout, on trouvait villes et villages en effervescence. Armés de broches, de faux, de bâtons, de vieux fusils, hommes, femmes, gamins, attendaient impatiemment le passage des fugitifs que les envoyés de La Fayette avaient déjà mis en route vers Paris. Escortant et acclamant les commissaires, des gens criaient : « Vive l'Assemblée! Vive la Nation!... Nous tuerons ce gueux, ce gros jean-foutre! » Depuis Château-Thierry, on annonçait les souverains. A Dormans, rien ne se présentait encore. Là, au moment où les commissaires allaient dîner à l'auberge, des courriers arrivèrent, déclarant que le Roi devait être près d'Épernay. D'autres assurèrent qu'il avait été suivi par les troupes de Bouillé, qu'elles l'enlèveraient d'un moment à l'autre. « Cela ne m'étonnerait pas, dit Latour-Maubourg. Avec son caractère, Bouillé périra plutôt que d'abandonner le Roi. » Ils prirent juste le temps de manger un morceau sur le pouce et repartirent, croisant sans cesse de nouveaux courriers bénévoles qui clamaient : « Le Roi approche! » On n'était pas loin d'Épernay, aux dires de Mathieu Dumas, lorsque la rencontre se fit enfin. Le soleil déclinait sur l'horizon. La berline couleur bronze était arrêtée, portières ouvertes, devant une petite ferme au toit verdi, dans un cercle de paysans accourus et de villageois qui suivaient d'un bourg à l'autre. Des gardes nationaux les tenaient à distance. Un jeune officier vint au-devant des commissaires. Ils reconnurent en lui Romeuf, l'aide de camp de La Fayette.

« Ah! messieurs, je suis heureux de vous voir! s'écria-t-il. Je n'aurais pas voulu répondre longtemps encore du salut de Leurs Majestés. Nous avons eu bien du souci, hier, à Sainte-Menehoulde où l'on promenait devant Elles la tête d'un noble massacré par les paysans. Tantôt, à Épernay, le Dauphin a failli périr dans une bousculade, la robe de la Reine a été mise en lambeaux.

— Et les troupes de Bouillé?

— Il n'y en a pas la moindre apparence. On n'a rien entrepris contre nous. De ce côté-là, vous pouvez être tranquilles. »

Romeuf les conduisit au Roi. Pétion s'attendait à voir des personnes raidies dans leur dignité. Il fut surpris. Comme ils se présentaient à la portière pour saluer, des voix féminines, vives et bouleversées, les accueillirent. Ce fut une minute confuse. « Monsieur de Maubourg! Oh! Monsieur de Maubourg! » s'exclamait la Reine, les larmes aux yeux. L'autre dame — Madame Élisabeth, certainement — suppliait : « Ah! messieurs, de grâce!... » La Reine implora Barnave, proche d'elle à la portière : « Monsieur, qu'aucun malheur n'arrive! Que ceux qui nous ont accompagnés ne soient pas victimes! » Madame Élisabeth, plus près de Pétion, lui adressait la même prière, et, le touchant impulsivement au bras :

« Monsieur, je vous l'assure, mon frère n'a point voulu sortir de France.

— Non, messieurs, dit alors vivement le Roi avançant son

buste entre les épaules de sa sœur et de sa femme, je ne sortais pas, je l'ai déclaré; cela est vrai. Il reprit avec plus de calme : J'allais à Montmédy. Mon intention était d'y demeurer jusqu'à ce que j'eusse examiné et accepté librement une nouvelle Constitution. »

Sans en croire un mot, les députés saluèrent. Barnave tira Mathieu Dumas à l'écart. « Si le Roi se souvient de répéter la chose, nous le sauverons », dit-il à voix basse tandis que Latour-Maubourg s'efforçait de rassurer la Reine et que Pétion prononçait quelques paroles apaisantes. Cette scène trop vive ne convenait, selon lui, ni à la gravité des circonstances ni à la majesté de commissaires délégués par l'Assemblée nationale. Aussi rompit-il le colloque pour faire part au Roi, avec un ton un peu pédant, de la mission dont ils étaient chargés. Après quoi, grimpant sur le siège du cocher, il réclama le silence et lut au peuple le décret établissant les pouvoirs des commissaires. Les paysans n'y comprirent rien, mais crièrent de confiance : « Vive l'Assemblée! » Mathieu Dumas prit alors le commandement des gardes nationaux, qui se relayaient de ville en ville. Le marquis de Latour-Maubourg parlait pendant ce temps à la Reine :

« Madame, nous devons monter dans votre voiture. Tout le monde n'y saurait tenir. Voulez-vous bien me permettre un conseil? Prenez avec vous MM. Barnave et Pétion, cela les flattera. Ils peuvent vous être fort utiles. M. Barnave est très disposé en faveur du Roi.

— Mais vous, monsieur?

— J'irai dans la seconde voiture. »

On s'établit donc ainsi : Barnave entre le Roi et la Reine sur la banquette du fond, Pétion en face, entre Madame Élisabeth et Mme de Tourzel qui déclara d'un ton résolu qu'elle avait obéi à son devoir en accompagnant les jeunes princes. « On fera de moi tout ce que l'on voudra, ajouta-t-elle, je ne me reproche rien. Si c'était à recommencer, je recommencerais. »

Le pesant véhicule était reparti lentement, tiré par ses cinq chevaux. Les enfants : Madame Royale, âgée de treize ans, le Dauphin, de six ans, se tenaient tantôt sur les genoux de leur mère, de leur tante ou de leur gouvernante. Elles portaient toutes les trois de petites robes communes, fripées par le voyage. L'habit du Roi aussi avait souffert. Dans ce costume bourgeois, poudreux et froissé, avec du linge plutôt sale, une cravate défraîchie, Louis XVI, suant de toute son épaisse figure, paraissait moins que jamais majestueux. Ils avaient tous des airs de naufragés. La voiture même offrait une image du luxe déchu. Le capiton de velours blanc était souillé, sali par la poussière, car les glaces restaient baissées et les rideaux de taffetas vert levés pour que, du dehors, on vît la famille royale. La poussière entrait, dansant dans les rayons du soleil bas.

Après la vivacité du premier contact, une gêne pesait maintenant sur les voyageurs. Malgré son flegme, Pétion se sentait un peu grisé par la situation. Ne voulant surtout point le laisser paraître, il montrait d'autant plus de raideur. Le Roi, ne sachant que dire, regardait lourdement de ses gros yeux bleus à fleur de tête, les mains posées sur ses cuisses grasses. La Reine, le voile de son chapeau à la chinoise rabattu sur le visage, se taisait. Barnave, par la glace de devant, apercevait sur le siège le dos des trois hommes qui avaient accompagné les fugitifs. L'un d'eux devait être Fersen, l'heureux comte, travesti en laquais sous la livrée jaune de Condé. La Reine surprit ce regard, devina la pensée du jeune homme. « Ces messieurs, dit-elle avec vivacité, sont M. de Moustier, M. de Malden, M. de Valory, trois courageux gardes du corps qui nous ont montré le plus grand dévouement et pour lesquels, monsieur, j'ai demandé d'abord votre protection. »

Barnave s'inclina. Le Roi, content de pouvoir parler, lui adressa la parole avec bonhomie. Il dit qu'il avait adopté sincèrement les principes de la Révolution, il fit l'éloge des « honnêtes gens » de l'Assemblée, mais celle-ci était en train de se mettre aux mains des comités qui devenaient autant de tyranneaux irresponsables.

La conversation s'engagea là-dessus. Comme le Roi déclarait qu'en s'éloignant il avait cru agir pour le bien, « puisque, après tout, la France ne peut être en république. — Il est vrai, Sire, dit tranquillement Pétion, reprenant un mot de Claude, les Français ne sont pas encore mûrs pour cela. » Il n'entendait pas laisser d'illusion aux souverains, quoiqu'il perdît beaucoup de son humeur contre eux. Il leur trouvait un air de simplicité familiale, fort plaisant pour un démocrate. Il n'y avait là rien de la représentation royale, rien de la Cour, mais au contraire une aisance toute domestique. La Reine appelait Madame Élisabeth sa petite sœur, et celle-ci lui répondait de même, disait au Roi : « Mon frère ». La jeune princesse jouait avec le petit Louis-Charles. Il s'appuyait aux jambes de Pétion qui se mit à lui caresser les cheveux, comme il le faisait à son propre fils, blond lui aussi. Distrait par les propos, il emmêlait les boucles du bambin. Sa mère le reprit. Vif, espiègle, il lui échappa, se glissa des genoux de Marie-Antoinette à ceux de Barnave, et, avisant les lettres en relief sur les boutons de l'habit, se mit à déchiffrer, syllabe par syllabe, la devise des Jacobins : *Vivre libre ou mourir.* « Ah! maman, vous voyez si je sais bien lire! » fit-il tout joyeux.

Le bon gros monarque souriait paternellement à cette scène. La reine elle-même se laissait aller. Elle avait relevé son voile. Elle entra dans la conversation, mais tristement, en évoquant le sort du malheureux comte de Dampierre, tué par les paysans à Sainte-Menehoulde, pour être venu saluer son Roi, et dont on avait pendant des lieues promené la tête à leurs portières. « Quelle sauvagerie!... Comment nous considère-t-on! ajouta-t-elle. Savez-vous, messieurs, qu'un garde national auquel j'offrais une cuisse de poulet, l'a refusée par crainte de poison! »

Un peu plus tard, elle dit, avec un pauvre sourire quêtant une approbation :

« Ce matin, pour la Fête-Dieu, nous avons entendu à Châlons une messe constitutionnelle.

— Ce sont les seuls que le Roi doive entendre », répliqua Pétion, sévère.

Madame Élisabeth, non moins profondément religieuse que son frère, réagit. Pétion et elle se mirent à discuter en baissant le ton, car les enfants dormaient à présent. Le Roi lui aussi se laissait aller au sommeil. La nuit était venue, apportant un tout petit peu de fraîcheur. La voiture roulait lentement, se réglant sur le pas des gardes nationaux. Quand on traversait un village, des torches, des attroupements confus apparaissaient, puis tout s'estompait dans le clair de lune répandu sur la campagne d'où arrivait par instants un parfum de foins.

Barnave causait à voix couverte avec la Reine, dans une espèce d'intimité qui se formait entre eux. La femme meurtrie, touchante effaçait en lui les préventions contre la souveraine dont il n'oubliait pas les fautes, contrairement à ce que prétendait Robespierre. La noblesse de caractère par laquelle

Claude, dès l'abord, avait été attiré vers Barnave ne pouvait laisser le jeune député insensible au désarroi d'une mère effrayée. Pas plus que le cœur et les sens ne demeuraient en lui indifférents à la présence, à la vivante proximité d'une créature si féminine, toujours belle, encore pleine du prestige de son rang — et des prestiges aussi de l'amour.

Sur la banquette en face, Pétion observait ce colloque avec défiance. N'était-ce pas bien là une de ces tentatives de séduction auxquelles on devait s'attendre? Mais, autant qu'il pût voir dans la demi-clarté, le maintien de son collègue avec la Reine ne semblait pas cacher de mystère. D'ailleurs, lui non plus n'était pas sans subir l'effet d'une certaine douceur. Madame Élisabeth, tenant Madame Royale endormie sur ses genoux, s'accotait à lui. Elle s'y laissait aller assez complaisamment, croyait-il. Il se savait beau, sa tranquille fatuité ne le faisait point douter de son pouvoir sur toutes les femmes. Madame Élisabeth n'était guère jolie fille, avec son grand nez bourbonien, ses yeux trop pâles. En revanche, ses vingt-cinq ans gardaient de la fraîcheur. Du reste, dans l'ombre il ne la voyait plus guère; il sentait son corps contre lui. C'était la sœur du roi, une princesse. Si démocrate qu'il fût, cela flattait prodigieusement en lui le bourgeois. Quel chemin parcouru depuis Chartres où, jeune avocat, la noblesse le tenait à l'écart, malgré une pseudo-particule! Pétion de Villeneuve. Ce soir, une descendante du plus absolu des monarques se frottait languissamment contre lui. Il pouvait se tromper, sans doute : on confond parfois la sensibilité du malheur avec la sensibilité du plaisir. Il lui semblait bien cependant que s'ils eussent été seuls, si comme par enchantement tout le monde eût disparu, elle se serait laissée aller dans ses bras en s'abandonnant aux impulsions de la nature. Bien entendu, un homme tel que lui ne donnait ni dans le piège des sentiments ni dans celui des sens. Il chassa les rêves trop flatteurs, se borna fermement à écouter la jeune femme lui parler de ses craintes pour les gardes du corps. Devaient-ils payer de leur vie leur dévouement, leur fidélité! Il répondit avec douceur, la rassurant sans toutefois lui laisser croire que rien ne pût jamais le détourner d'un devoir qu'il entendait accomplir avec humanité mais sans faiblesse.

De nouveau, des lumières parurent dans la nuit. On arrivait à Dormans, il n'était pas loin d'une heure du matin. On descendit à l'auberge parmi les cris de « Vive la nation ! Vive l'Assemblée ! » poussés par la population qui restait sur pied et ne cessa de boire, de chanter et danser des rondes jusqu'au jour. Mathieu Dumas avait posté des sentinelles à toutes les issues. Tandis que la famille royale et Mme de Tourzel soupaient ensemble, les commissaires mangeaient de leur côté, ensuite ils rédigèrent leurs dépêches pour l'Assemblée nationale. A trois heures, Pétion se coucha dans un méchant lit. Un peu plus tard, Barnave vint le rejoindre sur cette paillasse qu'il leur fallait partager. L'auberge manquait de commodité. Le vacarme, tout autour, était infernal. Tout le monde, dès cinq heures, se trouvait debout. Le Roi avait passé la nuit dans un fauteuil. Barnave, Pétion, Latour-Maubourg, inspectèrent avec Mathieu Dumas la garde nationale qui les salua d'acclamations.

Il n'était pas encore six heures quand on repartit, et déjà le soleil dardait. Dans la voiture, la chaleur devint bientôt étouffante. La poussière desséchait la gorge. Le Roi et Pétion, les plus incommodés, buvaient et transpiraient à qui mieux mieux. Ils étaient côte à côte, Pétion entre Louis et Marie-Antoinette. Une espèce de familiarité s'établissait peu à peu. Le Roi avait demandé à Pétion s'il était marié, s'il avait des enfants. Tout en causant, il suivait le chemin sur des cartes militaires qu'il déployait à mesure sur son genou. « Nous sommes dans tel département, annonçait-il. Nous voilà dans tel district, dans telle commune. » La géographie l'intéressait. A un moment, il fit une comparaison entre la France et l'Angleterre, voulut parler des mœurs anglaises, s'embarrassa, rougit et se tut. Pétion, à mainte reprise depuis la veille, avait remarqué chez le Roi une difficulté à traduire des idées un peu complexes. Il ne pensait pas sottement du tout, mais il restait court en voulant s'exprimer. Le voyant rougir, le député comprit que ce gros homme était intimidé par le sentiment de ses faiblesses : sa vue basse, sa parole difficile, sa lenteur, son manque de repartie, infériorités qui le paralysaient. Quand on ne le connaissait pas, on prenait cette timidité pour de la sottise. Ils avaient tous commis l'erreur. En réalité, Louis n'était nullement imbécile ; il manquait seulement de caractère et choisissait mal ses conseils. Comme Pétion lui reprochait familièrement de se laisser endoctriner par la presse royaliste : « Je vous l'assure, répondit-il, je ne lis pas plus *L'Ami du roi* que *L'Ami du peuple.* Mais vous, monsieur Pétion, êtes-vous vraiment pour une république?

— Eh bien, oui, Sire, quoique, M. Barnave peut vous l'assurer, je ne sois point positivement l'ennemi des *constituants.* Une forme de monarchie libérale ne serait pas contraire à mes opinions. »

Qu'eût-il dit s'il avait su que dans la nuit, à Dormans, le maire et son gendre étaient venus proposer au Roi un plan d'évasion! Il l'avait repoussé, comptant, assurait-il, sur la sagesse de sa bonne ville de Paris. La façon dont les commissaires s'humanisaient avec lui et sa famille le rassurait. Un peu plus loin, il eut un exemple des dispositions du peuple. A quelques lieues de Château-Thierry, la berline fut arrêtée par un flot de furieux qui voulaient tuer les gardes du corps. L'escorte, trop faible contre un tel assaut, était impuissante. Barnave descendit. Invoquant avec énergie l'autorité de l'Assemblée, il réussit à empêcher ce massacre.

A Château-Thierry même, il y eut encore un moment pénible sous les huées, les menaces, les insultes qui accueillirent la famille royale. Des trognes vineuses, suantes et féroces se pressaient aux portières. On obligea le petit Louis-Charles à crier « Vive la nation! »

« Un enfant! protesta Pétion indigné. Vous n'avez pas honte! »

Barnave donna ordre à Mathieu Dumas de faire dégager la voiture. La Reine remercia du regard les deux commissaires. L'honnêteté, au moins, du second ne laissait plus de doute. Marie-Antoinette devint naturelle avec lui comme elle l'était, depuis la veille, avec Barnave. On roulait de nouveau sans obstacle, elle se mit à parler à Pétion de Madame Royale, du Dauphin, de la façon dont elle élevait celui-ci afin qu'il fût, un jour, un prince vertueux, sensible et juste. Elle entreprit de défendre son époux. « On blâme le Roi, dit-elle, on ne sait pas assez dans quelle situation il se trouve. On lui fait à chaque instant des récits contraires; il ne sait que croire. On lui donne successivement des conseils qui se croisent et se détruisent; il ne sait que faire. Comme on le rend malheureux sa position n'est pas tenable. On ne l'entretient en même temps que de malheurs particuliers, de meurtres. C'est tout cela qui l'a déterminé à quitter la capitale. La couronne est en suspens sur sa tête. Il y a, vous ne l'ignorez pas, un parti qui ne veut plus de roi, et ce parti grossit de jour en jour. »

Pétion le savait parbleu bien. Il se demanda si la Reine disait cela par naïveté ou par rouerie. « Madame, répondit-il carrément, je suis un des chefs, si vous voulez, de ce parti. Par principes, par sentiment, j'incline au gouvernement républicain, comme je l'ai déja dit au Roi. Toutefois, il y a certaines espèces de républiques auxquelles je préférerais encore l'autorité d'un prince. En tout cas, on ne peut considérer de bonne foi le parti républicain comme redoutable. Il est composé d'hommes sages, d'hommes d'honneur; ils savent calculer, et ne hasarderaient pas un bouleversement général, car il pourrait conduire plus facilement au despotisme qu'à la liberté. » Devant Barnave qui l'approuvait parfois de la tête, il se mit à faire le procès de la Cour, en montrant les fautes commises par la monarchie.

A La Ferté-sous-Jouarre, on trouva la paix la plus inattendue. Une lieue avant la ville s'était présenté à cheval un envoyé du maire. Celui-ci, un certain M. Regnard de l'Isle, annonçait qu'il serait heureux et honoré de recevoir les augustes voyageurs s'ils voulaient bien descendre chez lui. La veille encore, un pareil message eût fait froncer les sourcils à Pétion. Ce jour-là, il ne songea point à protester. Le Roi accepta l'offre. Une grosse foule attendait la berline, mais l'accueillit sans hostilité. Çà et là même, au passage, des têtes se découvrirent ou s'inclinèrent pendant que les voitures gagnaient une coquette demeure au bord de la Marne. Le maire s'avança pour recevoir ses hôtes. Sa femme, en avant des servantes, se tenait sur le seuil où elle fit révérence.

« Madame, dit la reine en la relevant, vous êtes, sans nul doute, la maîtresse de maison.

— Je l'étais avant que Votre Majesté y entrât », répondit Mme Regnard en parfaite sujette.

En attendant le dîner, elle mena sa souveraine à une ravissante terrasse sur la Marne. Au sortir de la voiture où l'on avait eu si chaud, la fraîcheur sous les ombrages était délicieuse. La rivière se dorait entre les reflets de ses peupliers. Les dernières roses du jardin et les fleurs des tilleuls parfumaient l'air. Tout respirait ici le calme, la douceur de la vie la plus tranquille. Tandis que Mousseline et Chou d'Amour, rendus à l'instinct de leur jeunesse, jouaient dans les allées sous la surveillance de Mme de Tourzel, Marie-Antoinette causait avec Barnave et Latour-Maubourg, Madame Élisabeth avec Pétion. Il lui disait combien le Roi était mal entouré, mal conseillé. Il lui représenta, comme il l'avait fait dans la voiture en parlant à la Reine, le tort que portaient à toute la famille royale les intrigants de la Cour, leurs manœuvres, et dans quels dangers la conduite du monarque risquait de précipiter la patrie. La princesse était attentive, elle semblait sensible aux arguments de Pétion. Il se confirma dans l'idée qu'en dépit des préjugés de naissance et des habitudes dues à une éducation de Cour, elle avait une belle et bonne âme.

Le Roi en personne vint sur la terrasse, pour engager les trois commissaires à dîner avec lui. Plus respectueux que lui-même de l'étiquette, ils déclinèrent cet honneur, non par prudence mais par discrétion. On les servit à part. Leur repas fut fastueux.

La relevée s'avançant, il fallut quitter ce havre de grâce. « Mon fils, dit la Reine, remerciez madame de ses attentions; assurez-la que je ne les oublierai jamais. — Maman vous remercie de vos soins », répéta avec sérieux le petit bonhomme blond. Il ajouta gentiment : « Moi, je vous aime bien d'avoir fait plaisir à maman. »

La grosse chaleur passait un peu quand on remonta en voiture. Il était cinq heures. Au sortir de la ville, il y eut du mouvement et du bruit. Des citoyens voulaient approcher la berline; la garde nationale, pas très patriote dans ce district, les repoussait sans ménagement. Pétion reconnut au premier rang de la foule un collègue : le député Kervelgan, qui, fort échauffé, jurait et s'exclamait : « Pour une brute comme celle-là, voilà bien du train! » En voyant Pétion, il lui cria :

« Sont-ils là tous? Prenez garde, on parle encore de les enlever. Vous êtes environnés de gens très insolents.

— Voilà un homme bien malhonnête! dit la Reine d'un ton mi-piqué, mi-effrayé.

— Ce n'est rien, répondit Pétion. La brusquerie de la garde l'a mis en colère. »

Le voyage se poursuivit sans autre incident jusqu'aux abords de Meaux que l'on atteignit avant le coucher du soleil. Une foule houleuse encombrait le faubourg; il fallut ralentir encore. Soudain des hurlements s'élevèrent. Un pauvre prêtre, qui s'était avancé pour saluer et bénir le Roi, venait d'être saisi, jeté à terre. Les coups pleuvaient sur lui, on allait le massacrer. Barnave s'élança. « Arrêtez, arrêtez! criait-il à pleine gorge. Vous n'êtes donc pas français! » Il se penchait tellement par la portière qu'il faillit basculer. Madame Élisabeth, à côté de laquelle il se trouvait, oubliant toute étiquette le saisit par les basques et s'y cramponna pour le retenir. « La France est la nation des braves, continuait-il. Voulez-vous devenir un peuple d'assassins! » On l'entendit, on s'écarta du prêtre; des gardes nationaux le relevèrent. La Reine, stupéfaite par la vivacité d'action de sa belle-sœur, regardait avec étonnement la jeune femme qui, un peu confuse, reprenait sa place. Le Roi exprima ses remerciements à Barnave et ajouta d'un air malheureux : « Voilà, monsieur, un bien triste voyage pour mes enfants. Quelle différence avec celui de Cherbourg! » C'était la seule visite que Louis XVI eût faite à une province de son royaume, quand la couronne brillait encore de tout son éclat. « À cette époque, dit le monarque, la calomnie n'avait point égaré l'opinion. On peut me méconnaître, mais on ne me changera pas; l'amour de mon peuple demeurera le premier besoin de mon cœur, comme il est le premier de mes devoirs. »

Barnave, Pétion lui-même savaient qu'en cela Louis disait vrai. Il avait toujours voulu le bien, sans avoir jamais pris, hélas! les bons moyens de réaliser son intention. Il eût été facile de répondre que ce voyage malheureux et les tristes scènes dont les deux enfants se trouvaient témoins, c'en était lui le responsable, qu'il avait trompé La Fayette et Bailly de la façon la plus hypocrite. Barnave préféra détourner la conversation.

« Vous n'êtes point fâché, n'est-ce pas, de rentrer à Paris? demanda-t-il au Dauphin. — Oh! je suis bien partout, pourvu que je sois avec mon père et maman Reine, avec ma tante, ma sœur et Mme de Tourzel.

— Mon cher petit normand! » dit Louis en embrassant le bambin.

La berline s'arrêta devant le palais épiscopal, qui avait été la résidence de Bossuet, et abritait à présent un évêque constitutionnel. Le soir tombait, un dernier rayon jaunissait la tour de l'église dominant l'évêché sombre, aux lignes simples, majestueuses. Les anciens remparts, tapissés de lierre, bornaient le jardin où luisaient les feuillages d'une allée de houx. Marie-

Antoinette voulut visiter le palais. Au bras de Barnave, elle vit le cabinet de l'éloquent prélat, sa chambre. Là Barnave lui parla gravement. Il lui expliqua toutes les fautes commises depuis, et avant même, l'ouverture des États généraux. Il lui montra plus en détail que ne l'avait fait Pétion — avec infiniment plus de finesse —, combien elle-même s'était trompée en s'opposant à des réformes inévitables, alors qu'il aurait fallu, au contraire, favoriser la Révolution pour la guider, pour en tenir les rênes. « Ah! madame, vous avez entendu de biens mauvais conseils! Quelle ignorance de l'esprit du temps, du génie français! N'avez-vous pas senti quelles blessures vous nous infligiez en repoussant avec dédain une dévotion que nous étions prêts à vous offrir? Le second jour des États, lorsque mon ami Mounier-Dupré vous a fait acclamer, nous pouvions fonder avec vous une alliance qui assurerait aujourd'hui la grandeur de la France et le bonheur du peuple. Que de fois j'aurais voulu pouvoir vous parler comme j'en ai l'honneur en ce moment! »

La Reine regardait ce jeune homme ardent, aux beaux yeux bleus, au visage ferme et hardi, qui, en deux jours, lui était devenu familier. Il incarnait tout ce qu'elle détestait encore, mais il s'imposait à son estime.

« Quels moyens m'auriez-vous donc conseillés, monsieur? demanda-t-elle doucement.

— Un seul, madame : vous faire aimer du peuple.

— Hélas! comment l'aurais-je acquis, cet amour? Tout travaillait à me l'ôter.

— Madame, si moi, inconnu, sorti de ma modeste condition, j'ai obtenu la popularité, combien vous était-il plus facile, à vous, de la garder! Combien vous serait-il aisé de la reconquérir! Le Roi et vous avez gagné sur l'esprit de mon collègue Pétion, ses préventions reculent. Vous agiriez de même sur beaucoup d'autres. Je suis patriote, madame, révolutionnaire, mais je pense qu'un régime républicain provoquerait l'anarchie et serait la source des pires malheurs pour notre pays. Heureusement, rien n'est prononcé, les hommes de grande influence hésitent encore. Nous avons une dernière chance de réconcilier la monarchie et la Révolution, de conserver aux Français leur Roi. Nous y travaillons, mes amis et moi-même. Je vous conjure, madame, de nous y aider. »

L'annonce du souper interrompit cet entretien. Barnave se retira dans sa chambre. Ce soir, les commissaires avaient chacun la sienne. Ils y furent servis. Après quoi, tandis que Barnave rédigeait ses dépêches, Pétion fit demander une audience au Roi. Il le trouva en train de changer de chemise. N'ayant pas de linge, il avait dû en emprunter une à l'huissier du palais. « Sire, dit Pétion, Madame Élisabeth m'a entretenu plusieurs fois du destin de vos gardes du corps. On doit craindre effectivement qu'à Paris ils ne subissent les fureurs de la populace. Je crois de mon devoir d'épargner au peuple un crime qui le souillerait. Avec l'aide de l'adjudant général Dumas, il serait possible d'habiller ces messieurs en gardes nationaux, et peut-être de leur fournir une occasion de s'échapper. »

Ce fut la Reine qui répondit. La proposition lui paraissait si extraordinaire qu'elle réveillait sa défiance. Ne voulait-on pas éloigner les gardes pour les massacrer secrètement? Remerciant Pétion d'un ton trop froid, elle dit qu'il fallait consulter là-dessus les intéressés eux-mêmes. On les fit venir. Le Roi leur transmit la proposition. Ils la repoussèrent. « Nous avons, déclara l'un d'eux, embrassé le service de Votre Majesté; notre devoir est d'y demeurer, quels qu'en soient les risques. »

Pétion alors, toujours flegmatique bien qu'il eût parfaitement deviné le sentiment de la Reine, s'en fut rejoindre Mathieu Dumas. Ils convinrent qu'un second siège serait installé à l'avant de la berline, où des gardes nationaux prendraient place pour protéger ces trois hommes dont on ne pouvait pas ne point admirer le courage. Après quoi, le brave Pétion se mit au lit, seul, cette fois, et heureux de pouvoir s'étendre enfin à l'aise entre deux draps frais. Ce soir, pas de cris, pas de bruit. Il allait dormir tranquille.

Il avait demandé à l'huissier de le réveiller dès cinq heures. On partit à six, avec une forte troupe de cavalerie prise à la garde nationale meldoise. Pétion était installé de nouveau entre Madame Élisabeth et Mme de Tourzel. La petite Madame Royale vint s'établir sur ses genoux. Il pensa qu'on voulait la mettre ainsi en sécurité, et s'y prêta. Sur la banquette du fond, Barnave se tenait entre les souverains, résolu à les couvrir de son corps en cas d'attaque. Mathieu Dumas n'avait négligé aucune précaution. Les grenadiers trottant aux portières les masquaient. D'autres, sur le siège ajouté, faisaient un rempart aux gardes du corps toujours en livrée jaune. D'autres enfin, avec le postillon, chevauchaient les bêtes de l'attelage. Il avait été entendu que l'on ne s'arrêterait pas en route pour cette dernière étape. La prudence l'exigeait. Les provisions ne manquaient point, mais la chaleur coupait l'appétit. Jamais encore il n'avait fait si chaud, jamais il n'y avait eu pareille poussière. On roulait dans un nuage blanc soulevé par les sabots de toute cette cavalcade. Le soleil chauffait fortement les parois de la berline, on n'allait pas assez vite pour que le déplacement de l'air les rafraîchît un peu. Les rideaux étaient à demi baissés. On ne pouvait fermer les glaces sous peine d'étouffement. La poussière entrait, on la respirait, elle desséchait le nez, la gorge, crissait sous les dents. Le Roi cependant continuait de lire ses cartes, et, de temps en temps, buvait du vin coupé d'eau dont il offrait une timbale à Pétion. Celui-ci, les heures passant, interminables, s'étonnait que les dames n'éprouvassent aucun besoin. La voiture, prétendait-on, renfermait des commodités à l'anglaise. Si c'était exact, nul n'en fournit la preuve. En vérité, avec cette température, toute l'eau du corps s'en allait en sueur. Seul le Dauphin manifestait parfois une nécessité. Le Roi lui-même, lui déboutonnant alors le pont de sa culotte, tendait au petit garçon une espèce de grande tasse en argent. Barnave la lui tint une fois.

A mesure que l'on approchait de Paris, le train se ralentissait, car la foule augmentait d'heure en heure. La chaleur s'accroissait d'autant. A Claye, il fallut reprendre le pas. Personne n'avait plus le courage de parler. « J'étouffe! Ah! j'étouffe! » murmurait parfois la Reine. En traversant le bois de Bondy, on entendit des cris et l'on vit des mégères dépoitraillées, des hommes en pantalon, se glisser entre les chevaux de l'escorte. Ils parvinrent jusqu'aux portières, menaçant du poing la Reine, braillant d'ignobles insultes : « La bougresse de gueuse! la catin! elle a beau montrer son enfant, on sait bien qu'il n'est pas du gros Louis! » Le petit prince, effrayé par ces clameurs, pleurait. Sa mère le saisit, avec, elle-même, des larmes dans les yeux. Barnave et Pétion s'étaient mis aux portières pour essayer de calmer ces furieux que Mathieu Dumas dispersa enfin.

« Vous voyez, monsieur, dit amèrement la Reine à Barnave, l'amour du peuple! »

A Pantin, la garde nationale parisienne attendait avec La Fayette et son état-major. Il y avait aussi un char décoré de drapeaux et de verdure, sur lequel siégeaient triomphalement les auteurs de l'arrestation du Roi à Varennes : le jeune maître de poste de Sainte-Menehoulde : Drouet, l'aubergiste Guillaume. La voiture s'arrêta, il s'éleva un tumulte de grosses voix, de cliquetis d'armes. Des chevaux hennissaient. On voyait les grenadiers placés de chaque côté de la berline se débattre. Pétion, passant la tête à la portière, s'aperçut que la garde à pied était en train de malmener l'escorte à cheval. Les fantassins saisissaient les bêtes au mors pour les écarter, les cavaliers jouaient de l'éperon, des mots violents retentissaient, les baïonnettes s'agitaient dangereusement autour de la voiture. « Qu'est cela? » lança Pétion. Barnave s'était mis à l'autre portière. « Ne craignez rien, répondit un sergent de grenadiers, il n'arrivera aucun mal. Le poste d'honneur nous appartient, nous le voulons. »

L'état-major intervint, les cavaliers cédèrent. Les grenadiers à pied entourèrent étroitement, sur plusieurs rangs, la voiture. Quelques soldats prirent place sur le toit, d'autres sur les ressorts, et l'on repartit. Avec une mortelle lenteur, on contourna Paris. Barnave et Pétion comprenaient que La Fayette n'avait pas voulu courir le risque de faire passer la famille royale par le faubourg et la rue Saint-Martin, mais le trajet n'en finissait pas. On suffoquait dans cette caisse torride en longeant le mur d'enceinte. Le Roi s'était affaissé dans son coin, la figure congestionnée. Les femmes, défaites, misérables, s'éventaient vainement. Pétion suait par tous les pores. La Reine, la figure gonflée, les yeux rougis, les lèvres pâles, serrait nerveusement la main de son fils. Tout le monde se taisait.

On entra par la barrière de l'Étoile. La foule s'y pressait. Quand on se mit à descendre l'avenue des Tuileries, par-dessus les bonnets à poil des grenadiers apparut, étalé, un océan de peuple. Des centaines de milliers d'hommes, de femmes, d'enfants couvraient les Champs-Élysées. Il y en avait jusque dans les arbres criblés de visages comme de fruits le feuillage d'un pommier; et, plus loin, sur les toits des premières maisons. Les voitures roulaient entre deux haies de gardes nationaux portant le fusil renversé en signe de deuil. Derrière eux, de chaque côté, l'immense foule se taisait formidablement.

Lise était là, avec son beau-frère, sa belle-sœur et Claudine juchée sur l'épaule de son père. Ils attendaient depuis midi. Ils regardaient sans rien dire. Le soleil commençait à descendre vers le haut de l'avenue. Dans un nimbe de poussière que la lumière oblique irradiait, la sombre berline surchargée d'hommes en uniforme avançait comme un corbillard. On aurait pu croire qu'elle ne ramenait que des morts, n'eût été à la portière une pâle figure d'enfant.

Au passage du carrosse royal, nul ne se découvrait. Pas un salut, pas une rumeur, pas un cri. Après tant d'injures paysannes ou villageoises, Paris, lui, accueillait les fugitifs par son terrible silence. Depuis la veille, on lisait partout sur les murs : « Avis. Qui applaudira le Roi sera bâtonné, qui l'insultera sera pendu. » Cette inscription n'aurait point coupé la parole à tout un peuple; dans sa muette immobilité, il y avait encore autre chose que sa réprobation. Dubon exprimait bien l'impression générale lorsque, après avoir remis Claudine à terre, il murmura : « Tout de même! Une telle chute! Cela serre le cœur. »

Sur le Grand carré, on avait bandé les yeux à la statue de Louis XV, pour figurer l'aveuglement de la royauté. Là, il y eut quelques cris : « Vive la nation! » et quelques acclamations à l'adresse des commissaires. Les voitures franchirent le pont tournant. On le ferma derrière elles. Tout le jour, l'entrée du jardin des Tuileries avait été interdite. Tandis que la berline et le cabriolet des femmes de la Reine, avec Latour-Maubourg, contournaient le grand bassin, enfilaient l'allée centrale, Pétion vit des rangs de gardes nationaux sous les armes et en bon ordre, puis, derrière eux, une foule d'autres mêlés à des députés sortis du Manège avec des invités ou invitées. Il ne convenait pas à la dignité de l'Assemblée nationale de suspendre ses travaux pour le retour du Roi fugitif. Cependant l'impatience, le besoin de savoir, entraînaient nombre de représentants. Tout ce monde, dans un large mouvement se portait par la terrasse des Feuillants vers le petit bassin. Les voitures s'arrêtèrent là devant les grilles séparant du jardin la terrasse du château. Le soleil était près de son coucher; il y avait douze heures que l'on roulait sans interruption. Les portières furent ouvertes, on respira un peu. Mais la garde à pied assiégeait la berline. De nouveau éclataient des vociférations. On se bousculait. Les gardes nationaux n'obéissaient plus. Ils voulaient les trois gardes du corps qu'ils s'efforçaient d'arracher à leur siège. Des baïonnettes menaçantes étincelaient. Pétion, Barnave protestèrent, appelant au respect de la loi. Ils n'osaient descendre, ne voulant pas laisser la famille royale sans protection. Mathieu Dumas s'était jeté dans la mêlée et se colletait avec les plus frénétiques. Heureusement, les députés sortis du Manège arrivaient, Claude en tête avec un collègue au nom bizarre : Corollaire. Ils s'interposèrent. La Fayette survint, à cheval. Sinon le calme, l'ordre du moins fut rétabli et les gardes du corps confiés à des mains sûres. Ils passèrent la grille. Le Roi alors mit pied à terre. Il était cramoisi, misérable dans son costume, avec de grandes plaques de sueur autour des aisselles et dans le dos. Il tenait à la main le paquet de ses cartes bien pliées. Les deux enfants descendirent derrière lui. Claude à son tour se sentit le cœur étreint en voyant paraître la Reine. Elle semblait vieillie de vingt ans depuis qu'il l'avait contemplée ainsi de tout près, à Versailles. Elle fut saluée par des murmures haineux. Deux députés, le vicomte de Noailles et le duc d'Aiguillon, s'avancèrent pour lui offrir la main. Refusant avec mépris, elle franchit le degré, encadrée néanmoins par eux. « Je meurs de soif, dit Barnave en serrant le bras de Claude. Quel voyage, mon ami! Entrons. » A la suite de la Reine, ils pénétrèrent avec Corollaire dans le pavillon de l'Horloge. Un autre député, Menou, du comité de la Guerre, portait le Dauphin dans ses bras. Derrière eux, les gardes fermaient la grille au nez de Pétion qui, outré et voulant forcer le passage, allait se faire malmener, lorsque Claude, se retournant, vint à son secours. « Lâchez-le, voyons! C'est Pétion. Perdez-vous la tête? »

Ils montèrent ensemble le grand escalier. Au premier étage, ils retrouvèrent tout le monde dans la pièce qui précédait la chambre royale. C'était absolument étrange de voir là le Roi et les siens sous l'aspect de voyageurs épuisés, en désordre, s'appuyant aux meubles. La Reine cherchait son fils, s'affolait. On la rassura en lui disant que le baron de Menou l'avait remis à Mme de Tourzel. Corollaire, d'un ton à la fois bourru et paternel, réprimandait le Roi. « Vous avez fait une belle équipée, lui disait-il. Ce que c'est, d'être mal environné! Vous êtes bon, on vous aime. Mais voyez quelle affaire vous avez là! » Claude écoutait, regardait. Tout cela lui semblait irréel.

Barnave, Pétion, Latour-Maubourg passèrent avec le Roi

dans sa chambre. La Reine, Madame Élisabeth les suivirent. Les femmes avaient emmené Madame Royale rejoindre son frère. Les députés attendirent avec La Fayette. Il donnait des ordres à ses officiers pour placer les sentinelles. « C'est incroyable, messieurs! s'exclama Corollaire en hochant la tête. Comment allons-nous arranger cela? » Par les fenêtres, on voyait de haut le jardin : le parterre était bleu d'uniformes avec, çà et là, les taches claires de quelques toilettes féminines. Le soleil disparaissait derrière les frondaisons de la grande allée. Les rayons éclaboussaient la pièce, rallumant l'or des vieux lambris.

Au bout d'un moment, Claude sortit, passa dans une salle qui était celle du Conseil. Les gardes du corps se trouvaient là, leurs vêtements déchirés, eux-mêmes meurtris, portant quelques blessures légères. Barnave et Pétion vinrent leur signifier qu'ils étaient en état d'arrestation, puis descendirent avec Claude.

« Ah! ça va mieux! dit Pétion. Madame Élisabeth nous a donné de la bière, mais j'aurais bien besoin d'en boire encore un verre ou deux. J'ai cru mourir dans cette voiture. On ne peut pas imaginer la chaleur.

— Et le Roi, où en est-il?

— Le Roi, c'est inimaginable! On croirait qu'il revient d'une simple partie de chasse. Les valets lui font sa toilette, il se met déjà en représentation comme si rien ne s'était passé. Je l'avoue, cet homme me déconcerte. Pendant le voyage, il a été bien, parfois même très bien, et le voilà qui montre maintenant la plus parfaite inconscience.

— N'est-il pas tout simplement pris par la routine? dit Barnave. Si on nous avait dès l'enfance inculqué ses habitudes!

— Vous le laissez aux mains de La Fayette? demanda Claude. Est-ce prudent?

— Bah! nous savons maintenant que La Fayette n'a en rien trempé dans cette affaire. Le Roi ne va point repartir. Du reste, s'il avait voulu nous échapper, il en aurait eu les meilleures occasions en cours de route. La Fayette n'en veut répondre que s'il peut mettre des sentinelles jusque dans les chambres. L'Assemblée doit s'exprimer positivement là-dessus, il faut aller le lui demander. »

Ils traversèrent le jardin. Pendant ce temps, La Fayette entrait chez le Roi.

« Sire, lui dit-il, Votre Majesté connaît mon attachement

pour Elle, mais je ne lui ai pas laissé ignorer que, si Elle séparait sa cause de celle du peuple, je resterais du côté du peuple.

— C'est vrai. Vous avez suivi vos principes. C'est une affaire de parti. A présent, me voilà! Je vous dirai franchement que, jusqu'à ces derniers temps, j'avais cru être dans un tourbillon de gens de votre opinion dont vous m'entouriez, mais que ce n'était pas l'opinion de la France. J'ai bien reconnu dans ce voyage que je m'étais trompé et que c'est l'opinion générale.

— Voilà des paroles très sages, Sire. Je les répéterai à mes collègues. Votre Majesté a-t-Elle quelque ordre à me donner?

— Il me semble, répondit le Roi en riant lourdement, que je suis plus à vos ordres que vous n'êtes aux miens. »

Dans sa chambre, la Reine, rejointe par une de ses femmes, lui faisait, après les tristes épanchements de ces retrouvailles, l'éloge de Barnave. Elle concevait qu'un jeune homme de ce caractère ait désiré les honneurs et la gloire pour la classe dans laquelle il était né. On ne pouvait pardonner aux nobles qui s'étaient jetés dans la Révolution après avoir obtenu toutes les faveurs, et cela au détriment des non-nobles du plus grand mérite. Les Noailles, les La Fayette, les Lameth, les La Rochefoucauld, elle les exécrait. « Mais, dit-elle, si jamais notre puissance nous revient, le pardon de Barnave est écrit d'avance dans nos cœurs. »

VIII

Pendant ces trois derniers jours, Claude avait vainement cherché à fixer sa position. Sans éprouver aucun doute sur les principes mêmes, il ne voyait plus, dans la situation présente, quel chemin prendre pour les soutenir. La seule chose dont il se rendait un compte de plus en plus net, c'est que ni lui ni personne n'avait tout d'abord saisi la formidable, la terrible importance du départ du Roi. On avait pris cela légèrement, par le côté facile. En réalité, ce départ, et maintenant ce prochain retour, étaient aussi dangereux pour la nation que le 14 juillet 89 lui avait été favorable. La prise des Invalides, où le peuple s'était armé, avait donné à la Révolution sa puissance et son essor. En ce mois de juin 91, elle venait de recevoir un coup qui pouvait bien être mortel. Robespierre, certainement, mesurait le péril mais, ne découvrant nul moyen d'y parer, s'en tenait à de vagues déclarations sur la nécessité de « trouver un coupable ». Danton, tonnant partout — aux Cordeliers, aux Jacobins — ne fournissait rien de viable. Ce « conseil à l'interdiction » qu'il proposait, c'était tout bonnement, sous une forme ménagée, la régence orléaniste dont on ne voulait à aucun prix. D'ailleurs Orléans — admis le 23, juste avant cette proposition, membre des Jacobins — reculait une fois de plus. Il paralysait les manœuvres de ses propres agents ou partisans.

Seuls, les « constituants » — que Desmoulins appelait « la racaille de 89 » — savaient ce qu'ils voulaient, seuls ils prenaient un parti pratique, comme Claude l'avait reconnu en lui-même dès avant l'annonce de l'arrestation du Roi. La Fayette, Barnave, les tout premiers, en traitant Louis non point comme un fugitif mais comme un souverain abusé, évitaient au pays les aventures. Il en était lui-même, au fond, de ces « constituants », avec lesquels il travaillait depuis longtemps, aux comités. Jusqu'à présent, il avait soutenu Barnave et le triumvirat, comme Montaudon le soutenait encore plus que jamais. Il exhortait Claude à faire de même. « Nous devons, lui disait-il, aider les triumvirs non seulement à rétablir le Roi mais en outre à lui rendre un pouvoir véritable. Il faut réviser la Constitution avant de la proclamer, il faut que le monarque soit véritablement le chef de l'exécutif. A sa place ne te serais-tu pas enfui, toi, si tu étais réduit au rôle de marionnette ? Nous vivons sous une oligarchie de comités quasi occultes, irresponsables, incontrôlés. Un roi doté des moyens de remplir réellement son rôle, voilà ce qui seul peut mettre un terme à cette dictature sournoise, désordonnée, et à celle des clubs. Une assemblée de représentants, édictant les lois, un souverain faisant exécuter celles-ci, n'est-ce pas ce que nous avons toujours voulu? C'est l'unique moyen de conserver l'intégrité et la liberté nationales. L'unification définitive de la France ne peut s'opérer que sous les auspices du guide héréditaire de la nation. »

Claude savait tout cela, il ne lui paraissait guère possible pourtant de fonder un avenir sur une imposture, et c'en était une, aveuglante, de prétendre que le Roi ne fût point parti volontairement. Il en avait laissé, avec son mémoire à l'Assemblée, la preuve la plus formelle. Pétion, Barnave, dans leurs dépêches, signalaient bien la déclaration de Louis et des siens, selon laquelle le Roi, allant à Montmédy, ne voulait point sortir de France. On ne pouvait douter là-dessus de Pétion, seulement la chose n'était pas croyable. Pourquoi donc la Reine avait-elle envoyé ses diamants à Bruxelles? Monsieur et sa femme, la comtesse de Provence, partis en même temps que le Roi, par une autre route, s'étaient-ils rendus à Montmédy? Pas le moins du monde. Ils avaient franchi la frontière et se trouvaient présentement aux Pays-Bas, disait-on. De même, Mme de Lamballe.

Ni l'attitude de Louis XVI rentrant aux Tuileries comme si rien ne se fût passé, ni certains détails du voyage rapportés par Pétion, ni même les propos du Roi à La Fayette, ne facilitèrent à Claude une prise de position. Même si Louis, comme il l'affirmait, avait enfin compris, quelle confiance pouvait-on lui faire? Certes, Pétion ne cachait pas qu'à mainte reprise il lui avait produit bon effet. « C'est un brave homme, assurait-il, tout rond, fort timide au fond et du plus paisible naturel. On ne saurait se défendre de lui prêter intérêt. S'il était simple bourgeois, on s'en porterait volontiers l'ami, encore qu'il soit parfois apathique à un point déconcertant, comme vous l'avez vu vous-même. A de tels moments, on se demande s'il sent quelque chose. Malheureusement, avec tout cela, il n'a aucune des qualités d'un monarque. » Au sujet de la Reine, Pétion disait : « Elle veut tellement avoir du caractère, qu'elle prouve justement par là même qu'elle n'en a pas. Il s'est présenté, en particulier, une circonstance où elle a montré qu'elle faisait consister l'énergie en si peu de chose que c'est la réduire à un caprice de femme. Dans la voiture, vous savez, les glaces et les stores demeuraient toujours ouverts; nous étouffions mais nous ne pouvions faire autrement : on voulait voir le Roi. Néanmoins, voilà que la Reine prend le rideau et le baisse. Le peuple murmure. Madame Élisabeth va pour relever le store; la Reine s'y oppose en disant : *Non, il faut du caractère.* Un peu plus tard, elle saisit l'instant mathématique où le peuple ne murmurait plus pour lever elle-même ce rideau. Afin de montrer qu'elle ne le relevait point par obligation, elle feignit de le faire uniquement pour lancer par la portière l'os d'une cuisse de pigeon dont elle avait déjeuné, et elle répéta : *Il faut avoir du caractère jusqu'au bout.* Mon ami, la Reine, selon moi, n'a que de l'orgueil, une mauvaise fierté, mais nulle fermeté véritable. Elle se jettera toujours dans les partis que lui inspireront sa sensibilité, ses préjugés, non la raison. Je l'ai endoctrinée, lui parlant avec chaleur, avec une abondance d'âme, dans l'espoir que ces germes de vérité fructifieraient peut-être en elle. J'en doute. »

Cet avis corroborait trop bien la propre expérience de Claude, sa longue déception après tant d'amour et d'espérance, à Versailles. Marie-Antoinette, il le savait parfaitement, n'accepterait jamais la Révolution. Il n'y a pas de miracle.

Pourtant, il fallait choisir. C'était ou bien la restauration monarchique boiteuse, ou bien la république de fait, sans chefs responsables : un gouvernement anonyme sous lequel les plus beaux fruits de la Révolution ne tarderaient pas à s'anéantir. Aucun des augures ne voulait se prononcer sur ce choix. Les Jacobins ne parlaient pas de république. Robespierre, au club et à l'Assemblée, demandait simplement que l'on fît le procès du Roi. A une réunion chez Pétion, où l'on agitait ce double problème, le maître de céans, délaissant les propos, se mit à jouer de son violon. Comme Brissot se fâchait, comme Mme Roland s'écriait que c'était honteux d'avoir l'occasion de la liberté complète et de ne pas agir, Pétion répondit enfin :

« Cette occasion ne me semble pas effective. Si nous agissions trop tôt, cela pourrait, madame, entraîner la perte de toute liberté. Et toi, Brissot, te sens-tu si sûr? Je n'ai pas lu dans *Le Patriote* que tu réclames la république ni même la déchéance du Roi.

— Il est vrai, je ne parle pas encore; je me prépare.

— Comment? demanda Claude.

— En sollicitant des adresses républicaines au club et à l'Assemblée.

— Vous avez démenti ce fait, quand Lameth vous en accusait.

— Sans doute. Ne doit-on pas dissimuler sa démarche aux yeux de l'ennemi?

— Mon cher Brissot, je ne peux pas considérer les Lameth, ni Barnave ni Duport, comme nos ennemis. Je les connais depuis deux ans, je les ai vus à l'œuvre dès le premier jour. Ils ont accablé de leurs coups la monarchie absolue, ils ont fait sortir des États la Révolution, quand Robespierre était encore loin derrière Sieyès. Ils ont préparé la chute de la Bastille, ensuite la translation de la famille royale à Paris. La nation leur doit plus qu'à Mirabeau. Le procédé auquel ils recourent à présent pour justifier le Roi ne me plaît point, certes, mais une tentative de restauration monarchique me paraît à tous égards moins dangereuse, en ce moment, que l'expérience d'une république dont nous ne savons même pas ce qu'elle pourrait être. Je lui vois uniquement les plus fortes dispositions à nous mener très vite en pleine anarchie. Pétion a raison : les temps ne sont pas venus. Nous avons des hommes trop capables de jouer les Césars, et pas ceux qu'il faudrait pour le rôle de Cincinnatus. Peut-être les élections prochaines nous en donneront-elles. Il faut les attendre. Soyez sans crainte, le Roi leur fournira mainte occasion de le déposer. »

En sortant, dans la rue du Faubourg, Lise dit à son mari qu'en tout cas il avait bien parlé. Elle admirait sa clarté d'esprit, sa sagesse. Au vrai, il était surpris d'avoir soudain exprimé nettement une opinion qu'il ne savait pas si bien formée en lui. Même encore, il ne se sentait guère assuré de son choix. Mais tout le monde flottait, les convictions se transformaient d'un jour à l'autre. Faute de consuls possibles, Dubon « remisait », disait-il, ses espoirs républicains. Seuls Legendre, Desmoulins, Mme Roland demeuraient inflexibles, ces deux derniers se montraient furieusement sanguinaires. Camille ne se contentait pas de vouloir la mort du Roi, il l'insultait. Il arrangeait à sa façon le récit que Pétion et Claude lui avaient fait du retour au château. Cela donnait, sous sa plume féroce : *Lorsque Louis XVI fut rentré dans son appartement aux Tuileries, il se jeta dans un fauteuil en disant: « Il fait diablement chaud! » Puis: « J'ai fait là un foutu voyage! Enfin, cela me trottait depuis longtemps dans la cervelle. » Ensuite, regardant les gardes nationaux présents : « C'est une sottise que j'ai faite, j'en conviens ; eh bien, ne faut-il pas que je fasse aussi mes frasques comme un autre? Allons; qu'on m'apporte un poulet. » Un des valets de chambre paraît. « Ah! te voilà, toi? Et moi aussi, me voilà. » On apporte le poulet. Louis XVI boit et mange avec un appétit qui aurait fait honneur au roi de Cocagne.*

Sur la Reine, il écrivait : *Elle était descendue de voiture en suppliante; elle monta l'escalier le nez haut et en dévergondée.*

Mme Roland, elle, n'allait pas par quatre chemins. « Il nous faut, déclarait-elle, une nouvelle insurrection, ou nous sommes perdus pour le bonheur et la liberté. La guerre civile, si horrible qu'elle soit, avancerait la régénération de notre caractère et de nos cœurs. Il faut être prêt à tout, même à mourir sans regret. » Claude n'en revenait pas d'entendre exprimer des idées pareilles par une créature qu'il avait connue un peu exaltée, et assez pédante, assurément, mais tout de même! souhaiter la guerre civile! chercher le bonheur de l'humanité dans des massacres! De la part d'un Marat qui réclamait l'égorgement général de l'Assemblée et des autorités, ces extravagances n'étonnaient plus. Chez une femme aimable, une jeune mère, elles étaient effarantes. « Bah! disait Lise avec un sourire ironique, si son mari avait vingt ans de moins, elle serait un peu plus calme. Les Condorcet lui montent la tête. Encore une autre jeune femme mariée à un trop vieil homme! N'est-ce pas curieux que ce soit celles-là les plus déterminées républicaines? Mme Danton ne se soucie pas tant de régénérer nos mœurs, la tendre Lucile songe avant tout à faire le bonheur de Desmoulins. »

Condorcet, le dernier des Encyclopédistes, secrétaire perpétuel de l'Académie des sciences, avait cinquante ans, un vieillard pour Lise. Avec son épouse de vingt-deux ans plus jeune et leur unique enfant, il habitait, sur la rive gauche, l'hôtel de la Monnaie. Mme de Condorcet était l'auteur de traductions anglaises et d'un agréable ouvrage : *Lettres sur la sympathie*. Elle réunissait dans son salon une société littéraire très démocrate où des monarchistes libéraux comme La Rochefoucauld, Dupont de Nemours, frayaient avec des tenants de la république, comme Bonneville, rédacteur de *La Bouche de fer*, Brissot, Thomas Payne : un Anglais, vétéran de l'indépendance américaine, accouru en France où il avait pris une grande influence dans les cercles démocratiques. Claude et Lise allaient parfois à l'hôtel de la Monnaie. Condorcet, dès la fuite du Roi, s'était déclaré républicain, il poussait fort à la déposition du monarque et à l'établissement d'un régime totalement démocratique, sans d'ailleurs le définir. D'autre part, il avouait à ses intimes qu'il organisait un itinéraire de fuite vers un port pour mettre sa famille en sûreté, au cas de guerre civile. Claude l'avait su et n'aimait pas cette façon d'agiter des torches sur un tonneau de poudre, en se préparant à prendre le large si l'explosion se produisait, car Condorcet, bien entendu, fuirait avec les siens.

Mme Roland, les Condorcet, leurs amis, Buzot, Brissot entre autres, se dépensaient à écrire en province afin de faire envoyer, nombreuses, des adresses réclamant la déchéance du monarque. Claude avait déjà tenu journellement les Jacobins limougeauds au courant du départ, de l'arrestation et du retour des souverains. Ses lettres se croisaient avec celles de Nicaut et de Pierre Dumas, qui ne manifestaient aucune inclination républicaine. « Nous avons, déclarait Nicaut, reçu l'adresse de la Société mère; nous l'avons aussitôt faite nôtre. Assurez nos frères et amis de notre parfaite conformité de vues avec eux. » C'était l'adresse rédigée au club, le 21, par les *constituants*, après le départ de Danton : « Le Roi, égaré, s'est éloigné... » Quant à Dumas, il annonçait : « Le Département, a, sous l'impulsion du président Pétiniaud Beaupeyrat, adopté la thèse de l'enlèvement, telle que la présentait la dépêche du ministre Montmorin. Le Conseil et la municipalité l'ont proclamée le 23. La chose a été admise par toute la population, sans autre résistance que celle d'un pauvre imbécile nommé Fontaine, maître d'écriture, lequel est expulsé de Limoges par la gendarmerie, aujourd'hui même, pour avoir tenu des propos inconstitutionnels. Je partage pleinement ton avis : l'idée d'un enlèvement est un moyen raisonnable d'éviter des troubles dont nous n'avons nul besoin avec les menaces qui m'ont l'air de se préciser sur nos frontières. Ici, tout est assez calme. Les craintes consécutives au départ du Roi paraissent avoir resserré l'union entre les citoyens. » A quoi Claude, ainsi confirmé dans son opinion, répondit par cet avertissement : « Vous recevrez peut-être, à Limoges, des lettres ou des gazettes poussant les assemblées primaires à demander une convocation générale des électeurs, afin de délibérer par oui ou par non s'il convient de conserver au gouvernement la forme monarchique. Tu comprendras assurément qu'une telle consultation serait une source d'effervescence dangereuse. Je n'ai guère confiance dans le replâtrage que l'on tente, et je ne suis point ennemi d'une république, mais ce n'est pas le moment de risquer une guerre intestine quand l'étranger, comme tu le penses justement, prépare ses armes à nos portes. Il me semble à ce propos que le Département ne montre pas grand zèle dans le recrutement des volontaires nationaux pour la garde aux frontières. De l'énergie, mon cher Pierre! Il faut agir avec vigueur. Le danger extérieur grandit sans cesse : la Cour de Russie s'est refusée à recevoir notre chargé d'affaires; l'Espagne expulse nos nationaux, pendant que Gustave III ordonne à tous les Suédois de quitter la France; en Autriche, en Prusse, une forte activité diplomatique est dirigée contre nous, avec la complicité des princes émigrés. Une coalition se forme, des armées se rassemblent, et nous, nous ne pouvons compter sur les anciennes troupes, dont les officiers sont pour la plupart royalistes noirs. »

Assuré de son accord avec ses commettants, Claude prit position au club contre toutes les manœuvres tendant à la déposition de Louis XVI. Malgré les exhortations cordelières, la majorité des Jacobins continuait à repousser l'idée de république. La plus grande partie des adresses envoyées par les sociétés de province l'y encourageait. Avec Danton, une fraction du club inclinait à remplacer Louis par son fils, auquel serait adjoint un conseil national. Choderlos de Laclos, redevenu influent dans cette période trouble, y poussait activement, dans l'intention de porter son maître Orléans à la présidence d'un tel conseil. Les alliances les plus singulières se formaient, se renversaient, se renouaient d'autre sorte pendant ces jours fiévreux et de plus en plus volcaniques où l'on préparait en coulisse les débats devant l'Assemblée. Elle devait se prononcer sur le sort du Roi.

Le 26, les comités de Constitution et de Législation avaient proposé, par la bouche du savant et prudent Tronchet, que le Roi et la Reine fussent avant tout « entendus en leurs déclarations » par trois commissaires. Après une dogmatique opposition de Robespierre, soutenu par Buzot et Bouchotte, les « constituants », auxquels s'associèrent Claude et Montaudon, avaient fait passer leur motion. Le soir même, les commissaires : Tronchet, Dandré, Duport, étaient allés aux Tuileries d'où ils rapportèrent des paroles dans lesquelles Claude reconnut sans peine l'habile influence de Barnave. Le Roi assurait que seul le soin de sa sécurité, le désir de mettre à l'abri sa famille, l'avaient poussé au départ. Il n'entretenait aucune intelligence avec les puissances étrangères ni avec les émigrés.

Il ne voulait pas sortir de France. Au demeurant, il revenait complètement éclairé par ce voyage, assuré que l'opinion générale était pour la Constitution. La Reine, elle, ne disait rien. Se trouvant dans son bain, elle priait les commissaires de repasser. Ce qu'ils firent, le lendemain, et elle leur déclara qu'elle avait suivi son mari comme rien n'eût pu l'en empêcher; d'autant que le Roi, elle le savait parfaitement, ne songeait pas à quitter le territoire.

Desmoulins se déchaîna. Quoi! fallait-il souffrir « qu'une criminelle se mît au bain à l'arrivée des commissaires, et attendre que, de sa baignoire, elle eût tiré la sonnette pour admettre l'Assemblée nationale comme un garçon de bain! » demandait-il en arrangeant les choses au gré de son indignation lyrique. Il ajoutait : « A-t-on vu des juges s'écrire chez le concierge des prisons pour demander humblement à l'accusé un rendez-vous aux fins de l'interroger? Il n'y a jamais eu pareille bassesse. »

Cet article fit rire Lise : l'exagération politique outrait vraiment les façons de la Reine. Lise le dit à Camille qu'elle vit ce soir-là chez Mme Roland. On ne pouvait reprocher aux autorités de se montrer trop tendres envers les souverains. Ils étaient gardés à vue dans les Tuileries transformées en place militaire. Plusieurs bataillons campaient sous des tentes, dans le jardin et sur le Carrousel. On apercevait même des sentinelles sur les toits. Le Roi ne voyait jamais sa femme hors la présence des officiers qui veillaient jusque dans la chambre de la Reine; elle devait se mettre au lit, dormir, se lever sous leurs yeux. En quelques jours, depuis le 20 juin, ses cheveux étaient devenus gris. Elle écrivait à Fersen : « Nous vivons, c'est tout ce que je puis vous dire. »

La diatribe de Desmoulins eut beaucoup moins de retentissement qu'un article de Gorsas, paru le même jour. En octobre 89, Gorsas, relatant dans son *Courrier de Versailles* le banquet des gardes du corps, avait allumé contre la Cour la colère de Paris. Il écrivait à présent : « Indépendamment de la loi constitutionnelle, qui a déclaré la France un royaume, nous pensons que le gouvernement républicain ne peut en aucune manière convenir à un État si étendu. » « Écoute bien, dit Montaudon qui lisait l'article à Claude; et il poursuivit en soulignant de la voix : « *D'ailleurs, il ne faut pas douter que ceux qui aspirent aujourd'hui à figurer dans la France-République sont généralement des factieux ou des hommes dévorés d'ambition.* Un roi, premier sujet de la loi et ne régnant que par elle, voilà ce qu'il nous faut. Enfin, telle est notre opinion : il vaut mieux encore un *roi soliveau* qu'une *grue républicaine.* Nous dirons comme les grenouilles dans la fable du soleil qui se marie : Si un seul a desséché nos marais, que sera-ce quand il y aura une douzaine de soleils? » Pour lui, il plaçait son espérance dans le Dauphin, dont, disait-il, une bonne éducation ferait un nouveau Marcellus. « *Tu Marcellus eris!* » murmura pensivement Claude. L'espoir de Gorsas se réaliserait-il mieux que la prédiction d'Anchise à Énée? Tabler sur l'avenir d'un enfant de six ans, c'était faire beaucoup de confiance au hasard.

« Une grue républicaine! Il est impayable, ce bon Gorsas! » s'exclamait Montaudon, assez lié avec le journaliste. Gorsas, parti très jeune de Limoges pour devenir élève d'une école militaire, à Versailles, puis se faire embastiller comme pamphlétaire, gardait bon souvenir de sa ville natale, il retrouvait avec plaisir des compatriotes. Sans parler des royalistes avec lesquels on ne frayait point, les Limousins étaient nombreux à Paris. On voyait, entre autres, aux Cordeliers et aux Jacobins, aux parlotes en plein air du Palais-Royal (rebaptisé Palais-Orléans depuis le départ du Roi), le jeune Briviste Brune, grand ami de Danton, typographe de son métier. « Brune, déclarait Desmoulins, a sucé avec l'encre d'imprimerie le lait de la Révolution. Du reste il est fils des Muses. » C'était exact, car il écrivait bien et crayonnait fort joliment; il avait fait à la plume un charmant portrait de Lise. Il « croquait » parfois les orateurs à la tribune, avec un don remarquable pour saisir la ressemblance en quelques traits. Un autre natif de Brive siégeait avec Claude au comité de Législation, c'était Treilhard, député de Paris et juriste non moins réputé que Tronchet. Il y avait aussi chez les Jacobins un certain Pradeaux, correspondant officiel de la société de Limoges : un personnage sans grand caractère mais amusant par une espèce de génie du calembour et de tous ces jeux de mots que l'on aimait encore en dépit de la campagne menée contre eux, vingt ans plus tôt, par Voltaire. Il y avait surtout l'un des premiers rédacteurs de *La Feuille hebdomadaire :* le ci-devant abbé Xavier Audouin qui, embrassant le parti opposé à celui de l'abbé Lambertie, avait quitté tout ensemble Limoges et la soutane pour se faire gazetier patriote. Dans son *Journal universel*, il insérait des articles de Claude. Quant à Naurissane, à M. de Reilhac, on ne les apercevait pour ainsi dire plus. Comme bien d'autres représentants excédés de cette session interminable, hostiles à ce qui s'accomplissait dans une assemblée dont l'action ne répondait plus, selon eux, à leurs mandats, ils étaient pratiquement rentrés chez eux. De loin en loin, ils revenaient faire acte de présence et solliciter le renouvellement d'un congé quasi perpétuel. En général, Thérèse suivait son mari dans ces voyages, afin de passer quelques jours avec Lise. Elles partageaient alors le plaisir de se retrouver et le chagrin de se comprendre un peu moins chaque fois. Thérèse était plus royaliste encore que Mirabeau-Tonneau ou Cazalès : une vraie « noire ». Elle ne concevait pas comment sa petite sœur pouvait tourner de plus en plus au tricolore, se passionner pour les extravagances de « cette horrible Assemblée », aller même au club : « une caverne de fous et de scélérats ». Sa Lison devenue républicaine!

« Ah! quel malheur, quel malheur que tu aies épousé Mounier! Tout vient de là.

— Pas du tout! protestait Lise, un peu agacée. Si tu veux le savoir, c'est moi maintenant qui le pousse. Et je l'aime.

— Incroyable! Tu es vraiment heureuse avec lui, tu crois? Et Bernard?

— Ah! Bernard! Il me manque, il manque seul à mon bonheur. S'il vivait près de nous, je serais comblée. »

Thérèse ne pouvait guère lui en donner des nouvelles. A Limoges, elle le voyait rarement, de loin. Après le départ de Lise, il serait peut-être retourné à l'hôtel Naurissane pour parler d'elle avec Thérèse. Elle-même le souhaitait, mais les Amis de la Paix, les dragons avaient mis entre Mme Naurissane et lui un fossé sans passerelle.

Lors d'un dernier séjour, en mai, elle avait cependant pu dire qu'il était devenu officier — sous-lieutenant, croyait-elle — de cette ridicule garde de boutiquiers dont l'uniforme pourtant lui allait à merveille.

« C'est de ces garçons qui ne se gâtent pas en devenant des hommes, car il a maintenant... combien, au fait?

— Vingt-six ans, dit Lise avec un sourire ému.

— Eh bien, il reste aussi élégant de tournure, tandis que ce pauvre Mailhard s'épaissit déjà; il deviendra gros comme sa mère. Ah! celui-là, tu as bien fait de ne pas l'épouser! Quoique, à tout prendre, il eût mieux valu pour toi que ton Claude.

— Claude est bel homme, lui aussi. Du reste, il n'a jamais été question pour moi d'un mariage avec Jacques Mailhard.

— Ton mari! Peuh! il prend du ventre et un double menton, tu ne t'en aperçois pas? »

Cette mauvaise foi fit rire Lise. Claude avait pris, effectivement, un peu de corpulence avec ses trente ans. Cela lui allait bien, cela convenait à l'homme important, à l'orateur solide dans la tribune où sa femme le voyait, non sans fierté, dresser sa belle figure noble et calme.

Elle l'applaudit, le 30, aux Jacobins où il défendit nettement la monarchie constitutionnelle contre les outrances des monarchistes. Il s'agissait de Bouillé. Le général traître venait d'envoyer à l'Assemblée nationale une lettre insolente, ridicule, déclarant que si l'on touchait à un seul cheveu de Louis XVI, lui, Bouillé, mènerait toutes les armées étrangères à Paris dont il ne laisserait pas pierre sur pierre. Il se proclamait, au demeurant, l'organisateur du voyage des souverains. Le Roi n'avait rien fait que de vouloir suspendre la juste vengeance des rois contre une population mutinée, se porter médiateur entre eux et son peuple. Bouillé terminait en annonçant aux députés un châtiment exemplaire. Après la lecture de ce message — lecture coupée par des rires —, l'Assemblée était passée purement et simplement à l'ordre du jour. Le soir, au club, Claude prit argument de ce message pour montrer qu'il fallait accuser non point le Roi mais les responsables de la mésentente entre celui-ci et la nation. Se servant adroitement de Robespierre, il ajouta : « Notre frère et ami, l'homme insoupçonnable, l'Incorruptible, vous a dit ici-même : la république n'est qu'un mot. Cela est très vrai. Rien ne saurait être plus républicain que la Déclaration des droits, que notre Constitution. Elle attribue fort sagement le législatif à la masse de la nation représentée par ses députés, c'est-à-dire au nombre, et l'exécutif à un seul, car un seul peut le manier sans l'affaiblir, un seul peut être assez aisément surveillé pour n'éprouver point la tentation d'abuser de son pouvoir. Or, quel individu trouverez-vous assez indépendant des partis, et, par essence, exempt d'ambition, pour lui confier ce pouvoir? Notre unique garantie de liberté, d'indépendance, se trouve dans un homme répondant à ces deux conditions. Pour moi, je ne vois de tel que le Roi. Si le mot vous déplaît comme un vestige de la tyrannie, nommez Louis XVI président des affaires publiques, ou que sais-je? Peu importe le titre, pourvu que le fondement de ce que nous avons construit ne soit point changé. L'édifice reste encore fragile, n'allez pas joindre follement vos efforts à ceux des antidémocrates pour ébranler ses assises, gardez-vous de courir l'aventure d'une régence, de je ne sais quel conseil. Plus tard peut-être, quand le temps aura consolidé notre construction, nos successeurs auront-ils la possibilité de transformer la monarchie républicaine en république nominale. »

Robespierre approuva. Assurément, il se guidait lui-même sur l'opinion départementale. Il n'y avait pas eu consultation officielle par le canal des assemblées primaires, comme le désiraient les Roland, Buzot, Brissot, les Cordeliers et tous les démocrates extrêmes, mais les avis exprimés par les clubs de province montraient bien que le pays, dans sa masse, était réfractaire à un changement de régime. Seuls six départements : la Moselle, la Haute-Marne, le Jura, le Puy-de-Dôme, les Pyrénées-Orientales, l'Hérault manifestaient — certains assez violemment — des velléités républicaines, auxquelles certains des soixante-dix-sept autres s'opposaient avec fermeté. C'est ainsi que Claude lut aux Jacobins la réponse de la société limougeaude à une pétition envoyée à l'Assemblée nationale par le club de Montpellier. Celui-ci ne craignait pas de s'adresser aux députés en ces termes : « Représentants, vous avez grand besoin de connaître l'opinion publique; voici la nôtre. Il ne nous manquait pour être romains que la haine et l'expulsion des rois. Nous avons la première, nous attendons de vous la seconde. Si vous repoussez l'honneur qui vous est offert par les circonstances, si par vous les Capets et leur trône pèsent encore longtemps sur nous, soyez-en sûrs, Représentants, nous vous maudirons de tous les maux qu'ils nous feront; et ils nous en feront sans doute, car la race des rois est malfaisante. » Les Montpelliérains avaient communiqué leur pétition à toutes les sociétés jacobines pour qu'elles l'appuyassent par des adresses. Au lieu de quoi les Jacobins de Limoges leur répondaient sagement : « Dans un instant où les pouvoirs ne sont pas encore déterminés et assis, où nos troupes sont à peu près sans chefs, où la France, divisée en deux partis, est prête à voir des guerres s'allumer dans son sein, nous la diviserions en un troisième parti, et cette division serait le tombeau de la liberté, puisqu'elle s'opérerait chez les patriotes eux-mêmes. Enfin, il est évident qu'en renversant le trône vous favoriseriez l'usurpateur le plus adroit, et qu'il faudrait recommencer à gagner une liberté qui nous a coûté tant de travaux. » Pierre Dumas avait communiqué à Claude copie de cette réponse qui traduisait parfaitement les craintes répandues dans la majorité des esprits.

Un peu avant était arrivée de Limoges une autre missive : une lettre de Bernard. Il annonçait qu'hélas nulle délégation ne se rendrait à Paris pour le 14 juillet. Les fédérés limousins renouvelleraient leur serment sur la place Tourny au moment où la même cérémonie se déroulerait au Champ-de-Mars. Ce serait tout. Les alarmes produites par la situation n'inclinaient pas aux grandes festivités nationales. Sa lettre le révélait non seulement assombri par cet espoir déçu, mais encore habité d'une sourde et profonde amertume. Il ne parlait clairement que de ses inquiétudes relativement au pays, à la guerre présagée par la levée de soldats volontaires, dont les autorités et le club s'efforçaient de provoquer le recrutement, aux croissantes incertitudes de l'avenir, à la difficulté d'accorder en soi-même le citoyen et l'individu, les opinions et les sentiments. « Hormis un peu Jean-Baptiste, aucun des miens ne me comprend plus; je leur fais de la peine, et eux me déchirent l'âme, Léonarde surtout qui m'était si chère! » Sans le dire, il laissait soupçonner la source plus secrète de la tristesse dans laquelle baignait sa vie. C'était la conscience de l'avoir manquée. Lise comprenait bien d'où venait à Bernard ce sentiment.

Elle pleura de ne pas voir son ami, d'être obligée d'attendre encore plusieurs mois avant de le retrouver, mais elle pleura aussi sur l'absurdité des circonstances qui, de la situation la plus simple, avaient fait un véritable labyrinthe où ils s'étaient perdus l'un et l'autre. Ils s'aimaient comme Lucile et Camille, ils se seraient unis pour leur existence entière. Non, il avait fallu que tout un concours de hasards leur rendît impossible une chose si naturelle. Il n'y aurait jamais de bonheur parfait pour eux, même quand ils se rejoindraient à Limoges, car l'amour de Claude était à présent aussi enraciné en elle que celui de Bernard. Elle resterait toujours déchirée entre ce double, ce monstrueux besoin où ne s'intéressait pas seulement son cœur.

Elle pensait à Thias, à ce baiser au bord de l'étang, à toutes les fois où, trop candide, elle n'avait pas su comprendre ce qui la poussait si vivement vers Bernard. Mais elle se rappelait aussi le jour où, dans le jardin, en lisant la lettre de son mari, elle avait senti qu'elle commençait à l'aimer.

Elle passa vivement dans sa chambre pour effacer les traces de ses larmes, en l'entendant rentrer. Il revenait tout animé du Manège où l'on avait affiché à la porte des Feuillants un insolent placard proclamant que la nation ne rendrait jamais sa confiance à un parjure, à un fuyard. Peu importait de savoir si cette fuite était son fait ou celui d'autrui. Fourbe ou simplement imbécile, dans l'un ou l'autre cas il ne représentait plus rien. La nation se sentait libre de lui comme il s'était séparé d'elle. Elle ne voyait plus en lui qu'un simple particulier : M. Louis Bourbon. Il n'y avait rien à craindre pour sa sûreté : la France ne se déshonorerait pas. Quant à la royauté, elle était morte, finie à jamais. Que signifiait d'ailleurs un office livré au hasard de la naissance et qui pouvait être rempli par un idiot!

« Cela sort du clan Condorcet, dit Claude à sa femme après lui avoir résumé ainsi le placard en se mettant à table. C'est signé Du Châtelet, tu sais ce petit officier de la guerre d'Amérique, très lié avec l'Anglais Payne qui, en l'occurrence, a certainement tenu la plume; on reconnaît son genre. Malouet était furieux, il voulait faire arrêter les auteurs. Pétion réclamait avant tout la lecture. Tu penses! Pour que les tribunes applaudissent ce factum!

— Finalement qu'avez-vous résolu? demanda Lise avec effort.

— Nous avons traité la chose par le dédain.

— L'Assemblée passe à l'ordre du jour.

— Voilà!... Qu'as-tu donc, mon cœur? Je te trouve bien petite mine.

— J'ai du chagrin. Bernard ne viendra pas, il l'a écrit. »

Claude poussa une exclamation désolée. « C'est très chagrinant, en effet, dit-il. Je me faisais une telle joie de le revoir! Évidemment, dans les circonstances actuelles, il fallait se douter!... »

Et il ajouta en caressant la main de sa femme :

« Mon petit chat! je comprends ta peine. Pauvre petit, je ne peux pas te consoler, n'est-ce pas?

— Non, mon cher ami, dit-elle avec un regard triste et tendre. Pas plus que Bernard ne pourrait me consoler de ton absence. Mais sais-tu ce qu'il y a de plus cruel? C'est qu'il est très malheureux. Tiens, lis. »

Elle tira de son sein la lettre. Claude était assez fin pour deviner, lui aussi, la source profonde du tourment de Bernard; et il aimait, il admirait trop Lise, pour ne pas comprendre tout ce que leur ami avait sacrifié en la lui laissant, ni combien une telle perte pouvait devenir lourde, à la longue, au lieu de s'oublier. « Oui, dit-il, oui, le pauvre cher grand cœur! »

A son tour, Claude avait des larmes aux yeux en reposant la lettre. Lise et lui restèrent à se regarder, partageant d'une seule âme la même émotion. Avec infiniment d'amour, il attira sa femme contre lui. Pendant un instant, ce fut comme si Bernard avait été là, serré entre eux dans cette étreinte fraternelle.

« Je suis certain, dit Claude au bout d'un moment, qu'il a commis une grave erreur en s'obstinant à son métier, en restant à Limoges. Bernard, c'est un oiseau des cimes emprisonné dans une basse-cour. Son père, son frère sont des lourdauds, sa sœur une bonne femme mais bornée, Jean-Baptiste Montégut un homme de cœur, assurément, mais sans caractère. Bernard étouffe là-dedans, il le sent bien, il ne le sent que trop, et n'en conçoit pas la raison parce qu'il est excessivement modeste. Il n'a pas conscience de ses qualités. Ah! s'il m'avait voulu croire! A Limoges, au milieu de petites choses, rien ne le détourne de son tourment, tout se change en chagrins. Ici, sans parler du bonheur de te voir, son esprit et son âme seraient vivement occupés, comme sont les nôtres. Sous la pression des circonstances, son mérite, son grand caractère, sa noblesse eussent éclaté d'eux-mêmes, l'obligeant à les connaître. A présent, comment le faire venir? quand il va nous falloir retourner là-bas. »

Le départ du Roi avait fait interrompre, par un décret pris le 24, les élections à la nouvelle assemblée. Elles recommenceraient bientôt. Cela ne pourrait reculer, ou guère, la fin de la Constituante.

Après le repas, pour distraire Lise, Claude l'emmena en fiacre aux jardins de Tivoli. Pour le moment, on ne siégeait à l'Assemblée que le matin. En attendant les débats sur le sort du Roi, on votait à la va-vite, dans l'indifférence générale, devant des banquettes en partie désertes, les articles du code pénal, dont certains pouvaient prendre pourtant une grande importance politique. En particulier cette loi de police municipale défendant aux clubs de tenir séance sans l'avoir déclaré un jour avant. La droite avait réussi à la faire passer. L'activité capitale se tenait dans les assemblées de sections, dans les parlotes du Palais-Orléans, chez des particuliers même, dans les clubs, surtout dans les « sociétés fraternelles » : compagnies populaires qui, sans être affiliées aux Jacobins, se réunissaient au-dessus d'eux, dans l'ancien local, et au-dessous d'eux, dans la crypte de l'église. On y rédigeait des motions assez virulentes demandant pour la plupart l'appel au peuple. Tout cela ne semblait plus présenter beaucoup d'importance; la majorité des Cordeliers et la fraction démocrate des Jacobins étaient, par des concessions réciproques, parvenues pratiquement à un accord : on renonçait dans l'immédiat à la république. Carra lui-même, le bouillant Carra, la remettait à plus tard. Il écrivait sagement : « La nation n'a pas atteint, selon moi, cette homogénéité et cette force générale de caractère qu'il faut à des républicains confédérés en quatre-vingt-trois départements. Je pense donc que nous devons encore laisser couler la Constitution pendant quelques années sous la forme monarchique... » Et Brissot : « On cherche à égarer les esprits sur le projet de faire de la France une république, sans penser qu'à cet égard l'Empire obéira bien plus à la force des choses qu'à celle des hommes. » Restait à juger Louis XVI, à savoir si on le conserverait comme roi, ainsi que le voulaient manifestement les triumvirs et les fayettistes.

Renonçant à s'occuper des ultimes tractations avec les Cordeliers, Claude consacra le reste du jour à sa femme. Le fiacre les avait déposés au bout de la Chaussée-d'Antin, à l'entrée de Tivoli. Claude prit des billets, et, la main de Lise sur son bras, ils pénétrèrent dans ce jardin extraordinaire où le contrôleur général Boutin, propriétaire des lieux, prétendait offrir aux flâneurs toutes les productions de la nature et de l'art. Ils parcoururent les bosquets en parlant de Bernard, d'eux-mêmes, de la vie qu'ils mèneraient une fois rentrés à Limoges. Ils admirèrent les cascades, s'assirent au bord du ruisseau, écoutèrent les orchestres en regardant les jeux des baladins. Ils burent du lait crémeux à la laiterie imitée de Trianon. Vers le soir, la pluie les força de rentrer. Comme l'année précédente, l'été débutait mal; le temps se gâtait de plus en plus. Toute la semaine fut mouillée. Il plut tellement que l'on dut remettre le triomphe de Voltaire, décrété depuis le mois de mai. Son cercueil devait être transféré de l'abbaye de Sellières au Panthéon. Sous la pluie, il attendit à la barrière de Charenton où enfin, le 10 juillet, à sept heures du soir, une délégation du corps municipal alla le recevoir. Il fut déposé, à l'emplacement de la Bastille, sur un piédestal formé avec des pierres de la forteresse et orné de cette inscription : « Reçois, dans ce lieu où t'enchaîna le despotisme, les honneurs que te rend la patrie. » Le lendemain, comme il pleuvait toujours, la municipalité voulut repousser encore la cérémonie, mais la foule, rassemblée depuis huit heures du matin sur le boulevard, protesta. Le cortège funèbre partit donc, entre les averses, se dirigeant vers la place Louis-XV. De là, il devait emprunter le quai des Tuileries, pour gagner celui des Théatins par le Pont-Royal. C'est là que le virent Lise et Claude. Ils avaient été invités, avec les Roland, chez Buzot qui habitait non loin de l'hôtel du marquis de Villette où Voltaire était mort treize ans plus tôt. Le défilé, ouvert par un détachement de cavalerie avec ses trompettes, un corps de sapeurs, le bataillon des élèves de l'École militaire, était infini. La dépouille du philosophe, sur un char tiré par seize chevaux blancs venant des écuries de la Reine, avançait lentement. Au milieu d'une foule de soldats nationaux, de musiciens, dans un déploiement de bannières, les délégations succédaient aux délégations : forts de la Halle avec leurs grands chapeaux blancs, et armés de sabres, poissardes dont une élevait une pique portant cet écriteau : « La dernière raison du peuple » — pour répondre à l'*ultima ratio regum*, gravé par Louis XIV sur ses canons —, ouvriers munis des outils de leur métier, actrices couronnées de feuilles de chêne, vieillards « au front respectable », jeunes filles et enfants vêtus à l'antique, députations de l'Assemblée, des Jacobins, des Cordeliers, des sociétés populaires. Le fameux Beaumarchais conduisait un groupe d'auteurs annoncés comme la « Famille spirituelle de Voltaire ». A leur suite, une déesse sortait d'un nuage de gaze, sur le siège d'une arche dorée remplie par les œuvres du philosophe. La déesse, c'était *Belle et Bonne* : la protégée du patriarche de Ferney qui l'avait fait épouser par le marquis de Villette. »

« L'intention de la fête est émouvante, murmura Claude, mais l'exécution!... La mémoire de Voltaire n'y gagne pas. On dirait un carnaval. »

La pluie n'arrangeait rien; elle alourdissait les draperies, transformait en chiffons les voiles et les tuniques romaines, détrempait les cartonnages dorés. Elle avait cessé pendant que, devant l'hôtel de Villette, on couronnait le cercueil, on chantait des hymnes. Elle reprit ensuite de plus belle. Claude regardait, de l'autre côté de la Seine hérissée par l'averse, le pavillon de Flore où Mme de Lamballe, accourue pour partager aux Tuileries le sort de sa maîtresse, tenait salon afin de la distraire en lui formant un semblant de Cour. Si, de ces fenêtres ou de celles du premier étage qu'habitait Madame Élisabeth, on jetait un regard vers la chienlit qui se déroulait sur la rive gauche, on avait belle occasion de faire des gorges chaudes. Il fallait bien l'avouer, hélas : la grandeur, en ce jour, n'était pas du côté du peuple.

Il la retrouva le surlendemain, dans une grandiose représentation populaire organisée sur le parvis de Notre-Dame, à la façon des Mystères qu'y jouaient jadis les confréries. Cette fois, c'était un drame national : *La prise de la Bastille*, avec concours d'énormes orchestres et d'immenses chœurs. Là, pas d'oripeaux, pas de carton-pâte, pas de fausses déesses, mais, dans l'admirable décor, au cœur du Vieux Paris, la toute-puissante majesté de la musique, la puissance du peuple en masses disciplinées. L'une et l'autre effaçaient ce que l'on eût pu voir d'un peu faux dans le symbole. A tout prendre, la chute de la Bastille était bien une victoire pour les hommes libres, puisqu'elle consacrait le premier échec des orléanistes. En ce moment leur parti fournissait son suprême effort, ils n'en finiraient pas moins par être anéantis comme l'avaient été les murailles illusoires de la forteresse, et, à l'Hôtel de ville, la réalité de l'absolutisme royal.

En revenant du parvis Notre-Dame avec les Dubon, Claude et sa femme s'arrêtèrent au Pont-Neuf pour souper en famille. Ensuite, les deux hommes, raccompagnant Lise qui se sentait fatiguée et ne voulait pas aller aux Jacobins, continuèrent leur route vers le club. Sous un ciel de nouveau serein où commençait à briller la première étoile, la ville était déjà tout illuminée. On dansait sur les places, on promenait des lanternes vénitiennes, des torches multicolores; des farandoles serpentaient à travers les rues. Depuis le triomphe de Voltaire, Paris vivait une fête ininterrompue dans laquelle une fièvre sourde se mêlait à l'exaltation du plaisir. Demain encore, ce serait l'anniversaire de la Fédération, et après — c'était là que s'aiguisait l'attente — il faudrait bien régler la grande question.

IX

Lorsque Claude et Dubon arrivèrent aux Jacobins, ils trouvèrent la cour pleine de peuple. Les feux tricolores des lampions qui garnissaient l'arbre de la Liberté, et la lumière sortant par la porte de l'église luttaient avec la dernière lueur du crépuscule sur les visages animés. La salle était comble. Claude eut la surprise d'y voir, près de Gorsas, Montaudon qui venait rarement. Robespierre occupait la tribune. Il se défendait, une fois de plus, de nourrir aucune intention républicaine. Au demeurant, poursuivit-il, république et monarchie sont des mots vides de sens; on peut vivre libre sous un monarque comme avec un sénat.

« Il devrait se prononcer davantage, observa Dubon. C'est le moment de prendre fortement parti, s'il ne le fait pas, Danton va charger.

— Croyez-vous? Il ne voudra point rompre le pacte établi », répondit Claude.

Il s'aperçut bientôt que, durant ces derniers jours où il avait un peu négligé le club au profit de Lise, un subtil changement s'était produit. En effet, si Danton, loin de charger, se montra aussi soucieux que Robespierre de ménager les opinions de la droite jacobine, il n'en demanda pas moins comment l'Assemblée nationale pourrait remettre Louis XVI sur le trône en sachant ce rétablissement contraire à la volonté de la nation.

« Point du tout, rectifia Montaudon, de sa place. Contraire peut-être à une certaine partie de l'opinion parisienne, mais soixante-neuf départements se sont prononcés de la façon la plus catégorique pour le maintien du Roi.

— Il n'y a pas eu consultation réelle, répondit Danton.

— Comment ça? Pas réelle! lança une voix, du dernier étage des gradins. Cette opinion provient de nos propres sociétés provinciales, or il est constant qu'elles sont formées par les électeurs des assemblées primaires, donc leur avis est celui des communes elles-mêmes. »

Danton n'insista pas. Claude était frappé de ce qu'une telle intervention suscitât simplement ces mises au point. Trois jours plus tôt, rompant les ententes tacites, elle eût soulevé un tollé. Il fallut la virulence de Legendre pour provoquer une protestation. Il avait succédé à Danton dans la haute chaire des orateurs. Il ne ménageait rien, lui; il attaquait violemment le Roi, il menaça les auteurs du rapport présenté à l'Assemblée nationale. « S'ils voyaient la masse, les comités reviendraient à la raison », dit-il, et il ne craignit pas d'ajouter : « Ils conviendraient que, si je parle, *c'est pour leur salut.* »

Ni La Fayette, ni Barnave, ni aucun membre du triumvirat n'était là, ce soir, mais les « constituants » ne manquaient point. Sans un mot, avec une dignité glaciale, ils quittèrent la salle, Montaudon parmi eux. Claude les aurait sans doute suivis, si son beau-frère, lui posant la main sur le genou, n'avait murmuré : « Non. Vous n'êtes pas avec eux. Legendre, quoique un peu vivement, dit vrai. Réfléchissez-y. »

A l'entrée, les protestataires croisaient des députations — hommes en pantalon, ouvriers avec leur carmagnole, citoyennes à bonnet plat — qui venaient apporter les adresses de sociétés populaires : la « Fraternelle des Halles », la « Société des deux sexes », siégeant en ce moment dans la crypte. Les unes et les autres demandaient, sous des formes plus ou moins différentes, l'appel au peuple pour le jugement du Roi.

« Eh bien, dit Claude en sortant. Je croyais l'idée républicaine remisée, elle s'est, au contraire, singulièrement fortifiée en peu de jours.

— Parce que tout le monde se rend compte qu'une partie de l'Assemblée cherche à maintenir le Roi pour exercer le pouvoir sous son égide. Nous ne voulons pas de ce régime oligarchique : voilà tout.

— Mon cher Jean, je crois Barnave très loin de vouloir cette dictature déguisée. Je suis certain que dans l'alliance de la monarchie et de la nation, il voit le bien général. »

Ils furent interrompus par Legendre, survenant avec Danton et le jeune typographe Brune. Le maître boucher s'excusa de son attaque.

« Je n'en retire rien, dit-il, sauf en ce qui vous concerne, Pétion et vous. Vous avez bien compris que je ne vous visais pas en parlant des comités. Les Cordeliers vous estiment et vous aiment, Mounier. Vous suivez encore, par entraînement, des hommes indignes de votre pureté. La vérité est néanmoins dans votre cœur, elle y mûrira.

— Bah! fit Brune, Mounier-Dupré est un républicain qui s'ignore, comme Robespierre. Voilà tout. Mais, ajouta-t-il d'un ton plaisant, qu'il parle bien, ce Legendre! Je comprends que Camille l'admire.

— Oh! pour parler, ça va, dit Legendre avec simplicité. C'est quand il s'agit d'écrire!... »

Claude dormit fort mal, cette nuit-là. Sa conscience le tracassait : il se demandait si, effectivement, il ne prêtait pas les mains à un acte arbitraire. Les clubs de soixante-neuf départements avaient tout bonnement répondu dans le sens que la Société mère leur suggérait par les termes de sa circulaire rédigée, le 21 juin, sous l'influence des « constituants » fayettistes et des triumvirs. Ces réponses ne signifiaient pas grand-chose : si la circulaire eût été différente, elles auraient pu être tout autres. Seul le *référendum* réclamé par le cercle Roland, le cercle Condorcet, Brissot, Desmoulins, Bonneville et d'autres journalistes eût permis de consulter vraiment le peuple. Lui, Claude, n'avait-il pas péché gravement contre son idéal en repoussant ce moyen, par crainte de diviser la nation, de l'affaiblir en une circonstance périlleuse?

Ne trouvant pas le sommeil, il s'efforçait pourtant de ne pas remuer pour n'éveiller point sa femme. Malgré lui, il se retournait par moments. Il avait trop chaud. Les heures sonnaient aux Quinze-Vingts, des gens passaient encore, bruyamment, dans la rue. Soudain Lise :

« Tu ne dors pas. Qu'y a-t-il? Tu es malade?

— Non, ce sont ces affaires qui me trottent par la cervelle. »

En se couchant, il lui avait raconté brièvement la séance du club et rapporté les propos de Dubon et de Legendre. A voix basse, dans la nuit, il lui dit quelles pensées le préoccupaient. « Ne te tourmente pas, mon bon ami, répondit-elle. Tu as agi selon ta conscience. Il faut attendre que la volonté publique se dessine nettement, elle t'indiquera ton devoir. Tâche de dormir, tu vas avoir une rude journée. » Elle l'attira contre elle en creusant l'épaule afin qu'il y nichât sa tête. Bientôt, apaisé, il s'endormit.

Au matin, il partit de bonne heure pour le Manège. L'anniversaire de la Fédération ne pouvait faire reporter à l'Assemblée ses travaux. Elle avait simplement désigné quelques membres pour figurer avec les corps constitués dans le cortège qui défilerait de la Bastille au Champ-de-Mars, comme l'année précédente. Cette fois, un soleil magnifique et chaud favorisait la fête, moins importante : il n'y avait pas de délégations provinciales. Bien entendu, la famille royale, gardée dans les Tuileries, ne paraîtrait pas. Lise avait dit cependant qu'elle irait à la cérémonie.

Claude trouva autour de l'Assemblée beaucoup de peuple. On se portait plutôt là que sur le passage du cortège, semblait-il, et ce peuple était manifestement ombrageux. Il attendait avec fièvre l'ouverture des barrières, sans ménager ses propos peu constitutionnels. Claude parcourut les bureaux, causant avec ses collègues pour tâter la situation : on pensait que les modérés, avec l'appui de la droite, allaient s'efforcer de brusquer les débats. La gauche extrême était résolue à ne se point laisser faire. On se rendit à la salle. Les banquettes vertes se garnirent, les tribunes étaient déjà pleines. Les huissiers annoncèrent le président. Charles de Lameth entra, monta au fauteuil, se découvrit, agita la grosse sonnette posée sur la table à tapis vert, et la séance commença.

Ce fut surtout un duel de logique, d'éloquence, entre Robespierre et Duport qui, défendant le principe constitutionnel et l'inviolabilité du Roi, réussit à se faire écouter même des tribunes populaires, dans un sombre silence. Robespierre, lui, s'en prit à cette inviolabilité, sans démontrer d'une façon convaincante qu'elle ne jouât point dans ce cas. En revanche, Claude lui trouva une grande force lorsque, dans son débit d'une douceur toujours un peu féline, il termina par ces mots : « Les mesures proposées dans le rapport qu'on vous a présenté hier (il s'agissait du rapport des sept comités, tendant à prononcer un non-lieu sur le départ du Roi et à poursuivre les auteurs de son « enlèvement »), ne peuvent que vous déshonorer. Si j'étais réduit à voir ces mesures triompher, je voudrais me déclarer l'avocat des gardes du corps, de Mme Tourzel, de Bouillé lui-même. Si le Roi n'est pas coupable, s'il n'y a pas de délit, il n'y a pas de complices. Si sauver un coupable puissant est une faiblesse, lui sacrifier un coupable plus humble est une lâcheté. Il faut ou prononcer sur tous les coupables, ou les absoudre tous. Je propose que le sort du Roi soit décidé par une Convention nationale élue à cet effet. »

Cette fois, la position était prise, et avec quelle clarté! En apportant, comme il le disait, les paroles de l'humanité, Robespierre montrait la solution la plus raisonnable, la plus démocratique, la plus conforme à la justice. Quand il regagna sa place entre Pétion et Claude, celui-ci lui dit avec élan :

« Mon ami, je vous exprime mon admiration bien sincère. Vous avez tout résolu, vous écartez le risque de guerre sociale, et vous laissez à notre œuvre toutes ses chances.

— Merci, répondit Maximilien en souriant. Hélas! acheva-t-il, l'Assemblée ne me suivra pas.

— En tout cas, comptez sur nous », dit Pétion.

Prieur, de la Marne, était à la tribune. Il attaquait à son tour le rapport dont il démontra l'absurdité. Desmeuniers, délégué par les fayettistes, succédant à Prieur, usa d'un tour habile. « Le corps législatif, dit-il en substance, d'un ton très jacobin, le corps législatif a eu bien raison de suspendre le Roi. Il faut le maintenir suspendu jusqu'au moment où la Constitution sera parachevée. Si alors il ne l'acceptait pas, l'Assemblée prononcerait sa déchéance. » Il lut là-dessus un projet de décret en deux points.

D'un mot, Robespierre, décidément dans un de ses grands jours, effondra le piège où l'on avait cru attraper l'extrême gauche par surprise. « Un tel décret déciderait d'avance que le Roi ne sera pas jugé », observa-t-il sèchement. Et c'en fut fini. On ne vota point. On discuta au sujet d'une adresse envoyée par une société fraternelle d'hommes et de femmes, filiale en quelque sorte des Cordeliers. Elle siégeait aux Minimes, au fond du Marais. La veille au soir, elle avait rédigé cette adresse hardie et menaçante, signée : Le Peuple. Ce « peuple » était en réalité un certain Tallien, jeune clerc de basoche, famélique, aux cheveux plats, au vaste nez sensuel, que Claude voyait parfois autour de Danton. On savait tout cela. Fidèle au sentiment de sa dignité, l'Assemblée ne voulait pas entendre en lecture publique cette diatribe. Barnave insista cependant pour qu'elle fût lue le lendemain, comme exemple d'un état d'esprit contre lequel il fallait s'armer. « Ne nous laissons pas influencer par une opinion factice, ajouta-t-il. *La loi n'a qu'à placer son signal*, on verra s'y ranger les bons citoyens. »

Ces paroles, c'était évidemment la réponse aux menaces du maître boucher, la veille, aux Jacobins.

« Eh bien, observa Pétion entre haut et bas, dans la voix de Legendre il y avait comme un bruit de piques, voilà qu'on nous fait entendre aujourd'hui comme un écho de canon : celui de la garde soldée, naturellement.

— De toute part, il n'y a pour nous que des périls », dit Robespierre.

Dans la cour, ils trouvèrent la garde du Manège doublée. Elle avait dû employer la force, sans effusion de sang, toutefois, pour disperser des rassemblements tumultueux. Des bandes menaçantes, quoique sans armes, avaient assailli les entrées.

Laissant Pétion, Robespierre et Buzot dîner ensemble au restaurant des députés, au-dessus du vestibule, Claude rentra chez lui au moment où Lise revenait du Champ-de-Mars en fiacre, avec Mme Roland et sa grande amie Mme Brissot. Le bonhomme Roland y était aussi, mal coiffé, dépenaillé selon son habitude, en vrai savant désintéressé des contingences. Lise dit qu'en dépit du beau soleil, ce 14 juillet n'avait eu ni le grandiose ni l'émouvante solennité du précédent. L'année dernière, les Roland, n'étant pas encore à Paris, n'avaient pas vu la fête; ils ne pouvaient juger de la différence. « En tout cas, déclara M. Roland, on ne lisait pas aujourd'hui sur les visages l'expression de l'âme pénétrée de son indépendance. C'est peut-être parce que le public se lasse des fêtes comme d'autre chose. » L'heure s'avançant, on se sépara pour s'aller mettre à table.

« Non, dit Lise à son mari, M. Roland ne voit pas juste. En vérité, c'est l'esprit de la première fédération qui manque, cette année. D'abord, il n'y a plus l'unité. La Fayette n'est pas venu au champ de la patrie avec le cortège, il est entré plus tard, par le côté. Et puis nous sommes loin de l'optimisme et de ce qu'il faut bien appeler les illusions qui animaient chacun, il y a un an. On se croyait à l'aube de l'âge d'or, à présent il s'éloigne. Pendant la cérémonie, il y a eu, m'a-t-il semblé, quelques cris séditieux, même du tumulte entre des gens et la garde nationale. Néanmoins, on a renouvelé avec assez d'élan le serment à la nation et à la loi. Cela n'est pas comparable au prodigieux soulèvement d'enthousiasme auquel nous avions assisté. Ah! vois-tu, mon ami, le 14 juillet de l'année dernière a été l'apothéose de la Révolution. »

Le lendemain, Claude alla trouver Barnave avant la séance. Ce matin, l'Assemblée était environnée de troupes. On ne laissait entrer que les invités munis de cartes spéciales. Les uniformes bleu roi occupaient le jardin des Tuileries fermé au public, la « carrière », la cour des Feuillants et des Capucins, la rue Saint-Honoré. Sous le soleil radieux, les baïonnettes étincelaient, ainsi que, çà et là, les piques des compagnies faubouriennes empruntées au chef de bataillon Santerre pour donner à ce déploiement de force un air démocratique, mais disséminées, prises fortement entre les groupes de la garde soldée. Des réserves se tenaient sur la place Vendôme, avec Bailly et ses officiers municipaux. Un peu partout circulaient les hommes noirs de la police.

Barnave était dans le cabinet du président, au rez-de-chaussée des baraquements accolés au Manège. Sans doute le Dauphinois et Charles de Lameth prenaient-ils ensemble leurs dernières dispositions. Claude se fit annoncer par l'huissier. Au bout d'un instant, Barnave lui-même, venant chercher son ami, l'introduisit dans le bureau. Les fenêtres donnaient sur le jardin intérieur des Feuillants où l'on voyait encore des uniformes, les bonnets d'ourson des grenadiers. Claude les montra du menton et dit :

« Vous avez mis sur pied de bien grandes forces. Craignez-vous donc tant les conséquences de ce que vous voulez faire?

— Nous ne craignons rien, répondit tranquillement Lameth, nous avons simplement pris des mesures pour assurer l'ordre constitutionnel.

— La Constitution a-t-elle besoin d'être défendue contre le peuple?

— Contre les séditieux, oui. Rassurez-vous, mon cher Mounier-Dupré, et rassurez votre voisin Robespierre : le seul moyen d'éviter des troubles, c'était de prendre ces mesures imposantes. Croyez-moi, les meneurs qui ont tenté de soulever la population se le tiendront pour dit, ils se garderont de se frotter aux baïonnettes.

— Oh! certes, j'en puis croire votre expérience de colonel, acquiesça Claude, mais je me souviens d'avoir siégé avec vous dans une autre enceinte entourée de baïonnettes. Nous étions alors *la volonté du peuple*, jureriez-vous que vous l'incarnez aujourd'hui? »

Et, se tournant vers Barnave :

« Mon ami, je ne mets nullement en doute votre bonne foi à tous deux, ni celle de votre frère, cher Lameth, ni celle de Duport et de ceux avec lesquels je travaille depuis si longtemps dans nos comités, mais je crois que vous vous trompez. Rien de viable ne peut être fait sans l'assentiment de la masse nationale. Je vous ai appuyés jusqu'ici dans votre tentative de restauration monarchique, à présent je m'aperçois d'une manière indubitable que la nation veut décider elle-même. Si vous lui refusez la liberté et la parole, si vous imposez Louis XVI, un jour ou l'autre le trône s'effondrera dans le sang. Je vous en conjure tous les deux : adoptez la motion de Robespierre, laissez le pays élire une convention pour qu'elle décide si le Roi est innocent ou coupable. C'est le conseil même de la sagesse. Je dois vous avertir que je m'y rangerai. Je ne peux plus vous suivre quand je vous vois préparer aveuglément la ruine de ce que nous avons accompli ensemble depuis deux ans.

— Mon cher Claude, dit Barnave qui l'avait écouté non sans émotion, je vous comprends. Vos paroles ne font qu'accroître mes sentiments pour vous. Je voudrais non pas adopter l'opinion de Robespierre, trop tortueux pour mon goût — et beaucoup trop opportuniste en l'occurrence, car il a singulièrement attendu pour l'arrêter, cette opinion —, mais adopter votre avis. Malheureusement, je crains que ce ne soit plus possible. Vous avez entendu les menaces de Legendre, vous avez lu l'adresse du famélique Tallien, comme cent autres factums du même genre, les absurdités de Condorcet et de tous ces bourgeois en train de déchaîner un monstre qui les dévorerait, vous voyez les agitations de Danton et de Laclos. Ces gens-là ont fabriqué au peuple une opinion factice. Ils la lui imposent par des moyens beaucoup plus sournois et infiniment plus redoutables que la force de la garde citoyenne. Ils ne laissent plus à la population la liberté de décider par elle-même.

C'est justement cette liberté que nous lui rendrons en contenant les factieux et en rétablissant le régime instauré par la Constitution. Je ne vous en dis pas plus. Je vais parler tout à l'heure, à la tribune; écoutez-moi, vous prendrez alors le parti qui vous paraîtra le plus juste. »

Comme Barnave le raccompagnait, Claude lui dit à l'oreille : « Défiez-vous de Marie-Antoinette. Je sais combien elle émeut, mais elle vous perdra. »

Depuis la rentrée aux Tuileries, Barnave n'avait pas revu la Reine. Il conseillait secrètement le Roi, cela Claude le devinait. Il imaginait bien aussi que Marie-Antoinette, malgré tout ce que le jeune député avait pu gagner sur elle pendant le retour de Varennes, devait, dans son humiliation et sa haine, méditer tout autre chose qu'une entente avec l'Assemblée. Le moyen de vaincre, elle ne pouvait le trouver que dans les cours étrangères. Comment Barnave ne s'en rendait-il pas compte!

La séance débuta par la lecture non point du factum de Tallien, refusée encore une fois, mais par celle d'une pétition rédigée la veille, dans laquelle « cent citoyens de Paris demandaient que l'on attendît le vœu des communes de France pour décider sur Louis XVI ». Elle avait pour signataires les chefs des Sociétés fraternelles des deux sexes, auxquels s'étaient jointes « quarante-cinq sœurs romaines ».

Suivit une violente attaque d'un monarchiste peu connu : un certain Goupil de Préfelne, contre les républicains. « Ils veulent, dit-il, précipiter la nation française dans le gouffre des horreurs et de l'anarchie. » Il injuria Brissot, stigmatisa Condorcet qui venait de publier, sous le titre de « Lettre d'un jeune mécanicien », un pamphlet tournant la monarchie en ridicule. Il rangea « parmi les Érostrates modernes cet homme investi d'une réputation obtenue je ne sais comment, et décoré du titre d'académicien ». Enfin, après avoir jeté l'anathème « à d'odieuses et criminelles adresses », il chanta les louanges de « notre divine Constitution ». Montaudon, avec assez d'habileté, mit l'Assemblée en garde « contre tout ce qui pourrait rompre l'unité nationale, détruire l'admirable unanimité fédérative, empêcher l'unification définitive de la France, et compromettre les nobles conquêtes humaines de la Révolution ». Il estimait le corps législatif « émanation des assemblées primaires », parfaitement apte à décider, « de la façon la plus nationale », s'il y avait lieu ou non de juger le Roi.

Pendant que l'on discutait ainsi dans le Manège interdit à la foule, celle-ci s'était portée au Champ-de-Mars. Elle y allait d'elle-même, on ne voyait nulle part les meneurs coutumiers. L'écrasant appareil militaire déployé par La Fayette les invitait à la prudence, comme l'avait pensé Lameth. Parmi beaucoup de simples familles qui se promenaient tranquillement au soleil, et de curieux venus du Gros-Caillou, des patriotes habitués de l'Assemblée se reconnurent et se réunirent sur les degrés de l'autel de la patrie. Là, ils rédigèrent une pétition. C'était devenu la fureur du jour, tout le monde en faisait. Se plaignant poliment de n'avoir pas pu « pénétrer dans la maison nationale », ils demandaient aux représentants de suspendre « toute détermination sur le sort de Louis XVI, jusqu'à ce que le vœu bien prononcé de la nation eût été émis ». Cela n'avait rien que de démocratique, nullement républicain. Toutefois, comme un officier de la garde nationale voulait plaider la cause du Roi : « Tais-toi, malheureux! lui répondit-on. Tu blasphèmes. C'est ici le lieu sacré du peuple, le temple de la liberté. Ne le souille pas en prononçant le nom de roi. »

Dans la salle du Manège, Barnave venait de prendre à son tour la parole. Sur le ton le plus courtois, contrastant avec les précédentes interventions monarchistes, il fit d'abord la critique point par point de l'idée républicaine. Approuvé par La Fayette, il montra combien les conditions dans lesquelles s'était créée la république dans le Nouveau Monde différaient des circonstances dans lesquelles elle s'installerait présentement en France, et s'efforça d'expliquer pourquoi ce régime d'États réunis en confédération ne pouvait s'appliquer aux départements français. Entrant au vif de la question, il prouva que la Constitution, une fois parachevée, répondrait exactement au mandat que leur avaient donné les électeurs : elle établirait le plus parfait équilibre entre les institutions démocratiques et le principe monarchique auquel le pays, dans son ensemble, restait attaché. On ne pouvait, sans risque de tout détruire, modifier les fondements de cette grande construction. « Tout changement, déclara-t-il, est aujourd'hui fatal, tout prolongement de la Révolution serait désastreux. Vous avez fait ce qui était bon pour la liberté, pour l'égalité. Vous avez repris et rendu à l'État ce qui lui avait été enlevé, vous avez instauré l'état de choses auquel aspirait la nation. Si la Révolution fait un pas de plus, elle rompra périlleusement l'équilibre qui vous a coûté tant de soins. Régénérateurs de l'Empire, suivez invariablement votre ligne. Vous êtes puissants, soyez sages, soyez modérés, c'est là que sera le terme de votre gloire! »

La Fayette se leva pour demander la clôture. On vota sur le rapport des sept comités. Il obtint une majorité imposante. En ce qui concernait Louis XVI lui-même, rien n'était prononcé à son égard. Le rapport l'innocentait pratiquement en concluant que des poursuites fussent engagées contre Bouillé, « coupable principal », et contre les serviteurs, officiers, courriers, etc., « complices de l'enlèvement ».

« Quelle inconséquence! se récria Claude. Toutes les erreurs qu'il ne fallait pas commettre. »

Robespierre, les lèvres pincées : « Je vous l'avais bien dit. »

Un huissier, traversant la piste, se dirigeait vers lui pour l'avertir que des pétitionnaires le demandaient expressément, lui et Pétion.

C'étaient les patriotes du Champ-de-Mars. Ils avaient choisi parmi eux deux commissaires en les chargeant de remettre à l'Assemblée la pétition signée sur l'autel de la patrie. Une troupe les avait suivis, sans cesse grossissante. La garde du Manège porta courtoisement les armes à cette délégation de citoyens pacifiques, tout en leur refusant l'entrée. Ils se rendirent alors, à la tête de leur cortège, place Vendôme où l'on parlementa longuement avec Bailly. Les commissaires lui expliquant de la façon la plus calme que l'on voulait seulement voir Pétion et Robespierre, il permit enfin le passage pour six hommes. Un municipal les conduisit par le couloir de toile des Feuillants à un bureau où les deux députés demandés vinrent leur dire que leur pétition n'avait plus d'objet, le vote étant acquis depuis un instant.

Lorsque, la séance levée, les représentants sortirent du Manège, la foule houleuse les hua sans distinction de personne.

« A notre tour de faire l'expérience de l'impopularité, dit Claude à Robespierre qui le tenait par le bras. Voilà bien la première fois que nous n'avons plus l'approbation populaire.

— Expérience pénible quand on a conscience d'avoir accompli tout son devoir.

— Pour aboutir à de pareilles sottises! A tout prendre, la discussion reste ouverte au sujet de Louis lui-même. La question du régime est réglée, mais on n'a rien statué sur le Roi. »

Ce fut le thème que Robespierre développa amplement, le soir, aux Jacobins, tandis que la foule mécontente courait les rues, faisant fermer les théâtres en signe de deuil. Claude, pas tellement content, lui non plus, de voir Maximilien exploiter une idée dont il n'était point l'auteur, prit la parole après lui et mit avec beaucoup de chaleur, trop peut-être, son cachet personnel sur les conséquences de sa remarque. Il fut brillant, mais, entraîné, il dépassa ses intentions, et il vit Lise, Mme Roland, Mme Brissot, dans la tribune des femmes, en manifester quelque surprise tout en l'applaudissant avec vigueur. En fait, il avait involontairement tendu une perche que l'auteur des *Liaisons dangereuses* s'empressa de saisir. Grimpant vivement dans la chaire des orateurs, il loua « les lumières et le zèle démocratique de notre frère Mounier-Dupré », puis, ainsi couvert, tendit son piège : il fallait ouvrir, à Paris et en province, une pétition pour la déchéance de Louis XVI. « Il y aura, dit-il, j'en réponds, dix millions de signatures. Nous ferons signer aussi les femmes. » Danton appuyait fortement la motion. « Pas les femmes, trancha Robespierre, trop d'entre elles jugeraient avec leur sensibilité. Du reste, je n'aime pas cette trop vaste pétition de tout un peuple, mieux vaut une adresse envoyée à nos frères des sociétés affiliées. » Laclos se trouva une fois de plus réduit à quia.

Là-dessus, — il était dix heures —, la salle fut brusquement envahie par la foule la plus mêlée, venant évidemment du Palais-Royal. On reconnaissait ses motionnaires habituels, ses aboyeurs et ses « coureuses », comme le dit Mme Roland. Un orateur de cette députation annonça que l'on avait résolu d'aller le lendemain au Champ-de-Mars « jurer de ne jamais reconnaître Louis XVI pour roi ». On délibéra dans le tumulte, jusqu'au moment où Antoine, présidant le club, rétablit un peu de calme. Laclos en profita pour reprendre son idée d'une pétition nationale et en proclamer la nécessité. « Vous voyez : le peuple est ici, il la veut! » Une de plus, une de moins, cela n'avait pas grande importance, à tout prendre. Claude laissa faire, étant entendu que ladite pétition serait simplement envoyée aux sociétés de province, après avoir été signée au

Champ-de-Mars. Ainsi conciliait-on le désir du « peuple » et la prudence de Robespierre. Cinq commissaires, dont Brissot et Danton, furent désignés pour rédiger ce texte. On décida de venir demain, 16, à onze heures du matin, afin de le lire. Antoine leva la séance.

Claude, fatigué par la chaleur et la tension de cette journée, avait hâte de se mettre au lit. En passant avec Lise, les Roland et Mme Brissot, le portail monumental de la cour, serré entre les maisons de la rue Saint-Honoré, il eut la surprise de voir, en face, un peu plus bas, Montaudon, remonter la rue avec quelques-uns de leurs collègues — des fayettistes — comme s'ils sortaient ensemble de l'Assemblée. Il l'appela pour le questionner.

« D'où viens-tu donc? Il n'y avait pas séance de nuit au Manège, que je sache?

— Non, non, dit René en saluant les dames. Nous nous sommes simplement réunis, quelques-uns, aux Feuillants, pour parler un peu de la situation.

— Parler un peu! Le club n'est-il pas à cette fin?

— Oh! le club! Pour entendre les insolences de Legendre! Je ne pense pas que nous y retournions. C'est justement afin d'en discuter que nous nous sommes retrouvés, ce soir.

— Ah! Eh bien?

— Eh bien, répondit Montaudon d'un air vague, rien n'est encore très arrêté. »

Il s'en alla rejoindre les fayettistes, de l'autre côté de la rue. Danton, à son tour, sortait des Jacobins, avec le jeune Brune.

« Comment, monsieur Danton, vous partez? lui dit Lise. Et cette pétition?

— Brissot est parfaitement capable de l'écrire. Moi, je vais voir Camille; il faut trouver les moyens d'activer les signatures et d'étendre la chose aux départements. »

Il s'éloigna, suivi de Legendre, de Dubon, du poète Fabre d'Églantine, l'auteur de *Il pleut, il pleut, bergère*. Ils étaient échauffés, sauf Dubon qui leur dit qu'à son avis la grande masse de la province ne signerait pas contre le Roi. De plus, la pétition risquait d'être illégale. Il faudrait voir ça de très près demain. Il les quitta devant la place Dauphine, laissant Danton songeur au milieu des autres parlant haut et fort. Les voix résonnaient dans la nuit tiède et claire. Au coin de la rue de Bussi, ils croisèrent une patrouille de la garde soldée. « Voilà la cabale qui passe, Danton et sa clique », gronda un garde national. Brune lui lança une bordée d'injures.

Legendre prit la rue des Boucheries où il logeait, encore qu'il eût abandonné ses étaux pour se consacrer tout entier à son action. De l'autre côté, dans la rue des Cordeliers, une lumière brillait aux fenêtres de Marat. Fabre et Brune suivirent Danton cour du Commerce où il les fit monter chez lui, appelant au passage Desmoulins qui était en train d'écrire un article fulminant contre l'Assemblée. A l'étage au-dessus, Mme Danton, inquiète, veillait. Un peu pâle mais se forçant à sourire, elle alluma les candélabres dans le salon tendu de papier arabesque, aux fauteuils de satin vert, et apporta de quoi boire, puis alla bercer son fils que le bruit avait réveillé.

« Ouf! quelle chaleur! fit Danton en se laissant aller sur le canapé. Ce brave Dubon n'a pas tort : on a dit beaucoup de bêtises aujourd'hui. Tâchons d'en commettre le moins possible.

— Bah! demain nous aurons quarante mille hommes au Champ-de-Mars. Nous enlèverons tout, assura Brune avec sa jeune confiance.

— Ce n'est pas certain. L'affaire est mal engagée. Les Jacobins ne savent pas ce qu'ils veulent. Nous-mêmes, le savons-nous, au fond? »

Rue Saint-Honoré, les trois autres commissaires avaient eux aussi laissé Brissot à une tâche pour laquelle il était le mieux qualifié. Il ne restait pas seul : Laclos veillait avec lui et, se plaignant d'un grand mal de tête, soutenant de sa main son front, regardait la plume courir. Il n'était pas loin de minuit. Dans le grand vaisseau vide, avec ses gradins derrière lesquels sortait le haut des piliers soutenant la voûte, les deux hommes se penchaient côte à côte sur la table des secrétaires. Brissot parlait à mi-voix en écrivant, sa plume grinçait sur les vergeures. Elle attaqua la dernière phrase, avec des repentirs et des ratures : *Les Français soussignés demandent formellement et spécialement que l'Assemblée nationale ait à recevoir, au nom de la nation, l'abdication faite, le 21 juin, par Louis XVI, de la couronne qui lui avait été déléguée, et à pourvoir à son remplacement...*

« Oui, observa Laclos, mais ne serait-il pas prudent d'ajouter là une formule montrant que nous ne sommes pas des factieux. Je ne sais pas quoi. Peut-être quelque chose comme... voyons... : « par les moyens constitutionnels » ou plutôt : « par tous les moyens constitutionnels ».

— Cela me semble prudent, en effet, cela répond à la pensée de Robespierre, qui est de rendre la chose bien légale, dit Brissot. »

Il reprit sa phrase : ... *à pourvoir à son remplacement par tous les moyens constitutionnels, déclarant les soussignés qu'ils ne reconnaîtront jamais Louis XVI pour leur roi, à moins que la majorité de la nation n'émette un vœu contraire.*

Les moyens constitutionnels, cela signifiait le Dauphin avec un régent. C'est-à-dire nécessairement l'éternel Philippe, puisque Monsieur était émigré. Brissot ne s'en rendit pas compte, ni personne le lendemain, à la lecture de la pétition qui fut approuvée. Il y avait fort peu de membres dans la salle. Étonné, Pétion, auquel Claude rapporta les propos de Montaudon, la veille, voulut donner un coup d'œil aux Feuillants, en traversant la cour pour se rendre au Manège. Les trois quarts des députés jacobins étaient là, écoutant Duport. Toute une trame se révéla d'un coup. Dans la nuit, les triumvirs avec les « constituants » fayettistes — en un mot, tous les monarchistes de l'Assemblée — avaient fondé une nouvelle Société des Amis de la Constitution qui réunissait la masse modérée des Jacobins. La scission était formelle, désastreuse : il ne restait plus à l'ancien club que quatre ou cinq députés, les autres membres étant simples citoyens.

Pétion, Claude usèrent en vain de leur éloquence pour ramener leurs collègues. Ceux-ci ne voulurent rien entendre. Depuis longtemps ils en avaient assez d'un club où l'on acceptait n'importe qui, où il fallait souffrir les insultes des membres cordeliers, leurs visées républicaines, les manœuvres des orléanistes et la plèbe du Palais-Royal. C'était fini. On préparait une adresse pour annoncer à toutes les filiales de province que désormais les Amis de la Constitution siégeaient aux Feuillants. On allait mettre les autorités en demeure de sévir contre les fauteurs de troubles, qui, sur les places publiques et dans les gazettes, appelaient au massacre.

La presse était en effet déchaînée, ce matin. Elle traitait Louis XVI de valet infidèle, de crapule couronnée, de lâche, Marie-Antoinette de catin criminelle. L'Assemblée elle aussi recevait sa bonne part d'injures et de menaces. Desmoulins, qualifiant les députés de « mandataires infidèles », réclamait pour eux la peine capitale. Marat, frénétique, écrivait avec fureur : « Coupez les pouces à tous les valets-nés de la Cour et aux représentants de la ci-devant noblesse et du haut clergé. Quant aux députés du peuple qui ont vendu aux despotes les droits de la nation, aux Sieyès, aux Le Chapelier, aux Duport, aux Barnave, aux Montaudon, aux Target, empalez-les tout vivants, et qu'ils soient exposés sur les créneaux du Sénat pendant trois jours. » C'était Brune, prote de l'imprimerie où se tirait *L'Ami du peuple*, qui avait composé cela en riant de telles extravagances dont il ne voyait pas le danger.

La garde soldée répondait à ces provocations par des brutalités. Gabrielle Dubon, attirée à sa fenêtre par des cris, vit sur le Pont-Neuf un homme assailli à coups de crosse. C'était le journaliste Fréron. Un agitateur, Retondo, fut battu, terrassé, traîné au corps de garde.

Atterrés par la scission, Pétion et Claude allèrent avertir Maximilien à l'Assemblée. Ils l'y trouvèrent pâle et crispé, écoutant la lecture d'une adresse qui le rendait responsable des troubles. On l'accusait de vouloir renverser la Constitution, mettre le pays à feu et à sang. Des voix rageuses s'élevèrent à droite, approuvant cette attaque, prêtes à requérir l'arrestation de Robespierre. Dandré les fit taire en invitant très fermement l'Assemblée à ne pas se laisser entraîner dans des querelles de personnes, il la ramena aux mesures générales. On avait mandé à la barre la municipalité, elle parut. Du fauteuil présidentiel, Charles de Lameth admonesta sévèrement Bailly et les municipaux. Il leur enjoignit d'assurer l'ordre.

Claude rentra chez lui avec un sentiment assez sinistre. Un coup terrible avait été porté aux Jacobins en un moment où seuls ils auraient pu former un rempart entre les ennemis résolus, semblait-il, à s'affronter. La bataille entre les deux éléments extrêmes paraissait imminente, on se sentait retourner à la fièvre brûlante des jours qui avaient précédé l'attaque contre la Bastille. Pourtant le cœur de Paris ne s'affolait pas beaucoup. On voyait rouler des faubourgs vers le « Palais-Orléans », vers les Tuileries, le Manège, la place Vendôme ou la place Louis-XV, quelques forts de la Halle qui avaient gardé les armes du triomphe de Voltaire. Des cortèges, musique en tête, allaient prononcer çà ou là le nouveau serment. Les hommes, munis de piques ou de bâtons, des femmes au bras, défilaient en bon ordre, par dix de front, en clamant : « Vive la loi ! Vive la liberté !... Foutez Louis XVI à la porte ! Au diable les aristocrates !... Vivent les bons députés ! Que les autres prennent garde à eux! » Hormis ces manifestations — sans turbulence menaçante, du reste — et les gardes nationaux en réserve sur les places ou patrouillant par les rues, la ville restait relativement calme sous le grand soleil.

Lise était allée chez sa couturière : Mlle Teillard, au Palais-Royal. Elle en revenait d'une humeur plutôt enjouée. Il ne fallait pas prendre la situation trop au sérieux. Les « constituants » montraient une résolution et déployaient des forces telles, qu'à coup sûr ils imposeraient le maintien de Louis XVI. Dommage, certes! Mais petit, car la royauté ne durerait pas longtemps : dans ce délai, mûrirait la république. Et vraiment, les gens — les gens ordinaires — ne semblaient pas assez passionnés par la question du Roi, pour aller se heurter à un appareil formidable. Non, l'air du jour n'était pas à une folle révolte

« Peut-être, reconnut Claude. Il n'en demeure pas moins que la destruction des Jacobins a quelque chose d'alarmant.

— Bon, mon ami, dit Lise en s'asseyant sur ses genoux. Je mesure la violence du coup, mais quoi! ce n'est point parce que quatre-vingt-neuf députés — tu as bien dit ce chiffre? — ont traversé la rue, que notre société va mourir. Après tout, la voilà épurée de ses membres rétrogrades. Depuis longtemps, ils paralysaient tout, ils retardaient tout. Sans doute ôtent-ils quelque chose à son action dans l'Assemblée, mais ils ne diminuent pas son pouvoir sur l'opinion.

— Mon petit cœur, tu t'abuses. Ils vont mettre la main sur les filiales de province, et alors!

— Alors, alors?... Je ne suis pas bien intelligente, moi, mais il y a une chose que je sais, comme ça : c'est que quand on a certains mots, certaines habitudes, dans la tête, cela n'en sort pas aisément. Dans des millions de cervelles, ici et en province, il y a *les Jacobins.* Ils y resteront quoi que l'on fasse. Bien entendu, il faut lutter, se défendre, tâcher de ramener petit à petit les députés qui peuvent être regagnés. »

Claude sourit. Il ne partageait guère l'optimisme de sa femme, et il sentait bien qu'elle-même forçait un peu afin de lui communiquer sa confiance. Il s'y prêta, faisant effort pour voir les choses sous de moins sombres couleurs. L'énergie ne lui manquait point, mais il avait été atteint profondément. Il souffrait de la « traîtrise » de Montaudon qui lui avait tout caché, la veille. Montaudon, un ami de vingt-cinq ans! avec lequel, jadis au collège, il s'enflammait pour les beaux traits de l'histoire spartiate et romaine; et plus tard, ils s'enthousiasmaient ensemble en lisant Rousseau, d'Alembert, Voltaire, Diderot, Montesquieu... Ces longues promenades dans la campagne limousine, où ils refaisaient en rêve un monde délivré par la raison et la justice!

« Viens, décida Lise, sortons, il faut te distraire. Allons voir où en est cette fameuse pétition. »

Ils prirent un locatis pour se rendre au Champ-de-Mars. Bien d'autres fiacres y conduisaient des curieux et des promeneurs dont les groupes parsemaient l'immense quadrilatère, nu entre ses gradins de gazon. D'un côté, l'École militaire formait fond avec sa majestueuse façade; de l'autre, par-delà le pont de bois enjambant le fleuve, la colline de Chaillot élevait ses hauteurs verdoyantes en plein soleil. Il faisait chaud, cependant un peu de brise tempérait l'ardeur des rayons et la réverbération du sol crayeux. Pas une ombre.

Le gros du public se rassemblait au centre, autour de l'escalier monumental à quatre côtés, couronné par l'autel de la patrie. On était loin, très loin, d'avoir là les quarante mille hommes sur lesquels comptait ingénument Brune. Des enfants jouaient, courant entre les grandes personnes. On voyait des forts de la Halle plus ou moins armés, des sectionnaires, des ouvriers chômeurs, des boutiquiers, des laquais sans maître, des badauds, des journalistes, des espions de police, et surtout la clique ordinaire du Palais-Royal. Au total, une foule bigarrée où dominait le beau sexe : simples mères de famille promenant leur progéniture, épouses bourgeoises venues bras dessus, bras dessous avec leur mari voir là ce qui se passait, et des comtesses ou duchesses démocrates, des bas-bleus révolutionnaires, des poissardes, ouvrières et filles républicaines : c'est-à-dire toutes les sortes de « sans-culottes », comme on appelait les femmes patriotes, depuis la boutade de l'abbé Maury. Harcelé et interrompu dans un de ses discours royalistes par les réflexions railleuses de deux dames des loges, dont la jolie Aimée de Coigny, il s'était écrié, en pleine Assemblée : « Monsieur le président, faites donc taire ces sans-culottes! » Il aurait dit : ces enjuponnées, comme les prédicateurs d'autrefois, le mot n'eût frappé personne. L'originalité de l'expression lui valait une vogue grandissante et, les journaux royalistes la tournant en injure, elle devenait en quelque sorte un brevet de patriotisme.

Il y avait aussi, circulant dans le public en faisant cliqueter leur crécelle, les débitants de sorbets et de coco, qui portaient sur leur dos leur marchandise dans un cylindre peint de couleurs vives, les marchands de pain d'épice, de gâteaux de Nanterre : friandise nouvelle, très en vogue. Il y avait, enfin, assis au bas des marches, un petit bonhomme maigre à perruque bien frisée, en habit vert un peu usé mais très propre, qui détaillait les citoyennes d'un regard expert et sournois.

Lise et Claude étaient descendus de voiture devant l'École militaire. Là, des compagnies de la garde citoyenne veillaient près de leurs fusils en faisceaux. En avançant vers l'autel, les deux jeunes gens virent exposé sur la base un tableau du triomphe de Voltaire ainsi que l'affiche inspirée aux Cordeliers par le serment de « Brutus » : *Songez qu'au Champ-de-Mars, à cet autel auguste, Louis nous a juré d'être fidèle et juste...* Ils étaient là en nombre, les Cordeliers, avec leur carte représentant un œil ouvert, pendue à la boutonnière par une ganse bleue. Montés sur les quatre socles cubiques flanquant les angles de l'escalier monumental et supportant les cratères où, les jours de célébration, brûlait la flamme patriotique, des commissaires lisaient à l'assistance la pétition jacobine. L'un de ces commissaires était Danton, vêtu à la légère de basin gris, quelque peu dépoitraillé; le second, Brissot, avec son nez hardi. Les deux autres, après les avoir aperçus de loin, on ne les voyait pas de ce côté : l'escalier les masquait. Aucun des quatre ne remportait, semblait-il, grand succès, à en croire les murmures, et même quelques clameurs de la foule où l'on entendait crier dans les premiers rangs : « A bas les traîtres! Plus de monarchie! Plus de despotes! »

« Ah bah! l'accord ne me semble guère parfait! dit Lise. Avançons un peu. »

Parvenus plus près du piédestal de Danton, ils se rendirent compte que l'ancien président des Cordeliers se trouvait aux prises avec ses propres troupes fort mécontentes. « C'est une adresse monarchiste que vous nous baillez là! protestait-on. Nous ne voulons pas plus d'un autre roi que de Louis XVI. » Danton, aussi leste qu'au temps où il luttait avec le taureau, sauta au sol pour argumenter. Bonneville s'avança, très ferme : « On vous abuse, Danton. Ne voyez-vous pas ce que couvrent ces mots : *par tous les moyens constitutionnels?* Ou bien voulez-vous, vous-même, tromper le peuple? Nous n'entendons pas déposer Louis de Bourbon pour le remplacer, sous quelque forme que ce soit, par Philippe d'Orléans. Il faut détruire toute forme monarchique. »

Pétion, Claude lui-même intervinrent, rappelant que les Jacobins n'estimaient pas les temps mûrs pour la république, surtout maintenant, après la redoutable scission des « constituants ». Danton, suant, la cravate défaite, explosa. « Oui, tout cela est bougrement mal emmanché! Qu'est-ce que vous souhaitez? Si vous le savez, dites-le; accordez vos violons, une fois pour toutes! »

Brissot arriva, annonçant que les gens ne semblaient pas disposés à signer. Certains voulaient barrer la phrase : *et à pourvoir à son remplacement par tous les moyens constitutionnels*. D'autres voulaient ajouter, après *ne reconnaîtront jamais Louis XVI*, « ni aucun autre roi ».

« Qu'ils aillent se faire foutre! s'exclama Danton. J'en ai par-dessus les oreilles. Allez, venez! dit-il en prenant Claude et Lise chacun par le bras, quittons cette pétaudière. Allons boire un verre de clairet au Gros-Caillou à la santé de la ravissante Lison. Elle est à croquer, cette enfant. Je ne vous ai jamais vu les yeux si bleus, madame. »

Elle lui rendit son sourire. Mais Claude : « Mon ami, mille excuses; je voudrais quand même savoir comment on va conclure.

— Par quelque sottise, assurément. J'ai idée que tout cela finira par tourner très mal!... Venez donc dîner avec nous, demain, lança-t-il en s'éloignant. Nous vous attendrons. »

Brune et quelques Cordeliers le suivirent. La plupart restèrent à discuter, demandant que l'on amendât la pétition de la façon souhaitée par le peuple. Elle répondait à leur propre vœu. Les Jacobins, eux, entendaient la maintenir telle quelle. De guerre lasse, au bout d'une heure on décida de revoir la question ce soir, au club, avec l'avis de Robespierre. Le texte, remanié, serait rapporté ici demain, dimanche. En attendant, Claude fit observer que, pour rester dans les formes légales, il fallait déclarer à la municipalité cette future réunion. Bonneville s'en chargea, avec Desmoulins qui arrivait, accompagné de sa blonde épouse, et que Claude grondait pour la violence de son article contre les députés. Camille, mal à l'aise, saisit l'occasion de s'esquiver, laissant Lucile en compagnie de Lise.

En se dirigeant vers les Tuileries et le Manège pour la séance de relevée, Claude dit à Pétion marchant avec lui un peu en arrière des dames :

« Il y a en tout cas quelque chose de certain : le sort d'Orléans est réglé, cette fois. Personne ne peut plus nourrir d'illusion à ce sujet. On veut encore moins de Philippe que de Louis.

— Oui, et voilà sans doute ce qui cause l'humeur de Danton.

— Je ne le crois pas. Non, je ne crois pas que Danton puisse regretter l'échec d'une cause si méprisable. Je pense qu'il voyait dans un conseil de régence la seule solution au problème.

— A moins qu'il n'ait repris à son compte la tentative de Mirabeau : faire obtenir le pouvoir à Orléans pour devenir son ministre. Avez-vous envisagé cela?

— On en arriverait à soupçonner tout le monde! » marmonna Claude en haussant les épaules avec lassitude.

Ils entrèrent tous les quatre au Manège, toujours entouré de troupes. Les deux jeunes femmes montèrent aux loges tandis que Pétion et Claude gagnaient leurs places près de Robespierre auquel ils narrèrent ce qui venait de se produire. Comme Claude lui rapportait le dernier mot de Danton, Maximilien hocha nerveusement la tête. « Je crains, qu'il n'ait raison. On va trop loin, mais il y a lui-même poussé. »

L'Assemblée était en train de recevoir à la barre les ministres, les accusateurs publics, et de leur intimer, aux uns et aux autres, l'ordre qu'elle avait déjà donné, le matin, à Bailly : assurer de la façon la plus énergique le respect de la loi. Sur un tel sujet, il n'y avait pas à intervenir. Vers six heures, les députés jacobins décidèrent de souper puis de se rendre au club. Pétion et Robespierre montèrent au restaurant du Manège, Claude emmena Lise et Lucile. Desmoulins devait la retrouver rue Saint-Nicaise. Il les y attendait, griffonnant fiévreusement sur le bureau de Claude. En soupant tous ensemble, Claude fit à Camille la morale, lui montrant combien il était dangereux de discréditer l'Assemblée tout entière en un moment où elle restait unique dépositaire du pouvoir national. Oui, elle comptait au moins deux cents royalistes déclarés, fanatiques du despotisme et de la superstition, et un certain nombre d'autres, dispersés parmi les monarchistes, mais la plus grande partie des monarchistes sincères et la gauche ne pouvaient être considérés comme des ennemis du peuple. Marat lui-même sentait cela, il ne vouait aux gémonies, ou plus exactement au pal, que la droite et les *constituants.* « Y compris ton ami Montaudon », observa Camille en riant. Depuis quelques semaines, lui et Claude s'étaient mis à se tutoyer.

« Montaudon n'est plus mon ami, répondit-il sombrement.

— Hon, hon, je reconnais là ton caractère romain, mais s'il nous faut être impitoyables avec les ennemis publics, ne soyons pas trop exigeants avec nos amis. Je me... m'entends bien avec Danton, moi, et pourtant nous ne sommes pas tout à fait d'accord. *Amica veritas, sed magis amicus Plato* », acheva Camille, paraphrasant avec une joyeuse ironie.

Dubon passa prendre son beau-frère. Les trois hommes s'en allèrent au club par les rues pleines de soldats citoyens.

« Il y a sans nul doute nombre de républicains parmi eux, observa Dubon.

— Parbleu! dit Camille. Quand je prends l'uniforme, je ne ... ne quitte pas pour cela mes idées.

— Bien entendu, seulement toutes les opinions sont représentées dans une même compagnie, et elles se neutralisent les unes les autres. Sauf, peut-être, trois ou quatre bataillons démocrates dans leur ensemble, la garde nationale, soldée ou non, est du côté constitutionnel. Un soulèvement n'aurait aucune chance. »

Aux Jacobins, il y avait quatre heures que l'on discutait sur l'addition républicaine demandée par les Cordeliers au retour du champ de la Fédération. Rien ne restait de la phrase orléaniste, tout le débat portait sur ces trois mots : *ni aucun autre.* Robespierre était aux prises avec Hébert : le rédacteur du *Père Duchêne*, et Legendre lorsque Claude, Dubon et Camille arrivèrent. Nulle apparence de Danton. La discussion se poursuivit encore pendant près d'une heure. La plupart des Cordeliers, malgré l'avis que donna Dubon à la tribune, ne voulaient pas renoncer à l'espoir d'une république. La plupart des Jacobins, et en tout cas les cinq députés restant, se refusaient à violer la Constitution, fondée sur le principe monarchique. Leurs arguments, leur fermeté l'emportèrent enfin. La majorité du club décida de maintenir la rédaction primitive ainsi rectifiée : « Les Français soussignés demandent formellement et spécialement que l'Assemblée nationale ait à recevoir, au nom de la nation, l'abdication faite, le 21 juin, par Louis XVI, de la couronne qui lui avait été déléguée, et à pourvoir à son remplacement; déclarant les soussignés qu'ils ne reconnaîtront jamais Louis XVI pour leur roi, à moins que la majorité de la nation n'émette un vœu contraire. » Cette « tiédeur » ne satisfaisait pas Legendre. Lui et la plupart des Cordeliers se retirèrent en déclarant qu'ils feraient leur propre pétition.

« Bientôt, remarqua Claude, il y en aura tant que personne n'y reconnaîtra plus rien. Elles se détruiront mutuellement. »

Les Jacobins envoyèrent la leur à l'imprimerie. Les députés, laissant Robespierre et le président Antoine étudier avec les membres présents les moyens de ramener les scissionnaires ou de parer à leur action sur les sociétés provinciales, traversèrent la rue pour se rendre au Manège où la séance durait encore. Il était huit heures et demie. A la fin de la relevée, Bailly avait avisé les Lameth de la déclaration de réunion déposée à la Commune par Bonneville. On voyait ce qu'elle laissait présager. Les « constituants » n'hésitèrent pas. La Fayette les assurait qu'il tenait la situation en main. Ils lancèrent de nouveau Desmeuniers. Celui-ci reprit sa motion du 14, laquelle, sous l'apparence d'une sanction contre Louis XVI, garantissait en fait son maintien sur le trône. Desmeuniers proposa un complément au décret du 15. Quand les députés jacobins revinrent en séance, on commençait à voter sur un projet portant que le pouvoir exécutif demeurerait suspendu jusqu'à ce que l'acte constitutionnel ait été présenté au Roi et accepté par lui. Une demi-heure plus tard, le vote était acquis, avec la majorité même de la veille. Claude, le cœur battant, regarda Pétion en silence. Il n'y avait rien à dire, il n'y avait plus de question. Mais quelle serait la réaction populaire?... Toujours flegmatique, Pétion haussa les épaules.

Avec un énorme brouhaha, la salle se vidait. Pendant que les Feuillants se réunissaient pour célébrer leur victoire, Pétion et Claude rentrèrent aux Jacobins et annoncèrent la nouvelle. Là aussi, il y eut un instant de silence. Robespierre se leva, raide dans son habit bleu, le visage crispé. « Nous ne pouvons pas nous dresser contre l'Assemblée ni contre la Constitution que nous avons contribué à établir. Contre l'une ou contre l'autre, toute tentative serait à présent factieuse. Je propose que nous décidions de retirer notre pétition. »

Déjà, la municipalité, prévenue, arrêtait que le décret

serait, demain dès huit heures du matin, proclamé à tous les carrefours, et La Fayette déclarait interdit tout rassemblement ou cortège.

A cette heure, le petit homme bien frisé, en habit vert, au visage mince et pointu comme un museau de furet — le petit homme qui, tantôt, au pied de l'autel de la patrie, lorgnait sournoisement les citoyennes montant l'escalier monumental —, se trouvait attablé au *Tonneau des Cygnes*, rue Saint-Dominique, au Gros-Caillou. C'était un « bouchon » misérable, dans cette poudreuse venelle de banlieue, bordée de plus de palissades que de maisons, avec des enclos, des jardins maraîchers, des terrains vagues, et, en face, à quelques toises, l'île des Cygnes reliée à la berge par sa passerelle sur pilotis. Au-delà du grand bras de la Seine brillait la ligne régulière des lampadaires bordant le Cours-la-Reine. Leur pointillé se reflétait en serpentins dans le fleuve noir, clapotant. Les débardeurs du port aux pierres, les tailleurs qui passaient leurs jours à faire crier la longue scie dans les blocs de calcaire, les bateliers des chantiers de bois dont les entassements couvraient tout un côté de l'île, se délassaient à grand bruit dans le cabaret qui eût, sans nul doute, rappelé à Desmoulins — avec sa manie des citations latines — la « taverne bruyante et enfumée » où Virgile a placé sa Copa « coiffée d'un diadème à la grecque et dont le flanc ondule savamment au son du crotale ». En fait de filles, il n'y avait ici que de puantes maritornes, vrais remèdes d'amour, dont le petit homme ne se souciait pas plus que du vacarme. Penché sur une cruche de pivois, tout en pétunant dans une pipe en plâtre il exposait à un compère l'idée qui lui était venue tantôt, devant le spectacle de l'affluence féminine sur l'autel. « Eh, eh, tu es à l'œil, mon ami! ricanait son confident rondouillard. M'est avis que ce ne serait pas un mauvais flanche. On en rembroquerait, des choses! Dom Bougre en personne n'en a jamais tant rebouisé. Quel ciel! »

Sa trogne vineuse en tournait au bleu. Il était tout ensemble valet d'abattoir à la boucherie des Invalides, proche, et menuisier entre-temps : ce pourquoi le petit homme l'avait choisi. Quant à lui, c'était un perruquier ruiné par l'émigration et la mode des coiffures au naturel. Il exécrait pour cela les patriotes; peut-être y avait-il accessoirement dans son idée une teinte confuse de vengeance.

« Oui bien, dit-il, on les verra, ces fières sans-culottes! Mais il faut s'installer à l'obscur. Pas besoin de grande lumière pour écarter quelques planches; nous nous glisserons et les rabattrons derrière nous, nous ressortirons la nuit prochaine.

— Diantre! mon ami, s'il s'agit de passer là tout un jour, il serait bon de songer à quelque chose pour l'estomac et la gargoine. Charge-toi du comestible; moi, j'ai un tonnelet de Suresnes, je l'apporterai avec mes outils. »

Les deux complices vidèrent leur pot en se donnant de grandes tapes excitées, ils s'assignèrent à deux heures du matin.

X

Avec Brissot, Pétion et le brasseur cordelier Santerre, Claude avait été désigné par les Jacobins pour arrêter la pétition, s'assurer qu'aucun exemplaire ne se trouvait sur l'autel de la patrie, et expliquer au public les motifs de ce retrait, le tout avant la proclamation du décret par les municipaux. De très bonne heure donc, ce dimanche 17 juillet, les quatre commissaires, par la rue Saint-Honoré, la place Louis-XV et le quai du Cours-la-Reine, gagnèrent le port aux pierres où ils prirent le bac des Invalides. Le soleil touchait à peine les dorures du dôme, une vapeur rose planait haut dessus la Seine. « Encore une belle et chaude journée », remarqua Santerre. Sur l'esplanade aux vastes boulingrins rectangulaires, d'un vert argenté par la rosée, ils prirent l'allée de la berge pour traverser en diagonale le Gros-Caillou et aboutir au Champ-de-Mars par la grille juste en face de l'autel.

Comme ils allaient atteindre la rue des Cygnes, au milieu des enclos, ils furent surpris d'entendre dans le village une clameur qui semblait se rapprocher. Bientôt, ils virent déboucher, soulevant la poussière, une populace hurlante. Des mégères furibondes, laveuses au cotillon troussé, criaient en brandissant leurs battoirs. Il y avait avec elles des tailleurs de pierre, reconnaissables à leur carmagnole et leur pantalon blanc, des tireurs de bois armés, comme les naveteaux limousins, du lancis. Cette troupe désordonnée agitait en l'air deux boules, deux espèces de boules indéfinissables que l'on eût dites chevelues. De plus près, Claude, avec une contraction de l'estomac, reconnut là deux têtes humaines brandies à bout de pique ou de fourche : deux têtes blêmes, marbrées de sang, aux cheveux poissés, aux yeux vitreux, la bouche ouverte. Des cous déchiquetés, pendait ignoblement une grappe de choses rougeâtres. Il ferma les yeux, faillit vomir. Sensation bien réelle, et cependant il pensait : « Je rêve, voyons, je rêve! » Dans ce délicieux matin si paisible, ces têtes martyrisées!... Refoulant la nausée, Claude regarda Pétion qui, en dépit de son flegme, était pâle. Brissot murmurait mécaniquement : « Ce n'est pas croyable, ce n'est pas croyable! » Pourtant il avait déjà vu pareil spectacle, à la Bastille. Santerre, plus aguerri, gardait son sang-froid. Arrêtant un des suiveurs de l'atroce procession :

« Dites-moi, citoyen, s'enquit-il. Qu'est-ce donc?

— Ça, mon ami, répondit l'individu, c'était deux cochons de royalistes qu'on a trouvés cachés sous l'autel de la patrie, avec un tonneau de poudre pour le faire sauter quand le peuple serait dessus.

— Pas possible!

— Eh oui! Une telle scélératesse, hein! Quand je pense qu'on les avait conduits au commissaire de police et qu'il les a relâchés, ces monstres! Il pourrait bien y passer à son tour; on est en train de lui demander compte. » Il allait rejoindre sa bande lorsqu'il se ravisa. « Vous êtes un bon citoyen, n'auriez-vous pas une pièce pour rafraîchir de braves patriotes contents d'avoir fait leur devoir? » Avec répugnance, Santerre lui tendit quelques sols. Puis, se tournant vers ses collègues : « Nous devrions peut-être aller voir. »

Un maraîcher qui s'était arrêté de tirer de l'eau de son puits pour regarder le cortège leur indiqua le chemin du commissariat. Si la foule s'y était portée, elle en avait déguerpi. Ils ne trouvèrent qu'un fonctionnaire désolé. Quand Claude et Pétion se furent fait reconnaître : « Messieurs, leur dit-il, j'ai relâché ces hommes après les avoir interrogés. La garde nationale n'a pas su les défendre, moi, je ne pouvais retenir contre eux ni crime ni délit. C'étaient deux tristes sires, rien de plus. Ils avaient eu l'idée sale et stupide de percer des trous dans la plate-forme de l'autel pour regarder sous leurs jupes les femmes qui monteraient. J'ai envoyé vérifier la chose; elle est exacte. Quant à leur tonneau de poudre, le voici : c'est du vin blanc.

— Eh bien, dit Santerre en sortant, il faudra conter l'histoire à ce brave Louvet. L'invention eût été digne de son Faublas. Voilà où conduit le libertinage. C'est payer cher, tout de même. »

Le cœur encore mal remis, Claude accomplit sa part de la tâche que le club leur avait fixée. A vrai dire, on ne prêta guère l'oreille aux paroles des Jacobins. Des sociétés populaires apportaient d'autres pétitions, résolument républicaines. Si bien vu que fût Santerre, quand il voulut prévenir l'assistance du risque qu'elle courait en se rassemblant, on lui cria de s'en aller dans son faubourg. On oubliait déjà le double meurtre. Ou plutôt, les trois quarts des gens l'ignoraient. Il y avait bonne distance d'ici au Gros-Caillou. Du reste, quand le petit perruquier et son compère avaient été arrachés à leur cachette, aux environs de six heures du matin, le champ de la Fédération était encore presque désert. Et maintenant, c'est au Palais-Royal que l'on exhibait leurs têtes.

De là, sans doute, la nouvelle parvint au Manège, mais déformée. Dans la bouche d'un député monarchiste, elle acheva sa métamorphose : « Messieurs, annonça-t-il avec indignation, deux bons citoyens ont péri. Ils recommandaient au peuple le respect des lois. On les a pendus! » Claude, arrivant avec Pétion, voulut rétablir la vérité. On ne l'écouta pas. Regnault de Saint-Jean-d'Angély réclamait à pleine voix l'application de la loi martiale. « L'Assemblée, poursuivit-il, doit déclarer criminels de lèse-nation tous ceux qui, par écrits individuels ou collectifs, porteraient le peuple à résister. » Les *constituants* devaient attendre une occasion pareille pour présenter ce décret dirigé de toute évidence contre les pétitions et contre la presse « extrémiste ». Il fut rendu sur-le-champ, tandis que Charles de Lameth envoyait à Bailly l'ordre de faire rechercher et saisir les meurtriers. Après quoi, passant majestueusement à l'ordre du jour, on se mit à écouter — plus ou moins — des rapports sur les finances, la marine, les troubles suscités par les prêtres ultramontains. Claude avait dans les yeux l'image de ces deux atroces têtes, cireuses et sanglantes, brandies dans la lumière du matin. C'était plus horrible encore que les cadavres du faubourg Saint-Antoine, lors de l'affaire Réveillon. Ainsi, songeait-il confusément, voilà ce que c'est des têtes coupées! Il avait entendu parler, à Versailles, de celles de Flesselles, de Launay, de Foullon et de son gendre Bertier, promenées de la sorte dans Paris. Le spectacle de ce matin donnait à ces atrocités leur réalisme effroyable. On a vu, on imagine, des yeux révulsés, mais ces yeux vitreux dont le cristallin luit fixement à travers des souillures de poussière! Et ces chapelets de choses tailladées, arrachées, pendant, sanguinolentes! Il n'avait jeté qu'un regard — un regard fasciné au milieu même de la répulsion —, néanmoins ce coup d'œil avait tout saisi, jusqu'au liséré de chair rouge que la peau coupée découvre tout autour du cou en se rétractant : un collier serré de ruban pourpre. L'horreur provoquait dans tout son corps, dans sa substance menacée peut-être du même viol, la peur physique. Il se leva vivement et sortit. Il avait besoin de sentir le soleil, de marcher, de voir les passants paisibles dans la rue, d'embrasser Lise. En gagnant la rue Saint-Nicaise, il pensa que Mme Roland devrait regarder un peu des têtes coupées : cela calmerait son enthousiasme insurrectionnel.

Ravissante dans une nouvelle robe rayée blanc et vert, avec un caraco à grands revers et petites basques, Lise attendait son mari. Il l'admira, elle était la vie radieuse. Elle le trouva un peu pâle. Il lui en expliqua succinctement la cause, lui dit de se dépêcher, sans quoi ils seraient en retard. Elle mit un chapeau blanc à coiffe de rubans verts, et ils partirent par le guichet du Louvre. Ils passèrent l'eau dans un batelet du port Saint-Nicolas. Tournant, au collège des Quatre-Nations, derrière le pavillon des Arts, par la rue Mazarine ils arrivèrent à celle de la Comédie, où Fabre d'Églantine, sortant du café Procope, les arrêta pour faire compliment à Lise. Il ajouta qu'il allait rejoindre Legendre au champ de la Fédération.

Partout, sur leur chemin, Lise et Claude avaient trouvé Paris calme. Le quartier, des plus républicains, paraissait lui aussi fort tranquille, avec son air habituel du dimanche. Quelques pas dans la rue des Cordeliers les amenèrent devant la demeure de Danton, presque en face du couvent. Le porche de la maison, lourdement cintré, servait d'entrée à la cour du Commerce. Sous ce porche même, auquel s'accotait la boutique basse où travaillait Brune et s'imprimait *L'Ami du peuple*, ils prirent à gauche le grand escalier, large et sombre. « Je me demande, dit Claude, si Marat se doute que sa feuille a toutes les chances d'être saisie? Après le décret porté ce matin! Au demeurant, ce ne sera certes pas moi qui l'en aviserai. » Ils passaient devant le logement du ménage Desmoulins, à l'entresol. La vaste bâtisse formait une espèce de dédale, avec trois escaliers, deux cours, des décrochements de toutes sortes. A l'étage, ils arrivèrent devant une porte à deux battants, peinte en brun. Claude tira le pied-de-biche. Ce fut Gabrielle-Antoinette elle-même qui leur ouvrit, tenant le petit Antoine sur le bras.

L'antichambre était carrée, claire, prenant jour sur la cour du Commerce. Deux armoires en noyer luisaient de leurs larges panneaux. Tandis que Lise suivait Gabrielle dans sa chambre pour se débarrasser de son chapeau, Claude déposait le sien parmi d'autres sur une table-bureau voisinant avec un chiffonnier d'acajou. Il s'avança vers le petit salon d'où venait, par la porte ouverte, la rumeur des voix. Des exclamations accueillirent son entrée dans cette pièce aux boiseries grises, tout illuminée de soleil pénétrant par la haute fenêtre qui donnait sur la rue des Cordeliers. Autour de la table, dont l'acajou brillant reflétait les formes d'un service à café en porcelaine de Limoges — cadeau de Lise et Claude à Gabrielle pour ses relevailles après la naissance du petit Antoine, l'année précédente —, Camille Desmoulins, Lucile en robe bleu pervenche, Brune, la belle-sœur de Danton, Mme Charpentier, étaient assis dans les fauteuils blancs couverts de velours d'Utrecht rouge. Le maître de maison, avec son costume de basin gris, avait retourné vers eux le siège du secrétaire-tombeau placé dans l'angle de la croisée, et carrait son large dos dans ce fauteuil à coussin de basane verte. On était joyeux, ici; personne ne semblait se soucier des événements. Claude jeta une ombre sur cette gaieté en rapportant avec réserve ce qu'il avait vu au Gros-Caillou. Les dames furent horrifiées. « Bah! dit Danton, c'est un accident, en somme. » Il lança, sur un ton de plaisanterie, la remarque même qui était venue à Santerre. Il la développa gaillardement, déplorant, mi-figue mi-raisin, le sort de ces pauvres diables assez malchanceux pour payer leur injure aux femmes sans avoir eu le plaisir de la faire. Les dames le traitèrent d'affreux homme, de monstre, et l'on rit en traversant le grand salon pour s'attabler dans la salle à manger octogonale dont la fenêtre drapée de rideaux blancs s'ouvrait sur la cour, fort calme à cette heure.

« Vous avez raison, cher Danton, dit Claude, cet « accident » ne tient guère à la politique, mais j'ai le sentiment qu'on est en train de le transformer en un crime commis par les républicains, ou du moins à leur instigation. C'est grave. »

Il parla du décret contre les pétitions et la presse. « Aïe! aïe! fit Desmoulins, voilà qui sent mauvais! »

Danton, secouant sa grosse tête :

« Allons donc! Ces bougres-là n'oseront pas nous accuser. Nous avons agi légalement. Notre pétition jacobine était constitutionnelle.

— Bien trop même! dit Brune.

— Tu vois! D'ailleurs, sitôt connu le décret sur le Roi, vous l'avez retirée. Si Legendre est assez fou pour en faire une autre, cela le regarde. Quant à nous, nous sommes de bons citoyens en train de nous réjouir en famille *inter pocula*, comme dirait Camille. Honneur à Momus, aux Grâces qui nous environnent, et foin des soucis! »

Comme le dîner s'achevait, Fréron puis Momoro, l'imprimeur de Desmoulins, survinrent. Momoro arrivait du Champ-de-Mars, où, dit-il, on signait une pétition demandant à l'Assemblée de reprendre son décret sur le Roi et de consulter la nation. « J'ai signé, ajouta-t-il. Et aussi Fabre, Hébert, David, le peintre, Hanriot, le grand Maillard. Il y a des Jacobins, des Cordeliers, mais pas de têtes. Je n'ai pas vu Legendre. C'est Robert et sa femme qui m'ont paru être les promoteurs. Il n'y a pas grosse foule : trois ou quatre cents personnes, peut-être. » Danton haussa les épaules. « Il faut être bien naïf pour croire que l'Assemblée retirera son décret. Sottises que tout cela, je le répète. » Là-dessus, Santerre entra tandis que l'on prenait le café dans le grand salon où Danton, la nuit de l'avant-veille, avait déjà tenu des propos désabusés.

Claude, comme Robespierre, n'aimait guère le journaliste cordelier Fréron, fils de l'antagoniste de Voltaire qui avait lancé à ce Zoïle l'épigramme fameuse :

Un jour, dans le fond d'un vallon,
Un serpent mordit Jean Fréron.

Que pensez-vous qu'il arriva?
Ce fut le serpent qui creva.

Le père avait été un antiphilosophe acharné, bien que courtois, dont Claude, dans sa jeunesse, détestait les ouvrages. Le fils — âgé de trente-sept ans — avec sa figure ingrate, dure et méchante, lui faisait l'effet d'un mal blanc. Il s'en écarta un peu pour se rapprocher de Santerre et de Momoro. Ils avaient posé leurs tasses sur la cheminée supportant une grande glace à trumeau. Devant une autre glace semblable, appliquée entre les deux fenêtres au-dessus d'une console à plaque de marbre et galerie de cuivre, les dames entouraient la maîtresse de maison qui était allée chercher son fils. Camille, penchant sa tête nerveuse, s'accoudait au dossier du canapé recouvert de satin vert, comme les fauteuils, où Danton était assis entre Fréron et Brune. Ils parlaient du décret contre les agitateurs.

« Et toi, frère Santerre, que dis-tu? lui lança Camille. Si la... la racaille de 89 s'essaie à museler les patriotes, feras-tu marcher tes troupes?

— Mes troupes ne pourraient rien contre celles de La Fayette, il le sait bien. Du reste, je ne suis pas un factieux. Robespierre l'a dit justement hier soir : nous ne devons pas attenter à la Constitution », déclara posément Santerre.

C'était un homme d'environ quarante ans, bâti en force, avec un solide visage au nez aquilin. Sur ses traits, dans ses yeux, Claude lisait l'honnêteté et la bonté. Brasseur au faubourg Saint-Antoine, sa bienveillance envers ses ouvriers, sa bienfaisance, sa générosité lui valaient depuis presque vingt ans l'amour de tous, dans ce quartier. En juillet 89, dès la formation de la garde nationale, son district l'avait élu chef de bataillon. Il commandait une troupe d'artisans et d'ouvriers en pantalon, carmagnole et bonnet de laine, armés pour la plupart avec les piques fabriquées à la demande de Dubon, la veille de la Bastille. Santerre était un des rares républicains à n'éprouver aucune animosité contre le Roi ou la Reine. L'institution monarchique lui semblait mauvaise, il ne s'en prenait pas aux personnes. On devait pour beaucoup à son influence le calme du menu peuple parisien au retour de Louis XVI. La Fayette avait des égards, peut-être même un certain respect, pour lui. Les royalistes « enragés » l'exécraient. Lui, dans sa force et son assurance, les dédaignait simplement. Il jugeait que la Révolution devait s'accomplir jusqu'à l'établissement de la démocratie absolue; mais justement, en véritable démocrate, il voulait que cela se fît dans l'ordre, par l'effet de la volonté nationale. Claude avait grande confiance dans le caractère de cet homme mûr, calme, pétri d'expérience populaire et d'humanité. Il le comparait — la force physique en plus — à Dubon, lui-même plein d'estime pour Santerre.

« La Constitution! s'exclama Desmoulins. Hon, hon, elle est faite par une assemblée renfermant trois cents royalistes et prélats, six cents monarchistes. Comment serait-elle démocratique, votre sacro-sainte Constitution? Elle sert de masque à ceux qui sont en train d'étrangler la liberté, voilà tout. »

C'était à peu près ce que, en ce moment-même, orateurs des sociétés fraternelles et simples citoyens proclamaient sur l'autel du champ de la Fédération. L'un d'eux s'écriait, à l'adresse des représentants : « La poignarderez-vous dans son berceau, après l'avoir enfantée? » L'assistance avait un peu grossi depuis le départ de Momoro. Comme les jours précédents, elle comprenait beaucoup de flâneurs, de badauds, de familles qui déambulaient à travers l'immense esplanade. Mme Roland était là, avec son mari, conduite par la curiosité, car elle non plus ne croyait pas à la vertu de la pétition et ne songeait pas à la signer. Ils s'installèrent sur les gradins de gazon en regardant le spectacle. Du côté de l'École militaire, il y avait comme d'habitude une masse bleue et blanche de gardes nationaux sous les armes. Une autre troupe apparut à la grille du Gros-Caillou, s'arrêta. Il sembla se produire là du mouvement. C'était trop loin, on ne voyait point ce qui se passait. Des silhouettes minuscules se déversaient des gradins. Un peu plus tard, la troupe se remit en marche. On put reconnaître La Fayette à son cheval blanc. Il arrivait en force, avec du canon et de la cavalerie qui soulevait la poussière. Au bout d'un moment, il parvint à l'autel où il parla tranquillement avec les rédacteurs de la pétition. On vit qu'ils la lui montraient. Ils la remirent en place. La Fayette revint à son état-major d'où, bientôt, une estafette partit au galop vers Paris, portant sans doute un message pour la Commune ou l'Assemblée. Après quoi, le général fit reculer ses bataillons à distance de l'autel, le dos tourné à l'arc de triomphe et la Seine lointaine. Plus rien ne se produisit.

La foule cependant ne cessait d'augmenter. Elle arrivait du côté de Chaillot, de Saint-Cloud, de Boulogne, de Sèvres : des gens endimanchés, venant en promeneurs. Beaucoup, après avoir fait un tour dans le champ, se retiraient vers les côtés pour chercher de l'ombre sous les frondaisons voisines. D'autres allaient écouter les orateurs, et certains montaient, signaient. L'escalier monumental se couvrait peu à peu d'hommes, de femmes, d'enfants, qui, fatigués, s'asseyaient là sur les marches. Les vendeurs de coco, de sorbets, de gâteaux de Nanterre faisaient des affaires excellentes. Autour des Roland, les gradins eux aussi se peuplaient de braves citoyens et citoyennes aux chaussures poudreuses. Mme Roland vit soudain, en bas, passer Fabre d'Églantine, familier de son salon à l'hôtel Britannique. Elle l'appela. Il apprit au ménage que Mlle Kéralio, la femme de Robert, aidée par quelques autres Jacobins et Cordeliers, était en train de recueillir des milliers de signatures. La Fayette n'y mettait pas d'opposition. « Savez-vous, ajouta Fabre, qu'un de ses aides de camp a reçu un coup de pistolet, tout à l'heure, au Gros-Caillou? Un peu plus tard, au moment où il arrivait à son tour avec le reste des troupes, il a essuyé un coup de feu. Les gens du Gros-Caillou avaient renversé des charrettes pour barrer le passage. De là derrière, on lui a tiré dessus. A en croire Chaumette, ce serait Fournier l'Américain. On ne peut savoir au juste, car La Fayette a fait relâcher l'homme aussitôt, mais cela ne m'étonnerait pas. »

Fournier, Auvergnat, avait été piqueur de nègres à Saint-Domingue, d'où son surnom. Il haïssait les Lameth parce que planteurs, et par suite les amis des Lameth. Il les accusait tous de l'avoir ruiné. Aigri, froidement cruel, il rencontrait aux Cordeliers — comme l'horrible petit bossu Verrières, pareil à une araignée — la plus grande méfiance. Il se maintenait au club uniquement par la sourde peur qu'il inspirait à ses collègues.

Pendant que Fabre et le ménage Roland causaient ainsi, un bruit de tambours roulant naquit, s'approcha, frêle dans le vaste espace. Cela venait du pont de bois. On vit se présenter de ce côté, dans la réverbération un peu aveuglante, une colonne bleue et blanche précédée par un groupe au-dessus duquel s'agitait dans l'air un petit drapeau, tricolore sans doute, dont on ne distinguait que le rouge. En même temps, par le Gros-Caillou débouchaient au galop des escadrons de cavalerie qui disparurent aussitôt dans un rideau de poussière en direction de l'autel. Fabre, regardant vers le pont, crut voir là, sur les gradins, comme une fourmilière en effervescence. A certains mouvements répétés, il devina qu'on lançait des choses — cailloux ou mottes de terre — sur les gardes nationaux. « Oh! oh! fit-il, cela va se gâter! » A l'instant, la colonne fut surmontée par un épais cordon de fumée très blanche. Les soldats avaient tiré — en l'air. Une seconde plus tard le son arriva : un petit craquement ridicule dominant à peine le ronflement des tambours. Chacun s'était dressé, tandis qu'un cri crépitait au long des gradins : « Le drapeau rouge!... C'est un drapeau rouge! » Cette rumeur s'engloutit dans une violente détonation prolongée par des grondements, et là, au centre, on vit la montagne humaine en quoi l'autel de la patrie s'était changé, se dépouiller par pans, par grappes, des corps qui le recouvraient se marbrer de taches et de coulées pourpres, tandis que, de toutes parts, dans une clameur d'épouvante, les gens, sortant des nuages de poussière, de fumée, fuyaient éperdument vers l'École militaire, poursuivis par des cavaliers, le sabre haut.

Dans le salon, tranquille et frais, des Danton, on en était encore à épiloguer, lorsque Fabre d'Églantine, en sueur, blême, vint apporter la terrible nouvelle.

« Quoi! rugit Danton soudain debout, le mufle en avant. La Fayette a tiré sur le peuple! Il est foutu! Ceux qui boivent le sang du peuple en meurent.

— Je ne sais pas si c'est La Fayette, dit Fabre. C'est sa garde soldée, assurément. Quant à lui, il a empêché un massacre pire encore, en se jetant devant la bouche des canons. Le feu s'est arrêté très vite, avant même que Bailly, qui arrivait avec le guidon rouge, et qui s'est laissé cribler de cailloux et a même essuyé des coups de pistolet, paraît-il, en se bornant à faire tirer en l'air, ait pu intervenir. Les bataillons des Minimes, de Saint-Roch, de la Halle, placés devant l'École militaire, ont ouvert leurs rangs à la foule et menacé de leurs baïonnettes les cavaliers qui la poursuivaient. L'holocauste a été évité, néanmoins l'autel de la patrie est couvert de blessés, de morts.

— Les... les... les monstres! » balbutiait Desmoulins, la parole coupée.

Tout le monde était sans voix. Au bout d'un instant : « Je vais au Département », dit Danton en frappant du pied.

Il s'élançait, lorsque la sonnette tinta précipitamment. Legendre entra, tout agité. « Il faut fuir, jeta-t-il. On se massacre au champ de la Fédération, le savez-vous? La loi martiale est proclamée, le drapeau rouge flotte à l'Hôtel de ville. Je viens de recevoir deux émissaires d'Alexandre Lameth. Il me fait dire de quitter Paris avec toi, Danton, avec Fréron et Camille, sans perdre une minute. J'ai une voiture en bas, je vous emmène. »

Il y eut parmi les femmes une minute d'affolement. Lucile était blanche, figée. Gabrielle-Antoinette pleurait en pressant les mains de son mari. « Voyons, voyons! dit-il, ne te tracasse pas. Allons chez ton père, à Fontenay, nous y souperons tranquilles. Cela nous donnera le temps de réfléchir. »

M. Charpentier, limonadier fort à l'aise, possédait une maison de campagne à Fontenay-sous-Bois. Il fut décidé que Legendre allait y conduire le ménage Desmoulins et Fréron. Danton, avec sa voiture, qui était à deux pas, dans une écurie rue du Paon, emmènerait sa femme, son fils, Claude et Lise. Claude ne risquait rien à Paris, mais Danton tenait à l'avoir comme conseil.

Le bref voyage se fit sans incident. Un soir doré commençait à descendre sur la campagne. Les maisons de Fontenay, dans les bois de Vincennes, étaient éparses au milieu de la verdure et des fleurs. Dans le charmant jardin des Charpentier, sur un banc de la charmille, Claude et Danton eurent un entretien tête à tête. Claude reprocha discrètement à son fougueux ami sa conduite pas assez nette, d'une part, et d'autre part ses outrances.

« Robespierre, dit-il, Pétion, Gorsas, mon beau-frère Dubon aux Cordeliers, sentaient bien que le moment n'était pas venu pour une république. Il ne fallait pas pousser le peuple à la réclamer quand elle n'était pas encore possible. On va vous attaquer là-dessus, vous et les Cordeliers. Maintenant, nous voilà bien obligés de la faire avec Louis XVI, cette expérience d'une continuation monarchique qu'il eût été assez facile de démocratiser. Après la tragédie de ce jour, elle sera nécessairement rétrograde.

— On veut arrêter, finir la Révolution. Duport l'a déclaré carrément. Aujourd'hui ils ont pris le moyen de la noyer dans le sang du peuple. Barnave avait dit le mot : *La loi n'aura qu'à placer son signal.*

— Non, je ne croirai jamais que Barnave ait voulu ce massacre. D'ailleurs, on ne peut pas arrêter la Révolution. Santerre voit juste. Seulement, par nos divisions, nous avons permis à ceux qui voudraient la finir de lui imposer une halte. Cela n'aura qu'un temps, le progrès reprend toujours. Pour le moment, je vous engage à disparaître. Attendez, laissez passer la réaction. Vous aurez votre place parmi nos successeurs, et si vous voulez bien calmer un peu cette ardeur excessive qui est en vous, ce goût du défi, vous la mettrez au jour, la république, quand elle sera mûre, ou plutôt quand nous serons mûrs pour elle.

— Ah! mon bon Claude, s'écria Danton en le serrant aux épaules et le tutoyant comme cela lui arrivait parfois dans un élan, tiens, je t'envie ta grande âme! Oui, reprit-il, tu dois avoir raison. Je suivrai ce conseil, je partirai pour Arcis. Là-bas, dans la paix du village, je tâcherai d'acquérir ta sagesse. Toi, cependant, garde l'œil sur Robespierre. Oui, oui, je sais, mais laisse-moi te dire une chose : Ce petit homme serré comme un nœud, qui juge son talent très supérieur à sa fortune, a beau être incorruptible, c'est un redoutable ambitieux. Il ne m'aime pas, sois-en sûr, il voudra profiter de mon absence. »

Dans ce moment, la popularité du « petit homme » était en train de grandir, en même temps que ses craintes. Après les accusations prononcées contre lui à l'Assemblée, ces jours-ci, il avait prévu, aux premières nouvelles du carnage, que les Feuillants s'efforceraient d'en faire porter sur les Jacobins affaiblis, particulièrement sur lui-même, la responsabilité. Il s'était vite rendu au couvent, où les spectateurs de la tragédie — les Roland entre autres — se réunissaient instinctivement, angoissés et, beaucoup, craintifs. Une lourde atmosphère d'effroi, d'impressions sinistres pesait sur la société qui sentait sa faiblesse. Sous l'impulsion de Robespierre, non moins inquiet, le club avait tout de suite désavoué formellement les « imprimés faux ou falsifiés » qu'on lui attribuait, rappelé que dès la première heure il avait retiré sa pétition et envoyé des commissaires à l'autel de la patrie pour recommander au peuple le respect de la loi. Enfin, on jura de nouveau fidélité à la Constitution, obéissance aux décisions de l'Assemblée. Mais alors on entendit une grossissante rumeur dans la rue. Les gardes soldés, ceux que le peuple surnommait « les mouchards de

La Fayette », revenant du Champ-de-Mars, s'arrêtaient, s'amassaient devant le portail du couvent. Du porche, ils voyaient l'arbre de la Liberté dans une barrière ronde, la petite et pauvre église avec sa façade plate, bien différente de la superbe architecture des Feuillants. Ici, pour tout ornement, il n'y avait au-dessus de la porte toute simple, en cintre arrondi, que l'enseigne de la Société, peinte sur un tableau de bois et surmontée d'un grand drapeau tricolore. Ils tendaient le poing à cette enseigne, lançaient des injures, des menaces, réclamaient l'ordre de donner assaut à la salle, de la détruire à coups de canon. Les plus échauffés pénétrèrent dans la cour. Qui les en eût empêchés? Ils pouvaient recommencer là une nouvelle hécatombe. Dans l'église, c'était la panique. « La salle est investie! » s'écriait-on. Un homme affolé sautait dans la tribune des femmes d'où Mme Roland le chassait avec indignation en le traitant de couard. Maximilien, livide, restait fixe à sa place. Les officiers de la garde avaient cependant repris en main leurs soldats. Toutefois ils avertirent Antoine que, par mesure de sûreté, il fallait évacuer les lieux.

Robespierre sortit, convaincu qu'il allait être massacré. Au lieu de quoi il fut applaudi par la foule massée dans la rue. Elle riait en général de la mine effrayée des Jacobins, et les huait. Mais, à l'apparition de l'Incorruptible, bien reconnaissable, raide dans son habit bleu, et qui dissimulait ses frémissements sous un aspect glacial, des vivats retentirent. Périlleux honneur, en un tel jour. Il le goûta néanmoins. Peu soucieux pourtant de se voir désigné de la sorte aux coups de ses ennemis, il se déroba bien vite. Toujours digne, guindé par un orgueil plus grand encore en lui que la crainte, il descendait la rue dans la pensée de chercher asile pour un moment chez Pétion. Il fut de nouveau applaudi par un groupe de patriotes arrêtés devant l'Assomption. Ils clamaient : « Vive Robespierre! » L'un d'eux même cria : « S'il faut un roi, pourquoi pas lui? » Quelle douce rumeur! mais combien redoutable parmi tant de sicaires! Il cherchait comment se soustraire à l'ovation, quand un homme de bonne stature, assez bourgeoisement mis, qui se tenait devant un porche entre deux boutiques, s'avança en saluant le petit député à perruque blanche. « Je m'appelle Duplay, membre des Jacobins. Ne voulez-vous pas vous arrêter chez moi, citoyen, jusqu'à ce que l'agitation soit un peu calmée dans la rue? »

Bien aise, Maximilien le suivit sous la longue voûte du porche débouchant dans une cour et un petit jardin encore bien éclairés par le soleil de sept heures. Il y avait là deux hangars avec des planches entreposées, une remise, un atelier vitré. La cour sentait la sciure et le copeau. De toute évidence, le citoyen Duplay était menuisier. Il l'apprit d'ailleurs à son hôte, en lui disant combien il se sentait honoré de le recevoir dans son humble logis. Celui-ci, en vérité, ne se révéla pas si humble. Une fois gravi quelques marches de pierre, Maximilien se trouva introduit dans une salle à manger d'une bonne apparence bourgeoise, comme son propriétaire. Il appela sa femme : personne avenante, vive, qui était certainement le vrai maître du ménage, et qui accueillit Robespierre en servante éblouie. Il vit ensuite trois jeunes filles dont l'émerveillement se nuançait de timidité. Pour la première fois de son existence, il était entouré de respect, d'admiration, d'hommages, par d'autres que son frère et sa sœur. Il se réchauffa, montra du sentiment avec le naturel sensible qu'une timidité secrète, l'orgueil, la crainte, glaçaient ordinairement en lui. Il sut même s'intéresser au jeune fils de son hôte. Bref, il fut tel que le connaissaient et l'aimaient les siens. Il avait accepté de souper. Ensuite on lui dit qu'il ne pouvait, un jour pareil, retourner au Marais, dans ce quartier perdu où les chevaliers du poignard et les séides de La Fayette auraient beau jeu de l'assassiner. On ne le laisserait point partir, il coucherait céans. Mais si, mais si! Rien n'était plus simple. Dans un tournoiement de jupes, les trois demoiselles s'empressèrent d'aller lui préparer un lit.

Pendant qu'il se laissait ainsi dorloter, les Roland, inquiets à son propos, le cherchaient dans Paris. Ils avaient recueilli chez eux le gros Robert et sa remuante petite femme, promoteurs de la dernière pétition, échappés par miracle à la fusillade. Robespierre semblait à peine moins promis qu'eux-mêmes aux poursuites des monarchistes. Le bruit courait qu'on se disposait à procéder contre lui. Les Roland, qui l'avaient perdu de vue en quittant les Jacobins et le savaient seul, allèrent en fiacre, à onze heures du soir, rue de Saintonge. Ne l'y trouvant pas, en retournant à leur hôtel, rue Guénégaud, ils poussèrent jusqu'au quai des Théatins, rebaptisé depuis un mois quai Voltaire. Là, malgré l'heure tardive, ils montèrent chez Buzot pour lui demander de se rendre aux Feuillants et y défendre Robespierre avant que l'on ne dressât contre lui un acte d'accusation. Buzot, le premier, le plus fervent, admirateur de Mme Roland, fut étonné par cette requête. Peut-être éprouvait-il quelque jalousie. « Bien, répondit-il néanmoins, je le défendrai à l'Assemblée. Quant aux Feuillants, Grégoire, qui s'y trouve, ne manquera pas de parler en sa faveur. Vous me semblez bien bons de vous inquiéter, cet homme ne mérite pas votre souci. C'est au fond un ambitieux, un égoïste. Il songe trop à lui-même pour aimer rien d'autre. »

Sitôt après le souper chez les beaux-parents de Danton, Claude et Lise avaient regagné Paris. Ils étaient allés au Pont-Neuf rassurer les Dubon qu'ils imaginaient préoccupés d'eux. Effectivement, Gabrielle, sans trop croire qu'ils aient pu être victimes du massacre, les avait cherchés rue Saint-Nicaise, et Jean aux Jacobins où Fabre d'Églantine l'avait tranquillisé.

« Je le savais bien, dit Dubon, que la municipalité Bailly finirait dans le sang. C'est celui des autres, hélas! Quel affreux malheur! Cet imbécile s'est laissé entraîner. Il n'a rien voulu, pour sûr, mais il n'a su rien prévenir. »

Claude secoua la tête.

« Nous sommes tous coupables, dit-il. Nous avons trop varié, nous n'avons pas su prendre dès l'abord une position nette, et ensuite nous y maintenir. A cet égard, ni vous ni moi ne sommes exempts de reproches : j'ai soutenu Barnave puis je me suis laissé séduire par une tentative beaucoup trop démocratique pour nos mœurs présentes; vous avez fait l'inverse en avançant cette idée puis en voulant la freiner, trop tard. Malheureusement, il en va toujours ainsi : on reconnaît ses erreurs quand elles sont commises.

— Oui, sans doute, dit Lise en pensant aussi à d'autres variations. C'est que l'on a bien de la peine à se fixer. Notre volonté même n'est pas simple.

— Voilà maintenant la carrière ouverte pour un retour en arrière. On doit craindre qu'il ne nous mène loin. »

XI

En effet, la réaction parut d'abord très menaçante, mais la volonté des Feuillants, maîtres de l'Assemblée, de la municipalité, de la garde nationale, n'était pas simple, elle non plus. Monarchistes, non point royalistes, ils n'entendaient nullement faire le jeu de la Contre-Révolution. Les vrais ennemis restaient à droite, ils le savaient bien, aussi frappèrent-ils mollement leurs amis d'hier. On avait un moment fermé les Jacobins, cloué la porte des Cordeliers; on les rouvrit. On poursuivit Fréron, Marat, Desmoulins, Danton, Legendre, Santerre, Brune et Momoro. Seuls, ces deux derniers furent saisis, faute de se cacher. Camille, revenu à Paris dès le 17 au soir, avait encore publié un numéro de sa gazette, dédié à La Fayette « phénix des alguazils-majors », et habitait tranquillement chez Claude où il eût été facile à la police de le découvrir. Alexandre de Lameth n'avait pas avisé Desmoulins, Danton et autres, de fuir, pour les faire ensuite arrêter. On voulait simplement les tenir à l'écart, dans le silence, le temps de réviser, de monarchiser la Constitution. Les Jacobins non cordeliers ne furent même pas inquiétés. Dans son réquisitoire contre les provocateurs, l'accusateur public Bernard proclamait bien haut l'innocence jacobine. « Il est constant et prouvé, affirmait-il, qu'un attroupement sorti du Palais-Royal s'est introduit, le 16 juillet au soir, dans l'assemblée des Jacobins, en forçant les portes, que cette multitude effrénée a seule dicté la pétition et déterminé toutes les démarches subséquentes. » Il ajoutait précisément : « Nous publions avec la plus grande satisfaction que MM. Pétion, Mounier-Dupré et Robespierre ont déclaré qu'après le décret rendu sur le sort du Roi, toute pétition était inutile. Il est donc constant que si ces illustres représentants, mus par un ardent amour de la liberté, ont erré, un instant, dans leurs opinions, ils n'ont failli que par un excès de vertu. » Maximilien pouvait se rassurer et vivre paisible chez le brave Duplay qui, ne voulant plus le laisser partir, avait envoyé prendre, rue de Saintonge, la malle noire de « l'illustre représentant ».

Pétion, Robespierre et Claude profitèrent des circonstances pour relever les Jacobins. Ils y réussirent, Maximilien par son humilité, en rédigeant une profession de foi très rassurante, voire flagorneuse pour l'Assemblée; Pétion par sa fermeté, en refusant d'entendre les Feuillants venus réclamer le local du club et les archives, dont ils se prétendaient possesseurs sous prétexte que Duport et Barnave avaient fondé la Société; Claude enfin par sa diligence, en écrivant et faisant écrire à toutes les filiales de province pour les éclairer sur le caractère aristocratique des Feuillants : ils avaient commis la maladresse de limiter leur recrutement aux seuls citoyens actifs, c'est-à-dire disposant d'un revenu d'au moins deux cent cinquante francs. Toutes les sociétés provinciales, sauf trois, demeurèrent fidèles à l'ancien club. Quant aux députés scissionnaires, il en revenait chaque jour.

Cependant les Jacobins, à l'Assemblée ou dans les comités, ne se trouvaient plus en nombre suffisant pour empêcher la révision constitutionnelle dans un sens antidémocratique. Ils ne purent que protester, en particulier contre l'élèvement du cens électoral, qui restreignait pratiquement à la bourgeoisie le droit de vote. Claude pourtant n'était pas hostile à d'autres dispositions par lesquelles on restituerait au Roi une autorité. Si l'on voulait faire l'essai d'une continuation monarchique, il fallait bien fournir à Louis XVI les moyens de gouvernement. Paralysés eux-mêmes par le spectre de l'absolutisme, les Feuillants ne donnèrent à l'exécutif que l'apparence de tels moyens. Du reste, le temps manquait pour un travail sérieux. L'empereur Léopold et le roi de Prusse, réunis en Saxe, à Pillnitz, venaient de publier contre la Révolution française une déclaration, assez molle mais rendue menaçante par le manifeste des comtes de Provence et d'Artois qui l'accompagnait. La réponse à faire, c'était de montrer la France nouvelle unie avec son Roi. On hâta la révision. Les commissaires besognaient au galop. On avait mis deux ans à peser minutieusement les articles. Ils furent revus en quelques jours, votés dans une seule séance. « Nous continuons de nager au beau milieu de l'absurde », disait Claude. Excepté lui et Robespierre, chacun laissait éclater la hâte d'en finir avec cette interminable législature. Elle tournait en débâcle, dans l'impatience et le désenchantement. Barnave considérait comme impossible, avouait-il, l'établissement d'aucune liberté en France. Dans un discours à l'Assemblée, il en vint à dire : « Pour le commun des hommes, la tranquillité est plus nécessaire que la liberté. »

Occupé par tous ses travaux, Claude délaissait un peu Lise qui, de nouveau, comptait les jours. Il lui tardait, à elle aussi, de voir arriver le dernier : celui du départ vers Limoges, vers Bernard. L'Assemblée s'était engagée à se séparer le 30 octobre pour laisser place à la suivante, dite « législative ». Il lui incomberait d'appliquer la Constitution, à laquelle on ne pourrait rien changer avant dix ans. Les opérations électorales, suspendues depuis le 24 juin, avaient repris. Quelques-uns des nouveaux représentants se trouvaient déjà élus. Plus besoin maintenant d'une grande patience, mais moins il restait à attendre, plus le temps durait à Lise.

Le 3 septembre enfin, la Constitution fut soumise à Louis XVI auquel étaient restituées toutes ses prérogatives de roi des Français, avec un statut princier pour sa famille, une importante augmentation de sa liste civile et une garde personnelle. Il avait la liberté de se rendre dans n'importe quelle ville de son choix, pour examiner la Constitution avant de donner réponse. On désigna soixante députés, afin de présenter l'acte au monarque. Pétion, Claude, Buzot en firent partie ainsi que leurs collègues du comité. Ils se réunirent au Manège après le souper, à six heures. La copie des articles n'était pas encore prête. Il fallut attendre. L'obscurité envahissait la salle où les hautes fenêtres, bleuissant derrière les tribunes, ne donnaient plus de jour qu'au plafond de poutres et de bois. Les huissiers allumèrent les lustres. On causait entre soi. « N'est-il pas étonnant, dit Claude à Pétion, que nous allions proposer au Roi une chose à laquelle nous ne croyons plus? Si encore nous demeurions pour l'appliquer, nous pourrions le faire avec souplesse. Je crains qu'une assemblée toute neuve... Ah! Maximilien n'a pas vu juste en cela. On accumule fautes sur fautes. » A huit heures et demie, le président parut. « Messieurs, dit-il, je viens d'annoncer au Roi la députation. Il me fait répondre qu'il est prêt à la recevoir. »

On sortit par le couloir des Feuillants. La nuit automnale était sombre et fraîche. Les députés marchaient en rangs de quatre, encadrés par vingt huissiers porteurs de flambeaux. Les gilets blancs, les culottes blanches et les buffleteries des gardes nationaux rangés en file des deux côtés du cortège se renvoyaient cette clarté. Derrière les uniformes bleus, assombris par la nuit, à la lueur des réverbères on apercevait une épaisse haie de peuple tout le long de la rue Saint-Honoré. Par le petit Carrousel, on gagna la cour des Tuileries où d'autres porte-flambeaux attendaient. Le Roi se tenait dans la salle du Conseil, entouré des ministres et de nombreux courtisans. Ce n'étaient plus les frelons de Versailles, émigrés, ni même les ultra-royalistes qui menaçaient de déclarer Louis XVI félon s'il acceptait la Constitution; c'était une assistance dont le sérieux, la noblesse prêtaient au monarque de la majesté. Surpris de se sentir quelque peu ému, Claude se rappelait le brouhaha dans cette salle, deux mois auparavant, les gardes nationaux surveillant les trois gardes du corps dont on pansait les meurtrissures, et, dans l'antichambre à côté, ce gros homme avachi, en sueur, poussiéreux, toute la famille royale misérable comme des voyageurs perdus dans le tohu-bohu d'une poste. A présent, l'œil très bleu, le teint fleuri, Louis XVI regardait flegmatiquement Thouret s'avancer vers lui.

« Sire, récita le rapporteur en tendant au Roi le cahier contenant copie des articles, les représentants de la nation viennent présenter à Votre Majesté l'acte constitutionnel qui consacre les droits imprescriptibles du peuple français, qui rend au trône sa vraie dignité et qui organise le gouvernement de l'Empire. »

Le Roi, prenant le cahier, répliqua : « Je reçois la Constitution que me présente l'Assemblée nationale. Je lui ferai part de ma résolution dans le plus court délai qu'exige l'examen d'un objet si important. Je me suis décidé à rester à Paris. Je donnerai les ordres au commandant général de la garde nationale parisienne pour le service de ma garde. »

On eût dit deux automates prononçant les mots et exécutant les gestes réglés. Toute émotion avait disparu, chez Claude. Il pensait au monarque mécanique irrévérencieusement proposé par Condorcet. Mais un rouage grinçait dans la machine : Louis se prenait encore pour ce qu'il n'était plus.

« Vois-tu, expliqua Claude à Lise en la rejoignant chez eux, ce pauvre homme ne comprendra jamais. Il ne peut pas comprendre. Ce n'est pas tant l'orgueil, c'est la force de l'habitude, comme le disait justement Barnave, et plus encore la superstition. Louis en est imbu; il restera toujours, pour lui-même, l'oint du Seigneur : une créature qui a reçu de son Dieu la mission et la majesté royales. Comment concevrait-il qu'il est en réalité un fonctionnaire, chargé tout simplement de constater les vœux de la majorité nationale et de les faire exécuter : un homme dont l'opinion n'entre pas en ligne de compte, dont l'importance ne se justifie que par celle de cette fonction? S'il pouvait comprendre cela, je serais monarchiste, je crierais de tout cœur : « Vive Louis XVI! » et je serais assuré du sort de la France. Malheureusement l'illusion n'est plus permise. Aussi, je te l'avoue, je souhaite que Louis repousse la Constitution. N'importe quelle république me paraît aujourd'hui moins dangereuse que cette monarchie où l'exécutif et le législatif vont nécessairement se heurter, se combattre, s'entre-détruire au profit des factieux. »

Or, dans le temps même que Claude devenait ainsi décidément républicain, l'idée de république rétrogradait partout. Les Cordeliers avaient fait amende honorable aux Jacobins. Ceux-ci s'épuraient, ils ne songeaient qu'à en finir avec les Feuillants auxquels Robespierre, à l'Assemblée, venait de porter le coup de la mort. A la joie délirante de la droite qui se suicidait avec frénésie en piétinant ses ultimes alliés, Maximilien, dans un discours d'une ironie sanglante, avait écrasé les *constituants* sous le poids de leur propre constitution. Il l'admettait néanmoins, il en exigeait seulement l'application formelle. Danton, revenu d'Angleterre, le 9, plus assagi encore que ne l'escomptait Claude, semblait vouloir effacer tout souvenir de ses violences. Il passait son temps à l'Évêché, où siégeait l'assemblée électorale, et s'efforçait de se faire envoyer à la Législative. Desmoulins, renonçant au journalisme, déclarait « rentrer dans le silence ». Électeur de la section du Théâtre-Français, mais frappé d'ajournement, il s'inclinait en annonçant à Claude qu'il entendait désormais vivre simplement heureux. Il ferait des vers.

Les jours passaient, ramenant tout à coup un très beau temps d'arrière-saison. On attendait encore la réponse de Louis XVI. Il hésitait devant l'alternative : acceptation ou abdication. N'eût été le devoir de conserver un trône au Dauphin, il eût refusé dès lecture des articles : rien, là-dedans, ne donnait espoir de régner ni même de gouverner. Les conseillers apparemment sages inclinaient pourtant à l'acceptation. Consulté par la Reine, Barnave la suppliait de dire oui. Malgré Robespierre, malgré la défection de la droite qui, ne voulant plus de Louis XVI, mettait sa confiance dans la révolte religieuse, dans Monsieur soutenu par les armées étrangères, il espérait encore un rétablissement monarchique. Louis se résigna. Dieu ferait peut-être un miracle.

Le 13, revêtu de sa simarre pourpre de garde des Sceaux, le ministre de la Justice se présenta, suivi de tous ses collègues. Les huissiers ouvrirent la barre. Le ministre s'avança vers Thouret — de nouveau président — auquel il remit une lettre royale cachetée d'une large empreinte de cire rouge. Thouret, debout, la rompit et donna lecture du message. Le Roi disait avoir soigneusement examiné la Constitution. Il déclarait l'accepter, tout en formulant des réserves sur les vices évidents du système. Mais, ajoutait-il, « puisque les opinions sont aujourd'hui divisées sur cet objet, je consens que l'expérience en demeure juge ». Il terminait en demandant une amnistie générale pour tous les faits relatifs à la Révolution. Enfin, dans un post-scriptum, il fixait au lendemain, sur le midi, sa visite au Manège pour l'acceptation solennelle.

La lettre fut applaudie, l'amnistie votée immédiatement. On envoya au château une nouvelle délégation de soixante membres pour remercier le Roi et lui faire part du décret que l'on venait de rendre. Louis XVI s'en déclara heureux. Montrant aux députés sa famille :

« Voilà, dit-il, ma femme et mes enfants qui vous en savent gré comme moi.

— Oui, dit Marie-Antoinette, nous partageons tous les sentiments du Roi. »

L'instant d'après, triste, amère, elle confiait à sa chère Campan : « Ces gens ne veulent point de souverains, ils démolissent la monarchie pierre par pierre. »

Lise le 13, se rendit au Manège avec Dubon, sa femme et les Roland pour assister à cette séance dans laquelle, pensait-on généralement, la Révolution allait trouver son apothéose et son terme. Les loges, les tribunes, les galeries étaient combles. Les huissiers faisaient la chasse aux citoyens qui se glissaient parmi les banquettes laissées vides par les ultra-royalistes rompant avec le roi constitutionnel. Tout en haut, derrière les fenêtres ensoleillées, on apercevait le ciel couleur de myosotis.

Un peu avant midi le canon tonna, annonçant le départ du cortège. Le peuple aussi grondait, mais de joie, d'espérance. On entendait cette heureuse clameur grossir, s'approcher au passage des carrosses sortis par la rue de l'Échelle, avançant au long de la rue Saint-Honoré. Ils entrèrent avec la garde dans la cour des Feuillants. Par le couloir de planches et de coutil rayé, le Roi, suivi des ministres, pénétra dans la salle. On l'accueillit debout. Il ne portait plus le manteau d'hermine, ni même le cordon bleu. Sur son banal habit de soie puce, il arborait le ruban rouge avec la croix de Saint-Louis : seul ordre qui n'eût pas été aboli par l'Assemblée. Il n'y avait pas non plus de trône à fleurs de lys. Simplement, sur l'estrade présidentielle, un fauteuil exactement semblable à celui du président était disposé à sa gauche, sur la même ligne, à la même hauteur. Surpris, le monarque hésita jusqu'à ce qu'un huissier lui montrât ce siège. Il était honorable, car il mettait le premier personnage de l'Assemblée à la droite du Roi, désignant donc celui-ci comme le maître des lieux, siégeant ici chez soi. Tout cela avait été minutieusement réglé, la veille, au cours d'une très aigre discussion. En définitive, on ne voulait point humilier le souverain, on voulait seulement lui faire comprendre que s'il était le premier magistrat de la nation, il n'était pas davantage. On avait également résolu de ne rien changer pour lui à l'habitude de l'Assemblée qui écoutait, assise, les orateurs ou les comparants à la barre. Du moins, comme le demandait Montaudon, que Claude, en l'occurrence, approuvait, fallait-il en avertir le Roi. Nul n'en avait pris soin. Aussi, lorsque Louis XVI, commençant, debout, à prêter son serment, vit le président et l'Assemblée s'asseoir, il ressentit violemment ce qui lui apparut comme une insulte. Il rougit, s'embarrassa dans ses paroles, s'assit avec brusquerie, puis, péniblement, acheva de jurer fidélité à la nation, à la Constitution. Les applaudissements et les vivats se déclenchèrent aussitôt. Ils auraient pu lui prouver qu'il n'y avait pas contre lui d'intention malveillante. L'hommage était chaleureux; il englobait toute la famille royale : la Reine, le petit prince et sa sœur, ainsi que Madame Élisabeth, installés dans la loge du logographe, dont Marie-Antoinette venait d'ouvrir le rideau. Les acclamations s'accrurent encore pendant que le Roi signait l'acte constitutionnel présenté par le garde des Sceaux. Elles se turent, pour reprendre après le discours de Thouret exprimant au monarque, avec beaucoup de rhétorique, le respect et l'amour de tous les Français. Après quoi, l'Assemblée tout entière, le président marchant à côté de Louis XVI, raccompagna celui-ci aux Tuileries, dans l'enthousiasme de la foule grisée par les salves d'artillerie, les tambours, les claironnements des fanfares.

Ni ces hommages ni ces élans n'effaçaient chez Louis la conscience de l'injure. Lui qui avait supporté avec flegme les avanies du retour de Varennes était profondément blessé par l'offense faite maintenant à la majesté royale. Rentré au pavillon de l'Horloge, seul avec sa femme et Mme Campan à laquelle il ne prit point garde, il se laissa tomber dans un fauteuil en se couvrant le visage d'un mouchoir. « Tout est perdu! gémit-il. Et vous avez été témoin de cette humiliation! Vous êtes venue en France pour voir ça! » Il sanglotait. « Ah! sortez, sortez! » jeta Marie-Antoinette à sa confidente, tandis que, bouleversée, elle s'agenouillait devant Louis, le serrait dans ses bras.

Sur le Carrousel, aux Tuileries, le peuple continuait sa joyeuse rumeur. Le temps radieux, ces musiques, tant d'allégresse portaient à l'optimisme. Pourtant Claude, qui se promenait avec sa famille et ses amis dans le jardin rouvert au public, restait sceptique. Dubon non plus, ni les Roland, ne croyaient beaucoup aux promesses de ce jour. Une mélancolie plutôt que de l'inquiétude planait sur eux, ralentissait leur pas sous les marronniers dont les cimes commençaient à jaunir. Même Claude au fond, ils étaient tous secrètement las. Après tant d'ardeurs, leurs âmes elles aussi entraient dans une sorte d'automne, appelaient l'engourdissement de l'hiver. Les Roland allaient regagner Lyon; Robespierre, Arras. Montaudon, qui avait trouvé moyen de se faire élire, à Limoges, substitut de l'accusateur public, était parti ce matin. Quant à Lise, elle ne restait plus ici que de corps.

Les jours suivants furent presque tous de fête : réception de la municipalité par le Roi, visite à la Reine, proclamation publique de la Constitution. Salves de canon, cortège, de l'Hôtel de ville aux principales places. Claude et Lise assistèrent à la cérémonie sur le Carrousel. Ils entendirent le héraut de la Commune annoncer à la foule : « Citoyens, l'Assemblée nationale constituante, aux années 1789, 1790 et 1791, ayant commencé, le 17 juin 1789, l'ouvrage de la Constitution, l'a heureusement terminé le 3 septembre 1791. L'acte constitutionnel a été solennellement accepté et signé par le Roi le 14 du même mois. L'Assemblée nationale constituante en remet le dépôt à la fidélité du Corps législatif, du Roi et des juges, à la vigilance des pères de famille, aux épouses et aux mères, à l'affection des jeunes citoyens et au courage de tous les Français. » Les mots claironnés ainsi ne laissaient pas Claude indifférent : ils lui rappelaient Versailles, les heures passées avec son homonyme Mounier, Le Chapelier, Lanjuinais, Sieyès, à jeter les fondements de cet « ouvrage » qui était en partie le sien. Et il se souvenait aussi de sa détresse en ce temps où Lise semblait perdue. Il lui serra doucement le bras.

Ils se séparèrent pour aller au Champ-de-Mars. L'Assemblée devait s'y rendre en corps. L'esplanade était presque aussi peuplée que pour la première Fédération. On avait exposé sur l'autel un très grand livre ouvert, portant sur la page de gauche les mots : Dieu, la Nation, la Loi, le Roi; sur l'autre : Droits de l'homme, Constitution. Bailly éleva l'acte constitutionnel pour le montrer solennellement à la foule. Une nouvelle lecture en fut faite, à laquelle répondirent cent trente pièces de canon alignées au bord de la Seine, derrière l'arc de triomphe, près du pont de bois par où, deux mois plus tôt, était entré le drapeau rouge. Le soir, vers cinq heures, un énorme ballon à fuseaux tricolores s'enleva des Champs-Élysées, avec un aéronaute dans la nacelle en forme d'aigle. A la nuit, des Tuileries à Chaillot, des milliers de lampions s'allumèrent tandis que des chants, des orchestres résonnaient sur de petits théâtres disséminés parmi les bosquets. La famille royale en carrosse, escortée par des écuyers, avec un faible détachement de gardes nationaux, parcourut les allées au milieu des acclamations.

Le dimanche 25, nouvelle illumination accompagnée d'un feu d'artifice, par les soins du Roi cette fois, après un *Te Deum* chanté — constitutionnellement — à Notre-Dame, en présence d'une délégation du corps municipal et de l'Assemblée. C'est à des manifestations de ce genre qu'elle se consacrait, tout en bâclant quelques ultimes décrets devant des banquettes, des loges, des tribunes à peu près désertes. Tout ce qui restait d'intérêt politique se portait vers la salle de l'Évêché et ses opérations électorales. Brissot, Condorcet avaient été élus. Danton, d'abord en bonne posture, voyait de jour en jour diminuer ses chances.

XII

A Limoges, depuis le 24 juin, le Département s'efforçait de satisfaire au décret ordonnant la conscription libre des gardes nationaux de bonne volonté, pour la défense des frontières : décret rendu après la fuite de la famille royale. Dans toutes les communes étaient ouverts des registres d'inscription. On avait nommé trois commissaires : Jourdan, Dalesme, Longeaud des Brégères, membre du Directoire, pour veiller à l'enrôlement. Hélas! ces trois « patriotes zélés » ne trouvaient point à déployer leur zèle, car les registres de papier bleuâtre restaient vierges. « Du diable, disait Jourdan, si j'aurais jamais cru être un jour recruteur, et pour un si piètre résultat! »

Au vrai, jusqu'à la fin août, le directoire du Département ne s'était point livré à de très grands efforts. Il avait bien, en juillet, adressé aux districts une lettre-circulaire : « On a pu croire un moment que le retour du Roi devait ôter toute espèce d'inquiétude, mais gardons-nous de nous livrer à une fausse sécurité : la France est menacée de toutes parts. Vous connaissez les dispositions des armées étrangères du côté du Nord et du Rhin; une flotte anglaise de vingt-six voiles a paru à la hauteur de La Rochelle; les troupes espagnoles ont violé le territoire français du côté des Pyrénées. » Cet avertissement n'était guère de nature à troubler des villageois. Pour la plupart d'entre eux, le « territoire français » restait quelque chose d'infiniment vague. Comme leurs arrière-grands-pères, leurs grands-pères et leurs pères, ils pensaient encore *province*. L'unité nationale ne leur disait rien. Si on leur avait annoncé que des brigands ou des troupes ennemies menaçaient les frontières de la généralité ils auraient bondi sur leurs fourches, mais les Pyrénées, le Rhin! Ils ne savaient seulement pas de quoi il s'agissait. En allant visiter les districts, Jourdan, Dalesme, Longeaud découvraient avec stupeur des chefs-lieux de canton même où l'on ignorait qu'il existât une garde nationale et où l'on n'avait jamais entendu parler de Fédération.

Sur les instances de Pierre Dumas éperonné par Claude, le directoire avait fait, un peu plus tard, un autre effort en adressant, directement cette fois, un appel aux citoyens. Appel plus vibrant, plus inspiré, où l'on reconnaissait la plume de Dumas. « *La patrie est en danger!* proclamait-il. L'État est menacé par la ruée des transfuges, par leurs coupables adhérents et par les puissances ennemies. Loin d'être découragée par l'arrêt du Roi, l'armée des mécontents n'est que plus furieuse d'avoir manqué un coup qu'elle croyait décisif. Volez à la défense de la patrie! Nous avons pensé que dès que vous sauriez que la nation avait besoin de vos bras, vous courriez vous présenter. Jeunes héros! soldats de la liberté! et vous, citoyens qui ferez à la cause publique le sacrifice de votre fortune, vos noms, votre don seront gravés dans nos cœurs pour être transmis à la postérité! »

Lu dans les communes au son du tambour, ce message plus frappant provoqua quelques inscriptions, mais au milieu d'une confusion totale. Les municipalités se perdaient dans l'embrouillement des institutions militaires. On confondait les volontaires des gardes nationales urbaines ou villageoises, la conscription des gardes nationaux volontaires pour la défense du territoire, l'inscription des citoyens volontaires pour un engagement de trois ans comme soldat auxiliaire — ceux-ci, une fois inscrits, ne quitteraient leurs foyers que si une guerre éclatait —, enfin le recrutement habituel des troupes de ligne, qui continuait par engagements volontaires provoqués par des sergents recruteurs, comme avant la Révolution. Dans les bourgs, des hommes, des jeunes gens s'inscrivaient; quand on leur expliquait qu'ils allaient « voler aux frontières », surtout qu'ils devaient fournir eux-mêmes leur équipement, il n'y avait plus personne, ou presque. Comme le disait Antoine Malinvaud : « Les jeunes héros consentiraient à donner leur sang, mais payer pour aller se battre ce serait un comble ! » Les souscriptions publiques ouvertes par les mairies pour couvrir ces frais d'équipement ne produisaient pas grand-chose.

La déclaration de Pillnitz, connue en Limousin le 27 août, provoqua une indignation favorable au recrutement. Néanmoins, vers la fin septembre on comptait à peine, dans toute l'étendue de la Haute-Vienne, un millier d'inscrits pour la défense des frontières, alors que le chiffre fixé par la loi, pour le département, s'élevait à mille deux cent quarante-huit hommes. Donnant l'exemple, Jourdan, Dalesme, ancien soldat au régiment de Rouergue, s'étaient engagés. Malinvaud, tout en proclamant que c'était stupide, finit par faire comme eux. Bernard, torturé, ne pouvait se résoudre à imiter ses amis. Tout, d'une part, l'y obligeait : son amitié, ses opinions, ce grade de sous-lieutenant qu'il avait atteint presque malgré lui dans la garde et qui lui commandait de donner, lui aussi, l'exemple. En s'abstenant, il lui semblait trahir. Tout, d'autre part, le retenait à Limoges. En s'engageant, ne trahirait-il pas aussi Léonarde, Jean-Baptiste, surtout lui-même ? Se serait-il obstiné à rester ici, s'accrochant à son métier, pour l'abandonner maintenant ? Il aurait refusé d'être soldat à Paris, sacrifiant le bonheur de vivre près de Lise, pour partir au moment où elle annonçait son retour ! Avait-il supporté loin d'elle ces deux ans de marasme pour renoncer à elle quand elle allait arriver ?

Il ne pouvait s'ouvrir de cette raison à Jourdan, qui ne cherchait point à l'endoctriner mais s'étonnait — Bernard le sentait bien — de le voir si peu patriote. Jourdan n'hésitait pas, lui, à compromettre sa position grandissante dans la bonne bourgeoisie, à quitter son commerce, sa chère femme, ses deux filles, toutes les joies conquises à force de travail, après tant de cruelles années. Bernard l'entendait dans les campagnes dire aux jeunes gens que la patrie avait besoin d'eux, que la liberté, l'égalité, les droits dont la Révolution les dotait, comportaient des devoirs, en retour; que ces biens seraient perdus si on laissait les armées des tyrans entrer en France pour y rétablir l'absolutisme. C'était vrai, ce n'était pas un discours emphatique mais les paroles d'un homme dont Bernard connaissait la simplicité, l'esprit pratique, le bon sens un tantinet terre à terre. Nul ne pouvait être plus que Jourdan éloigné de la grandiloquence ou des emballements. D'ailleurs, il suffisait de lire les gazettes pour comprendre que partout, au-delà des frontières comme dans le pays même, se levaient les étendards de la tyrannie et du fanatisme. Révolutionnaires et contre-révolutionnaires se massacraient dans le Midi. En Bretagne, en Normandie, on assassinait les prêtres constitutionnels, on traquait leurs ouailles, on menaçait de mort les gens qui se marieraient devant les jureurs ou leur feraient baptiser les enfants. A Coblence, les émigrés déclaraient Louis XVI déchu, proclamaient Monsieur roi de France. Ici aussi, sans aller jusqu'aux violences passées, les aristocrates de tout poil, ranimés par les victoires feuillantines, préparaient visiblement la réaction. Naurissane, déserteur de l'Assemblée, devenu chef du parti rétrograde, menait une active campagne contre les membres démocrates du Conseil général du Département, du directoire — Dumas en particulier —, contre la municipalité, contre Nicaut qu'il espérait remplacer aux élections prochaines.

Ce qui indignait Bernard n'était point cette tentative — logique, à tout prendre, et dans laquelle le beau-frère de Claude n'employait pas de moyens illégaux — mais l'égoïsme bourgeois, l'aveuglement stupide des riches. Les plus empressés à réclamer du galon dans la garde nationale : colonel, chefs de bataillons, si jacobins qu'ils fussent, si forts, à la tribune du club, pour inviter les autres à voler aux frontières, se dispensaient parfaitement de s'engager. Quant aux ex-Amis de la Paix, qui avaient pu en quelques jours équiper toute une compagnie de matamores, avec chevaux et harnachement, ils ne trouvaient pas une livre pour donner des soldats à la patrie. Un Naurissane ou un Mailhard eût habillé cinquante volontaires sans même s'apercevoir du débours. Pas plus que les fils de famille, si belliqueux dans les rixes avec leurs compatriotes, ne songeaient à aller défendre leur pays contre l'étranger, pas plus leurs pères n'entendaient financer cette défense. Les uns comme les autres montraient bien par là que les ennemis de la nation n'étaient pas les leurs, qu'ils étaient même leurs amis, à eux, les anciens privilégiés attendant des hordes autrichiennes et prussiennes le rétablissement des privilèges. Pauvres imbéciles! Aveugles! Ils ne voyaient donc pas les millions d'hommes sortis de l'esclavage et résolus à n'y rentrer jamais! Tous ceux qui avaient souffert d'une forme ou d'une autre de la tyrannie — dans leur cœur, comme lui, Bernard — dans leur esprit et leur légitime ambition, comme Claude — dans leur chair, comme Jourdan — ou dans leur âme, comme Guillaume Dulimbert — tous ceux dont le credo était à présent la noble devise des Jacobins : *Vivre libre ou mourir*, formaient une masse formidable. Nulle coalition ne serait assez forte pour lui remettre les chaînes. Aveugles et imprudents! Pour des millions d'hommes prêts à donner leur vie, celle d'une poignée d'égoïstes compterait-elle beaucoup?

Deux ans de chagrins dont il voyait la source dans le ci-devant régime avaient durci Bernard. Il n'était pas aigri, car il reconnaissait dans son existence gâchée les effets propres à ses erreurs, mais il ne lui restait d'indulgence pour personne : à chacun de subir les conséquences de ses fautes.

Cette rigueur devait aussi quelque chose à l'influence de Guillaume Dulimbert, qui avait été présenté au club, un beau soir, par Nicaut et un autre franc-maçon. Toujours aussi laid avec son énorme menton, son front en dôme, son regard insaisissable derrière les verres déformants, il avait cependant éveillé l'intérêt de Bernard. Pour lui, l'homme aux lunettes : ce louche personnage entrevu à Paris dans l'ombre de La Fayette, était devenu presque un ami. La chose s'était faite avec une rapidité étrange. Ils quittaient la chapelle du collège où siégeait momentanément le club pendant que l'on procédait à des transformations dans le couvent des Jacobins. Bernard n'aurait pas pensé que ce bonhomme pût le reconnaître, à un an d'intervalle, après l'avoir vu si peu de temps, parmi tous les autres membres de la délégation, au Manège. Le singulier individu le salua pourtant en lui rappelant leur rencontre. Avec un bref regard marqué par un éclair des verres, il ajouta :

« Le lieutenant n'était alors que sergent, mais les choses allaient mieux pour lui, s'il veut bien me permettre cette constatation.

— En effet, répondit Bernard avec sa franchise habituelle, les choses allaient mieux, du moins ce jour-là. Comment diable le savez-vous, citoyen?

— Une âme sans détours, un visage transparent. Il faudrait être plus myope encore que je le suis pour ne point lire là comme dans un livre. Lorsqu'on voit parmi tant de corrompus un homme pur, on n'oublie pas ses traits. Lorsqu'on les retrouve avec le voile du chagrin sur cette pureté, cela frappe. Je ne voudrais pas que le lieutenant me jugeât indiscret. Quand on a l'expérience de la tristesse on la reconnaît aisément, voilà tout.

— Pur, répliqua Bernard, personne ne l'est, surtout pas moi. N'importe, je suis sensible à vos bonnes paroles.

— Je le prévoyais, c'est pourquoi je les ai dites, *frère et ami*, fit Dulimbert en changeant de ton et en insistant sur la formule jacobine. Nul autour de vous ne vous comprend. Votre solitude est amère, n'est-ce pas? »

Étonné par cette espèce de divination, Bernard resta un instant sans voix, puis, à la fois ému et prêt à s'irriter : « Ma solitude est amère, en effet, mais je voudrais bien apprendre de quelle façon... »

L'autre l'interrompit en levant une de ses belles mains de prélat. « Que le lieutenant ne s'offense point. Celui qui lui parle a fait également l'expérience de l'incompréhension et de l'amertume. Peut-être voudrait-il, lui aussi, sortir de sa propre solitude. Quant à la façon dont il sait ce qui ne le concernerait sans doute pas, eh bien, il est né ici, il y a grandi, il y est revenu parfois. Il ne peut ignorer la famille Delmay, la famille Montégut, ni que l'on n'y est guère fait pour comprendre un garçon de vingt-six ans, patriote, zélateur de la liberté, soldat de la Révolution. »

L'approche de Jean-Baptiste, survenant avec Jourdan, mit fin à ce colloque. Par la suite, le nouveau Jacobin et Claude se revirent fréquemment, au club d'abord, plus tard dans la chambre où Guillaume Dulimbert s'était installé, rue des Combes : une pièce assez basse, avec le lit dans une alcôve, une cheminée de bois noir, et, devant la fenêtre, une grande table déjà encombrée de brochures, de livres, de papiers. Dulimbert écrivait beaucoup, ses lunettes enlevées, son nez touchant presque la table. Par bien des côtés, il restait essentiellement mystérieux pour Bernard, encore qu'il lui eût raconté bribe à bribe le principal de sa vie. Singuliers, d'ailleurs, ces aveux d'un homme de quarante-six ans à un autre de vingt-six. Besoin de rompre, comme il le disait, sa solitude? Peut-être. Pourtant il laissait bien des trous parmi ses confidences. Dans les vastes marges de ses récits, l'imagination brodait. Ses parents, morts depuis longtemps, étaient de gros commerçants de la rue Ferrerie, voisins alors des parents de M. Mounier. Guillaume, dernier-né, montrait de grandes dispositions pour les études. On décida de le faire entrer dans les ordres. A quinze ans, il fut envoyé au couvent des Bénédictins de Saint-Maur, à Clermont, comme novice. « Les travaux de ces moines savants me plaisaient, avouait-il. Mon jeune esprit a trouvé là bien des plaisirs. Au latin, au grec, que je possédais un peu, j'ajoutai la connaissance des langues hébraïque, arabe, turque, italienne, anglaise; j'appris l'histoire des peuples et leurs littératures. Mais mon âme détestait la contrainte conventuelle, l'hypocrisie de la règle, le mensonge d'une superstition dont ma raison me démontrait l'absurdité; j'exécrais enfin la volonté d'obscurantisme qui opposait un despotique *ne ultra* au désir naturel d'aller jusqu'au bout de la science. Oui, à Clermont j'ai appris bien des choses, et parmi elles, hélas! le dégoût, l'horreur, la haine. A quoi bon insister? Vous avez lu *La Religieuse*? Au sexe près, son histoire est la mienne. » Résolu à conquérir la liberté, il avait vaincu toutes les obstructions pour intenter à ses supérieurs un procès en réclamation de vœux, tirant argument de son extrême jeunesse au moment où il avait prononcé les siens. Après trois années de chicane, il obtint une première satisfaction : un arrêt de parlement lui assignait résidence à Paris, aux Carmes. Il échappait enfin au cloître. Il venait d'avoir vingt-six ans.

A Paris, disait-il, il avait eu le bonheur de lier amitié avec un de ses frères : Jean-Baptiste, contrôleur des exploits, fervent de lettres, de philosophie. Avec lui, il fréquentait le salon de Mme Geoffrin, vieillissante mais qui continuait de recevoir tous les mercredis philosophes et savants. Il fit là d'illustres connaissances, nouant plus particulièrement des relations avec d'Alembert. La police, qui gardait l'œil sur lui, jugeait suspectes ces fréquentations, pour un congréganiste à demi défroqué. On perquisitionna dans sa chambre. Comme elle contenait des ouvrages politiques, des écrits antireligieux, il fut envoyé à la Bastille où il resta un an et demi.

C'est surtout à partir de cette date — le printemps de 1773 — que les mailles de ses récits devenaient fort lâches. Il était, racontait-il, devenu nouvelliste en France et à l'étranger, principal collaborateur d'une publication appelée *Correspondance secrète politique et littéraire*. Il était allé à Londres. Il avait connu de nouveau l'internement à la Bastille, mais pour deux mois seulement, en 81. L'année suivante encore, la police française le faisait arrêter à Bruxelles, avec son frère, et on les embastillait tous les deux cette fois. Relâché au mois de mars, il était sorti du royaume pour s'établir en Prusse, à Neuwied, « une charmante petite ville au bord du Rhin », où il passait son temps à écrire, voyageant aussi un peu, disait-il vaguement. Enfin, 88 lui avait permis de rentrer en France.

Bernard n'était ni si jeune ni si ignorant qu'il ne sût qu'à l'époque dont parlait Dulimbert Bruxelles grouillait d'aventuriers, d'espions, d'agents secrets. C'était, pendant la guerre d'Indépendance américaine, le temps où la France, soutenant les insurgés et alliée à l'Espagne, préparait avec elle un débarquement sur les côtes anglaises, où les hostilités s'engageaient entre l'Angleterre et la Hollande. Guillaume Dulimbert se bornait-il là au rôle de nouvelliste? Ses allées et venues entre Paris, Bruxelles, Londres, son installation plus tard en Prusse rhénane ne manquaient pas d'équivoque. De plus, depuis 89, les bizarres coïncidences relevées à son propos par Claude, l'attitude du général La Fayette, les recommandations mêmes de Nicaut, laissaient rêveur. Tout cela, comme les singularités physiques du personnage, retenait Bernard de se livrer sans restriction aux avances de son nouveau « frère et ami », le faisait résister à une attirance qui, par certains points, ressemblait un peu à de la fascination. L'expérience de cet homme, sa science, ses récits, étaient captivants, et aussi, pour une âme mélancolique, cette mélancolie sans amertume dans laquelle il semblait baigner. « La tristesse, disait-il, on finit par l'apprivoiser; elle devient une sagesse. La seule chose insupportable, c'est l'injustice. » On comprenait bien que pour lui la pire fût celle d'un régime fondé sur le double despotisme du trône et de l'autel. La religion l'avait empoisonné en lui apprenant la haine. Il en restait imbu, comme il restait marqué dans ses façons par les habitudes patelines du cloître. Bernard, sans partager cette haine, la trouvait justifiée. La religion, il la dédaignait autrefois comme un tissu de sottises à l'usage des femmes. On lui avait montré que c'était un instrument d'oppression associé à l'absolutisme pour maintenir le peuple dans les fers. Il avait alors compris pourquoi les gros bourgeois, les privilégiés, tout en se gaussant des dogmes en vrais libertins, et sans pratiquer le moins du monde la doctrine chrétienne de charité, d'égalité, de fraternité, tenaient tant à la lettre qui servait leurs égoïsmes. Sans l'exemple de Guillaume Dulimbert, il n'eût point imaginé que la religion pût gâter la vie d'un homme. Cette découverte contribuait à le roidir contre tous les principes opposés à la liberté complète, contre toutes les résistances à la Révolution.

Quels que fussent ses ennemis, ils devaient être rompus, sans haine et pourtant sans pitié.

Bernard, sans trop s'en rendre compte, était en train de devenir lui aussi *romain*. Non pas toutefois un « Romain » issu de lectures mal digérées, fabriqué par les gazetiers et les orateurs. S'il respirait un air imprégné de républicanisme antique, sa rigueur n'en provenait pas moins de lui-même, du meilleur de lui. Elle était d'autant plus sincère qu'elle avait été longue à mûrir. Les circonstances l'avaient faite, non point tant les doctrines. Elle le poussait inéluctablement au sacrifice qu'elle exigeait de lui. Pouvait-il, comme ceux dont il condamnait l'égoïsme, donner le pas à ses sentiments, à son intérêt personnel? Ce qu'il devait faire le déchirait. Dans quelques jours, Lise serait ici. Et lui! Non, non, ce n'était pas possible!

Il s'en fut tout de même demander à son père si, éventuellement, il voudrait bien l'aider à s'équiper. D'abord, M. Delmay ne comprit pas, puis, quand il entendit son fils dire qu'il allait peut-être lui falloir s'engager comme volontaire pour la défense du territoire, il se récria, stupéfait :

« Tu perds la tête, cadet! tu... tu es fou! » Il en balbutiait. « Tu lâcherais ta profession au moment où tu vas pouvoir t'associer avec ton beau-frère! Qu'est-ce... qu'est-ce que cette lubie! Voyons, tu ne parles pas sérieusement?

— Si, tout à fait. Je ne m'y résoudrais certes point avec plaisir, mais je crains qu'il ne me soit pas possible d'agir autrement.

— Écoute : tu sais que j'économise une somme pour te mettre en posture d'associé dans l'affaire de Jean-Baptiste, à même d'y apporter du développement. D'ici peu, ce sera chose accomplie. Tu as déjà commis une sottise en te dérobant au mariage que ta sœur te préparait avec la petite Carron. Bien : question de sentiment, je n'insiste pas. A moi de te donner une position. J'y pourvois. Tu ne vas pas encore...

— Oui, je sais, dit Bernard avec lassitude. Je vous aime, mon père, et je n'ignore pas combien je vous chagrine. Ah! j'aurais voulu vivre en un autre temps! Cela me tue, de ne pas pouvoir vous donner, à vous comme à Léonarde, les satisfactions que vous étiez en droit d'attendre. J'ai tout fait pour garder un métier auquel je tiens autant que vous, et vous ne savez pas combien il m'en coûterait de partir, même si c'est seulement, comme on le dit, pour quelques mois.

— Enfin, qu'est-ce qui t'y obligerait!

— Les circonstances, répondit sobrement Bernard.

— Mon pauvre enfant! Les balivernes de tous ces fichus démagogues te tourneboulent complètement la cervelle. Les circonstances présentes n'inquiètent que la racaille, les profiteurs du bouleversement, ceux qui ont peur de perdre leurs avantages mal acquis, d'être ramenés à leur juste place, l'épée dans les reins.

— Pardonnez-moi, mon père, nous ne pouvons juger les choses de la même façon. Voulez-vous bien me dire si, le cas échéant, vous m'aideriez à me fournir, comme vous l'avez fait avec tant de diligence quand on a créé la garde nationale? Par vos soins, je fus alors l'un des premiers à porter l'uniforme bleu, alors que tant d'autres manœuvraient encore en habit civil. C'est vous qui m'avez donné le costume d'un soldat. Pour l'âme, je ne l'ai pas plus aujourd'hui qu'en ce temps, croyez-le.

— Tu n'as point l'âme d'un soldat, et tu veux te battre pour des foutaises! Sacré bon Dieu! s'écria M. Delmay en tapant sur son bureau, je t'ai offert un uniforme pour que tu sois comme ton frère. Je ne m'en mordrai jamais assez les doigts. Tu m'entends, Bernard, tu n'auras pas un liard de moi pour aller faire l'imbécile aux frontières. Si tu pars avec la canaille sans-culotte, je ne te connais plus. »

Navré d'avoir provoqué la colère de son père, dont il ne pouvait méconnaître l'affection, Bernard écoutait un démon lui murmurer à l'oreille qu'il manquerait à son premier devoir en s'obstinant, qu'une interdiction si formelle le justifierait de rester ici. Mais, le lendemain, comme il était à la boutique où Léonarde métrait du galon, Jean-Baptiste l'appela au magasin, puis, le doigt sur la bouche, l'entraîna dans la remise. « Ton père, chuchota-t-il, a dit à ta sœur que tu pensais t'engager comme garde aux frontières. Ils veulent tous les deux faire le possible pour t'en empêcher. Je les comprends, je les comprends très bien. Moi non plus, je n'aimerais pas te voir partir, mais je te comprends aussi, je sais à quoi un garçon de cœur se sent obligé dans le moment où nous sommes. Si tu décides de suivre Jourdan, je te donnerai l'argent pour t'équiper. Seulement n'en souffle mot. Que ta sœur ne se doute de rien, surtout! Elle ne me pardonnerait jamais. »

Après cela, toute hésitation eût paru à Bernard une lâcheté. En quittant la boutique, il monta dans la ville haute, traversant le quartier incendié en septembre de l'année précédente. Quoique l'on s'efforçât de reconstruire, en bien des endroits on avait juste déblayé les décombres. A la place du Jeu de paume, évocateur des temps faciles, se dressaient des piles de parpaings noircis, de poutres à demi consumées. Bernard gagna la maison commune où il s'inscrivit au registre des enrôlements. Achevant de descendre la rue étroite et abrupte, il prit celle des Taules pour atteindre la vieille abbaye Saint-Martial dans les dépendances de laquelle Jourdan logeait au-dessus de sa mercerie. Bernard ne passait point là sans se souvenir du jour — un soir tout embrumé de flocons — où Lise, le visage rose dans sa capuche fourrée, lui avait dit qu'elle l'aimait encore, qu'elle n'aimait que lui. Ce souvenir lui serra plus que jamais le cœur.

Jourdan berçait sa seconde fille, Catherine-Angélique : poupon de huit mois. La mère faisait manger Marie-Madeleine.

« Eh bien, annonça Bernard après avoir salué amicalement Mme Jourdan, c'est résolu, j'irai avec toi.

— Tiens! s'exclama Jourdan, que t'avais-je dit, Jeanne? Mon ami, tu me réjouis sans me surprendre. J'ai toujours su que tu viendrais : un homme comme toi ne pouvait agir autrement.

— Il faut croire, puisque c'est fait. Je viens de signer le registre.

— Tu dis ça comme si tu annonçais ton propre enterrement. Un peu d'enthousiasme, que diantre! Nous en aurons besoin, pour faire de nos gardes villageoises une vraie troupe. Allons, soupe avec nous! Je vais chercher une bouteille. »

Il descendit à la cave. Mme Jourdan, restée seule avec Bernard, qui amusait distraitement la petite Marie-Madeleine, soupira. « Moi aussi, j'ai le cœur gros. Jourdan plastronne, mais la séparation nous sera dure, à tous deux. » Elle s'efforça de sourire. « Et vous, Bernard, pourquoi tant de peine? Vous n'avez pas d'attachement ici. » Il la regarda. C'était une aimable femme, au caractère ferme et doux : belle-sœur de l'ancien patron de Jourdan. Elle avait deux ans de plus que son mari, trente et un, donc. Bernard, avec ses vingt-six ans, la trouvait toute maternelle. Il se laissa aller à une demi-confidence. « Non, dit-il, je n'ai ni épouse ni fiancée ni véritable maîtresse, seulement j'abandonne ici mes plus chers souvenirs et mes désirs les plus irréalisables. »

Le soir même, au sortir du club, il écrivit à Lise une lettre désolée. Les circonstances, disait-il, lui faisaient une obligation de suivre les gardes nationaux volontaires pour défendre le territoire. Il expliquait longuement ses raisons, et ajoutait : « Voilà, c'était bien la peine de m'obstiner à rester ici, pour partir quand vous revenez. Par ma stupidité, j'ai perdu pour rien deux ans de votre présence. Comme vous aviez raison! Que ne vous ai-je écoutés, Claude et vous! Tout ce temps bêtement gâché, et qui m'a été si dur! Ah! j'enrage de mon imbécillité! Mais ai-je jamais rien fait d'autre qu'accumuler les sottises à votre égard, ma pauvre amie? Comment pouvez-vous aimer un homme si court d'esprit, si maladroit! N'en êtes-vous pas dégoûtée? Je ne mérite point votre affection. Pourtant, si je suis aujourd'hui contraint de m'en aller, ce n'est pas ma faute : nous vivons une époque exigeante et difficile »... « Le recrutement des volontaires n'atteint pas encore le chiffre fixé. Nous devons partir le mois prochain, je ne sais au juste à quelle date. Peut-être arriverez-vous d'ici là. Peut-être aurai-je le bonheur de vous voir un peu, avant cette nouvelle séparation. Peut-être enfin ne sera-t-elle pas très longue : le contingent des gardes aux frontières a été considérablement réduit depuis le décret de juin. On pense en général que nous regagnerons nos foyers dans quelques mois, car nous ne sommes, à tout prendre, que des soldats d'occasion. »

Lorsque cette lettre arriva rue Saint-Nicaise, le 30 octobre, Lise, au Manège, assistait à l'ultime séance de l'Assemblée. C'était tout à fait une relevée d'automne, grise et triste avec des nuages bas qui couraient en s'effilochant. Derrière les tribunes, les fenêtres donnaient si peu de clarté que l'on avait allumé les lustres. Leur lueur, luttant avec le demi-jour, produisait une espèce de fausse lumière, irréelle, singulièrement lugubre. Le Roi était venu saluer les représentants qui allaient se disperser. Il les assura qu'il maintiendrait de toutes ses forces la Constitution dont ils avaient doté la France. Il les remercia, louant leurs travaux et leur zèle, regrettant, dit-il, que leur session dût se clore. Il prononça solennellement cette clôture. Puis Thouret, dernier président, s'adressant aux tribunes, proclama d'une voix quelque peu émue : « L'Assemblée nationale constituante déclare qu'elle termine ses séances et qu'elle a rempli sa mission. » De sa place, Claude fit à sa femme un signe assez mélancolique, qui signifiait en somme : « Et voilà ! »

Le discours de Louis XVI avait été très applaudi. Lise s'amusa de voir cette assemblée, qui avait suspendu le monarque, failli le juger, le déposer, et lui avait ôté pratiquement tout pouvoir, se séparer au cri répété de « Vive le Roi ! » Claude, Pétion, Robespierre, l'abbé Grégoire, étaient des rares à pousser cette acclamation par pure politesse. Parmi les ex-députés comme dans le public, l'enthousiasme éclatait. Peut-être, chez la plupart des représentants cette chaleur concernait-elle moins le Roi que la fin de la législature. Mme Roland eut un mot bien juste : « Des gamins ! On dirait des gamins délivrés du collège ! » Cela fit sourire M. l'évêque Gay Vernon, nouveau député de Limoges, qui venait d'arriver à Paris. Un peu parent des Mounier, comme l'on sait, il avait dîné avec Claude, Lise et les Dubon avant de les suivre au Manège pour assister à la séparation de ces représentants dont ses collègues et lui allaient prendre, dès le lendemain, les places encore chaudes. « Madame, dit-il, fait là une comparaison pas très flatteuse pour nos prédécesseurs, mais le mot est profond. » L'enthousiasme du public, en tout cas, ne laissait pas de doute : c'était un engouement monarchiste, sinon même un retour de flamme royaliste. Depuis la proclamation de l'acte constitutionnel, la grande masse parisienne s'amourachait de son Roi et de sa Reine rétablis. On les acclamait aux Tuileries, on les applaudissait quand ils paraissaient à l'Opéra, dans les théâtres, qui, presque tous, reprenaient des pièces royalistes : *Gaston et Bayard*, *Henri IV à Paris*, *Nicodème dans la lune*, et *Richard Cœur de Lion* où l'on ne chantait plus : « O Richard ! ô mon roi, l'univers t'abandonne », mais : « O Louis ! ô mon roi, tes amis t'environnent. » Au parterre quelquefois d'obstinés démocrates protestaient, risquant un mauvais parti.

Comme Claude l'avait prévu, la réaction s'étendait, moins, du reste, dans la réalité souterraine qu'en surface. Non seulement à Paris mais par toute la France, ou presque, on constatait un recul manifeste de l'opinion. Les ex-républicains se taisaient, se terraient ou se convertissaient plus ou moins.

L'infect *Père Duchêne*, qui flattait toujours les tendances dominantes dans le peuple, tournait au monarchisme. Danton, après avoir obtenu, le 10 septembre, quarante-neuf voix de l'Assemblée électorale, était, dix-sept jours plus tard, tombé à quatorze voix, et n'avait pas été élu : il ne siégerait point à la Législative. Tout cela néanmoins ne signifiait pas grand-chose, car, dans le même temps, des centaines de nouvelles sociétés jacobines, dont on recevait les affiliations à la Société mère, naissaient en province. Claude s'en trouvait confirmé dans la certitude que le progrès ne s'arrête pas, s'il marque parfois des étapes. Les gens à œillères, certains commerçants, les acquéreurs de biens nationaux, pouvaient désirer que l'on en restât où ils en étaient avec leurs avantages tout neufs. Ils ne voulaient pas risquer de compromettre ces avantages. Satisfaits, ils estimaient que la nation entière devait l'être avec eux. En vérité, la bourgeoisie, triomphant avec le Triumvirat, les Feuillants, acclamait le Roi dont elle avait fait un monarque bourgeois. Elle ne se rendait pas compte qu'elle restituait tous leurs espoirs aux ultra-royalistes. Ils ne se contenteraient pas, eux, de voir s'arrêter la Révolution. Il jugeait juste, ce peu sympathique mais perspicace Mallet du Pan qui publiait, aujourd'hui-même : « Le moment arrivera où la France sera partagée entre les républicains et les royalistes exagérés. »

Bon, tout cela ne le concernait plus, lui, Claude, qu'en tant que simple citoyen. Il n'aurait plus le pouvoir d'influer sur les événements. Avec mélancolie, il se leva de la banquette où il ne reviendrait jamais s'asseoir aux côtés de Robespierre et de Pétion. Avec eux, il se dirigea vers le grand couloir. Comme il était fort encombré, ils sortirent par le passage des Tuileries. Il y avait beaucoup de monde dans le jardin aux frondaisons roussissantes. Ils traversaient la terrasse, lorsque se produisit un mouvement de peuple vers eux. Des gens accouraient en criant : « Les voilà! Ils sont là!... Vive Pétion! Vive Robespierre! » Ils furent entourés d'une petite foule qui bousculait Claude pour approcher les deux illustres, les toucher, leur mettre sur la tête des couronnes de feuillage. Des hommes les serraient dans leurs bras, une femme leur tendait son enfant. Dans l'air gris et froid montaient les acclamations : « Vive la nation! Vive la liberté! Vivent nos législateurs incorruptibles! » Aiguillonné par une sourde pointe, Claude regardait le blond

Pétion se gonfler comme un paon, et Robespierre, jouissant lui aussi de cet hommage, mais toujours craintif, essayer, avec sa mine de chat, de calmer l'ardeur populaire. « De la dignité, mes amis! Voyons, de la dignité! » disait-il. On ne l'écoutait pas, on criait de plus belle « Vive la liberté! Vivent les incorruptibles! Vivent les députés vierges! » Ils se dérobèrent enfin par la ruelle de l'Orangerie, sautèrent dans un fiacre. On en dételа les chevaux pour le tirer à bras d'hommes.

Pendant ce temps, Lise, sortie par la « carrière », remontait vers le Carrousel avec sa belle-sœur et son beau-frère Dubon. A tous les coins de rues se répétait une affiche blanche où le Roi annonçait au bon peuple : « Le terme de la Révolution est arrivé; que la nation reprenne son heureux caractère. » *Son heureux caractère.* « Le pauvre homme! » fit Dubon qui se rappelait l'atroce à-propos de ces filles dansant la ronde en agitant au bout d'une pique le cœur violâtre de Launay, et chantant : « Il n'est point de fête quand le cœur n'y est pas! » Un heureux naturel!

Lise, elle, était toute à sa secrète joie : Claude voulait assister à quelques séances de la nouvelle Assemblée, terminer ses travaux de correspondance, aux Jacobins. Encore quelques jours de patience avant le départ pour Limoges. Ce fut dans ces dispositions qu'elle déplia joyeusement le message de Bernard. La nouvelle la frappa d'un coup en plein cœur.

Lorsque Claude rentra peu après, il la trouva jetée en travers de leur lit. « Oh!... oh! non! » hoquetait-elle à travers ses larmes. « Non, c'en est trop! C'en est trop! » Il aperçut la lettre, y donna un coup d'œil, et comprit. Il était dans une mauvaise heure, plein de pensées moroses, assez amer. Il lui fallut faire un violent effort pour ne point céder à l'agacement devant cette douleur. Il en fut récompensé par l'élan avec lequel Lise se jeta dans ses bras dès qu'il l'eut touchée.

« Mon ami! gémit-elle en se serrant sur sa poitrine. Oh! mon ami! Je suis trop malheureuse!

— Oui, je sais. J'ai lu », murmura-t-il, bouleversé par la spontanéité de sa femme cherchant d'instinct en lui son refuge et son réconfort, par cette absolue confiance dans sa générosité, cette confiance qui ne laissait pas même soupçonner à Lise qu'il pût se blesser de la voir tant souffrir à cause d'un autre. Non, ni Bernard ni elle ne lui permettaient d'éprouver de la jalousie sans se sentir odieux. « Ma petite fille, mon cœur, dit-il tendrement et fermement à la fois, il ne faut pas pleurer sur un homme qui accomplit son devoir, si dur soit-il pour lui et pour toi. Bernard sacrifie ce à quoi il tenait le plus. Ne sois pas moins courageuse toi-même! Tout ce que je peux faire pour adoucir votre peine, c'est de te ramener à Limoges avant son départ. Sèche tes larmes, mon amour. Je vais hâter les choses : nous prendrons la première diligence.

— Oh! Claude! Claude, mon cher ami! s'écria Lise tandis qu'il lui essuyait les yeux. Je suis bien malheureuse, mais je suis trop heureuse de t'avoir pour mari. Tu es...

— Je t'aime, voilà tout. Tiens, mouche ton joli nez. »

XIII

Lise se souciait peu d'assister à l'entrée en scène des nouveaux députés. Comme énormément de gens, mais pas pour les mêmes raisons, elle était lasse, sinon excédée, de la chose publique (dans les assemblées électorales, le nombre des abstentions allait de cinquante à quatre-vingts, voire quatre-vingt-dix pour cent). En outre, elle se prenait d'un sourd ressentiment pour le régime qui lui enlevait Bernard. Elle répondit à sa lettre, laissant Claude aller seul au Manège.

Dans la grande entrée, il retrouva nombre de ses ci-devant collègues, venus avec l'intention plus ou moins précise de surveiller le jeune corps législatif. Ils s'étaient fait réserver deux tribunes au-dessus des loges. Pour la première fois, Claude gravit les marches des vomitoires. Pour la première fois aussi, il prit une idée du spectacle que l'Assemblée avait quotidiennement donné au public des hauteurs.

Tout d'abord, en accédant à cet étage, il fut frappé par la clarté. En dépit du jour gris comme la veille, les tribunes baignaient dans une lumière que l'on n'avait jamais, en bas, même à la plus claire saison. Par les fenêtres, on voyait moins de ciel mais les arbres, les toits des Feuillants et des Capucins, la flèche de la chapelle. En contraste, la salle faisait un effet obscur. Elle apparaissait comme une très longue caisse, triste malgré les couleurs des draperies, avec, tout du long, le vide étroit de « la piste » qui séparait les étagements de visages peu distincts dans la pénombre. Seule la tribune, émergeant en face de l'estrade présidentielle, était mieux éclairée. Évidemment, une figure devait y paraître avec fréquence pour s'imprimer dans le regard du public. Voilà sans doute pourquoi certains, en particulier Robespierre, avaient été si diligents à saisir toute occasion de grimper là-haut, d'y tenir de longs discours. Cependant les banquettes ne s'enfonçaient pas dans une ombre telle que l'on ne pût distinguer des traits. On reconnaissait bien Brissot à son grand nez, Condorcet, le jeune Gouvion, ex-aide de camp de La Fayette, le Jacobin Hérault Séchelles, l'évêque Gay Vernon avec ses collègues de la Haute-Vienne : braves modérés dont les votes seraient assurément les seules manifestations. Claude reconnut aussi l'abbé, ou plutôt l'évêque Fauchet. Il vit une chose singulière : un infirme arrivant dans sa chaise de bois roulante qu'il manœuvrait en tournant une mécanique. Les huissiers le soulevèrent pour l'asseoir sur la première banquette. « C'est Georges Couthon, député du Puy-de-Dôme, dit Buzot. Il présidait le tribunal de Clermont. Bancal, l'ami des Roland, nous a parlé de lui : un homme d'une grande éloquence, paraît-il. Il a les jambes paralysées. »

A mesure que les gradins achevaient de se remplir, Claude constatait avec surprise la jeunesse générale des nouveaux représentants et leur désinvolture. Sur ces banquettes, où il avait été un des plus jeunes, il voyait jusque-là des hommes d'âge, en majorité, graves et qui, même aux moments les plus passionnés, demeuraient pleins de réserve. A la place de ces sénateurs siégeait à présent, eût-on dit, une troupe de collégiens. Il en fut saisi, confusément effrayé, regrettant une fois de plus que Robespierre ait induit la Constituante tout entière au suicide. Comment ces novices aux allures fracassantes allaient-ils manœuvrer le fragile esquif révolutionnaire? Ils n'inspiraient pas plus de confiance que leurs anciens ne leur inspiraient de respect. Ils semblaient confirmer par leur attitude ce que Claude avait entendu dire, ces jours derniers, au club : que les nouveaux venus, particulièrement les députés du Midi, les considéraient, eux Constituants, comme des ramollis, des médiocres dont les royalistes avaient eu beau jeu. Quant à leur fameux ouvrage : la « sainte » Constitution, ces coquelets la tenaient pour un tissu d'inepties.

Tout cela était sans doute très exagéré. De bonnes âmes outraient assurément les propos, peut-être un peu légers, des jeunes représentants, pour créer entre eux et leurs aînés — toujours prépondérants dans les clubs — un antagonisme des plus profitables à la Contre-Révolution. Il ne fallait point prêter l'oreille à de tels racontars. Néanmoins, à la façon dont les occupants des banquettes levaient la tête vers les tribunes, à leurs regards, à leurs chuchotements, on pouvait comprendre qu'ils acceptaient mal ces anciens réunis là-haut comme un corps de pères-conscrits, et qu'ils ne souffriraient pas longtemps, dans une enceinte où ils étaient à présent les maîtres, cette persistance de la précédente assemblée.

Cette première séance, toute consacrée à la vérification des pouvoirs, comme le seraient encore les deux ou trois suivantes, ne pouvait donner aucune indication certaine sur les dispositions ni les talents. C'est pourquoi Claude aurait voulu attendre une quinzaine de jours avant de quitter Paris. Il n'en était plus question, et cela l'ennuyait — absurdement, car enfin il n'y avait plus aucun rôle pour lui dans le jeu politique. La nouvelle législature devait durer deux ans. Quelles éventualités se présenteraient-elles alors? il n'en savait rien, mais d'ici là, il ne lui restait qu'à oublier le théâtre parisien, à faire — un peu tard — comme Montaudon, ou bien à reprendre sa profession d'avocat : profession devenue peu florissante avec la simplification des tribunaux. De toute façon, il trouverait aisément à Limoges, avec l'aide de ses amis, soit une clientèle soit un poste. La vérité, c'est qu'avant la lettre de Bernard il cherchait plus ou moins des prétextes pour demeurer quelque temps encore dans ces lieux dont il lui coûtait de s'arracher.

Aujourd'hui, il regrettait un peu sa promesse trop impulsive. Que diantre! les volontaires limousins ne s'en iraient pas si vite! Certes, il aimerait revoir Bernard, bien entendu, ce noble Bernard. Mais il y avait ici tant de questions pendantes! Quelle majorité allait-elle se dégager de la droite et de la gauche, dans le corps législatif? Sur quel pied s'établirait ses rapports avec le Roi? Qui remplacerait Bailly à l'Hôtel de ville? Quelle attitude allait adopter La Fayette? L'Assemblée, par un de ses ultimes décrets, lui avait repris le commandement de la garde nationale pour le répartir entre six chefs de légion qui l'exerceraient à tour de rôle. Apprendre cela de loin, en lisant les gazettes, c'était tout autre chose que de vivre, en quelque sorte, ces questions, d'influer sur les réponses par le moyen du club. Et puis, certes, il aimerait voir Bernard, mais il ne lui plaisait pas — oui, il ne lui plaisait pas — que Lise le vît trop.

Ah! quel affreux sentiment! indigne d'eux trois. Quel sentiment rétrograde! Quelle odieuse tyrannie dans cet égoïsme! Il voulait Lise pour lui seul, sans se soucier de ce qu'elle pouvait vouloir, elle, de ses désirs, de son bonheur, de sa *liberté*.

Cette liberté de tous, à laquelle Bernard, en courant la défendre, sacrifiait ce que lui promettait la présence toute prochaine de Lise, cette liberté pour laquelle lui, Claude, luttait depuis si longtemps, allait-il donc la refuser à un seul être, justement parce qu'il lui était le plus cher! Voilà bien à quelle sauvage déraison la nature de l'homme l'induit. Eh bien non! la barbarie ne triompherait pas! Si l'on ne tue pas d'abord en soi-même l'instinct du despotisme, comment prétendrait-on en purger le monde?

Claude comprenait bien pourquoi cet instinct s'éveillait en lui. D'abord parce qu'il aimait, admirait, désirait toujours davantage sa femme. Il était encore bien plus attaché à elle que lors de leur séparation après les premiers mois manqués. Et il se rendait compte que si les sentiments de Lise pour lui se fortifiaient eux aussi avec le temps, ils perdaient néanmoins et nécessairement pour elle leur vertu de nouveauté. Au contraire, son amour pour Bernard — amour irréalisé, plein d'inconnu, de longs désirs, tout nourri encore d'une persistante adolescence — gardait en elle sa fraîcheur. Elle aimait profondément son mari, elle tenait à lui par toutes ses fibres, mais c'était de Bernard qu'elle restait amoureuse, avec sans doute ce qu'il peut y avoir de léger et d'irrésistible en même temps dans cette disposition. Bien difficile de n'éprouver point quelque chagrin devant une telle évidence. Il ne servirait à rien de me cacher que je suis jaloux, pensa Claude avec loyauté. Impossible de rien faire là contre. Il devait subir ses propres imperfections, mais il enfouirait cette indigne jalousie au plus secret de lui-même. Elle ne corromprait pas son cœur, quoi qu'il dût advenir. Sans plus balancer, il alla rue des Victoires, retenir deux places dans la diligence du 4.

Le soir, Lise et lui soupèrent au Palais-Royal avec Robespierre et Pétion qui s'en allaient tous deux à Arras — Pétion pour quelques jours seulement. Le lendemain, ce fut aux Danton et aux Desmoulins qu'ils firent de mélancoliques adieux. Les Roland étaient déjà partis. Les malles bouclées, emportées aux messageries avec plusieurs caisses qui suivraient par fourgon, le logement vidé de tout ce qui leur appartenait, Claude et Lise s'en furent passer la dernière relevée et la dernière nuit chez les Dubon où la bonne grosse Margot, portant leurs sacs de voyage, les accompagna, les larmes aux yeux. Elle s'était attachée à ces bons maîtres, gentils et familiers avec elle. Elle leur dit que si jamais ils revenaient, il faudrait la prévenir : elle quitterait tout pour reprendre leur service. « Ça me ferait bien plaisir. — A moi aussi, ma bonne », lui répondit Lise en l'embrassant de grand cœur.

Au moment de se coucher, Claude, entrouvant les volets intérieurs, resta un instant à contempler les lumières de Paris : mille fenêtres brillant çа et là sur les deux rives, les files de réverbères sur le Pont-Neuf, sur le Pont-Royal, sur le quai des Tuileries, avec leurs reflets qui serpentaient dans l'eau noire. « Eh bien, voilà ! » dit-il. Puis, se retournant vers sa femme, blonde et nue entre deux chemises : « Il y a deux ans et quatre mois, j'étais comme ce soir dans cette chambre. J'arrivais, plein de fièvre, impatient de régénérer l'empire, d'accomplir de grandes choses, de devenir un personnage. Je n'ai rien fait, qu'une Constitution manquée. Et je repars, n'étant rien devenu. Dans tout cela, ma seule conquête a été celle que je n'osais plus espérer.

— Mais laquelle? demanda Lise avec une moue.

— Tu le sais bien, mon cher amour. Toi.

— Présomptueux ! » dit-elle en se pressant contre lui.

Ils partirent à l'aube, par un sinistre petit jour fouetté de crachin. Il y avait avec eux dans la voiture Legrand, l'ex-député de Châteauroux. Les deux hommes évoquèrent des souvenirs de leur arrivée en 89, de Versailles. Claude était triste.

Tandis que la diligence roulait vers Limoges, les volontaires de la Haute-Vienne se rassemblaient en ville. Depuis le 30 septembre, il en venait des districts. On les logeait dans les mauvaises casernes du pont Saint-Martial et des Petites-Maisons — d'où le Royal-Navarre, devenu le 22e régiment de cavalerie, était parti depuis quatre mois — en attendant que le contingent fût au complet. Du moins, au complet des inscrits, car il manquait cent vingt-trois hommes pour satisfaire au nombre fixé par la loi. Malgré tout le zèle de Jourdan, Dalesme et Longeau, pas un autre jeune ou vieux héros ne s'était déclaré. Le district du Dorat avait tenté sournoisement d'expédier comme volontaire toute la garde de Dompierre-Magnazeix, constituée le 26 juin, juste après le décret sur la conscription. Ces patriotes, résolus à défendre leur village, n'avaient aucune intention de le quitter, et n'entendaient pas se laisser faire par les malins du District. Ils protestèrent avec vigueur auprès du Département, qui respecta leur volonté. Servir la patrie était un honneur, on ne l'imposait à personne.

Puisqu'il ne restait aucun espoir de parvenir à l'effectif fixé, on commença de former les compagnies. Selon le règlement établi par le ministère, elles devaient élire leurs officiers, leurs sous-officiers, puis se répartir en deux bataillons qui choisiraient eux-mêmes leurs états-majors. Tout cela s'exécuta régulièrement : les quinze cent vingt-cinq Limougeauds et villageois, réunis les uns dans l'église du Collège, d'autres dans la salle de la Comédie, d'autres aux Augustins, aux Grands-Carmes, votèrent pendant plusieurs jours. Lorsque Claude et Lise arrivèrent à Limoges, l'un des bataillons venait de se donner pour chef Jourdan, promu lieutenant-colonel. Bernard, élu capitaine, commandait la 1re compagnie. Le règlement arrêtait, d'une façon fort sage, qu'il fallait choisir pour officiers les anciens soldats de l'armée de ligne. C'est ce que les volontaires avaient fait pour l'état-major, avec Jourdan, Dalesme : lieutenant-colonel en second. Comme il ne se trouvait pas assez d'anciens soldats parmi les engagés, on s'était rabattu sur ceux d'entre eux que des promotions successives dans la garde préparaient à un commandement. C'est ainsi que le lieutenant Lamy d'Estaillac — seul « aristocrate » engagé — devenait capitaine de la 2e compagnie. Antoine Malinvaud, sautant un grade comme Bernard, était son lieutenant.

Touché par la confiance de ses camarades, mais peu enthousiaste pour ce grade trop important, Bernard aurait voulu se récuser, car il ne se trouvait pas assez d'expérience militaire. A quoi Jourdan lui répondit : « Bon sang! tu en possèdes autant que moi. Si tu n'es pas bon pour être capitaine, je ne le suis pas davantage pour être colonel. » Ce qui ne manquait pas de justesse. Jourdan, jusqu'à la Grande Peur, n'avait jamais commandé, même pas à quatre hommes, ni, encore à présent, combattu pour de bon. Sa participation à la guerre d'Amérique, parmi les recrues du régiment d'Auxerrois, s'était bornée à trois affaires peu sérieuses : le siège manqué de Savannah, où l'amiral d'Estaing ne put employer l'infanterie; la défense de l'île Saint-Vincent, derrière des remparts; l'expédition de Tabago : un petit siège. S'il connaissait très bien l'école du soldat, il ignorait entièrement la stratégie. Il n'avait jamais vu de vraie bataille. « Quand je t'ai pris pour sergent, place d'Orsay, en juillet 89, ajouta-t-il, as-tu hésité? Fais de même aujourd'hui. Ce que nous ne savons pas, nous l'improviserons, voilà tout. » Au demeurant, ils n'avaient, les uns et les autres, nul besoin d'être des stratèges. On ne destinait les gardes nationaux qu'à tenir garnison dans les places fortes. Ce qu'il fallait surtout aux officiers, c'était d'exceptionnelles qualités d'organisateurs, d'instructeurs : ils devaient en effet transformer rapidement en soldats des hommes dénués, pour la plupart, d'instruction et même d'esprit militaires, et tous — tous les villageois, du moins — sans équipement. Ils étaient venus les mains vides, considérant qu'en fournissant leur personne ils faisaient déjà beaucoup. Si cela ne suffisait pas, ils ne demandaient qu'à s'en retourner.

Lise, apprenant que les bataillons ne partiraient pas avant les derniers jours du mois, avait cru pouvoir passer, d'ici là, de longues heures avec Bernard. L'envie ne lui en manquait point, à lui non plus, mais complètement la possibilité. Il était sur les dents. Il fallait pourvoir à tout à la fois : d'abord nourrir les hommes, les compagnies devant subsister par elles-mêmes; batailler avec le payeur des guerres pour obtenir la solde journalière en billon, les volontaires refusant les assignats incommodes pour eux; les retenir de piller les boulangeries et les boutiques de comestibles où ils faisaient des descentes en force, d'en venir aux coups avec les gardes nationaux urbains qu'ils conspuaient, les traitant de « reste-au-chaud ». Il fallait leur apprendre la discipline sans les brutaliser et sans aucun moyen de contrainte, le rudiment de la manœuvre pour qu'ils pussent au moins se former et marcher en ordre. Il fallait veiller aux arrivages de fusils que le magasin recevait de Givet par lots dérisoires, et que les chefs de compagnie se disputaient, pas toujours très loyalement. Enfin, une épuisante journée close, il fallait encore garder l'œil sur ces enfants terribles qui se répandaient par la ville en menant tapage dans les cabarets, cassaient les vitres et trouvaient séant d'empêcher les bourgeois de dormir.

Bernard, dès l'abord, vint dîner à la manufacture de porcelaine, où le ménage s'était établi pour le moment chez les parents de Claude. Sitôt après le repas, le jeune capitaine dut partir, désolé. Le surlendemain, un dimanche, étant revenu voir ses amis il comptait sur quelques heures de tranquillité, lorsque Malinvaud se présenta, essoufflé. « Capitaine, annonça-t-il, il faut que tu viennes. Vingt hommes de Saint-Junien ont décidé de rentrer chez eux. Ils sont partis, comme ça. »

Librement inscrits, sans indication de durée, les volontaires estimaient avoir le droit de rompre leur engagement s'il ne leur convenait plus. La loi ne prévoyait aucune sanction contre eux. On ne pouvait les contraindre. Elle se bornait à flétrir de pareilles défections et à réclamer le remboursement de la solde. Bernard courut après les défaillants, les rejoignit sur la route où ils marchaient bras dessus, bras dessous, en chantant des bourrées. Il les exhorta, s'efforça de leur faire comprendre qu'une parole est une parole, qu'ils se devaient de la tenir, justement parce que l'honneur seul les y obligeait, que les considérations personnelles devaient s'effacer devant les besoins de la patrie. Croyaient-ils que le colonel Jourdan quittait de gaieté de cœur son commerce, sa femme, ses filles en basâge? etc. Il réussit enfin à les convaincre, mais il dut, avec Malinvaud, les raccompagner aux maisons servant de casernes, où il trouva un aubergiste furieux contre la 1re compagnie dont des hommes, disait-il, lui avaient volé six bouteilles de vin cacheté.

De toute évidence, il fallait s'éloigner de Limoges le plus tôt possible. Tant qu'ils resteraient ici, les volontaires seraient intenables, d'autant que, n'ayant encore ni uniformes ni suffisamment d'armes, ils ne se sentaient pas soldats. Sur les instances des commissaires, soutenus par Pierre Dumas, le directoire départemental s'était décidé à faire l'avance des frais d'équipement pour les hommes et les sous-officiers. On avait en hâte passé des adjudications. Jourdan harcelait les fournisseurs, les autorités, le magasin. Enfin les compagnies commencèrent à toucher leurs effets. Les capitaines durent veiller soigneusement à la distribution avec l'adjudant-major du bataillon et le quartier-maître comptable. Chaque homme reçut pour son habillement un habit, une veste blanche, deux culottes, un chapeau, deux paires de souliers, plus trois chemises, deux cols blancs, un col noir, une paire de guêtres en toile blanche, une paire en toile grise, une paire en tricot, deux paires de bas de coton, deux mouchoirs, un bonnet de nuit; pour fourniment, un sac à distributions, en grosse toile, une boucle de col, deux boucles de souliers, deux boucles de jarretières, deux cocardes, un tire-bouton, une alène, un tire-bourre, un tournevis, une épinglette, un havresac en peau de veau, une giberne, des buffleteries. Le magasin avait bien fourni les armes blanches : baïonnette pour les soldats, baïonnette et briquet pour les sous-officiers, épée pour les officiers — et même les caisses pour les tambours — mais il manquait encore beaucoup de fusils. Néanmoins, dans leur habit bleu à parements et revers rouges ouvert sur la veste blanche, guêtrées, culottées de blanc, le bicorne à plumet rouge, un peu de côté, les recrues commençaient à prendre figure militaire, avec un certain esprit de corps. Bernard put alors se reposer un peu sur son lieutenant, son sous-lieutenant, son sergent-major, et se ménager quelque loisir.

Jusqu'à ce moment, il avait vu Lise au hasard, soit chez les parents de Claude, soit chez les Dumas, les Nicaut, parfois même dans la rue, toujours brièvement, sans pouvoir s'entretenir vraiment avec elle. Seuls leurs yeux parlaient, et encore! avec prudence; ce qu'ils se disaient ne devait pas être entendu. Enfin, un samedi — c'était déjà le 20 octobre — Lise lui apprit qu'elle irait, le lendemain, avec Claude et ses parents, passer la journée, à Thias. N'aurait-il pas quelques heures pour les rejoindre ?

Après avoir pris les ordres de Jourdan, réglé toute chose à la compagnie, Bernard alla emprunter un cheval au père Sage, gagna au petit trot la route d'Aixe puis le chemin de Thias. De nouveau, comme autrefois, l'amour le ramenait vers le village marqué pour Lise et lui par une sorte de fatalité. Existerait-il donc des liens mystérieux entre certains lieux et certains êtres? songeait-il en poussant son courtaud. En avant, sur le chemin pierreux, roulait une voiture qu'il rattrapa dans la grande côte. Il reconnut Mme Naurissane. Comme il la saluait, elle lui fit signe. Il vint à la portière.

« Bernard ! s'exclama Thérèse. Décidément tout recommence.

— Madame, tout continue. Et avec bien des changements.

— En effet. Je disais autrefois qu'il ne vous manquait que l'épée. Vous l'avez à présent.

— Bien malgré moi. C'est d'ailleurs une arme roturière, dit-il ironiquement.

— Allons donc ! L'épée ennoblit toujours. Je vois bien, ajouta Thérèse en riant, que je me suis trompée sur votre compte : à force de manquer d'ambition, vous finirez par devenir maréchal de France.

— Assurément non. Du reste, madame, un maréchal patriote ne représenterait rien à vos yeux, n'est-il pas vrai ?

— Vous connaissez mal les femmes, mon cher capitaine, répondit-elle avec une coquetterie amusée. A nos yeux, un beau garçon représente toujours quelque chose. »

Ils arrivèrent au village en bavardant, et ils entrèrent ensemble dans la blanche demeure au toit d'ardoises. C'était un beau jour d'automne ; il faisait encore assez chaud pour que l'on pût rester au jardin. Après le dîner, M. Dupré, toujours sanguin, toujours les sourcils en broussaille, M. Mounier, Claude jouaient au piquet avec Jean-Baptiste Montégut. Les Reilhac, qui avaient passé l'été ici, comme autrefois, venaient de rentrer à Limoges. Tout continuait, effectivement.

Au bout d'un moment, Lise se leva. « Claude, dit-elle, viens-tu te promener avec Bernard et moi ? Thérèse prendra tes cartes. » Il savait bien qu'il devait répondre non. Il ajouta : « Allez-y tous deux seuls. » Ils traversèrent le hameau. Leurs pas les menaient tout naturellement vers le petit chemin qui longeait le clos Montégut pour descendre à l'étang. Bientôt, ils se retrouvèrent entre les talus de terre jaune couronnés de buissons où noircissaient les mûres, sous la voûte des hêtres gris, aux feuilles couleur de rouille. Lise s'appuyait au bras de Bernard, il la sentait contre lui.

« Trois ans ! dit-il. Il y a trois ans. Vous vous souvenez ? Il me semble que c'était hier, pourtant il me semble aussi que toute une vie a passé.

— Oui, dit Lise, que de choses depuis ! Mais en nous rien n'a changé. Je vous aime comme je vous aimais à ce moment-là. » Ils firent encore quelques pas. Elle ajouta : « Mon cœur, vous rappelez-vous le jour où j'ai buté sur cette racine ? Vous m'avez retenue dans vos bras. Si j'avais pu comprendre alors ce que je sentais, tout aurait été simple. La facilité, faut-il croire, ne nous était pas permise. Ah! Bernard, c'est une chose terrible et merveilleuse d'admirer, de chérir, de désirer deux hommes qui sont comme les deux parties de mon cœur, et de vouloir appartenir à tous les deux. »

Elle se haussa vers lui, se tendant à ses lèvres, murmurant : « Mon amour! Ma vie, je veux être à toi. Je veux être ta femme comme je suis celle de Claude. Il sait que je le veux. »

Bouleversé d'ardeur et de douceur, Bernard l'enveloppa, la serra contre lui à pleins bras comme une gerbe souple, ronde. Pendant un moment, il n'y eut plus rien que l'élan de leurs corps l'un vers l'autre, le violent et doux vertige de leur baiser.

Le désir s'apaisa lentement en Bernard. Il coucha la chère tête sur son épaule, et, lui baisant avec dévotion le front, les yeux, la bouche :

« Mon amour, tu es ma femme. Tu es ma femme depuis l'instant où je t'ai vue, ici. Tu es dans ma chair, tu coules dans mon sang. Tu vis en moi. Mais tu ne peux pas être à moi comme tu es à Claude, ma bien-aimée. Non ce n'est pas possible. Ce serait... Tu mourrais pour nous deux.

— Bernard, mon chéri!

— Oui, sans doute, Claude sait, Claude comprend, Claude accepterait parce qu'il m'aime et qu'il veut votre bonheur à n'importe quel prix, ma Lise. Lui et moi nous pouvons vous partager, mais pas de cette façon. Non, mon cœur, pas de cette façon.

— Bernard! gémit-elle en s'accrochant à lui. Ah! depuis si longtemps!...

— Non, mon amour. Non, je ne peux pas expliquer. Je sais que ce n'est pas possible. Moi aussi, j'ai rêvé, j'ai été tenté, j'ai cru. Et à présent, Claude est là, je le vois en vous regardant. En vous serrant dans mes bras, quand ce n'est pas avec une tendresse pure, je pense aussitôt à lui. Lui aussi penserait à moi si... Oui vraiment, vous mourriez pour nous deux, mon cœur. »

Enlacés, ils étaient parvenus lentement au bord de l'eau immobile, constellée de feuilles mortes. Ils s'assirent sur la murette. Une fois encore, l'étang refléta leur image, toujours pareille et combien changée : lui dans ce bleu, ce blanc, ce rouge tranchants, avec cette épée; Lise coiffée d'or maintenant que rien n'atténuait plus le blond ardent de ses cheveux, et plus femme dans le développement de sa grâce. Bernard sourit avec une tristesse douce. « Lise, dit-il, ma Lison, mon amour! Je t'aime. Je t'aime sans regrets, sans remords. Tu es à moi toute. Toute pure. Parfaite. Et si belle! »

Elle les aimait trop, Claude et lui, pour ne pas sentir profondément le risque de les perdre tous deux. Dans son être, cette crainte luttait contre l'appel des sens. La vérité de ce que venait de lui dire Bernard, dont les paroles l'avaient frappée, s'imposait à son âme. A Paris, dans l'exaltation croissante de son rêve, elle avait perdu contact avec cette réalité. Elle pouvait tout naturellement substituer l'un à l'autre deux hommes qu'elle aimait également, mais ils ne pouvaient pas, eux, se confondre. Voilà ce que, tendrement serrée contre Bernard, elle comprenait d'une façon confuse. Sans que l'amour en elle perdît rien de sa chaleur, le feu s'adoucissait peu à peu.

A son tour, elle sourit. « Mon cher cœur! » soupira-t-elle en l'embrassant. Elle reposa sa tête sur l'épaule de son ami, les yeux fermés, respirant l'odeur du drap d'uniforme. « Cela me fait mal. Pourtant, je suis heureuse. Je suis heureuse là, comme ça. »

En s'éteignant, les ardeurs trop vives laissaient s'épanouir toute la tendresse. « Je crains d'avoir été bien égoïste », ajouta Lise après un instant. « Je t'ai empêché de te marier.

— Je t'ai dit que tu es ma femme. Je n'en ai pas besoin d'une autre.

— Oui vraiment! Et Babet? fit-elle, taquine.

— Babet, je n'y songe plus. Du reste, elle n'est plus à Limoges, depuis des mois.

— Ah! bah! Et où donc?

— Je l'ignore. Elle s'est fait enlever, paraît-il. Peu importe.

— Bernard, écoute : nous ne nous dirons plus *vous*, n'est-ce pas? Je veux te dire *tu* devant tout le monde, et t'appeler *mon cœur* et *mon ami.* »

Pour une heure, ils avaient oublié la séparation prochaine. Ils ne pouvaient échapper longtemps à sa réalité. Combien de jours leur restaient à passer ensemble? « Je ne sais pas », répondit-il à cette question de Lise. « Peu, sans doute. On a tiré au sort le numéro des bataillons. Quoique le nôtre ait eu le numéro deux, comme il a été le premier formé il partira le premier. Le commandant de la vingt et unième division, le lieutenant-général de La Morlière, doit nous passer en revue cette semaine. Après cela, notre départ ne tardera point.

— Ah! j'espère bien qu'il n'y aura pas de guerre! Mais bientôt vous serez remplacés par des soldats de métier, vous reviendrez. Rien ne nous séparera plus. »

En remontant, ils rencontrèrent dans le village Claude et son père qui d'un pas de promeneurs, raccompagnaient Jean-Baptiste.

« Sais-tu, mon ami, lança Lise à son mari, ce que nous avons fait, Bernard et moi? Nous avons résolu de nous tutoyer, comme toi et lui. Je veux qu'il soit absolument mon frère. Mon frère bien-aimé.

— Certes, moi aussi je le veux de grand cœur », répondit Claude en les regardant lui sourire.

Un peu plus tard, dans le jardin des Dupré, Bernard, le prenant à part, lui dit :

« Claude, tu sais parfaitement qu'entre Lise et moi il n'y aura jamais rien qui ne puisse se passer devant toi-même, rien que...

— Je t'en prie, Bernard, n'achève pas, tu me rends honteux. J'ai... eh bien oui, j'ai douté de ton caractère, un moment. Malgré moi. Mais comment pourrait-on résister aux désirs d'une femme si séduisante!

— Je l'aime trop, justement, pour me résoudre à la perdre, ce qui arriverait aussitôt parce que j'aurais horreur de te l'enlever. C'est simple. Un mot lui a montré ce que chacun de nous deux est pour elle. Il n'y aura plus aucune confusion, sois-en sûr. Vois-tu, Lise, et moi aussi, sans doute, nous avons traîné longtemps les... les restes, en quelque sorte, de ce qui a hésité, de ce qui ne s'est pas réalisé avant ta venue.

— Je le sais. J'ai bien deviné ce qui se passait en vous, ce que tu restais pour elle, ce que je risquais.

— N'en parlons pas davantage, mon ami. Lise ne saurait être qu'un lien de plus entre toi et moi. C'est grâce à elle que nous sommes devenus des frères. S'il n'y avait pour nous unir que nos idées, notre affection ne serait pas si vivante, ne crois-tu point? »

Le surlendemain, les deux bataillons des volontaires de la Haute-Vienne, le 1er sous les ordres du lieutenant-colonel Arbonneau, ancien capitaine de la ligne, le 2e sous ceux de Jourdan, étaient rassemblés en deux masses bleu, blanc, rouge, sur la place Tourny, au milieu de laquelle s'élevait l'autel de la Fédération. Le temps se maintenait au beau. Les tilleuls entouraient la place d'une couronne jaune pâle. Au-delà, les prés en pente avaient pris le ton gris-vert de l'automne. Alignés de front sur trois rangs, en formation de compagnies, les volontaires — pourvus enfin de leurs fusils — se tenaient l'arme au pied, les capitaines en avant, les lieutenants un peu en retrait. Les états-majors des deux bataillons attendaient à l'entrée de la place le lieutenant général. Lorsqu'il arriva, accompagné par le commissaire Longeau, Pierre Dumas et le président du directoire, les tambours roulèrent correctement, ils venaient presque tous des gardes urbaines. Les commandements retentirent : « Garde à vous!... Fixe!... Portez vos armes... Présentez vos armes. » Raide sous son épée, Bernard serra les lèvres : derrière lui, au lieu des claquements nets marquant les gestes bien décomposés dans leurs trois temps, s'égrenait une cascade de cliquetis. Malinvaud lâcha tout bas un juron. A un officier général de métier, le spectacle devait paraître affreux. Évidemment, on ne fait pas en quinze jours des soldats de parade. Pour un vétéran de la garde nationale, c'était tout de même humiliant de présenter une si piètre troupe.

Le général montra de l'indulgence. Il circulait entre les rangs, occupé des fournitures et de l'état des hommes plus que de leur présente instruction militaire. Au vrai, lesdites fournitures ne semblaient pas fameuses. Il avait fallu procéder trop vite. Les uniformes, les souliers surtout ne promettaient guère d'usage. Néanmoins M. de La Morlière se déclara satisfait, faute de mieux. Solennellement, mais avec le minimum de cérémonial — et pour cause! — il remit à la compagnie colonelle de chacun des deux bataillons leur drapeau. Après quoi le président du directoire et du Conseil général du Département : Pétiniaud Beaupeyrat, monté sur l'autel de la patrie, adressa un bref discours aux volontaires, leur annonçant que le 2e bataillon partirait sous deux jours. Bernard eut un serrement de cœur à cette nouvelle pourtant prévue. Jourdan, prenant la tête de sa troupe, ordonnait : « Pour défiler. » — « Conversion de pied ferme par le flanc, commanda Bernard. Par sections, guides à gauche. Colonne par quatre. » Malinvaud, le sous-lieutenant Bazac et les sous-officiers gagnaient vivement leurs places en lançant : « Demi-tour à gauche... Fixe!... Portez vos armes. » Jourdan leva son épée. Le tambour-maître du bataillon fit un sec et bref roulement. L'épée s'abaissa. « Marche! » dit Bernard.

Il n'existait pas de manœuvre plus simple : les hommes, rangés de front, opérant un demi-tour sur eux-mêmes se trouvaient automatiquement en colonne par quatre, avec leurs guides en place, signalés par le petit fanion au bout du fusil. Il n'y avait plus qu'à marcher en se réglant sur ces conducteurs. La chose s'exécuta relativement bien. Sans trop de flottement, la compagnie avança derrière le drapeau, le pas rythmé sur le battement — une-deux, une-deux, une-deux, une-deux — du tambour. Les sergents et les caporaux aboyaient : « Alignez-vous sur les guides, bon sang de sort! Conservez vos distances! » Vue de loin, la colonne devait ressembler à un serpent plutôt qu'à une troupe en train de défiler. Bernard, si épris de besogne bien faite, quelle qu'elle fût, et habitué aux évolutions impeccables de la garde nationale transformée en virtuose par deux ans d'exercice, se sentait horriblement mal dans sa peau. Pour comble, en passant par le boulevard pour gagner la place Boucherie et de là les casernes à deux pas de chez lui, il eut le déplaisir de voir son père sortant, parmi d'autres notables, de quelque assemblée au Collège, s'arrêter sur les marches pour considérer cette troupe peu flatteuse. Il ne manquerait certainement pas d'en faire des gorges chaudes avec Marcellin.

Depuis son engagement, Bernard n'était pas retourné au faubourg Montmailler. Il ne doutait pas qu'une visite y serait pénible, cependant il ne voulait point partir sans saluer son père. Un instant, il pensa se mettre en vêtements civils pour l'aller voir, puis il estima que ce serait une lâcheté.

M. Delmay recopiait au net son livre journal, dans le petit bureau du rez-de-chaussée. Ce n'était pas sans un gonflement du cœur que, le matin, il avait vu son cadet, avec deux épaulettes d'or, marcher à la tête d'une compagnie. Milicien dès sa jeunesse, descendant de bourgeois miliciens, le quinquagénaire batailleur était tout autant militaire que drapier. Il avait beau détester les démocrates, cela le touchait de voir son garçon qu'il aimait, qu'il estimait, capitaine à vingt-six ans. Au contraire de ce qu'avait cru Bernard, sur les marches du Collège M. Delmay ne prêtait point attention à la médiocrité de la troupe commandée par son fils, mais le regardait, lui, et ressentait des impulsions bien contraires.

En le voyant, svelte et fort, avec cet uniforme neuf aux couleurs tranchées, s'encadrer, le chapeau à la main, dans la porte du bureau, il se renversa contre le dossier de son fauteuil, et, contemplant Bernard des cheveux, bien serrés dans le ruban de queue, à l'épée garnie de la dragonne d'or :

« Alors te voilà, mauvais garçon! » dit-il, furieux et content tout ensemble. « Tu viens me montrer que j'ai donné le jour à un sans-culotte?

— Permettez-moi, répliqua Bernard en souriant, de vous faire observer que j'en porte une.

— Ouais. De mauvais droguet. Elle ne te durera pas longtemps. Tu as encore celle de ton ancien uniforme, j'espère.

— Bien entendu.

— Où donc as-tu pris l'argent pour t'acheter toutes ces dorures?

— C'est le produit d'une souscription patriotique », répondit prudemment Bernard.

M. Delmay ricana en déclarant que la ville ne manquait pas de sottes bêtes.

« Tu la rembourseras, cette souscription, tu m'entends? » ajouta-t-il d'un ton rogue. « C'est assez déjà d'avoir un mauvais fils irrespectueux, sans encore le voir vêtu par charité. Je suis capable d'habiller mes enfants, sacré nom!

— Ah! mon bon père, je vous reconnais à ces paroles. Eh bien, je vous avouerai une chose; taisez-la surtout à Léonarde. C'est Jean-Baptiste qui a pris à sa charge la dépense, malgré l'ennui de mon départ. »

M. Delmay leva les bras au ciel :

« Jean-Baptiste! Un homme sensé! Tout le monde perd donc la tête, dans Limoges d'en bas!

— Mais non, mon père, et ne me tenez pas, je vous prie, pour un fils irrespectueux, ni dénué d'affection. Vous voyez, malgré mon chagrin de vous déplaire et ma crainte de subir votre ressentiment, je ne pouvais me passer de votre permission, pour partir.

— Bientôt?

— Après-demain. »

M. Delmay soupira. Il se leva, prit son fils par les épaules.

« Ah! cadet, cadet! Tête de mule! Si tu crois si fort que ton devoir t'oblige, je ne peux pas t'en vouloir de l'accomplir.

Après tout, roi ou nation, c'est toujours à la France que je te donne. Ne t'avise pas au moins d'aller faire l'imbécile en courant inutilement au danger!

— Bah! il ne s'agit pas pour nous de nous battre, nous allons simplement monter la garde pendant quelques mois. Le pays n'est pas en guerre.

— Pas pour l'instant, certes. Quoique, avec les enragés qui nous gouvernent!... Allons, capitaine, viens dîner demain. Amène Léonarde et Jean-Baptiste, afin que nous soyons tous réunis. »

En quittant son père, Bernard, passant derrière la Visitation par une ruelle bordée de jardins et d'enclos, rejoignit le faubourg de Paris pour monter à la Manufacture. Il y trouva Lise seule. Claude était allé s'entretenir avec Dumas, dans son cabinet, à l'ancienne Intendance où l'on avait installé le Département. Bernard apprit tristement à son amie qu'il partait le surlendemain. Elle ne put retenir des larmes.

« Ah! soupira-t-elle, combien tu m'auras coûté de pleurs! Il faut croire que l'amour s'en nourrit.

— Hélas! je dois être fait pour causer du chagrin à tous ceux qui m'aiment, et à moi aussi. Ces larmes, ma Lise, c'est la quintessence de ton âme. Tu me donnes ce qu'il y a de plus précieux en toi. »

Le cœur navré, il contemplait ces yeux bleus dans leur frange blonde — ces yeux qui s'associeraient toujours pour lui au reflet du ciel dans l'étang bordé par les hampes sèches des joncs — le petit nez, la bouche si délicieusement modelée : tout ce visage dont, une fois de plus, il allait lui falloir se passer. Il allait vivre de son souvenir, de son désir. Il baisa doucement ces paupières, ces joues, ces lèvres. « Disons-nous adieu, mon amour, murmura-t-il. Si je peux venir encore demain, ce sera pour bien peu d'instants. » Elle l'étreignit puis le quittant, revint avec un tout petit tableau moins grand que la main. « Voilà ce que j'ai fait faire à ton intention, juste avant de quitter Paris, par l'ami de Danton : le peintre David, afin que tu m'aies toujours près de toi. »

Merveilleusement peinte, c'était elle vivante, saisie dans l'intimité de son être, avec son regard, la grâce d'un sourire esquissé, avec son expression ardente et tendre. « Je n'ai cessé de penser à toi durant qu'il me peignait, ajouta-t-elle. Que n'ai-je moi aussi ton portrait! Mais personne ici n'en réussirait un pareil. » Elle appuya longuement ses lèvres sur sa propre image en regardant Bernard, et elle lui tendit le tableau : « Ainsi, tu m'auras toute, mon cœur. Je te donnerai encore des baisers... »

Le lendemain, il reçut un autre cadeau, de Guillaume Dulimbert : une paire de pistolets que l'homme aux lunettes lui offrit en disant :

« Tiens, frère, et ami, voilà ma contribution patriotique à l'armement du citoyen capitaine. Si tu avais à te battre, tu trouverais ces outils plus utiles que le vestige d'ancien régime pendu à ton ceinturon.

— On croirait, citoyen, que tu parles d'expérience, répondit Bernard en le remerciant.

— Non, bien entendu, mais j'ai vu d'assez près la guerre, par-ci, par-là. Et tu la verras toi-même, un jour ou l'autre, au train dont vont les choses. Crois-moi.

— Je préférerais ne te point croire. Au demeurant, tu en dis trop peu.

— Bah! bah! il est des circonstances où il faut précéder l'avenir, et d'autres où mieux vaut l'attendre. Pour le moment, frère, ta besogne consiste à former des soldats pour combattre les armées des tyrans. A considérer vos recrues, le frère Jourdan, Dalesme et toi, vous y aurez quelque peine. Déployez-y pourtant de la patience, du zèle, car bientôt la liberté dépendra de nos armes. Grave ces paroles dans ton cœur, et agis en conséquence. »

Ils se séparèrent là-dessus, sans émotion malgré leur bizarre attachement. C'est qu'il était tout de tête. Bernard n'y mettait aucun sentiment, sinon une espèce de pitié. Il plaignait d'autant plus Dulimbert qu'on ne pouvait pas l'aimer.

Après une brève visite à la Manufacture pour embrasser Lise et Claude, Bernard rentra se coucher une dernière fois dans sa chambre où Léonarde était en train de lui remplir sa caisse d'officier, tout en se tamponnant les yeux. « Ah! fit-elle, si seulement tu partais par plaisir, pour aller là où tu serais heureux!... Dieu sait où tu vas, et ce qui t'attend! » Elle mêlait aux aigres paroles contre cette maudite Révolution qui leur avait pris Bernard peu à peu et le leur enlevait tout à fait, les recommandations à propos de gilets de flanelle, d'un baume dont il devait se frotter la poitrine en cas de coup de froid, d'un élixir contre les angines.

« Tu nous écriras dès que tu seras arrivé quelque part.
— Assurément. » Il la prit dans ses bras. « Voyons, ma bonne, ne pleure pas. Autrefois, c'était toi qui me consolais. Allons, je ne pars pas pour si longtemps! Bientôt je serai de retour », dit-il avec assurance, mais après les propos de l'homme aux lunettes il n'en était plus certain.

Une fois au lit, appuyé sur un coude, il resta un instant à regarder cette chambre où il avait vécu heureux et malheureux en rêvant à Lise, la table sous la petite bibliothèque avec son rideau d'étamine, ces murs blancs, nus, entre lesquels la nudité de l'ensorceleuse Babet concentrait sur sa blondeur fringante la lumière de la chandelle. Brusquement, comme la page d'un livre qui se tourne d'elle-même, tout ce passé bascula, abandonnant Bernard au souci d'un mystérieux avenir, aux exigences militaires immédiates. Il s'endormit préoccupé par la mauvaise qualité des fournitures, surtout des souliers. Ils allaient certainement lui valoir mille ennuis.

A l'aube, dans une brume piquante exhalée par la Vienne et noyant le flanc de l'Abbessaille, les pentes de l'Évêché, il entrait aux minables casernes avec le sergent Sage : un frère de Babet, qui l'aidait à porter sa caisse. Chez les volontaires, les officiers ne possédaient ni domestiques ni chevaux. Les lieutenants-colonels allaient à pied comme tout un chacun. Jourdan arriva, faisant véhiculer sur son propre charreton sa cantine par le commis qui allait aider Mme Jourdan, en l'absence de son mari, à tenir la boutique. Quant à lui, il apportait purement et simplement le drapeau, roulé, appuyé sur l'épaule. Un officier de la ligne eût frémi devant un pareil irrespect des plus sacrés usages. Oui certes, mais pour l'instant on avait autre chose à faire que de songer au cérémonial. D'ailleurs, nul n'avait prévu de donner la moindre solennité au départ des « héros ». Seuls personnages officiels, Pierre Dumas et Longeau prirent la peine de descendre jusqu'aux Petites-Maisons. Le maire Nicaut, trop occupé, sans doute, à chercher des voix pour les élections imminentes où Louis Naurissane s'annonçait déjà triomphant, négligea de venir dire au revoir à ses amis jacobins. De toute façon, ils ne pourraient voter pour lui.

Quand on eut chargé dans les deux voitures du bataillon les bagages, le fourniment de l'armurier, le nécessaire du chirurgien, plus un maladroit qui avait trouvé moyen de se fouler la cheville deux jours plus tôt, les sergents et les caporaux commencèrent à donner de la voix pour activer leur monde. Les volontaires remplissaient de bleu, blanc, rouge, du noir et rouge des bicornes, la ruelle cabossée dont les maisons misérables s'écartaient, au bas de la pente, sur la perspective de la tour précédant la cathédrale voilée par la brume. Les hommes du contingent limougeaud, logés jusqu'à présent chez eux, étaient accompagnés de fiancées ou d'épouses, de parents, qui mettaient à son comble le désordre avec leurs embrassades et leurs adieux. « Rassemblement sur la place Saint-Gérald, dit Jourdan aux capitaines. Que je n'y voie pas un civil! » L'état-major acheva de gravir la ruelle, avec le bagage et les quelques pelotons réunis. Les sous-officiers se mirent à leur tâche de chiens du troupeau. Il fallut patienter pendant que les tambours battaient interminablement le rappel. « Bon sang de sort! quels troupiers! pestait Dalesme. Dans la ligne, ils les auraient senti pleuvoir, les coups de canne! » Enfin, tous les volontaires furent groupés sur la place devant la petite église. On fit l'appel par compagnies, elles se formèrent à la diable en colonne sur trois rangs. Les officiers et leurs sous-ordres eurent encore de la peine à établir un alignement présentable. Sans vouloir l'impossible, il fallait sortir de Limoges à peu près convenablement.

Peu à peu, le bataillon se fixa dans l'immobilité, dans le silence. Alors le tambour-maître fit entendre le bref roulement qui précède un ordre du chef de corps. « En avant », lança celui-ci. Ensemble, les capitaines ordonnèrent : « Marquez le pas. » Les souliers se mirent à frapper le sol assez régulièrement. « Une-*deux*, une-*deux* », scandaient les caporaux. Puis les commandements « En avant... Marche! » s'égrenèrent à mesure que, rang par rang, les compagnies partaient.

Dans le roulement des tambours, on monta, sous les arbres jaunis du boulevard Sainte-Catherine, vers la place d'Aine. Les rares passants regardaient à peine la troupe. Les bruits militaires n'attiraient plus que les gamins : depuis deux ans, on avait assisté à trop de défilés, de parades en uniforme. Hormis leurs proches, personne ne se dérangeait pour voir partir ces volontaires turbulents dont les Limougeauds — et d'abord les administrateurs du Département — se sentaient fort débarrassés. On avait satisfait tant bien que mal à la loi. C'était maintenant une belle épine tirée du pied. Une épine de cent dix mille livres.

Par le boulevard de la Poste aux chevaux, la place Dauphine dont la fontaine lançait immuablement ses jets, et où Bernard aperçut son père qui se donnait l'air de passer là par hasard, on gagna le faubourg de Paris. Tout au bout, dans la côte, la famille Mounier, alertée par le son des tambours, attendait devant les vieux bâtiments de la Manufacture royale, aux fours éteints depuis plusieurs mois. Lise s'appuyait à Claude qui la tenait d'un bras passé autour des épaules. En silence, ils regardaient monter vers eux le drapeau colonel, tout entier bleu, blanc, rouge, porté par le sergent-major du bataillon, avec sa garde de sous-officiers, le fusil dans le bras, la baïonnette haute. Derrière, marchaient Jourdan, Dalesme, puis venait Bernard et, derrière lui, sortant de la brume bleuâtre qui emplissait la cuvette aux affleurements de toits bruns et roses, avançait toute la masse des cinq cent soixante hommes revêtus des couleurs mêmes de la France nouvelle, surmontés par la scintillation des baïonnettes accrochant le premier rayon du soleil.

Lise, raidie, les doigts pressés sur sa bouche, n'avait pas à cacher son émotion, car sa belle-mère montrait des yeux embués. Claude leva la main, très ému lui aussi. Il savait, à n'en point douter, que Bernard et tous ces jeunes gens partaient bien pour la guerre. Le léger désordre de leurs rangs frappait plus que ne l'eût fait la mécanique d'une troupe impeccable. Il disait tout ensemble l'improvisation, le dévouement, la foi. M. Mounier sentait cela. Il criait avec âme : « Vivent nos volontaires! Vive la nation! » Jourdan, Dalesme répondirent en agitant leurs chapeaux. Bernard, impassible comme il devait l'être sous les armes, mais les lèvres pâles, salua de l'épée.

On redescendit un peu, pour remonter aussitôt en direction des hauteurs boisées de La Bastide. Limoges avait définitivement disparu. Jourdan fit prendre la disposition de marche. En colonne par deux, drapeau roulé, fusils à la bretelle, le 2e Bataillon des Volontaires de la Haute-Vienne s'étira sur la route jonchée de feuilles mortes, entre les châtaigneraies rousses d'où venait un parfum de fougères et d'humus.

ŒUVRES DE ROBERT MARGERIT

AUX ÉDITIONS PHÉBUS

L'Ile des perroquets, roman, 1984 ; en collection « Libretto », 1999

Le Dieu nu, roman, 1988, Prix Théophraste Renaudot 1951

Le Château des Bois-Noirs, roman, 1989

Les Amants, roman, 1990, préface de Georges-Emmanuel Clancier

La Terre aux Loups, roman, 1997, préface de Georges-Emmanuel Clancier ; en collection « Libretto », 2000

La Révolution, roman (4 vol.)

Tome I : L'Amour et le Temps, 1989 ; en collection « Libretto », 2005

Tome II : Les Autels de la Peur, 1989 ; en collection « Libretto », 2005

Tome III : Un vent d'acier, 1989 ; en collection « Libretto », 2005

Tome IV : Les Hommes perdus, 1989 ; en collection « Libretto », 2005

AUX ÉDITIONS GALLIMARD

Mont-Dragon, roman

Ambigu, nouvelles

Le Vin des vendangeurs, roman

Par un été torride, roman

La Femme forte, roman

La Malaquaise, roman

Waterloo, (coll. « Les Trente journées qui ont fait la France »).

PHÉBUS
libretto

des livres au format de poche
faits pour durer

MARCEL LÉVY
La Vie et moi

JOHN M. FALKNER
Moonfleet

VLADIMIR BARTOL
Alamut

DAPHNÉ DU MAURIER
Le Bouc émissaire
Mary Anne
Le Général du roi

CLAUDE SEIGNOLLE
La Malvenue
Intégrale des Romans et Nouvelles
Les Malédictions ☆
Les Malédictions ☆☆
La Nuit des Halles

JEAN-BAPTISTE LABAT
Voyage aux Isles

T. C. BOYLE
Water Music
La Belle Affaire

W. WILKIE COLLINS
La Dame en blanc
Pierre de Lune
Sans nom
Armadale
Cache-cache

LUDWIG LEWISOHN
Le Destin de Mr Crump
Crime passionnel

DEBORAH SCALING KILEY
Albatros

WILLIAM TREVOR
En lisant Tourgueniev
Ma maison en Ombrie
Lucy

CHARLES MATURIN
Melmoth

AHMAD AL-TIFACHI
Les Délices des cœurs

CHRISTIAN CHARRIÈRE
La Forêt d'Iscambe

VICKI BAUM
Shanghaï Hôtel
Grand Hôtel

HEINRICH VON KLEIST
La Marquise d'O... et autres nouvelles

MARTINE ROFFINELLA
Elle

SHUSHA GUPPY
Un jardin à Téhéran

CHRISTIAN DEDET
La Mémoire du fleuve
Le Secret du Dr Bougrat

GEORGE SAND
Consuelo
La Comtesse de Rudolstadt

OLIVE SCHREINER
La Nuit africaine

MEYER LEVIN
Crime

PATRICIO MANNS
Cavalier seul

NEIL BISSOONDATH
Retour à Casaquemada

MAURICE COYAUD
Fourmis sans ombre : le Livre du Haïku

JACK LONDON
Le Peuple d'en bas
Les Enfants du froid
John Barleycorn
(Le Cabaret de la Dernière Chance)
Patrouille de pêche
(Les Pirates de San Francisco)
Le Fils du Loup
Le Vagabond des étoiles

La Route
(Les Vagabons du rail)
Martin Eden
Contes des mers du Sud
La Vallée de la Lune
Le Loup des mers
Avant Adam
Sur le ring
Le Talon de fer
L'Appel sauvage
(L'Appel de la forêt)
Parole d'homme
La Petite Dame dans la Grande Maison
Les Mutinés de l'«Elseneur»
Michaël, chien de cirque
Radieuse aurore

LEO PERUTZ
Le Cavalier suédois
Le Judas de Léonard

CHARLES SIMMONS
Les Locataires de l'été

MIKA WALTARI
Les Amants de Byzance
Jean le Pérégrin

PIERRE MAC ORLAN
L'Ancre de Miséricorde

JAMES MORIER
Les Aventures de Hadji Baba d'Ispahan
Les Aventures de Hadji Baba en Angleterre

La Poésie arabe

JOSEPH O'CONNOR
Desperados
Inishowen

SIR ERNEST SHACKLETON
L'Odyssée de l'«Endurance»

WALLACE STEGNER
Vue cavalière
La Vie obstinée
Angle d'équilibre

ROBERT PENN WARREN
L'Esclave libre

ALEXANDER KENT
Cap sur la gloire
Capitaine de Sa Majesté
Mutinerie à bord
Toutes voiles dehors
En ligne de bataille
Ennemi en vue

HELEN ZAHAVI
Dirty week-end

MAX AUB
Crimes exemplaires

SERGE FILIPPINI
L'Homme incendié

ROBERT LOUIS STEVENSON
La Route de Silverado
Intégrale des Nouvelles (2 vol.)

MATHIEU BELEZI
Le Petit Roi

ANTOINETTE PESKÉ
La Boîte en os

DANIEL ARSAND
La Province des Ténèbres

NORMAN LEWIS
Le Sicilien
Naples 44

Les Mille et Une Nuits, tome I
Les Mille et Une Nuits, tome II
Les Mille et Une Nuits, tome III
Les Mille et Une Nuits, tome IV

GILLES LAPOUGE
Les Pirates

SIR ARTHUR CONAN DOYLE
La Compagnie blanche
Sir Nigel

EDWARD JOHN TRELAWNEY
Mémoires d'un gentilhomme corsaire

PETER FLEMING
Courrier de Tartarie

FAWN BRODIE
Un diable d'homme
Sir Richard Burton ou le démon de l'aventure

SVETLANA VELMAR-JANKOVIĆ
Dans le noir

LOUIS GARNERAY
Corsaire de la République
Le Négrier de Zanzibar
Un corsaire au bagne

Les Aventures de Sindbad le Marin
Les Aventures de Sindbad le Terrien

DANIEL VAXELAIRE
Les Mutins de la liberté

VAMBA
Giannino furioso

ANONYME ARABE
Le Livre des Ruses
La Stratégie politique des Arabes

MATT COHEN
Le Médecin de Tolède

DANIEL DEFOE
Histoire générale des plus fameux pyrates (2 vol.)
I. Les Chemins de Fortune
II. Le Grand Rêve flibustier

NICCOLO MANUCCI
Un Vénitien chez les Moghols

Italia magica

RAFAEL SABATINI
Captain Blood

CHARLES NORDHOFF
J. N. HALL
L'Odyssée de la «Bounty» (3 vol.)
I. Les Révoltés de la «Bounty»
II. Dix-neuf hommes contre la mer
III. Pitcairn

JEAN-PIERRE OTTE
L'Amour au jardin

FRANCISCO COLOANE
Le Passant du bout du monde
Tierra del Fuego

JEAN AICARD
Maurin des Maures

THOR HEYERDAHL
L'Expédition du Kon-Tiki

Le Roman d'Aladin

PATRICK CARRÉ
Le Palais des Nuages

Sublimes paroles et idioties de Nasr Eddin Hodja

MARCEL SCHWOB
Œuvres

KATHLEEN WINSOR
Ambre

SARAH BERNHARDT
Ma double vie

LAURIE LEE
Rosie ou le goût du cidre
Un beau matin d'été

FLANN O'BRIEN
Le Troisième policier
L'Archiviste de Dublin

CHARLES PALLISER
Le Quinconce (5 vol.)
I. L'Héritage de John Huffam
II. Les Faubourgs de l'Enfer
III. Le Destin de Mary
IV. La Clé introuvable
V. Le Secret des Cinq Roses

MARC TRILLARD
Eldorado 51

ANDRÉ DHÔTEL
Lumineux rentre chez lui
Ma chère âme
Un jour viendra
Pays natal
Ce lieu déshérité
Les Premiers temps
Ce jour-là

JAN VAN DORP
Flamand des vagues

EMMANUEL ROBIN
L'Accusé

ABOU-ABDALLAH MOUHAMMAD AL-NAFZAWI
La Prairie parfumée où s'ébattent les plaisirs

ODETTE DU PUIGAUDEAU
Pieds nus à travers la Mauritanie

FREDERIC PROKOSCH
Ma sauvage Amérique

E. T. A. HOFFMANN
Fantaisies dans la manière de Callot
Le Chat Murr
Contes nocturnes
Les Élixirs du diable

ADALBERT STIFTER
L'Homme sans postérité

MARGARET DRABBLE
La Voie radieuse

JACQUES YONNET
Rue des Maléfices
Chronique secrète d'une ville

SYBILLE BEDFORD
Visite à Don Otavio

MICHEL VIEUCHANGE
Smara
Carnets de route d'un fou du désert

WASHINGTON IRVING
Contes de l'Alhambra

NICHOLAS MONTSARRAT
La Mer cruelle

PAUL DEL PERUGIA
Les Derniers Rois mages
Chez les pasteurs-poètes du Rwanda : chronique d'un royaume oublié

MATHIEU TERENCE
Les Filles de l'ombre

JOSEPH VON EICHENDORFF
Scènes de la vie d'un propre à rien

FREDERIC MANNING
Nous étions des hommes

WANG WEI
Les Saisons bleues

ARMEL GUERNE
Les Romantiques allemands

CATHERINE POZZI
Journal, 1913-1934

HUGO HAMILTON
Berlin sous la Baltique

Cet ouvrage
réalisé pour le compte des Éditions Phébus
a été achevé d'imprimer
en décembre 2006
dans les ateliers de Normandie Roto Impression s.a.s.
61250 Lonrai
N° d'imprimeur : 06-3228

Imprimé en France

Dépôt légal : février 2005
I.S.B.N. : 978-2-75-290053-1
I.S.S.N. : 1285-6002